2023年中短篇小说选粹

沉默

杨庆祥 李玉新 ◎ 主编

(丛书主编：王朝军)
2023·北岳
中国文学主题年选

《名作欣赏》杂志鼎力推荐
权威遴选 深度点评

山西出版传媒集团
北岳文艺出版社·太原

图书在版编目（CIP）数据

2023年中短篇小说选粹：沉默 / 杨庆祥，李玉新主编
. —太原：北岳文艺出版社，2024.7
（2023·北岳·中国文学主题年选 / 王朝军主编）
ISBN 978-7-5378-6873-0

Ⅰ.①2… Ⅱ.①杨… ②李… Ⅲ.①中篇小说—小说集—中国—当代②短篇小说—小说集—中国—当代 Ⅳ.
①I247.7

中国国家版本馆CIP数据核字(2024)第106274号

2023年中短篇小说选粹·沉默
杨庆祥　李玉新　主编

//

出 品 人	郭文礼
策　划	王朝军
责任编辑	王朝军
书籍设计	张永文
印装监制	郭　勇

出版发行	山西出版传媒集团·北岳文艺出版社
地　　址	山西省太原市并州南路57号
邮　　编	030012
电　　话	0351-5628696（发行部）
	0351-5628688（总编室）
传　　真	0351-5628680
经 销 商	新华书店
印刷装订	山西人民印刷有限责任公司
开　　本	787mm×1092mm　1/16
字　　数	400千字
印　　张	27.25
版　　次	2024年7月第1版
印　　次	2024年7月山西第1次印刷
书　　号	ISBN 978-7-5378-6873-0
定　　价	78.00元

本书版权为本社独家所有，未经本社同意不得转载、摘编或复制

序：沉默如谜的呼吸

/李玉新

提起沉默，能让人想起很多东西。福柯曾提出"沉默的考古学"，也曾风趣地提到，丹尼尔·施密特造访自己时，十小时内说话不超过二十分钟，那是他第一次在沉默中同别人发生友情。远藤周作有本书叫《沉默》，写对于宗教迫害和受辱的传教士，上帝始终沉默不语。"人类是如此悲哀，大海却如此蔚蓝"。朱自清则略带世故地说："沉默是一种处世哲学，用得好时，又是一种艺术。"对我们来说，沉默是绝对的"无"，可以生发出无限的"有"。

不过，沉默作为个体应对外界纷扰的方式，往往与视而不见、无能为力联系在一起，牵连着社会责任、自我承担。特别是当"沉默"作为主题，与"2023年"和"小说选粹"关联在一起的时候，我们不能不联想到我们时代重要的现实事件。白琳《记忆的持久性》写意大利疫情期的大封锁，并没有发生什么特别的事情，只是和教授喝咖啡，和好友在草地上聊天、打电话，回想一些往事，看新闻；只是全部充斥着压抑、沉寂的氛围。主人公在杀虫剂下半死不活的蚂蚁那里找到了绘画素材："抖动的触角像极了不肯闭合的睫毛，缓慢的蠕动像是每一个人在大封锁时期的行动，肥蜗牛或者鲸头鹳一样的缓慢。"由此完成的画作，"通通叫作"我们"记忆的持久性"。李嘉茵《当他谈起冰的沉默》写身为记者的主人公，在封禁和高烧的扰乱中，寻找另一位记者朋友的踪迹，却意外遭遇一起凶杀案。小说同样晦暗、压抑。和白琳的主人公不同，李嘉茵的人物试图做些什么，但不过是像冰川一样，在融化并坠入沉默的冰河前发出了低沉的哀鸣。两篇小说的消沉色彩，源于难以抵抗的大瘟疫，源于我们共同经历的种种悲喜剧。对过往深渊的捕捉和凝视，并不意味着消极；只有完成对痛苦的消化和记忆，我们才能真正做好应对下一次突发事件的准备，才能重新获得夺取幸福的力量和勇气。

一、沉默的呼吸

在重大现实事件之外，"沉默"是庸常社会的常见状态。福柯认为彼时历史研究的本质是帝王将相的辉煌史，充满"苦难、卑贱、猜忌与喧哗"的平凡人的命运因之陷入黑暗的沉默，于是他有所谓"沉默的考古学"。对个人史和日常生活史的关注，已经成为当代历史研究的重要组成部分，但当我们将沉默与当代写作联系起来的时候，却容易因其尖锐性引来指责。譬如以贫穷劳动者为重要书写对象的卡佛，曾被认为暗示社会堕落、系统失败，被指责"发表对国家有害的'政治'声明"，于"海外利益不利"。然而尖锐的事物并不会因为忽视而消失，反而会如苔藓般暗中滋生。在景观化的嬉闹喧嚣之外，沉默关涉每一个普通人的普通生活，潜藏着生民大众最深刻的情感、最尴尬的处境，也潜藏着最具代表性的中国故事。

《松木的清香》是万玛才旦去世前发表的最后一篇小说，写的恰好是死者的沉默。一个人死了，所以活着的人们可以随意评述、揣测他的过往。这构成一个关于沉默者的寓言：沉默者缺乏必要的表达能力和空间（正如死者无法继续说话），或不想表达；沉默者在权力关系中受到夸夸其谈者的控制和碾轧（正如活人可以随意决定如何处理死者）。

这一有关沉默的寓言，在我们社会中的弱者身上广泛存在。在家庭中，他们是女人和孩子。他们不仅得不到足够的爱，反而要无止境地付出爱。姚鄂梅的《保持沉默》，写孩子的沉默。表面上是写作为杀人凶手的"我"，面对警察和受害者亲属的追问，需要保持沉默否认杀人行为，实际折射的是破裂家庭中孩子被忽视被冷落的状态。面对父母做出的改变自己一生的决定，他们只能保持沉默，被动接受。陈年的《沉默》，写女人的沉默。主人公在缺爱的家庭环境中长大，父母关系破裂，且重男轻女。她是妹妹，却从小照顾兄长；中年离异，自己供养儿子，却还要不停出钱给父亲买摩托车，照顾患病失智的母亲。她始终在付出爱，但从没有得到爱。她一直被人索取，却从不向别人索取。是"谁在夜里悄悄流泪？"是主人公，也是无数和她近似的中国女人。

　　在对工人阶层的书写中，弱者的沉默呈现出了更为丰富的面向。王陌书的《长冬短夏》，写一位十八岁临时工的生活。不仅在最常见的层面，写其因工作而默默承受的欺辱，还深入人物的精神细部，写其与工友在人际往来中的倦怠乏力、在选择个人命运走向时的沉默被动、在成长中经受的压抑和困扰。蔡东的《外面下雨了吗》同样关注打工者的精神世界，写人物与男同事悄无声息的暧昧、在沉默中与顾客建立起的浅淡的熟悉感、与工友和邻居偶然建立又仓促破碎的关联。两篇小说均超越了对底层生存压力的俗套书写，将探知触角深入人物的精神内面，书写被打工身份绑定的敏感心灵：他们渴望坚定执着的自我选择，渴望爱，渴望亲密关系，但缺乏相应的表达能力，也缺乏表达的勇气，唯有陷于沉默，陷于任人摆布、随遇而安的状态。

　　如果说对工人阶层的书写相比对家庭的书写，呈现出了更多弱者或沉默者在表达能力和表达空间上的匮乏，那么史玥琦的《夜游神》对爆炸案受害者的关注，更加突出地刻画了失常者的逃避和退缩——"三度烧伤面积百分之九十三，双乳被切掉，手……被烧残，回不了弯"，她们依旧可以向往美好，但又能如何追逐？在经过千辛万苦才抵达的重要的人面前，她们只好把诚挚的爱转化为"不打扰"。这里或许不存在压迫或迫害，但格外需要温柔的关怀和注目。像卡佛说的那样，对于社会中的底层人士或失败者，"有些时候让这些人说出他们真正想说的很困难：不是因为他们在与人交往上不够老练，就是因为他们觉得有保护自己的需要"。那些呼吸或许只好沉默，但我们可以选择倾听得更仔细。

二、如谜的沉默

像开头所说的那样，沉默是"无"，是山水画中的大片留白，是现代诗语意的断裂和跳跃，是电影里的蒙太奇镜头，我们总能调动自己的想象，为这些"无"注入精彩纷呈的"有"。褚婷的《动物标本》，写作为一种爱情表达方式的沉默和欺瞒，谎言不仅意味着伤害，还可能是温柔的呵护。张戈的《朋友圈》，从微信朋友圈入手，写体制内的纠葛和龃龉，涉及自我营销、社交分享、危机公关、舆情监控等当代信息社会的方方面面。在小说最后，习惯借朋友圈自我营销的人终于因朋友圈倒台，而沉默着冷眼旁观的人终究见证了心中的正义。朋友圈的背后，是说与不说、表达与不表达的辩证法。周婉京的《造房子的人》写建筑，也写人性，建筑物光暗交织，人性同样光暗交织。一位人物在光鲜背后悄无声息地表演出贪婪、好色与虚荣，另一位人物在沉默中成为他的受害者，又沦为他的帮凶。这里书写的，是沉默与人性之恶的深刻关联。王威廉的《拿什么拯救你，我的孩子》写理性系统控制一切的未来，我们可以说其中被动接受系统治疗的孩子是沉默的，也可以说因精神治疗而眼神空洞的母亲是沉默的，但小说中最骇人的是"不沉默"，是控制一切、无法共情生命、令人崩溃的系统不断提供的"标准答案"。

在诸多精彩的"有"中，沉默与谜的关系是一个重要侧面。沉默不语的人像谜题一样站在我们面前，我们可能从他们的呼吸中听出人世艰辛，也可能捕捉到一些神秘的无法理解的事物。在大头马的《所罗门王的指环》中，虚构下的自闭症孩子与历史中的康拉德·洛伦茨一样，拥有亲近动物的特殊能力，但他们一位将同胞的生命视若草芥，沦为纳粹帮凶；一位在母亲的关爱和动物的陪伴下，步入更宽广的世界。作者写的是自闭症患者的沉默与神秘，也是爱与善恶的转折。

在大头马这里，对文明与野蛮、"正常"与"不正常"间辩证关系的呈现还相对隐晦，路魆和包倬对现代与前现代的关系的思考，则显得明确、尖锐。路魆的《跃入群星》，写成长于边地泗月岛的"我"，来到喧嚣的城市后，产生持续性恐惧。城市使"我"不安，使"我"产生如熊峰嗡嗡声般的耳鸣，但"我"无法逃回岛上，像"植物那样"活着，只能依赖沉默寡言和头盔，获得抵御性的防守。小说中，代表前现代的泗月岛被塑造得安静、神秘、不可捉摸，代表现代的城市则显得喧嚣、冷漠、残酷。在包倬的《沉默》中，成长于阿尼卡山区的主人公，拥有更丰沛的神性。阿隆索天赋异禀，似乎注定在尘世获得成功，但他突然想改换生活方式，以至于用沉默同整个外部世界对抗。他截断自己通往县城中学、通往现代文明的道路，在沉默中与飞禽鸟兽为伴，在石头、木头和泥土中发挥出惊人的艺术天分，"活在自己的世界里，不再过问我们这个世界的事"。在我们的惯常话语中，前现代相比现代，往往处于弱势地位，极易关联愚昧和落后。路魆、包倬二人的书写，从如谜的沉默中发掘出前现代的神性一面，并不是要呼唤倒退，而是借此反思现代文明的消极一面：人情的淡漠、单一的价值取向、乏味的高度理性化的现实认知……

2023年诺贝尔文学奖得主约恩·福瑟在瑞典学院发表的获奖演讲，名为《无声的语言》。他提到口语与文学语言的区别，认为口语"传递的信息是某个事物应该这样或应该那样……表示劝说或表达某种信念"，文学语言则"并不传递什么信息，它是意义本身，而不是交流"，故而"好的写作显然是与所有说教相对立的，无论那是宗教性的、政治性的还是其他什么性质的说教"。另一方面，他强调"生活里最重要的东西是无法言说的，只能被写出"。他强调写作使命感的同时告诫我们，写作并非说教，而是对事物的凝视和呈现。对沉默的书写，尤其需要谨慎，因为沉默往往关联于某种权力关系，往往与权力关系中的下位者有关。书写沉默，实际上是代替他们发言，实际是以上位者身份观察下位者，我们需要避免赏玩和消费的心态，也需要对刻意设置美满希望的写作方式保持警惕。

演讲中的几句是这样的：

"那么，如果你足够仔细地倾听，会听到什么呢？

"你听到的是沉默。

"正如人们所说的，你只能在沉默中听到上帝的声音。"

目 录

- 1 松木的清香　　/ 万玛才旦
- 19 外面下雨了吗　　/ 蔡东
- 35 所罗门王的指环　　/ 大头马
- 57 夜游神　　/ 史玥琦
- 79 当他谈起冰的沉默　　/ 李嘉茵
- 102 长冬短夏　　/ 王陌书
- 117 造房子的人　　/ 周婉京
- 220 动物标本　　/ 褚婷
- 237 拿什么拯救你，我的孩子　　/ 王威廉
- 258 跃入群星　　/ 路魆
- 278 沉默　　/ 包倬
- 325 沉默　　/ 陈年
- 337 朋友圈　　/ 张戈
- 358 保持沉默　　/ 姚鄂梅
- 402 记忆的持久性　　/ 白琳

松木的清香

/ 万玛才旦

我气喘吁吁爬到三楼楼梯口时,远远看到一个穿皮袄的牧民蹲在我的办公室门口抽烟。

我走到办公室门口,停下来看那个牧民。那个牧民二十几岁的样子,卷发,古铜色皮肤,是个青年牧民。

青年牧民站起来问我:"这个办公室里上班的人是不是你?"

我看着他,点了点头。

青年牧民的样子有点张扬,他看了看自己手腕上的电子表,问:"你为什么迟到了二十三分钟?"

我也看了看自己手腕上的手表,确实迟到了二十三分钟。我们下午两点半上班,现在是两点五十三。

我问他:"你有什么事吗?"

青年牧民咄咄逼人,问:"你们国家干部上班可以随便迟到吗?"

我往前一步,拿出钥匙准备开门。

我开门时,青年牧民还在抽烟。

我开门进去后,青年牧民也准备跟进来。他手里还捏着那根已经抽了一半的烟。

我把他挡在门口,说:"你先把烟掐掉再进来!"

他看了我一眼,把手里的烟头扔到门口的水泥地上,用脚尖使劲踩了踩。水泥地上的烟头被他踩成了碎末,散发出烟丝的味道。之后,他就进来了。他带进来一股浓烈的烟草味和身上的汗臭味混杂在一起的奇怪的味道。

我只好走过去打开了窗户。窗户外面的阳光白晃晃一片,冬天凌厉的寒风"呼呼"地扑了进来。

青年牧民进来,慢条斯理地坐在了靠墙的那张长沙发上。

之后,青年牧民手腕上的电子表响了,发出一种怪异的女人的声音:"北京时间,下午十五点整。"

我被这怪异的女人的声音吸引了一下,扭头看他。他也在看我。

我拿一块抹布一边擦办公桌,一边问:"你什么事?"

青年牧民说:"我们村里的一个人死了,我来开那个人死了的证明。"

我说:"那叫死亡证明。"

青年牧民看着我说:"就是那个东西。"

我又问:"那个人是在哪里死的?"

青年牧民说:"在医院里死的。"

我说:"那你应该先在医院开死亡证明,没有医院的证明我们开不了。"

青年牧民说:"那个人没有身份证,没有户口本,医院让我们先去找你们开证明。"

我问:"那个人的身份证、户口本哪去了?"

青年牧民说:"没找到,应该是丢掉了。"

我问:"死者年龄多大?"

青年牧民说:"三十二岁。"

我警惕地问:"怎么死的?"

青年牧民说:"喝醉酒骑摩托车撞到大车上的,拉到医院没多久就死了。"

我接着问:"死者跟你什么关系?"

青年牧民说:"我跟死者一个村子。"

我停下擦桌子,问:"你有没有报案?"

青年牧民说:"没有,我直接从医院赶来的。"

我问:"肇事司机现在在哪里?"

青年牧民说:"肇事司机和我们村主任在医院里,肇事司机吓坏了,跟丢了魂似的。"

我问:"死者家人呢?"

青年牧民叹了口气说:"没有什么家人了,都死了。"

我问:"医院怎么联系到你们的?"

青年牧民说:"死者手机里有我们村主任的电话号码。"

我坐下来,打开了电脑。

我问:"死者是哪个村的,叫什么名字?"

青年牧民说:"多杰太,纳隆村的。"

我坐下来在电脑里查找,很快就找到了。

我问青年牧民:"你过来看,是不是这个人?"

青年牧民站起来,走到我后面,看着电脑屏幕上的照片说:"就是他。"

我盯着照片看了一会儿,说:"这个人我也认识。"

青年牧民从侧面看着我,问:"你怎么认识他?"

我说:"我们在小学里一起念过书。"

青年牧民说:"我知道了,他父母死后,他县上当局长的舅舅把他接到县上念书了。"

我说:"他小学没毕业又回去了。"

青年牧民说:"后来他县上当局长的舅舅也死了,他又回来了。"

多杰太和我是小学同学。我记得他刚到我们班上时应该是二年级,他的汉文很差,连自己的名字也不会写。

老师把"多杰太"三个字分开写在黑板上,让他跟着念。三个字占了整个黑板。

老师念:"多,多少的多。"

多杰太念:"多,多少的多。"

老师念:"杰,杰出的杰。"

多杰太念:"杰,杰出的杰。"

多杰太停下来问:"老师,杰出是什么意思?"

班里的同学都笑起来,老师看着他说:"不要管它什么意思,跟着我念。"

老师接着又念："太，太好了的太。"

多杰太跟着念："太，太好了的太。"

后来，同学们就叫他"多少的多，杰出的杰，太好了的太"，一长串名字，不知道的人总是问这是什么意思。他当时觉得这样叫他很有意思。

青年牧民可能也觉得这个有点好笑，就笑了一下，但是笑得很勉强。

那时候，我的学习成绩很好，基本上每个学期期末考试都是班上的第一名。多杰太为了提高自己的学习成绩，就从家里带来各种零食巴结我。我得到那些平时根本吃不到的零食之后也尽可能地帮他。我不知道那么多零食是从哪里拿来的，每次都不一样。有一次我还问他你舅舅家是不是开小卖部啊，他笑着说不是，他舅舅给他买的。我当时想，他这个当局长的舅舅家里该多有钱啊！

可是没有想到小学三年级上学期的期末考试成绩出来之后，多杰太成了我们班里的第一名，藏文考了98，数学考了91，更没想到的是汉文竟然考了100分。而我只占了第三名的名次。班主任老师一个劲地夸他，叫那些学习差的学生要好好向他学习。当年教他写汉文名字的那个老师也对他竖起了大拇指，说这样下去，以后上个大学没有任何问题。那个时候，我们那里还没有多少大学生，平时听说谁谁家的谁谁谁是个大学生，都惊讶得说不出话来。这种情况让我对他恨之入骨，十二分地后悔这两年收他各种零食，给他补习功课。之后，他对我还是很好，时不时从他舅舅家里拿各种零食到学校给我吃，但是我连他的一个水果糖都不再吃。他总是说没事，你就吃吧，哪怕你吃了也不用给我辅导功课。我放狠话说要不是你之前一直死皮赖脸地求我，我才不愿意给你辅导功课！三年级第二学期的期末考试成绩出来后，他还是考了第一名，而我成了第五名。从那之后，我就没再好好理他，他也不怎么理我，班里原先看不起他的那几个同学，反而成了他的朋友。

青年牧民笑着说："你们城里的小孩们心眼挺小的。"

我也笑了笑说："现在想想还真有那么点小心眼的意思啊。"

青年牧民说："那就是小心眼。"

我只好转移话题，说："再后来，我们小学快毕业时，他又回去了。几个老师都说这个孩子这样回去真是太可惜了。我心里倒是挺高兴的。他走后的那个期末考试,我的成绩又上去了,考了全班第一名。"

这时,青年牧民有点不耐烦地打断我说:"行了,行了,既然已经找到了,就赶紧给他开已经死了的证明吧。"

这次我没有纠正他。

我正要开死亡证明时,青年牧民说:"后来他没再继续念书,成了一个小混混。"

我停下来看他眼睛。

青年牧民没再继续往下说,突然打了一个喷嚏。

青年牧民接着又打了一个喷嚏。

我觉得他的样子很奇怪。

青年牧民做出继续要打喷嚏的样子,我盯住他看,他就忍住了,没有打喷嚏。

外面的风变大了,我把窗户关上。

青年牧民说:"赶紧开吧,多杰太的尸体还在医院的停尸间里放着呢。"

我突然停下来对他说:"我先去请示一下我们所长。"

青年牧民说:"在你们这里办个事情真是很麻烦!"

我没有理他,自己出去了。

所长的办公室在二楼,他正在里面喝茶,看一本书,我跟他汇报了情况。

所长说:"开上证明你也跟着去一趟,到县交警大队备个案。"

我和青年牧民开着警车出发去县上。

刚上路,青年牧民说:"我这辈子没坐过警车,心里有点害怕。"

我说:"只要没做坏事,就不用害怕。"

青年牧民说:"这是专门抓坏人的车,没做坏事心里也害怕。"

路上,我给青年牧民又讲了多杰太的一件事。

大概三年前,多杰太还找过我一次。

那天下午,我正在上班,一个牧民突然打开了我的门。

我被吓了一大跳。

那个牧民站在门口看我。

我问："你有什么事？"

那个牧民站在门口突然哈哈大笑起来。

我又问："你有什么事吗？"

那个牧民突然变得很严肃，说："我是多少的多，杰出的杰，太好了的太。"

我站起来说："多杰太！"

虽然我喊出了他的名字，但是我基本上认不出他了。站在我面前的这个牧民已经基本上不是我记忆中的多杰太的样子。在他用那样的方式念出自己的名字之后，我才叫出了他的名字。

他说："你总算认出我了，哈哈哈。"

我敷衍着说："你变了，我差点就认不出你了。"

他说："你没多大变化，走在大街上我也能认出你。"

之后，他说："今天我请你吃饭吧，咱们出去吃。"

我刚好中午没事，就跟他出去了。

那天，他穿得还算整洁，气色也不错。

我俩去了一家看上去还干净整洁的藏餐馆。那天不知咋的，吃饭的人特别多。老板我们认识，是个充满活力的小伙子。他笑着说今天上菜可能不会那么快，需要等一等啊。我说没事没事，我们可以慢慢等。老板说那好吧，我们尽量快点上。我问多杰太咱们吃什么，他说你看着点吧。我就要了两斤手抓羊肉，一份牛肉包子。我问他这些够不够，他说够了够了，吃不了等于浪费。

老板给我们先上了一壶奶茶，说："你俩先喝点奶茶吧，不然等着干着急。"

我说谢谢，谢谢，老板说不好意思，不好意思，奶茶是送你们的。

我们喝奶茶时，我问多杰太："咱们念小学时你的学习成绩不是很好吗？后来怎么没有继续念书啊？"

多杰太叹了一口气说："命嘛，每个人的命不一样嘛。"

我说："你那么聪明，你应该继续念下去的。"

多杰太说："我也觉得我这个人脑袋瓜还挺聪明的，就是命不太好嘛。"

我说："其实命还是有改变的机会的。"

多杰太笑着说:"说实话,你的脑袋瓜没我脑袋瓜聪明,这个你承认吗?"

我也笑了,说:"我承认,念小学时你很快就超过了我,这个我是万万没有想到的。"

他还是笑着说:"后来我才想明白了,那时候你不太理我,不吃我给你的零食,是因为你嫉妒我,是不是这样?"

我说:"后来我上了大学之后,想起小时候的一些事,觉得那时候我确实是有点嫉妒你的。我想你一个牧区来的孩子,刚来时连自己的名字也不会写的家伙,为什么就能超过我呢?"

多杰太笑了,说:"你终于承认了,我还以为你不会承认呢,你们这些读了书的人就是心胸开阔,就是不一样。"

我说:"这有什么不敢承认的,那时候我们都是小孩子嘛。"

多杰太笑着问:"那你现在还承认我的脑袋瓜比你的脑袋瓜好使吗?"

我笑着说:"现在就不好说了,要是咱俩一起读了大学就知道了。"

他一下子变得伤感了,说:"是啊,这就说明我的命没你好啊!如果我的命跟你一样好,我想我也跟你一样读了大学,成了国家干部吧?"

我赶紧说:"当然当然,这是最基本的。"

他马上又开朗起来,说:"算了,说这些没有用,这些都是命里注定的事情,谁也改变不了。"

我看着眼前这个几乎认不出来的小学同学,不知道该再说什么。

他却指着我说:"本来今天我是准备好了请你吃饭的,但是现在一想,今天应该由你来请啊。你都堂堂正正的国家干部了,应该请我这个小老百姓、小学同学吃个饭啊,哈哈哈。"

我马上说:"好,好,完全没问题,完全没问题。"

我们喝完一暖瓶奶茶,点的东西终于上来了。老板说手抓羊肉给你们多加了半斤,包子多加了六个,送的,不收钱。我说感谢感谢,不用这样。

最后,手抓羊肉基本上被多杰太吃了,我吃了几个牛肉包子。

他边吃边说:"手抓羊肉不错,牛肉包子也不错。"

吃饭时,我们还喝掉了七瓶啤酒。

那天中午,除了吃饭,我们还没话找话地聊了一些事情。

最后，我问他："你真的相信命吗？"

他说："当然相信，不然咱俩之间为啥会有这么大的差距呢？"

我看着他，不知道该怎么接话。

他却说："人跟人的命运就是不一样，这是改不了的。"

我说："你也不能这样说吧。"

他说："人跟人的命就是不一样，我这种人注定只能活成这个样子了。"

我没再说什么，也不知道该说什么。

青年牧民突然问我："他没有问你借钱吧？"

我说："没有，他没有跟我提过钱的事。"

青年牧民说："那算好的。他借了很多人的钱，借了都不还。"

我问："他借那么多人的钱干吗？"

青年牧民说："唉，几年前多杰太开始打麻将赌钱，我们村里也有几个跟他差不多的混混，但是那几个根本就不是他的对手，几个月之后就把一点本钱在多杰太手里输了个精光。多杰太后来去了州上，跟州上的那些混混们赌，我们都担心他很快就会输个精光滚回来，没想到他在州上也站住了脚。听说还赢了不少钱，买了个二手的桑塔纳，找了个城里女人，过起了城里人的日子。有一次他还开着那个桑塔纳，带着那个城里女人回村里了，很风光，村里人看他的眼神都是羡慕连带嫉妒的——"

我一边开车一边问："那他后来怎么就成了那个样子？"

青年牧民说："后来，后来他就不行了。"

我问："怎么了？"

青年牧民说："后来听说他惹了州上的一个地头蛇，那个地头蛇专门从兰州请来了一个打麻将赌博的高手，设局让他上当。听说那时候多杰太手上都有一百万人民币，我们都吓坏了，心想这家伙真是很厉害！听说他们打了三天三夜的麻将，最后多杰太输了，一百万就没有了，那个二手桑塔纳也没有了，那个女人也离开了他——"

青年牧民叹了一口气，我继续开车。

青年牧民接着说："他到处找人借钱就是从那时候开始的，他说他一定要把输掉的赢回来，但是从那以后，好运气就离开他了，他越赌越惨，最后背了一屁股的债，而且喝酒喝上瘾了。你要知道之前他虽然赌博，但酒是轻易不喝的。"

我一边开车一边想，我那次见他应该是他在输了钱之后吧，但是我想不通他怎么就没问我借钱。他那次即便问我借钱，我也是没有什么钱可以借给他的。我那时候正在凑钱买房，准备跟交往了三年的女朋友结婚呢。

看我不说话，青年牧民问："之后你还见过他吗？"

我说："没有，那是最后一次见他。"

青年牧民说："等会儿你又能见到他了。"

我点了点头。

青年牧民说："听说他还借了高利贷，最后还不上，右手的一根手指头被人剁掉了呢！"

我没有说话，继续开车。那天还下了点小雪，路面有点滑。

到了医院，青年牧民指着一个中年牧民说："他是我们村主任。"

中年牧民过来跟我握手。他看上去满脸沧桑，额头上的皱纹一道一道的，整个人裹在藏袍里，疲惫不堪。

青年牧民又指着另一个人说："他是肇事司机。"

肇事司机不是本地人，应该是个甘肃人。他看上去很紧张。

我们拿着证明办了医院的手续。

我见到死者时，有点出乎意料。死者身上没有明显的伤痕，差不多跟我上次见到时一样。

我问肇事司机："是你撞的吗？"

肇事司机辩解道："不是我撞的，是他自己撞我车上的。"

我问肇事司机："什么意思？"

肇事司机有点紧张，说："那天我给寺院拉水泥，回来路上突然从倒车镜里看到有人骑着摩托车直接撞到我车上了。"

我问："然后呢？"

肇事司机说："然后我停车下去看，一个人和一辆摩托车翻倒在路边，摩托车挡风玻璃碎了，人倒在地上不动。"

我又问："然后呢？"

肇事司机说："然后我把他送来了医院。"

中年牧民插话说："我们接到医院电话，赶到医院时，他已经死了。"

肇事司机说："他那天喝了酒。我送他来医院时，他身上全是酒的味道。"

中年牧民补充道："医生也说他喝了酒，我们到医院时还闻到他身上的酒味。"

我仔细看了看躺在太平间床上的赤身裸体的死者的尸体，他的右手确实缺了一根手指头。

我对中年牧民和青年牧民说："你们先去火葬场办手续，我带肇事司机去一趟交警大队，再来找你们。"

之后又对肇事司机说："你开上卡车跟在我后面，注意不要跟丢了。"

肇事司机点头，嘴里说："不会跟丢，交警大队位置我知道，去过好几次。"

下午五点半，我和肇事司机、交警扎西赶到火葬场时，中年牧民跟我说："你们来了刚好，我们请寺院的活佛算过了，正好今晚八点可以火葬，不用再等。"

我马上问："死者在哪里？"

中年牧民说："我们已经收拾好了。"

随后，他带我们去了火葬场停尸间。

我们看到死者已经被绑成了一团，呈双手合十打坐状放在墙角，上面盖着一条哈达。

我问："你们怎么这么快就收拾好了？"

中年牧民说："火葬前就得这样收拾好啊，再过半小时就火葬，不然怎么让亡者入葬？"

我看了看交警扎西，他马上说："死者今晚不能火葬，死者死因可疑，我们得等法医的尸检报告。"

中年牧民说："不行，已经绑好了，不能再解开！"

交警扎西对我说："你跟他们解释，必须等尸检报告出来才可以！"

中年牧民和青年牧民态度也很强硬，鼻子里发出"哼哼"的声音，不理我们。

交警扎西看着他俩问："听说死者出事之前还喝过酒？"

中年牧民说："我们到医院时从他身上闻到了酒味。"

肇事司机也赶紧说:"我送他去医院时,他身上全是酒味!"

交警扎西问:"出事之前他跟谁一起喝的酒?"

中年牧民和肇事司机赶紧摇头,说:"不知道。"

交警扎西说:"所以我们必须得查清楚。"

中年牧民说:"他平常就是个酒鬼!"

交警扎西说:"调查清楚前,你不要随便讲话,这是要负法律责任的!"

中年牧民和青年牧民互相看了看,又一起看我。

我把他俩拉到一边讲了事情的严重性,但他俩似乎还是没有意识到事情的严重性。

我只好说:"今晚火葬肯定不行。"

中年牧民看着我和交警扎西说:"你俩也是黑头藏人,这尸体一旦绑上了就不能解开,而且下葬的时间也不能随便改。你们年轻,也许不懂这些规矩,但你们可以问问你们的长辈啊。"

交警扎西说:"规矩是规矩,法律是法律,现在得按法律来。"

我对中年牧民说:"打个电话跟活佛解释一下,不然出了问题谁也负不了这个责任!"

中年牧民拉上青年牧民去给活佛打电话。

他俩拿着手机点头哈腰说了不少话。

打完电话,中年牧民过来说:"错过今晚的时间节点,下次火葬还要等七天。"

交警扎西不说什么,拿出一根烟点上。

我说:"只能这样了。"

青年牧民说:"现在怎么办?"

交警扎西说:"你俩先回去吧,有事再找你俩。"

肇事司机站在一边,可怜兮兮的样子,问:"那我怎么办啊?"

交警扎西说:"事情查清之前你不能离开县上。"

肇事司机张了张嘴没再说什么。

第二天,我开始调查死者喝酒的事情。我按死者手机的通话记录把最后一个号码拨了过去,找到了最后跟他联络过的人。

那人听说多杰太死了,不相信,说这怎么可能。

我说我是派出所的，他就马上相信了。

那人在电话里说了一些生命无常之类的话。

我在电话里问那人："他去找你干什么？"

那人说："他来找我借钱。"

我问："你有没有借钱给他？"

那人说："没有。谁都知道借钱给他等于打水漂。"

我问："你跟他是怎么认识的？"

那人说："我跟他是在州上认识的。那时候他有点钱，人也挺张扬，我们就认识了，成了酒肉朋友。他这个人喜欢花钱，我们出去吃饭喝酒玩都是他埋单，从来不让我们埋单。对了，那时候我也在州上做点小买卖，后来买卖不行了就回来了。"

那人顿了顿之后又说："其实我对他这个人了解不是很多，我们也就酒肉朋友而已。"

我问："他说了借钱干啥吗？"

那人说："他说他遇到了一个女人，他要娶那个女人做老婆。"

我问："那天他有没有喝酒？"

那人说："没喝。"

我问："你之前知道这个事情吗？"

那人说："不知道。我只知道那两年他有钱的时候有一个城里女人跟过他，后来他输光之后那个女人就离开他了。"

我问："他还跟你说了什么？"

那人说："我没给他借钱之后，他还拿出一个女人的照片说你可能觉得我在跟你撒谎吧，我向三宝发誓，我这次说的可是真话，我遇到这个女人之后，就去寺院对着佛菩萨发誓以后不再赌博了，发誓以后要好好过日子。我还看了一眼照片上的女人，就是一个看上去三十多岁的女人，长得挺朴素的，红脸蛋，感觉很老实。我还问他你以前借别人的那些钱怎么办啊？他说以后想办法还呗，总会有办法的。"

我问："他问你借多少钱？"

那人说："他说十万，十万就够了。"

我咳嗽了一下，那人接着说："虽然他那天的样子看起来不太像在撒谎，但我也不可能借钱给他的，他欠别人的钱实在是太多了。"

我点了一根烟，问那人："还有什么要补充的吗？"

那人说："他那天穿了一件半新的黑西装，还打了一条红领带，看上去感觉怪怪的，不太像平时的他。"

我问："还有吗？"

那人想了想，接着说："对了，他那天还带着一瓶青稞酒。"

我赶紧问："然后呢？"

那人说："然后就没什么了。没借到钱他就骑摩托车走了。"

我问："他走之前没喝那瓶青稞酒吗？"

那人说："没有，他走之前没有打开那瓶青稞酒。"

我说："他有没有跟你说什么？"

那人想了想又说："他走之前从随身背着的包里拿出那瓶青稞酒说我们认识这么多年了，我以为我们是那种真正的朋友，来之前还想着你借我钱之后咱俩可以喝掉这瓶青稞酒，小小地庆祝一下，现在看来是不用打开酒瓶盖子了。"

我问："他还说了什么吗？"

那人肯定地说："没有，没有再说什么。他把那瓶青稞酒装回包里就骑着摩托车走了。"

我说："他被送到医院抢救时，医生说他喝了酒。"

那人说："那我不知道。他可能是在路上喝掉了那瓶酒。"

我问："为什么这样说？"

那人说："我猜的。可能他没借到钱，心情不好就喝了青稞酒。他离开时，我看他情绪有点低落。"

查来查去，最后的结论是他自己在路上喝了酒。

周一下午三点，尸检报告出来了。

交警扎西把尸检报告交给我说："可以排除其他因素，就是一场正常的交通事故，而且是死者自己的责任。我们调看了监控，是死者自己超速撞上卡车导致颅内出血死亡的。"

我还想问几个问题，最后都没有问。

交警扎西说："你通知他们可以火葬了。"

过了几天，中年牧民和青年牧民开着一辆皮卡来了。

他们也不跟我说话，直接去收拾尸体。

尸体放太长时间变得僵硬了，但他们最后还是让尸体呈现出双手合十打坐的样子。

火葬场管理员是个瘸子，四五十岁的样子。他穿着一件油腻的大衣，一瘸一拐地过来问我们用柴油烧还是用松木烧。

中年牧民和青年牧民问："有什么区别？"

管理人员说："主要的区别就是价钱的区别，柴油烧六百块，松木烧一千块。"

中年牧民和青年牧民商量了一下说："柴油烧就可以。"

管理人员点点头，一瘸一拐地往焚尸间门口走。

我叫住管理员说："用松木吧，这个钱我出。"

中年牧民和青年牧民看着我，似乎在猜我在想什么。

我只是对他俩点了点头，没有说什么。

死者被我们放进了那个佛塔状的焚尸炉里，被管理员一把火点着了。焚尸炉里面发出"噼里啪啦"的奇怪声音。

没过多久，焚尸间里面充满了一股奇怪的刺鼻的味道。我有点不适应，用手捂住了鼻子。

之后，我和中年牧民、青年牧民出来抽烟了。

点上烟之后，我问中年牧民和青年牧民："亡者之前有没有跟你们说过要跟一个女人结婚之类的事？"

青年牧民表情木然地摇头。

中年牧民想了想说："有一晚上他突然给我打电话跟我说他跟一个女人好上了，打算娶她。还说那个女人也愿意嫁给他。"

我问："还说了什么？"

中年牧民说："他说他想回村里住了，问我修缮一下他家的老房子大概需要多少钱，还问我娶个女人各种乱七八糟的开支大概需要多少钱，我估算了一下就说，简单一点十万块钱差不多了，他说他大概知道了。我问他你怎么突然想回来了，他说他年纪也不小了，就想回来了。"

这时，青年牧民说："他那么个人，回村里踏踏实实过日子不太可能吧，再说，还有女人愿意嫁给他也是很奇葩的事情呀！"

中年牧民说："不知道，也有可能吧，这世上什么样的事情都是有可能发生的。"

青年牧民突然问我："你为什么问这些事情？"

我说："没什么，没什么，随便问问。"

他们没再说什么，我也没再问什么。

我们三个正在抽烟时，管理员拿着一根木头正往焚尸间走，随口说："刚刚落下了一根木头，我把它放进去。"

我喊住管理员，从他手里接过那根木头仔细看。那是一根松木，似乎还没有干透。

四周没有风，空气像凝固了一样，很冷。我把那根松木拿到鼻子下面闻了闻。我突然间闻到了一股淡淡的松木的清香，很特别。

管理员和中年牧民、青年牧民在用奇怪的眼神看着我。

我把那根松木递给中年牧民，他也把松木拿到鼻子底下闻了闻，说："这味道很好闻。"

中年牧民把那根松木递给青年牧民，让他闻。

青年牧民闻了闻，说："嗯。"

管理员看着我们说："肯定是松木的味道好闻啊，柴油的味道太冲了，我到现在还不适应。"

我们没再说什么。中年牧民把那根松木递给管理员，管理员拿着松木进了焚尸间。

之后，我们三个又各自抽起了烟，谁也不愿意再多说一句话。从我们站着抽烟的位置能看到焚尸间房顶的烟囱里冒出一股黑乎乎的烟。中年牧民偶尔突然念诵几句经文。

抽完烟，中年牧民对青年牧民说："咱俩去给亡者点个酥油灯吧。"

说完，他俩就去了专门为亡者家属订制的小佛堂。我继续站在那里点上了一根烟。

大概三个小时之后，多杰太变成了一小袋骨灰。青年牧民手里拿着那袋骨灰，面无表情地看着管理员把焚尸间的门关上。我看着青年牧民手上的那一袋骨灰，有一种很恍惚的感觉。

中年牧民和青年牧民问管理员哪里可以撒骨灰。

管理员指着火葬场门口右侧一个小山包说可以撒在那里，那个地方被某个大活佛加持过。

我说："你们可以把骨灰带回村子里吧？"

中年牧民说："这种非正常死亡的，我们一般不会把骨灰带回村子里的。"

我把手头的烟扔掉，跟他们一起往外面走。

那天外面的风不是很大，我们把骨灰撒到外面那个四周全是各种垃圾的小山包上，一些细碎的粉末状的骨灰沾在了我们的手上，我们的脸上，我们的头发里，我们的衣服上。

我想，一些骨灰肯定也被我们吸进了肺子里。

撒完骨灰，掸掉残留在手上、脸上、头发里、衣服上的骨灰后，我们三个人不由得咳嗽了起来。

"喀，喀喀，喀喀喀，喀，喀——"

我们三个人咳嗽的声音短促而有力，听起来是那么富有节奏感。

（原载《十月》2023年第1期）

评鉴与感悟

万玛才旦（1969年12月3日—2023年5月8日），出生于青海省海南藏族自治州贵德县，后考入北京电影学院，是北电历史上第一位藏族导演。其人其作品被评价为"具有独特视角和深刻人文关怀的导演""藏民族电影和小说创作的高峰"，"展现了藏族的自然风光和人文精神，同时也探讨了现代文明与传统信仰之间的冲突与融合"。2023年5月8日凌晨，因突发疾病医治无效，万玛才旦于西藏逝世。

短篇小说《松木的清香》刊载于《十月》2023年第1期，这或许是万玛遗留下的最后的公开文字作品。在阅读作品过程中，读者能感受到某种类似观看电影的精神情感体验：叙述简单明了，不拖泥带水；不过分停留于人物的内心活动，而以人物间的对话不断推动故事情节，使文本始终处于动态进程之中；较强的现实模拟能力，三言两语便将人物周遭的环境氛围、色调气味交代明晰，视听感强烈；通过办公室、车厢、医院、火葬场等多个场景的调度转换，完成整个故事的拼接等等。

但剥去小说精巧的叙事外壳，在内容上，《松木的清香》其实在进行很纯粹的有关"命运"/"人生意义"的古老叩问与探求。小说由一位青年牧民来派出所，让"我"给一位"没有身份证""没有户口本"，甚至"也没有什么家人"的藏民开具死亡证明起笔。在与青年牧民的交谈中，死者多杰太童年时代的命运画轴也被徐徐展开：年幼父母双亡，被县城当局长的舅舅接至身边念书，与此刻身为国家干部的"我"成为同学。但在替多杰太辅导汉语、看着他的名字位居榜首时，"我"的忌恨心开始隐隐作祟，对他爱答不理。最后终于由于舅舅的去世，多杰太重被折返回村，成为一个不学无术的小混混。

故事的第二个场景被安排在去交警大队备案的警车上。"我"向青年牧民交代了三年前"我"与多杰太相遇的情节：那时，他的穿着还算整齐，气色也很不错。在一家餐馆里，"我"向他坦言了自己年少时的忌恨——"我想你一个牧区来的孩子，刚来时连自己的名字也不会写的家伙，为什么就能超过我呢？"但也承认如今谁的脑袋瓜更好使可说不定，"要一起读了大学才知道"。但青年牧民"他没有问你借钱吧"的诘问却道出了多杰太并无机会与"我"一比高下的现实。事实是，尽管脑袋聪明，多杰太却未上过大学。赌场上倒是顺风顺水，从村里打到州里。但也因此得罪了州里的地头蛇，从此背上高利贷，落得一无所有。

最后，随着多杰太死因的揭开，他生命里的最后一块经验碎片也被补齐：由于结识了一个可爱的女孩，并安下心来真心实意想和她好好过日子，多杰太决心回村筑房成亲。但命运却并没有给他从头再来的机会，本以为的知心好友竟是酒肉朋友，并不打算借给他那重启生活的十万元资金。在仅存的希望被绝望再度碾过后，他独自饮下原本要和朋友一起痛饮的青稞酒，在酒精的刺激下超速撞上了一辆正往寺庙拉水泥的卡车。

"可以排除其他因素，就是一场正常的交通事故，而且是死者自己的责任。"这是法律为多杰太的死因所做的结论报告。但是，法律之外呢，真的只是多杰太一个人的责任吗？在小说中，多杰太的一生，均是由其他人物的回忆拼凑讲述，核心人物多杰太始终处于"沉默"的状态。而之于为何自己的人生变为如此模样，叙述者却终于不再让他沉默。在与"我"的最后一次交谈中，多杰太将其归结为"命运"的缘故。所谓"命运"，恰似沈从文在《长河·橘子园主人和一个老水手》中所谈到的"气运"："乡下人照例凡是到不能解决无可奈何时，差不多都那么用'气运'来抵抗它，增加一点忍耐，一点对不公平待遇和不幸来临的适应性，并在万一中留下一点希望。"而将多杰太由年幼时的上坡推至中年时低谷的"命运"之手又是什么呢？亲人的不幸离世，人性中令人厌恶却难以回避的"嫉妒"短板，地头蛇类社会特殊灰暗团体的存在，真实却又短暂脆弱的希望？还是因要查明死因而让"被绑成了一团，呈双手合十打坐状放在墙角"的尸体无法按预期时间下葬的法律，抑或因非正常死亡而不能将骨灰带回村中的藏区规矩？没有人能给出确切的回答。唯有沉默，或如万玛才旦一样，借小说人物之手，为其增添一丝松木清香。因为正如那撒在四周全是垃圾堆而复又沾在我们手上、脸上、头发里、衣服上，甚至吸进我们肺里的骨灰一样，多杰太的影子已存留在我们身上。他的命运，就是我们每个人命运的一部分。（唐媛媛）

外面下雨了吗

/蔡东

他站在太阳地里，身后投下的，是熊猫的影子。

宋芹瞧见他站在外面，就飞快地取了桌布，铺好最后这张台，悄悄跟出来。

春末夏初，天空蓝得漫不经心，是一层薄薄透透，不那么用力的蓝色，没有重量感，也没有藏住的隐衷和心事。云彩丝丝缕缕的，被风引着，白烟般上升，越来越淡，直至消逝于无形。阳光穿过清透的空气，跳荡着落下，照得到处一片晶亮。她深吸一口气，几步走过去，拽一下熊猫前掌，提醒他，我来了。他晃晃头作为回应，自然看不见他的表情，眼前依旧是一张毛乎乎的圆脸，脸上两个八字形眼圈拢着小小的树脂眼球。她冲这双下垂眼微微一笑，接着想道，不对，他是从熊猫嘴那里视物。她下移视线，目光落在透明嘴巴上，隔一层塑料往里看，模模糊糊也看不真切。

中午带几个客人入座，她注意到黄衣骑手送了一盒蛋糕至前台，前台服务员转手放进冷柜。她忍不住在心底合计，是周五吧，晚上八成有生日宴。立马向四周张望，寻找他的身影。他仍独自待在角落，身体斜倚窗户，手臂交抱胸前，熊猫头放在脚边。

那算个秘密吗？她也说不清楚。饭点儿的时候，餐馆里热热闹闹多少双眼睛，他俩的秘密是在明处的，从未刻意掩藏，坦荡发生于每次生日歌结束之际。只是人来人往的，竟无人真正在意，倒成了专属于俩人的秘密了。

过了午高峰，餐馆里活儿少，人偶就被派出去招揽生意。几个月来，人行道花砖地面投下过长耳兔、皮卡丘、尖头黄鸭梨的影子。宋芹看得出，现在他最喜欢这套新款熊猫的，头身分体好穿脱，里头空间大，还藏了个小风扇。

她陪他站在树荫里。一个漫长的午后，懒懒地停靠在黄葛树巨伞般展开的树冠上。长长的街道安静下来，行道树的枝叶间传出清晰的鸟鸣声。有的鸟鸣声短促清亮，珠子一颗颗滚落在地；还有的，是悠扬地带着颤音，一缕轻烟缓缓飘向天空。

下来，我要下来！一个小男孩双臂前伸，似要跃出母亲的怀抱。年轻妈妈一脸怒容，怀里抱着体型偏胖又不肯自己走路的孩子。她蹲下来卸掉怀中孩子，孩子转身扑向熊猫，小手来回抚摸熊猫厚密的腹毛。嬉戏好一会儿，小孩才面露厌倦之意，妈妈试着问，咱俩比赛走路好吗？小孩眨眨眼，突地迈开步子往前走。另一位妈妈没那么幸运，熊猫刚一走近，孩子就快吓哭了，妈妈捂住孩子眼睛，侧身快走几步离开。又来了几个穿校服的小学生，停下来跟熊猫握手，宋芹打起精神，防着他们拍打熊猫头或揪绒球般的短尾巴，还好几个人嘻嘻哈哈拍完照就走了。更多的行人步履匆忙，对身着劣质服装的人偶不感兴趣，低头疾步走过。

嘴角弯月般向两边翘，让人偶永远保持住笑容；黑色圆点表示鼻子之所在，写意式的，潦草了些；半圆小耳朵不知何时陷进白绒毛里，几乎看不见了。她抬手把耳朵往上拉出来，这样，人偶神情里就少些茫然。一阵风吹过，树枝摇动，摇得一地金色的光斑。她看一眼手机，都快两点了，哪还有人吃饭，就用肩膀蹭蹭他，说进去歇着吧。

几个月前，他还是一只长耳兔时，她来餐馆应聘，当天就领了工服。那会儿快到年底了，餐馆几个小年轻跳槽到对面KTV，穿酒红色衬衫配马甲，看夜场，端果盘收空瓶子。人的耐受力往往会在某些时间节点忽然崩毁，把心一横，换个新鲜地方熬也好。再说了，KTV员工服装洋气又精神，不像这家炒菜馆子，用的是黄棕色立领盘扣工作服。

宋芹不在意老气的立领盘扣，她庆幸又在深圳找到一张床。饭店提供服装，还提供民房里的一个床位。睁开眼就看到床边挂着的工作服，心里踏实，不必发愁穿什么。第一天上班，领班训话，说别玩手机，手脚利索点，这里可不养闲人。领班身着挺括的深蓝色套裙，头发在脑后挨脖颈的地方挽成一个髻，看上去严厉而干练。

大厅里，根据桌子的摆放划出来一个个相对集中的区域。餐馆工作嘛，谁都不希望自己地盘大，老鸟只看四五张台，她是新手，一个人看六张。新手要多干点，新手还是万金油和阿司匹林，哪里临时有活也喊她顶上。领班环视四围掌控全场，来自同事的监督往往更为严密，百忙中责备地瞪她一眼，你居然在闲着，接着下巴一扬：那边，快去。

那天，她应付完一个对靠窗卡座有执念的客人，刚松口气，瞅见一位客人紧拧眉头招手，她提着心走过去，客人努努嘴，说："多重的烟味，就没人管吗？"她暗自叫苦，旁边那桌也是她的台。抽烟的人穿暗纹香云纱上衣，标配的念珠和扳指，哪敢惹呀。她应承着，并未上前制止，磨磨蹭蹭给另一桌撤餐盘，心里盼着在必须干预前他已迅速过完烟瘾。

扳指客人又点上一支，烟雾像追着她一样飘过来。她硬着头皮走过去，弯下腰，小声说："先生您好，不好意思，咱餐厅不能吸烟。"客人呷口茶，深吸一口烟，眼神变得迷离，跟灵魂出窍了一样。她知道他听见了。她横着心站在一边，还没想好怎么继续劝阻，客人就恼了，立起眼睛来大声斥责："知道自己是谁吗，瞎嚷嚷什么？"喧闹的餐厅出现短暂寂静，随即声浪又起。她窘在那里，脸上烧得热烘烘，不用照镜子就知道耳朵也变红了。

有人从她身边急匆匆走过，是领班。她听见领班的喊声，集合啦。她趁机转身离开，见店员们围着一桌客人，站成一个半圆，有拿灯牌的，有拿荧光棒的，还有一只长耳兔在拱手作揖。领班忽一眼扫见她呆站在那里，喊道，你，过来呀。她走近，见客人正准备切蛋糕，还不知道要干啥，歌声已响起。

一人高举灯牌，一人挥舞荧光棒，其他人拍手齐唱祝福歌，长耳兔随节奏摇晃身体。宋芹有些放不开，跟着小声唱，惊诧于生日歌竟如此漫长。歌曲段落复沓，终于挨到最后一句，掌声过后，戴纸皇冠的人双手往空气中一推，示意他们离开。

临时的庆生小团队假笑着散去，她步子有些僵。事情就是在这时发生的。

　　她赶着回自己地盘，正走着，没承想肩膀上突地多了点重量，还有一种早已陌生的感觉，是触碰带来的温热感。皮肤神经末梢激动地向中枢传送信息，心脏跳动的那一拍被拉得长长的，世界也跟着摇晃一下。

　　停住脚，扭头看，见肩膀上搭着一只毛茸茸的兔爪。兔爪轻搭在肩头，似向她求助，又像是给她安慰。来不及分辨，也不知作何回应，眼眶却不自觉地一热。转头向前，放慢步子，以搭在肩头的兔爪为连接，为他引路，引着身后的他一径走到角落。角落里，兔子拽着耳朵往上一提，兔子头离开了兔子身体。人偶服中间站着瘦小的人，这个人是长耳兔真正的脊柱，支撑起软塌塌的服装。她冲他点点头，小跑着离开，跑过一小片寂静，回到大厅，那里的声音和热气多像一大锅正在滚沸的浑汤。

　　此后的日子，她也没工夫跟他多聊几句，停下来喘口气时，习惯性地四下瞅瞅，看他在忙啥。有时他躲在一棵橡皮树后，有时被儿童缠住不得脱身，有时在接受店长指导。店长嫌他不积极，说多互动，萌一点，给客人击掌、送飞吻，来，胳膊往前伸，这是求抱抱。

　　一晃到了四月，大半个春天过去了。她陪着他，站在一个悠长的午后里。四下寂然，看不见一只鸟，只听见阵阵鸣啭声。偶有几片落叶浮在空中，晃悠半天徐徐落地。南方多的是常绿阔叶树，树叶不会一夜间被冷风扯下，常常在春天，老叶子绿得那样深，像是累了，就悄然掉落，连和树的分离都是安静的。快两点了，她用肩膀蹭蹭他，说进去歇着吧。她帮他摘下头套，挺沉的，比想象中坠手。他揉揉脖子，抹一把脸上的汗，说："我找个机会问老板，能给换个充气的吗？"

　　傍晚时分，熊猫又要出去招揽顾客。她忙着带位，间或透过窗户向外看一眼，见他歪着头，一只爪子叉腰，另一只爪子举高在耳边晃动。天色久久不暗，黄昏拖曳得越来越长，蜂蜜色落日在街道尽头的大树后平静地停留。某些时刻，隐身的群鸟像突然接到神秘讯息，一起从树枝深处弹出，向着远处的落日飞去。

　　周五晚上，空气中涌动起快活的气息，迫切需要一场聚会的人们冲出各类小隔间，导航地图上的线路一根根变红了，从淡红到绛红，从车河潺湲到几乎不再流淌。直到食客星散于商圈食肆，梗塞的道路才空落下来。

宋芹已适应了工作节奏，一开始上客便嗅到危险的气味。山雨欲来，大战前夕，身边人个个神情凝重而动作飞快，准备迎接一个俯冲过来的繁忙夜晚。

铺桌布，摆放茶杯碗碟，迎客人入座，点单，上菜，续水，换骨碟，满足千奇百怪的要求。问询太过熟练，跟背出来的一样，有忌口吗？酒水需要吗？甜品一起上吗？客人食毕离开，立即收拾碗盘。盘子在最下面，大碗套小碗，摞得颤巍巍，放在比人还宽的托盘上一趟运走。撤桌布，喷洒去污剂，抹布大力来回抹，一个月就有了肌肉记忆，想慢都慢不下来。动作利落，没有任何犹疑和磨叽，哪怕无人监视催逼，也是自动往前赶的，快一点，再快一点。

天黑透了，六张台坐满客人。他们是宋芹今晚的命运。儿童餐具呢！来包纸巾！青菜催一下，没做就退掉！A1桌小朋友坐在加高餐椅上，手指紧攥勺子，捣树脂碗里的所有食物。A2桌随儿女出来吃饭的老人看起来很紧张，隔一会儿就摸摸裤兜。A4桌客人把壶盖放桌上了，要赶紧添水。A6桌男客人高声谈论股票，一旁妻子模样的人不停翻白眼。人们在家里总一言不发地吃饭，低头咀嚼，各自想心事，到了外头却如此吵嚷。哪里突然爆发出一阵恣意笑声，接着，整个餐厅的声浪就跟着一用劲，蹿升到更高的地方。

她看顾自己的地盘，不忘观察东头窗下那桌，是那桌客人把蛋糕存在冷柜里。咦，有位客人骨碟里堆满虾头，她寻思着要不要上去换碟子。换碟子亦看运气，周到服务和愚蠢打扰仅隔一线。有时候人家配合，帮着挪碗筷；有时候人家嫌厌，抬手冷冰冰挡开。脑子里两股势力正拉锯，A2桌最后一道菜到了，她端上去，说菜齐了。一转头，见蛋糕已不在冷柜。往东头张望，客人正招呼服务员撤空盘放蛋糕，不等领班示意，她已大步走过去。

这桌人的视线落在穿紫色裙子的姑娘身上，过生日的是她。庆生小团队就位，金色蜡烛摇曳起小火苗，歌声像从远处传过来，渐次清晰、回环的曲调递进出越来越浓烈的情绪，宋芹屏着气，知道自己也离那一刻越来越近。一曲终了，姑娘探身吹口气，熄灭蜡烛，众人继续鼓掌。姑娘十指交叉相握，闭目许了愿，说好了好了，谢谢，你们撤吧。

很多客人往这边瞧，面对突然聚集过来的目光，她并不感到紧张，没人真正注视她，也没人关心她是谁。是时候了，迈开脚步，暗自哼着哆来咪，到第三个音节时，她肩膀找到一只毛绒包裹的手。这隔着衣物的触摸依然令她全身一抖。这触摸有形状、温度和重量，可细细体味，还有……她感觉到身后熊猫在找到肩膀的一瞬呼出一口长气，绷紧的肢体松快下来，像偷偷告诉她，他心里有底了。

脚突然打滑，整个人向后仰倒。回过神来，发现自己靠在软乎乎的胸膛上，一双手支住她的腰窝。她脸一红，站直身子，见地上一摊枯叶般的茶水，刚想抱怨谁洒的水，也不拖下地，身后便传来闷闷的声音，他在跟她说话，是下雨了吗？

他们似有着共同的样貌。在多数人要上班的时间徜徉于超市，牙齿洁白，衣着休闲，体脂率偏低，上了点年纪，喜欢买黑标火腿和羽衣甘蓝沙拉。眼前这位女顾客亦如此，符合目标消费者画像的各项特征，连皮肤和气色都带着些经典的意味。宋芹把东西放进可降解购物袋，目送顾客缓步离开，与其从容步态比照，才意识到自己刚才一连串动作有多慌张，呼吸也急促，像刚从水里浮出来一样喘息。超市为拓宽自助收银通道，又撤掉一个人工收银台。一上午连拆带运，动静不小，既像鞭策，又似威吓。眼看着收银台被拆掉，她心里说不上什么滋味，手头动作却不知不觉变快了。

她能留下来，是因年轻了几岁。隔壁的吕姐速度慢，周末客多时柜位总排队，加上这两周接连好几次对账都短了现金，只能自己补。吕姐抹眼泪，虽最终补了，到底耽误了主管的时间。有一回少了将近五十块，吕姐又点一遍，确实对不齐，人恍惚了一下，接着夹住腿，身子低下去，起了个哭腔。主管脸一沉，她无奈收住，闹也没意思。回宿舍路上，宋芹安慰她，说我在一家小超市待过，刚开始不会认假币，也是自己赔钱，一天白干。

一早，两人挤在小休息间里说说话，算作告别。吕姐个人物品不多，一边把水杯和药品扔进布兜，一边说老乡答应帮忙，找个轻松点的活。宋芹说，到时我跟你过去。吕姐说，净想好事，哪这么容易呀。其实她也只是随口一说。吕姐有腱鞘炎，脚踝经常肿着，小腿肚上蜿蜒着树根般的深紫色静脉，都是工作落下的毛病。她身体各部件磨损尚轻，还能站几年。毕竟，用吕姐的话说，这里的顾客气质好，不爱吵架，结账也不要求抹零。这里是大型综合体配备的负一楼超市，东西谈不上性价比，自然也不会有抢便宜鸡蛋的老头老太。

正结账的顾客突然想起来什么，我有会员卡的，意思是怎么没找我要？其实他也忘了报手机号，只是这类事默认为收银的责任。散架的柜台堆放在一边，刚来了两个工人往外运。她用眼角余光看着柜台被拖走，一分神，忘了询问。慌忙道歉，态度诚恳，心里告求各路神仙，盼着这位不在乎那点积分，退货重新扫可就麻烦了。还好，客人只随口一说，并不坚持。

长舒一口气，转过头来，看到下一位顾客，是她。

忘了从何时起，宋芹默默唤她为柠檬姑娘。购物篮递过来，跟往常一样，里头是熟食盒饭和一罐柠檬茶。也许是小危机化解后心情放松，也许是早就想跟她说句话了，宋芹拿起扫描枪扫条码，说，今天换口味了？柠檬姑娘常买黑椒牛柳意面，今天篮子里是葱油鸡便当。姑娘一愣，没接话，茫然地看她一眼，目光马上移开。她心一凉，低头掩饰尴尬，还是冒失了，这么多天来以为这姑娘已认识她，至少对她有印象。

为了聚人气，熟食部在午餐和晚餐时段售卖盒饭。附近写字楼上班的人吃够了公司旁的外卖，趁午休时间三三两两过来买。精品超市不以客流取胜，又非街坊集市，熟客有限。工作时，她跟表情平和的富人打交道，像两个世界出现短暂的交会和连接，随即又彻底断开。从来看不清他们的真正长相，只感觉到，那是散发着相似气息的一类人。柠檬姑娘不属于那群体，她相貌娟秀，总独自一人前来，买份快餐就走，自助结账或赶巧在她柜台，几个月下来，宋芹心里已把她当成熟人。姑娘戴半框眼镜，留普通直发，额头清爽，没有抿成心形放左边或右边的刘海儿，喜好低饱和度颜色的衣服，一黑一棕两双乐福鞋轮着穿。附近一圈汇聚着投行和互联网大厂，里头多的是海归和名牌大学毕业生。脚下有学历垫着的人跟她也没多少交集，并未期待什么，只是看到年轻又熟悉的面孔便觉得亲切。

是你。姑娘表示记得她。多半是虚言，也让她好受些。她轻轻点头，帮姑娘把盒饭饮料装好，示意下一位顾客上前。

晌午时分，店里冷清下来，偶有几个顾客在里头闲逛，忽一下人影闪过，很快又隐没在货架后。吕姐走后，白班就剩下她和徐岁兰了，一人守着一张台。网购单居多，零星的客人用自助机结账，有个同事是专门看自助的，名义上帮顾客的手，其实是怕漏扫东西。

午后的负一层超市堆积着上万件商品，她从清晨站到现在，一身倦意抖落不及，终于神情犹豫地滑向一场梦境，裹带着人和物向更幽暗的地方沉下去。她站于其中，像站在一头巨兽的腹腔里。这工作教会她维持基本的站立需要调动全身的肌肉群，小腿、大腿、臀部、腰背……腰一塌，肚子就腆出去，很快便累了。午后的困乏一波波涌过来，时间越走越慢，身体渐渐变重，她不得不倚住柜台，调整姿势。目前支撑身体重量的是右脚，过一会儿换成左脚，就这样轮流倒换双脚，先休息身体的一半，再休息身体的另一半。她像个魔术师，把肉身切成了两半。徐岁兰未掌握切割大法，她借助一长柄簸箕，双手环住手柄，下巴也靠上去，相当于多一条腿来撑住身躯。

柠檬姑娘三天两头来超市买快餐，有时宋芹的目光会把她唤过来，有时会把她推向另一个柜台。宋芹目之为熟人，不知姑娘会不会误以为里头有什么越界的情谊，这样一闪念，登时觉得没趣，想着不如避忌的好。

这天，姑娘刚走进来，宋芹就瞥见她了，她剪过头发，整个人看上去焕然一新。宋芹埋下头扫条码，嘀嘀声响过，忽地觉得有些不对劲，周围安静了下来，是突然的沉寂肃然，所有的声息消失，显得扫描的声音格外响亮。她抬起头，发现大家的目光聚集在姑娘身上，没人关心新发型，视线交汇在她的右手上。

她手里握着一把伞，伞面已收起，水珠正顺着伞帽滴落。隔壁柜台没顾客，徐岁兰贸然问道，下雨了吗？外面下雨了吗？

她有些惊愕，看着灯光下神色惘然的人们，点了点头。负责自助柜台的小冯紧张起来，她是相对机动人员，等顾客带进来更多的雨水，主管与外面通了声息，今天就必然多了活，要候在入口给雨伞套防水袋。

柠檬姑娘带着伞，带着雨的讯息，消失在超市深处。过了片刻，姑娘拿着盒饭走出来，宋芹冲她笑，她踟蹰了一下，还是走过来。姑娘主动打招呼，说："入夏了，雨说来就来，你出去时带把伞。"她点点头，问："雨大吗？"姑娘抚着天蓝色雨伞，说："刚开始下。"

姑娘走后,她留心觑看进出的顾客,以此揣测雨的模样。有的人一直逛商场,浑然不知外面天光如何,是晴是雨;有的人手执长伞如挽宝剑,伞面尚有雨珠滚动,衣袖是微湿的;还有的,衣服紧贴身上,头发打着绺儿,看样子淋得不轻。

结束这个白班,走到外头,一整天已过去。时近傍晚,雨已经停了,整个城市还在往下滴着水。她站在暮色里,站在一场雨的遗迹里。不知这场雨,是雍容的还是慌张的,是千万条雨线还是无数颗珠子,几时落下又何时收止,天是一下子黑下来的,还是在雨幕中缓缓变暗。雨后空气清冽,街面上一片银亮,行人踮着脚走过积水处,路边的植物一身洁净,散发出草木清气。公交站旁的那棵树,圆形树冠绿着一大半,剩下一小半泛着黄,在傍晚最后的光亮里,她认出来,有的叶子去年就在,有的叶子今年新长的,雨水一洗,生绿生绿的。

夏天随雨水越走越近了。

雨季里,邻居徐岁兰受不了久站,加上收银工资低,便转去促销岗。辗转于不同的商品区,察言观色,伺机而动,逮着面相温和的顾客讲述一块牛排、一支红酒、一瓶面霜的故事,月光、草场、海洋等词语反复出现在她动情的讲述里。她看守这个世界,又跟这个世界没什么关系。宋芹知道,其实徐岁兰什么都不信,谁也种不了她的草,怀疑是她的铠甲,也是兵器。

宋芹再没找到机会跟柠檬姑娘说句话。姑娘依然出现,总是径直走向自助机,买过单就走,步子有些快。她也说不清道不明,她俩算旧相识吗?无论如何,是有过一场雨的交情吧。她一次次对着她的后背,心思慢慢淡下来,本无交好的基础,也不必熟识,或许有了情谊反是负担。

日子一天天流过,她不嫌枯燥,倒为这保持了一段时间的安稳和确定暗自窃喜。这天,中午小高峰过后,顾客一直不多,她四下看看,注意到有个小伙子在临期进口食品区逡巡良久,纠结半天,挑选出几样。小伙子来到柜台,她边扫码边问,需要袋子吗?小伙子摆摆手,把东西往胸前一抱就离开了。

这时,柠檬姑娘的身影从烘焙区后面闪出来。乍一相见,她心底升起微小的期待,目光不知不觉迎上去。姑娘垂着头走过,用自助机结账。她暗自失落，刻意转头对着超市，不去看姑娘的背影。很快又来了顾客，手里擎着快餐套装。她接过来扫码，等顾客付完款把盒饭递回去。

忽地，她眼睛睁大，身体跟着一僵。她折返到方才那一刻，盯住突然显豁出来的标签，确认自己的猜测。盒饭中午一点半以后打折，例汤还可附送。回想起来才发现，最近这段日子，姑娘是比以前来得晚了。她深深叹口气，不知柠檬姑娘的午餐还会配黄罐柠檬茶吗？扭过头去，向超市出口看去，姑娘早就不见了。

整整一个九月，柠檬姑娘杳无消息。她经常一愣神，四下张看，却再也没有了她的踪影。

又一个午后，她倚住柜台打盹儿，上半身时不时朝前一栽。这会儿，不知有多少杯咖啡被放进外卖箱，在箍着防烫圈的纸杯里摇晃一路，递进一个个工位，用于刺激神经，改善情绪，提振再战一个下午的信心。她不喝咖啡，十元内平价奶茶也戒了，哪敢惯自己养成这些成瘾的习惯。为抵挡困意，她会允许自己想一想柠檬姑娘，允许自己牵挂一些从未真正认识的人，连从未真正认识的人都想过一遍，就任凭神魂出窍，漫游那个无限大、无限深幽，售卖物质也售卖良好感觉的梦幻之所。

所有商品如珠宝一般，得到精美陈列，无声地宣示它们是好东西。保鲜柜里，新鲜非冷冻的"和牛"布满大理石状的纹路，一根根修长的蟹腿剖开来，隆起雪白的蟹肉。一个水果区就可齐集四季，收纳世界。LED面板灯洒下均匀光线，再加一排暖色调筒灯照耀，果皮的色彩更为明艳。车厘子果柄是鲜绿的，果肉暗红多汁。蓝莓挂一层厚厚白霜，白霜下的蓝透着金属质感。你能在一棵杧果上发现四种颜色，霞光从果蒂处缓缓晕开，玫瑰红向着鹅黄过渡，弯弯的尾部一抹青绿，是山水秀色。还有一颗颗巨大的水蜜桃，桃尖那里一滴深红，由深到浅，往上化开了。

最后停驻在白雾缭绕的冷风柜前。有专人摆放收拾，生鲜蔬菜永远秩序井然。分割成三角形的奶酪，切面上露出蓝纹。蔬菜们包装精致，主打有机，亮亮的塑料纸裹住几片叶子，看上去甚为矜贵。加湿装置奋力工作，细密的水雾向外喷涌，在这富丽丰裕的地下城里，渐渐地弥漫成一片云烟。

六目相对时，她心头一颤。不知对方心情如何，看那飞奔逃走的仓皇模样，它心头的颤抖应该比她剧烈。它是一只瞪着四个眼睛的蜘蛛。在这里住了半个月，还见过一些小怪物，或一面之缘，或数面之交。有的从门窗缝隙跑去外面，有的仍留在房间，东躲西藏地跟她一起生活。

餐馆倒闭已是三年前。一年前超市精简人手，她竞争不过小领导的远房亲戚，走人了。之后做过几份杂工，皆不长久。一丁点积蓄，禁不起日子一天天地往外掏。心里空落落的。抬头看见大团的云朵正疾步离开市区，往海上走去，主意就此定下来。

换乘三条地铁线，在地表之下蜿蜒画出一个"乙"字，又搭一段电单车，总算到了，这里是城市接近消失的地方。昨晚在电话里问租价，便宜是便宜，便宜得叫人心凉。虽做了准备，真正看见了，心还是猛地往下一沉。楼梯房里，一个被几面斜墙逼成多边形的空间，像住宅设计失误，多出来一块奇诡而尴尬的空间，又浪费不得，装上一扇门就出租了。走进去，从一扇小窗里向外望，望见的是另一扇窗户。

架不住便宜，且再差也是能关起门来的单房，就它吧。几年间，换工作便要搬家，开始还大包小包，到后面，随身的物件散失零落，不过是四季衣服加上被真空袋压得扁扁的被子枕头，略一拾掇，就把自己和生活搬进了另一个地方。

夜里躺在床上，越想尽快入睡，越睡不着。到底是新环境，加上工作没着落，心事连绵往上涌，脑子里碎片成堆，这里一闪那里一亮。好不容易切掉走马的画面，声音又多起来。先一阵连续的咳嗽声，像楼上传来的。楼板薄，连喉咙里的轰鸣声都听得真切。咳嗽最后的那一下格外猛烈，她胸口跟着一疼。接着是风，在楼栋间灵巧穿行，渐渐跑远了，跑到后面山上去了。

这又是什么声音？她翻个身，脸冲着墙壁。滴答，滴答，清脆的滴水声，黑暗中辟出一条小道，通向耳蜗。她耐住性子等待，等待它停下来。声音像一道越来越细的尾迹，逐渐消失在空气中，黑暗重新完整。滴答声复又响起时，她身体动了动。这声音像从墙体里传出，她迷迷糊糊地抬起手，敲墙壁两下，又睡过去。

稠厚的夜色渐渐稀薄，天一点点亮起来。

隔壁住着对情侣，看起来像刚毕业的大学生。男孩显然活在自己的世界里，总一副惝恍浮想的表情。女孩亲和些，首次相见，出于礼貌，说以后我们是室友了，叫我辛迪就行。她说，我叫宋芹。此后宋芹和辛迪少有机会遇上，大约摸清了彼此习性，尽量不在公共区域碰面，偶尔见到也只是点点头。

　　入住半个月，她探明了新生活之地。依山就势展开的村落里，本地人的楼房连成片，并无闹市的雄心和韬略，建到七八层就算了。市面远不如中心区兴旺，前街后巷散布着非连锁的小店铺，生活倒便利。只一件怪事，叫人心里略不安定。深夜时分，时常有声音响起，脆脆的，一点儿不闷。她疑心有人在敲击中空的墙壁，又猜测是不是管道漏水，想着改天问问辛迪能听见这声音吗？细看内墙，上面鼓起一块墙皮，墙面漫延着陈年水渍的印痕，那印痕像个歪斜的小拱门。

　　这天，她是被闹钟叫醒的，坐起来定神一想，心情难免黯然。念想的是相对固定的工作，陆续见过几份工，传菜员、美甲师、服装导购，迟迟等不来回音，只好答应去附近杂货店做小时工。她刚想往外走，不知哪里爆发出一声嗥叫，嗥叫声分辨不出性别且似跨越了物种，不像人的声音。随后什么东西被掼到地下，像有玻璃碴四处飞溅。

　　小屋的门半开，她出也不是，进也不是。很快隔壁的门摔在墙上，客厅传来钝响，像重物砸到地上。她探头往外看，看一眼，缩回来。情侣扭打一处，摔跤运动员般在地上滚，辛迪未落下风。虚掩上门，外面传来断断续续的闷哼声。

　　坐在床沿上等，不知过了多久，客厅没动静了，房间隐约传来又哭又笑的说话声。她轻手轻脚出门，到楼下仍在思量，是应该上前拉开，还是佯作不知，不知怎样他俩会好受些。

　　临时工作是前一天晚上才知道明天有没有工开。杂货店周二上货，她因此获得数小时的工作机会。提前到了店里，老板介绍，跟她搭档的人叫老于。老于也提前到，到得更早。老于一头短发，看上去利落，站姿讲究，像有一口气吊着，笑起来声音连续不断，水波似的一圈赶着一圈往外荡。人来齐了，老于寒暄后就开始埋头干活，抬起放下，不吝惜力气，码放归类，动作很麻利，只是，她蹲下又站起时，膝盖里传出嘎吱嘎吱的响声，像有扇旧门在里头随风晃荡。宋芹听见，忍不住瞅她一眼，她身体里再有响动，就对着货架自言自语，说些"这个重，放下边"之类的话。

中午，两人来到旁边小面馆，随便对付一下午饭。呼噜呼噜吃完，不知哪里塞子一拔，老于漏掉胸中那口气，长长地伸个懒腰，瘫进塑料椅子里。她穿着显年轻的浅粉收腰上衣，连手边布包也是秀丽的藕荷色，宋芹注意到，布包里放着折叠成小方块的老花镜。她问宋芹之前做什么的，宋芹说，十个指头数不完。她摇摇头，说，别发愁，你年轻，等到大量用人时就吃香了。

两人坐在小店前伸的雨篷下，都想歇歇，就不再言语。对面是一棵老榕树，披着袍子般站在那里，气度庄重，宽大树冠在空中摊开，一棵树竟舒展出一片树林的感觉，看那密密垂下来的气根，这树真有些年月了。宋芹半闭起眼睛休息，耳边突地掠过一阵风声，眼前也跟着一暗。她仰起头来，见一只褐色大鸟正往山上飞，翅膀平铺，羽毛边缘像手指一样张开。老于循她的视线看去，说："叫得出名字吗？是黑耳鸢，本地人给我讲的。"

午后，她俩回到店里，忙完所有活，看看表，才不过下午三点多。两人走进大树浓荫，准备回各自的巢穴。宋芹住的那栋楼在路口，很快到了，她冲老于挥挥手，见老于转进一条巷子。她上了楼，钥匙插进锁眼，往右一旋，心就开始打鼓，不知道辛迪和男友怎么样了。门开了，客厅有人，正是辛迪，手里抱着个玻璃罐。她怕辛迪难为情，打算头一低侧身过去，没想到辛迪主动打招呼，说刚把鸭蛋腌上，是绿皮蛋，放个把月就流油起沙。她趁机抬起眼，见女孩面色如常，就安心了些，嘴上应着，肯定好吃。

常常在大半夜，墙壁那边传来哭声和争吵声。也许是太年轻，气性大，两人一处做伴却争拗不断。夜晚的哭声尤显凄凉，四面全是异乡的陌生人，哭声又透着毫无防备，听得人心里难受。

先是男孩不见了，兴许他早就走了，只是她刚发现。很快，辛迪也搬走了。

室友走了，人声寥落，滴水声间或响起。等待新工作的日子，有的是闲工夫，四处游荡却只会让她生出堕落之感，索性待在房间，转个身，看到一面墙，再转个身，还是一面墙。滴答，滴答，声音响起时，她就放下手机，屏住呼吸，寻找这声音的源头。是拱门后在滴水，是时间流过去的响声，又或者，是一种幻听。她用耳朵贴住墙壁，想象有一道隐秘的小河正缓缓流经墙体。

跟往常一样，点份肠粉充作晚餐。刚吃完，微信叮咚一声，是老于的语音，还在洞里闷着呀，出来散步，不然年纪轻轻就脂肪肝了。她回一句，哪来的什么洞。接着环视房间，眉头皱起来，是该下去转转了。

两人沿一条石子路往前走，群山迎过来，楼房和灯光越退越远。高压线从山顶上走过，赶往另一座山。草木莽莽，密实地覆盖住山体，坡面上几乎找不到一条伸向天空的路。她们就在山脚下闲逛，一丛丛灌木蔓延进前方的夜色，细看上去，墨绿叶子上竟布满豹子般的斑点花纹，还时不时见到昆虫崭新地蜕走后留在地上的松脆外壳。肩并肩走着，老于温热的胳膊一会儿贴过来，一会儿缩回去，忽近忽远的，这让宋芹忆起些旧事。老于说，好天气不多了，高温一阵子，还要来台风。她点点头，说南方的夏天真长啊。往回走的时候，她看见月亮升上去，山低了一些，黑耳鸢飞过山脊，飞过月亮旁的一朵浮云，山又低了一些。

接下来，一连串酷热天气扑袭，热得人更不愿意出门。下去倒垃圾时，她走得急，有些眩晕，就扶住近旁的一棵树站稳。眼前的马路、房屋、树木在热浪中微微颤动，好像随时会离开地面，在空气中悬浮起来。

周二又是上货日。她早早来到杂货店，竟不见老于，心里咯噔一声。赶紧问老板，老板说，老于不知哪儿谋事去了，今天货不多，一人干得完。

她打开冷柜门，将饮料酸奶一排排归放，心里记挂老于，盼望她一切顺利，又舍不得她就此离开。这些日子，两人没少一起散步，天热穿起裙子，她才察觉到老于一条腿粗一条腿细，想到此节，心里又一酸。心神乱，手脚却不慢，很快清空数个纸箱和塑料筐，货都归位了。看看外面，阳光还没露头。这些天，气温一路往上走，响晴的日子过后，天闷热起来，低气压盘旋不去，仿佛就压在楼顶和树梢上。空气、家具、棉质衣服吸饱水分，整个世界静悄悄地膨胀，变得越来越重。

随便吃点东西，回到小屋，四面墙壁紧挨过来，往哪里一坐，都一片濡湿，像坐进了水里。墙面鼓起的墙皮已脱落，歪斜的拱门好像变大了。她摸摸墙壁，似乎轻轻叩击一下拱门就开了。

站在窄小平台往下看，只见楼梯盘旋，深入地下。踏上台阶，螺旋着往下走，拐过几个弯便到了阶梯的尽头。尽头处高高的野草拥着两扇木门，正揣度咒语是什么，门自动分开了。心跳得很快，不敢往里看，怕看见幽深骇人的地洞。沉一会儿，才缓缓睁开眼睛，眼前出现的是平坦地面，向四周延伸，不见边沿。试探着，先一只脚踩上去，脚底传来坚实感，另一只脚就跟了过去。这时，巨大水声从上方传来，透明的穹顶上，一场大雨正从子虚乌有之地浩荡而来。

小窗户敞着，雨的气味先于雨的声音到来，这气味混合天地间诸般气息，丰富，强烈，令人想起童年，又恍如身处森林和原野。数天前，覆盖上千公里的庞大云系从西太平洋动身，旋转着接近大陆。率先抵达的云团在近海盘旋，蓄满水汽，沉重地抖动。终于，大颗的水滴不堪在空气中飘浮，一阵风过去，一滴撵着一滴落下来。她走到小窗旁，看到另一扇水汽迷蒙的小窗，看到雨从建筑的缝隙间飞快穿过。

雨水溅进来，她忽地一激灵，像忆起了什么。不敢相信似的，凝神继续想，待回过魂来，恍然有些明白了。她离开小屋，沿楼梯向上跑，跑到楼顶天台，抱着头疾行，随便找个遮挡，往前方看去。来自西太平洋的雨从天上飞奔而下，被大地稳稳接住了。人间是新的，河流又一次被创造，近处树木涌出更浓郁的绿，绵延的远山雨雾浮动，大片青碧褪成淡淡的墨色。她像第一次遇见雨一样，惊叹眼前的景象。雨铺展得无边无际，如此辽阔广大。她抬起手，伸进雨幕中，雨落在掌心，凉凉的，一股真实的凉意带来身体的轻微战栗，紧接着，眼睛就湿润了。

（原载《十月》2023年第4期）

评鉴与感悟

还记得第一次读波德莱尔《致一位擦肩而过的女人》时的震撼，那是一种对于身在现代性中但是从未感知到的第一次被它击中的感觉。在原始的乡村社会结构中，你熟悉你身边的每个人，或通过血缘宗族，或通过地缘接近，这些你所熟知的人，构成了你日常生活中的人物关系网。每天见到的、接触到的人，都被束在这个并不大的网里。我并不了解乡村，这些都是从理论书里看到的。虽然陌生，但是却有土地

"基因"的影响，对这种想象感到很熟悉。而当城市的现代性到来之际，这张网被无限拉扯，边际被无限扩大。在你去趟门口超市的空隙，在你坐地铁去赴朋友约会的路上，在你在路上漫无目的地闲逛的时候，你会遇到无数个与你擦肩而过的人，这是你们此生的第一次碰面，也一般会是你们的最后一次碰面，但你却丝毫不会产生任何的惋惜之情。很奇怪，但又很合理。

对于宋芹而言，在每个工作中遇到的人，只不过是将"擦肩而过"的时间拉长了一些而已，不管是在餐馆做服务员时那个天天穿着玩偶服的同事，还是在高档超市做收银员时那个经常在午餐时间来买一份熟食盒饭和一罐柠檬茶的柠檬姑娘，还是在杂货店做零工时那个时常与自己散步的老于。他们都短暂地出现，短暂地与宋芹产生了并不深刻但却意犹未尽的连接。就像是宋芹在抵挡困意时，"也会允许自己想一想柠檬姑娘，允许自己牵挂一些从未真正认识的人"。在城市中，我们与多数的人的关系，就像宋芹一般，我们都是宋芹。

宋芹从事的职业都关涉服务业，这个行业每天与形形色色的人接触并产生连接，但在小说中，这种连接往往是单向的，是宋芹对被服务者产生的。她会见证很多不同的生命瞬间，比如生日、特殊的纪念日、平常的午休，在见证这些的同时，也构成了宋芹的生命瞬间。而宋芹的生命瞬间，却对这群顾客，没有任何波及与触动。人的连接与影响，产生了不对等的天平。我在想，这是服务业现代化的必然结果，还是人的现代化的必然表现，或许后者的可能性会更大一些。但最令人唏嘘的或许是，这种不对等的连接，被淹没在了快速的现代性节奏中，没有人注意，也不会有人反思，并且习以为常。小说的笔触让我觉得很柔软，特别是宋芹在工作中的一些局促、踌躇、难堪，真实而细腻，甚至让人产生了一丝心疼。但作者的态度并不是俯视，而是平视，这种冷静的柔软更具真实感。（周梦真）

所罗门王的指环

/大头马

I

1986年初秋,正是南京的雨季。南京中医学院研究生楼218号女寝的最后一张床位空置了许久,也没有人搬入。寝室共四张床位,分属不同专业方向的四个人,其余三人只知道那张床是有主人的,却不知道主人是谁,叫什么名字。人虽然没来,床位已经铺好,被子整整齐齐地折在床头,拣的是一张上铺,不妨碍任何人。整整一个月后,寝室里三个女生已经熟得都有了昵称,才见到第四张床位的主人。那人长着一张娃娃脸,中等身高,和后来比,那时身体还有些虚胖,语音比南京本地人说话更软一些,不像南京人说话,一开口和吵架似的。她说话声音不高,音色柔亮,头次见到同寝室的其他人,张口便问"阿吃过啦",脸上笑眯眯的,一点也不拘谨,好像也早已和她们玩成一片似的。紧接着,她们才知道她的名字叫作舒晓英,来自扬州下面一个地方,叫作江都,南水北调的起点便在此处。又知道了她晚来入学的原因:一个月前她的小孩刚刚出生。刚做了母亲的人是这样的,见到谁都特别和善、明亮,没有防备,全世界都是她的家一样。舒晓英给大家留下的最初印象就是这样。

寝室的四个人里,舒晓英是年纪最小的,刚满二十四岁。这是因为她是本科应届生,直接来读的研究生,不像其他人多少都工作过几年,才来继续深造。也因为她缺乏临床经验,所以研究生只能选择中医基础理论方向。寝室里年纪最大的那个姓桂，来自山东聊城，经历也最传奇：她没上过大学，原本是个农民，后来在医学院一边做清洁工，一边旁听，最后以同等学力考上了研究生。此人极勤奋，张仲景《伤寒论》记载的113剂经方，她可以倒背如流。后来她分配回山东，几十年后成了当地最有名的中医，每天四点即起，看病到夜里，坚持把最后一个病人看完，门诊费两块钱，数十年不变。另外两位也各有所成。一位学温病学方向，后来和老公去了赤道几内亚开诊所，很快声名鹊起，连总理都登门造访，隔壁利比亚的病人也坐船过来看，只因她当时带去了一样珍贵的药剂——青蒿素。因为这项抗疟药物的发明，屠呦呦于2015年获得诺贝尔奖，这是另话了。他们夫妻俩在赤道几内亚待了五年，赚了四百万人民币，便回国炒股，再不从医了。最后一位女生是所有人里目标最明确的，她学的是针灸，那时正逢出国热，她想要去美国，料想中医去美国没有竞争力，而针灸是肯定能吃上饭的，果然后来便去了美国开了针灸诊所，大钱谈不上赚到，立足是立下来了。那时，寝室四人各人有各人的想法。舒晓英虽是成家最早的，但她们晓得她还没有打算就此立业。她们见过她老公，他来看望过她几次，两人是大学同学，对方比她年长几岁，是沈阳人，学的是计算机，已在沈阳本地就业，公安系统，吃的是皇粮，属于铁饭碗。舒晓英研究生外语选修的是日语，打算毕业后去日本留学读博士。沈阳离日本近，那时不少东北人都有东渡的想法和门路，舒晓英既然把家安在了沈阳，想去日本深造也十分合理。在大家看来，每个人都有光明的前程。研究生三年时光，共度得十分愉悦，哪怕有一些相处上的龃龉或不快，事后看，也都被逝去的青春抹去了，留下的只有美好的回忆。毕业后，大家各奔前程，分处不同的经纬度，少有联络。

　　几人再见面已是十年之后，1999年春天，借着校庆，研究生同学便办了一场聚会，地点在向阳渔港，浙江人开的馆子，旁边就是月牙湖。大厅能坐几百桌，南京人从来没见过这阵势的餐厅，要不怎么说浙江人会做生意，许多人来这儿吃饭就为了见识一下千人齐饭那个盛况。中医学院本来就是小学校，研究生前后几级连师带徒加一块，也凑不满百人。百人包场千人厅，好哇，更阔气，反正有人掏钱，不用操心。按照常理，大学同学要比研究生同学情谊深厚一些，毕竟同属一班，朝夕相处，研究生阶段，大家跟着不同的导师，除了一个宿舍的，同级学生往往见不到面，三年下来叫不上名字的也不乏其人。同学聚会便很少能办得起来。这次算是人最齐的一次。218号女寝的四个人，三个都到了，在美国开诊所的、在赤道几内亚给总理看病的、在医院当主任医师的，都抽工夫飞机转火车地回来了，唯独少了舒晓英。三人见面一聊，才发现谁也没有她的联系方式，也才知道，毕业后谁也都没再见过她。同学会上，大家都说不晓得她的下落。连她的导师转过桌来祝酒时都抱怨，这个学生怎么一毕业就像人间蒸发了一般。按理说不该啊。

此事倒也算不上有多蹊跷。那时手机还不普遍，联络方式本就原始，除了座机电话、传呼机，邮政通信仍是常用的手段。如果不是多么亲密的朋友，或有什么因缘际会，大部分同学也就是毕业即失联。大家呼啦啦地聚散离合，好像彼此只是对方人生卡尺上的若干道刻度。低效的通讯浓缩了友谊的纯度，人们许久不见，再次见面，便如蜡封的酒罐口被揭开，彼此的面容从里面流淌出来，既新鲜，又浓烈，带着独属于他们记忆的气味。其实都已经是完全不同的人了，所以那气味也只能维持一顿饭的新鲜，再久就臭了。舒晓英假如按预想的计划那样，去了日本留学，音讯相隔，也合情理。同学会也有几个没来的，各种情况都有，忙的，病的，甚至死的，还有就是不想来的。不过回到舒晓英身上，这事儿确实又有些突兀，至少对她寝室的另外三个人来说是这样。有家庭的人往往是相对神秘一些，不过，她们哪一个不比她更有理由归隐？

归隐。是的，她们不约而同地认为，舒晓英是主动选择的失联。大隐隐于市的那种。从赤道几内亚回来那位说，至于吗，连我都来了。她回国后买了新浪的股票，一块钱买入，四十块卖出，四百万又翻了四十倍，她有资格说这话。不过也就是到此时，这话才点破了宿舍的三个人对舒晓英真正的、统一的认识：毫无疑问，她是她们那个年级最聪明的学生。

这件事在当时就已十分明显，只不过同窗时期，或由于彼此暗中的竞争，或由于女性之间的羞怯，或因为这个事实太过明晰，总之，从来也没有人正式提出过。冷不丁地夸一个女孩聪明，怪怪的，而且好像在表达另一种意思，听起来不像什么好话。这个词语不属于大家熟悉的口语词，说得更多的，是务实、肯干、踏实、大方、质朴、节俭、勤快，听起来都是一些灰扑扑的词语，像是在形容某种物美价廉的面料。人就是要像那种结实愚钝的面料一样才好，不能太贴身，显出形状来。幸好，舒晓英自己好像也意识不到自己的聪明。在大部分时刻，她的存在感微弱，面目模糊，只有在某些展露才思的时刻，她的主体才会吉光片羽般惊现。这种时刻发生之后，通常也就被轻易地滑了过去，既不会有人鼓掌，也不会有人赞叹，好像什么都没有发生。那个"我"出现之后，所有人都想赶紧把它消化掉，让"我"回到"我们"之中，否则，"我"就变成了"你"，那就不妙了。舒晓英在这方面还算大智若愚。无论是男同学还是女同学，提到舒晓英，都会说她是个不错的人，至于怎么不错，就不用深究了。"不错"已经是一个很好的评价了，足以对一个人盖棺论定，定一个性，它表示既笼统又全面的认可，在任何场景都适用，如同一个盖了章的通行证。分配工作时，这个人得到的评价是"不错"，那么这份工作保准就没问题了；婚配介绍时，别人说这个人"不错"，被介绍的人也就吃下了一颗定心丸。一定得是"不错"，"很好"就过头了，惹人怀疑。别的单义词就更不行了，比如"聪明"，那会让人觉得这个人肯定有其他地方的问题，而且问题不小。所以，在舒晓英和大家相熟的时间里，没人说过她"聪明"。当然，"不错"这个评价对舒晓英来说也有些多余，她已经是一个母亲了，再不错又能怎样呢。她已经不在任何一个市场上了。所以，说她"不错"的人很多跟她也没有太多的交往，这个"不错"给出去也便宜得很，就算她不是不错，而是错了，那也不能怎样。

此时，因为舒晓英的缺席，也因为十年过去，时过境迁，不知谁第一个说了句，舒晓英这人别的没什么，就是脑瓜子灵得很，人们才像城头变幻大王旗般七嘴八舌地陆续讲起几件小事：

研究生那时，我们不都要上通识课《中医基础理论》吗。舒晓英晚来了一个月，第一次上课，教课的老师问了一个问题，在场无人能答，舒晓英举手，老师见是陌生的脸，还以为是来旁听的，没抱什么希望，没想到她答得一点不错。那是还没有学到的内容，后来才知道她来上学之前就把教材从头到尾看完了。

医古文那门课你们记得吗，不知道多少人没考过去，结果舒晓英拿了最高分，我到现在还记得，88分。而且她的卷面上除题目正常问答外，还有自己的发挥和思考。老师极为惊奇，公布分数时专门问，舒晓英同学是哪位？她站起来，不好意思地低着头。老师说，你答得很好，大家都认识一下。我就是那个时候才知道同学中有舒晓英这号人的。

我和舒晓英是同门，有一回我俩和大师兄跟着导师坐门诊。来了一个病人，治肝病。导师不在，大师兄便自作主张给病人开了一个小柴胡汤的方子，舒晓英突然开口说，这方子不能这样开。因为这个病人吃小柴胡汤已经吃了十多年，但张仲景的原方中，强调是不能这样长年吃一种药的。大师兄虽然有些恼火，但也承认她说得对。最后就改了方子。导师回来后夸方子开得好，至今不知道中间还有这茬儿。

还有这回事，我怎么不记得？那个当年的大师兄恰好也来这桌吃两口。说话的人白了他一眼，你现在坐镇大医院的门诊，多少也有点名医的意思了，当然不会承认。大师兄没想到小师弟这么不给面子，找补了两句，便蹿去了别的桌。小师弟说完也意识到自己喝得有点多，现在虽不做医生，转从事药行，但将来难保不会求到师兄头上，不禁有些后悔，为一个行踪不明的女同学辩这个白干嘛。

聊到这儿，有闲听的人插嘴，你们说的这些，只能说明舒晓英这个人爱学习，擅长考试，记忆力好，但也不见得她有多聪明。这个时候，有人便说道，她还有一项能力，神得很，这件事恐怕知道的人不多。

什么能力？

她可以跟动物对话。

Ⅱ

《圣经》的《列王纪·上》第四章第三十三节里说到大卫的儿子智慧之王所罗门"讲论飞禽走兽，昆虫水族"，后来衍变成一个传奇故事，传说所罗门王有一只魔戒，戴上之后便能与动物对话。八岁的时候，康拉德·洛伦茨在学校里听到老师说这个故事，便站起来说，这有什么，我不需要魔戒，也可以与动物对话。

他说的是真的。1903年，康拉德·洛伦茨出生于维也纳，是家中的第二个儿子。他的父亲阿道夫·洛伦茨是一个著名的外科医生，声名享誉国际，连当时的美国总统罗斯福都是他的病人。阿道夫·洛伦茨并不是那种拿着手术刀的外科医生，他最为人称道的技艺是在骨骼矫形方面，因为对石碳酸严重过敏，他没法进行传统的外科手术——当时，切开病人的皮肤或组织，需要使用大量的石碳酸来进行消毒——所以后来就往骨科矫正方向发展，人们尊称他为不见血的手术医生。康拉德·洛伦茨在维也纳读书上学，度过了少年时代。在父亲的要求下，1922年，他远赴美国哥伦比亚大学学习医学预科课程，但次年便回到维也纳，在维也纳大学继续学习，1928年成为医学博士。这之后，他师从当时最有名的动物学家奥斯卡·海因洛特，于1933年获得了动物学博士学位。

洛伦茨家在维也纳附近的阿尔滕堡有一座巨大的庄园，其中一栋梦幻般的新巴洛克式的豪宅后来被康拉德·洛伦茨所继承，这幢建筑与其说是豪宅，不如说更像是一个动物园。成年之后，康拉德的一生几乎都在这里度过。

康拉德·洛伦茨自小便表现出对动物的热爱。他的保姆是一位农民的女儿，特别擅长饲养动物。上小学前，康拉德就在阿尔滕堡的乡间长大。阿尔滕堡位于下奥地利州中部的一座几乎是蛮荒的小岛上，多瑙河流经此处，这里常年河水泛滥，大片大片的湿地长满芦苇，成百上千公顷的死水覆盖了整片谷地，文明和农业在此触礁。不过，这里却成了野生动物的乌托邦，除了常见的狍、鹭、鸬鹚、麝鼠外，还有奥匈帝国的国父弗朗西斯·约瑟夫一世在位时引进的几百头北美马鹿的后代。这块蛮荒的滨水谷地，被康拉德形容为古老欧洲的最后一块处女地。从斗鱼到僧帽猴，从渡鸦到松狮犬，还在维也纳的公寓读书上学时，康拉德便开始在家中圈养各式各样的动物，此举不仅没有遭到父母的反对，反而得到了他们的大力支持。1952年，康拉德出版了第一本科普性质的著作《所罗门王的指环》，这本书畅销至今，经久不衰。在书的第一章里，他没有先讲动物给自己带来什么样的快乐，如何开启了他对科学观察的兴趣，而是先讲了动物给自己带来的麻烦："从一个人对这些麻烦事的忍耐程度，就能看出他对动物的喜爱程度。我永远感谢我的父母，他们总是很有耐心。"

在阿尔滕堡康拉德的邻居眼里，这是一个举止古怪的男人。他们常能看到各式各样的飞鸟从那栋建筑里进进出出。鹦鹉像一只忠犬般跟着房子的主人。停在屋顶上的渡鸦看到主人走出，会猛地飞下来掠过他的脑袋，发出嘎嘎大叫，示意他跟着自己一起走。春天在河边散步，当一群灰雁飞过此处，康拉德能准确认出其中一只少了羽毛的灰雁是他的灰雁，并且，当他回到家时，他的这只灰雁会在门口等他，伸长自己的脖子——这个动作和狗摇尾巴一样，都是表示欢迎的意思。为了搞清楚人工孵化出来的小野鸭为什么会害怕人类，而人工孵化的小灰雁会把它们看到的第一个生物当作自己的母亲，那天，圣灵节，一窝小野鸭刚刚孵化出壳，康拉德便开始竭力模仿野鸭妈妈的呱呱叫声。奇迹发生了，小野鸭不再害怕他了。不过，这还没有结束，为了让小野鸭能跟着他一起走，他不得不矮着身子蹲在草丛里，走着8字形的路线，并同时持续不断地呱呱叫着。此举吓坏了一群来此地区旅游的游客。诸如此类的事情还有很多。一次，康拉德驯养的鹦鹉飞出门寻找自己的主人，最后却迷了路。当康拉德从维也纳开完会回来，刚下火车，便看见一只鸟在空中盘旋，他认出那是他养的鹦鹉。此时他面临着两种艰难的选择：一种是模仿大皇冠鹦鹉那种杀猪般的惨叫声，把它召唤下来；另一种是就此看它高飞，再也找不到回家的路。最终他还是选择叫了。鹦鹉张着翅膀，犹豫了一下，然后收起翅膀，一头扎了下来，落在了他伸出的胳膊上。这件事导致的后果是，康拉德差点被镇上的人当作疯子送到精神病院去。

所罗门王需要一只魔戒才能和飞鸟走兽对话，康拉德·洛伦茨不需要借助任何工具便能和动物对话，这来源于他对动物在最自然的状态中体察入微的观察：只有在完全自由的状态下，动物才会充分地展示它们的本性和行为，充分展示它们的个体多样性。与其说康拉德在驯养动物，不如说他是和动物们生活在一起，在他的动物庄园里，动物们来去自由，又保持忠诚。"动物并不想离开你，只是想离开笼子。"

Ⅲ

江都人从来不会认为自己是扬州人，就好像一个真正的聪明人从来不会愚钝到认识不到自己的聪明。舒晓英当然知道自己是个聪明人，不过从来没有真正在意过这件事，哪怕她来自一个小地方，是那里极少数一直延续学业直到考上大学的人之一。家里兄弟姐妹六个，一半都上了大学，这更加罕见，但对于他们自己而言，倒不觉得有什么特别。人若是与生俱来拥有什么东西，自然往往习焉不察。只有一件小事让舒晓英有些介意，同学之间介绍自己来自何处时，每当她说自己是江都人，对方多半都会再接着问一句，江都在哪里？这个时候，舒晓英就不得不拿出扬州作为参照，"在扬州附近"，这么一说，大家就都知道了。后来为了介绍起来简练，也就默认舒晓英是扬州人。只有一次，舒晓英提到江都这个地名时，对方没有显出疑惑的样子，而是说，知道，就是龙川嘛，江淮之水皆汇集于此。后来，舒晓英就嫁给了这个人。不过关于这点，她从没有和他提过。

舒晓英大学在外省念，研究生回到省内，再说自己是江都人时，许多时候便不用补充说明了。这时她也习惯有时说江都，有时说扬州，不再计较这种小事了。此时，她已经嫁了人，做了母亲，预计三年研究生毕业后去沈阳生活工作，还准备奋力一把，去国外读个博士。人生一切似乎都已有了指向，哪怕没有尘埃落定，也是早晚如此的事了，哪里想到变故会发生得如此悄无声息，莫名其妙。

舒晓英生的是个男孩。虽说那时国家开始提倡生男生女一样好，但心底里，多数人自然是盼着一个男孩。因此这点让她的丈夫和婆家都很高兴。他们唯一不满的是，舒晓英没有完成应有的自然哺乳责任，刚出月子，便把孩子扔在家里，跑去学校报到了。这一点，成为日后夫妻俩矛盾的源头，也成了婆家怪罪她的一个重要理由。在舒晓英看来，这是一个经过各种权衡之后合理的选择，她凭借自己的判断，认为母乳喂养和奶粉喂养对孩子来说并不存在显著差异，而求学的机会不等人，如果她此刻被孩子拖住，可想而知，在孩子成长的每一阶段，她都会因其他的理由被拖住。她会在这个阶段选择生下这个孩子，就是内心已经决定，孩子并不会成为她人生的全部。

舒晓英会这么想，在旁人眼里似乎显得有些冷漠。这是因为她自己就是在漠然的家庭氛围中成长的。她的父母都是农民，平时光应付农活和家事便要消耗全部的精力，对子女都是放养的模式。他们兄弟姐妹之间感情也淡漠得很，舒晓英排行倒数第二，与最大的长兄相差整十岁，生活几乎没有同步过，彼此各自飞鸟出林，成年便意味着陌路。家里只有舒晓英一人学医，其余人从事农、林、商，或嫁作他人妇，专事家庭，各有各的生活，彼此间关系松散。

孩子其实在三岁前就出现问题了。只不过，舒晓英也只有在寒暑假期间才能从南京回到沈阳，与孩子相处一段时间。当时她只是觉得这孩子开口说话比较晚，别的孩子一岁多甚至不到一岁就会开口了，这孩子却迟迟没有张口说话，也不大爱搭理人，一直到她毕了业回到沈阳，小孩才会说话。从这时开始，婆家就有了一些责怪的意思，他们认为，是因为孩子从小缺乏母亲的喂养和陪伴，才导致他发育迟缓。舒晓英自己也开始自责。除此之外，刚回沈阳时，一切看上去似乎还算美满。夫妻俩以前是聚少离多，现在舒晓英总算真正进入了家庭，也在沈阳找到了一份不错的工作，入职沈阳中医学院。双职工家庭，城市户口，一个男孩，几乎完美。

随着男孩长大，上幼儿园，上小学，之前大人们还能用来说服自己或怪责母亲的理由不再管用了。他明显地落后于同龄人。这种落后不仅表现在那些普通的课业上，还表现在与人打交道的能力上。他没法和同龄孩子玩到一起，也听不懂老师的指示，他会重复地在纸上画没有任何意义的画，或一直反复念叨着某个句子、某个词，沉浸在自己的世界里，如果强行扳正他的行为，他会尖叫，横冲直撞，砸烂东西。

沈阳的医院都跑遍了，医生给的诊断是，智力发育迟缓或认知障碍。简单来讲就是智障，医生只是没有这样措辞。那是1993年，大部分中国的医院都还没有接触过自闭症这个概念。唐氏综合征、脑瘫、自闭症，所有表现出认知障碍的患者统统被一个词语概括。舒晓英不接受这个诊断。直到这时，她才第一次如此清晰地意识到，自己是个很聪明的人，她的孩子怎么会是个智障呢？

怎么叫作智障？这是先天的还是后天的？是大脑器质性病变还是一种精神疾病？它可能被改善甚至治愈吗？还是说，它甚至是一种退行性疾病，那么要怎么做才能阻止或减缓这种退行？舒晓英反复问着这些问题，没有一家医院的医生可以回答得了她。

很快，孩子也没法再被学校接纳了。小学三年级，学校直接找到夫妻俩，婉转表达了让孩子退学的意思："他在这里学也学不到什么，还影响别的同学，不如把他送到特殊学校，那对大家都是好事。"有这样的孩子，对大部分家庭来说都是不体面的事，所以很多家庭都选择把孩子送去特殊学校，然后再生一个健康的孩子。他们去所谓的特殊学校看了看，那里本质上就是一个监护院，把所有有问题的孩子关起来，照管一日三餐，不让他们惹事就好了，不存在任何教育可言。那个时候，只要一个孩子被贴上"智障"的标签，人们便不再把他当作可以教化可以成长的人来对待了，谁会浪费时间教一个瘸子走路？舒晓英的丈夫倒没有直接这么说，但他也认为无论如何得再生一个，"不然以后我们老了，谁来照顾他？"也不能说婆家对孩子没有感情，而是他们接受了他是一个"智障"的事实。

舒晓英办妥了孩子的退学手续，然后开始带着他全国各地看病。她不相信中国这么大，没人能回答她的这些问题。在上海，她终于听到了一个词：肯纳症。1943年，美国的肯纳医师第一个发现了自闭症这个族群，此后很长一段时间，人们用肯纳症来指代自闭症。不过，上海的医院也没有办法确认舒晓英的孩子就是自闭症。即使确认了，也没有特别好的干预方法。医生推荐了一个民间的互助组织，那个组织是由自闭症患者的家属们共同组建的，人们在里面除分享资讯、相互学习外，更多的是共同对抗外界的不理解。

1999年，当舒晓英的研究生同学在南京月牙湖畔聚会时，她其实就在离他们不远的地方。1995年医学体制改革，还在上海的舒晓英接到了沈阳中医学院的电话，要她赶紧回来参加医师资格考试，否则她将无法再合法行医，而且，她这样长久地请假，医院也无法再保留她的职位。挂上电话，舒晓英只用了半天时间便决意辞职。第二天，她带孩子回沈阳，和丈夫提出离婚。这两样事情都飞速地办妥了。

此后的路怎么办，她还没有想好，只是知道无论是工作还是婚姻，都不如这个孩子重要。这种转变回头去看，如果能重新选择，她也绝对会放弃上学的机会，从孩子一出世就留在他身边，不管母乳喂养和奶粉喂养究竟有没有差异。她会不放过任何一个能够让孩子走上另一条正常的、幸福的人生道路的机会。有时她想，会不会换一个丈夫就好了，孩子就不是这样了？可是换一个丈夫，孩子还是这个孩子吗？有时她想，万一是自己的问题呢，那是不是不生就好了，或者，自己都不应该出生？

她不可能一直待在上海，不可能待在沈阳，也不大可能回到老家江都。在上海的互助组织，她看到了一本书，书名叫《星星的孩子》，是美国一位畜牧学家写的，那个女孩也是自闭症患者，但在母亲坚定的信念和她自己的努力下，她没有被疾病束缚，还成了一位科学家。这本书写的就是她如何与自闭症相处的过程。那个组织的所有自闭症家长都熟悉这个女孩的故事，女孩叫天宝·葛兰汀。这本书于1989年出版，天宝·葛兰汀立刻成了美国最知名的人物之一。她为自闭症患者——主要是他们的家长——提供了一种希望和可能：自闭症不是绝症，也不意味着终身残障，反而有可能是某方面的天才。1988年上映的美国电影《雨人》还为高功能自闭症提供了另一个更加动听的名字：学者综合征。舒晓英也像别的家长一样看了这部电影，她对孩子没有抱那种不切实际的幻想，只是希望他能够成为一个普通人，可以在世上立足，等她死了，他也可以继续活。在了解了所有当时可以了解到的信息后，舒晓英决定回到南京。一方面南京的生活水平不算高，她可以养活自己和孩子；另一方面这里毕竟是省会，有一定的医疗资源，她可以继续想办法对孩子的病进行学习和干预。并且，她在这里读过书，还算熟悉，这儿离老家也不远。综合几方面的因素，她带着孩子在南京安定了下来。她没有送他去任何学校，而是决定自己来照顾和教育他。

IV

在康拉德·洛伦茨的一生中，有三个人对他影响重大。第一位是塞尔玛·拉格洛夫，她撰写的《尼尔斯骑鹅旅行记》开启了幼年时康拉德对动物的憧憬和喜爱，尤其是野鹅这样一种动物。当时他迫切地想要得到一只野鹅，父母拒绝了他这个要求：母亲担心的是花园里那些花朵的命运，父亲则认为一个六岁的孩子不可能为一只小鸟负责。恰好此时，邻居有一窝刚孵出的小鸭，禁不住康拉德的再三请求，母亲终于为他买下其中一只。虽然阿尔滕堡里花朵的命运不得而知，但是这只小鸭无疑没有受到虐待，它在康拉德的精心照顾下活到了十五岁，差不多是家鸭年龄的上限。这窝小鸭中的另一只，则被卖给了另外一户邻居家的小女孩玛格丽特，她后来成了康拉德一生的伴侣和助手。

第二个影响他的人是当时德国最负盛名的动物学家奥斯卡·海因洛特，也即他的导师。1904年，海因洛特成为柏林动物园的科学助理，在此期间，他开始对鸭子和鹅的行为进行研究，最早发现了动物的印随行为——此后这一研究被康拉德拓展、夯实，最终提出了印刻（Imprinting）这个动物行为学中的重要概念。海因洛特将动物行为特征用在研究物种演化上的这种方法，对康拉德产生了深远的影响，激励他将比较行为学作为毕生的研究志愿。

第三个人叫尼可拉斯·庭伯根。他是一位出生于荷兰的动物学家，后加入英国籍。1936年秋天，在荷兰的一次关于动物本能的国际研讨会上两人相遇了，这次相遇将被历史铭记。康拉德发现他和庭伯根的观点惊人的一致，而庭伯根在实验技术和分析思维上都更胜一筹。自此，两人开始合作研究动物行为学，共同提出了许多重要的概念，这些概念构成了动物行为学理论体系的基本骨架，开启了动物行为学的繁荣时代。他们一起研究鹅，包含野生、驯养及混合种。康拉德从这些研究结果中发现："当动物被驯化之后，进食和交配的欲望将大大提高，而社交本能的多样性将明显减弱。"康拉德开始怀疑"类似的退化过程可能会出现在人类文明中。"

随着动物行为学的发展壮大，它不可避免地与当时美国盛行的行为主义心理学产生了巨大的分歧和冲突。行为主义心理学认为行为是完全后天塑造的产物，与动物行为学的先天论倾向格格不入。行为主义机械式地将动物的行为视为刺激—反射的产物，最著名的例子是巴甫洛夫的狗的实验。那个时候，很少有科学家愿意像康拉德·洛伦茨一样全身心地投入动物在自然状态的观察中，人们对动物以一厢情愿式的高傲来认识它们。

20世纪50年代，欧洲人与美国人、生物学家与心理学家、本能理论家与学习理论家、野鸟观察家与老鼠操纵者之间掀起了界线分明的论战。尼可拉斯·庭伯根本是康拉德·洛伦茨最紧密的战友，而就在这个时候，两人因为一件事情决裂，并开始走向不同的命运。

1933年，就在康拉德获得第二个博士学位的时候，希特勒上台，出任德国总理。1938年，纳粹德国占领奥地利。对于这件事，康拉德欣喜若狂，并在写给老师海因洛特的信中说："我们都像小孩一样高兴。"康拉德主动报名加入纳粹党，并接受了纳粹政权之下的柯尼斯堡大学主席职务。在他递交的加入纳粹党申请中，他写道："我将把整个科学生涯都奉献给国家社会主义思想。"他明确地支持一个建立在"科学基础上的种族政策"，赞成对一些"有碍于种族纯洁的人"实施绝育手术甚或消灭之。1941年，他被征召入德国国防军，作为一个军事心理学家被远派去波兰的波兹南，参加一项纳粹发起的人类种族研究，要他建立一个"科学的"标准，从波兰的德波混血儿中筛选出具有"德意志品质"的人，让他们"重新德意志化"。与此同时，庭伯根却因为抗议犹太教师所受的不公待遇被纳粹拘禁了两年。

V

1997年，舒晓英开始感到自己的衰老。

在南京的头两年，她在一家私营中医诊所工作，其实就是一个地下诊所，在南台巷附近的小巷子里，老小区里的一间带后院的民房，一块低调的牌子上挂着专治疑难杂症。工资低廉，唯一的好处是以便宜价格租给了她一间独立的屋子，可以让她二十四小时看护孩子。她白天打杂、煎药、拔罐、开方，什么都做，孩子就自己待在房间里。闲下来时，她教他识字、画画、算术、下棋，什么都教，但收效甚微，几乎什么都教不进去。她一开始还盼望能让他成为一个普通人，后来希望逐渐减弱，只想着自己能够活得久一些。

她不知道怎么面对他。与人相处在她好像从来不算困难的事，你对人好，人自然会对你好，这是她从自己的母亲那里学到的朴素道理，这样用来应付大部分人际关系，便足够了。要是碰到怎么样都不喜欢自己，打不上来交道的人，那就不打交道好了。可这个人是她的孩子，而且，是他不愿意跟她打交道，而不是她。她跟他说话，他从来也不理睬，说得多了，便乱发脾气，手里抓到什么都往外扔。生气起来，他会拿头往墙上撞，一下一下，倒不是要寻死觅活，而像是哪个零件出了故障的机器人。他不是不会说话，只是自言自语，拒绝与人沟通，有时听到一个词，会突然像开启了复读开关似的，无穷无尽地复述下去，像一只鹦鹉。他的眼睛从来不看她，若强行把他的脑袋拧过来，那眼神也是空洞的，盯着别处，不管她的眼睛里投注的是深情还是怨气，偶尔有一秒钟眼神交汇，那也是偶然所致，绝不是他真的注意到了她。他不喜欢她碰他，更别提拥抱、爱抚这样过于亲密的行为。吃饭、洗澡都是困难的事，如果不盯着他吃，他会忘记吃饭。他害怕出门，只愿意待在家里，而且要安安静静的，任何一点噪音或环境变化都会让他发作。她本来说话声音就不高，对他说话便更柔声细语了，有几次她忍不住失声痛哭，换来的却是他抱着脑袋在一旁高声尖叫，像她是怪物一般。

诊所是一个老中医开的，没读过什么正经医学院，属于赤脚大夫。舒晓英刚来时，他也惊奇，你一个科班出身的医生来我这儿干吗，后来看到她儿子就明白了，没再多说别的，只是说小孩别添乱就行。她在诊所工作一段时间后，老中医到底觉察到她的敏捷，有时病人上门，便假借去方便，让她帮忙坐诊。舒晓英嘴上不说，但心里明白，他也替她惋惜。这就是她没有和任何故交同学有往来的原因，她不想引来别人的同情。有次病人来，看到诊所只有她一个，还误以为她是续弦，问她家那位去哪儿了。她这才意识到在这短短几年间她飞速地变老了。她心里一沉，觉得时间不多了，虽然此时她也不过三十几岁。空余时间，她除了带孩子出门散步、逛公园，便是去图书馆查资料，看医学论文，定期和互助组织的人通电话。这时她已逐渐明白，自闭症是一个广泛的谱系障碍，每个患者的情况都不一样，变化发展也都不一样。有的孩子已经二十多岁了，生活仍无法自理；有的孩子发现得早，干预及时，能勉强适应"正常的"生活环境。她的小孩现在属于哪种还不好说。

事情的转折是有一次，一个附近小区里的孩子捧着一只受伤的小鸟来诊所。老中医哭笑不得，说这里不是兽医院。舒晓英看到了，便说拿过去给她看看。那是一只红隼，被粘鼠板困住了，翅膀断了一只，但还有呼吸。舒晓英便回屋找来烧饭用的菜籽油，先把红隼身上的胶水用油溶干净；再用洗洁精兑温水，把油小心清洗掉；最后用温水再清洗擦拭一遍，然后用吹风机把鸟羽吹干。做完这一切之后，她找出医用绷带，用8字法将那只折断的翅膀固定好，然后找了一个纸盒，戳上几个眼，垫上厚毛巾，把鸟放在里面。

在做这些事情的时候，她果断而迅疾，如此专注，甚至没有意识到老中医和那个小孩都围在一旁，眼里充满了惊奇之色。更让她没有想到的是，平时总是待在房间里的儿子，也不知什么时候走了出来，站在一旁专心地看着她做的事情。你在做什么？他问。

她吓了一跳，他从来没有主动关心过任何事，说这话时，他就像一个正常的孩子那样，对世界充满了应有的好奇。她便解释说，这是一只受伤的鸟，她在医治它。她把那个纸盒放在房间一个温暖的角落，自此之后，他便整日关注着这只鸟，有时会和鸟说话。鸟的翅膀慢慢长好了，她把绷带去掉，又给它做复健。他也很好奇，还想自己上手来试一把。她便慢慢引导着他，教他怎么轻轻地把翅膀掰开、伸缩、复原，所有的动作都要慢慢的，否则鸟会疼。鸟康复之后，他们在一个野树林放飞了它。他恋恋不舍，问，它还会回来吗？她说，不一定，不过它不回来也不是因为不想回来，是因为它不认识回来的路。他问，你怎么知道？

是啊，她怎么知道。她忽然想起了许多早已遗忘的事。在乡间长大，和动物为伴是寻常之事。江都属于平原，用她前夫的话，"江淮之水皆汇集于此"，有大片的湿地，除狗、猫、家畜外，野猪、獐子、乌鸦、夜鹭、雁鸭、鼩鼱等野生动物也伴生在此。镇上有个兽医，她常把受伤的动物送去请他救治，也跟着学会了一些粗浅的医治办法。她对医学感兴趣，就是那时候开始产生的。后来村里凡是有受伤的动物，都会送到她家来请她看一下。读医学院的时候，她救治过一只雄寒鸦，后来那只寒鸦干脆在她的宿舍窗外筑了巢，一只寒鸦又带来另一只雌寒鸦，变成一窝寒鸦，她走到哪里，寒鸦就跟到哪里，有一次上课的时候，寒鸦也跟着飞进来，搞得她不得不嘎嘎叫了几声，把它挥出去。她们宿舍的人引为典故，说她是可以与动物通话的人。但是，她从来没想过要成为一名兽医或动物学家，就像她也从来没想过自己会生一个这样的孩子。人的命运往往就是这样，不是人选择了命运，而是命运选择了人。

想到这儿，她心念一动。之后一个天气晴好的日子，她带他去了动物园。以前她从来也没有想过带他去动物园，因为他基本上不愿意出门，又害怕噪音，她担心动物园里的动物会把他吓坏。动物园在玄武湖旁，他一开始也是不情愿的，吵吵闹闹的，可等一走进动物园，看到进门处的百鸟馆，听到叽叽喳喳的鸟叫声，他便呆住了。过了一会儿，他默默吐出一个词：红隼。他记住了曾救过的那只鸟的学名。他一进百鸟馆便走不出来了，要一只一只数清楚有多少只鸟。等到动物园快闭园了，他才被她拉拉扯扯地带出去。三百四十五只，他说。她眼泪一下子掉了下来，莫名其妙的。多年后她第一次向别人敞开内心，讲述关于他的故事时，她才明白过来那一刻她看见的是什么。她看见他在理解世界，以他自己的方式——他是可以理解世界的，当然了。他扭头看到她落泪这一幕，没有什么反应，又说了一遍：三百四十五只。

  此后凡是有空，她就带他去动物园。不是每种动物他都可以接受——刚看到穿山甲，他就吓了一大跳，她需要在旁边引导他，告诉他那种动物是什么，有些什么特点，来龙去脉。他不一定听得进去，但似乎有自己的认识方法，一旦接受了，会把全部注意力都投注在那一项单一的物种上。她为他从图书馆借来很多有关动物的书，他会拣其中某些看，并很快掌握了动物分类学的路径。从穿山甲那里他迷上了贫齿目，要她带他去动物园看食蚁兽。可是动物园没有食蚁兽。他为此闷闷不乐了很久。她也不懂食蚁兽，去查了资料才晓得食蚁兽分布在南美洲，整个中国的动物园都没有食蚁兽。

  有一次，在灵长类动物馆，恰好饲养员进来喂食，把食料盆放在地上便走出去了。那只长臂猿蹲在树干上，过了很久也没有下来吃饭。他突然掉头就走。她问，怎么了？他说，它害怕我们，所以不愿吃饭。还有一次在熊猫馆，熊猫躲在狭小的水泥地和围栏构筑的笼舍内，旁边有其他围观的小孩用手捧着动物园卖的那种喂食用的零食，大声地招呼要它过来，他突然高声喝止道，它不想被看到！在大象馆，那头大象在圈地里反复徘徊，他说，它很紧张，所以才这样。后来有很长一段时间，他不愿意再去动物园了。它们很可怜，他说。

  他的这些观察让她惊讶极了。直到后来她进动物园工作，开始接触动物学领域的知识后，才确认他的这些观察不仅是对的，甚至远超大部分成年人对动物的认识，远超人类因为傲慢而对动物产生的偏见。他在无意之间讲出了一些深刻的真相，那就是，动物是有感觉的。动物的行为和情感绝非机械论的刺激—反应认知那样粗暴简单。

  她突然意识到，自闭症患者的症状和一只没有任何毛病的动物对人的表现是一样的：害怕被触碰、随意发脾气、对过高或不正常的噪音极度敏感、刻板重复的行为，以及缺乏与人的情感联系。动物对人表现出这样的特征，人们视为理所应当，换到人身上，人们便认为他不正常。在她去图书馆的那些日子，她开始关注自闭症以外的，或者说人类以外的那些书籍和资料。她读到一位名叫康拉德·洛伦茨的动物学家的书，大感惊讶："只有在完全自由的状态下，动物才会充分地展示它们的本性和行为，充分展示它们的个体多样性。"许多句子让她震撼,"人们看到变色龙或食蚁兽,会嘲笑它们怪异的长相。有经验的观察者不会嘲笑动物身上的怪异之处,因为那是动物在无情地、讽刺地扮演我们;动物自身超出寻常的身体形状,也是神圣的大自然所赐,人们应当对此产生敬畏之情。"她想,人类不过也是一种动物,自闭症又不过是人类存在的另外一种样貌。谁来定义"人",谁又来定义"正常"?她在一篇论文里看到,荣格说,动物就是没有进化成功的人。此人说话口气好大,她想,假如他的孩子也是自闭症,他是不是就会把他当成一只动物,一只胆小的豪猪,一只暴躁的山魈,一只无主的渡鸦,一只没有进化成功的人?

人和动物是一桩事物,她领悟到,动物和自闭症患者并不是无法与人建立情感联系,只是建立的办法不同。每一种动物都有独属于它自己的语言和情感的表达方式。狗听不懂人的语言,但拥有远胜于人类百倍的微动作捕捉能力。一只寒鸦会同另一只寒鸦一见钟情式地坠入爱河,而后订婚,再缔结永久的婚姻关系。这不是拟人化地对动物的行为做出形容,而是爱情这种古老的本能写在一切社群性生命的基因里,人类身上发生的爱情不过是动物性的一种体现。理解另一个人和理解一只动物一样,都需要极为耐心的观察、无微不至的关怀,才能逐渐找到与对方建立联结的秘诀。而这个秘诀是如此简单:认可对方和自己一样,是生灵的一种。给予他们充分的尊重、充分的自由、充分的存在必要性。你和我不一样,也不必成为我。

VI

曾经参与过纳粹行动是康拉德·洛伦茨一生中无法抹去的污点。不过在1938年的奥地利,支持纳粹是非常普遍的现象。康拉德的父亲、他的老师海因洛特在当时都是国家社会主义的支持者。那时他们还没有意识到这究竟意味着什么。从波兹南回来之后,他得知庭伯根被拘禁的消息,曾设法探望,但庭伯根拒绝与他会面。两人的分裂显然早就有迹可循。1940年,康拉德发表了一篇文章,宣称纳粹禁止与非雅利安人通婚的规定是一种纠正"驯化所导致的退化"的有效方法,另一篇论文则直接论证了纳粹的优生学政策在科学上是合理的。这些动作都让庭伯根对这位工作上的伙伴兼生活中的挚友产生了深深的怀疑。1944年，康拉德作为德国军队的随军精神科医师被派往苏德前线，但很快便被苏军俘虏。所幸因为他的医学知识，他仍受到苏军的重视，辗转多个营地担任医生，甚至在一所医院负责六百张床位。在此期间，他获得了许多关于神经症与精神疾病的一手材料，完成了一部关于认识论的手稿，并驯养了一只欧椋鸟。1948年2月，在向苏联当局保证自己的手稿只涉及学术，绝无政治内容后，康拉德被获准释放。这时，距离他接受纳粹政权下柯尼斯堡大学的教职已经过去八年，他带着那只浑身泛着金属光泽的欧椋鸟重新回到了阿尔滕堡，那座曾经梦幻般的动物宫殿空空荡荡，衰落坍圮，动物都已离他而去。

战后，康拉德否认自己是党员，对自己曾经参与过的纳粹行动缄默不语，直到他的入党申请书被公开。他与导师海因洛特的通信也被公开，里面拿犹太人开玩笑的内容被世人所阅。二战期间，海因洛特仍坚守在柏林动物园。动物园几乎被轰炸殆尽，动物死伤大半，悉数出现在街头，园长在空袭前抛下所有的动物逃亡。1945年，海因洛特死于苏联的审讯和营养不良。他死后，妻子接手了柏林动物园，成为历史上第一位女动物园园长。冷战开始后，东柏林新修了另一座动物园，东西柏林的两个动物园开启了一场漫长的竞争——那是另一个故事。

百废待兴，恍若隔世。从人到动物，从思想到肉体，从科学到政治。那些属于自然历史的，以及这些属于社群动物的。一个人可以对一只鸟爱若圣灵，也可以对另一种族的同类视如草芥。

回到阿尔滕堡后，康拉德陷入失业的窘境，他的妻子放弃了医学学位的攻读，两人在阿尔滕堡重新开办了一间农场以应付生计。他重新回到——也可以说，从未离开过——科学研究的世界中，动物们又重新汇拢在多瑙河畔。不久之后，他接受了德国马普学会的邀请，建立了马克思·普朗克行为生理研究所。他有了新的学生、新的同行、新的朋友。20世纪50年代，动物行为学学派昌盛健壮，与同样研究动物和人类的其他心理学派产生了巨大的冲突和争论，尤其是美国的行为主义心理学。美国的心理学家对以康拉德为代表的学派发起了猛烈的批评，这时，康拉德的故交庭伯根站了出来，讥讽行为主义学派"就像被惊扰的蜂箱一样聒噪"。两人和好如初。

这之后，康拉德终于承认他在被纳粹派往波兹南进行人种学研究时，目睹了犹太人被送往集中营的事实。那时他才明白纳粹在进行的是一场真正意义上的屠杀。学术生涯的后半程，康拉德致力于研究动物的攻击行为，他提出，在拥有致命性武器的动物身上，往往同时存在着相应的抑制机制，正如德国的古谚："一只乌鸦不会啄另一只乌鸦的眼睛。"这是物种为了保存自身所进化出来的适应天性。只有一种生物拥有身体以外的出自自身工作计划的武器，因此他的本能不会约束武器的运行，在运用武器时也就没有禁忌，这种动物就是人类。

1973年，由于康拉德在个体和社会行为的构成和激发方面做出的重大贡献，他和卡尔·冯·弗利、尼可拉斯·庭伯根一起获得了诺贝尔生理学与医学奖。长期以来，诺奖基金会一直对行为科学领域存偏见，他们认为那不是"科学"，这是该奖项首次颁发给纯粹行为性质的研究，某种程度上，也可以被视为是心理学研究——诺奖从来没有为心理学单独开设一个奖项。庭伯根称康拉德·洛伦茨是动物行为学之父。在奥地利最近一份画报周刊的民意调查里，他被看成是奥地利的"真正的"科学家，其名望排在了薛定谔、维特根斯坦和弗洛伊德的前面。

1988年至1989年，庭伯根、康拉德、海因洛特的妻子，那年代最富声誉的动物学家们相继去世。在康拉德生命的最后几年，他支持新生的奥地利绿党，并成为康拉德·洛伦茨人民运动的领袖，该运动是为了阻止在多瑙河畔的海恩堡附近建造一座发电厂而成立的。康拉德留下的遗产中除了他位于阿尔滕堡的庄园、莱茵河畔的雁鹅工作站之外，还有一份以他驯养的第一只寒鸦"娇客"（Tschok）所命名的信托基金。该基金将用以支持全世界所有致力于研究动物、改善动物生态、提高动物福利的相关工作，与德国、荷兰、美国等多个国家的大学合作设立了奖学金计划。德克萨斯农工大学是第一所提供动物学方向娇客全额奖学金的学校，该学校以顶尖的科学克隆技术闻名，人类历史上第一只克隆猫和克隆狗皆诞生于此。

Ⅶ

2000年，世纪之交。纽约皇后区的法拉盛，一间针灸中医诊所，坐诊的女医生接到了一通显示来自德克萨斯地区的电话。来电者自称是她的研究生同学，问她是否还记得自己。

当然了，这么多年你去哪里了？去年同学聚会大家都在问。

说来话长。

VIII

2022年11月末，我在上海。那几天上海的天气都不太好，天阴沉沉的，小雨时断时续，气温逼近零度左右。一周之后总算放晴，出了太阳。这天我乘计程车从市内抵达虹桥火车站附近，上海市动物园正位于此。门票四十元。从大门进入后，沿主路步行四十分钟，一路经过两爬馆、鳄鱼亭、蝴蝶馆、金鱼廊、鸟园、乡土动物区，穿过整个食肉动物区，在马来熊和塔尔羊之间的过渡地带，大食蚁兽出现了。它待在一个四壁以清水混凝土为表面的外舍，其中一面是全封闭的玻璃，供展示用。透过玻璃，你能看见一只相貌怪异的动物，长着狭长的吻部、扫把一般的尾巴，四肢和躯干粗壮，如不细看，会错把它的一只前肢当作它的脑袋，而把它真正的脑袋当作肩膀上长出的一只手。凝视过久，你的大脑会产生一种怪诞的无法统一、不能解释的感觉，这纯粹是进化所造成的陌生感，你会直觉意识到这是一种上古神兽，非常原始，它所广泛生活的那个年代和你的时代相隔太远，乃是以地质学家和天文学家所使用的时间尺度计量，远远超过了历史学家的解释范畴。此时我听到一个男人在一旁说话："大食蚁兽是独居动物，是贫齿目家族里唯一一个列入世界自然保护联盟《濒危物种红色名录》的易危物种，一天能吃三万只蚂蚁。"他并不是动物园的工作人员，穿着一件志愿者的背心，在向一群孩子做介绍。介绍时的样子有几分奇怪，因为他并没有看着那些孩子和家长，只是盯着食蚁兽，仿佛在自言自语。我走向他，没有伸出右手，只是站在离他一人距离的位置。"你好，我是一位作家。"我说。他没有什么反应。我继续说："我母亲姓桂，和舒园长是研究生同学。我想写一篇关于你母亲的小说，我能跟你聊聊吗？"他终于开口了，说："不能。"我想了想，说："那你能告诉我关于大食蚁兽的故事吗？"

"乐意至极。"他说。

（原载《小说界》2023年第2期）

评鉴与感悟

真正具有现实力量的小说，总是一面植入人心的镜子：它为大多数的沉默予以形式，同时不允诺抚慰，而是让人与自己的灵魂战斗。《所罗门王的指环》自身就是一场战斗，一个容纳各类"人物"（历史人物与虚构人物、人物/人性与动物/动物性）的舞台，一场徐徐拉开的辩论赛。

正方的观点是："人和动物是一桩事物"，建立情感联结的秘诀是"认可对方和自己一样，是生灵的一种"；而且这种秘诀，即人对动物的喜爱和耐心，具有神奇的疗愈力量。正如小说中的自闭症患儿，通过动物的镜像式转喻，获得了理解世界的个人化方式。从类型学角度看，这是生态文学的常见主题。反方的观点更令人震撼，它通过康拉德·洛伦茨的"污点"托出："一个人可以对一只鸟爱若圣灵，也可以对另一种族的同类视如草芥。"尽管意不在此，但这是对摇头晃脑的流行话语，对所谓"共情能力"的及时一击。如洛伦茨的言行所显示的，世间所有的"共情"，都只能是偏颇的，最终不过是立场的显影。如果不去追问情背后的理，不对情与理的纠葛怀有足够的敬畏，"共情"只能是自我感动，而且极其容易以"共"和"情"的名义，导向集体性的专制和反智。在这个意义上，《所罗门王的指环》又是反生态文学，或者说是反庸俗生态主义的生态文学。它以带有现实感的思辨和罕见的自反与省察精神，为无可置辩的"正确"辟出了思考的进路。

叙事游戏，即"'实'与'虚'的互文、嵌套、超链接"（语见赵依《念兹在兹：大头马阅读指南》），一直是大头马小说的风格标签。只是在这篇小说中，游戏进入伦理学的深水区。《所罗门王的指环》的意义，不在于书写了一些"好人"（如主人公舒晓英），而是提示了"好人"反转的可能性；但又并不因为反转，否定"好人"可有的道德力量。大头马以小说化的苏格拉底式论辩，层层揭示了"善是难的"这一伦理命题。如果阅读这篇小说可以引人向善，那也是更为复杂、艰难的"善"。

但我最为激赏的，是这篇小说及其作者以特殊的方式展现出的勇气。在层叠的叙事线索里，在炫目的故事套盒里，在小说的显与隐、中心与周边、山峰与水面以下，勇气是最终存留的核心。在失语的、没有英雄的时代里,当献祭的鲜花甚至不能以"曲笔"的形式存留于文字,那么为了生存的基本尊严,微小的前行的努力也需要付出全部的勇气,以及与这勇气相当的全部智慧。在《所罗门王的指环》内外,我看到这种兼具智勇的无畏挑战。纵然,挑战必将失败,但文学必将胜利。(赵天成)

夜游神

/史玥琦

一

叶子女士敬启：

来稿已阅，感谢关注。奉主编之命，我本应给您写一封言辞恳切的退稿信。首先鼓励您文笔流畅，叙述有力，完成度颇高；再笔锋一转，谈些人物深描不足、尚欠缺文学性之类的套话；最后做小结，希望您多改多练，笔耕不辍。

我不打算按此常规回复，而是借本信"越界"，说些心里话。原因有二：一是此故事足够打动我。在我看来，有些笔法恣肆蔓延，但叙述仍够冷静。我很快看了进去，也能捕捉到叙事空隙中有幽小情感在暗流涌动。二是刚刚填写信封时，又想到您和我是老乡。我来自哈尔滨近郊的双城堡，前年全家也搬到市里，大学考到南方，毕业后落脚上海做了编辑。这里东北人并不多见。看到您的投稿，小说描绘的地理风貌尽是我在哈尔滨市区念高中时所熟悉的，心间温暖。我想这第二种原因也解释了我第一种感受。

您的这篇《夜游神》，我不太想用概括性的语言破坏掉它，究竟讲的是救赎、绝望，还是兼而有之？我不敢去猜。我想编辑的工作并非如此，我需要的，大概是尽全力帮助作者完成一些暧昧的时刻，让它自己生长出来。

我的一点困惑和纠结在于，您已隐晦地表明了伤痛，企图用"非人"的方式揭开伤疤，但因为太多限制，仍在事实的外围打圈。我想，如果它们都化身成人，这又是怎样的故事和场面？我不清楚，但我似乎明白那是切肤之痛。我思索再三，还是决定写信给您。小说或许是最真诚的镜，尽管现实千疮百孔，我们仍能用书写去记录、讲述，因此您的笔触不必忌讳。也许那是您最不愿讲述的，但我坚信，换一种写法，总有勇敢让我们再次喊出自身存在的意义。

上午看稿太久，眼睛酸痛，我走到阳台，在一排枯槁废弃的花盆间望向远处。阳光从梧桐枝叶的缝隙钻出来，令高楼间的天色更加清澈透明，很多颜色从心底涌起，而我面前像一场虚空。刚刚读到的许多来稿，只有您的故事像地缝间的草根挤出来，反射雨后多变的虹光，这和您笔触的色彩有关，也与我自身相连。好的小说是有生命的，你能摸到它，感受它慢慢在体内长成一棵树，因而，我的建议也只是培育的方案，如何浇灌，全凭您的手。

写下这些，我很忐忑，但还是从容落笔。因为一些变故，我本想夏末离职，不再坚守这块行将就木的阵地。文学日益不受欢迎的今日，我像个垂垂老矣的守门人，背后是一座逐渐成为博物馆的大酒店。今天看到您这一篇，我希望等一等，帮一帮您。您不必负累，也不必在乎我的期待，只要真心去修改它就好。

感谢您看到这里，客套话不说了，如果您希望再次投稿，可直接邮寄给我。地址照旧，只需注明给小穆就行。（随信附上一片梧桐叶，刚刚我展开双臂趴在阳台上，它突然落到我手上。）

顺颂文绥

《大众》文学编辑部小穆
2017年3月20日

二

一九九七（《夜游神》一稿节选）

第三个年头，我们并没泄气，从文化宫散场往回行的路上，决定扩大地处来寻。那晚放的是《霸王别姬》，蝶衣在大幕布那头喊：差一个月、一天、一个时辰，都不算一辈子！底下传出几声小心翼翼的啜泣。我们顺着椅脚，擦着老姑娘们的脚腕子，静悄悄钻进八角形的活动楼后身。犄角堆满废弃的单双杠，月下锈光闪闪，我们从容地蹑脚越过，步向犄角处。铁皮在这儿零落，形成一个见方的窝。被瓢子泛黄，仍堆在里面。棉花外翻，有几条慵懒的长虫趴伏。我们不由自主地撑出爪子，抓死它们，又嗅四周，没人来过。我刨走小窝前发蔫的花茎，老三叼来新鲜的狗尾巴草，一瘸一拐，扔到上面，随后都呆站在那儿。愣了半晌，后面幕布上乒乒乓乓，鼓琴声响，我们呜咽了两下就跑开了。

饲养员老周说，米粒那天是衔着花走的，至于什么花，他给忘了。我们便每隔一周换一个品种，花被叼到她爱去的地处，包括当年发现她的小窝，市内松花江以南的花全试了个遍。主意是老二出的，她说狐狸不像咱们，鼻子灵着哩。我反喷道，她古灵精怪，走丢了更难说了。尽管如此，每晚我还是跟着她俩，沿着民生路向东，或再顺和平路朝北，七拐八绕，钻进所有胡同，嗅察蛛丝马迹。遇到人来，我们立刻隐进黑暗中，不怕别的，担心吓坏他们。比如现在，从后面看，老三说不清是什么生物，哪怕反复端详，也很难讲她是只狸花猫。

爆炸以后，她被按着做了七八次手术，虽足以活命，但皮毛全脱，像没生下的死胎，光溜溜，血淙淙。她一下切断同过去猫群的联系，谁也不见，只容许我们几个探望。我叼来街角拣选出的半块油酥饼，呜呜地同她一起哼泣，帮她舔舐伤口。她左后腿截了半条，全身几乎没有一块光滑的表皮了，凹凸不平，泛着冷光，如碎烂的豆腐，粗糙蠕动。裂痕处依稀有新长出的绒毛，皮肤下面依稀可见血管，赤红的溪流努力地游动。我舌尖的毛刺钩到她尚未结成的血痂，她抖了一下，转身夹着尾巴靠到角落中。

我们伤势大体相当，被分在一个笼舍，除了老周，没人敢近前。早先他在社会上招了个徒弟，帮忙料理后勤，小子号称从小跟家里杀猪，胆子大，见啥怪物也不打怵。头一天给我们送食，他穿过大楼昏暗的长廊，皮鞋啪嗒作响。老三尾巴竖着，一瘸一拐地到门口张望，他"嗷"地大叫，一下坐到地上，饭也扣翻。我冲他叫两声，然后轻咬老三耳朵，把她拽到后面，从此我们再没见过他。

老三在前面慢慢踱步，我们绕开人群，从与群乐街平行的通乐街往回走。到废品站附近，她一下跳到满布油渍的垃圾箱上，东翻西找，扯出一长帘黑塑料袋，照例落到地上，打个滚，袋子熟练地卷在身上，老远望去，成了黑猫。她向我们眨了眨眼，我们照做，披上伪装。街灯昏暗下来，这趟老旧的红砖墙细影闪闪，除了蚊虫还有不耐烦的风。过去我喜欢盯着两边红墙整齐的反光，随着大伙眼珠从圆到尖，墙面因周围五十年代建筑的形状投出变幻的阴影；闲下来时，我跑上楼顶，呆望一整天。我伸着懒腰，企图如此这般消磨到死。冬日阳光晒向我伤痕累累的肚皮，我的橘色软毛仍茂密地生长，盖住被烧坏而荒芜的部分，我舔着只剩一半的左爪，感受热在身上蔓延。其他猫也过来了，在楼顶的阳台，我们互相望着各自奇形怪状的脸，鲜少说话。那点事早在半年前便讲尽了，剩下的只有重复，以及对外面世界难过的臆想。老二打破沉默，念叨着可能找不着了，再不就得出市，可我们这个样子，走不远。老三用胡子蹭了下她，说别放弃，先慢慢扩大范围，总有线索。米粒无缘故地失踪三年，我们一直注意周围人的作息、动向，甚至走遍市内每一块狐皮大衣的广告牌，看谁比较可疑。此刻，我们趸进一条没灯的胡同，往前走，好像以后的生活也将灰暗下去。

　　米粒刚来的时候，我们没什么指望，甚至说着断奶之前要送出去。在废旧铁皮的窝前，她母亲呼吸微弱，眼睛半闭，从体内传出恳求的呜咽。她背上的伤口尚未愈合，因为灰尘太大，再次病倒，费尽气力产下这团雪白的绒球。那天下午我们将自己遮得严严实实，本来想趁夜里去文化宫凑热闹。在民生路主路上，一个男孩跑跳四顾，发现了我们，向后面的人大喊，快看哪！塑料袋成精了！在屋檐上长脚自己跑！我们只好转向小路，绕到大院的后身，从狗洞进去，便听到角落里的寻救。她太小了，一直睁不开眼，鼻翼翕动，静悄悄地团着。白狐强撑着气力说，她父亲被炸死了，我现在唯一想的是她能活下去，替我看看世界。我们眼睛圆睁，不知所措，一齐凑过去舔舐母女俩，不一会儿，更多的血水从她白肚皮下流出来。咽气以后，我们将她叼到树旁。活动楼的舞会喧闹得很，我们没去看一眼，径直带小家伙回了我们高耸的黄色笼舍。过了半个月，她仍没睁眼。老二揣度，大概和猫不同，狐狸另有讲究。我们把她安置在几个窝中间，方便轮流探望。我舔着她脑袋顶不多的软毛，叹气，她真看见我们，还不吓回娘胎了？结果像顺着大家期望，那条眼缝一个月也没开启。老周心领神会地给我们笼舍多送了牛奶，她的身子倒率先长起来，渐渐有我四分之一大。团着睡觉时，她老实得很，模样喜人，像颗晶莹的大米粒。她逐渐熟悉我们的气味，常常凑过来哼唧，眯缝着眼在整幢楼摸瞎闲逛，甚至认了两只三花猫当干妈。三个月时，老周请来后楼医疗中心的人，他们都蒙着眼布穿过长廊来看。手电筒在她眼前晃了半响，一个年轻的声音说，娘胎带下来的，角膜有问题，就这样吧。我感到一些不应该的欣喜，回头看老二，她正咬开身上的袋子，外头来人，并不避讳。

我们仨再次站上这一路口，身披塑料布。散场后一小时，没有人再来胡同闲逛，这是属于我们的一方天地。三年前的初冬，还没落雪，我们在他脚旁大叫一刻钟，老周一拍脑门，才意识到米粒那晚还没回来。他掸了掸身上的烟灰，小跑到院门口，指向西边。这条大路曾繁华一时，有几家能在门口捡吃食的饭庄，爆炸以后兴建伤病动物集中笼舍，便纷纷搬迁，避开这里。此处成了家长吓唬小孩的地方。这条街荒废下来，与两侧的民生路、文景路相连的路口被堵住，只有狭窄的胡同可钻行。老三急得跳来跳去，老周并不看向我们，说，就是这儿，我以为她找你们玩儿去了。那小瞎白狐，叼着花，什么来着，妈的，色儿我都给忘了，这他妈破记性。

老一在前面胡同口停住，让我们留神。竖起耳朵听，有人在打架，是被捂住嘴巴发出的惨叫。我俩蹦跳着过去，借着外围新修高架桥上的灯光，从堆积的杂物缝隙间望去，有人影闪动。而这头电线杆上，有关米粒的寻狐启事被扯下来一半，剩下半张摇摇欲坠，经雨水冲刷，只剩下"七岁"依稀可辨。我向后退两步，借力跳过去，将纸咬下来，说，找了三年，还是要找。我们每晚都这么走，一直走，走完每一块砖，直到走不动为止。她俩表示默许，问要不要过去看看。我率先跑了过去，跳到酸菜缸顶，还看不清楚，就又顺窗沿跳到再前面的破旧自行车筐里。前面两个壮小伙，挡死路口，面前瘫倒一个孩子，口含一长条麻布，正努力地想叫出来。

其中一个猛地抬腿踹他，说，我明明看着你往兜里揣那一百块钱了，你给哥赶紧拿出来，我俩不往死里整你，不然你今天回不了家。那男孩只是哭，长长的泪痕在微光下发白，我想起米粒不顾命似的疯耍起来，也像一道模糊的白。另一个将长麻布从他嘴里拽出来，说，你别以为我俩不敢下手，你是不是吞肚了？吞了我拿刀剜出来，要不你就痛快赶紧给我俩。男孩打着哭腔说，大哥，你们真看错人了，那是我同学，一百块是交学费，他妈给他拿多的。对面给上一耳光，说，真他妈能撒谎，我就看见你一个人。男孩定了定，突然起身，扬起一把沙土。俩人大骂，挥着膀子踹他。他双臂抱头，动弹不得。突然一声大叫，老三从比我更高的矮房檐径直蹦下来，扑向他们。她已脱了外皮，昏黄的光下像块红色的水晶。几乎同时，我和老二也大叫着往上奔。老三已一把抓到其中一人脸上，被一掌打飞。我俩正紧紧钩着另一人的衣角，他突然失去重心，摔到地上。他们大喊着，操，真他妈有怪物，有怪物！随即连滚带爬，鬼哭狼号地跑远了。二十秒后，男孩站起身，盯着我们，眼睛里一如既往地恐惧，但总好像多些什么。我哼了一声，转过身，翘着尾巴，和她俩一起隐进黑暗中。

三

叶子阿姨吾念：

首先恳请您原谅，直到收到您的再次来稿，我才意识到几个月前的自己有多冒昧、鲁莽、迟钝。有时我在安静的夜晚，听到小区的流浪猫叫，也会想起您这篇小说，在想它们如此执着的情感出口，在想究竟为何她们要对养女如此看重。我没有发现，其实自己也陷入了一种执着当中。对于某类逻辑真相的执念，让我过分在乎背景现实。看到您坦诚的叙述，洗去所有修辞地复刻真相，我由衷敬佩，倍觉惭愧。我企图让您撕去全部隐晦，还原现实，我反复问自己，为何要这样做呢？

或许世间人们的悲苦，总是无法共享前提。当您寄过来的二稿如此清晰地告诉我后，我陷入了相当长的自责中。您在二十五岁所遭遇的灾难，我在哈尔滨读书时其实已有所耳闻，但从未如此感同身受。那次八十年代末的亚麻厂大爆炸，在我读书时，演变成了一个轻巧的城市恐怖故事，以及男孩子为了壮胆逞能的证明。故事您或有所耳闻,讲的是一个卖豆腐的流动小贩遇到一个男人赊账。男人买两块豆腐,称下次出门便还,然后拎着袋子走了。小贩看见他转进街角,打开把角第二扇门进去了。过了几天,小贩仍在四周贩卖,却总不见男人,心下恼火,横着心去敲那扇门,长敲不应。过路有老太太问,你来错了吧,这是亚麻厂分配的宿舍。这屋没人,男人在厂子里被炸死了,女人难产死了。小贩汗毛倒竖,硬砸开门,只见院内桌椅摆放齐整,毫无人迹,只桌上放着两块发霉的豆腐。对您来说,这似乎是人们遗忘的开始。外面的人用一则寓言、一段轶事,消解掉具体的苦难、具体的人和情感。我想,这是全人类的过错,文学是我们可坚守的最后阵地。

这样想来,您的来稿,我无权给出意见,它们相互补充,形成您独有的生命。我也意识到您叙事的前后用心,在于米粒成了"我"余下生命的眼睛,而这一状态,正是用她的"盲"换来的,所以寻找成了必要,是故事仍要继续下去的动力。如果您认同一二,可以将更多的笔触伸向共处的美好,哪怕十分短暂,但它是我们这一故事最鲜艳的底色。叶子阿姨,我不敢说我多么能体会您的痛苦,但希望我们这一文学沟通能保持下去。离职的事情我准备暂缓。上回所说的变故,是在警队的男友执勤时受伤,他瞒掉了父母,没瞒过我,虚弱的声音出卖了他。但我在南方却无能为力。想到在这里和人们的虚幻想象打交道,我总是很烦闷。但您的书写,让我相信我在给人提供出口,哪怕是一小点,哪怕是一个时刻。

最后,感谢您随稿寄过来的红肠和鱼肝油,办公室立刻香气四溢。按说我们是不能接受作者赠礼的,但我看是商秀红肠,老哈尔滨人都知道,只那一家,没有分店,心想您一定是托人,或者自己蒙着全身在马路旁排了半天的队。保质期在即,寄回也会坏掉,我咬下去第一口,泪就长到脸上了。鱼肝油的意思我也明白,因我上次好像提到了眼酸,您这么留心,我实在惭愧。不过我是先天弱视,也影响到了神经,以至于我记事很晚。想小时候,世界总是模糊的一片,什么都记不得,对外界的第一印象是某个冬天哈尔滨江北的焰火。大约十岁左右,家里东拼西借,为我做了角膜移植。那是一位白血病患者捐献的,因为保密,我无法得知他的姓名。我高中时视力又恶化,到了大学才逐渐好转,现在要定期疗养,不过不大碍事，鱼肝油是常备的。啰唆一堆，无甚主旨，只为尽快和您说上话。我这次用的是大信封，塞进几只羊毛毡，分别是橘猫、三花和狸花，上个月等您来稿时扎出来的，希望叶子阿姨别嫌弃。

《大众》文学编辑部小穆

2017年6月8日

四

一九八七（《夜游神》二稿节选）

一开始，我们都没日没夜地哭，根本止不住。他们说，爆炸是三月十五号凌晨两点三十九分发生的，我能记得吗？我记得这串数字有什么用？我们能回到那之前吗？谁都不敢回想，因为那天太普通了，跟平时没什么不同。有什么预兆吗？我想了想，和事故调查组的人说，没有，和往常一样。

车间的灰还是很大，我们习以为常，只需多加一个棉口罩。下工的时候，我们再一起到浴场洗净身上的纤尘，洗净头发、脖子和鼻孔。照例趁主任不在，相互泼水玩。邹洁泼得最凶，她是厂花，所有人都得意她，男工还集资为她买巧克力。她说，最近嗓子痛，明天要多戴一层口罩。还有明天吗？她边做工边发着呆，瞬间被一个巨大的火球推倒在地，口罩在她脸上熊熊燃烧，瞬间融化掉一切。我很久以后问她，你当时想的什么？她那模糊不清的脸冲向我，说，姐，我忘了。我好像啥都没想，但是我好像又哼着啥。我不说话，看向她。她穿着男式的二股筋背心，为了露出伤口。她全身烧伤百分之九十二，腿部几乎找不到光滑的地方。我想起她用温度刚好的热水偷袭我们，那时她真美啊，才十九岁，身材比我们娇小，像只打湿羽毛的白天鹅。阳光在她身上照射一半，暗中如同还有那个美丽身影，那半截腿还存在，而不是因为严重碳化而截肢。她突然说，姐，我想起来了，我哼的是你们传的那支小曲，你们当时惊讶我来做工前怎么没听过：远看一团火，近看一枝花，亚麻厂的姑娘到我家。

直到现在，我分不清美梦和噩梦。都说梦是反的，人活着的盼头和生活本身不也是反的吗？亚麻厂是哈尔滨的骄傲，产品营销世界，不光全中国第一，全亚洲也是第一。进亚麻厂工作是所有人艳羡和梦寐以求的事，吃穿住行、儿女未来，厂里全包。女工能买到世界上最流行的尼龙绸，回家做出最漂亮的裙子。刚进厂时，我胸前别着红花，主任组织我们到文化宫看五十年代的工业纪录片。傍晚，夜空又晴又蓝，幕布里走出新中国第一代纺织女工，她们白裙白帽，个个微笑着向厂门口走；披着夕阳，在分配的职工宿舍互相试穿布拉吉。映后，我们学唱苏联歌曲《纺织姑娘》：在那矮小的屋里，灯火在闪着光，年轻的纺织姑娘，坐在窗口旁。

那年，我二十一岁，我努力呼吸文化宫上空清凉的空气。几颗星星半闪，我感觉未来只是一瞬间的事，做工、嬉戏、找个像样的男人生儿育女，和这些建筑一样光洁粉红。我从没想过，这幢看似永远不会倒的大楼会在三年后坍塌。那天，是最普通的一天，我凌晨上工，火从天上糊下来，钢筋水泥筑成的墙壁瞬间破碎，车间那些牢靠的几十吨的机器被抛到空中。电全停了，我周围滚烫，漆黑一片，被浓烟呛得咳嗽不止。我大叫着往外跑，可什么也看不见，借着隐约的火光，我沿着机器间的小路走。四周尽是滚烫，像从地上捡起一块火炭，手掌立刻烤焦。我全身湿透，还不知道那是血。我听到无数求救和呻吟，被灼烧的嘶喊，被重压的惨叫，像一场巨大的冰雹，万物塌陷。我只感到冷，衣服和血肉粘连在一起，天寒地冻，浑身战栗，我想出去。

从此没人再穿尼龙绸，它一旦烧着就粘在身上，取不下来。大火呼啸，数不清有多少人没跑出去，倒在无法到达的路口前。烧伤医院立刻满员，向省院借调人手。我醒来时，周围都是缠满纱布的同事。我想说话，感到喉咙被堵住，拼尽全力，只发出了呜呜声。"声带受损，先别说话。"邻床别过脸，全身被包成了粽子。她说，你不认识我了？姐，我，王亚丽，六车间压布机线上的。我努力想扭过头，却无可奈何，只得继续呜呜地叫。王亚丽后来告诉我，那天我们像电影里演的木乃伊似的，隔离房的玻璃窗上扒着好多人，人群里就有她新处不久的男友，她曾给他打了一件大红毛衣，街巷的人都说捡到喜了。在另一头，男人辨认不出哪个是王亚丽，都缠满纱布，一动不动。他大喊着，要好好活下去。喊声被周围病房更大的惨叫盖住，铺天盖地叫着，爸爸！妈妈！那动静我始终记得。疼痛渐渐蔓延全身，你感到全身所有毛孔炸开，身上长出无数辣椒，而你被层层箍住，动弹不得。当纱布一点点撕下来，我想到了蛇如何蜕皮。后来听说，半个月内我们输光了哈尔滨市所有医院的血浆，外省仍纷纷派人援助。安抚办的人穿着白大褂，跟大家捶胸顿足、起誓发愿：放心，只要大家配合治疗，我保证各位容颜如初，人见人爱，没结婚的都能找到对象，结了婚的，丈夫还会像以前那样爱你。党和国家不会放弃大家，大家也不要放弃自己！

因为上了那年报纸，年底，王亚丽当真和那男人领了证，风头一过，便不再让他找她，三个月后就离了婚。她是伤势最重的一批，三度烧伤面积百分之九十三，双乳被切掉，手也和我一样被烧残，回不了弯。我们如此默契地拒绝亲朋好友的看望，又互相打气。别照镜子！这是一九八七年以后我们彼此最严厉的警告。有比我小几岁的年轻女工，身材高挑，皮肤白净，男朋友来探望，她们嘴唇颤抖地大喊：我不见！我不要他来！让他滚！其中一位女孩，头一天进厂就赶上爆炸，只照了一眼镜子，大喊着：这哪还是我呀，这不是我！我怎么被换了一个头哇！她将镜子摔碎，大喊着不治了，不活了，很快精神失常，愈合后转入精神病院。王亚丽能坐起来的时候常对着我叹气，她说，姐，你说我还有人样吗？她浑身只有腹部一小块、嘴的周围和后脑残存完好的皮肤，做皮肤移植几无可用，后背只能用猪皮。我说，咱得先把自己当人，确信自己是人，你说是不？

她的腿几乎残疾，因皮肤脆弱，害怕感染，夏天大腿也得裹毛线裤，小腿像被虫子啃噬过的树桩，后来王亚丽开玩笑，就像煮开锅的苞米粥。半年后，事故原因出来时，我们已经搬离医院，住进政府新建的两栋安抚楼，专门安置亚麻厂烧伤女工，就是后来哈尔滨人口中的"鬼楼"。楼是淡黄色的，远处看像长颈鹿，两楼夹一院，中间搭个平房，作为活动中心。为防有人轻生，窗子用铁栅封死，安抚办又派了从武警退役的老周负责两栋楼的安保。在我的申请下，王亚丽和我一间，还有厂花邹洁。邹浩从轮椅上罕见地站起，手拿报纸，单着腿蹦过来：姐，说是粉尘爆炸，静电导致的，没有人为，就是厂子建这么久了，从来没梳理过，一直是苏联的技术。我捏过她的手，让她坐下。我左手因为碳化，被截掉三根手指；她的手也没了模样，布满网格状疤痕。王亚丽说，天天落在我们身上的粉，那么致命？我们很快不再去想，只是涂花玻璃，每天呆坐着，避免看到自己。一个月后，另一栋楼有孕妇要生产，我们互相蒙起周密的黑纱，十几位姐妹赶过去帮忙。市医院不敢接收，由于烧伤后的持续用药，不知会出现什么情况。我们只好转到省医院。那大夫若有所思，表情凝重，隔着口罩看向我们的眼睛，问，保大还是保小？孕妇努着劲举手，她俩胳膊肘以下已因爆炸完全截掉，她轻声哭喊：各位姐，我丈夫在厂里被砸死了，我在这儿无依无靠，这么活着已经没有希望。我必须保小。我只求你们别把她送到孤儿院。她手残了，使不上劲，胎盘粘连，加上术后排异，全身鼓包，终究没出来手术室。

那年冬天雪格外大。一个清早，我们向老周打了报告，全副武装，套上比黑无常还繁重的纱衣，抱着她去江边。江北烟火起伏，已是郊外。此后每年三月十五日，我们都在安抚办的组织下去对面的黑天鹅度假村联欢。那是片人迹罕至的景点，南方人普遍不知道。这些年来，伤员女工像定时炸弹，撕过亚麻布，砸过车间的机器，因此我们成了重点安抚对象。我们望着冰面，大人小孩你追我赶，爬犁车一辆挨一辆，不时有晨起抽陀螺的人望向这边，猜测我们的身份来处。雪在冰上轻柔地散开，像之前我们身上每日清洗掉的粉尘。王亚丽打着寒战，冲着襁褓说，孩子，你还能睁眼看看不，看雪。她睡得很熟，在我怀抱里，像块散热气的白发糕，安静地喘息。因为母亲的长期用药，她视觉功能受损，始终没法睁眼瞅我们，只伸着小手，摸向我们仨的鼻尖。邹洁在远处喊我们，一抬头，她站到了两尺宽的护栏上，背对我们，拐杖扔在地上，那截腿下的义肢不住地晃动。我说，你快下来，别摔着！她不理会，转了个身，将一把雪一下撒出来，洛在我们头顶和她的眼皮上。邹洁喊着，谢谢你，姐，有了她，我们就有了希望！我和王亚丽点点头，看见一群候鸟正掠过江北，排阵向市中心飞去。隔着面纱，日光正在我们衣上慢慢亮起来。

五

叶姨见信如晤：

多谢您肯定我的手艺，您说做得和三位主人公一模一样，恐怕是谬赞。当编辑让我唯一为自己和别人确保的是，凡落笔者，本于内心。看到您的三稿处理，我涌上一种说不出的感动，刚要下笔千言，竟一时噎住，溢出几颗泪滴。于读者而言，信这种写法是最能代入情感的形式。您的叙述不急不缓，梦和现实糅在一起，有一瞬间，我竟认定那说的是我，可能因这和我的经历相似。感谢叶姨给我这些眼泪，它是最好的擦亮眼睛的圣水。

有一阵，我甚至很喜欢哭，想把过去看不清的，没打湿眼眶的，全找补回来。我捧着各色言情小说，专挑悲情的结尾，结果哭坏了失而复得的眼睛，很早又戴上眼镜。曾几何时，对我而言，世界只是无数的声音，沉默中什么也没有，故事连成了我心里的山。常常，看云的时候，我想，它们为何要飘浮，如果注定不会落到我头上。在您的来稿中，我看到了云的用意，其实有时我看不见它们，但总有人，在世界的某个角落，注视着你。

除了"照单全收"外，我还是希望和您斟酌，正如您也希望我一定回信一样。小说的结尾，您最后处理成了一种哀悼式的平静，但是否会有可能的转折呢？我们虚构一个作品，除了真实的力量外，或许可以增加想象的纬度，甚至排开"我"这个人称，去看其余主体。我想，这或许是给人希望的办法之一。当然，您尽可以反驳我，因我这一发问的前提是您不满于现状。但通过您的文字和三种文本，我清楚您面对世界的坦然，这是我目前做不到的。

您想多听些我的故事，尤其关于恋爱，这也是我想和您倾诉的。和我一样，我的男友也是哈尔滨人，左侧有颗很可爱的虎牙。我们是高中同学，但高考之后并无联系。那时我每天去眼科医院做康复治疗，很少和人交际，留下的朋友也不多，只剩下半屋的书。他考去了警校，毕业后留在队里工作。是很偶然的一次，夏天他在南岗周围执行任务，遇到了正在公园读小说的我。那时我母亲癌症过世，我办了离职，回家休养半年，每天深居简出。我年迈的父亲让我别闷在家里，我只得遵命，顺便散心。我们碰见以后，他就时常陪我绕湖散步，偶尔讲些奇怪的话，又支支吾吾，大约都是他碰见的各类案子。这半年我重新认识了这位老同学。我坐火车南下时，他大包小裹来送我，塞给我一只外层镀金的万花筒，沉甸甸的，里面一直有各色的花在盛开。在车站的大钟下，我们确定了关系。

他平常话不多，但已不像小时那么发闷，聊起来也刹不住。他说因为从小挨欺负，所以想当警察。他心思极重，逻辑分析能力也强。有时他讲，你应该多出去走走，想想自己真实的经历以及未来，不能老活在小说里。

我当时不以为然，还反驳他没有文字的敏感度。现在想想，他说的很有道理，我爱看的，也是扎根在生活里的故事。因为执勤的原因，我们只有休年假才见面，他每次都给我带一大兜维生素A、胡萝卜干、鱼肝油之类，我开玩笑说，你真是给我上眼药了！如果时间够长，我想我们会一直在一块儿。一转眼，我们都快三十岁了，他现在升了警阶，开始接触一些大案要案，有时抓获犯罪集团，经常负伤。记得上次和他见面，他背部有两条长长的刀疤，伤口刚愈合好。我总想着，有一天要回到哈尔滨，换家杂志社上班。可他并不赞同，只是希望我在南方开心就好，不用担心他。直到现在，我仍在犹豫当中。

辛苦叶姨听我倒这通苦水。我边吃您寄过来的菇蕈，边写下这些话。它们饱满多汁，每一颗都像太阳般金黄，我意识到已经很多年没尝过了。如您小说所写，它也让我想起很多个哈尔滨的秋天，既熟悉，又陌生。

另：按您的请求，给您附上我两张照片，都是由拍立得翻拍的：一张是大学的毕业照，另一张是读您小说之后我在阳台上的自拍。不过我不会像您所说不想见到您的样子，人们说见字如面，我想，面和字都是相通的呀。希望我过年能回乡，和您见面。

《大众》文学编辑部小穆
2017年9月13日

六

二〇〇五（《夜游神》三稿结尾）

亲爱的小米粒：

这是你离开的第三千六百天，算起来你今天该成年了。

我常常想，此时此刻，你可能在哪里，会出现在外面世界的哪一个角落。你无法看见，你会听得清吗？周围人们的语言，有些笑中带着恶，有些蜜里掺着毒，他们会有恶意吗，会否对你报以微笑？但我知道，你很善良，你会摸每个陌生人的脸，说，你真美。如果两个阿姨同时出现在你面前，你会说，你们一样美。

是的，小米粒，你走之后，我们也学会了美。千禧年后，王妈妈带着我们化妆，我们描过眼线，涂过粉底，买面膜，买防晒霜，做头发，尝试各种新式的烫发。我们都说，等小米粒回来了，要让她也试试。过去只给你梳马尾，现在长大了，可以玉米烫、离子烫、陶瓷烫、爆炸烫，怎么高兴怎么来。你还记得王妈妈吗？你喜欢她抱你。她的手臂因常年皮肤发炎而肥肿，摸上去肉墩墩的。秋天早上下雾，她会带你去楼下骑老树，把你抱到较粗的杈上，她故意打趣你，说，米粒，你能看见远处的烟囱吗？你说，我看到啦。她问，烟囱是什么形状的？你说，是螺旋形的。她又问，那你知道王妈妈是什么形状的？你说，王妈妈是椭圆形的。

我曾暗自庆幸，你的面前是一团虚空，这样我们不必每天装扮，披着厚重的黑纱衣见你。从我们相遇到你跑丢的七年里，我不止一次忐忑，如果你去上学，谁去接你？你可能永远无法理解，你的三位妈妈不能见人，我们的真实面目将吓坏大家。对你而言，遇见只是声音的传递、肌肤的触碰。我想，到时我只能拜托你周大大，我会说，妈妈的声音会伤害到其他小朋友，只有你是免疫的。你会问我，为什么？我却不忍心说，因为你看不见妈妈呀。

在我们没意识到你不能看见时，曾很多次在你熟睡时偷偷跑出来哭。大晚上，你邹妈妈将拐杖横到院前的石椅上，使劲拿那只假脚踢着石墩，她抽泣着说，我不想让米粒觉得她妈妈是个女鬼、丑八怪，谁见谁害怕！而当我们最终决定面对时，你却封死了这件事。有时我想，这是老天爷在这么对待我们之后施舍的最后一点幸运吧。老周说你天生如此，不会后悔看不见，让我们放宽心，我们便大着胆子和你坦然相见。你喜欢拉着我那只残手，伸另一只手抚摸我断指的关节处，你总好奇地问我，为什么你只有两个手指？我说，每个人不一样，有的人多一些，有的人少一些。你脑筋转得很快，央求我找一个比我多的。我把你带进活动室，让你周大大配合我，你从左往右一一细数，四、五、六，你喊，你骗人，这是火腿肠，好吃的！我一下把你抱起来，吻你面颊，你回我一个。我说，嫌妈妈脸糙不？你说，只要是妈妈，就喜欢。我说，那一直和妈妈在一起，好不？你说了个我们从没说过的词：一辈子。

小米粒，我停笔了一阵，因为一直在哭，弄湿了信纸。这个已经卷边的脏兮兮的本子，记满了你可能去过的地方、遇见的人，从街道到饭店，包括只带你去过一遍的圣·索菲亚教堂。我们本着受伤女工权益应得到保护的原则，走遍了市内的公安局，把所有路口能调的监控都查遍了。第一次去派出所时，一个愣头青看我们在监控面前愣愣地站着，补了一句：不排除失踪儿童有可能已经遇害的情况。你王妈妈顿时沙哑地大喊一声，伸手要摘掉面罩，被我和你邹妈妈拼死拦下。我想，倘若她真露了脸，那小伙突然一见，可能会吓出心理疾病。

我们这一找，就找到现在，找了十一年，从你七岁失踪，找到你十八岁。派出所过来人劝慰，事情由公安负责，我们只需要耐心等待，尽量别有大的动作，言外之意怕我们白天出去吓着人。第二年，我们便转入无人的夜晚，明知徒劳无功，却都默契地挺着。每天吃过晚饭，我们就穿戴整齐，在哈尔滨的夜晚游荡，寻人启事不知贴了多少，还意外地帮别人找回宠物狗。

治安混乱的头两年，总能碰见地痞流氓欺负人，你的三位妈妈不需上前，只远远地露个脸，对面的人便闻风丧胆，狼狈逃窜。有时我们相互打趣，人生多可笑，前二十年做人，后半生做鬼。好在鬼是无所顾忌的，只要出现，人们就起敬畏之心。小米粒，你是从生命开始就在我们身边的，是你给了几位妈妈另一种人生的视角，尽管只有七年。七年来你让我们从中国最大的一场工厂爆炸中苏醒，让我们敢于面对镜子。也许你还记得安抚楼的长廊吧，它狭窄闭塞，刚够两人肩并肩通行。我们总是喊你多拿盲杖探探，别踩着玻璃碴子，其实那是摔碎的镜子——凡是能映照我们的，统统打碎。我们的头发先前留得很长，只为多挡住一些烧毁的面容。

小米粒，你何以消失了这么久呢？老周说你拿着一束花，叫你也不应，以为是要送给我们谁呢。我们无数次自责，不该一齐进活动室帮忙，至少留一个照看你。那是一次相亲，当时出台政策：乡下小伙与亚麻厂残疾女工结婚可解决城市户口问题。有个来务工的年轻人过来和一个伤势不算太重的姑娘聊，那人已和姑娘认识半年多，态度诚恳。姑娘那年二十五，未经世事，想让我们把把关。他俩现在孩子很大了，和你一样，认为世上妈妈最美。

米粒，我常常发梦，梦到你回来了，像平时一样枕到我的肩头，央求我为你讲故事。你最爱听故事，更爱问温暖和热有什么区别这些让我也得思索一会儿的问题。你的眼球虽然浑浊，但装满了聪明的想法，你多爱听故事呀，听我讲故事的时候眼睛就有了光。妈妈从你一岁半开始，就每个月买一本故事书，读给你听；等你大一点，开始买小说。现在妈妈还保留着这个习惯呢，屋里的小说快堆成山了。读过以后，我便学着写，希望把妈妈自己的故事也读给你听。可听故事的人，又跑到哪里去了呢？我想，你现在回来，肯定已经出挑成一个大姑娘了，要比你邹妈妈当年还美。想跟你说件不幸的事，也是我写这封信的原因。我一直不知如何开口，但今天你成年了，我想告诉你，邹妈妈在去年已经离开人世了。我们夜游持续到第十年，她当年因为输血得的血液病复发，吃不下饭，也彻底下不来床，她的最后心愿，是希望能看你一眼。我和你王妈妈说，一定能把你找到，让她过来见你。她攒下的积蓄不多，都留给我们两个，我想着你哪天回来了，一定和我们去哈平路祭奠她。楼里的人集资为她弄了块不大的碑，上面是她在厂里跳绳大赛上的照片。我昨晚去端详，她真美啊，和你心中的一样美。

　　米粒，我还有太多的话，我说不完。爆炸十几年后，生活彻底停摆了，有意思的是，据说厂里当时爆炸的时钟也定格在那个时间。我们仍旧每年春天组织活动，就在爆炸发生那几天，去你小时候带你去过的黑天鹅度假村，那里面有温泉游泳池。我想，我喜欢那片泳池，我们可以坦然地赤身裸体，唱一些过去的歌。

　　该说再见了，小米粒，这封信我永远不会寄出去，因为我不知道寄给谁。今晚我仍会和王妈妈披挂好，在这样的深秋夜游；楼里的姐妹们仍会一圈又一圈地搓麻将，直到困意袭来。这两栋楼越来越丑，外墙面脱落，广告横生，渐渐就成了哈尔滨过去的脚注，被人遗忘。但我和你王妈妈，还有邹妈妈的灵魂，随时欢迎你回来。如果注定找不到你，我想我也不会歇脚。我们已经足够疲惫。穿过空荡荡的街和夜，我感到繁星般的满足，我们是这座城市的夜游神。

2005年10月　妈妈

七

叶〇〇：

对不起。现在我去找您，我自己能找到。

《大众》文学编辑部小穆

2017年12月15日

八

二〇一一（《夜游神》四稿节选）

二〇〇九年从公安学院毕业后，我没顾家里反对，入职刑警队工作，刚接手的都是档案整理、指纹入库的活。大约过了一年，冬天，副队长响应上面要求，命令翻出快超出诉讼时效的案子，查漏补缺。大部分是上世纪的各类诈骗案，受害人多已换过手机，通知不到。其中有一桩一九九五年的儿童拐卖案格外扎眼，上面红笔标注了"重要"。我打开档案夹，看到受理该案的民警李哥在案情报告中附言道：报案人不好对付，慎重。我心觉有趣，跑到李哥的办公室。他处于半退休状态，正在无聊地对计算机屏幕钻研川剧变脸。李哥拍了拍锃光瓦亮的脑门，说，这事你可以追，当时很有名，受害人的监护人不听劝，坚持每晚去找，半夜在马路上晃悠，找孩子，神佛难挡。第二年国家严打，但因为她们，整个民生路段都很太平，不过你别瞅见她们，能给你吓出阴影。

我做好心理准备，开车往南，顺和平路拐进老亚麻厂厂区。听老人说，这地方曾盛极一时，可我停到路边，感到这已是城市边缘，路口堆着撤掉的公交车站牌，路灯也见稀。顺亚麻二胡同往里走，是一片开阔的空地，地上躺着一些红炮仗皮，表明有孩子。空地上摆两尊石膏雕塑，是纺织姑娘，身上布满了裂缝，感觉死冷寒天，也站不了多久。再往前探，左拐，就瞅见那两栋黄楼，老远看很破败，榆树和白桦的枯树枝正张牙舞爪。

跟楼下岗亭的人沟通，老头姓周，正襟危坐，却和和气气。他抿了口保温茶杯里的茶，再次发问，你当真要见？她们岁数开始大了，可能就这么着了，追不着也是念想。我摘下皮手套，说，大爷，你看我这手背上的茧子，咱遇着人间的强盗多了，啥都不怕，为这才干这一行，跟鬼反而亲近。老头笑说，我看你是真没遇见过鬼。他摸了下窗沿，从那儿捻出一把钥匙，锈迹斑斑，递给我，说，靠西那栋楼，第二个门洞，别找错了。我们这小区特殊，一户门一把锁。

我往二楼奔，顺着地址簿的指示寻门。穿过长廊，漆黑一片，只有前后两头有幽黄的钨丝灯。轻轻敲门，发现没锁，刚要推开，却受到阻力。里头问谁，是沙哑的女人声。我照实说完，她让等会儿，过了一刻钟才拉开门。眼前是俩黑无常，蒙面蒙身，啥都看不着。我被领着脱鞋进门。屋里整齐利索，沙发还套上白纱罩，茶几几乎挨到跟前，没有空隙。其中一个说，实在不好意思，我们平常都没客人，说着将那白纱罩摘下来，示意我坐。我切入主题，说，没事，姨，不用麻烦，我说一下情况，了解下诉求，两句话就走，咱们谁是当年主报案人叶姨？稍瘦一点的站前一步，着另一个去厨房烧水。我俩坐下，她说，我知道是时效到了，但这几年，其实也没人追，不是吗？我说，可能是这样，当年案子太多，错审漏审的都不少，我现在其实也就是走访。她说，那你们还能给点时间过过流程不？我说，能，姨，你有要求我肯定得往上反映。茶端上来，她在黑袍子下缩着一条胳膊，用另一只手端到我面前，还吹了口气，说小心烫。她说，感觉你这孩子态度不错，你不怕我们，真是难得。我咽一口茶水，说，本来也不怕，其实你们不用挡，我啥都不怕看。叶姨笑，说，那我摘了，你要是怕，就走吧。我们也没啥诉求，这么多年了，我们也没了个人，多少是为了找而找了。要是你吓着了，就算我最后跟你们发泄一下不满吧，委屈你了，孩子。她说着缓缓抬手，我才注意到只有两截手指，凑起一捎，随后面罩脱落。那是张扭曲坑洼的脸，五官只稍微显露，其余尽是山谷般的伤疤，右颊有深深的缝合痕迹。盯着她的眼睛，我感到脊背发凉，脑门奇热，无数星尘向我涌来，我扑通一下跪倒，大喊，姨，当年是你救了我，我那时快被打死了！

之后三个月，我按叶姨手头存的绘图和笔记反复琢磨。她甚至安慰我说，过了追诉期也没关系，我知道她在哪儿就行了。其间，我站在亚麻胡同和民生路路口扔掉十几盒烟头。女孩走丢在冬天，手里拿的花一定是室内盆栽，也可能是别人给的。我顺着这个思路，找到一九九五年的哈尔滨市区图，把里面花卉市场走了个遍，其中大部分已经倒闭，有三家还开着，且在离亚麻厂步行两公里内。我驱车调查，几个老板都感到匪夷所思，上哪儿记得十五年前的客人去，何况店面也来回易手几次了。我不信邪，几经周折，强要来他们当年的通讯册。由于早期都是家族经营，密密麻麻一大厚本，上面记满了BP机号。我利用整理档案的闲差，成天成宿地对查，整整一个月，果然被我找见和平路75号的花店。通讯录上有涉嫌几宗人口拐卖的嫌犯，一九九六年被捕，当年被枪毙。

过完年，我顺着他的案底查出四起十岁以下的女童拐卖案，全部是拐到双城堡。联合警校的同学，我又筛查了三十多个二贩子，大多已经服刑期满，直到找到一个现在在双城南大门摆水果摊的，是个农村妇女。我开门见山：我不抓人，也不找麻烦，打听出来，五百块钱拿走，够你摆俩月摊的了。她捂了捂自己的头巾，呼了口长气，说她尽量。我说，九五、九六年那阵，有没有瞎子，女孩？她愣了一下，将面前的冻梨胡乱摆了摆，说，倒是有一个，以为卖不出什么价钱，结果被一家大户买走了，姓穆。女方不生，得了绝症，说孩子有病给治。她们请仙家看过了，越盲越灵，能延寿。

将近入夏，我查好户籍，发现是她，一阵惊悸。找一个下午，往她们家走，开门的是她父亲。印象里我没见过她家长。高中我们做过一学期同桌，后被分开，她总看不清黑板，被调到最前排。那老头看着快七十，我差点当成她爷爷。我的借口是，许久不见，叙旧，我得绝症了，想和之前的同学都见上一面。老头突然抬头，请我进屋坐，我说，不用，叔，你就告诉我她在哪儿就行，见一面就走。

按照指示，我步行到南岗的文化公园，从正门的牌坊径直走，一路石栏林立，上面小兽各式各样。穿过两排杨树，有不少孩子在人工湖边吵嚷着捞鱼，只有一个穿裙子的在那儿埋头看书。我从后面走过去，拍了下她肩膀，说，小穆同学，这么用功？她愣了很久，突然眼神放光，那光像刚从心脏涌上来的，说，你怎么在这儿！我说，五六年了，你没变样，我便衣执勤，经过这儿。

随即一阵沉默，我顿了顿，忽然说，那时候我蔫儿淘，在你自习课看的小说里放带鬼的图片也吓不着你。她又愣了一下，然后站起来，掸掸裙子，好像我们昨天刚见过，说，我当时眼神不好，谁放啥我也看不清。我指着她手里，说，为啥能看清字？她说，字是读出来的，不是看的。我点点头。

随后我们有一搭没一搭地聊着，水面弯弯曲曲，不紧不慢地波动着，像她新烫的鬈发。天气炎热，我脱掉外套，披在身上。有一段时间，我不声响，走在她后头，这才想起来，上大学以来，我们互寄过一次明信片，她在上面写的啥，全忘记了，包括她提起的我们的同桌记忆，对我而言，好像磨成黯淡的一块，被人工湖里新下放的金鱼群抢食了。我俩晃晃悠悠走到凉亭，她突然站住，转过身盯着我，说，你是来做啥任务的？我说，保密。但我一直有个问题想问你，刚刚转了一大圈才想起来。她那双大眼盯着我，示意我问。我说，每个人的记忆是不同的，十岁之前，你记得多少？尤其是你看见的事。她将头别过去，朝向水面。我注意到她那书上的字奇小无比，远处看像一群群蝌蚪，随时可以长大，吞没整片湖。她说，我感觉，我什么也记不住，全是别人的故事。我眼睛突然放光，说，以后，我们就这个点，在这儿见，我给你讲更多故事，行不？水面一阵波动，我们朝那边看，孩子们齐力拽上了张巨大的空网。

也许很多年后，我能理解叶姨彼时的选择。当天下午我疾驰到亚麻厂安抚楼，告诉她我破获了整场案件。她看着我手上她的照片，先是吃惊，凝视，然后慢慢垂头。她说，如果她真不记得，就当没这回事吧。我踢了下院中老旧的石墩，说，那怎么行，我得去跟她说。叶姨在面纱下竟流出哭腔，好孩子，人得有指望，但指望不能落地，你看她顺眼，就多陪陪她。我说，那您呢？她将那残手捏着我的手腕，像青蛙的表皮一样冰凉：我快死了，如果哪天我决定最后告个别，会用我的方式告诉她我们的事。你走吧。

我突然感到一阵空白，半年来的追索结束了，叶姨披上黑风帽，颤颤巍巍地上了楼。两座烧伤楼之间，什么也没有，没有云彩，没有鸟儿，也看不见一个人。夏日炎炎，我却感到天寒地冻，即将入夜。

我想起三个月前，追查二贩子时，叶姨电话过来，要我来江北一趟，黑天鹅村。凌晨，我驾车飞驰而过，那里悄无声息，许多尚未开发的工地在冬夜间静默。我赶到时，一群人披着黑衣，黑压压的，已集合在度假村的大门口。我辨认不出叶姨，看了眼表，两点三十九，那群人注意力立刻转移到天上。与此同时，烟火嘶吼着在空中散落，万色交替，像无数无名的花朵被夜空捧出，照亮周围寂静的冰雪。我知道，这是独属于她们的庆典。今晚，有人抽烟，有人喝醉，有人哼唱，有人发呆。我知道，过了今晚，寒风依旧吹彻。未明真相的孩子，会将"妈妈"两个字用眼泪打湿。陪我夜游半辈子的星星，不会告诉我，她和我很近，她会穿过整条河，在一个温暖的地方安全坠落。

（原载《收获》2023年第4期）

评鉴与感悟

这是一篇会让人流泪的小说。惨痛的爆炸事故和受害者们的悲剧，被处理得精巧、轻盈，但又深切、动人。

我见识过一个烫伤受害者。他是我的小学同学，除了多半张脸，整个脑袋都像是融化后的冰激凌，附着着错乱的毛囊。那时候他顽皮、无畏，会说些"他妈的"。我不知道他是否已经意识到了命运的残酷：那是他初识宿命后的伪装，还是他尚且愚钝或天真？

我也是一个烫伤受害者，小臂上有块手机大小的疤。我无法想象，它存在于我脸上或脖子上的任何一块地方时，我将会怎样。

我想，所有读者都或多或少对烫伤有过近似的感知。这成为小说动人力量的来源，也成为写作者不得不面临的挑战——如何妥帖地处理一场具有强烈悲剧性的爆炸事故和它背后的真实事件，如何防止滥情和媚俗，如何避免浅薄或消费。

小说穿插展示编辑回复和作者来稿，将回复设置于来稿之前，生产出了足够的悬念。读者被悬念吸引，阅读四个版本的《夜游神》的四个片段，逐步陷入更深层的情感涡流，体味到小米粒/小穆对于烫伤受害者们生命寄托般的重要意义。这一穿插叙事的写作方式，增强了小说叙述的丰富性，呈现出灾难叙事的四种书写方式：动物寓言、现实主义、书信体、间接叙述，具有一定的对灾难叙事进行元小说探索的意味。搭配作者悄无声息地抛出的故事的关键部分，具有极强的技巧性。有趣的是，随着叙事推进，编辑小穆对作者叶子在小说写作上的技术指导，逐步反转为后者对前者在情感上的教育和指引。作者是否试图借此告诉我们，情感比技巧更重要，小说对情感的呈现能力比单纯的技巧设置更重要？

在故事尾声的第七节，编辑小穆完全放弃了对作者叶子的指导，仅留下一句："对不起。现在我去找您，我自己能找到。"这在最大程度上凸显了小说悬念。而后的《夜游神》最后一稿，则在最大程度上突出了"母爱"的深刻、动人——在故事全貌终于被补全的时刻，母亲们对孩子的急切找寻、凄惨受害者对象征希望的新生命的急切找寻，居然在宽广诚挚的爱的作用下，转化为一种"不打扰"，这构成了小说最重要的张力来源。"我快死了，如果哪天我决定最后告个别，会用我的方式告诉她我们的事，你走吧。"这使我想起一句诗："仅仅是不要轻易触碰，也是一件快乐的任务。"（李玉新）

当他谈起冰的沉默

/李嘉茵

1

去鹤城的前夜,我久违地做了一些轻快明畅的梦,梦里朋友们围着篝火在雪中聚会,李歆曼也在,她不停地用铁钎拨弄火,火燃在她漆黑透亮的眼珠里,脸颊烤得红彤彤的,像一颗快要冻坏的苹果。清早,我出发前往鹤城边缘的乡县,去葬礼上探望她的家人。

路上跪着一匹燃烧的纸马,在晶石般的火星与如纱如雾的焚烟中,一个身裹麻布的中年男人从灵棚走出,红脸膛发灰,那是她的父亲。他们五官相似,但面色迥异,我从未在她脸上见过如此惝惶的神色。她父亲邀请我去镇上一家挂着门帘的饭馆吃午饭,被我婉拒后仍然坚持。我坐在餐桌一角,捏起筷子,稍稍挪动身体,身下残损的座椅摇摇欲坠。我无法起身说换一把座椅,此处的一切景象都与眼下那种萧条衰败的况味相吻合,我的下肢微微发力,座椅不再摇晃,变得看似稳固。桌面上,我一次又一次地比画着坚定的手势,用单薄话语勉力支撑着她父亲的信念。她父亲携着葬礼上的神情向我举杯,不等我反应,便已咽下。他饮了很多酒,但没吃一口饭,不时用短蕉似的手指摩擦红灰色的脸。他担心她的安危,尽管她对这个悲伤的家庭而言是多余的。死去的是他新妻之父,悲伤掩面的是她素未谋面的异母姐弟,二十年来,她与他们从未在一起生活过。

吹唢呐的人乘着尘迹遍布的灰色客车于午后赶到，将她父亲递去的印有冰山壳子的蓝色烟盒往口袋里匆匆一塞。吹唢呐的人嗓音沙哑，在乡里日夜转场，几乎说不成话，但一端起唢呐，奏响哀乐，便是一曲嘹亮冲天。唢呐声中，她父亲和妻子捧着老人遗像缓步行走，人群裹着灰扑扑的棉服，缟素披戴身上，像一处浑浊未干的陈旧雪迹。我驾车逆着送葬队伍的行进方向离开，转过一座山，有零星哭声传来。又转过一座山，我眼前出现一只白象，泛着皎洁的光，静卧雪中，雪松掩映下，宏阔身躯变得狭长，逐渐窄化为蛇形，那是冰封的诺敏河。我很快与它并行，日光灿然，枯黑树影落在车窗上，像水中的藻类。我向前，窗影向后。诺敏河静滞不动，冰下的水，以及含混的时间，仍在流。

　　我沿着诺敏河走，我知道它通往城镇。诺敏河上有滑冰的人，与我同行一段路，又折返，来来去去，如一群野地里的白鸽。我停下车看了一会儿，日光刺目，寒风中我咳嗽几声，喉咙深处发痒，隐隐有股热流，我退回车中，咽下一口温水，继续走。有位年轻的陌生朋友在河中等我，他的朋友消失了很久。我正赶赴他的消失之地。我想起有更多的朋友不知消失在哪里。中午饮下的酒在血管中沸腾，我感到身体开始发热，便落下车窗，往额上吹一些冷风。

　　我提防所有人，我行走不安，担心被监视和出卖。在异地我只用现金，外出自驾或乘出租车。这是从过去的受困生活中遗留下来的行为惯性。即使昨日宣告封禁暂时解除，旅馆前台仍因行程卡上的异地到访记录将我拒之门外，挂着房屋中介招牌的商户卷帘门紧掩，街边电线杆贴满租房的字纸。我拨通电话，有人向我索要各类证明，证明我的来历、我的健康状况。有的人已不在本地，有的电话不被接起。我去看其中一间屋子，在中央商场的背面，人迹罕至，站着一排自建房，它们低矮伏地。我穿过步行街回廊，走向底层。房间昏暗阴冷，房东拎一只绿色酒瓶，红着脸膛，歪着肩膀靠在门框上，眯起眼睛打量我，蓬松泛白的棉袄挡住大半光线。我扫视整间屋子，从门缝里挤出，几乎落荒而逃。黄昏时分，我走在一条铺满积雪的坡道上，翻看通讯录。我打给李歆曼的父亲，问他知不知道哪里有房屋可供出租，他托人转交给我一串钥匙。夜幕降临时，我沿着他发来的地址摸到城市边缘的一栋四层小楼，背后是一片工地，我的视线越过蓝色塑料围挡，眼前之景一览无余：工地处在停工状态，颓唐的工事被脏雪埋覆，似乎不会再重启。我走到顶楼，用钥匙旋开门锁，是一间四十平方米的房屋，陈列着简易家具，盖着一层面目模糊的塑料布。我将它揭下，双手抖动，悬浮的灰尘被吹卷而起，迅速淹没整个房间。我的手机震动一下，有一条新消息。她父亲说，这是他从前的家，也是李歆曼的家。

我在房间里找到了许多李歆曼成长时期的痕迹，包括她童年时的日记本，带有密码锁。玩魔方似的猜了好几天，最后输入初始密码0000，日记本开启了。我翻开某页，她写："2005年12月23日，小雪。昨天下午两点钟，她拉着行李箱走了，走之前，亲了我脸颊。现在三点钟，口红印子还在我脸上，她没回家。2005年12月29日，晴朗。他天不亮就去采冰，给我带回一个树叶形状的冰块，他用小刀刻出叶脉，让它看上去像一片真的树叶。吃完午饭，他要去冰上，提醒我把树叶放到窗外。我忘记了，午睡后醒来，树叶化成一摊水。"翻过几页，她写："2006年3月27日，风很大，窗外的树被冻裂，电线杆挂满冰凌。今天停电了，我坐在漆黑的房子里，大人说喝了酒身体会暖起来，我太冷，喝了一口，酒是苦的。北风吹过玻璃，纱窗开裂，窗框快要掉下来，明明快要到春天了，为什么屋里这样冷。"这些语句刺入我温暾的记忆，像凿开冰层，冰下暗流涌动，漾起水痕。我的记忆变得柔软湿润，我很快想起她，她给人的感觉就是这样，像深冬里的一截椴木，沉稳，温和，带有木香气，却向往更辽远的天地，愿意散出光与热，愿意填进火膛。

二〇一九年十二月三十一日，一年的最后一天，我们在共同朋友阿钟的家里聚餐，准备以夜间沙龙的形式跨过这一整年。饭后，阿钟给每个人的杯子里倒入冰块和酒，招呼大家随意坐下。他拿了支纽曼牌录音笔，扔在地毯上，异想天开地想做一档博客节目。阿钟是我的编辑，聚会者基本是与我职业属性相同的人，白天在媒体上班，夜晚将自己腾空，闭上眼，像盲人那样，去摸索一些看不见的东西。前日我通宵改稿，盘腿坐在柔软的长毛地毯上，感觉自己是一片纸，被人叠出棱角，搁放在地上。李歆曼坐在我对面散烟，掏出打火机挨个给旁人点上。她不是特别热情的人，但干脆爽朗。客厅烟雾缭绕,她低头点自己的烟,几次擦燃打火机,咔嚓,咔嚓。她不耐烦地抬手将垂在脸上的碎发抓至脑后,发丝很快松垂。古老的锈红色火光映出颊边暗影,她陷进座椅深处,看着虚空中的一点,不紧不慢吐出烟气,以一种带有鼻音的低哑声调开始讲述,银色耳环微微晃动,我听到冰块碰撞的声音。

那是冬天,二〇一五年,她去河北,不敢坐火车,打了辆黑车,下车被加价两百,没敢讲价,连夜奔赴汽车站,找"黄牛"买票,乘夜间客车赶到村庄,叫醒那些熟睡的人,问他们经历的事目睹的事。去看那些死难者的亲属,有人还未下葬,妻子守灵,招呼她在棺木旁吃了一碗面。她整夜没睡,与村民谈论土地、粮食、收成和那些夜袭的人,他们的口音、穿着、武器与进攻方式。村民围村挖了条两米宽的壕沟,拿起镰刀,将种植工具改造为武器,男人轮流巡夜,镇守足下的土地,使之不被工厂和机器夺走。关键时村民引燃年节剩下的鞭炮作为信号弹,一夜间回到古战场,冷兵器时代。有人对眼下处境感到绝望,开始迁徙、流亡。她一下一下地擦燃打火机,金属叩击声坚冽如冰。第二天一早,村子开始封锁,每家每户逐个排查。她躲进山边一所荒弃的房子,满院衰草,朽坏的窗框半垂在外,来阵风,咯吱咯吱地摇,像聊斋里的故事,满是妖异之象。蛛丝结满颓垣,水缸开裂而又冻结,乌鸦站在院墙上,生着黑色的喙,低头梳理羽毛,转动的红色眼珠像是坠往地狱。她蜷在门后,盯着砖缝里枯干的苔藓,想着它们在春天的样子,想着今夜的路、以后的路。她把烟灰弹在桌上一只啤酒瓶盖里。半夜,村民开锁,送来水和食物,指给她一条通往后山的砍柴小径。她手脚僵冷,走在路上,风吹得她不得不蹲下。她要在夜里穿过一条宽阔的冰河。村民说,河在这时节冻得结实,能跑车。她说,走到河边时,我感觉已经过去了一个世纪。她把烟头投进一只绿色啤酒空瓶里,火星在瓶底化为灰烬。

我未曾经历夜间的逃亡,听得入神。她是天生的讲故事好手,每个字都像干洁的雪粒,连缀在一起,顺畅无阻,如一脚踏入一条松软雪道,自起点一路滑向终点。我没饮多少酒,却嗅到一种弥漫的醉意。那样的时刻,于我而言,像生活的一道割线,覆着一层薄冰壳的水面生出裂纹,即使水流淌过,再度凝结成冰,裂痕在层层封冻之下,纹路依旧清晰。我望向远处，诺敏河在天尽头分开岔路，冰盖之下的水，低低地流向白色的原野和半封冻的水面。

2

树枝挂满冰凌，白雾弥散，河与岸失去边界，连成一片雪野。车窗玻璃紧掩，雪面反射白光，我感到冷，将音响音量调至最高，心跳随摇滚乐一起击打鼓点。途经一些低矮的块状房屋，屋顶积雪，升起柱状炊烟。抵达救援现场时，天色已近傍晚。北纬五十度的冬日郊野，四点半，红日落下，晚霞像熔岩那样流动。穿橡胶长靴的水上救援队员在冻结的冰河上来回走动，用三棱冰镩和冰锯破冰，机油不断滴落，水面上漂浮着一层油膜，变幻着不同的光点。几个无所事事的男孩站在岸边抽烟，沉默地看着人们凿开河面。

李燃站在诺敏河中央，抿着嘴唇，像一棵冬日里冷酷的树。他是失踪男孩的朋友，十七岁，头发蓬乱，眉骨有道伤痕，说是曾被冰刀划伤。他穿一件脏旧夹克，皮面皱裂，肩上落满雪粒，引我走上一条铺着砂石的防滑小径。他不时看向岸边的男孩，我问他：他们是否是失踪者的朋友？他说他们来自镇上的另一少年团体，之前与他有些过节。

失踪男孩叫方铭，十六岁。李燃说，方铭失踪那天，早上借了他的摩托车，说要去河上采冰。几日前他刚给车子上了一层漆，修补剐蹭处，换上雪地胎。后来他只在冰面上找到一圈轮胎印迹，还有一些被分割的碎冰，成排浸没在水里。

采冰工人说那日上午确有一个年轻人，没戴帽子，脸颊冻得通红。天冷，开工后气温骤降，开始落雪，冰块从水中托起，因沾满冰水而很快冻结，需两人用冰镩撬动。午间休息时，有人提议去喝点酒，卡车从冰上开走，带走了采冰队的大部分人，方铭独自留下，收拾散落的凿冰工具，说要骑车去镇上帮祖父取药。但他再没回来，摩托车也一并消失。有经验的救援队员推测，或许是失足落水。搜救计划在河上展开，但方向不明，连续几日破冰搜寻，仍旧无果。我到达河边时，仅剩寥寥几人。

人们搬运器械，凿开冰面，来回走动，坐在岸边的石头上抽烟，从铁块似的保温桶中倒出浓茶，用茶锈斑斑的杯盖捧着，白烟袅袅，迅速在水凝结前喝下。人们聊起近日的天气、下雪的概率、今年的收成、县城跌落的房价，倦怠感始终弥漫在河边。即便如此，搜救行动仍持续到天黑以后。冰面上来回行走的人们戴上头灯，摇晃的光柱之间，含混着黑色空场，以及混沌状空间，在光与暗的间隙里，冰面散射绿影，显得幽深莫测。我按动快门，拍下照片，头灯闪过，画面恍惚，光源像一簇凝聚的火团。

我请李燃带我探望方铭的祖父。车子驶至附近村庄的一间砖瓦房前，院墙上贴着几层寻人启事。方铭祖父细瘦黝黑，我想到院中枯老的树木。他烧水泡茶，洗过茶，将水泼洒在树根上，局促地坐在我对面露出海绵的沙发上，像一位远客。他红着眼睛，伸出粗糙手掌，不停抚摸家中牧犬柔顺的黑色皮毛。提问的间隙里，他始终沉默，弓身看着手上的纹路，讲话缓慢而迟滞。

我盯着炉灶里的炭火，白烟从壶嘴喷出。我抛出问题，随后等待，将答案用笔接住。有些问题他思虑良久，回答时探长脖颈看我，像课堂上的学生，似乎想知道我对答案是否满意。我有些不敢看他的眼神。我知道，我所从事的工作正成为一处希望的水源。我想起我抱着美好初衷写下的稿件，我也曾期待它们化为一些具体而实在的东西，从纸面上立起，但它们中的一部分至今仍躺在文件夹里，化作一堆荒漠化的数字废墟。在一些困厄的日子里，为完成那些发表无望的稿件，我吞咽下过量的烟、酒与咖啡。数字时代的纸墨，已无法化为铅字，像跳水那样，短暂出场，下坠后消失，余下一点微澜，又被即刻荡平，在记忆的空巢中化作乌有。这种感觉像什么呢？我想起我坐在吧台上，有人在我身后跳舞，镭射光球一直旋转，我摇晃酒杯，听冰块碰撞的声响，声响介于水滴和金属之间。我继续摇晃，继续听，直到冰彻底消融，酒液被稀释，失去最佳口感，我将淡掉的酒倒进喉咙，独自品尝这种行将消逝的味道。更多时候，它们曲折地流向下水道，或像空旷街面上四散飞扬的白色塑料袋，被狂风吹卷而起，随之消失，丧失了全部的存在印迹。我盖上笔帽，站起身，摇摇晃晃地走出门，方才泼的水已凝结成冰，像一道深蓝的墨迹。

我走在通往停车场的路上，裹紧自己。寒风从大地的裂隙里钻出，淡薄的日光无法穿透雪层，污雪连日未化，此地确实不宜久留。这次采访我本不打算接下。近半年来，我的身体每况愈下。这一年我没有机会出差，也几乎无法写作，遇到很多愿意帮我的人，但最终没能在任何一篇报道中留下姓名。十一月初经历报社裁员，原单位与我解除了劳务合同，但希望我继续供稿，按篇结算。与之解绑后，我似乎获得了更大程度的自由。其实我一直在考虑辞职的事，但没过多久，我意识到自己无法在这样的环境里自由地写。失去外出权限后，我一并失去了对身体的掌控，每晚依赖安眠药入睡，心悸频繁，心电图上出现了几处诡异而陡峭的波峰。医生看了说，结合其他检查结果，不排除心肌损伤的可能。因此我拒绝了阿钟的出差提议。阿钟说，去不去由你决定。不过，你知道吗，李歆曼是鹤城人。我不说话。阿钟说，如果没记错的话，她写过一篇关于家乡的稿件，其中出现了相似的地名，所以推测她家与采访对象所在地相隔不远。后来这一猜想在李歆曼父亲那里得到印证。临行前，我们在微信中进行了简单的交谈，他对女儿所做的事知之甚少。我将李歆曼写过的一篇报道转发给他，其中有一段关于诺敏河上采冰人的记述，或许源自他早年的采冰经历：

> 鹤城采冰人很多。三月播种，九月收获，十月便有第一场雪落下，漫长冬季长达六个月。原野被雪埋覆后，冻结的冰河成为一种营生的来源。采冰人大部分是年长者，闲散无业的年轻人也偶尔上冰。采冰人凌晨三点半来到诺敏河上，那时鹤城的天空开始变得透亮。从凌晨到傍晚，切线、断冰、拉冰、装车，不断重复这四种动作。他们将自己比作某种啮食树叶的青虫，如果不加节制地贪婪进食，最终会蚕食掉自己的退路。诺敏河冰层下，水仍在流，冰自下而上凝结，比起湖中静水，流水结成的冰，冰质干净，结实透亮，更宜用作冰的雕塑。傍晚时分，冷冻卡车装载满车冰块开往市区；有的则驶向长途公路，前往夜幕下的哈尔滨。冰雪节已在筹备。

我载李燃驶出村庄，他要回城郊公路旁的汽修厂值夜班。途经几处村落，深黑枝干覆满白雪，白月悬空，枯树静立，站成一排苍老的字句。我捏紧方向盘，玻璃凝结雾水。行至半途，雪落下来。李燃下车，给车胎挂上防滑链。我们清理路面冰雪，撒落沙石铺路。他站在路边抽烟，望向远处落满积雪的山坡。

车拐下公路，驶入城镇，沿街商铺全数关闭，街面寂寥。我问李燃，天黑以后他们一般做什么？李燃说，这边是城郊，没什么人，冰场上人多些。我问，方铭去吗？他说，去，我们爱在冰上玩。之前上小学，市里的滑冰教练来挑人，还练过一段时间。我说，后来呢？他说，后来觉得自己不是那块料，去职高学了汽修，明年就毕业了。下车前，李燃戴上一副旧手套。我离开时，他在后视镜里挥了下胳膊，旧手套沾满重机油，在浓稠夜色里我几乎看不清他的手。

3

装了防滑链的车胎驶在路上，咯吱咯吱地响。雪零星飘落，将地上的暗冰掩住。来到黑龙江后，不知是否因室外白雪的映现，我感觉手指开始泛白。这一年，大多数时间被困家中，无法外出，鲜少见到太阳，大片空白时间令人恐慌，起床后，我很快感到缺氧，像退潮后遗落在滩涂上的鱼。为避免焦虑发作，我的昏睡时间不断延长，起床时间从正午推迟至黄昏，醒来发现这一日即将过去，顿感如释重负。有时我会在夜里醒来，昏黄的灯影里，我的手背变得晦暗枯索。

穿过楼道，爬上四楼，我倒在房间的床铺上，打开与李歆曼的聊天页面，聊天内容还停留在一个月前。她说，她准备到人群中去了。我问她是不是独自一人。她说，不是。别担心，早点休息。此刻我问，你从前也经常去滑冰吗？她没有回应。我想起那晚的聚会，她的自述：站在河岸边，黑夜笼罩一切，望向阒寂的对岸，只有无边的混沌。因此她停顿片刻，如同下潜前进行最后的漫长呼吸。

黑夜变得透亮，在柔和熹光中，我醒来，手垂在地上，根部的手指开始发白。地毯上的人都在沉睡，我推了推阿钟，问他讲到了哪里。阿钟半梦半醒，继续讲自己当年在北川的经历。倒坍的房屋，陷落的大地，以及被困在钢筋水泥夹缝里的人。那些事他永生难忘，午夜梦回，关于地震的记忆总是浮起。他写了一本关于那段记忆的书稿，有同事跳槽去出版社做编辑，将书稿递到会上，老板翻开两页说，这些旧事，早就与当下生活脱轨，如今又有多少人会在意？阿钟端起空酒杯，笑着说，大家新年快乐！

希望新的一年，我们不要彼此遗忘，也不要被记忆遗忘。李歆曼笑着与他碰杯，说，讲点实在的，新的一年，祝我们少见律师。毕竟这年头连财经记者也会被送上法庭被告席。我笑了笑，绕过地上横躺的人，摸索到地毯上的录音笔，它正因电量过低而响起尖锐的"嘀嘀"声。我将它关掉，放在电视柜上，回身去找电池，它却滑进墙壁缝隙。我摸索一阵，醉意涌来，感到几分眩晕，索性作罢。

我拿起酒瓶，将空杯倒满，环视四周，此刻只剩我们醒着。李歆曼说了声谢谢，她喝酒时银色耳环在摇晃，指尖袅袅烟雾随之飘荡。我问她，我脸红吗？李歆曼说，不红。过会儿又说，你看上去没什么血色。我低头看着根部泛白的手指，像在展示一件新奇事物，说，我的手指好像也开始变白了。

李歆曼将头枕在沙发上，认真端详我的手指。我说起最近在做的选题。前些日子我去广州，采访了几位患上白指症的人，他们在高尔夫球厂上班，每天站在高速运转的研磨机砂带前打磨球杆。我将双手合拢，握住手中的玻璃杯，说，就像这样，他们要牢牢握紧球杆头，不停切换棱面，阻止球杆头随意跳动，让其在砂带上研磨充分，变得光滑如镜。但因为用上了全部力气，他们全身也会随着手里的球杆颤抖，经年累月，手指由灰白变得苍白，僵硬，胀痛，无法蜷曲，最终完全失去了对双手的控制。

我在晚班人少时溜进车间，观看那些庞大的机器。机器轰鸣，砂带层层运转，几乎从不停歇。我想知道这到底是种怎样的感觉，便请一位工人师傅教我。我拿起一个报废的半成品，球杆贴覆砂带的瞬间，几乎燃出火星。有一股力将球杆不由分说地推开，我牢牢抱着那根球杆，毫不松懈，直至力气耗尽，仿佛那是我生命的全部意义。

我想起站在流水线前的时刻，这与我一年以来的生活体验相吻合。小心打磨，期望得到一根光洁完美的银色球杆，为之战栗，但一切都是徒劳，人无力与机器抗衡，只有被动承受。而那根幻想中的球杆，始终无力挥出。李歆曼与我碰杯，酒洒了几滴在身上，但她不在意，她说，除了抱紧手里的球杆，又有什么办法？我们饮酒，而后沉默。

像昆虫用触角彼此接触，通过短暂交谈，我们很快完成同类间的识别与解码。随后我们交换了个人信息，包括社交账号、过往经历，聊了从前的事，也聊了以后的事。我们都想辞去报社工作，做独立撰稿，去做真正感兴趣的选题，但钱还不够。钱总是不够。我说，或许我们可以合作，做一本新刊，只在网上发行，供用户付费阅读。我感到自己的脸颊在发烫，打开一条窗缝，让冷风灌进来。我们躺在阳台的躺椅上吹风，酒醉了又醒。天亮时她醒过来，见一群白鸽从红日里飞来，在沉睡者脸上落下阴翳。我醒来后，看到空中有一片白色羽毛慢悠悠地落下来，李歆曼将手伸出窗外，试图去接，羽毛在空气里打转，像一场飘渺的好运，被风吹去更远的地方。我们怀着一种皎洁而宁静的期待，进入本世纪的二十年代。

　　回程路上，出租车经过一片樟木林，树影落在她的面颊上。她给我看手环上的心率数值，我盯着一颗心在方寸大小的电子屏上跳动，从七十波动到一百二。我容易紧张，特别是坐车的时候，她说。我下车后，她落下车窗同我挥手告别。因封闭而无法见面的日子，我总在深夜点开她的社交账号，查看她新发的内容：白日的工作与夜间的情绪。有时她会转发一些简短的视频，其中有一则上世纪百老汇的魔术表演：年轻魔术师履行着繁复的仪式，而后孤身钻入黑箱，在观众的惊呼声中消失不见。还有更多内容，原创或转发，显示消失或无法查看。她写的每篇报道我都会读，想象着在冷沉文字背后她隐而不发的情绪，以及字里行间偶尔溢散的哀愁。

　　在将近三年的时间里，阻碍重重，我们没有再见面，偶尔闲聊。某日她对我讲，自己刚刚埋葬了一只野猫。那是情况最严重的日子，她在有限的时间里外出采购食物，死去的野猫侧躺在一个空置的车位上。她碰触猫身，已僵冷发硬。是只黑猫，脚掌是白色，看上去正当盛年。猫侧躺，猫尾竖直，不再柔软，像一半笔直的破折号坚定地指向某个方位，像在等待一个脱口而出的答案。她找出一个塑料袋，将它包裹进去。她想铲开花坛里的土，但今天的时间用完了。她将它放在一个僻静的灌木丛。第二日下楼时，她带上工具，继续开掘洞穴。掩埋前她将塑料口袋紧紧扎住，她知道这会推迟它的腐烂，但她希望它能藏匿到更深处，甚至希望它的形骸能在被发现前彻底消失。某天夜里，隔壁剧烈的敲门声令我惊醒，我平躺在床，等待门外的争执平息。我盯着手机屏幕上新增的红色数字，刷新，退出，而后切换到与她的聊天页面。我试着拨打语音电话，她很快接起，我讲述发生的事，她安抚我的情绪，讲话时声音带着一种明亮而柔和的底色，我想起边角温润的磨砂玻璃。我很快平静下来，渐渐睡去。她说，她要去人群中，跟几位朋友会合。几小时后，我在噩梦中惊醒，天还没亮。我打开手机，看她几分钟前在另一个社交平台上写：时间可能给不了我们答案。

之后她消失了。除了她的家人、朋友和同事，她的心理医生也在寻找她。先前他们每月会进行一次恳切长谈，后来缩短至每周。我想起她在出租车上盯着手环电子屏的样子，跳动的心率像一枚外置的心脏。她坦诚地念出上面的数字，将它慷慨示之于人。那件事发生了，我们都知道，她被吸进了一个看不见的漩涡里，没有一点回声。困住她的水流强劲有力，与另一世界结有一层透明而坚固的冰壳。哪怕我们小心翼翼，从不主动提及，但裂变已经发生。冰上现出清晰裂纹，却被悄然抹去。一切都变得岌岌可危，我们的职业、表述方式、语词以及我们自身都行将沉没，被一种不存在的空间折叠、消化、摄入，在那里，因为缺氧，逐渐扭曲变形，像冰块边缘的采冰人，我们一点点蚕食掉自己的退路。

我翻开床头柜上摊开的日记本，每个字都在向外渗出寒意。我转出房间，在午夜时分空荡的客厅里走动。墙面有一只坏掉的啄木鸟挂钟，在这间记忆破溃的房子里，时间空寂，带有回声，时针永远指向下午三点整。

住进这间旧屋后，我再没梦到李歆曼，或许是因为我进入了她的处所，这里仍旧弥漫着一些细弱的精神游丝。那些无声之物漫不经心地告诉我关于她的一些事，天花板边缘的水渍，储物柜定期出没的蚁路，像一枚沙滩上的贝壳，我捡拾起它，里面只剩一点随风散去的沙子。有时我仿佛听到她的呼吸声。北风吹着玻璃，破碎的纱窗嘶嘶作响，我站在窗边，感受她曾体会过的寒冷。

在一些作为时间刻度存在的冬季节日里，我在网上订购了新鲜的南美洲水果，车厘子、番石榴、蓝莓，甘甜多汁，成箱空运到友人热闹的家中。它们送不到这里，这里低温严寒，一旦上路便被冻伤。在这里，我烹煮一些能蜷缩起自己的菜蔬，白菜、萝卜、土豆，堆在储物柜中。它们坚韧、迟钝而麻木，善于延挨，对漫长时岁并不敏感，因此在时间里深扎下来。它们在冬季被人吃下，吃下它们的人生长出同样的意志与耐性，像是同样被谁种在了这里。

我每周定期光顾附近的菜场，几十条活鱼在一个拥挤的长形铁盆中游动。鱼贩在铁盆下放一只燃烧的火炉，让鱼在水中游动，而不至于冻僵。我买过一尾鱼，回家后将头、尾和鱼腩炖在锅里，晚上喝了鲜美的鱼汤；第二日将鱼身腌制，料酒浸润，撒胡椒调味，裹上蛋液和淀粉，下锅炸。一尾鱼吃几日。我甚至思考过，一辈子是不是可以就这么过下去。每周我与阿钟通一到两次电话，沟通稿件进展，以及李歆曼的事。她消失了半个月，仍旧毫无音讯。偶尔会聊到我在鹤城的生活，中心公园的冰雕展览，街边绚烂的冰灯，行道树枯枝上高悬的红纸灯笼，以及露天冰场上的年轻男女。李燃说得对，周边乡镇的年轻人都会聚集在这里。除了这里，他们似乎无处可去。

4

十月份以后，散落四野的湖沼连成冰面，成为一处处露天冰场。大地陷入沉寂，而冰上总是热闹，充满笑语。人们踩着冰鞋，在空旷野地滑行。冰像时间那样抚平地上的褶皱，人可在广袤处随意地走，不再因路断受阻。平坦的冰面与耸起的雪坡分散错落。冰场边缘处有几张供人闲坐的长椅，附近有间铁皮屋子，出租冰鞋与雪车。李燃说等到炎夏时节，冰场会变作一口丰茂的池塘。我想象夏天时坐在长椅上所看到的湖水景致，而此刻这里近乎一片枯索。

冰场上有个十三四岁的男孩，踩着冰鞋，手背于身后，头发如扬起的帆。风朝四面流散，周身的景致极速变幻，轻逸得像某种生有羽毛的鸟类。一个凌空旋转动作结束后，他落定，顺势滑向更远处的冰道，穿过松散人群，在冰场间隙往复巡游。

李燃经过时，与男孩打了声招呼，他们从前是一起训练的队员。他仍穿着那件旧夹克，在长椅上坐下，将一双白色冰鞋放在身边。他说这是方铭十三岁那年送他的礼物，虽然不久之后他离开了冰场。他们都喜欢滑冰，方铭更有天赋，有一年参赛名额只有一个，他暗中与方铭较量，但方铭最后让给了他。方铭在冰上摔倒，扭伤足踝，教练看出端倪，让方铭在场边罚站。李燃问他为什么这么做。方铭说，滑冰是为了能在一起玩。归根结底，方铭对这事没什么野心。那回比赛他没拿到奖，跳跃时没站稳，摔倒了，但心里踏实了，他觉得跳好了那奖也不该是他的。现在的结局也不该是方铭的。

几个滑冰的同龄少年走过来，同李燃打招呼，递烟。他问他们，最近见没见过江扬？江扬来自镇上另一个少年团体，跟他们约过架，起因是江扬往李燃的摩托车机油盖里撒过沙子。方铭与江扬同校，时常被欺负。李燃下了冰场，带职校朋友去台球厅围堵，混战之后，他把江扬按在地上，说再有下回，拿冰刀削他一只手。方铭消失后，他找过江扬。江扬托人传话，说没见过方铭，也没见过他那辆摩托车。

下午四点半，天色黯淡下来，我们离开冰场，穿过街市，坐进一间饭馆。饭后喝了点酒，坐在窗边。窗前摆了四株冬青树盆栽，枝叶间缀着一圈红灯笼，还有一个多月，这一年就要过去。路灯昏黄的光温暖而虚幻，在雪里旋转，长久盯着看，给人一种眩晕感。我想起三年前那个晚上，我和李歆曼坐在客厅的灯影下喝酒。

我说，你有点像我之前的一位朋友，她也是鹤城人。李燃与我碰杯，喝下几杯白酒，起了一些醉意。我们聊起冰场的事。他说，十三岁的时候，他和方铭滑得都好，那时身体又轻又薄，旋转跳跃都轻松；十四岁，身体开始变重；十五岁以后，一切都在向下走。训练时一度被冰刀划伤膝盖，伤可见骨，经历了一次手术，挨过漫长恢复期，队里出现了更多年轻面孔，他的状态一直没能恢复，最终只得离开冰场。

我问他喜不喜欢修车的工作。他说，还可以，这活儿有意思，摩托车出了问题，自己能修，还能攒点钱。他低头看着酒杯，说，如果没有这件事，过几个月还掉买车的钱，夏天就能骑车离开这儿。

他向我展示空间相册里的摩托车照片，是一辆显眼的深红色摩托车，机身流畅，车尾像一道倾斜的火焰，气浪汹涌，整条街都能听到它驶过的动静。方铭的照片在前面，他说。我一张一张向前滑动，向岁月深处勘探，时间之流凝结在我掌心，并在疾速倒淌。有一张照片摄于二〇一八年夏天，两人坐在诺敏河边的一块石头上，河水在流，能隐约嗅到水草的潮湿气味，日光繁盛，岸边景物微微发白。近期的一张照片里，河面开始冻结，方铭跨坐在深红摩托车上，车身之下，河面因冰层反复挤压而布满狭长裂纹，冰层厚实，水下光景隐约可见，由暗绿过渡为深褐。方铭在评论区发了个胜利的表情。李燃回复说,这车没劲,等明年换台好的。方铭说,暑假骑车去走川藏线吧。

李燃的目光越过我,聚焦在我身后某处,眼睛因酒醉而发红,像有熔岩在流。他开始讲述,语言围堤逐渐溃决,犹如因初春解冻而分崩离析的河流。他说,有件事我没对周围人讲。上周我找到一个朋友,跟江扬那边的人有点交情,那人叫小程。朋友约小程出去喝酒,问他近来到底见没见过方铭。他喝醉后说了实话。那天小程和江扬他们去镇上打台球,路过河边,见方铭独自站在冰上,一辆深红色摩托车停在路边。江扬走过去,要他交出钥匙,他不交,两人上前按住他,剩下的人轮流打他。方铭挣扎起身,跑出一段路,转身跳上河水边缘的浮冰,用采冰队遗落的冰镐开冰,浮冰松动,漂向离岸处。他们站在岸边,捡起冰块砸向他。他在冰上躲避,不慎滑落水中,浮上来,继而又沉下去。

岸上的人不知所措,慌乱中的营救未能奏效。小程脱下外衣,河水冰冷刺骨,他只得退回岸上。他们将外衣缠成绳结,抛向落水者,但始终差着一段距离。方铭很快消失在水中。外衣不住滴水,小程捡起来抖了抖,拎在手中,片刻之后,衣袖开始结冰。

他们看着平静的水面。雪地空旷,背后是漫长公路,有零星车辆驶过,发动机轰鸣间隔许久。谁都没说话。他们走到路边,骑上自己的摩托车。江扬说,回去就当什么都没发生过。开出去一段路,江扬停下,折返,将遗落在冰上的那辆深红色摩托车踢倒,在冰上拖行。几人合力将它拖向冰层开裂处,推入水下。

之后李燃醉倒在桌子上,身躯随着呼吸起伏。我感觉时间的流速开始变缓。老板走过来,说要提前关店,今晚整个片区的商铺都要关闭。过了一段时间,他清醒过来。离开时我回头看了眼门前冬青叶间悬着的红灯笼,上面印着"福"字,如悬浮的潮红色天体。街上人流稀疏,老板将卷帘门拉下来,店铺光源全部熄灭,灯笼的光也随之黯淡,眼前只剩冷肃的蓝,以及雪影中不断旋转的昏黄光晕。

5

我在鹤城的最后那段日子里,单元楼门前时而竖起一圈深蓝色塑料围挡，时而拆除，后来索性在围挡边开出一扇门。年事已高的守门老人几年前便离开这里，值班室早已废弃，于是并入隔壁小区的辖域，大多数时候，这里依旧无人看守。

无法外出的时候，李燃睡在汽修厂的阁楼上，拼起两张椅子当作床铺。某日傍晚他开始发烧，高烧几日不退，几乎不能发声，发来的文字消息难以识读。后来他解释，那时无法吞咽任何东西，因此数日没有进食。无法入睡时，我总会想到他独自死去的情景，劝说他来我这里躲避，后来意识到，其实我更怕自己陷入此般境地。我趁无人时下楼，开车去汽修厂。街上空无一人，整个城市都被牢牢冻住。我让李燃在客厅留宿，但他只愿意坐在餐桌旁。只要他在的日子，我们就彻夜喝酒。清晨，我躺下，觉得心脏很沉，吞下安眠药入睡。醒来后，又是淡红色的傍晚。

某日午后，我刚睡下不久，房门便被敲响，我昏沉地起身。李燃说他在救援者志愿群里看到一则消息，在诺敏河下游，有一位落水者被困冰上。

事发地在七十公里外，到达时将近傍晚，残红映在冰上，警车的红蓝灯光交迭闪烁。我将车停在警车后面，走下河岸，踩上冰雪覆盖的河面，向人群聚拢的地方走去。李燃走在我前面。现场拉起警戒线，消防队员们试图用冰锯穿透五十厘米厚的冰面，将被封于冰下的人取出。

在距离三四米的地方，李燃停住脚步，没再往前。在纷乱的黑色长筒橡胶靴之间，我看到了冰冻者的小半张侧脸。

男孩以侧卧姿势嵌入冰中，手臂微抬，举在冰外，半边身子冻在冰下。他面庞泛着潮红，露出微笑，容颜如生。身体完好，没有肿胀变形，或许他没在冰水里漂浮太久，便被极寒温度与冰流撷取。倘若体温降至冰点，像冰块那样漂流，或许会觉出河水的暖。坚硬的铁器，将他从厚实冰层中缓慢地开掘出来。冰凌在他身侧迸溅、飞扬，形成小型冰瀑。男孩的脚很快露出来，没有穿鞋，脚底泛白。消防队员说，如果不是耽误这么久，他或许能被早些发现。自失踪那日算起，他已在冰里沉睡了三个月。日落之前，男孩的身体终于全部显现，但仍缩在一块冰里，没有膨胀，也没有缩小，一切与昨日之景重合，似乎想在这方冻结的时间容器里永远存在。

车来了，两个戴绿口罩的人将男孩冻僵的身体搁在担架上，抬进车厢。在这个过程中，男孩赤裸的脚踝撞在弹开的车门上，发出金属般的鸣响。

人们很快矫正方向，车门依次阖上。车缓缓开远，李燃身体矮下去，像冰块那样砸落雪里。

回程路上，他一言不发。我开车回家，他沉默地跟在我身后，穿过漆黑的楼道。进屋后，他找了个角落蹲下，将身体蜷缩在一个狭小的空间里，静止不动。我拍他的肩膀，像在触摸一块冰。

半夜我醒来，去厨房接水，他在角落里颤抖，像是快要融化。他说自己去派出所重新报过案。江扬他们被关几日，很快放出。过段时间再问，说案情基本弄清楚了，是一场意外。之后他去冰场，不慎撞倒了一个滑冰的男孩，倒地时右膝感到一阵疼痛。

他想起那些年在冰场上受的伤。医生从膝盖里取出一块碎骨，装在不锈钢托盘里，光洁温润。他触碰它，骨头像冰块一样冷，他将它倒进了垃圾桶。方铭来看他，待他离开后他才让眼泪流下。他在病床上躺了半个月，在教练的建议下尝试冬泳，希望缓解伤痛，加速恢复，但仍旧错失了所有的机会。还有之前那次，他摔倒后被队友的冰刀划伤眉骨，去镜前查看伤口，冲淋冰水，洗净血迹。几分钟后队医赶到，揭下他眉骨的创可贴，来不及打麻药缝针，为了止血，迅速在他眼睛上方两公分处钉入两枚钢钉，他来不及叫出声，下一秒便踩着冰刀上场。他扶着膝盖起身，摇摇晃晃。冰面有一处凿开的钓洞，他走过去，坐在洞口，将右膝浸入水中，双手撑着冰面，整条腿很快失去知觉。

隔日他回到冰上，钓洞里的水已被冻结，他将它重新凿开，脱下外衣，跳进水里，游出几米外，便被厚实的冰盖挡住去路。水下阒寂幽深，他竭力睁眼，前方冰盖连绵，森冷泛绿，没有尽头。遥远之处，渗出一丝渺远的光。再往前便会进入另一世界。体温和气力很快流散，他浮出水面，一阵冷风吹过，鬓边头发结起冰凌，出水瞬间冰花四溅，眼前事物极速流逝。

恍惚之间，他又见到方铭。在公路边，他隔着辽阔冰面喊他的名字。方铭抬起头，呵出白气，脸颊冻得通红，站在一块浮冰上，遥指远处。河上立着一座冰屋，冰块晶莹，像只半透明的火柴盒，安然卧在雪里。方铭说，回去时帮我跟祖父说，把东屋里搁着的炉子带来，还有两根排烟的长管子。管道我留好了，岸边有很多死去的小树，下雪时坐在冰屋里烤火，就不冷了。

之后的日子像模糊的书页那样被风掀过，白日与夜晚的时间刻度变得模糊，但尚能通过体温辨别。夜晚到来后，我会准时开始发烧，在缓慢坠落的日影下，体温像藤蔓那样攀爬上来，心跳加速，意识随之变得模糊。我疑心自己患上的是一种来自夜晚的疾病。有时我们坐在餐桌前沉默，没饮一点酒，但两人面庞潮红，像是酩酊大醉。

那天，我照旧在傍晚起床。见李燃坐在餐桌旁，一动不动，犹如冰刻，维持着我睡前所见的样子。

但仔细看去，他脸上袒露着一些新鲜的伤口。我问他白天发生了什么。或许因喝了太多酒，我和李燃的嗓音都变得分外沙哑。他低声说，没什么。他动作僵硬地从口袋中掏出我的车钥匙，放在茶几上。风途经这里，破裂的纱窗嘶嘶作响。李燃拿起餐桌上两只玻璃杯，走去厨房，将昨夜剩下的酒液倾倒，打开水龙头。水管结冰淤塞，许久才听到流水声。冲洗后，他用毛巾将玻璃杯仔细擦拭，摘去上面残留的一根细线。他说，今天我去冰上了。他打开水龙头，再次等待水流出来，而后开始擦拭另一只玻璃杯。

你想去河边看看吗？他故作轻松地说，今晚河边可能会放烟花。

我不说话，盯着墙上的挂钟，静止的指针似乎传出暗哑的声响。我不想去看烟花。这些特殊的纪念时刻总让我感受到一种难以言喻的悲默，在那些看似欢愉的瞬间，我清楚地意识到我们失去了什么。

他说，去看看吧，今天一切都如常了，你不知道白天发生了什么。

我说，好，我去开车。

雪野空寂，我们在河边等待许久，没有星火，也没有人迹，什么都没发生。李燃手里拎着一瓶酒，斜靠在副驾驶座上，很快睡着。

我的手机在口袋里震动，是阿钟打来的视频电话。我接起，他的面孔立时浮现在黑龙江冷蓝的夜色中，而我这里一团漆黑。我问他有什么事。他说，刚刚在搬家的时候，从电视柜下翻出一个好东西。他的声音时远时近，伴着细弱的电流声，像某种泛光的金属。随后画面里出现了一支脏旧的纽曼牌录音笔，机身侧边贴着一块胶布，写着"入库编号036"。我一时之间说不出话。

他说，聚会那晚大家都喝多了，这支录音笔不知道掉在哪里了，一直没找到，后来我又买了支新的赔给设备科。他让我等待片刻，随后消失。我盯着他房间天花板上那根忽明忽暗的环形灯管，感到茫然。重新出现后，他将两节七号电池塞入录音笔中，按下播放键，而后我听到了李歆曼的声音，自北京四环的一间温暖房屋中传来，隔着屏幕与声道，在鹤城空旷的野地里飘荡。

李歆曼说，那时周围特别黑，我趴在冰上，不敢站起来。我家在鹤城，每年有六个月的漫长寒冬，但我很早就离开那里。鹤城本身就是一则迁徙的隐喻，秋末冬初，丹顶鹤成群飞往南方。离开太久，我已经忘记了在冰上行走的感觉。这时，冰上落下一点月光，我发现自己偏离了方向，但已能依稀望见冰面的尽头。清晨，我穿过一片松柏树林走到路边，看到一块简陋的站牌，电线杆上绑着方块形状的铁片。村民说，六点半，第一班长途客车在这里发车。山下，一个冒着尾烟的铁皮盒子正缓缓开动。我倚在电线杆旁等它开过来，掏出烟盒，点烟时手一直在抖。

我挂掉电话后，李燃醒来，问我刚刚是谁在说话。我说，是那个鹤城的朋友。他问我，她现在在哪里？我说，她很早就离开这里，去了南方。但她如今身在何处，我不知道。

阿钟随后发来消息，说几天前的一个夜晚，深夜两点钟，半梦半醒间，他接到李歆曼的电话，她用的是另一个号码。他问她近况，她语调平稳，说眼下过得还好。他问她多久归来，她不说话，近处似有火车隆隆开过，听筒中传来巨大轰鸣的混响。

白光在黑夜里乍现，大簇烟花在遥远的暗云下绽开。李燃喝光了剩下的酒，望向飘扬在风中晶莹的烟花碎屑，很快他的脸开始发红，体内像有一种狂热的情绪正在横扫，眉骨的伤痕快要重新裂开。我问他是不是又开始发烧，他不说话，望着燃烧的烟花，对我讲述起刚才的梦境：

他开着我的车载几位朋友前往公路边，将车开上冰雪埋覆的河面。他对朋友们说，近来梦到铭哥，他要我在这儿建个冰屋子。你们帮忙把冰凿开，剩下的我自己来。

他从后备厢里取出冰锯和冰镐，几人切开冰面，凿出一处宽敞的马蹄形水域，将水域内的冰层切割成两米见宽的方形浮冰，再将浮冰系在拖车绳上，发动车子，拖出水面。余下最后一块浮冰，犹如探入水域的孤岛，连接着背后的广袤冰层。他将朋友送回，之后独自折返。

大片雪花开始飘落，他让朋友将小程约来河边。小程见到他，开始在冰上跑，没跑多远便滑倒在地，他将小程按住，慌忙中掏出修车的扳手将他击昏，用拖车绳将他捆缚，拖他走到开裂的冰层附近。他在男孩身边坐下，男孩倚着他的肩膀，一时之间不会醒来。雪花一片一片地落在身上，他思绪纷乱，像有一万片雪花在飘，有些事还没想清楚，但身体已逐渐僵冷，剩下的时间不多了。他起身，将被捆缚的男孩扔进后备厢。

他将零下四十度的防冻玻璃水倒入水中，随后在水域上方覆盖一层透明的塑料地膜，做完这些后，他躺在雪中喘息，余下的便是等待。他蹲下身，看透明塑料膜上渐渐落满晶亮的雪。

他打开后备厢，从小程口袋里掏出手机解锁，翻到约打台球的群聊记录。江扬发了条视频，球局已到末尾，球杆对准八号黑球，一杆进洞，视频里传来喝彩声。他以小程的口吻说，打着呢。江扬说，连赢两局了，你怎么还没到？他回答说，遇到点麻烦，公路边让人打了，他们人多。江扬问，你在哪儿？他发了一个定位，随后关掉手机，站起身，将男孩从后备厢里拖出，拖上那处探入水域的孤岛。

他沿着早已留好的退路后撤，坐进车里，将车开远一些，随后将椅背放平，斜靠在上面。暖气开足，但仍跟外面一样冷。余下的便是等待，要有耐心，且能经受寒冷。他让不断挥舞的雨刮器停下，任由数不清的雪花在身前飘落。右膝又开始痛，但他知道，过一会儿就会平息。他看向冰河对岸，漫长而寂寥的公路，犹如一条断开的线绳，在雪中隐没。

他指向烟花升起之地，说，我准备在那里盖一间冰屋子，能生炉子烤火。他仔细描述着冰屋内部的结构布局。我开始想象自己坐在炉灶前烤火的样子，漆红的灶火填满木柴，火舌舔舐冰凌，留下水痕。我坐在火边，手掌开始融化，脸颊开始发烫。

回家后我脱下外衣，陷入床铺，体内的火山在缓慢地复苏，玻璃中的银色汞柱一点点攀升，呼出的气息变得滚烫。我望着天花板思索自己为何在这里。天花板上，旧墙纸在无尽旋转，枝蔓镶嵌，仿佛是一只繁复的万花筒。基本信息可以通过电话采访获取，但我想来看看李歆曼的家乡。这里确实有我一直想写的东西，但我始终没有动笔。匿名而喑哑的钟声已被敲响，挂钟里站着的啄木鸟探出灰色的喙，一下一下地探进我的意识空白。一些摇晃的影子，在梦里变得破碎。我向着那一点走去，但怎么都找不到去路，或许是，踩不准节奏。我张开嘴，等语言掉落出来，但没有发生。我想找到通向永恒的道路，但我丢失了自己的影子。我吞咽痛苦与沉默，酒精在我的身体里煮沸，又蒸发。嘴唇、钢笔或按键都不是我的器官，我无法听凭它们使用我且舒畅自如，齿轮总被不慎卡住，球杆无法顺畅挥出。这一年的记忆像摊在地上的雪水那样蒸发渐无。

  凌晨三点钟，我感觉浑身松快了些，心脏跳得沉稳有力。手指摸向窗沿，感到一丝凉意。阿钟在此时又打电话给我，快乐得像一个婴孩。他说，你猜怎么着？隔着屏幕我几乎能想象他眉飞色舞的模样。我问，怎么了？阿钟说，李歆曼马上就回来了，她刚给我打电话，要我明天上午九点钟开车去平谷接她。你的采访结束了吗？快回来吧。我说，好，我马上订机票。我从床上弹起，订了凌晨六点的机票，将电脑、相机和几件衣物塞进背包，走出房门，将我要暂时离开的事告诉一只手撑在餐桌前的李燃，随即将房门钥匙和车钥匙扔在他面前。

  他酒还没醒透，但坚称夜里打车不安全，执意要送我去机场。下楼时，他不慎撞倒了那排深蓝色塑料围挡。我们钻进车里，跟着导航走，光线昏暗，布满岔路，险些拐进一片玉米地，兜兜转转，终于在航班起飞前半小时到达机场。

  我乘着飞机在云层里颠簸，锋利的机翼破开初生太阳的红色心脏，它像受了伤，在波浪涌动的云河间流下一摊血迹。随后云絮变得坚硬，像一片凝结的冰川，飞机轻巧绕过冰柱与冰幔，重又钻入云层，舷窗外一片雪白，如一处圣洁的雪原。

  我躺在床上，梦境变得诡异而幽深。喉咙深处，像有岩浆上涌，我不住咳喘，喘息声越来越沉重，像电影里的慢镜摇晃。心脏在胸腔里剧烈跳动,仿佛化作一枚坚硬的铁块,悬吊于血管上,不分昼夜锤击胸腔,进行着永恒的钟摆运动。濒死感像潮水那样涌来。周遭变得昏暗,我走入夜的围墙,立即被吸收和包裹。我趴在冰面上不敢起身,金色月亮从云层中短暂显影,在冰面上映出淡雾似的光泽,一个透明的冰屋子出现在我面前,宛如幻影。李歆曼从里面走出,交给我一个树叶形状的冰块,她说,吃下去,吃下去你就不会融化。一直往前走,一直走。金黄的月光为她周身涂上一层清亮的釉,但光芒转瞬即逝。桥在一公里外的下游,我知道那里有人看守。河水封冻,冰面很厚,我搬起石头,砸出陨坑似的凹痕。

天亮前,李燃叫醒我,说我的体温又在升高。他倒了一杯温水,让我吃下一片药。窗帘微微透光,泛着一丝淡红。我问他,雪季还有多久结束?他转身看向窗外稀薄的日光,白色烟雾自杯中升起,而后流散。他说,会持续到明年三月。等到四月份,冻结的冰面开始融化,冰排在水里漂流,像动物一样迁徙,最终如搁浅的白鲸那样被冲上岸边,堆成奇形怪状的冰岩,有些像剑龙的脊背,尖端锋利,根根分明。还有一种冰岩是空心的,很脆,像丝状冰凌绕成的线团,轻轻使力就能捏碎。我和方铭会在春天沿着河岸奔跑,见到这种就去踢,一踢就碎,一踢就碎,一直踢到鞋子湿透。冰破碎时有声音,冰凌摔在地上发出脆响——我说的不是那种。四月,连绵广布的冰川会开始断裂,内部满是暗洞与冰窟,冷风吹过,形成低沉的回音,让人联想到远古时期庞大动物的哀鸣,哪怕它们在长达六个月的雪季里始终沉默。

等到融化的那一刻,冰川深处会传来尖锐的呼啸,回荡在旷野之间。白色平原开始陷落,地表开裂,形成深壑,所有水上漂流之物、冰雪的遗骸残迹,最终都会坠入沉默的冰河。

(原载《收获》2023年第4期)

李嘉茵的《当他谈起冰的沉默》围绕两个人的"失踪"展开其叙事。其一是"我"的朋友李歆曼,一个依然秉持着某种新闻理想的记者,留言给我"准备到人群中去",随后便与所有人切断联系。得知她失踪后不久,"我"接到一个采访任务,李歆曼的故乡东北小城鹤城发生了一桩少年与摩托车失踪案,少年名叫方铭,"我"因李歆曼的缘故,只身前去调查采访。在方铭的朋友李燃的讲述中,"我"渐渐发觉其失踪的真相:实际上,方铭已然长眠冰河,而行凶者至今逍遥法外,真相无从报道。在遭遇一段如同梦呓般的经历后,我坐上了离开鹤城的飞机,伴随着消失许久的李歆曼终于归来的消息……

"时间可能给不了我们答案。"消失的李歆曼在准备到人群中,与几位朋友会合之前,更新了自己的社交网站,以此否定了"时间"的存在与效力。也许正是因为对时间不再信赖,作者李嘉茵也打破了小说线性叙事的策略,以一种极致碎片化的方式,通过回忆与现实的来回跳跃、闪回,构成了小说迷离、破碎、一切化为无形的美学效应。小说的行进,如同一场高烧,随着体温的攀升,"我"眼前的现实愈加模糊。此后"我"对于事件的描述,渐渐悖于一个记者客观、公正、准确的行事法则,逐渐"脱轨"。"我"与李歆曼的身份均为记者,这是二人惺惺相惜的原因之一,而更重要的原因在于,他们一同经受着一场重大的职业危机,这场危机需要抗衡的敌人只有一个,那就是那些"无法言说之物"。让"无法言说之物"言说、发声,是李歆曼与"我"坚持的使命。在小说中,李歆曼曾报道过工厂占地事件、患白指症的工人,而"我"也报道过类似事件。然而,这些"无法言说之物"最终都如同李嘉茵在结尾处颇为震撼人心的隐喻——冰川断裂后发出巨大的哀鸣,但其后便隐入冰河。

《当他谈起冰的沉默》将故事发生的地点锚定在东北边城,罪案的设置、北境严峻冷冽的氛围不乏双雪涛、班宇等人"新东北文学"的影子。但李嘉茵对于东北的叙述策略,除了迷幻、梦呓般的语言,不同之处还在于,她实际上是将"新东北文学",而不是东北经验自身,处理为一种隐喻,并将其征用。也就是说,真实的东北在李嘉茵的小说中并不重要。当东北在当代文学中已然成为一种沉默的、冷峻的、庞大的、无法言说的、在暗处较量的存在时,李嘉茵以自己的写作实践抛出了另外一个问题:一个怀有正义感的写作者将如何面对那些真实的"无法言说之物"?《当他谈起冰的沉默》中的无奈、忧愤,也许来自作者自身,而那次梦境中的"复仇",大概是作者真实的"复仇"。(高翔)

长冬短夏

/王陌书

　　正下着一场又急又快的新雪，我的身后只有一行脚印，站在建筑物之间的空旷带上，路灯照耀下细碎的雪缓缓飘舞，我无视边上那一排破损的共享单车，继续穿过这片无人地带。

　　在多数人醒来之前，我得抵达新发地农贸市场的仓库铁门外，从阿克苏来的苹果货车需要在那儿卸货，像那种长约二十米的大型半挂货车必须提前办证，在车流量最少的深夜进京。通常都有两个司机轮流驾驶，一个白天开，一个晚上开，在短暂的几天内穿过大半个中国的范围。而我的工作相对简单，和别人在此将果箱换上自己公司的包装后入库，再派送到不同客户那里。

　　像准备潜水般深呼吸调整好状态之后，我戴上伪装的面具，为的是在接下来的一天应对现实社会，那是真实的我无法应对的。工作以来我每天都必须得这样做，在进入人群前戴上面具，在孤身一人时摘下。

　　说明一下，我十八岁，这是我高中毕业进社会后的第一份工作，给亲戚的水果公司干活，上下班时间并不固定，根据货车抵达的日期来安排，可以连续多日悠闲无事，也可以连续几天昼夜颠倒地忙碌。听亲戚说，秋冬通常是满载苹果的货车，早些时候是满载脐橙的货车，更早些时候有时是满载杧果的货车。

从大型货车上卸下货物后，再租小货车分发到各处的客户那里去，我得跟车去派送，因为司机的回程跟我不同路，最后自己坐地铁或公交回去。在短短一个月时间内跑遍了北京，记住了蜘蛛网般从四九城往外蔓延的地铁线路，知道从郭公庄到望京走哪条线路最快，知道哪个换乘车站最拥挤，到现在为止我没有去过的站点已经寥寥无几。

我跟大我许多岁的人住一起，他叫李明，普普通通的名字，正如他是个普普通通的男人。他二十五岁，已经在这家水果公司干了几年，跟我属于亲戚的亲戚的关系。我们的住所位于丰台与大兴交界处，在一片低矮而且不怎么正式的建筑区深处，是随时会被拆迁掉的地方，周围的住户基本上是外地来的务工人员和小生意人，说着各式各样的方言。纵横的街道，都涂成橘色的平房，密集的电线……这一切都让初来不久的我感到强烈的隔阂。像是迷宫一般，每次返回我都得仔细辨别才能找出住处的所在。黄昏经常有三轮车在其间穿梭，电喇叭发出"磨剪刀嘞——"的声音，我一直不知道那是做什么的，也一直怀疑那是一种幻觉，是自己听错了。

目前李明因为别的事还没来，我得先去把仓库门打开后等一会儿。等待的过程中可以做一些消遣的事情，比如抽一支烟，比如把脚边冻坏的高丽菜踢到下边去，可我这种时候总是选择自言自语。

终于，我站在仓库的卷闸门前，那是一整排整体建筑的其中一部分，门前是相当宽阔的高台，得靠可以挪开的铁楼梯上下，这样的高度落差是为了车停靠时车厢和它平齐，方便来往。这座仓库的左侧是高丽菜仓库，而右侧是花椰菜仓库，门前陈列着用来运货箱的木架板——货物安置在木架板上，然后用叉车运送到各处。我踩在上面，用钥匙打开沉甸甸的铁锁，一股水果味的暖流满溢出来，将我淹没，仿佛我刚刚撬开巨型的水果罐头。我拉下电灯闸门，顶部的灯管沿着线路按照远近依次亮起，原本空荡荡的仓库码着一垛垛整齐的箱子，它们构成的围墙让这里像是一座迷宫，所以我不敢深入，害怕再也走不出来。我并不觉得饥饿，可依然把手伸进一边的箱子，掏出还蒙着灰尘的苹果用袖口擦了擦，接着咬了一口，过于甜蜜的汁液流淌出来，我却品咂出淡淡的苦涩。

等把苹果吃到只剩半透明的果核，我走到高台的边缘，看着外面积雪覆盖的垃圾，往庞大的垃圾堆上增加果核那微不足道的重量。可似乎那刚好超过了某个临界点，引发了雪崩般的垮塌，在我只剩一片废墟的内心里。

我听见别人的声音，那是一群雇来的工人，听李明说他们通常都是老乡，租住在没有任何保障的地方，很多人挤一个房间，睡从学校宿舍淘汰下来的双层铁床。有中介在他们和雇主之间联系，按小时计算工资，中途得管饭。他们的雨靴簇拥着发出怪声，很快我就看见一张张黝黑且满是皱纹的面孔，像是会行走的苍老树木。他们聚集在高台上，跟我保持着数米的距离，彼此之间一开始没有闲聊，只是呆呆地望着车来的方向，因为他们从早到晚都处在极度的疲惫状态，只要中介来了电话说有工作，便不分昼夜地前往，导致他们混淆了昨日与今日。

其中领头的跟我说："小伙，跟你说个事哈，本来你老板说要找八个人干活的，我也找了七个，加上我刚好八个。可是……"

我说："可是什么？"

他说："可是有个伙计来不成咯……"

我说："为什么？"

他说："他出了意外……"

我对他的停顿开始厌烦："什么意外？"

他用手揩了一下鼻涕："那个伙计怕是不行咯，昨天在工地干活的时候走过脚手架，哪知道上面那个不长眼的畜生，几十公斤的铁吊钩没拴住，直接晃荡过来把他脑壳砸坏咯。"

我说："人没了？"

他将绿色的鼻涕甩到洁白的雪地上："快没了，把他抬到医院，医生直接说不行咯，现在躺着，不知道能不能撑到他爹赶来。他也是倒了八辈子血霉，怕是他家公太的坟地风水不好的缘故，他娘也是遭变故没的。这次连我们这群老乡也牵拖了。警察来了对我们问东问西，查各种证件，我们差点也干不了活咯。"

我一下子不知道该对陌生人的不幸如何表态，犹豫了片刻，发出非常轻又非常重的语气词："哦，是这样。"

"所以哈。"他终于说到了想说的主题，"碰上这档子事没凑齐人，也不能怪罪我，你评评理说是不是，你老板可不能因为这个扣钱。"

我闭上眼睛，再睁开，确定视线内的冷酷风景没有任何变化。我缓缓说:"放心,不会的。"

随后我走到角落里,在一辆叉车上垫上压平的纸箱,然后坐下。那些工人则聚在一块,开始用难懂的方言聊我不感兴趣的话题。为了打发时间,我掏出跟冰块一样冷的手机,播放跟冰一样冷的音乐。

过了不久,其中领头的又问我:"小伙,车快来了没?怎还不见动静?"

我假装看了一下手机时间:"快了,快了。"

他说:"说好工资从四点开始算,现在都四点零八喽。"

我说:"按说好的算,不会等开始干活才算。"

他说:"要得,要得。"

我本以为已经应付完了,他也转过身去,手娑娑着嫩荆棘般的蓬松头发,想到什么之后又转过身来:"小伙,早饭管不管?我们可没带吃的,没力气干活可快不了。"

我说:"管的,现在早餐店都没开门,等六点有人去买。"

他说:"要得,要得。"

这时,远处传来车辆引擎的喘息,不久车灯照亮了雪地,毫无疑问是那辆装满苹果的半挂车到了。那头巨兽在雪地上缓缓挪动,不断调整轮胎角度,艰难地通过窄道,四周都站着人,用手机灯做引导,防止船只触礁般的碰撞发生。越庞大的存在反而越是脆弱,那是有八对肩膀高轮胎的巨型机器,牵引的车头可以和装货的车身分开。它缓慢地靠近我,我感到一丝莫名其妙的恐惧,所以往后退,直到背部碰上拴铁门的锁链,才意识到自己退无可退。

这时,一辆小型商务车也停在不远处,开水果公司的亲戚和李明下了车。随着冗长的熄火声,半挂车也终于停下,像陷入冬眠般开始冷却。半挂车的司机下车,爬上侧面的铁梯,用工具开始解开固定的绳索,然后在另一个司机的帮助下掀开覆盖在上面的巨大帆布,里面裹着防止苹果冻坏的棉被和苇席。紧接着工人们爬上车,按我之前交代的,开始把一个个沉重的箱子卸下来,在高台的木头模板上堆起。我看着这一切,仿佛在看一群屠夫肢解一头巨兽。

不知道李明何时走到我身边,用胳膊肘顶我一下:"发什么呆哪?"

我说:"没什么。"

李明说:"记着,让工人一垛码一百箱,这样之后好点数。"

我说:"估计要多久才能弄完?"

李明说:"三天吧,上面一共三千大箱,要打包成七千小箱。"

我说:"够折腾的了。"

李明说:"以前没有干过这么重的活吧,娇气可不行。"

我说:"很快就会适应的,就像我适应别的不喜欢的事情。"

李明说:"比如?"

我说:"比如上学,比如活着。"

李明笑了笑,然后舔了一下干裂的嘴唇,没有对我的回答多说什么。他一边戴口罩一边说:"青年路那家公司有三百箱苹果要送,到时候租个金杯车,你跟车送过去,点完数让客户那边的负责人签一下字。"

我说:"司机是上次那个戴眼镜的吗?"

李明说:"不是,是另一个人。"

我说:"要等到下午了吧?"

李明说:"要下午了。"

……

结束对话以后,我开始了高强度的体力劳动。这不需要多少思考,只需要像机器般重复简单的流程,把大箱里的苹果贴上标签,分到小箱里,用电子秤称重,确定符合标准后放置到成品区。很快周围堆起了阻挡视线的空纸箱,混沌的空气犹如一杯正在搅拌的咖啡,光与暗难分难解,只要伸手就可以捕捉飘舞着在灯光下显形的灰尘。但我没有,我认为自己忽略了什么已经发生的事情。我看见一颗滚落的苹果,我看见了镜子的碎片,我看见叉车和人折叠在一起的影子……

整整三分十六秒后,我才意识到是太阳升起来了,在眼睛看来原本棱角分明的长方形仓库门被苍白的光线撕开,像黑洞般呈现放射状的裂缝。我一下子不知道那究竟是入口还是出口,走到边缘处仰视雪已经停了的天空,冬日的太阳犹如月亮,可以长时间注视。

这一刻我仿佛跨过一道记忆的门槛,耳畔响起几个月前父亲的声音:"既然你没读书的心思,考不上像样的学校,那你是愿意去学修车还是愿意去你堂姐那儿学做水果生意?"

我的沉默。

父亲的声音："怎么不吭声？每次问你怎么想就不吭声。以前该说的我们都说了，该骂的我们也都骂了，可你每次都是左耳进右耳出，人在这儿可魂不知道在哪儿——你已经十八岁了。"

我的沉默。

然后是母亲的声音："还是去学做水果生意吧，修车太累。"

我的沉默。

于是我的命运就在这样的安排下，朝向现在的方向发展，让我这个南方人面对着北国的雪景。对此我并没有什么怨言，我总是这样，连自己都不知道自己要去往何处，总是需要外力强制性地推动命运之轮。

到了中午，送盒饭的外卖员骑着三轮车来了，大家停下来吃饭。我坐在一堆拆开并折叠的纸箱上，用一次性筷子挑剔着梅菜扣肉，我对于这种油腻的快餐没有任何好感，上面满是重口味的酱汁，略微的恶心感在我的内部沸腾。看着别人津津有味地吞咽，我将最讨厌的梅菜干夹出来扔掉，随后说服自己，这也没有那么难以接受。

那些工人吃饭的时候闲聊，其中一个被称为老刘的说："我儿子又进局子里咯，要关几个月才能放出来，又是被抓到在聚众赌博。我今年挣的钱怕是还不了他的赌债。真是不知道造的什么孽，碰上这么个煞星。"

一个工人说："你儿媳不是跟他离了吗？那你孙儿现在咋个办，他不是才读初二吗？"

老刘抹了一把眼泪："还能咋个办，让他在我侄子那儿先住着咯。他也是被带坏咯，在学校不念书，只知道打架。这样下去，明年我怕是得把他带出来，跟我干活好过跟那赌鬼……"

另一个工人说："好咯，天天说这档子事，磨破嘴皮子也没得用。"

……

他们说着说着吵了起来，后来吵着吵着又笑了起来。作为旁观者的我只知道他们在谈自己的生活，那对我而言实在是过于遥远的世界。

下午重复着上午的工作，我的内衣被汗水渗透，深沉的疲倦感让思维变得迟钝下来。每隔一段时间，我就会像出故障的机器般愣住。才干了不到一个月的我看着那些工人，他们从事这种劳力工作可能已经几十年，我无法想象如果自己干几十年会是什么模样。那个被称为老刘的矮个儿老头，年纪六十出头，头发是灰白相间的杂色，很显然他已经不适合干这种活了，车上的工人直接把重三十公斤的一箱箱苹果往下抛，他接得极其吃力。之后要把箱子码垛，可等码到一定高度后他又很难直接够着，只能憋住气，双手用力一推，向上抛。所以隔着很远的距离都可以听到他急促的呼吸，让人担心他的肺会像气球一样爆掉。等到车上又一箱苹果沿抛物线下落，他终于失手没有抓住，箱子砸到地上，捆绑的皮条绷断了。别的工人劝他："老刘，不行到后边去，只要在中间传一下就行。"

这话激怒了他："不中，我哪里不行？我还没老到干不动。"为了证明自己还行，他反而更加卖力地干了起来，比之前更迅速敏捷。但是这种亢奋的作用是短暂的，很快他又变得迟缓起来，比之前更加吃力。他到底是不行了，但是这一次没有谁再提醒他。我想，即便他能平安地度过今天，平安地度过明天，平安地度过后天……未来恐怕还是会有这样一天，他在试图接住箱子的时候，突然感到自己失去了对身体的控制，大脑和四肢的关联被切断，随后眼前一片漆黑地朝后倒下，再也不能起身干活。他的老乡们会觉得他增添了麻烦，也许他的儿子又进了局子，他的孙子不得不从极其遥远的省份坐几天的绿皮火车赶来，双手捧着骨灰盒，在诧异的目光中踏上感觉比来时更漫长的归途。

那，便是一个人的一生吗？

我不知道。

等到黄昏，车上码好的箱子犹如拆开的乐高玩具，数量比最开始的时候少了三分之一。当然，一个地方的物质在减少，意味着另一个地方的物质在增多，以前老师教授的质量守恒定律可以形容现状。我略微歪着脖子，在倾斜的目光中，此时此刻是一道狭窄裂缝，包裹着星辰的漆黑长夜正想穿过它返回人间，可因为膨胀的身躯暂时卡住了，边缘剥落的碎屑就是飘舞的细雪，这是一个看得到尽头的灰白色黄昏。我忽然觉得包括我在内的一切只是个空壳，原本困在其中的不知名生物早已消失，只要稍微挤压，由假象构成的生活便会破裂为无数大同小异的宿命，我无法将属于自己的宿命辨别出来。

我陷入忽略现实的遐想。

这种情况以前上课的时候经常发生。大约七年以前的夏天，在我凝视窗外繁盛的树木时，数学老师捏住我的耳朵，随后同学们肆意的笑声淹没了外面聒噪的知了叫声。周围的目光汹涌地倒灌入我体内，渗透每一条羞耻的神经。我忘了自己为什么而走神，是在想那棵樟树内部是否被白蚁蛀空了吗，还是在想空荡荡的操场上没有人坐的秋千架？还是在想自己对某人的承诺？总之一定有什么重要的事情被遗忘了，这种感觉就像打开某个开关后又忘了关上。

　　当时没有想起的事情，后来再度想起。那是三年以前的冬天，我正在削一支铅笔，对于重新想起的事情哑然地摇了摇头，原本重要的事随着时间流逝不再重要了，觉得根本不值得为此烦恼，紧接着继续做乏味的数学作业。现在，我只记得在三年前的冬日，自己想起了七年前的夏日遗忘的某件事，至于那件事是什么，我却再一次遗忘了。记忆总是出现这种误差，让过往变得无比曲折复杂。也许以后我会再度想起，在更久远的以后再度忘记……如此的循环终将于死亡降临的一刻终结。

　　李明连续喊了我几次都没有听见，他走过来拍了拍我的肩膀，把一张单据还有钥匙塞到我口袋里："金杯车来了，你跟车去送货。"

　　我说："你呢？今天你更早回去吧？"

　　李明说："我得送货去昌平，就在那边过夜，所以把钥匙给你。"

　　我说："司机知道地址的吧？不然找不到就麻烦了。"

　　李明说："知道，你到了，打单据上的联系人电话就行，他们单位有不少人，货让他们自己搬就行。"

　　我说："行，那我出发了。"

　　我坐上金杯车，忍受着皮革和汽油混合的异味，隔着车窗看着熟悉的一切渐渐变得陌生。白天的新发地是极其喧嚣的市场，堵车是一种常态，路边随处可见被扔掉的腐烂水果，形形色色的人在此交易着形形色色的农产品，很多人都穿着保暖的军绿色大衣，戴着狗皮帽，让人联想到遥远的八十年代。

　　司机是河北人，非常健谈，一路上喋喋不休地讲述他的北京见闻，从他高中毕业来北京做出租车司机开始，谈到他最近准备回保定改行开修车店……他需要的是单方面的倾诉，所以我只需要发出"嗯""哦""啊"这些语气词，我不在乎他说些什么，他也不在乎我有没有真的在听。有些对熟悉的人无法启齿的话，对萍水相逢的陌生人反而容易开口，所以他也说了和父亲关系不和，说了交警是如何故意制造麻烦……

当他谈到激动处，想要双手脱离方向盘，比画初中时是怎样和高年级生打架的时候，他的手机播放起导航的女声："前方五十米后右转，到达目的地。感谢您使用高德导航，期待下次为您服务……"我可以看到屏幕上一块胶布覆盖了一条裂缝。

即便有明确的地址，要送货到客户手上也是很麻烦的事情。因为都市的距离并非两点之间的直线那么简单，地图上只隔着一条街的两点，或许得绕很远的路。有些地方禁止停车，客户所在的大楼通常又有几个进出口……很多原本简单的事情在这里变得复杂，也包括人与人的关系。

总之我只能希望不出任何意外。

司机刚把车停在靠近行道树的地方，保安就走过来开始挥手驱赶："这儿不能停车，快点开走。"

我按下开关，不等车窗完全打开："师傅，我是给这儿的单位送货的，麻烦通融一下。"

保安说："不行不行，规定就是规定，没有提前通知不能停车。"

局促不安的我只好选择僵持。我拨通客户的电话："喂，您好，我是水果公司给您这边送货的，已经到您楼下了，麻烦找人出来接一下货。"

对面传来女人的声音："水果？什么水果？"

我听对方有挂电话的意思："您别挂——这不是诈骗电话，我们是蓝果公司的，您单位订购了三百箱冰糖心苹果和五十盒樱桃。您是郑姐吧？"

对方这下才反应过来："哦，对对，是有这事。不好意思，最近事情太多，一下子忘了。"

我说："那麻烦您出来接一下货，我就在楼下。"

对方说："哎呀，我现在不在单位，你在那儿等会儿，我马上赶过来。"

保安棱角分明的面孔像是被刀削过一般，他挨近车窗玻璃，用手拍外面的铁皮，像食肉动物窥伺猎物那样注视我："装耳聋吗？再不走我可不客气了。"

我对手机彼端的女人说："好的，不知道要等多久？"

对方说:"估计半小时吧。"

我说:"这儿好像不能停车,能不能麻烦您马上跟保安说一下?"

对方说:"没问题,没问题。"

电话挂断后,我对保安说马上就会有人通知他,他说只等五分钟。接下来是极其漫长的五分钟,旁边的司机完全置身事外地给耳朵塞上耳机。远处的灯箱固定着女明星代言的化妆品广告,随着夜幕一点点拉开,那些灯光开始浮现……我应对着完全不擅长应对的事情:我处在既不是孩子也不是大人的临界点上,却必须和这些成年人打交道。此刻我唯一能做的,就是每隔几秒看一次时间。

像是刻意营造紧张氛围的警匪片,必然是配角的坏人步步紧逼,而必然是主角的好人步步后退的情节,通常伴随着紧张的配乐,加上蒙太奇的剪辑手段尽可能吸引观众眼球。然而只是置身于平庸的现实之中。五分钟后保安仍未接到通知,这次无论我做什么辩解他也不听了,他的动作越来越激烈,如果戴上墨镜,换上黑西装,就活脱脱是个电影中的黑帮分子。终于,他的手伸进来,试图揪住我的衣领时,他接到了电话通知,把手从距离我喉咙一厘米的位置撤回,没有说什么就走了。就像在最后一刻获救的电影主角,我松了口气:"好险。"

一旁的司机闭上眼睛,很快睡着了,而且睡得很死,呼噜的震动让我怀疑他鼻孔内有一只动物。车内的空调是坏的,对我来说无异于冰箱,一定有什么正在凝结为冰,可我环顾四周也没有找到。我望着外面的街道,我不知道那些行人会去往何处,可能他们自己也不知道会去往何处。人类来来往往,证明时间之流没有停滞,没有因为我这个冷漠的异卒而淤塞,是的,我的内部正在凝结为冰。

等到夜里八点十五分,也就是两小时之后,我的额头抵着车窗。我想,对于不同的人来说"半小时"也有不同的定义吧。这时司机醒了过来,伸了懒腰后对我说:"小伙,之前跟你那谁说好八点前卸完货的,现在都八点十五了,我晚上可是得赶去天津,在那儿接了一趟明天的活……"

我说:"不好意思,我打电话催一下。"我拨通女人电话,得到回复和稍早前一样:"快了,快了……"

我转述回复以后,司机说:"不行,这不耽误人时间吗!这样吧,反正已经到楼下了,你把货卸到路边继续等。"

我想了一下,确定没有可以继续拖延的借口以后,便走下去打开车后厢,开始搬了起来。此刻站岗的保安已经换人,他像监督罪犯般看着我搬完所有的水果箱。当我搬下最后一箱,将有点故障的门盖上,司机便立即发动引擎,排出黑色尾气后从我的视线中消失,没有道别。毫无疑问,他是我人生中没必要记住的过客,反过来说,我也是他人生中没必要记住的过客。

倚靠着码好的箱堆,疲惫超过限度后人反而没有感觉,四肢似乎有了自己的意识。我伸出手,没有抓住一片雪花,从凌晨出门开始,雪就断断续续下过几次,也停过几次了。关于那个司机——

首先,我忘了他的名字。

然后,我忘了他的声音。

最终,我忘了他的面孔。

这一切在短短几分钟内发生,许多的人都如此沉没在记忆之海表面,泛起马上消失的涟漪,如海藻丛中腐烂的水手般仿佛从未存在过。一切都是有限的,有限的记忆与情感也只能分配到有限的人身上。

旁边是堆积的果箱,这样伫立着怎么看都很奇怪。凛冽的寒风裏挟着枯叶在低空盘旋,我缩着脖子,跺脚促进血液循环。那些高耸的大厦把天空切割成不规则的几何体,密集的窗户犹如并非六边形的蜂巢格子。或许这个社会就是更复杂的蜂巢吧,每个人都有自己的身份,活在"身份"的壳内,有意识或无意识地从事着社会分配的工作。

我避开行人的目光,可还是有位大妈走过来:"孩子,这苹果怎么卖?多少钱一斤?可以尝尝吗?"

随后一位中年男子说:"哟,这么小就出来做生意,不容易。"

另一位年轻男子说:"这儿可以摆摊的吗?小心城管哪。"

这样下去人会越来越多,我不愿像街头卖艺的吉他手那样被围观,清了清嗓子解释说:"我不是在这儿摆摊,我是送货的,正等楼里的人来收货,麻烦各位还是忙自己的事去吧……"

等他们散去之后,我坐在旁边的台阶上,和门口的石狮子对视。发了一会儿呆之后,终于,那位被称为郑姐的女人出现,她烫着波浪卷的褐色头发，如果说胖的话又显得瘦，如果说瘦又显得胖。她不紧不慢地走过来："哎呀，不好意思晚了点。"

我强迫自己站起来："没事，没事。麻烦您找几个人把这些水果搬进去，再把单子签一下，我好交差。"

她说："这个点，单位里早没人了。"

我说："那怎么办？"

她说："这还得麻烦你啦。这么年轻的小伙，三两下就能搬完的，我去帮你找个拉车来。"

我摸了摸下巴，确定它没有如金属配件一般掉落。我严重怀疑自己再往前走上几步，便会和螺丝脱落的机器人般任由各部位散落一地，然后这些零件被不同的家伙拾去，组装在不同地方。我可以找到反驳的理由，但是懒得找了，筋疲力尽的状态下别人说什么都很容易答应，我说："您单位在几楼？"

她说："二十二楼C区，有电梯，很快的。"说完就去刷卡进入大楼，不一会儿推着一台实验室常见的塑料拉车出来。

我说："还好，还好，毕竟不是顶楼。"

这时我的鼻子又一次堵住了，感到呼吸困难，想必飘浮在真空中也是这种感觉吧，怎么挣扎也透不过气来，我渴望在密封的空间上钻一个孔。忍受着鼻塞的我下定决心再次搬运起来，箱子似乎比之前更沉，因为我已经累得快承受不了自己的体重。到了二十二楼C区，那是典型的办公场所，许多半透明的玻璃门隔开不同区域，路边摆放着许多盆栽。我看到里面的灯亮着一盏，但随着什么东西掉落的动静，我眨一下眼睛再看，又全暗了。

郑姐在我之后抵达。等她刷卡开门，我问道："这个点，其他人都已经走了是吗？"

她漫不经心地说："当然。"

我继续走，准备拉下一趟，同时嘀咕："真是奇怪。"

在路过巨型文件柜的时候，"咚——"我听见里面有点动静，但是疲惫的我没有想太多，继续自己的工作。我就这样一次次上下，郑姐则找了把转椅坐下。我经过的时候，她都在打电话，肯定不是和同一个人，因为我拉第二趟时她以嗲嗲的语调说一些奉承话，拉第三趟时她以严厉的态度训斥什么，拉第四趟时她以随意的声音发出敷衍的语气词。我想，那些电话对面分别是不同阶层的人吧。

当我第八次准备下楼，刚刚绕过转角，离开她的视线后，她在后面又接起一个电话："对，还有点事，办完才能回家。唉，也是倒霉，我好不容易休息，准备在店里做头发哪，结果好死不死来了个送货电话。没辙呀，我只好做完头发再回来公司……"

原来她是为了做头发让我等到晚上。为了按捺住情绪，我用力深呼吸，可还是忍不住伸腿踢了一下旁边的巨型文件柜。等到推着车最后一次穿过门进入电梯，到达二十二楼把箱子卸下，我站在所有日光灯都打开的走廊上，视线内的一切出现重影，我确定没有看错之后，把单据递给正涂着指甲油的郑姐："这儿一共三百箱苹果、五十盒樱桃，您点点没问题的话，麻烦签一下字。"

箱子都被我挨着墙脚码好。那堵墙上有一扇假窗户，打开窗框会看见一副海滩风景画。她朝指甲吹了一口气，然后开始点数，中途停顿了片刻，又重新数。最后她说："不对呀，这是不是少了五箱苹果？"

原本已经松弛的神经再度紧绷，从小害怕承担责任的我不知所措，脸色瞬间变绿："不会吧？再点点。"

她再点了一次："啊，不好意思，没错没错，是我少算了边上的五箱。"

我松了一口气："没事，没事，那麻烦签一下字。"

她说："听说你家的杧果也不错，改天我下单买一箱来尝尝。如果真的好，再像这次一样整三百箱。"然后在皱巴巴的单据上写下潦草的名字，说了几句客套话，我也回了几句客套话，我一天的工作结束了。说谎的时候我总是把词语重复一遍，似乎是在说服自己去相信这些谎言。

我把单据对折，装进口袋，敲击旁边的暖气管道，让声控灯亮起。我穿过狭长的走廊，进出压抑的电梯，走到空旷的外面。周围被霓虹灯渲染的建筑包围着我，宛若沙漠蜃景。我迟疑了片刻，还是打开手机导航，向地铁站方向走去。所在的位置距离住所很遥远，搭乘地铁到不了终点，差不多坐到良乡就得下车，因为到了地铁停运的闭站钟点，剩下的路程得搭出租车。

回忆今天的一切，那一切确实发生了，虽然对我来说不发生也没关系，我会在以后碰上更多几乎一样的日子，就像飘落的枫叶般只有细微的差别。

停留于两棵树之间，孤身一人，我准备摘下虚伪的面具，重新面对自己。为了一种仪式感，我的手指还是抵住下颌，却觉得有什么地方不对劲。这种条件反射比树懒漫长，一分钟后触电般的惊悚才传递到大脑，我意识到虚伪的我与真实的我黏连在一起，互相渗透，变得难分难解，彼此没有一点间隙。以后我不光会欺骗别人，也会欺骗自己。无比沮丧，飞鸟形的羞耻与迷茫在内心反复起落，我已经是一个真正的成年人。

不可能永远停留在原地，一种惯性继续推动我前行，走上不能完全覆盖地表的雪地，每走一步，都像是在延长而非缩小距离。我把关于这段生活的印象剪辑后重叠，得出厌恶的结论，接着用力踢地上的污雪："实在是糟透了。"

等走到地铁站外的零售店，为了买瓶饮料而掏口袋里的硬币，我找到一颗不知何时放进去的樱桃。它躺在平摊的手掌上，光滑的肌肤下是深红的血肉，充满好像即便落到雪地上也能长成樱桃树的生机。毫无疑问，这是此刻的冬季里我唯一拥有的夏季残留。我说："或许也没那么糟。"

（原载《青年文学》2023年第9期）

评鉴与感悟

人体骨架上残留的尾骨可以证明，在人类进化为人类之前，曾经是有尾巴的。尾骨略呈三角形，由数节尾椎愈合而成，一般在二十多岁与骶骨相融，这同时也是现代人社会性成熟的阶段。笔者将《长冬短夏》的主人公唤作"有尾巴的人"，他虽然戴上了成年人的面具，试图融入人群之中，但所思所为还是让他露出了尚未退化的"尾巴"，一种庸常生活之外的敏感。拥有这样的尾巴可能是当代年轻人的共同经验，学校与社会彼此隔绝，"我"从未真正接受学生时代的生存逻辑，在被抛入社会时也感到无所适从。在北京市郊的外来务工人员与小生意人中间，"我"以冷漠的态度掩盖格格不入，作为无言的旁观者，在芸芸众生身上看见、恐惧并抵触自己的将来。残酷的现实生活面前，敏感的情绪被视为"娇气"，无疑是成长过程里应被舍弃之物，却也是灵魂袒露的真切证明。

一个高中毕业、从小镇来到首都的十八岁少年，在南城农贸市场讨生活，从凌晨到深夜的一日会如何度过？作者力图还原"我"的日常轨迹，却也在字里行间露出了另一种"尾巴"。当"我"在工作时间与人交际时，"我"因工人的吞吐而感到厌烦，对陌生人的不幸维持冷酷，是因为唯有同样戴上冰冷的面具，才能适应生活的寒冬吗？当"我"挑剔梅菜扣肉的油腻，将码好的苹果箱想象成拆开的乐高玩具，忍受金杯车上皮革与汽油混合的异味时，这是一个与劳动者共情的视角吗？在只言片语与漫长的沉默之中，"我"曾唯一一次表露自己的真实想法——"很快就会适应的，就像我适应别的不喜欢的事情"，"比如上学，比如活着"。这是对生活的怨言吗？至少最后一个问题在小说中可以找到答案："我"并不这么觉得，因为在内心中，"我总是这样，连自己都不知道自己要去往何处，总是需要外力强制性地推动命运之轮"。

小说中有一个耐人寻味的情节：听到工人老刘的艰辛故事，"我"只觉得过于遥远；然而目睹他力不从心的现状，"我"的心绪却飞向他的死亡，将那转化为对自己命运的失望。笔者想，对自我体验的高扬与聚焦，身处温室之中的幻觉，或许也是我们这代人共同经历的症候；于是现实生活中不能如愿的部分，与成人世界里的虚伪和自私融为一体，想象中的人性怪兽成了孩子拒绝长大的理由。故事结尾基调陡转，冰冷的面具与真实的自我互相渗透、难解难分，"我已经是一个真正的成年人"，却在一颗樱桃里找到了属于夏季的生机，然后戛然而止。如果让笔者为这颗樱桃赋予意义，或许可以用鲁迅引裴多菲的诗句："绝望之为虚妄，正与希望相同。"从小孩变成大人，并非必然要向真实告别，向虚伪屈服，做个有尾巴的人又有何妨呢？闯出生命的严冬，终究要选择一条属于自己的路。（印筱萌）

造房子的人

/周婉京

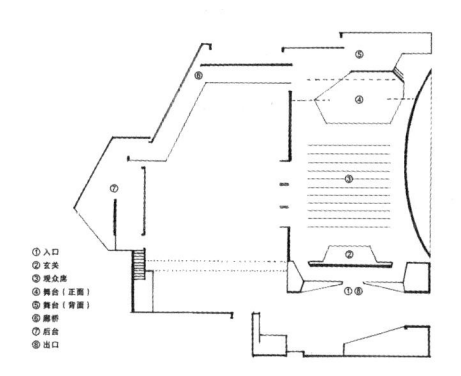

①入口
②玄关
③观众席
④舞台（正面）
⑤舞台（背面）
⑥廊桥
⑦后台
⑧出口

  一根立柱，无光。两根立柱之间，有光。希腊建筑是一个无光、有光、无光、有光……不断交替的过程。造一根从墙上倾侧而出的柱子，让它谱出无光、有光、无光、有光的变奏：这是艺术家的奇迹。

——路易斯·康

第一章 入口

一

  于晓丹开了门。

漆黑的客厅里有一根立柱。他们从客厅走进厨房，张铎走在前面，帮于晓丹拿着行李。穿过厨房，他们见到一个关着门的洗手间。张铎问她是想住左边这个屋，还是右边这个屋。他顺手打开灯。右边的屋里堆着各种电子音箱。左边的屋里放了一个床垫。没有床，张铎跟于晓丹说，只能先凑合一下了。他随手推开两个屋中间的门。洗手间里一只飞蛾冲了出来，于晓丹被吓了一跳。

那个能住人的房间里，一张没有床单的床垫靠墙摆放着，旁边是个床头柜和灯。距离床边半米以外的地方有个阳台，能看到对面邻居家阳台上在晾被单。张铎把于晓丹的行李，一个瘪瘪的网球挎包放到床上，走到窗前。于晓丹说，她想看月亮。张铎又转到右手边的那间房，他说这边能稍微看到一点。果然，一轮明月高挂在天上。然而于晓丹的眼睛始终没落在月亮上，她注视着对面海润公寓里亮灯的那些人家。

张铎说："我会帮你安顿好的。明早我给你送枕头和被子，今晚你先盖着我的衣服睡。"

于晓丹能做的就是点点头。然后她说："你把衣服给我，回去不怕被女朋友骂？"

"她知道我今天来找你。"

"她还好吗？"

"还行吧。她让我问你好。"

"她不会问我好的。你用不着敷衍我。"

"别胡思乱想了，早点睡吧。"

"哦。"

"睡前记得关窗户。"

张铎走出这个不到四十平方米的房子。他关上门前，于晓丹还站在阳台上眺望。

等他关上门后，于晓丹迅速地推开所有可以打开的窗户，从卧室床上的行李袋中翻出一个三脚架和高倍望远镜。她架好机身之后，开始测试相机直拍的倍率。五倍，六倍，七倍，八倍，十倍，十二倍，十五倍。快门连着闪烁七下，最后她决定用十二倍。这样她能把对面海润公寓楼上的人，他的一举一动拍得清清楚楚。她盯着拍出来的照片看了看，突然笑了。

她关上望远镜，脱了衣服，关了灯。她又站着看了一会儿窗外，隔在高家园与海润之间的是她再熟悉不过的将台路，等到路上的行人一个都没有了，她上了床。

于晓丹经常给儿子琦琦念诗，一些廖世奇喜欢的诗，儿子却枕着她的手睡着了。她念诗有她自己的一套程序，在每一首诗之后她都会加上几句点评，这些都曾是廖世奇对她说的话。平常的人，遇到读不大懂的东西时就会绕道走，于晓丹却是那种对未知事物充满好奇的人。她总是在学习。因是他的所爱，她就一直想要学。

她以前也像自己的儿子一样，听不了几分钟，就闭上眼睛睡着了。他接着大声往下念，他说，只有大声朗读，那些句子才能流过身体。他最喜欢的一首诗叫作《死亡临近》。很短。所以他会反复地念，每一段刚好都是"哦"在起头。偶尔，他的一个"哦"字迟迟不出。她梦乡里远处浑厚的声音就这样被突然切断。

"在香烟熏黄的衾枕上……"她像被吓着似的睁开眼睛，书脊大概就距她两厘米，甚至更近。她出神地眨动着眼睑，好像这本书连同这个读书的男人，都是她梦里的一部分。奇，真奇。梦里已经换另一个人演出——他摸了一下她的额头，然后继续念了下去，"……恋人瘦削的肢体今夜分离。"

于晓丹盯着望远镜里的画面，目不转睛地看。

对面公寓里的灯亮了起来，她看到廖世奇带着一个女人躺倒在她为他挑选的灰色水洗亚麻床单上。他们翻了个身，肩并着肩趴卧在一处。他们在镜头里显得十分享受。廖世奇给女孩看了自己最新的设计图纸，从床头柜的第二个抽屉里够了一支笔出来。他用曾经也考过于晓丹的一道题来测试这个女孩。从他的口型可以看出，他正在向这女孩提问。他问她，能不能画出一张展示光的图。这女孩从床上跳了起来，最先做的是从这间屋子逃了出去。

于晓丹把倍数又调大了些，更聚焦了。

通过人物面部表情的变化，她能读出他们在说的话。她看到这女孩对着廖世奇说，她本能的反应就是要逃到某个地方去，因为这件事情根本做不到。接着，廖世奇拦住了她，示范给她看，究竟怎么才能画出光。他的方法比她想象得要简单，他只是用一根黑色墨水笔在纸上随意画着。被墨水涂鸦过的地方就是没有光的地方，就是那些一块块的黑色。剩下的部分，就是光经过的地方。

白纸，本就是光的回答。

很快，廖世奇的屋里黑了下来。他们已经三年没有见到彼此了。他们共同经过的那些山陵、溪流，他们一起呼吸过的空气，都已经认不出他们曾经为彼此发光的样子。只要是物质体就会发光。物质体将会投下阴影，可这阴影依然属于光。

光是所有存在物的来源。当这个世界仍处在混沌状态时，没有任何形状和方向。混沌充满了表现之欲，是一种喜悦和美好的凝结。欲望是它的外壳，为了让它被看见。

二

2010年夏天，于晓丹从北京建筑工程学院毕业之后，好一段时间什么也没有做。她学建筑，这个决定是在她母亲过世后就做了的。她以为学了建筑，至少可以在家的内部造一个房子。为家，为她自己，造一个边界。

到了2012年冬天，她跟着未婚夫张铎来到纽约，没有带任何梦想。她简单地憧憬了一下他们的婚姻生活，但也是很短的一段时间。等他们钱用得差不多了，张铎说他要放弃在哥大管理学的硕士学位，不得已去中国城打工了。他对着一张粤菜馆的名片没日没夜地叹气，原本就苍白的脸显得更瘦了。

在他们二人平分了家里最后一片面包的某个早晨，于晓丹告诉张铎，她要去替他打工。哥大附近一家墨西哥人开的咖啡店正在招短工。她没告诉他，他们后来的生活费都是通过她赤身徒手挣来的。那年纽约冬天的温度在零下十八度，地上积雪有半米厚，她扫了整整一个冬天的雪。

新雪在脚下嘎吱嘎吱地响。有人一脚没踩稳，撞到了于晓丹身上，摔了个跟头。那人胳膊肘下面的黑色作业夹掉了出来，白底蓝线的图纸滚在雪地上，足足有两米长。于晓丹帮他捡起这团纸的时候，除了跟这个蓄长了头发、看上去有些邋遢的男人对视了一眼，也瞥到了图纸背面角落里的落款，小楷，斜体，歪歪扭扭地写了一个字——廖。

这人应该是个建筑师。于晓丹把自己雪天在咖啡店外的偶遇经历转述给了张铎。张铎随即问了她几个关于那张图纸的问题。于晓丹简单地描述了一下她所看到的,画的是一张中央车站的建筑工程图。她尽量让她所看到的那些曲线在脑中以三维立体的形式呈现,她最终停在了"光"这里。她记得自己把这套图纸反复看了几遍,发现整个车站没用一处人造光。张铎笑了,他说纽约市政府怎么可能让这种方案通过?这也太不实用了。如果这位廖先生的创作真的中标,那么意味着中央车站只能依靠白天的自然光,在夜幕降临后就什么也做不了。

说不上为什么,于晓丹一直记得这位廖先生。

那个冬天下了好几场雪,每一次她都会想起那个揣着图纸匆匆而过的男人。记忆这件事很奇怪,想起一个人,想起的总又不只是那个人。

等到这位廖先生真的来到于晓丹在110街的公寓,没有谁比于晓丹更惊讶了。那天他们家办聚会,陆陆续续来了许多人。她独自站在窗前,瞪着眼看街上的中国面孔,那些人当中唯有他往楼上瞟了一眼。她当时怔了一下,然后帮他开了门,他说自己是高张铎三届的学长,也是哥大建筑系的硕士。他一进屋就把厚外套交到张铎手里,拿着自己带来的两瓶平价餐酒直奔厨房。于晓丹悄悄跟了进去。他们笑着对视了一眼,她接过他的酒,一手一个。他从她手中抢了回来,他说,不能让女主人来煮酒。

母语是广东话,他发不清楚"煮"和"酒"这两个字的音。说这话时,他脸红了。他叫廖世奇,是一个香港人。于晓丹那晚说了很多话。她把他的名字反复念了许多遍。念顺之后,她才跟他谈起自己对建筑的看法。这些话她还来不及对张铎说,张铎很忙,正在人群中吱吱嘎嘎地笑着。

他们聊到中央车站的那个项目。廖世奇帮她拿着她的那杯热红酒,于晓丹的脸上微红,她有一点醉了。

"我不喜欢现在的纽约,被现代建筑环绕的四四方方的格子间。我想要生活的城市应该是个自然形成的聚落,不是现在这样……"

她垂下眼睛,默不作声。过了一会儿,她带着他顺着卧室的窗户钻了出去,爬上既陡峭又有些颤颤巍巍的楼梯。

他们靠在楼梯上俯瞰下面的城市。一些墨西哥人喝醉了,把裤兜全部翻出来,都是些零零碎碎的东西,没有钱。

"我更喜欢六七十年代的纽约。"

"为什么？"

"我其实想问你为什么不喜欢现在的纽约。"

"你说吧，我听。那什么……我喝多了，脑子不灵光。"

他们互相搀扶着走下楼梯。

"在六七十年代，我可以跟我崇拜的人一起共事。"

"但你要是生在六七十年代，就不会认识我了。"

他们说着，越过墨西哥人和路边的雪人，一直往西走，往哈得孙河的方向走。

两个人穿街而行，避开了那些喧嚷到似有人喊马嘶的大路，选了一条少人出没的小巷来走。

巷子的尽头，能看见河。巷子的两头开着几间生意惨淡的小店，杂货铺，烟草店，脚踏车修理铺，热狗店。

路走到一半，他们就后悔了。馊水汤汁，尿味汗味，还有不知哪里蹿出的一两只老鼠，吱吱地叫。

于晓丹不敢东张西望，这城市的角隅里常有她不想看见的东西，有时是粪便，有时是死老鼠，有时是当众交配的公狗母狗，还有掏出自己家伙什一个劲把玩的变态。廖世奇说，那样的咸湿佬，他刚来纽约那两年也经常遇到。

那条小巷比想象中的要长。他们一直走，走了十米开外，便听到一阵怪声。两个人都回头看，垃圾桶上落满了雪，没有人。

他们俩站在巷子里，不知所以地讲起了英文。你一句，我一句，像是要给彼此壮胆似的，故意讲得很大声。

"你为什么要来纽约？"

"我？我是跟着张铎来的！"

于晓丹怕她的话被这遍地的白雪稀释了，特意升了一个调说话。在每句话的结尾，加上了她的感叹。

"你怎么没来上我的课？你没跟他一起读研？"

"我没有，我可能不需要吧！"微微尴尬，她打了个响亮的酒嗝，"我觉得纽约可能也不需要我吧。"

那一天接连发生了许多事。

等他们回到家，于晓丹的手里牢牢握着一个东西，廖世奇在巷子里塞给她的护身符——一颗牙齿。他说这是廖世伟的牙，这个人一生就长了这么一颗牙。护身符，再走夜路的时候带上它，辟邪。

他信这个玩意儿。

可于晓丹总是半信半疑的。她心想，这兴许是廖世奇上山打野猪时，从猪身上发现的。她听说香港有一些离岛，岛上有山。

毕竟掌中的牙齿太小，怎么看也不像是人的。

后来，她还问过："廖世伟是谁？"

廖世奇答说："我细佬，就是我弟弟。"

于晓丹发现眼前的人好像没意见，这颗牙是谁的都好。他说，因为百无聊赖，才在纽约流连。说话的样子有几分落寞。那画面让于晓丹感受到一种猝不及防的悲伤。

那晚，他们没有接吻。

三

廖世奇告诉于晓丹，自己就住在三条街之外的另一栋简易公寓楼里。他刚来的时候，周围的墨西哥人全在讲西班牙语。他想家，整夜睡不着。但他从来不抱怨，甚至还开玩笑说干脆就不睡了。廖世奇睡不着的时候经常趴在他家地板上整夜画图。过了凌晨，于晓丹在沙发上睡着了，她醒过来的时候已经将近五点钟。她赶着回她和张铎的家，却看见廖世奇正坐在他家厨房餐桌旁喝着牛奶吃着三明治。他看上去精神紊乱了，好像几天都没睡觉。实际上，他确实没怎么睡，他们连着聊了二天二夜。

于晓丹对张铎撒谎说她去了康涅狄格的女朋友家。他们虽然都很不安，但是又很高兴能有彼此相伴。廖世奇给于晓丹做了热可可，然后他们继续交谈。廖世奇聊到他开始在建筑系做助教，他正在给张铎他们上一节建筑理论课。说到张铎的时候，他们都停顿了一下。外面还很黑，也很冷。他们同时听到了树枝被雪压断的响声。于晓丹把脑袋压在廖世奇肩膀上，从他们头顶的小窗户向外望去。

于晓丹在张铎毕业前一年，一有空就会跑到三条街外的公寓，一有空她就想和廖世奇在一起。他们一起看路易斯·康的纪录片，然后照着康的线索来到哥大图书馆看希腊、罗马、哥特、文艺复兴时期的建筑图,他们一边拥抱一边看书,向彼此发问。一个提问,一个回答,一个吻。如果有一方答不上来,那么就要满足对方一个心愿。心愿多半还是更多的吻。于晓丹感到一种前所未有的幸福,对于她的未来毫无犹豫,尽管当时她对他们的未来毫无所知。

差不多快到2014年春节,廖世奇提议带他教的学生一起去参观新罕布什尔州的埃克塞特学院图书馆,算是一次不太远的实地考察。

临行那天,于晓丹也出现在开往新罕布什尔州的灰狗大巴上。张铎向他的老师廖世奇介绍起了自己的未婚妻。廖世奇笑着回答说,他们见过,而且在一次聚会上成了朋友。张铎也笑了,他说他没想到路易斯·康是他们仨共同的偶像。廖世奇说,这也许是跟康的建筑有关,比起其他的美国建筑师,康有时候更像是一个东方人。

在埃克塞特学院图书馆里,路易斯·康关心的是人和书是怎样相遇的。廖世奇带着于晓丹他们绕着图书馆的每一层走了一遍,最后在图书馆的中央大厅停下了脚步。这是一个挑空的正方形中庭。他们抬头,刚好看到正午的阳光穿过屋顶,穿过书架,穿过月洞门,正在进入这个空间,强烈地向心凝聚着。

廖世奇提到一个人的时候,这个被谈论的人仿佛就在他们身边。参观结束之后,学生们解散了,在埃克塞特学院里自由活动。于晓丹还留在廖世奇身边,她还有问题想问。

路易斯·康和贝聿铭都是美国现代建筑史上的大家,可是于晓丹到现在也只看过他们的两三件作品。她也跟着张铎去过贝聿铭在曼哈顿上东区的故居。那个房子嵌在一个街角处,他们绕了两圈才找到。

经过东河岸边,穿过繁草茂盛的前庭,一个爬满了藤蔓的秋千迎着她。贝聿铭的居所像是宋代人的古迹,有石供,有画屏,但又偏偏是在这纽约城。从那幢毫不起眼的房子看,于晓丹没觉得贝聿铭有多了不起。于是,她甚至带着些怀疑问道:"贝聿铭和康那么出名,被谈论得那么多,但他们不可能全都那么好,是不是?这跟书一样。"

"举个例子。"廖世奇用怂恿的眼光看着她。

于晓丹随手抽出书架上的一本书，是福克纳的《喧哗与骚动》。她复述着曾经从别人嘴里听来的话："把你能找得到的福克纳全部读完，然后再读海明威的所有作品，最后把他们俩全忘了。"她在思考，也在提问，"读书是一个遗忘的过程，那么做建筑呢？那些不能被人记住的项目，难道就不好吗？"

廖世奇认真听着她说话。等她说完以后，他从"福克纳"那一层的隔壁取出一本"海明威"。他拿着书，牵过来她的手，走到侧庭的阅览区。

在他们周围，馆员在光的下面陈列书本，读者抱着手中的书走到大厅的四边，他们倚窗而坐，开始了阅读。每一个座位上有一扇与读者视线齐平的小窗。有的读书人怕光线太晒，早早地拉下了百叶窗。有的读者往他们站着的地方瞄了几眼，然后打开窗，望向树木遮天的新英格兰式校园。图书馆里的每个人，都拿着一本书走向光明。

她停下脚步。她看到了一个以前从未注意过的物体。那景象就像是一只温暖的大手抚摸着她的头，给她治愈的力量。

阳光透过柚木板，漏过天顶的十字梁，落到她的手上。

他走向她。他开着玩笑说，原本只是想带她到图书馆的某个角落酣畅淋漓地做一次爱，这样，她也许会因此对这座建筑留下更深的印象。但是此刻他却说，这样待着就已经足够。

四

如果不是一场误会，于晓丹大概可以跟廖世奇就这么一直纠缠下去，互相耽搁。这个念头在她戴上张铎送给她的求婚戒指时，还在脑中浮现。她想过一些让廖世奇担心的办法，但是哪一个都没有这个好用。她甚至在订婚前的一次聚会上当着张铎的面，问起他们系里是不是有人在传她和廖助教的闲话。张铎听后大笑了一声，这不可能，他连连解释说这种事不可能发生在廖师身上。

那天的来宾中有一个新面孔，晒棕了的小麦色皮肤，胸不大但露出一多半在针织衫外面的中国女孩。她说她叫王艺潼，大家记她的英文名就好了——Kira。Kira随着张铎笑了起来，眼睛悄悄落在表情略有些尴尬的廖世奇身上。她接过刚才的话头，讲起她今年进了哥大建筑系以后听到的八卦。

她最后提醒似的告诉大家，要是将来有人听了她的什么故事，那毋庸置疑，一定是真的。

临近毕业，张铎去学校的次数更频繁了一点。有几次他想带上于晓丹一起出门，都被于晓丹拒绝了。他并未发觉于晓丹的异样。后来他提议毕了业就回北京找个建筑事务所实习，算是落叶归根了。这次于晓丹没有拒绝。至于这个决定是几时做出的，张铎全无印象。他只是在收到父母的最后一笔汇款时，开开心心地张罗了一顿饭。他又有钱了。也是因为这笔钱，于晓丹不用再去墨西哥咖啡店上班了。

一天下午，她坐在公寓外挂的消防逃生梯上，淋着小雨。

天渐渐黑了，她听见楼下邻居在放着广播。广播里，一个男性声音正在说，纽约市的建筑师们正在考虑撤掉这些逃生梯，寻找新的逃生方案。这个声音同时扮演着正反两方的角色。正方建筑师的意见是一定要拆掉这些老楼梯，因为它们既不安全也不美观。反方建筑师却认为，要是火灾发生在冬天，很多纽约人家的窗户都会被冰或积雪覆盖，人们不能从窗户逃生，除了消防梯没有其他选项……那雨下得大了。于晓丹不知道什么时候拿了一本康的传记遮在头上挡雨，眼下书的封面也都被雨打湿了。

雨中有出租车司机冲着乘客吵嚷的声音，两男一女嘻嘻哈哈推着挽着躲进了楼，走在最后的那个人回头塞给司机一堆硬币。善后的这个男人就是廖世奇，打头的那对男女是张铎和Kira。张铎推门进家的时候，廖世奇已经追了上来。Kira被廖世奇注视着，于晓丹和张铎也看到她的小腿上被溅了一长条泥点子，像一条蛇，从脚踝蜿蜒到膝盖。

廖世奇从裤兜口袋里掏出一块手帕，递给Kira。他做完这个动作，才看到于晓丹连同她手里的书也是一阵慌乱的湿漉。张铎帮廖世奇摘下帽子，抖了一地的水。于晓丹蹲下来擦，被正在屈身擦腿肚子的Kira一把拉了起来。张铎让于晓丹招呼客人，他来煮咖啡。Kira说她想喝热红酒，于是也跟着张铎一道去了厨房。客厅里只剩下廖世奇和于晓丹，一个窄长的组合沙发，他们各占一头。

廖世奇先开口道："前些天听人说你生病了。"

"你听张铎说的？"

"不要那么警惕好吗。"

"那就是张铎说的了。"

"他也是好心。"

于晓丹闷闷地发了一个"哦"。

廖世奇继续说:"纽约一到这个季节就闷得慌,就像中国江南的梅雨天……"

张铎端着咖啡壶和三个咖啡杯出来了,他接上廖世奇的话道:"廖师的这个比方打得不好,您又没去过国内,哪里知道南方的雨是怎么一个下法。"

廖世奇被张铎的话拿住了,只好顺口问问江南是怎么一番景致。他知道贝聿铭在十多年前接的苏州博物馆项目,他对于中国南方,第一时间想到的就是白墙灰瓦。正说着,Kira从于晓丹的屋里走了出来,她这时候已经脱掉了来时那套短裙,罩上了张铎的大号T恤。她手里拿着一杯热红酒,远远地挑了个脚垫坐下。张铎让她上沙发上来好好坐着。她摇摇酒杯表示拒绝。

于晓丹笑着对廖世奇说:"人家姑娘这是要你过去接她,捧着,抱着,驮着,把她请到沙发上来。"

廖世奇也在笑,他说:"别瞎说,人家Kira早就有主了。"

张铎赶忙插话来问:"谁啊?我们这一届的吗?"

于晓丹专心地喝着咖啡说道:"那敢情好,咱们这屋子里现在都是有主的人了。"

"不,我该伤心了啊。眼下廖师和晓丹是一对,我和Kira也不能输!就这么输了,多可惜啊。"

"张铎,你喝多了。"于晓丹说。

被于晓丹这么一点,张铎一个鲤鱼打挺直起了腰。他打趣似的朝着Kira说:"怪我怪我,连带着你也被你晓丹姐嫌弃了。"

四个人点了两份炒面和一份蒸饺。吃得半饱还觉得不够,于晓丹又去厨房冰箱里拿了几个鸡蛋来炒。她打蛋的时候思忖着,廖世奇好久不来,这趟来肯定是有话要对她说,但是这人有话又憋着不说,偏要带上另一个女人来激她的将。他刚刚还盯着她食指上的戒指看,闷声不吭。热油滚了,她把蛋浆下到锅里。Kira从厨房门外探进来半个头,问她是否能帮上忙。

于晓丹说不用。她是真的不用。

2015年初，中央车站的项目批下来了。主持设计师是哥大建筑系的教授，副手是廖世奇。廖世奇原本可以挂"联合建筑师"的名，但是因为他不是美国人，最后还是被组委会换了下来。评委说他们代表的是美国纳税人的利益，他们不能允许一个中国建筑师在美国土地上造出比美国建筑师用价还贵的房子。美国人对中国人总是留一个心眼，是竞争，也是提防。

廖世奇在最后一轮陈述中也提到了贝聿铭，但是还没来得及展开就被一位评委打断了。那位评委是美国建筑师协会的理事，他曾跟贝聿铭一起共事。但他并不喜欢贝聿铭，他觉得"贝"比"康"差远了。这话后来被廖世奇转述给建筑系的学生。所有人都愤愤的，生气却也找不出反击的理由。于晓丹告诉张铎，要是廖世奇一开始不放低姿态，不妥协，也不缩减预算，那么结果可能会不一样。这话传到当事人耳朵里，廖世奇显然不同意。

很快到了毕业聚会，那顿大酒是从廖世奇办公室开始的。起初不过是三两学生带了啤酒来，几个人对着他刚做好的中央车站模型聊天。廖世奇将办公桌背面墙壁上的照片一张张取下，送给曾出现在这些照片中的人。

他在接下来的整整三年，可能都没法再带新学生了。

等他把墙上的照片送出去一半，就被学生们拽着去了一家唐人街附近的小酒馆。一个在死胡同的垃圾场地下开的酒馆。这时他们中已经有人喝多了，抱着廖世奇哭。廖世奇听不清他究竟在抱怨自己上学期的成绩，还是在吐槽那条街的名字。伊丽莎白街。为什么中国城里有一条英国女王的街？往东走两条街，就是哥伦布公园。呵，另一个殖民者，还是个意大利佬！酒精让这些人都变成了傻瓜。傻瓜们叫嚷着说，在法国，他们也喝葡萄酒；在美国，他们也喝波本……说到底，他们只爱烈酒，单一麦芽的威士忌配陈年的茅台，谁要是能保持一个健康的肝脏一直到老，那才是真正的悲哀！更多的年轻人加入进来，于晓丹也是这时跟着张铎来的。

于晓丹扶起了已经喝多了的廖世奇。廖世奇剪短了头发，整齐油亮的发脚紧贴在双鬓旁。当时，他正在跟一个骂哥伦布的学生理论名声的好坏。廖世奇坚持说，不是航海家或是殖民者的身份害了哥伦布，而是他自己的名声。

"出名不好吗?"

酒吧里的醉鬼逐渐多了起来,邋里邋遢地举起酒杯。

"杯中酒!我先干为敬!"

廖世奇挥舞着酒瓶,浑身都是醉意。他勉强地睁着一只眼。看见于晓丹往自己这里来了,反显得无措。他出了酒吧,直往后打了几个踉跄,噼噼啪啪,吐出几泡苦水。上车以后,他又吐了一次。

"哈,我明白了。你觉得不好!"廖世奇脸紫胀,脖子粗红,头歪到一边说,"……我们这些建筑师不一样。一辈子,不过是希望人们能够生活在我们造的房子里,躲避一下外界的伤害……"

于晓丹将他扶正了,把他的头很自然地放在她的腿上。

他还在说话:"最好的建筑师……应该是一块砖。"

"你喝多了。"

"我他妈的就是一块生活在纽约的中国砖!"

"你不是。"

"那你说,我系乜?"

"你系……我不会讲广东话。"

"不要学广东话,你讲普通话好听。"

"什么砖不砖的?"

"你知唔知我点解咁钟意路易斯·康?"

于晓丹摇头。

"因为佢同我一样……冇钱!"

廖世奇说这话的时候,正用两只手搭在于晓丹的腿上。他模拟砖一块块砌起来的样子,慢慢做出了一面墙。

"墙的中心是空的,"廖世奇接着说,"你要是一块砖,呢个时刻,你就要做选择了——如果我们在这面墙上开一个洞,那么顶上的这些砖该怎么办?它们的重量,谁来解决?"

于晓丹感觉他喜欢她在身边听他讲话。

"一块砖,最大的梦想是成为拱。为什么呢?因为只有那样,它才能摆脱上下挤压的尴尬局面,勇敢……"廖世奇打了一个响亮的酒嗝后继续说道,"是它的勇气让它能够奇迹般地撑起它头上所有砖块的重量,然后它再通过渐变的角度,把它所承担的负重分散到拱门的两侧,最后才能像我们所看到的那样,允许空间和阳光从漂亮的圆拱中穿过……"

没有一块砖在这里是不可替代的。这些年,纽约一直在变化,变得他们都快不认识了,起了好多新的高楼大厦。

一个急转弯。

刹车。车子停在市中心的一栋密斯·凡·德·罗设计的西格拉姆大厦楼下。楼上半明半昧开着的灯像是被点着了的玻璃巨幕,从大厦的中间切开,一面向天,一面向地延伸。公园大道上是宁静的花岗岩和大理石广场,南北各有一个长方形的喷泉水池,像是建筑师故意要用什么托住这无尽,用两只虔诚的大手。

他看到她听自己说话时眼里的迷醉,垂怜的眼神,猎人的笑颜。

车驶过他们。

她突然意识到,他一直生活在比她更有光彩、更成功,最后也更有意思的同代人投下的影子里。

五

2015年3月,廖世奇经人介绍认识了贝聿铭。在窄而细长的四层小楼里,他们围坐在贝聿铭收藏的艾琳·格雷茶几周围。廖世奇扭头去看,是一面与天花板等高的书墙。贝老被夫人搀扶着出来。在座的所有人都起立注视着他,贝聿铭慢慢走到了两扇窗的背面,在一张自己的肖像画前坐了下来。

廖世奇几乎还没想好怎么向贝老来介绍自己,贝老就已经主动跟他开口说话了。贝聿铭说,他听说最近有个很不错的香港同胞在美国建筑圈打拼。廖世奇羞红了脸,接不上贝老的话。但又等不及贝老再说,立刻将自己手机里存着的设计方案给贝老看。贝老认真地盯着他的手机屏幕看了一会儿,最后笑着告诉他,他现在眼睛不好了,什么都看不清。廖世奇接着说,这不是什么了不起的东西,也没有一定要看的必要。贝聿铭说,美国人也讲人情世故。他有几个美国建筑师协会的老朋友,最近跟他抱怨过廖世奇的这个项目,但是事情就是这样,只要有人去做,总要得罪另外一帮人。

那场短暂的会面让廖世奇在接下来的一年中都过得如梦似幻。

虽然廖世奇自己不愿意承认，但是凭着贝聿铭对他的认可，他开始逐渐被纽约建筑圈接受。他收到了美国建筑师协会的入会邀请，推荐人正是当初批评他的那个评委。随之而来的是美国上流社会的接纳与欢迎。起初是一些有钱的华裔富豪邀请他去家中做客，他们通常都住在上东区，靠近大都会博物馆和古根海姆美术馆。用他们自己的话说，他们每年都给这两家美术馆捐钱，不只是为了参加一年一度的慈善晚宴，他们希望自己的钱能花在目之所及的地方，让更多人看到。

接着是一些记者，他们瞄上了这颗"建筑界冉冉升起的新星"。他们的提纲列得非常详尽，其中关于私人生活和专业问题的比例均衡。当被问到私人的部分，廖世奇只是笑着回答，他是一个不婚主义者。

这些人把廖世奇的答复连同他的设计选稿一起刊登在报刊上。当于晓丹读到这份报纸时已经是她临回国的前一天了。她的眼睛从"不婚主义者"上面掠过，又折回，这样反反复复许多次。她的不安从身旁的张铎掠过，尽管张铎正在挑剔这篇报道的英文不使用缩略语的问题。不过张铎也承认，这篇文章足够帮助纽约人充分认识廖世奇应有的价值。他打了一通电话到廖世奇在第五大道的新办公室，秘书告诉他等廖总回来之后给他回电话。张铎挂上电话后，回到沙发上，他从于晓丹的身后将她搂住，接着折上了那份报纸。

廖世奇忘记给张铎回电话了。那些天，他正忙着结交一些新的朋友，他被邀请去长岛一对中国夫妇家做客。那对夫妇姓苏，早在20世纪80年代就从北京移民过来，夫妇俩都精明强干，做过一段时间的期货股票生意，后来把赚来的钱投在了美国的冶金业上，一路非常稳健。等到了2008年金融危机的时候，华尔街爆仓，这处房子原先的主人受雷曼兄弟牵连，不得已低价抛出了长岛的这处占地两亩、南北通透的三层小楼。

这家人的院子里种了桂花、海棠和山茶，他一来不自觉地就呆住了，坐了半晌，默不出声地看花。苏太太招呼人给廖世奇上茶，煮的是一壶撒了干桂花屑的凤凰单枞。正巧那天赶上美国公假，平时侍茶的仆人倒休，烧茶的工作就被苏太太交托到家里的女儿的身上。她也是哥大的，在英语系读美国文学,平时写写东西。廖世奇喝了她的茶,对她写的东西很好奇。苏小姐说,她的任何一篇文章都可以放在任何位置,颠倒之后也不会有丝毫差别。有趣。廖世奇顺着她的话,跟她分享了路易斯·康与砖的故事。

两人一见钟情。

六个月后,他们在摩纳哥海边的一座教堂正式订婚。一个当地负责修缮古迹的老建筑工人为他们主持了仪式。廖世奇特意找人翻译了他在仪式上要说的话,其中有一句是——他就能给她这么多,再多的他给不了。老建筑工人用法语念出来的时候,苏小姐没有认真听,正噙着热泪感动得说不出话。

那段日子,廖世奇的名声已经从美国漂洋过海传回了中国。国内媒体开始通过各种渠道接触他,甚至有家媒体已经提前登出了对他获得下一届普利兹克奖的预测。这些人说,中央车站这一项目把一种罕见的东方神秘主义融入公共空间。廖世奇对此态度冷漠。直到他与未婚妻来到旅途的最后一站罗马,他看到圆形、方形和三角形从废墟中朝他走来,他告诉他的未婚妻,他正在被打开,由内向外地打开。

他不分昼夜地在古城中游荡,看,怎么看也看不完。

花了很长时间,他才发现,自己不是一个白人,不是一个欧洲人,更不是一个美国人。这些西方文明的遗产不能够满足他。他告诉未婚妻,他们应当从自己的文化中寻找一种力量。他还没看够,他要回国看看。他的另一半有些不开心,他只好将这些心里话诚实地转述给她。然而廖世奇说这些话的前后、旅行的沿途、为未婚妻戴上戒指的时刻,他都未曾想起过于晓丹。

厨房里热水烧得吱吱作响。

于晓丹摘下婚戒,扭开水龙头,洗着玻璃杯。昏暗的厨房,咖啡滤纸破了一个洞,热水浇下去,漏了满壶的颗粒。"喝咖啡吗?"热水冲掉了废渣,仍然能闻到浓烈的咖啡香,瞬间布满整个房子。"你别用那个咖啡壶了,在美国时就老出问题。"坏的咖啡壶,能煮出好的味道。怀念的味道。桌上保鲜膜里,包着一块芝士蛋糕和两个青团,于晓丹示意张铎拿来吃。他们刚回到国内,暂停在两种文化的过渡地带。正如滤过咖啡渍的水管,喘息，变干。

"也不知道廖师过得怎么样。"

"你还没听说吧？他出事儿了。"

在于晓丹眼里，张铎只有讲人八卦时才会精神奕奕、两眼有神，好像有许多故事要说。

关于廖世奇的事情，张铎从纽约朋友那里听到了些不同的说法。

一种广为流传的说法是，廖世奇侵犯了一个女孩。这个女孩去中央车站的施工现场闹过一次，从四米高的脚手架上跳下来，没摔死。她后来找人做了一块灯牌，比她的个头还大，不分昼夜地抱着这块牌子杵在工地入口，不吃不喝静坐了三天。

灯牌上用红色油漆描粗了日期，这些日子都是哥大助教廖世奇和那个女学生发生关系的日子。女学生面对媒体从未承认过廖世奇性侵了她，但她说自己确实是被强迫的。她还交代了一些他们发生性关系的地方。很奇怪，全是在图书馆。

还有一种说法。廖师同时交往了几个女孩，结果不巧让这个女孩撞上了另外一个。领头闹事的后面还有其他人。她们联起手来要把廖师的名声搞臭。面对学校的问询、小报记者的采访，她们都是一个表情：安静了数十秒，咬着唇，微微地发抖。

那个拿灯牌的女孩透露了很多内情。她说，廖世奇脖子上的伤不是在欧洲旅行时鱼咬的，而是女人。她说，廖世奇为了摆平她，还在他蜜月旅行的时候偷偷把她从纽约带了过去。她出庭时交代了她的高潮，当着法官和律师，当着他们所有人。

廖世奇没有来，他还在欧洲旅行。

女孩说，高潮来时就毫不客气地压住他，全身上下狠狠地咬，咬得皮开肉绽，还舔吸他的血。她说，如果大家不信她，可以把姓廖的抓来，对比他脖子上的牙印就清楚了。

她是兔牙，伤口结的痂会微微向上凸起。

听到这儿，于晓丹舔了舔她的上颚。两颗牙还在，她红着个脸呆着不动。

后来，事情闹大了。校园内有人翻出来廖世奇风头最盛时接受过的采访，贴在公告栏上的报纸被人用红油漆打上了一个巨大的叉。被红色遮住的地方，依稀可见他当时的回答——"我认为，名声的本质在于虚无。如果人们说到一个鼎鼎大名的建筑师，却讲不出他究竟有什么了不起的杰作，那么这个建筑师的名声又有什么意义？"

第二章　玄关

一

年轻的时候，廖世奇也跟很多人一样，他以为当建筑师可以省去很多事。他用不着读诗，只要读"光"就好了。

廖世奇说这话时，正巧也是他第一次接触到诗歌的时候。他出现在北京社交圈的一场聚会上。在他的身后，几个哲学家正在跟一个画家讨论德国表现主义诗歌。逗号、句号、省略号，名词、动词、副词，短句、整句、叠句，圆舞曲、奏鸣曲、交响曲，罗曼史、悲剧史、史前史。廖世奇在这群人当中显得不知所措，事实上他并不知道怎样像个普通人那样谈诗。谈到诗，他就忍不住把文字中出现的时空关系对照到某个他参观过、研究过的建筑物上。

"一个死者造访你。心中流出兀自倾洒的鲜血，黑色的眉间巢居着难言的时刻；昏暗的相遇。你——紫色的月亮，当那人出现在橄榄树的绿荫里。他身后紧随着永不消逝的夜。"

他不懂诗，但这并不妨碍他抄下一首诗，随手塞进他的口袋。

北京的冬天很长，好像有干不完的事。廖世奇交接完中央车站的项目，就开始改造北京的办公室。因为之前的校园举报，他现在已经不在项目的主创团队了。他在哥大的前同事找了另一个年轻的非洲裔美国人来顶替廖世奇的位置，打了一个越洋电话来只是为了知会他一声，既为了安慰他，也为了与他划清界限。哥大校董事会的那些人持续给建筑系施压，系里面已经决定不再续聘廖世奇了。

廖世奇并不意外。他陆续收到从美国寄来的书，其中有不少是有关路易斯·康的。他把书收到新公寓的书墙上，有些过去在纽约拍的合影掉了出来。他扔掉了那些已经不是朋友的人，留下了他的几个学生。一张照片上，张铎在人群中拥着他，笑得跟个傻子一样。看见这张照片，廖世奇才想到在北京他还能找张铎。同时，他也想起了于晓丹。他不知道是不是应该在北京见她，心里暂时还拿不定主意。但他知道，只要这通电话打了出去，张铎接了，那么也就相当于告诉于晓丹，他来北京了。

最后还是公司人事打电话通知于晓丹和张铎来面试的。两人在同一天来，被分别安排在上、下午。张铎早上出门的时候漏带了他的作品集，于晓丹看到之后帮他收拾起来，打了个车往雍和宫的方向去了。

婚后半年，于晓丹几乎不主动去想跟廖世奇有关的任何事。张铎每周都会跟几个美国回来的同学聚会，她也从不跟着。就在她快要忘了廖世奇的时候，这个人再次撞进了她的生活，还凑到她的跟前。从接到电话到出门，于晓丹做了头发，修了指甲，画了眉毛，施了一点脂粉，薄薄的。她在离开镜子之前，又折回道来对着镜子跟自己说，情归情，账归账。

她不知道怎么和廖世奇挑开话题，但她觉得自己可以绕。一会儿聊她的生活，一会儿聊她的家庭，还可以扯到天气，最近北京天气很好。除了冷，一切都很好。她在去见他的路上已经准备好了一套说辞，她甚至能预见到两个人再见面时他全副精神听自己说话的样子。可是等到她真的来到等候区，坐在他改造的阳光棚下喝着咖啡等着见他，她低着头，还是有些不知所措。

她被人事经理领到他的办公室门口，正碰上张铎从屋里出来。像是要确认一下，又像是故意要让廖世奇听见似的，她晃了晃手中的图纸。

然后她的手被张铎牵引着去找廖世奇的手。不是握手，只是轻轻地触了触就快速摆向两边。

"晓丹来了？"

"我是来给他送图纸的。他早上走得急，落了东西。"她说着看向张铎。

"不用了，我现在已经是廖师的人了。"张铎马上又改口道，"瞧我又说错了，是廖工，不是廖师。"

"廖工？"于晓丹问。

"我们上学的时候也管你爸叫'于工'啊。成名的建筑师不都是这'工'那'工'的吗？"张铎补充道。

"别这么说，我们是同事。"廖世奇差点忘了，补充道，"不好意思啊，晓丹。你的面试被他们安排在下午了，不要紧吧？这样，你等我一下，我快速跟方家胡同的一个业主开个会。你等我……最多十分钟。"

张铎和于晓丹在办公室坐着等了他一会儿，可是怎么也不见他出来。一个小时过去了，于晓丹提议他们俩先去找个餐厅。

方家胡同是一条东西向的胡同。东接雍和宫，西接安定门。清早时分，总有遛鸟的大爷提着笼子自西向东荡去。走一路，鸟鸣一路。往北走，遛过了剃头的、收换旧物件的、卖冰糖葫芦的吆喝声，就到了国子监街。再往北一条街，遛过了搓背、拔罐、斗蛐蛐的，就是五道营胡同了。

胡同里的冬天，各家院子里的花木从墙头溢出来，于晓丹用手去摸了一下海棠树的枝子，有一层薄薄的霜，在正午的阳光下竟比她的手还凉。还有些叫不出名字的小树，枯的枯，死的死，砍掉的砍掉，太阳光晒着，满眼萧瑟。走了几百米，有一间云南菜馆，门口的棉白杨也是垂头丧气地耷拉着脑袋。张铎提议就选这家吧，云南菜保准有米线和汤，天这么冷，不如吃口热乎的。

店里也有一棵树。于晓丹靠着树干而坐，张铎一开始坐在她的对面。张铎让她回头去看，这棵树很奇怪，只是朝西的枝丫一直枯到了顶，其他的都还在发着绿枝。不留心看，他还以为有人在于晓丹脑袋后面藏了一把匕首。

"一会儿廖工来了，你可别问他中央车站的事。我听班里那几个留在纽约的同学说，廖工跟那帮人最后闹得挺不愉快的。"

于晓丹瞧了张铎一眼，"哦"地敷衍了一声。她明显是没听进去，当时还在想，这次见面兴许是她和廖世奇的最后一次见面，至于她会不会到他们公司上班，她不清楚。

"刚才的面试怎么样？"于晓丹问。

"从初级建筑师做起，有底薪，看项目给分红。廖工一开始想给我中级建筑师来着，但他身边那个合伙人，好像是个日本人吧，觉得我跟项目的经验不够。"

"日本人？"

"外来的和尚好念经啊,我听廖工叫他'豆田先生'。我们在哥大那时候不也有一个日本老师吗?以前在安藤忠雄那里干过,后来又跑去跟谷口吉生拉关系的那位。说实在的,第一次见面,我看不透他这个人。"

"你看透过什么人吗?"

"少瞧不起人啊。反正我就是挺膈应日本人的。"

"你有这个毛病,可没跟我说过。"

"廖师现在牛×了啊。他身上那套西装,我看怎么着也得有个大几万块。"

"人家现在是'廖工',不是'廖师'了。"

张铎挠挠后脑勺,点点头。他们准备叫服务员来点菜,发现给廖世奇留的座位是朝南的上菜位,于是张铎又特意跟自己的位置调换,把西边朝着于晓丹的座位空出来留给廖世奇。张铎在这过程中看了几次表,实在忍不住了就给廖世奇打了个电话。廖世奇没接,因为他人已经到了。他身边果然带着那位豆田先生。那人长了一颗圆圆的秃头,嘴巴下有一撇髭须。经过一番简单的介绍,四个人东西南北地落座。日本人不吃辣,张铎不熟悉云南菜,廖世奇就把菜单很自然地交到于晓丹手上。张铎让晓丹"点点儿好的",那意思是从现在开始他们就都得听老板的。

"我哪里知道廖工的口味?"于晓丹轻描淡写地带过一句。

菜上齐了,不辣的菜里也淋着星星点点的辣椒。豆田先生一直忙着挑辣椒,张铎跑去后厨帮豆田要了一碗涮菜的清水。廖世奇望着于晓丹,把椅子往大树的方向挪了一点。

廖世奇自斟了第二杯茶,刚倒到一半就被豆田先生阻止了。豆田告诉他,这是烟灰缸。

于晓丹将两只手撑在背后,手背贴着那棵杨树,人向后仰着。阳光下,她的脸是一张将老未老少女的脸,圆鼓鼓的腮帮子,小而饱满的下巴,既平且长的黑眼睛,眼角微微向上翘着。一个短而直的鼻子,下面搭配紧闭的薄薄嘴唇,在无言中也有一种动的感觉。稍稍透红的肤色像是白瓷刚从窑里拿出来的样子,在冬日空旷的瓦蓝色的天里走上一阵,很快冷却了,剩下一种比白还要干净的颜色。

饭后,他们一起走回箭厂胡同。

那天下午，廖世奇原本是要面试于晓丹的，却被一个电话打进来搅乱了计划。豆田回来之后，他跟豆田商议了一下。最后决定省去面试的环节，让于晓丹直接跟着他们去见甲方。于晓丹看了一眼张铎，那眼神不是在征询他的同意，多少带着些试探的意味。张铎一反常态地当众亲了她，亲在脸上。他让她放心跟着老板去。他还另外嘱咐她说："我今早就听老板说这个甲方特别难搞。算上这次，已经是咱们事务所这个月第三次改稿了。"他的重音落在"老板"上，于晓丹瞥了他一眼当作回应。

蜿蜒曲折的小巷尽头，有一个跟他们那儿差不多大的院子。两个戴着面具的年轻女孩正盘腿对坐在树下。这边的杨树长得比他们那边还要粗壮，严严实实地遮住了女孩们头顶的光。豆田先生用日语跟其中一个女孩打招呼，她摘下脸上的面具，很自然地将她的两只胳膊伸得笔直，然后站起身握住廖世奇和豆田的手。

那棵树的后面有一片老厂房，不高，旧时军用房的承重结构。女孩带着他们从一个矮小的入口进入，她说她的老板看过了最新方案，正在会客厅等着他们呢。她一直等到于晓丹也进了门，方才将入口的门带上。她将刚刚另外一个女孩戴着的面具戴在了于晓丹脸上，并解释说他们剧团最近在排一个现代能剧。

女孩手上的这两个面具都是剧中的角色。

"你戴的这个是谁？"于晓丹问。

廖世奇停下脚步，在暗光的甬道里转过头来。

"我戴的这个是日本能剧中的小男孩，名叫慈童。"女孩用口音奇怪的普通话解释说，"象征品格高尚的少年。"话说得倒还算流利。

"那我戴的呢？"

"您戴的这个是个女人，因为眼睛里涂有泥金，所以被称作'泥眼'。"

"听上去她戴上的是富婆的脸？"廖世奇说。

"廖工说得不对，泥眼不是富婆……她是一位彻头彻尾的妒妇。你没看到她的眼睛是金的吗？眼里充满了由嫉妒而生的恨。在《葵上》这部剧里，泥金面具是六条妃子的专属面具。她嫉妒身边的所有女人，因为她被光源氏给抛弃了。"

于晓丹接着问道:"可我的面具怎么看上去那么恐怖呢?我的嘴,是故意合不上吗?"

"问得好,晓丹。我们就是要帮他们造一个能剧舞台。"廖世奇插话道。

"不过,能剧是什么?"于晓丹问道。

"能剧嘛,很古老,也很有趣。它创造出来一个世界,只有台上的人能看得见,台下的观众却看不见。观众们也知道,他们跟角色离得再近,却始终隔着一层。一个老东西能流传到今天,多多少少都有它独到的东西。对能剧舞台来说,它能让观众看到一些不该被看见的东西。"

这是一条狭长的甬道,除了少女手中的手电筒,三米之外的前方一点光都没有。豆田先生的自言自语,从很远的地方传过来,窸窸窣窣地带着回声。

"上次听你老板说,这里过去是一个防空洞……"

那声音清澈得近乎悲戚,于晓丹猜想前方应该有一个广袤的空间。豆田的声音像是绕了一个钥匙形状的圈,摸着这潮湿的黑黢黢的墙面,来到于晓丹面前。她开口说她羡慕女孩的职业,可以在这样一个剧场里工作。即便他们仅仅走了一半的路,还没来到剧场中央,她都能感觉到有种神秘的东西正在降临。光在意识中漫开。这和她在埃克塞特图书馆里获得的感受类似。

"穿过这个通道,你就进入角色了。"

廖世奇的手指从墙壁上快速地掠过,他的步子也悄悄地加快了。他好像变了,但也好像没变。当他回头看她的时候,依旧是微风吹拂过一片杨树林,她紧跟在女孩和廖世奇的身后,他的呼吸声是细细的,像是风从耳畔匆匆而过。

于晓丹虚虚应了一声,是她不小心踩空了。

"你没事吧?"

于晓丹听见女孩在问。

二

"能剧还是昆曲?"

豆田先生捧着电话敲开了廖世奇办公室的门。

这是阿照打来的电话，她说他们东方剧团的出资人又想让他们改回最初的方案。做一个江户时代的能剧场。

四根整木柱子搭成正台，二百五十平方米。舞台围在四根柱子之间，向正反两个方向开放。换句话说，舞台之上还有一个舞台。这两个平行的舞台向四面开放，如此，观众可以在台下同时看到两个舞台上发生的事。

正台左后方有一个与后台相连的桥廊，环绕庭院而建。这部分沿用第二版方案的提议，以带弹性的松木板间隔制成。在桥廊尽头吊有一块幕帘，作为后台的出入口，也隔出剧场的公共休息区。

最麻烦的部分是桥廊与后座的交界位。阿照说，按照传统能乐剧场的安排，这里应该是要留给狂言师的"狂言座"，可是如今老板要把昆剧班子安排在这个位置。那么这就意味着，桥廊前面连通观众与演员之间的空间，传统能乐里面栽有三棵间隔相等的小松树的位置，又要重新设计了。

于晓丹敲门进来，听见豆田手机里传来的阿照的声音，急迫却也无可奈何："演员出场也是顺着这个桥廊，从狂言座一路走出来。我们总不能让他们待在原地唱词吧？那不就变成了诗朗诵大会……"

阿照是东方剧场的人。她是甲方的代表，负责对接豆田和廖世奇。她有一个习惯：旁人说话的时候，她总会凝神听着，托着腮，嘴巴微微张开一点，用一支带着橡皮擦头的铅笔轻轻叩着小而白的门牙。包括廖世奇在内，所有人都觉得阿照是个非常不错的聆听者，从不发脾气，永远都有耐心。可是这样的阿照却也总是离人远远的，廖世奇没办法跟她深聊，就连豆田先生也问不出她的底细。

阿照从来不提自己的私事。她只是说自己曾经在大阪大学学习过能乐，后来结识了东方剧场的老板，跟随老板来到北京。廖世奇从其他建筑事务所那边打听过阿照，得到的反馈都是不咸不淡的夸赞。他们说，阿照他们对所有竞标的建筑师都一视同仁，阿照本人对中国文化的一切都很有兴趣。

她很美，像日本人那样寡言、多礼。从不拒绝中国乙方的搭讪，然而等人家有了更进一步的要求时，她又立即躲开了，委婉地道明他们是工作伙伴，任何私人关系都会破坏他们的合作。

然而就是这般让人捉摸不透的阿照，竟然主动约于晓丹到她家里坐坐。于晓丹把阿照的邀请告诉了廖世奇和豆田。豆田先生交给她一本书，说是麻烦她转交给阿照小姐。这本书是三岛由纪夫《近代能乐集》的中文译稿，豆田的朋友知道阿照是这方面的专家。于晓丹还在犹豫是否该由她来交给阿照。她和阿照并不熟，她也不会讲日语，这样贸然前往会不会有点唐突？廖世奇却对她说，有这本书做由头，有他作保，没人敢轻易欺负她。

于晓丹握着一张写有阿照门牌地址的纸条，按图索骥地找到新源里老楼的一间两居室。门没有关实，于晓丹轻叩了几下之后推门而入。她想这大概是阿照故意给她留的门。她继续往里走，看到这间房子虽然不大，却有四个大天窗。屋里的墙被刷成了黑色，地上铺着一块相同颜色的地毯。地毯很大，让人每走一步都要小心谨慎，不管大跨步还是小碎步，最后都要落到方方正正的黑色大毛毡上。

家里没有家具，只有一面墙的角落摆了几盆灌木类的绿植，有一盆是山茶花，其他的几盆她都叫不出名字。同一面墙上挂着一些能剧演出、排练的照片，依旧选择了与整个空间匹配的黑白色调。

光扑进来，虚掩的门被推开，于晓丹看到一袭白衣的阿照正在光下起舞。通过脊柱的旋转、打开、折叠，她将身体化作水一样流动的曲线。眼看着她就要倒下的时候，她在一呼一吸之间将身体一扭，陡然站了起来。

"你来了很久了吗？真是太不好意思了。"

阿照没有化妆，微带苍白的脸因为运动而变得绯红。两片没涂口红的薄唇一张一合，这样反倒露出她整齐的牙齿。

"没想到你还会跳舞。"

"嗯。很早以前学的，一些歌舞伎的基本动作，学了能剧之后都忘得差不多了。我现在在学昆曲的动作，看来很快就会把能剧也全忘了。"

"你跳得很好。"

"真的好吗？"阿照眯缝着眼睛问，"跟坂东玉三郎的《牡丹亭》比还是差远了呢。"

"我没看过坂东玉三郎的表演。"

"那你可要补补课了。他是我们'日本的梅兰芳'。你等我一下，我给你找段视频看。"

"没事，不用了。我今天来是给你送书的。"

阿照进屋换了一身衣服。

"你为什么来中国，阿照？"

阿照双眉紧锁。她沉默了一阵后说："我觉得我是个中国人。我不是吗？"

于晓丹笑了。

阿照清了清嗓子，说："在日本，你始终能感受到中国的影子，像个守护神似的存在。"

阿照走在前面，于晓丹跟着阿照进了屋，来到内屋的一处茶室。茶室里只有一张小桌台和四叠半的榻榻米。

"你的意思是说，如果这本书在讲能剧，就不能有儿女情长了？"

她们在榻榻米的两端坐下。于晓丹将豆田先生托她带来的书递给了阿照。

阿照难得收到日本朋友送过来的东西，她也不曾等过任何礼物。她说她来到中国以后，已经将自己当作一个中国人来看待。尽管如此，她一拿到这本《近代能乐集》，就饶有兴趣地当着于晓丹的面翻了起来。

阿照用的是中文朗读。读完，她叹了一口气道："《葵上》这个故事用中文看，也是这么奇怪啊。现实生活中，哪会有人妒忌成狂呢？果然传统的东西是不能硬改成现代的，无论是哪个文豪来写，结果都是一样的怪。"

"哦？"于晓丹拿过了书，盯着封面上的名字认真地看了看。

"没有人说得清两个主人公是否真正爱过。"

"主角的名字叫什么来着？"

"这里，是六条妃子在说话。"

于晓丹顺着阿照的手指着的地方，读了起来——"啊，你像这样说话，对我来说就是药，是抹在伤口上就能立即痊愈的药，是无匹的良药。可是……你很懂这种方式。你会先抹药，然后再割伤我，而绝不会反过来……你每次温柔地对我说话，我都会为你的可怕而颤抖。因为我不知道，在这样的良药之后，会跟着怎样残忍的伤口。这个时候，我会觉得，宁可你不要这样温柔地对我说话才好。"

"你好像很肯定，自己总有一天会面临痛苦。"

"就像白天过后,夜晚一定会降临那样,总有一天,痛苦会到来的。"

"别再说这种话了。"

没等于晓丹发现,她跟着阿照已经进入角色了。

"是啊,只要还能说这种话,我依然是幸福的呀。"

于晓丹看到阿照合上书,开始端详她的脸。

"你是六条妃子,现在到你变身了。你因为我爱的是葵姬,你嫉妒疯了,所以你活生生长出了一对泥眼,变成了丑陋可怕的般若。"

"什么是般若?"

"一种比泥眼还可怕的妖怪。如果说泥眼是活人灵魂出窍变成的怪物,那么般若就是死了的恶灵。"

"那你呢,你是什么?"于晓丹顿了一下说,"光源氏不变身吗?"

"在我们的戏里,'渣男'是不变身的。他得坚持住,一路'渣'到底。"

于晓丹俯首良久,想接却接不上话。最后,她们两个都笑了。她告诉阿照,自打从美国回来以后,好久都没这么笑过了。

笑完了,阿照扭过头去,继续翻着那本书,过了一会儿又朗读起来。

三

于晓丹动身去美国之前在学校宿舍里住,她的父亲有一次来看她,带着他当时的学生一起来的。三个人在建筑大学门口的莫斯科餐厅吃了饭。她爸爸那天很高兴,席间一直在夸他身边那个年轻的清华学子多么有出息。这是他教的那届孩子里最出色的一个。

男孩不说话,只顾着吃餐前面包。他身上没有什么特别之处,反而让他窄窄的肩膀和细长的脖子显得更加突兀。面包篮吃空了,他又向服务员多要了一篮。新面包端上来,他挑了一个最大的递给于晓丹。于晓丹拒绝了。

于晓丹向来不喜欢她父亲的学生,曾经有几个来她家做客的男孩子在她看来都是精致的利己主义者,对她父亲总带着一种勉为其难的攀附。所以于晓丹在第一次见面时很自然地把张铎归到了这一类人里面。她虽然说不上自己喜欢什么,但却知道自己讨厌什么。她跟她继母吵架拌嘴的时候争拗最多的也是"清华"这两个字,她就是看不惯他们"清华建筑人"。

"什么'清华建筑人',不就是一群造房子的吗?"

于晓丹从张铎的身上看到了她父亲的影子,这种人肯吃苦也肯钻营,会成功但不会快乐。所以这顿饭吃下来,她故意对张铎表现得很冷淡。一直等她进了校门,张铎才追到铁门外问她要联络方式。她在校园里隔着高大的松杉远远望着门外的张铎和更远处的父亲,先是漠然,但等她转过头来,眼泪却不知不觉地来了。那是2008年冬天,这次聚会前不久,她父亲带着她的新继母一同出席了奥运会主场馆鸟巢的开幕式。她没想到父亲百忙之中还有空将她推出去,推给一个外人。如果她的母亲还在,看到父亲为她介绍了一个他那样的男人,母亲会怎么看?母亲大概会笑,笑她跟自己一样孤独。想到这儿,她的眼泪再也止不住了。她知道她这是在哭给自己看。

她的母亲在她上小学二年级的时候就过世了,但是她总觉得家中留有母亲的气息,欧洲样式的古董收音机,金丝楠木的化妆匣,彩色玻璃柜里的芭蕾舞鞋……橱柜里喝咖啡用的小勺子,仍然泛着轻柔的颜色,好像那些离她已经很遥远的东西从未走远。她所知道的最好的一切,都摆在父亲沙发一旁的收音机上面,那里有一张母亲年轻时的小像。她去美国之前,父亲明显见老,经常一个人在沙发上看报,手捧一份旧报纸,一坐就是半日。收音机开着,收音机顶上的母亲在照片里轻轻地笑。

父亲是寂寞的,不然他也不会在送她去机场的路上抱着她大哭。父亲的房间永远是下午,于晓丹不喜欢这四面环书的环境,感觉稍待片刻就要跟着窗外的斜阳一道沉下去。后来,父亲娶了小他二十岁的学生。这位大她十一岁的继母搬进这个家后,于晓丹就更少回去了。

上一次回家赶上过年。继母给自己倒了一杯水,父亲不小心喝了,结果被继母训斥了一顿。父亲这么大年纪还离家出走,生生在学校里住了十天。这件事也是于晓丹回国之后才听说的。她继母在吃年夜饭时提起,看似无意,实则是在训诫她的父亲。她听了很不高兴,一回头又猛然发现母亲的照片被人从收音机顶上取了下来。父亲也跟着她回头,悄悄放下碗筷,借着去洗手间的空当跑到朝南的阳台上抽烟。她隔着毛玻璃窗看到父亲在阳台上反复徘徊的模样,刚想说点什么却被她的继母打断了。继母见他们父女这个样子，当场发作了，放出一句专说给她听的狠话——"结了婚就不要回来干涉家里的事。闲事管得多，那也是不孝！"

清华建筑系里面对这对老少恋的结合，有微词的人不在少数。按道理来说，没有学生议论老师的道理。但是谁让这位新婚妻子是大他们几届的师姐，还曾经担任过他们的辅导员，师姐要和老师结婚的事一经传开，系里马上炸了锅。难听的话此起彼伏的，一浪还比一浪高。张铎对这位师姐没什么印象，也不关心于老师和师姐之间的八卦。有同学说，这个师姐作风有问题，专挑在行业内有话语权的男教授下手，于老师已经不是第一个了。也有同学说，师姐曾经还帮于老师照顾过病中的师娘，原也不是什么坏人。还有好事的人说，这师娘和师姐眉眼看着倒有些相似呢，都生了一双怯怯的眼睛。

中年丧妻再娶本是一件再寻常不过的事了。但于老师在师娘去世不到一年就迎娶师姐，这在于晓丹心里总是个过不去的坎儿。于老师总是推诿说，他一个四十岁的鳏夫要带一个九岁的女孩，外加照顾两家人的父母，实在是疲惫不堪。师娘去世后不久，师姐经常来送温暖，还会曲线救国，时不时做些小菜送给于老师的前任岳父母。那老两口看着这女孩不错，想着将来会对晓丹好，也就松口同意了。一家人直到晓丹上了中学，才发现了这位新媳妇的面目——一个不折不扣的"女结婚员"。结婚之后，她每个月只给于老师五十块烟费，剩下的钱全都攥在自己手里，以至于晓丹想买个铅笔盒都要看她的脸色。有时，于老师也调侃自己说："现在咱家的钱我做不了主，得回去请示你妈。"

"她不是我妈！"这一句听着倒像晓丹说的。

张铎听了这些说法，也只是陪着傻乐，不敢往心里去。毕竟是自己导师的家里事，他听与不听，听多听少，都不合适。可是最近的一次，他跟晓丹回西城碰见这位既是师母也是师姐的女人，这人对他倒是蛮不客气。他只不过想借用一下于老师家的户口本，老师都已经点头了，可这继母就是死活不肯。继母说这是她家的东西。张铎说这是为了他和晓丹买房子用的，他们准备把晓丹的户口从西城迁出来，这个户口本一用完就立马给她还回来。好话说尽，继母还是不肯。她坚持说这是老于要掏私房钱来给女儿买房子，张铎不过是一个幌子。

张铎这才急了。他用演讲的方式向晓丹的继母坦白自己的人生规划，谈到了未来孩子上学落户口的事，他一边说一边瞥向于晓丹，像是要先征得她的同意才能继续往下说。这样下来，整个"演讲"说得期期艾艾，讲到一半就被继母打断。继母说她不想听废话了，她要直接跟张铎背后的"始作俑者"对话。于是，她掉过头来质问于晓丹道："平时也没见你来征求我的同意，怎么今天想起我来了？"

"你想多了，不需要你同意。这是我的家，我爸同意就行。"于晓丹说。

"你倒是去阳台把老头子薅过来呀！一口一个'爸'，平时怎么没见你这么殷勤！"

就在这时，于晓丹的父亲不知道从哪里冲出来，唰地甩了继母一个嘴巴。于晓丹的继母本能地要还手，被冲上来的张铎给架住了。

翌日中午，于晓丹的父亲就把张铎叫到办公室，把户口本封在一个牛皮信封里交给了他。张铎看到于老师胳膊上的抓伤和眉间的乌青，感觉他的老师在不到一天之内老了许多。于老师反倒笑了，笑里带着失败者的脆弱。他告诉张铎，保不齐将来哪天他们小两口动起手来，万一晓丹打他，他可不要还手，不然往后的日子就要捏在自己女人手里，只要女人将来想翻旧账，那他的日子休想好过。

于老师也让张铎帮他做做晓丹的工作，让她原谅她的继母。于老师说这话时，语气里带有一种恳切。他也说，原先娶这个女人就是因为自己累了。尤其是晓丹的妈妈走后，他就觉得自己老得很快，身边的一切都开始变模糊了，连他心爱的女儿也看不清楚。他想找个伴，不想再要晓丹母亲那样的"女神"。他促狭地想，一个平凡的普通女人倒也不错。这样他就可以做自己，后半辈子完全松弛下来。

当然，这些话他没有对晓丹说过。

接连一周，于晓丹都不跟张铎一起上班。大约到了十二点，她一个人到公司对面买一个肉夹馍。她不爱吃猪肉，却这样连着吃了好几天。她有点生张铎的气了，这个男人没什么用不打紧，烦人的是他说话不过脑子。张铎也跟她闹了别扭，他气她不接电话，连累他被于老师骂。

他对她的报复就像女人使小性子，拿捏住了她心里的不痛快，愣愣地往她的伤口上撒盐，他说什么——"知道你有个好爸爸，于老师他什么都好，就是把你惯坏了！"她也急了，骂他——"既然那么尊师重道，那你怎么不跟我爸结婚？"

于晓丹接到她父亲的电话也是在一天饭后，她刚坐到自己的工位前就听到电话铃响了。她的办公桌斜放在廖世奇办公室门外，她现在负责接听他的所有工作电话。这一通电话来的时候，她没有多想就拿了起来。

"户口本上周已经给了张铎。"

她正准备挂电话。

"晓丹，别挂……"

她看了看新堆在她桌面上的一些文件，其中有一大摞是关于能剧舞台的，除了日语材料，还有英文的。文字上方配有一张图，图中的表演者身着华丽的和服，把一部戏中戏剧人物的一步一顿变成一悲一伤，把一抬手一起脚变成一哀一枯荣。在与父亲短暂的沉默中，她对着剧照看得入神了。

"晓丹，爸爸前几天见到你领导了，他给了我你的座机电话。"

"哦，你跟他提到我了？"

于晓丹有个习惯，她在不想说话的时候开口就会发出凝重而深沉的"哦"声。她明知道父亲不喜欢她这样，可她依旧自顾自地"哦"着。

"你一定要在他手下工作吗？"父亲不由自主地探问了一句，"他成家了吗？"

"你干吗管人家的闲事？"

"我们那天聚会，他跟几个有钱的地产商纠缠在一起，喝得不成体统。"

"您说的咱们家好像多有体统似的。"

"晓丹，你不知道，那些老板中有几个都是离了婚的中年女人，出了名的……"

"估计是我们的哪个甲方吧。爸，如果廖世奇不'纠缠'她们，我就得去'纠缠'。我不去，张铎也得去。我们都不去，全公司就都得滚蛋回家喝西北风。"

"啊？我没有别的什么意思，我就是提醒你……"父亲自言自语道。

于晓丹怀疑父亲是听说了廖世奇在纽约的事才专程给她打的这个电话。他想要从她这里确认，廖世奇是不是在纽约混不下去了才来北京的。

"今天天气挺好的。"于爸爸嘟囔了一句没意义的话。

"哦。"

"北京冬奥会不是刚刚申办成功吗,我想着要是能推荐你去做一个项目统筹……"

于晓丹打断了他,她要开始工作了。

"你的工作真像你说的那么忙吗?"

"嗯。"

于晓丹继续翻看那些介绍现代能剧的资料。她揩了一下眼角,不知道是眼屎还是眼泪,或许两者多少都有一点。挂断电话之后,她怎么也回想不起来刚刚看了些什么。

四

按照和廖世奇约定的时间,于晓丹从鼓楼西大街小八道湾胡同拐进小剧场。她在胡同尽头遇到了正在找位置停车的廖世奇,他开着一辆还没有上车牌的路虎。门卫室旁边立着一块告示牌,上面写着:停车场只供内部人员使用。门卫室的大爷走到车前面说:"快开走,这儿不让停。"

廖世奇摇下车窗,指着车门外的于晓丹对大爷说:"她是今晚这场话剧的女主角。"

大爷咧嘴一笑,那表情明显是不相信。

她自己回想时,也只说自己在走路,跟平常没什么区别。

于晓丹用极慢的步子走到门卫室门口的玻璃前,她做出把花插在枕边的样子。顺着她插花的方向,她用手遮住了玻璃。她低下头,头发一下子倾泻下来,遮住了半张脸剩下的半张脸似笑非笑。她的眼睛跟门卫室的玻璃一样,从里面看得见外面,从外面看不见里面。

廖世奇急忙走了上来,他挡开了于晓丹的手。

"于晓丹?"他一出声就后悔了。

这时候,门卫突然在他们身后大喊了一声:"你干吗你,没看见这位老师正要入戏吗?"

随着大幕拉开,真正的女主角登场了。

阿照这次演的是《葵上》，一出经典的现代能剧。

整个舞台被打造成一个医院，阿照踩着能乐的伴奏从一个走廊踱入一间病房。一道光从舞台左侧的大窗投了进来，追着她来到舞台中央。从那光的明暗可以看出，这大概是一盏路灯。此刻夜已经深了。

一个戴着慈童面具的中年男人拎着旅行包，没脱雨衣，被阿照领了进来。他压低声音说："她睡得还好吧？"

阿照说："是，睡得很好。"

舞台上的电话叮铃地响了起来。

阿照饰演的护士做了一个接电话的动作。她拿起听筒，仔细在听，接着她说："什么声音都没有啊。"

"也许是出故障了。谁会在这时间打电话来？"

"尽管如此，还是要给患者留一部电话比较好。您不知道，最近葵夫人入睡之后，总是动得很厉害：有时举手，有时嘟囔，有时身体左右扭动。"

台下，廖世奇正扭过头去静静打量着于晓丹的脸。于晓丹让他"好好看剧"，可他还是没有转过头去。廖世奇说他在"听"阿照的表演："光是听就够了。"

接着是台上的男人在说话。他问道："内人现在接受的是什么治疗法？"

"睡眠疗法。"阿照加重语气说，"可是最近总有一位夫人在半夜来访。她差不多该来了。我每次都在她来的时候回去睡觉，因为，不知道为什么，在她身边的话，就会变得特别郁闷。"

"是怎样的女人？"

"她是一位奢靡的太太，感觉像是大资产家的贵妇。不过，越是资产阶级的家庭，性的压抑就越发强烈……总之，她快来了。"

还是阿照在讲话。她走到舞台左侧，猛地拉开窗帘。

"……请看啊，还亮着灯的住家几乎已经没有了。只有路灯鲜明地、笔直地排列成两行。现在是爱的时刻。请看吧，他们互相爱恋，互相战斗，互相憎恨。白天的战斗平息之后，夜晚的战斗又再度开启……即将死亡的人们，为什么会有那么平和的呼吸？他们为什么把自己的伤，把那开着口的致命伤，像荣耀似的展示给人看，就这样死去？"

廖世奇的嘴就要碰到于晓丹的耳朵。

于晓丹迫不得已用手将他的脸扳过来，严肃地对他说："'请看啊'，阿照不是才说了让我们看……"

廖世奇不顾她的阻挠，还依附在她耳边咪咪地笑。

"你别这样，好好看剧。"

"可阿照明明也说了，'现在是爱的时刻'。"说着廖世奇又笑了。不过，这次他没有发出声响。

于晓丹摇了一下头。

大幕拉起，中场休息。

廖世奇和于晓丹随着人群鱼贯而出，就在这时于晓丹收到了阿照发来的信息。阿照让他们来舞台后面的出口。他们照做，绕着剧场的外沿走了整整一圈，最后在几盆长得像孩子那么高的山茶花前停下了脚步。

盆栽架上落了雪，大概是前几天下的。阿照手里拿着面具，身穿雪白的衣服，拖着绯色的长袴，从后门口探出了头。看样子她已经换好了下半场的服装。

阿照很自然地接过于晓丹手里的烟，轻轻嘬了一口，然后吐出像她的脸、她的脖颈和她的上衣那样白的哈气。

"怎么下半场还要演传统能剧里的角色？"于晓丹问。

"我下半场还要客串六条妃子的恶灵呢。"阿照手里的正是她排练时曾经戴过的泥眼面具。阿照把面具拿在手里，一边转着面具一边说，"你们也觉得有点乱吧？真没办法，导演没有想清楚哩。他又想要现代剧，又想要传统能剧的元素。"

"这就跟我们做建筑似的，你不能什么都占上……"廖世奇从阿照的手里拿过泥眼面具，琢磨了一阵之后将它戴到于晓丹的脸上。

然而于晓丹取下了头上的面具，把它塞到阿照手里。

"我们做甲方的也不能把想法强加在你们身上。"阿照看出了这两人之间的不自然，为了解围，她不得不转移话题。她说，"尽管在舞台上演员是需要一个对手的。"

"能剧也是这样吗？我们刚刚看你的表演，那个演光源氏的人根本不是你的对手。你演得比他好。"廖世奇说。

"在传统的能剧舞台上,一直都有让神明落座的位置。所有演员的动作和他们所说的话、身体的感觉统统指向这个入口。"

"难怪我刚才看你跟其他演员的走位有些不同。"于晓丹说。

"所以,与其说你欣赏到的是我的表演,不如说是在看我们这些演员如何与那个中心相互对应。"

"我记得我在希腊看过一个古希腊的剧场,它也有类似的情况。据说建筑师在建造剧场之初就会给饰演酒神的祭司留出一个特定的席位。演出时,演员也会以这个点为中心进行表演。"

"是吗?你什么时候去了希腊?"于晓丹接着廖世奇的话问。

"几年前吧……我忘了。"廖世奇自觉说了不该说的话。

说漏了嘴,廖世奇只能用笑来应付。他应对得不好,因为他发现自己没办法像在纽约时那样对她。他们之间不再自如,也失去了过去的那种轻松。就像面前的山茶花枝子——它还是山茶没错,却光秃秃的,一片叶子也没有。

回到台上。戴慈童面具的男子不知什么时候已经把面具摘掉了。他望着阿照的脸,笑容一点一点往下掉。他嘴上说着:"我那时过得特别不稳定,总是到处闲晃。因此我想要一条锁链把我锁住,要一个牢笼把我关起来。你就是那牢笼。然后,当我再次想要自由的时候,你依然是牢笼,依然是锁链。"

阿照正戴着那张白色的、似笑非笑的面具。白色面具上是黑色细长的双眼,眼眶里涂满了金泥。于晓丹想起阿照曾经说过,这个面具表达的是一个女子因嫉妒而愤怒,同时又压抑着怒火的瞬间。

面具把阿照小而美的一张脸完全遮住,抹去了她日常生活中灵动可爱的表情。那双金色的泥眼,不属于阿照,它看向观众席上的每一个人。那目光没有焦点,不容分说地将于晓丹吸入另一个时空。

于晓丹听到阿照轻轻啜嚅着说:"在我这个牢笼里面,被我这条锁链锁着想要自由的你,看到你的眼睛,我简直快活得不得了!那个时候,我才开始真心喜欢上了你。那时是秋天。刚入秋的时候,我招待你到我的家去。我是划着桨去接你的……那是个晴天,桅杆温柔地、咯吱咯吱地说着话。

那条小舟……"

一段诡异的音乐响起，哑如咒语。那是舞台侧后方的能剧伴奏者用小鼓、大鼓和横笛奏响的奇特号子。紧接着，真有一只小舟从舞台左侧滑出。它悠然地前进，停在台上那两个人之间，就像是一张帷幕陡然遮住了病床。

"晓丹。"廖世奇低下头自语了一句，"晓丹，如果不是我来找你，你打算就这么一直躲着我，是不是？"

于晓丹没有回答。

廖世奇的问话就停在这里。

再抬眼时，他们同时看见，台上的阿照换上了魔鬼般若的脸。

第三章　观众席

一

附近雍和宫的钟声，每逢初一、十五都在六点左右敲响。

豆田先生对这钟声很着迷，快到敲钟的时间，就会到方家胡同东口站着。几次下来，他告诉张铎，每次敲钟一百零八下，一下都不少。

春节过后，张铎和豆田走得近了些。他们被分到一个小组，负责公司在成都的一个民营美术馆项目。张铎有时也跟着豆田往巷口一站，侧身看着豆田的脑袋随那钟声轻微地起伏。他后来发现，傍晚发出的不是钟声，而是鼓声。所谓"拂晓敲钟，黄昏击鼓"，真正的钟声是要早起才能听到的。这是熬夜赶稿画图得到的意外发现。他再站到巷口时，那一天，豆田正鞠着躬跟胡同口的大爷请教遛鸟的学问。

"啊？"豆田看上去非常吃惊的样子，他正在对着身旁的大爷说，"您刚刚说您这只鸟足足'压'了两年？"

张铎凑近了一瞧，豆田身边着大绒褂马甲的中年男人肩上不偏不倚地落着一只鸟。黄色的，头顶到上背有一条先窄后宽的黑色纵纹。那个男人说话时会管这只鸟叫"我家那婆娘"。

"我家那婆娘？"张铎问。

"百灵鸟。您想听什么，它都能说。一只百灵可以叫出十多种玩意儿，除了自己的声音，什么山喜鹊、大喜鹊、伏天儿、苇诈子、麻雀打架、公鸡打架、猫叫、狗叫，这些都不是个事儿！"

豆田绕着这鸟转了一圈，忍不住问："为什么一定要'压'它？"

"不'压'不行啊，您是不知道我家这婆娘脾气多倔。不是我吹牛啊，别的鸟放我那儿，'压'一年都嫌多。这'压'鸟就是为了彻底驯服它。等到它真的认了你这个人，它就不会跟别人跑了。习惯了你，它才会在你面前扯着嗓子可劲儿地叫。"

"'压'好了就不需要再遛它了吗？"豆田还是鞠着躬十分客气地问。张铎看他的神态，还是对大爷的话一知半解。

张铎转过身来冲着大爷"压"鸟的那个肩膀，嘴里"嘟——嘟——"两下来逗那只鸟。

"它还真的不理人呢。"豆田不禁一惊，仔细端详起那只鸟来。

"所以老话说得好，鸟为什么要遛？不遛不叫！"大爷说，"让鸟学叫，最直接的办法就是让它听别的鸟叫。现在眼瞅着就要入春了，咱们方家胡同这附近养鸟的会办个聚会，到时候各家把自己家里那婆娘带来，都挂在这胡同过道的树上，此起彼伏地赛着叫，那就是一年一度的'会鸟儿'大集！"

"'您家那婆娘'到时也会参加吗？"豆田又提了一个问题。

"我家这婆娘从来都是胡同第一，您就看好儿吧。"大爷话音未落，他肩上的黄鸟就知趣地抖抖翅膀，吊起嗓子鸣叫一声。

"可惜您说的是日语，咱们这是中国鸟，没辙，学不了。不然怎么也得让它跟您露一手。得嘞。时间不早了，我们两口子去会会隔壁胡同的朋友。"

豆田蓦地直起腰来，张铎也抬起脸，两人的视线正好相遇。他们同时看到大爷伸着胳膊，脚向前迈。那只百灵鸟纹丝不动地站在大爷的肩膀上，没有颠簸，也没有飞走。大爷过到巷子对面的马路牙子上后，还挥动着没有鸟的另一只胳膊跟豆田他们告别。他虽空着手，却仿佛拿了什么不得了的东西。这一幕给豆田留下了深刻的印象，以至于他回到公司以后逢人必问北京大爷到底是怎样一种神奇的存在。

不知不觉，豆田已经来北京工作快十年了。他办公室柜子上系着的稻草绳，竟然还是八年前他在镰仓长谷寺过新年时求来的。十年了，豆田念叨着，他还是不怎么了解北京。

豆田先生长了一副山里男人的身形，精瘦，小个子。他自幼就在寺院里长大，因为长相奇特还得了一个外号——瘦佛陀。他平常接人待物都极有分寸，动作幅度很小。他说这是因为他不敢做大动作。童年时，他打哈欠嘴张得太大，结果搞得下颌脱臼了。

豆田先生也确实信佛。他信的是禅宗，这一点公司上下都知道。这次他能拿下成都的项目，成都那边的资方就是他曾经在日本镰仓一道参禅的朋友，那人姓贾。他们在禅寺里共同度过了三个月，从《法华经》开始，前后还读了《金刚经》《圆觉经》和《楞严经》。其间，他们吃住都在一起。入寺前前后后经历了不少考验，有一项需要弟子在狭小潮湿的房间里坐禅三日。那位贾先生有风湿病，坐到第二天夜里就扛不住了。结果是豆田先生替他完成了剩下的一天一夜，他只管抱一个暖炉在屋子里最暖和的角落呼呼大睡。所以这个项目这次落到豆田身上，大家都明白，这是贾总来"报恩"了。

施工的要求比东方剧场简单得多。贾总说是建一间美术馆，实际上只要帮他设计个白盒子，造一个空间来展示他从亚洲各地拍卖回来的禅画精品。

在贾总的这些藏品中，有三分之一是从纽约佳士得拍卖回来的。镇馆之宝是法常和尚牧溪的一张单色水墨画，跟《潇湘八景图》同年份的习作。哪怕是习作，留传至今也是极为罕见的。按道理说这件作品应该被北京故宫博物院或者东京根津美术馆收藏，贾先生却在2008年华尔街经济危机时从一个犹太古董商那里"捡了漏"。他舍不得给外人看，走到哪里都随身带着。据说只在豆田先生到访青城山，二人秉烛夜谈时拿出来过一次。

这个项目张铎进入得晚，他跟着豆田先生开了几个会，还没见过这位贾总。张铎之所以能进入这个项目，也是因为他研究生时修过一门讲日本禅宗的课程。

禅宗讲求顿悟。渐修之后，顿然领悟。

张铎进组一个月，连"顿"的门还没摸到，更别说"悟"了。眼瞅着下周要跟甲方开会，他连一张建筑草图都画不出来。

悟不了，放不下，顿悟的心愿就一直悬着。回了家，人依然是在悟的状态里。

"张铎？"于晓丹推门而入，问道，"你在家啊。在家怎么没开灯？"

张铎没有搭理。

"我带了一些青团回来，抹茶口味。今天我在阿照家跟她一起做的。"

"我不要。她怎么什么都会做啊？"

"我也没想到。她做起青团来，比我还熟练。"

"她才是地道的中国人吧。"张铎淡漠地说，"整天在办公室听小日本的话，回到家还得吃小日本做的东西。"

于晓丹已经把她的鞋放进了门口玄关处的鞋柜。她把张铎乱摆在柜子里的鞋子也都一一收拾好。她走了进来，倚在张铎所在的书房门外。

"喂，怎么啦？豆田先生欺负你了？"

"他人挺好，还说要是我画不出来也没关系，他会处理。"

"那还不好。你这是在犯什么傻？"

张铎一愣，抬了抬眼。

"哦，你干吗？"

"有没有人跟你说过，你说'哦'的时候特讨厌。"

张铎说着从屋里走出来，在客厅的沙发上瘫坐下来。他走出书房时，嘎嗒嘎嗒地摇了两下门把手。

"你知道你为什么画不出图吗？"

于晓丹用细而长的眼睛打量着他，表情像是在抗议。

"要是想数落我的话，我劝你就此打住。我今天心情不好，不想跟你吵架。你要是有良心，就能听出来我已经在给你找台阶下了。"

"你要搞清楚，我是在帮你。"

"按你的意思，我顿悟不了，还他妈做不了这项目？"

"有的东西要等，它该来的时候自然会来。"

"明白了，还是我的良心出了问题。"

"你把我给说糊涂了。"

"我的良心告诉我，咱俩之间有什么东西变了。"

说完这话，张铎掉过头去半晌不再言语。他再想说什么的时候，于晓丹没有等他，已经回屋睡觉去了。

翌日清早，天还没亮，张铎就动身前往公司。于晓丹煮咖啡的时候，发现张铎把昨晚剩下的青团全吃光了。他在切菜的砧板底下压了一张纸条。上面什么也没写，空白处只画了一个模模糊糊的黑盒子。

二

接下来的几个月，廖世奇的事务所一直在竞标国内外的项目。

资本市场是无情的。只有拿下这些项目，他们才能吸引更多的资本。有了资本，他们才能做项目。他们急等着这滴血呢。靠着这滴悬而未落的血，廖世奇把会从早排到晚，可以一整天不吃不喝。就算是豆田负责的美术馆项目，廖世奇作为合伙人也要跟着一起开会。他常常抱着一个马克杯往会议室角落里一坐，不让甲方看到，也不轻易发言。豆田先生注意到他了，在会议结束前特意请他跟甲方说两句。他一副睡眼惺忪的样子朝着豆田他们摆摆手，说就不说了。等会议结束了，廖世奇会把豆田和张铎都叫到茶水间，带上一张纸和一杆笔，三个人讨论上几个小时再出来。廖世奇作为老板，威严和耐心不是没有。

在茶水间，廖世奇找张铎谈了一次。他说他很喜欢他设计的东西，但是他给不出什么修改意见。张铎不明白他哪里做错了，他按照甲方要的感觉走，是材料不对，细节不够，还是比例失调？廖世奇反问他，如果明天山里起了大火，你的这个木头房子会从哪个地方开始烧？张铎答不上来。廖世奇又问，如果明天山里发了洪水，你设计的这个建筑会从哪个位置开始垮掉？张铎的脸一下子红了。张铎意识到他没有做排水系统。这是他职业生涯里接的头一个项目，那些他以为有着金刚不坏之身的房子，在现实世界不过是一堆烂木头。一场大雨，一口瀑布直接泻在屋顶，再精细的栋梁也会被自然压得扁扁的，哗地落下。大雨大水时来不及避，把人砸死、溺毙也不足奇。

茶水间是公司上下唯一一个不透明的空间。于晓丹不说话，廖世奇就在她身旁一直等着。他说他明白女秘书的尴尬，一本正经会被人说她"装"，待人和善会被人说是"婊"。非得她真做出什么出轨的事，比方说睡了老板，这帮嚼舌根的才能消停一会儿。于晓丹听着这话，脸唰地红到耳朵根。

"这些话传到你太太耳朵里，恐怕就要不好了吧？"

正午的阳光明晃晃的。没拧紧的水龙头滴滴答答。

廖世奇突然感到胸口一阵颤动。他不得已，捂着胸口说："我已经不准备跟她结婚了。你说，我下一步该怎么办？"

这个动作让他看起来有些滑稽，一副要与人推心置腹却又豁不出去的模样。

于晓丹说："放下吧。"

"放下什么？"

"可是我什么都没有，你看我的手。"他说着凑近了于晓丹耳边，把双手摊开给她看，"你要我拿什么放下？"

于晓丹思索着刚说出口的话，从她的表情来看她是后悔了。她的妒忌心不知道从何而起。也许是被廖世奇这种近乎麻木的态度所影响，她作为女人的欲念反而被唤醒了。

"要是怎么也放不下，那就把它全部挑起来！"她说完又后悔了，这是一句她自己也不理解的话。

最忙的日子里，还有媒体记者登门拜访。

有时候一来就是好几个。于晓丹安排他们在有阳光的候客厅稍作休息。他们都是为了新一届亚洲建筑师奖而来，说是要在进入终评阶段之前为五个候选人拍摄宣传片。他们需要采访廖世奇，今年入选的五个亚洲建筑师里有他。

记者中最资深的一个，忘了带采访稿。她跟着于晓丹去了打印间，麻烦她帮忙多打了一份提纲。于晓丹瞥了一眼那张纸，密密麻麻地写了二十条问题。每一条问题里，至少包含两个问号。最后一条是关于东方剧场的，也是因为这个剧场改造项目廖世奇才入围了这个奖——"能不能谈谈这个剧场改造计划？对您个人而言，它意味着什么？"

廖世奇跟豆田开完会后，于晓丹隔了一会儿才带记者们进来。在这一会儿的工夫，廖世奇换了一套没有褶的衬衫，套上了一件西服外套。没找到领带，他只好在见到记者时先为自己的灰头土脸道歉。他直说自己已经十八天没有回家了。豆田送给他的折叠床就放在他的身后，用一套黑白设色的水墨屏风挡在中间作为隔断。在摄像记者架好相机之前，他又跑回屏风后面拿了一趟东西。在采访记者开口问他第一个问题之前，他已经捧着他昨晚完成的剧场模型出来了。

那是一套用美国椴木做成的微缩模型。

细看，整个建筑像是一个被倒置过来的清水寺。由柱子、柱头、额枋、檐壁、檐口、山花等所构成的空间系统，都一整个倒置过来。是啊，怎么看怎么像。于晓丹听到廖世奇正是这么介绍它的——"我的灵感来自京都的清水寺。如果你们去过清水寺的佛堂，就会看见它的结构是架在半空中的。我们在东方剧场这个项目中借鉴了清水寺舞台的设计，让演员从廊桥开始走，最终走上这个半空中的舞台。你看，它是悬空的。"

记者手中的笔快速地做着记录，她提问的声音几乎与她写字的声音同步。她说："这个舞台不能用一些更现代的材料吗？比如钢或者水泥？安藤忠雄喜欢的清水混凝土也很好啊。"

"清水混凝土可能做出来的效果不错。不过，那就不是能剧舞台了。在那上边表演昆曲也会奇怪。"

"怎么一个怪法？"

廖世奇没有直接回答，他将模型慢慢举了起来。摄像记者端着摄像机追了上去。于晓丹跟在他们身后，她从"录制中"的荧光屏看到这剧场是如何随着她的视线一阶阶下沉。她看到，一条悬桥从舞台的一边斜着伸出，伸向外形好似清水寺神乐殿的佛堂。佛堂后面有一条由山泉汇成的小溪，自峰顶发端，从寺院右侧流过，下到半山腰，积成小水潭，再往山崖下泻水，就成了一道细长的悬泉飞瀑。

舞台的水平表面是架空的。沿着廊桥所在的地方往里走，拐一个弯，就到了方家胡同废弃的地下防空洞。连接上下的是一个旋转楼梯，通往后台，半露半藏。从图纸上看，廊桥像是一条飞流直下的瀑布，挂在剧场的东面，外侧。

"这么看，剧场变成了一座山。"廖世奇说，"不过，这也没什么稀奇。毕竟清水寺就是建在音羽山上。"

廖世奇继续介绍了剧场墙面所使用的材料。记者连着猜了几次都没猜到，剧场内壁的一圈黑色，那不过是最普通的舞台幕布。

他向众人解释道:"这部分必须用吸音材料。所以'硬'一点的材料就先失去了资格。你喜欢安藤忠雄，他的清水混凝土太硬了，做不了东方剧场的内壁。"

廖世奇从裤兜口袋里掏出来一个铝丝捏的小人。他将那个小人往剧场中心的舞台上一放，说:"我上次进场试验的时候，甲方代表就站在这个位置。她开口讲了一句话就停下来。她就像你们这样，睁大眼睛盯着我。"

"怎么了，甲方怎么说?"记者追问道。

"她足足打量了我一分钟，然后对我说:'在这样的剧场里，我根本听不见我自己'。"

访谈已经过半，廖世奇对于光的使用这一方面言之甚少。

廖世奇仅仅解释了他们如何采用陈列型的"光柱"形成功能照明，如何舍弃了传统装饰照明灯的布局。这么专业的说法，领头提问的那个女记者明显听得云里雾里的。女记者接着又问了一个和剧场灯光有关的问题:

"我们知道您最出名的就是对光影效果的控制。能否跟我们透露一下这次的光影设计?"

这时候，廖世奇纠正了记者。他说这不是"光影"，而是"光"。改造后的东方剧场是在地下一层，能用的自然光不多。他反复思考了很长时间，最后还是回到他的精神导师那里找答案。

廖世奇说，他从路易斯·康那里获得了启发。

"我发现，光和舞台一样重要。它们都有一种悬置的力量。一个表演者站在台上，她就要从现实的自然光环境中抽离出来。她从黑暗的地方走入光亮的地方，她展示给观众的不仅是一次走位。光的变化，让她被我们看见了。"

于晓丹用明亮的目光望着他。他的话像是专门说给她听的耳语，拍击着她的耳膜。

廖世奇继续说:"如果说影子和光是一体的，那么这个空间给予人的感受应该是那种很静很静的东西。就在表演开始前，这种安静会悬浮在剧场的上空。"

"这位路易斯·康应该是个西方人吧?可听您这么说，我还以为他是个东方人呢。"记者插话道,"您要是不说,我还以为这些话出自安藤忠雄。"

"对,他还给这种静谧取了一个名字——Lightless and Darkless。意思是,无光也无暗。"

说完这话,廖世奇看着于晓丹。他在她的面前没有潇洒和自信,相反,还有些腼腆。

那些记者纷纷顺着廖世奇的视线看向于晓丹,他们这才注意到这位女助理。尽管他们也感觉到廖世奇的目光中有点什么特殊的东西,但他们没有多想,只将这个眼神当作是老板向员工征询意见。

"人的一生,没有一件事可以被真正度量。我们在做建筑,充其量是用可度量的事物帮助自己进行表达。"

隔了一会儿,他又说,"是非常有限的表达。"

三

山间的小径奇异莫测。

过了寅时,张铎跟着豆田沿着他们住的石屋夜游而上,他们看到路过的每一间小房子里都燃着一盏灯。幽黄的光。屋外窗棂上还没有结霜,他们把自己归家的身影默默藏入这山色之中。到了卯时,雾就从山脚下一阶一阶地往上爬。张铎爬到半山腰时喘着粗气回过头看,一百零八级青苔斑驳的石阶,层叠高耸。豆田在他前面走着,步伐也显得有些吃力了。他告诉张铎,要到伽蓝寺的山门还要再爬一段山路。

雾起了之后,星星和月亮全都不见了。路也是影影绰绰的。只有石头上的青苔,让人滑上一跤的错愕却是真的。这些没完没了的石阶让张铎害怕极了。他踮着脚,尽量让自己的每一步都踩实。过独木桥前,他勉强放下了他的紧张,靠在一棵高大沧桑的古树下稍作休息。张铎身旁的豆田一直盯着树干上挂着的牌子看,还把牌子上所写的内容念给他听:"百年古树,桢楠。常绿大乔木,为我国特有。四川有天然分布,是驰名中外的珍贵用材树种。"

他们聊起了中国人的自然观。张铎说,中国人向来只注意眼前的热闹,他们对自然的信仰也是扎根在人与人的关系里。即便他们知道"人法地,地法天,天法道,道法自然"的讲究,却还是选择自己那一套"人法人"

的道理。上山路上看到的灯火，照亮的也不过是巴掌大的地方。中国人进庙拜神仙，供奉一个苹果，求菩萨保他一世平安。这是很现世、很实在的买卖交易。什么东西都要在他的这个幽黄色的世界里才算数。出了这个世界，他就找不到方向，是树也活不成。

　　从他们站着的树下遥望刚刚走过的独木桥，可以看见桥的南面隐约露出部分河堤。这是一条什么河？它要往哪里去？这些问题，他们彼此问着，谁也答不上来。顺着桥远眺，还能看到山的那边也笼罩在一片阴郁的绿中，只有晨雾在绿的上方缠绕出一条神秘的白纱。对着这景象，张铎说他想的是"吴带当风"的飘逸，豆田想起的是法常和尚《潇湘八景图》的留白。

　　白雾若无其事地将人卷了进去。脚步声一阵接一阵，也是若无其事的。

　　豆田说，如果按照张铎的说法，日本人的自然观比中国人的还要再小一些。他们对自然的崇尚，也包含着一种日本人才有的客气。他们的风土与本能是很薄的一层东西。这说来有趣，从神武天皇开天辟地以来，神与天皇合一，这个神就晃晃悠悠地流传了三千年。日本的阶层固化特别严重，就像张铎说的那样，人都被夹在自己所生活的小圈子里。一个人要是想从下等人变成天皇，那是绝无可能的。几辈子的家族经营，也未必能帮他实现社会地位的提升。所以中国人在日本经常见到的日本世家，几代或者十几代都做着同一件事，这在日本人看来是最平常不过的。这些人只有认命、信命、奉命，在承继和学习中留下一点人生的"白"。

　　墨色的树冠在雾中缓缓移动。

　　他们背靠的那棵古树，树干中心有个碗口大小的洞。洞的颜色比树皮要深，像是经年累月形成的一块疤。先是豆田仔仔细细地打量那洞，后来引得张铎也凑了过来。豆田说自己中文不够好，便向张铎请教该如何形容这个树洞。张铎挠着头想了一会儿，他说他也没见过这么奇怪的树洞——一个倒置的菱形，像是有人特意由外向里开了一扇窗。

　　张铎的话好像点醒了豆田，豆田忽然张开双臂挡在那个洞的前面。张铎没明白豆田在干什么，于是跑到树的另一边照着他的样子也张开手臂。他们几乎同时拥树而抱。树干将近三米粗，要五个结实的壮汉手手相连才能勉强地将它环抱。没办法，两个人，就只能似他们这般楚河汉界地隔着。过了一会儿，豆田突然大笑起来。他说他终于想明白山上的美术馆要怎开窗了。

"不如做一个内向的建筑？"

建筑跟人一样，也可以从内向外展开。越往前走，这样的楠树越多。参天的古桢楠将路分作两岸，他们就在山缝中穿行。雾从树腰漫下来，一直盖过地面。树根处总是布满了大大小小的苔，形状不一，各自向阴生长。路上经过的石佛也融化在白雾里，身上披着一件青绿色的袈裟。眼看着山门就在眼前，他们却还是走了一里路。

雾浓了之后，太阳反倒显得更倦了，丝毫没有要升起的意思。

伽蓝寺在这山里是独门独户，木栈道后面又是几百级的石阶，一律是空落落、静悄悄的。他们拾级而上，终于在山门前的一盏石灯旁边歇下。张铎说他再也爬不动了，他认输。人到了门边，依然觉得山寺里鸦雀无声，听不到僧人做早课的声音，也听不到有人留在门房等他们。豆田靠在那盏石灯上，深吸了一口气，开始讲一个禅宗故事。

这个故事是关于三个和尚和一只猫的。不，其实有四个和尚。起事的人是唐朝著名的南泉禅师。有一天，南泉发现寺里有两个僧人为了一只猫起了争执。那只猫美艳极了，他们在争到底是谁先发现这只猫的，谁有权将这只猫占为己有。这两个小僧僵持不下，于是找来南泉主持公道。可是南泉二话不说，拿起一把刀将那美猫斩成两截。两个爱猫的僧人自是唏嘘不已，根本不知道该做何反应。这时候，第四个和尚，也就是赵州从谂，从寺外归来。南泉向赵州询问他的看法。赵州听后一言不发。他将脚上的草鞋脱下，倒过来扣在头上，慢悠悠地离开了僧寮。

故事讲完了，又好像什么也没讲。月光一般的日光下，岩石的清洌悄悄摇晃出两张沉思的脸，古人的跫音渐渐消失在倾圮的独木桥上。雾水沾湿了小腿，甚至脸。眼看着那座桥已经离他们很远了。豆田一边摸着石灯内芯的青苔，一边问张铎道："你觉得这个禅宗故事说明了什么道理？"

张铎摇了摇头。不明白。他说没经过佛堂生活的人没办法真正顿悟。

山前面那道陡峭的斜坡是他们与山门之间的最后一道屏障，仿若一堵黑魆魆的墙。墙的旁侧和后面都有小山，跨过小山才算是真正入了这山寺。他们来迟了，寺里大殿的僧侣们已经在念最后一遍《楞严经》了。

众人随着经文，每唱一句叩钟一声。

"妙湛总持不动尊，首楞严王世希有。"

叩钟。

"销我亿劫颠倒想，不历僧祇获法身。"

叩钟。

那钟声丝毫不像是从这殿内发出，而像是从它背后的山窝发出。山音，夹着风声与涛声和晨雾即将散去的促音，从众僧的身上鸣啸而过。直到他们落座了，过了很久，山音才在引磬和木鱼的敲击声中消隐下去。张铎和豆田分坐在排班两边，面对着面跏趺而坐。一声引磬，一声铃。这样的节奏不知道持续了多久，直到它变成一声引磬，转身向上，再一声引磬，问询，他们听见住持口中宣讲着"完毕"，相继看到众僧合掌站立，他们也跟着站了起来。大殿的正中，微微发福的贾老板带着老住持往他们这边走来。

雾散了。寺内的每一扇窗都向内开着，透过刻着卍字的镂空木窗，可以看见做完早课的僧侣陆续回到各自的禅房。张铎的脑海中闪现出入寺之后见过的一块乌木烫金的匾额，上面刻了四个字——莫向外求。他对贾老板和豆田说，他们可以试着做一个内向的建筑。内向的，自然就用不着过分强求。接下来的一整天，他们都没有议论要怎么做这个建筑。到了晚上，在住持的山房，偶尔发出了几声骇笑。原来是豆田先生又在讲什么猫的公案了。

四

东方剧场的深化图纸出来了。于晓月对剧场内部的设计怀有几分好奇，扫视一眼。她看到，一扇门从防空洞里探出，门扉同外界相接。这次新添的廊桥与后台，沿用方家胡同本来的结构，做旧。保留斑驳陆离的墙面，让光可以从舞台的四方泻进来。

于晓丹拿着这一摞图纸来方家胡同找阿照。她在胡同口远远地看到，阿照和廖世奇正坐在树下喝茶。她很惊讶地发现，一个正方形的大框已经架了起来。先是在刨开了的防空洞四端立起木柱，框的内围也竖了多根立柱，纵横交错的。

等她走到他们跟前，阿照先开口问她，还记不记得她们第一次见面时的情景。

于晓丹说，廖世奇给他们做了介绍。廖世奇当时告诉她，阿照是东方剧场的项目负责人。还说她是一个表演艺术家。

阿照思考了一下，问道："表演艺术家是什么意思？"

"不知道。"于晓丹把图纸交到廖世奇手上，同时瞥了他一眼说，"那要问问介绍人了。"

"就像我说我是建筑师一样，徒有其名。我啊，不过是一个给阿照画图的人。"廖世奇翻着图纸，头也不抬地说。

"嗯？"阿照在接收图纸的文件上签了名，后知后觉地说，"我才反应过来，廖工你这是在骂我哩？"

那天他们还说了什么，于晓丹记不清了。

第二天，她很早就送阿照去机场了。去机场的路上，沿途是开得正好的春花。三环以里，开得最盛的是紫红色和白色的玉兰。上了机场辅路，路上还多了一些海棠、碧桃和野迎春，它们藏在成林的杨树间，一阵紧似一阵地绽开着。

阿照说，她这次回东京是为了给江苏昆剧院的几位老师引荐有"日本梅兰芳"之称的坂东玉三郎。说到梅兰芳，阿照清了清嗓子像是要唱点什么，可又立马刹住了闸。她说她喜欢一个人在浴室里哼两句梅兰芳的《贵妃醉酒》，这一出是坂东玉三郎也唱过的。但是到了于晓丹面前，她一个字也唱不出来。她只能挑点鸡毛蒜皮的小玩意儿，随便唱唱。她向于晓丹请教杨玉环经常挂在嘴边的"啐啐啐"是什么意思。这话，是杨玉环对宦官高力士讲的，《红楼梦》里的王熙凤也有这"啐"人的特权。于晓丹这时才记起他们头天开玩笑时说的话，回答道，如果阿照昨日对着廖世奇一阵"啐啐啐"，那真是再恰当不过了。不过阿照说她可不敢，她怕惹了廖世奇，晓丹要来跟她拼命。

那个早晨，真心话伴着玩笑，话语零碎。

一想到阿照看穿了自己的心事，不知怎的，于晓丹就有点拘束了。汽车驶出收费站，她问阿照还记不记得那天豆田先生打头走在隧道里嘟囔的话。阿照笑了，她当然听见了。她不只听见，还听得格外清楚。她用日文

飞快地复述了一遍豆田当时说的话——"ちゅうちゅうたこかいな"。她说这是日本的一种两两计数的歌谣，相当于"二、四、六、八、十"这串数字，从二数到十。在日本，从小童到老妪几乎没人不知道这句谣曲。

"我表演的时候也会打这个拍子。能剧也好，昆曲也罢，古老的艺术能够流传至今，靠的是表演者身上流淌过的共同节奏。"阿照说，她想成为一个真正的表演艺术家，一个演艺者，"假如哪天我达到了坂东玉三郎的水平，那是因为我用无数的鼓点、局部、细节把这个舞台说清楚了，也就能反过来证明我的身体可以适应这个舞台。"

阿照还说，尽管自己和豆田都来自日本，两人又都是中国文化的拥趸，然而他们之间还是有着明显的不同。豆田先生是老一辈的日本人，就像日语里的平假名，主要是用来书写本土用语。阿照认为，她这样的年轻一代跟老一代比，更像是片假名，倘若不是用来书写外来语中的专有名词，那么她在单纯的日语环境中并派不上什么用处。

"阿照，你为什么不能是平假名呢？"

"这个嘛，我举个例子你就明白了。"阿照说，"'礼物'这个词在日语里有两种说法，你可以用'プレゼント'，也可以用'お土産'。看上去好像都是在说礼物，但是两个词的含义截然不同。你听'プレゼント'的发音就知道，它说的是外国人过圣诞节送的那种礼物——present。"

"那另一个词是？"

"お土産，お土産，"阿照说着重复了两遍，"光听这个'お'开头的音你就知道它是日本本土的东西。我要是去趟苏州，回来时坐高铁路过山东，给你捎回来一只德州扒鸡，这就叫作'お土産'。"

"明白了。那我和豆田先生都应该是'お土産'这一组的。"

车停下了，笑声小了。于晓丹帮阿照从后备厢里取出行李。她们的路线是错开的，因此要暂时在这里告别了。

阿照从手提包里取出一本书，交到于晓丹手上。

"上次豆田先生托你带来的这本《近代能乐集》，我已经批注完了。麻烦你下次见到他时，帮我转交给他。"

"好的。"

"读读《葵上》这出戏。"

"上回在你家不是读过了吗？"于晓丹接过书，翻看着说。

"再读一次嘛。"

"对了，我们上次读到哪里来着？"

"这里，读到'别再说这种话了'。"于晓丹笑着对阿照说，并指给她看，"你的六条妃子还在苦苦追寻她的光源氏呢。"

"说不定我会在东京街头重循他们的脚步哩。"

"要是六条提前知道了故事的结局，那她很可能就停止了寻找。"

"不，也许六条已经找到他了。"

阿照低声说着，临走前给了于晓丹一个拥抱。

"那些没读完的故事，回来继续。"

于晓丹看着阿照的背影，尽管她们在一起的时间不多，但每次她总能在阿照这里获得一些慰藉。在这灰色的世界中，只有阿照是生气勃勃的。

阿照对舞台的渴望就像赤裸的肌肤，在她们告别时传到了她身上。一种周身腾起的少女气息在频频鼓荡。于晓丹微微打着寒战。这种轻微的颤抖一直持续到她与廖世奇碰面。

五

他们同时出现在方家胡同的地下，戴着施工安全帽，站在尚未修筑完成的剧院穹顶下，看闪电的光和燧石的火从他们的头上一闪而过。

一切都发生得过于自然，他在黑暗中吻了她的嘴和眼。她温柔而坚定地推开了他，指给他看不远处正在舞台上作业的工人。还有别人在呢。只有舞台一角，虚妄地点着一盏灯。他向后退，她就缓缓地跟着他后退。她从没想过这个防空洞有这么大，工人从入口处走到他们所在的洞壁这里，可要走上一会儿。

她看到工人把铁皮一块块地传到松木框子上方，叮叮咚咚地敲了起来。银亮亮的崭新铁皮，天黑前都盖起来了。还有里头的隔断，也都成形了，舞台是舞台，观众席是观众席，一盖上屋顶，里头就全部暗下来了。

从舞台走到观众席，泥地上没铺任何东西，脚步杂沓。防空洞里，土地被踩得微微渗出水了，有股淡淡的沼泽味。

观众席上放了一个小马扎，这是工人拿来定位用的。马扎的这边是观众席，马扎的那边是用一堵黑砖砌成的墙壁，挡住了那边的舞台。有个工人将角落的灯提了起来，快速地走过那堵墙。灯影倏地一晃，照出了那面砖墙竟不是墙，而是一块结结实实的幕布。一眼看上去，幕布很黑很高还很重，黑夜般通天，通天般的没有边际。

"那时候如果我们睡了该有多好。"

于晓丹陡地抬起头来。她那轻靠在廖世奇颈窝的嘴唇和眼睛飞起了潮红。他在问她，想起"那时候"了吗？她想起来了吗？她小声重复着，不觉之间廖世奇的话把她的身体都染红了。她能感受到自己耳根发烫，背脊的骨头就要把她的皮肤烧出个洞来。她没有自讨没趣地问他是不是爱她。再没把握的话，索性将"爱"替换成"喜欢"。她知道自己不是第一个，也不会是最后一个。"那时候"的她差一点就把这句话问出口，在他们记忆中的许多个"那时候"。

廖世奇挽起了她的手。他说："真像是一场梦。"

他的热渐渐侵入她这里，从他们相连的触点——嘴、眼、手、肘和肩膀。他的喉咙有点痒，所以他说，只有亲吻才能让他不咳出声来。他低头看她。她正将他的手指一节节弯起来，屈指数着数。

"你在数什么？"

他问过之后，她又掰着手默默数了一阵。

"我在数啊，我来了你的公司多久。我在数，你多少天没有回自己的家。然后，我在数，我们上一次这样子是什么时候。"

"说说看最后一个问题的答案。"

"哦，第七百八十五天了。上次有这样的感觉是在七百八十四天之前。"

"你怎么能记得这么清楚？"

"我该回去了。"

"回哪里去？"

微暗的光，闪过她那素白的肌肤，发出贝壳一样的光泽。贝壳的棱角已经被磨平了，她这几年的下颌线不如年轻时那么明显了。

"世奇，你了解我的心情吗？"

"当然了解。"

"既然了解，那你倒是说说看。"

没等他回答，她又放低声音说："你还是别说了。有些话一说出口，你就没办法跟自己交代了。"

"晓丹，你错了。我没把自己看得那么重要。"

"你不是还有个太太在纽约，要怎么跟她交代？"

"不是太太。"

"未婚妻和太太有什么区别？"

"像你这么追问，你要我怎么跟你交代清楚呢？"

"谁要你跟我交代了……"于晓丹的话音未落，他们就同时瞅见一团火一样的东西向他们跑来。火越来越近，近了他们的身才化作一盏灯。提灯人的声音里夹着几分急切，他是来找廖工出去对接施工方的。

廖世奇说他去去就来。

于晓丹说她这次不会等太久。

她坐在剧场内唯一一个座位，破破烂烂的小马扎上。

她面朝正台而坐，等他。在她的正前方，几个工人聚集起来了，他们人手一个大碗，蹲坐成一排。他们在吃面。他们中的一个人嚷了句什么，接着就有个人站了起来，从地上捡起灯往于晓丹这边走。

微明的灯火勉强把黑暗推开数尺。远远看去，在明暗之间移动的人影就像是在梦里。

过了没多久，微光从于晓丹的背后掠过，直直地投在空白的洞壁上。那是舞台的位置，现在被工人们改造成了一面临时的电影幕墙。他们在看一部说不上名字的老电影。电影墙下面，胡乱地涂着几个"马到成功"之类的大字。他们没开声音，只有黑白的画面在幕墙跳跃。这些工人用一种活泼欢乐的调子唱起他们家乡的歌。歌中有牧马人和远方，荒原与爱情。即便她扣住耳朵不听，那歌声依然在整个剧场中旋荡。

她想起张铎过去跟她提过的一句话。大概是说"丈夫"这个词在英语世界，本就带有节俭这一层含义。不敢越界的感情。这种"不敢"里也包含着一种节俭。丈夫，一丈之内才为夫。不敢用，生怕一用就把它用光耗尽了。这便是中国人的爱情，哪怕是爱都要省着点来。不敢。爱的不是一整个人，一次爱不了一个人，爱上了还要佯装没有全心交付。

她坐不住了，像廖世奇这样在美国生活惯了的中国人，最知道怎么打着爱的名号来钻空子,不但要跟她讲中国人的勤俭,还要跟她谈美国人的自由。她坐不住了,再坐下去,等着她的是更多的无可奈何与无言以对。她默默闭上了双眼,心里重复着廖世奇走之前说过的一句话:真像是一场梦……

梦是不必负责的。

梦是节俭的。

应许的爱情或许从不存在。他那么节俭的一个人,当时应该这么说就好了——"真像是一场梦……"

"可我从不做梦。"

他回来了,替她把这话收了个尾。那一晚,他的嘴始终没离开过她的嘴。他们紧紧相拥,分不清是谁在说话。不敢说也得说,那些最无耻下流的话。

昏暗的镜,流着口水的梦,漏了光的夜拱起他们的背。

肉身有温度,建筑也有。有的土热,有的墙冷。后来,她的影子沿冷墙摸黑而去,在坍完了的热土堆前稍作歇脚。可他却追了上来,逮住她,他说地基还没有打好。为了他们的剧场,每一层地基都要再做加固。她对他说:爱要节俭。可他不听,屎,他还在打地基呢!夯土,土里面全是水。水底下还有种子。

无边无际,也仿佛无始无终。连着几天,跌向一个没有光的世界。

在这世界里,他们需要向彼此坦诚。

第四章 舞台(正面)

一

清明节三天假,廖世奇病了三天。他在公司强忍着头痛改方案,不吃、不喝、不洗、不睡,手上的烟一支接着一支。多日的疲劳揉碎了身体,他回到家,烟还没来得及点,就瘫倒在沙发上。

昏睡了一整天之后,第二天下午他才苏醒过来。非常口渴。醒来之后,他把冰箱里能喝的东西全都拿了出来。冰箱门沿积了厚厚一层尘垢,和蛋托的底座一样,格子形的。他一边喝水一边想,记不清什么时候买过鸡蛋的。这时，传来了轻轻的敲门声。

门半开半掩着，于晓丹推开门走了进来。

"你在家啊？"

"啊。"

"我昨晚来找你，怎么敲都没人理我。"

于晓丹摘下她的遮阳帽。她没有脱大衣就坐到了客厅的沙发上。她望着身旁皱成一团的被子和衣物，在走过它们之前顺手整理了几下。

"不知道你要来，家里有点乱。"

于晓丹不紧不慢地叠好沙发上的被子。等她把廖世奇的衣服都拾掇好了，家的样子又出来了。随后，她把进门时随手放在玄关处的一个纸箱搬进书房。

"东方剧场的模型要放在哪里？"

书房里没有一堵空墙，四面环绕的是顶天立地的书架，由上到下摆满了书。最上面的是海外最新出版发行的建筑师传记，纸张轻薄的那种。最下面放着数不清的画册与图录，精美的铜版纸叠在一起，只看书脊也能感受到它们的金贵。中间摆着的是书，还是书。廖世奇最常看的一些理论书，按照拜占庭、哥特、文艺复兴、巴洛克、新古典主义、现代主义和后现代主义分成不同的区域，卷帙的细分程度可以与"大英百科全书"一较高下。

在这些书的旁边，放着廖世奇的一些单人照，以及他的一些获奖证书。这些东西与书房中央的模型展示柜齐平，恰好构成了这间屋子的"海平面"。

顺着"海平面"再往前看，一本路易斯·康的手稿集被摊开倒扣，横在书架与展示柜之间的地板上。

廖世奇看上去有些虚弱，在于晓丹把那本手稿集拿起来的时候，他试图按住那本书的书脊。

他说："没必要在这个时候读它。"

然而，于晓丹还是把这本书翻开，自顾自地看了起来。

廖世奇指了指书房一角摆着的纸箱子，说："这本也是我托人从纽约寄来的。布面做的精装本。这样的书我家有一千多本，但是都不如这本珍贵。这是路易斯·康生前未完成的项目。"

于晓丹念出书名。

廖世奇凑到她的耳边。

"有没有人说过,你低头的时候很好看?"

"你又骗人。前些天,我明明记得你说我那里的曲线很美。"

"你的屁股确实很美,手感特别好。"

"这听着像是夸我,其实是在骂我。"

"怎么是骂你?我一个病人哪里还有力气骂你。"廖世奇说着凑得更近了,他把手搭在她的肩膀上。

于晓丹打趣他,说他活该生这场病,烧死了才好。他听后满心高兴,由着自己的下巴顺着她的大腿内侧移动。他的胡茬把她扎痒了,她动弹着想要挣扎。这一动,他反倒把她抱得更紧了。

"你这是在做什么?"

"嘘,别出声。我现在做的是'建筑消解'。"

廖世奇一个人抿着嘴笑。不出片刻,他的嘴已经绘出了一张由她身体做成的地图。廖世奇在每个建筑单位上留下一个吻。轻轻地,不着痕迹。这是他们的纪念碑。

他说:"这也是跟路易斯·康学的。"

按照廖世奇的说法,他们手边的这本图集里,路易斯·康在多米尼克修道院这个项目中改了十几稿。最后,建筑变成了人,各个器官合在一起组成了有机体。修道院的入口塔、教堂、学校、食堂,每一个单体建筑对应着一种功能。触碰、轻抚、摩挲、抚弄,他习惯用"建筑消解"的方法来爱一个人。

他还说,好的建筑应该具备三个要素:首先要让人紧张,看见它时不自觉地心跳加快;然后会忍不住想要抚摸它的肌理,感受它的物质性,它的温度;再好一点的建筑,它的里外空间会迥然不同,人只有亲身走入,才能感受到房子的"别有洞天"。

"那空间可能比外面看上去要大很多,你越往里面走越大。走到最后,你发现你根本不想出去了。"

于晓丹趴在廖世奇的大腿上。她顺着廖世奇的话,歪过头来观察自己的屁股。

"平衡不一定需要对称。"廖世奇俯下身去，把脸贴在于晓丹的腰间。随后，他再次用他的胡荐蹭她的屁股，三重一轻地磨，磨磨蹭蹭着说，"就像这里。左右两边不对称，但也构成了一种平衡。真美啊。"

"别乱摸。"

半天下来，于晓丹照拂着他。可她心里知道，除了那件事之外，他几乎不需要她的帮助。廖世奇还发着烧。于晓丹靠着他滚烫的身体侧过头来，节节突起的后脊椎骨扭出娇嗔的曲线。她的后领露出好大一片雪白的脖颈，像是午后的雪落在温热的口腔，她随着他的身体在融化。

他一时性急，一把将她拦腰抱起。

温暖厚实的大掌，连茧子都是意乱情迷的模样。

他发觉自己完全不受控制地强烈抽搐，把一幢房子，蓄满了水的房子，满登登地塞进了她的身体。

她犹如被逐层消解的建筑，渐渐地失去了顾忌。看她的反应，说不定刚好是女人每月最容易受孕的那几天。

地基打下去，打在沃土上。

一结束，他们喘着气不知不觉睡着了。

过了半晌，于晓丹蓦地冒出一句："路易斯·康哪里都好，就是不懂得爱情。"

"他怎么不懂了？"

"他让每一个爱过他的女人都很痛苦。"

"痛苦吗？康死了之后，他的女人回想起他时，眼睛都在发光。"

"你跟我说实话。你们男人是不是都希望自己的种子遍布天下？"于晓丹特意强调了"天下"二字。

"有一些人吧，不包括我。"

"那你呢？"于晓丹用不自然的口吻说，"你也会跟没有多少感情的女人做爱吗？"

"说起来，咱俩在纽约的时候，其实没见过几面。"

于晓丹啪的一下拍到廖世奇的脑门，接着把脸转过去背对着他说："让你胡说。"

"有时候，男人会怕。"廖世奇笑着叹了一口气，"男人最怕惹上那种对爱特别投入的女人。她们一旦缠上了你，就会在你面前疯狂燃烧自己。"

"那也是被你们男人给逼的。"

"唔系。"廖世奇意识到自己说了一句广东话，赶快又折回到普通话上来，"不是。这种疯狂是一种表演，自我感动的成分居多。"

"我不同意。"

"你知道一个人一天最多能打多少通电话吗？"

于晓丹低着头。

"可以打一百三十五通电话。"

"那你最后还不是接了？"

"我怎么敢。"

"你应该问问你自己，你的内心在害怕什么。"

这一回，轮到廖世奇低头了。

"你说得对，路易斯·康的三个女人也有可能是幸福的。因为她们在等待中度过了自己的一生。"

"我一次也没有等过别人。"

"这不妨碍有人愿意等你。"

廖世奇像是在回顾自己的过去似的，长时间沉默不语。他再开口之前勉勉强强地站了起来，哗啦一声拉开窗帘让她看。

嵌在窗框里的绿色，不分先后地涌进于晓丹的视野。她看到，许多尘埃在夕阳下往上升，缓慢地闪着金光。直到有一些粗颗粒的灰尘飘了进来，她才发现原来它们是杨絮。大一点的放在手掌心，跟冬日的雪花差不多。这处风景里没有杨树，也不见鸟雀。偶尔有几声鸟声从远处传来，他们同时探出头去找。

廖世奇突然转头看向于晓丹，对她说："你是个好女人。"

"怎么个好法？"

"好就是好。"

"你现在了解我，才会说我好。"于晓丹从腰后轻轻抱住廖世奇，她有点难为情地把脸埋在他的背后，"我看我还是不说话比较好，你不是喜欢我低头吗？"

廖世奇将手伸向背后，慢慢抓住她的手。

"一个男人要是彻底懂得一个女人,就不会爱她了。"

于晓丹闭着眼,将门牙抵在他脖子上。

"你从来不提你的童年。"

"我觉得没什么好说的。"

"你爸妈是做什么的?跟你一样也做建筑吗?"

"他们是普通人。我们一家人住在土瓜湾的一间劏房里。"

"什么是劏房?"

"就是那种很旧的唐楼,一间房分切给几家人用。"

"我想起来了,王家卫的电影里有很多这种房子。"

"劏房哪有那么高级?"廖世奇用手刮了一下于晓丹的鼻子,"我的一些老邻居现在还住在这样的房子,打开门只能侧身蹭进屋来。屋里的人要是忘了拿走门口的换鞋凳,再折回来,就连门也推不开。"

"不会吧?"

"你没见过不到一百平方尺的家。开门见山,而且没有窗。"

"一百平方尺也就不到十平方米吧?"

"对啊,不到十平方米住了我们一家六口。"廖世奇继续说,"不,应该说一家五口。因为世伟两岁就死了。小时候太穷,爸妈经常带我们去教堂领免费的圣餐。有一次世伟发高烧,病情刚有好转,我妈就背着他去了教堂。我妈看他想吃,就拼命给他嘴里喂鸡胸肉,结果世伟在呕吐时呛死了。"

于晓丹惊讶地看着廖世奇。

"我就说你不会想知道我在香港的生活。"

"你说吧,我想听……"

廖世奇耸耸肩,没再继续下去。

"我这样的女人有什么好?"于晓丹忽然有些哽咽,"从头一回见你到现在,我每天都在告诫自己,不要让事情发展到今天这个地步。"

廖世奇点了点头。

"我们的事情,你准备好跟张铎说了吗?"于晓丹将声音从她身体的每个部位挤出,她的心里没底了。

廖世奇茫然一笑,"嗯,我们的什么事情?"

二

清明之后是谷雨。过了谷雨，春天才算是真正结束了。

赶在春末，于晓丹收到了两封信。一封是纸质的，一封是电子邮件。那封纸质的快件是从东京寄来的。她拆开包裹之后一看，里面放着一副能剧面具。面具的眼睛周围涂满了金泥，她一眼便认出了它，这是泥眼。

阿照随信另附了一张纸条，上面写着在舞台上使用泥眼的技法：

一、能面上仰时是"照"，用来表示人物远望，或者高兴的情绪；

二、能面向下时被称作"昙"，用来表现悲伤、哭泣，又或者是心中深刻的决意；

三、如果不上也不下，只是静静地左右回看，那么这是"用面"，专指那些侧耳追听风声和虫声的主人公。

于晓丹还没来得及搞清楚这三种技法之间的区别，一封电子邮件就打断了她。那封邮件没有标题，内容寥寥，只写了寄件人什么时候到北京。于晓丹如往常一样点开邮件左上角的小头像。她想要通过这张看不清楚的头像获得更多信息。邮件背后藏着一个人。这个人在现实生活中有着结结实实的模样。

于晓丹向来是沉着惯了的。她的沉着一半来源于她的诚实，毫不装腔作势；另一半是因为她的寡淡，她认为自己普通到没什么可以向外人炫耀。然而，邮件中的这个女人处在一片热带雨林中——她从热腾腾冒着沼气的水面浮出身子，桃腮杏脸，粉颈酥胸。她是海，海的气味湿湿黏黏的，令人泫然欲泣。流口水，流鼻涕，流哈喇子。

于晓丹只与照片中的女人对视了一眼，她当即做出了决定。

电脑上弹出一条提醒："确认要清空垃圾箱里的邮件？"

虽说是雨生百谷，谷雨那一天却没有下雨。风是热的，胡同口的鸟笼也是热的。空气中弥漫着一种咸腥的味道，那是百谷祈雨时散发出的荷尔蒙，郁郁蒸蒸，都是暖的。

过了清明，于晓丹的胃口变得很差，她闻不了这个味道。可是一上班，周一早上就在工位上撞见Kira。Kira坐在她的位置上，正在翻昨天的报纸。

"晓丹姐，咱们又见面了！"这个女孩放下手中的报纸，大步流星地迎上来说。

"新报纸要去楼下拿。"于晓丹只回了这么一句。

"昨天的报纸上出了个凶杀案，还蛮好看的。"Kira说，"晓丹姐要看看吗？"

"我不看，报纸上的人死了，跟我没关系。"

Kira听了一愣。这话她接不上。她缓缓地从工位上站了起来，又故意把话题绕开，说明自己的来意——她是来实习的，只为了消解于晓丹这莫名其妙的敌意。算来算去，她说自己顶多在这里干三个月。

秘书的工位只有一个，于晓丹坐下了，Kira就只能站着。

等到廖世奇来了，远远就看到Kira站在过道冲他招手。他也象征性地回招了一下手。

这个动作可是给了Kira不小的鼓励。她一屁股坐到于晓丹的桌子上，跷起一条腿来，拿出化妆镜开始补妆。

Kira来势汹汹，这让于晓丹多少有些畏怯。她知道，被她亲手删掉的那封邮件是Kira写给廖世奇的。于晓丹打开邮件时的忐忑，围绕着她对他们在一起时的想象，当她一想到廖世奇的手即将触碰另一个女人的背、女人的胯骨、女人的屁股，她就坐不住了。她没办法容忍他对着其他女人做"建筑消解"。

"公司没有欢迎一个实习生的道理。"于晓丹现在替豆田先生管账，她明确告诉张铎这顿迎新饭吃得不合规矩。张铎拿纽约的旧交情来搪塞于晓丹，没承想于晓丹根本不吃他这一套。

如果不是豆田先生出面，张铎的撺掇恐怕就此搁浅了。豆田很会打中国人的太极，别人僵持再久的静态也能被他打破。他更是有一种耐力，旁人听得满头雾水，他还能不歇地频频劝诫。他嘴上不提，私底下却没少做几方的工作。豆田背着于晓丹给他们几个都发了邀请函，发到于晓丹手上时已经是最后一封。豆田先生说，他夫人下厨烧一桌"谷雨家常菜"。还有，大家都来。

于晓丹来晚了。迟到的理由也很充分，她在帮着财务整理去年的报销单。豆田的儿子为她开了门，她顺手把路上买的蛋糕交给了孩子。客厅离玄关不远，于晓丹换鞋时看到豆田先生和他的太太挪开椅子站起来，等着她落座。前菜已经撤了下去，Kira正在往廖世奇的碗里扔东西。她走近了才发现，他们在喝红菜汤。Kira看了一眼于晓丹，没说话。倒是张铎赶忙向于晓丹解释说，廖工人好，他帮Kira把胡萝卜吃了。

"晓丹姐，我对胡萝卜过敏。"

"那你应该连汤都不要喝。"

于晓丹陪着他们说了一会儿话，北京的天气、纽约的时局，还有日本的风土人情，没有一个字沾到廖世奇和Kira。

他们都喝多了。不知道是谁先提起仓颉，说是每逢谷雨都要拜祭仓颉。

于晓丹背着光立在客厅一角，抽着烟。她听到豆田先生在说话，她的老公张铎在搭话。他们议论着，到底是黄帝还是炎帝在春末夏初宣布仓颉创造文字这项伟绩，自此便有了"万古不长夜，斯文焕初启"的传统。

仓颉造字之日，刚好下了一场谷子雨。

"仓颉要是生在当代，指不定在做什么呢。"

"他要是来做建筑，可能就没咱们什么事了。"

"此话怎讲？"

"他造的哪里是文字。"张铎又自斟了一杯，"能够驱赶长夜的，这分明是光嘛。"

他们已经喝到说了上句没下句的地步。张铎搀着豆田蹀步到廖世奇面前，向他汇报他们的成都之行。

他们说，将近谷雨，山里的水汽从未断过。留给牧溪的那一间房，窗向内开着。透过窗往外看，山景是一条缝，人是另外一条。人有内向外向之分，建筑也有。人在内向的建筑里做位移，时间也跟着变慢了。慢慢地生，慢慢地死，慢到觉察不出昼夜更替，慢到看不见光。

"日本人重视这个'慢'，其实是跟中国古人学的。"

豆田从成都的项目说到日本人，穷极无聊，眼看着又要讲起南泉斩猫那桩禅宗公案了，张铎扑过去捂住豆田的嘴。张铎猛然起身，那动作简直要把他身旁的豆田先生带倒。

"我提议，咱们来玩个游戏！"

说着，张铎转过身来冲着豆田，等待着他的回答。然后他又接着说，"豆田君，就玩你上次在伽蓝寺里教我和贾总的那个游戏，叫什么'投啦投啦'的。"

"啊？"豆田不禁一愣，"你说的是とらとら吧。"

"对，反正就是我玩输了的那个猜拳游戏。"

"输了可要罚酒呢。"

"我喝不动了。"Kira的语气异常慵懒，她说着看向张铎。

"别怕，师傅罩着你。"张铎拍着胸脯说。

于晓丹咳嗽了一声。

"还是我替Kira喝吧。"廖世奇抬起头来，正好与于晓丹的视线相遇。

张铎说："别废话了！豆田君，你来讲讲游戏的规则。"

"とらとら这个游戏原本是日本宴会时客人和艺伎之间玩的。"豆田说着从书房里搬出一扇屏风。他站在屏风前解释道，"客人和艺伎要像我这样分别站在屏风的两侧。只要音乐一停，客人和艺伎就要在屏风后面摆出下面三种姿势中的一种——老虎，趴下身来张大嘴，一副要吃人的样子；和藤内，也就是郑成功，做双手持长枪的姿势……"

Kira打断了豆田的话说："好复杂啊，我听不懂，我看我还是别玩了。"

"豆田君，你怎么回事？"张铎从旁调解似的说，"简单一点！在座的都是俗人，玩个游戏还扯啥郑成功？"

于晓丹拍了拍Kira的肩膀，说："你必须得玩。"

"是剪刀石头布的游戏对吧？"廖世奇说，"我看不如把老虎、郑成功改成咱们最近都在看的东西，用能剧里的角色来分高下——般若能赢泥眼，泥眼能克慈童，慈童反过来又能赢般若。这样是不是好理解一点？"

"还是老板高明。不过Kira没跟过东方剧场的项目，她能明白这几个面具的意思吗？"

"廖工今早才跟我说，让Kira来帮着晓丹负责东方剧场的后期。"

"师傅！这还没上会呢，廖工今天才嘱咐过你，不能外传。"

"咱们这儿没有外人啊。"

"看样子是真机密了，你晓丹姐还不知道呢。"

"晓丹太忙了，我这么安排……"廖世奇刚想辩解。

"玩游戏吧。"于晓丹把这话接过来，直接吞了下去，她继续说，"我同意廖工的建议，就按般若、泥眼、慈童、般若这个顺序来。"

"般若、泥眼、慈童，这都什么跟什么啊……"Kira嘟着嘴说。

"你这么聪明，肯定没问题。"

于晓丹说罢站了起来，站到屏风的一侧。

廖世奇随即起身，走到屏风的另一侧，背对着豆田家的灶台。

"咱俩知道规则，第一轮就不参与了。"张铎瞥了一眼豆田，说，"让他们仨先PK一下。"

"请放心，我来做裁判好了。"

豆田先生说罢开始清唱一首歌谣。开始是非常缓慢的两个音，"と—ら—と—ら—"交替着不断重复。直到参加游戏的三个人各自准备好，于晓丹和廖世奇率先站到屏风的两边，这时豆田嘴里哼唱的歌谣才开始加快。

最后一个"ら"音落下时，屏风后面的两个人停止了动作。

Kira想向廖世奇暗示什么，结果被张铎的余光给截下了。

于晓丹直视着廖世奇的身影，廖世奇微笑着回望。

屏风被撤了下去。豆田先生宣布这一轮是于晓丹获胜，理由是"泥眼大于慈童"。

廖世奇认输。他接过张铎递来的酒，痛快地一饮而尽。

屏风又被搬了上来。这次，轮到Kira上场。

と，ら，と，ら，调子又升起来了。

Kira隔着屏风向对面的于晓丹盈盈地鞠了一躬，把她两只纤细的胳膊合抱在胸前。眼波流转，依次从豆田、张铎、廖世奇身上扫过，像是她轻轻解开衣带，让薄薄的丝裙顺溜滑下。

男人们一见辄心干口燥，浑身酥软，觉得人生无限美好。

と，ら，と，ら，歌谣越唱越快。

突然，歌声骤然停止，于晓丹竟没反应过来。但就在屏风被撤下去那一瞬间，她看到Kira脸上的表情有了变化。就在此刻，她看到Kira的双手快速举过头顶。

于晓丹想都没想就阻止道："她作弊。"

"我没有！"

"Kira是在屏风撤下去那一瞬间，才决定出'般若'的。"

"晓丹，你这么淡定的人怎么还输不起啦？"

张铎说着已经把给她的罚酒倒好了。

"晓丹姐……"

豆田先生有意把话头岔开，说："我想问题可能出在这面屏风上。它是牧溪山水画的仿作。从京都发货过来，运过一回。从廖老师的办公室来到我家，运了第二回。这样搬来运去难免会出状况，坏了吧？一个游戏者从屏风的木头缝里不小心看到另一个的表情，这种情况也是有可能发生的……"

眼看着众人就要给豆田这个台阶下，都侧着身子，笑语晏晏，很放松的模样。廖世奇也正准备接话。

就在这时，于晓丹一脚踹翻了屏风。

三

美术馆项目的老板贾总打来电话，指名要找豆田先生。于晓丹楼上楼下转了几次。直到下午开例会时，豆田还是没有来办公室。开会时聊到山中美术馆的后续进度，只能由张铎来顶替豆田做汇报。会后，于晓丹给贾总回了一个电话。贾总说自己倒不是为了房子的事找豆田，他是在思考豆田跟他讲过的那桩公案。

"南泉，猫。"于晓丹说着，用笔在纸上写下这两个词。

贾总有些不好意思，他犹豫了一下，最后还是把自己最近的禅修心得一五一十交代给了于晓丹这个陌生人。他明知道对方不是豆田，却还是一个劲地喊她豆田。他说："豆田君，你不知道，自从听了你的这则公案之后，我老婆说我变得很奇怪。我最近在股市赔了一笔不小的数目，可我一点都不难过。相反，我还挺高兴的。我现在就站在你和张铎设计的这个'牧溪小屋'，我眼前的一切风景，不过是在极其缓慢的时间里发生过的一个象。从象的本质出发，你是对的。因为斩猫是治标不治本的做法。斩了猫，它的美就消除了吗？斩猫这个行为很愚蠢啊，就像我过去努力挣钱一样，不过是活在象之内，不在象之外啊。我就是被这象给拖累了。"

于晓丹挂断电话之后，拿起桌上的茶杯就往茶水间去了。也就是前后脚的工夫，张铎跟着她进了茶水间。这天的例会，张铎三次提到豆田的名字，三次都被廖世奇打断了。廖世奇似乎正在避免一切与豆田相关的问题。可张铎不能理解，茫茫然，整个人失魂落魄的。

"究竟出了什么事，豆田人呢？"张铎说。

"我还想问你呢。"于晓丹往杯子里灌水，"全公司不是你跟豆田最熟吗？"

"他上周五早上跟我发信息说他要去一趟税务局，还问我税务局最早几点开门。"

"那就对上了。我最后一次见他是在周四晚上，我把上个月的报销单做好了交到他手上。"

"豆田去税务局干吗？"

一个多钟头后，于晓丹坐在一张椅子上，好像睡在那里，一动不动。全身上下只有她的那双手在使劲。她攥着一些稍后可能派得上用场的单子。可能是攥得过紧，反而挤掉了一张出来。她低头去捡，再抬头时被税务大厅天花板上的灯泡晃了眼睛。

太亮了。她头上顶着的不像是一个灯泡，倒像是太阳。大暑过后的骄阳。她不喜欢太阳，明晃晃的，太以自我为中心。她也不喜欢月亮，她觉得在夜晚发生的一切，都有偷梁换柱的嫌疑。

她在等一个四十出头的中年大姐，一个寅吃卯粮的公务员。那人让她等了三个半小时，见了面才知道，人其实不坏。这位大姐走过窄窄长长的过道，走过一个又一个像她这样等待着的人。光随着那人的步伐往前划，在那人拿着档案夹来到她面前时已经消失不见了。这位分管报税的核对员指着于晓丹屁股下的凳子告诉她，上个星期五，她也是在这里见了豆田。

豆田摘下了帽子，瘦小的个头佝在一张椅子上。他揣着清早在税务局门口便利店买的饭团，伸出一只食指来静静剥着饭团上面的包装纸。税务大厅天花板上的灯泡坏了一颗，唯独豆田头顶那一块没有光。他本来就是个安静的人，那一刻更是无话可说。剥开了海苔，还是用他的食指，挖出了包在饭团里面的梅子。一双眼睛也跟着陷了下去。他的眼眶发青，惨白的脸上只剩下两颗乌梅一样的瞳仁。

办事的大姐告诉于晓丹，如果不是东方剧场的搭建出了问题，搞出人命，也许还不会这么快查到他们头上。

"出了人命？"于晓丹问。

"你不知道吗？"大姐叹了口气说，"你们搭建的房子裂了一个大豁口，一个工人从房顶上掉下来，胳膊腿都摔断了。啊，你没看新闻啊？"

于晓丹不吭声了。

那位大姐继续说："我听说出事儿的时候，你那个日本同事就在现场。详情我不知道，我也管不着，你去问他。"

"他人不在你这儿？"

"要人，你不能跟我要啊！"办事员一撇嘴说，"我只管收钱。"

办事员大姐还说，从始至终，她没跟豆田撂过一句狠话。在这个公家的大厅里，她见过太多像豆田这样的人。实话实说，这些人的苦难对他们来说，不过是"小小寰球，有几个苍蝇碰壁，嗡嗡叫，几声凄厉，几声抽泣"而已。她也明白，这些追不到的坏发票赖在豆田身上，确实有点太难为他了。他究竟是一个外国人，何必来替中国老板揽下一切。那天，豆田在她门口坐了一整天。她中午去食堂打饭时，晚上下班时，都碰到了他。豆田一动不动地坐在原地。

办事大厅中央滚动着播放时事新闻，他们唯一共度的一段时光，就是两个人并排坐着，默默地盯着大屏幕看。他们看见，刚打好地基的剧场外挤满了记者。他们看到，失足坠楼的工人已经被送去医院了。他们还看到，救护车开走了以后，地上留下了一摊鲜血。

豆田从大姐手里接过补税单，然后他手里捏着的东西倏地掉落地上。

一颗被抠烂的梅子，血渗出。

四

廖世奇的桌子底下放着一个烧黑了的银色手提箱。箱子平摊在地上。于晓丹敲开他的门时，他正弯着腰用手理箱子里的钞票。

"税务局又来电话了。"

廖世奇仍然弓着身子，只答了一声："这事你找豆田。"

"如果这周末再不交，税务局那边会来人没收咱们的发票机。"

"你要是不愿意做，就叫Kira进来。"

"那要看你是想'做'什么。"于晓丹特意拉长了那个"做"字。

廖世奇这才抬眼看她。于晓丹穿着一件白衬衫，脑后系了一条白色的丝带。也许是系了白丝带的缘故，显得她身上的白衬衫更白了。视线下降，廖世奇的目光落到于晓丹浅绿色的条绒裤子上。那条裤子有点发旧了。白衬衫塞在绿裤子里。

"我让Kira去跟东方剧场的项目是为了你。"廖世奇说，"我不是怕你忙不过来吗？"

"是你让我过去帮豆田的，这下可倒好，我要跟他一起蹲大狱了。"

听了这话，廖世奇的脸一沉。

桌子下面全是钱。一张张平铺在地板上，还有打好捆的被拆到一半，跟着行李箱掉了出来。

廖世奇用胳膊肘把钱往回兜了兜，说："晓丹，我不喜欢你现在这样。"

"如果你是路易斯·康，你会怎么处理这些钱？"

"我不是每件事都要请教他老人家吧？"

"这些钱加起来应该够补税了吧？"

"晓丹，其实你一点都不了解我。"

"那你更该告诉我这些钱是从哪儿来的。"

廖世奇拉上了办公室的窗帘。他东拉西扯地提起了那次宴罢归途，在纽约，他曾让她坐在自己的膝盖上。他手舞足蹈地比画着什么，想要抓住全世界。他记不清她那个时候的容貌，却还记得车窗外飞驰而过的星星。他的手紧贴着她，看不清她的脸。

"你清楚，我给不了你想要的……"

廖世奇猛地一抽身站了起来，怀里的钱箱子完全跌了出来，他又赶忙蹲下去捡。那样子好不尴尬。

于晓丹索性背过身去，说："美术馆的贾总早上打电话来了。"

"你去应付一下吧。"

"他好像还不知道豆田出事了。"

"你听说了豆田的什么事？"

"你觉得我听说什么了？"

"先不要跟这个姓贾的提豆田。他再来问，你就说豆田回日本了。"

"那工地上死的人呢？"

"这不干你的事。"

"死的可是一个人啊。"

"就是死了一个人嘛。"廖世奇倒吸了口气，"还有，那人还没死呢！"

"我照着税单查了一遍，也看过图纸了。"于晓丹的声音哽咽了，她继续说道，"问题出在剧场外面的廊桥。你倒是说说看，为什么要换材料？"

"你搞搞清楚，不是我要换，是豆田说用便宜一点的也没关系。"

"你现在在干吗？"

"你看见了，我在数钱。"

"我不是说这个。"于晓丹也叹了一口气，"你跟我去趟税务局吧。"

"于晓丹，你知道我们为什么走不下去吗？"

"因为，我们不是一类人。"

"你又知？点解你乜都知，呢个世界冇嘢你唔知啊？"

"我当然有不知道的……现在我就不知道，你是突然变得这么爱钱，还是你从小就已经是这副德行了？"

"我同你讲，于晓丹。"廖世奇切回到普通话，说，"再有人跑来问你豆田去哪里了，你就回他们一句话——'他他妈的跟那个傻×工人一样，都死了！'"

于晓丹愣住了，她不知道自己该做什么反应。那种感觉就像是有人从她的房子里搬走了，还假装自己从没来过。

她在心里告诉自己，再新、再好、再漂亮的房子都不会永远很新，很好，很漂亮。一旦屋顶的铁皮有了破洞，就会有无数个破洞。等到天亮了，日光投进去，丛丛野草也就从地面长了起来。台柱子也都崩塌了，房梁露出成排锈蚀的铁钉头。

时间长了，住在空房子里的人要怎么办？

豆田出事的头天晚上，于晓丹没去找廖世奇。

她记得那天的气象十分奇特，天黑得特别晚。太阳落山之后，日光还是湛蓝的，直直地照入繁枝茂叶的深处。她与豆田的碰面很仓促，地方是豆田选的，在丽都附近的一家居酒屋。

居酒屋门前有个鹅卵石铺成的窄径，在小径的尽头有一棵枫树和一棵梅树。两棵树中间有一座石塔，石塔旁有一座不太宽的木桥。门也是用木头做的。豆田听见屋外有脚步声，从门里笑着探出头来。门口悬挂着的风铃先人一步响了起来，像是有人轻轻地诵着短经。

豆田坐在榻榻米上等她，手边有一个行李箱。于晓丹落座之后，豆田走去关上门，庭外的栈道下有一片褪了色的茶花。豆田说，他们在镰仓的家里也种了一些花。杜鹃还好，像是山茶和樱树都不太好打理。大概是因为天气的缘故。

他们一家人在战后从东京迁到镰仓，带了些幼苗，但是大部分都没有养活。由于镰仓的新家狭小，从前在东京家里寄食的一对夫妇索性留在了东京，帮他家守着房子。说起来，那对夫妇倒是莳弄花草的好手。他的祖父跟这对夫妇关系很好。最苦的日子，祖父用早餐吃剩下的茶汤泡了三碗饭，三个人一起就着咸梅吃。他们三个在战前栽下的红叶盆栽，现在还供奉在老家寺院正殿的佛龛里。祖父过世之后，豆田的父亲就买下了镰仓家门口这座临济宗的寺庙。家里的树也跟着移到了庙里，那盆怎么也不开花的山茶后来竟在花盆中长了起来，直到树干生出瘤子，花盆再也容不下它，豆田的父亲也老了。

提起豆田的祖父，豆田的父亲总能用一句话来概述老爷子的一生。据他们在镰仓的一些老邻居说——老爷子最后疯了。他在镜前拔白头发，拔着拔着就疯了。

一根根地拔。剩下的头发越来越少，仍然止不住黑发变白。当年幼的豆田站在镜前，指着祖父拔秃了的头发问时，祖父已经分不清白发黑发了。豆田的父亲带着全家搬入镰仓寺院时，没有带走一面镜子。祖父死在美军空袭时期，死在东京。豆田抱着祖父的遗像，很清楚地听到他母亲在跟父亲讲笑说，他父亲做和尚就是看好了剃度削发这件事，怕老了变成他祖父那样。豆田这么说着，笑了。他的话和笑都没有发出声音，只有说话的人自己听得到。

他的父亲在战后给自己取名为"无常"，一头扎进了中国文化里。唐画、书法、缂丝、刺绣，什么难学学什么。父亲出家之后没有同豆田谈过祖父的事，他以为豆田不知道爷爷是发了疯之后才死去的。这对父子经常用嘲弄的口气谈论生死，彼此开着玩笑，满不在乎。

"对于一生而言，人究竟意味着什么？"豆田问。

"与其说人耗尽了一生，不如说是一生把人给用光了。"他的父亲说。

在旁观了形形色色的人生后，豆田的父亲在众人的祝祷中离世，死前说了这样一句话——"佛性本身亦无常。"

豆田来电话提出在丽都会面时，于晓丹起初并不在意，但来到这里一看，她有了些不寻常的感觉。庭院里屹立着一棵格外挺拔的枫树，枫枝像是从山上采来的，足足有屋檐那么高。他们同时被这棵树吸引住了。

于晓丹抬头仰望大树。当走近这棵树的时候，她深深地感受到这棵枫树的生命，它的无常。他们坐在木栈道上又聊了一会儿。

回家之前，豆田说他要去一趟银行。在将台路和将台西路之间有一个丁字路口，他们是在那里跟对方告别的。三天之后，于晓丹在拜访过豆田的家人后再次经过这个路口。她低头望着路口的斑马线，突然屏住呼吸，像个孩子似的哭出声来。

豆田是在这里自杀的。

他拎了一桶89号汽油，手里攥着从小超市买的两块钱一个的打火机。火烧到一半就停下了，他痛得大嚷了起来。他说的是日语。围观的人没有一个上前帮忙。他忍着痛拨弄着打火机，想再把自己点着。可是那个打火机熄了火，怎么也打不着了。等他奄奄一息地蜷缩在地，抱着焦黑的双膝默念道——"早知道，我就该买一桶98号汽油，贵的烧得快，没这么疼……这是因果报应，钱不能省啊。为什么我在该省的地方不省，该花的地方不花？早知道，打火机也该买个好一点的……"

一抔土在悠悠地冒着烟。被烧红、烧黑，有的逐渐崩落成灰。

在死之前，豆田拼了命搂住一个铝镁合金的手提箱。这是他刚从银行取出来的私房钱，是他在中国工作十年的全部积蓄。现在，他要把这些钱送去慰问工人的家属。

"请问，请问，请问……"

一缕缕烟如魂魄。豆田的话哆哆嗦嗦说出口。围观的路人听到是中文才有了反应。

过了半个小时,救护车才赶到现场。事发的地上被烧成了一摊黑海,海面上还漂着一些纸屑。等自焚者被抬上救护车后,他脚边的行李箱却被人"调包"了。警察们为了封锁现场,忙得鸦飞雀乱,不可开交,竟也不曾发现。

远远地,于晓丹看到豆田先生在她的身边坐下。

树上的叶子逐渐变了颜色,慢慢将路口烧了起来。树枝扯着火垂了下来,他的背影是一尊佛。

第五章 舞台(背面)

一

半年前被于晓丹删除的电邮,不是一封。

第一封和第二封是在同一天发出的,内容都与一本书有关。

亲爱的廖师:

城市就像一块海绵,吸汲着这些不断涌流的记忆的潮水,并且随之膨胀。然而,城市不会泄露自己的过去,只会把它像手纹一样藏起来,它被写在街巷的角落、窗格的护栏、楼梯的扶手、避雷的天线和旗杆上,每一道印记都是抓挠、锯锉、刻凿、猛击留下的痕迹。

我记得你从前在课上提过这本书,卡尔维诺写的 《看不见的城市》。我今天收拾行李时,才发现我一早就买了这本书。

Kira

第二封最短,只有一句提问。

亲爱的廖师:

你的回复怎么都那么短呢?

我写了好几百字,你就回一两句话敷衍我,这样多没劲儿啊!

对了，你说有没有人真就照着一本书造一个房子出来呢？

　　　　　　　　　　　　　　　　　　　　　　　　　　Kira

　　实际上，Kira一共写了三封信。其中第三封最长。

　　于晓丹花了将近半小时才把这最后一封信看完。在删除这封邮件之前，她把它抄送给了自己。在那之后，在Kira进公司后的许多个夜晚，在廖世奇不来找她的时候，于晓丹都会把这封邮件翻出来，读上一遍：

亲爱的廖师：

　　你上封信里讲到你和晓丹姐之间发生的事，听到你说你不知道该怎么办，我挺为你担心的。几年前，我第一次跟着你们到晓丹姐家，那天纽约下着大雨。我和张铎去厨房煮热红酒的时候，意外听到了你和晓丹姐的对话。那时候，你们分别坐在沙发的两头。我记得是你先开口的，你坐在安迪·沃霍尔的海报下面。你说：前些天听人说你病了。晓丹姐想也没想就答道：你听张铎说的？其实这话不对，因为你不是听张铎说的，你是从我那儿得来的消息。

　　你听我说起她的时候，可没有这么担心。你非常淡然，甚至有点不以为意。你只是说：于晓丹吗，张铎的那个老婆？我和张铎在厨房门口又站了几秒钟，你和晓丹姐竟然都没有发现。你们聊得太投入了，我能从她的眼里看出她喜欢你。

　　前天晚上，就在我收到你的邮件之后，我跟张铎通了一个电话。我说：我要来北京了。他说：你这是来找我，还是来找廖工？这句话让我听了之后背脊发凉，听上去他好像也知道了我们俩的事。我迟迟没说准回来的时间，很大一个原因就是我不想再面对他。当然，轮不着我来说三道四，跟他分手以后我就失去了评价他的资格。我只能说他真的很会伪装自己。

　　你在邮件里提到你小时候住过的房子，提到过你一家五口住在不到十平方米的房子里。真巧，这学期建筑学院的那位日本老师就用"小空间改造"为例让我们提交了方案。咱们班的大部分同学都选择在天花板和墙壁上装镜子，这样就能让空间显得大。可我没有，我觉得这么做是自欺欺人。我还记得你在课上说过，狭小的空间容易放大人的问题。那些活在劏房、唐楼里的香港人只有一个明显特征：他们都很小，不仅仅是物理的，也有心灵的成分。但同时，这些人也把秘密藏在了这个地方。他们忍受着这些空间，为了自己的渺小而惩罚自己。这样的他们，就算是做了什么遭天谴的坏事，恐怕连老天爷都没办法惩罚他们。因为他们占不了太大的空间。惩罚，也像我现在，等着你的回信，明知道它们是有头没尾的。

可我也不甘心，我们中该被惩罚的是张铎，他才是当年的告密者。他安排了一个低我一届的女孩来诬告你，而且他有动机，因为他嫉妒。我跟他分手的那天，他在我的手机里看到了你的留言。你说你想操我。简单明了的一句话，他不可能看不懂。然后他就把手机摔向了我，他说他要走了，他在上飞机前还有一件事要处理。他说这话时满脸通红，双眼发直，不小心碰翻了桌上的路易斯·康传记。书一晃砸到地上，角落里嗷的一声蹿出了我收养的那只小猫。你还记得吗？我那只尾巴上有白斑点的小猫，很野。它自由惯了，一下子跳到他的肩上，可把他吓坏了。

你走后，小白斑就离家出走了，再也没有回来。

后来，我再次碰到张铎是在咱们图书馆楼下，我敢肯定他看见我了。因为他迎面走向我时特意折返回去。我追在他后面看，他绕了校园一圈才出门。他把帽子拉下来，遮住瘦得只剩下皮包骨的脸，匆匆沿街走去。这一路，他都不敢看我。

现在给你写这封信，你不晓得这有多难。我太害怕刚联系上你又要失去你。每当你稍稍给我一点回音时，我会变成另一个我……热烈、激动、亢奋、哀伤，哀伤中还带着一点惭愧。我知道你一定会笑的，即便你没出声。

你说不会有永远"看得见的城市"，我不信。你看当我打这些字的时候，我的城市里，每一扇窗户、每一块砖头、每一条街道、每一座房子都是由你建造的。了解我的几个同学告诉我，我疯了。我让你帮我造了一座没有人的城市。但是，我却在一系列被他们称为发疯的事情上看到了"永恒"。

你看我又在胡说八道了，哈哈哈，唉。

到底什么才是永恒呢？看得见的城市和看不见的城市，究竟哪一个更接近永恒？

不久后我们再见时，我想听你亲口告诉我。

每天都在等待你的信。

爱你的，你的Kira

二

"谈谈你们是怎么相遇的吧。"

"廖工是我在哥大的老师，他教过我们一门建筑理论学，还教过我们一节欧洲建筑史。"

"建筑史那节课是我帮人代课的，那门课其实是我另外一个日本同事在教。"

"最近建筑圈都听说了豆田广智的事情，太遗憾了。我们只能说节哀顺变了。"

"我今天来领这个奖，也是替豆田先生完成他的遗愿。"

"所以，艺潼小姐以后会接替豆田先生工作的吗？"

"谢谢记者老师的提问。我不知道，我可能在今天典礼后就回美国了。不得不说，有些人就是这么一拍即合。我和廖工一起工作，相互碰撞，然后有了一些想法……创作这种事情太抽象了，我没办法概括，还是让廖工多说点吧。"

"Kira很清楚她喜欢什么，我也很清楚我喜欢什么，如果我们不同意，我们不会争论。从纽约开始，我一直和很多不同的人一起工作，跟全世界最有能量的人打交道。谁说有才华的人一定很难相处？我们就相处得很好。"

"这听上去怎么让人觉得你们二位在谈恋爱？"

"真的是一件很神奇的事情。我觉得在廖工面前我会很脆弱，我希望他也有相同的感觉。"

于晓丹一愕。

会场中央的大屏幕上，视频播放到这里就中断了。

这一届亚洲建筑师奖选在新落成的东方剧场对外公布。颁奖礼当晚来了不少人，于晓丹觉得比她参加过的所有典礼加起来的人还多。迎客板上写满了签名，剧场外一张黄牛票被炒到千元。密密麻麻的来宾，是五个候选人的甲方、施工方、团队、同事、老婆、孩子……还有多得数不过来的像Kira这样说不清楚身份的人。

于晓丹远远看到张铎越过门口的安检，端着点心和热水壶向她这边走来。水壶里红灿灿的，泡了太多的枸杞。自从她怀孕以后，张铎变得比以前稳重了。她知道，他的行事风格没变，凡事还是先紧着自己，但也开始学着顾家。他们这次来，是以"北京丹琦建筑师事务所"创办人的身份。

稍早，于晓丹算过一笔账。她和张铎离开廖世奇的事务所，除了美术馆的项目，其他什么也不带走。她的父亲给了他们一笔启动资金，说是为了"丹琦"的未来。又劝他们放心，孩子生出来，事务所也就差不多步上正轨了。她让张铎从启动资金里拿出一部分来请廖世奇一次客。散伙饭。可是到了约定的日子，他们还是没等到廖世奇。最后只收到一条讯息，短短的两句——"饭就不吃了。你们开心了，我就开心。"

她欠身离开座位时，被张铎拦住了。

她说她去趟洗手间，去去就回，用不着人陪。

舞台背面台阶上上下下，像一把钩子，把她整个人拎了起来；又像一把锯子，把她放在阶梯中间，来回不停地切。

一个U盘，捏在她手里。偷偷踱过廊桥，登上后台之前，她爬了十几级台阶。越往上，路越暗，台阶越陡。她喘着气爬了几级，头晕、恶心的感觉又上来了。前面的路看上去一点不像是通向舞台正面的，但又的的确确有声音传过来。她把手指放在肚子上，向下摁了摁，接着把手松开。

随着肚皮重新鼓起，她体内的一小块东西翻了个身。她听见台前传来的声音，远远地，有人在说："现在让我们邀请年度建筑师候选人廖世奇先生登场！"她肚子里的小东西又翻了个个儿。她继续往上爬。爬完了二十八级台阶，她脚下的台阶吱吱呀呀地乱晃。她从扶手之间望下去，肚子的阵痛让她不得不用手紧紧捂住嘴巴。这种痛就像是一块什么东西在撞击着别的什么东西。

她的肩膀颤抖着。也是在这时,她手里的U盘从指尖滑落到楼梯的夹缝里。落地时,没砸到人,没撞到墙,没发出声音。

那个U盘中存储了他们在一起的时光,也有一些她帮他打理的事情。一件件浏览过目,耳听身受的种种,便足以勾勒出廖世奇这个人的模样——贪财好色。这里面随便拿出来一桩,都可以置他于死地:偷税漏税,运作竞标,贿选奖项,潜规则实习生……最后这一项,她帮他开掉的女实习生就不下四个。那些女孩,还以为这是爱情。为了获得他的爱意,她们同意成为他玩乐的对象。他掠食她们,还在开掉她们的时候强迫她们签下保密协议。

心一散,思绪再也难以集中。

究竟是从哪一天开始,她站到了他那边,成了他的帮凶、打手和狗腿子?一桩又一桩,艰难地缓缓上坡。丑事那么多件,一个人哪做得来?不是没劝过他罢手,劝过骂过多少次了,就是不听。

她停下来,一身白衣白裙,循脚下这条路,往环形的旋转楼梯下面看。先看到的是自己的双脚,脚脖子肿得像一个发面馒头。她摸着自己的肚皮再往下看,俯视着楼下的无底深渊。她已经不记得了,不久之前她就是从那里爬上来的。

深渊只有一个灰扑扑的形状。一群人推着一个三层蛋糕朝观众席走去,于晓丹只能看到这些人的脑袋,许多顶厨师帽。自从怀上了这个孩子,于晓丹时常能在血液中感到不可探测的宇宙在旋转。她走路的时候,时常觉得自己是在奔跑,浑身僵直,气喘吁吁。她像是要把这孩子甩掉一样疯狂地跑,跑到一半又突然停下,她不知道该往哪里去。这是个女孩吧,很淘气。她想要把她带走。她想什么都不做,只照顾她一个人。但她马上就在她肚子里闹腾起来,让她知道她没有这个能力。

她单纯固执地认为,自己怀的是一个女孩。至少,她希望如此。从楼道的一头走上来,进入一间长长的昏暗的房间,松木板在她脚下震动回响。如果她生的是一个女孩,也要让她穿上她母亲最喜欢的那种碎花小白裙。从她的腹部,从她再次如少女般光滑的阴部,一只小手,一只小脚,软软的,漂浮着。

门开着。从门缝处,于晓丹看到廊桥前面挂着一道绒布帘子。帘子后面站着两个年轻女孩，正在说话。

"我不明白咱俩干吗在这儿守着。"一个女孩咕哝道。

"反正看门的也想不明白他为啥在看门。"另一个女孩说。

"过了八点还没结束，我就先撤了。"

"你干吗去？"

"我饿了。你叫我来的时候，不是说好了六点放饭的吗？"说这话的女孩，浑身上下都是圆的，有点胖。

"盒饭发完了，我一直在后台，所以没抢到。"另一个女孩耸耸肩，表示无奈，她的肩膀没有一点肉。

"现在台上颁到谁了？"

"颁到……"瘦女孩微微掀起帘子看了一眼，然后回过头说，"别打岔！"

"廖世奇吗？"胖女孩把头也凑了过来。

"嘘！不要随便喊我偶像的名字。"

"可你没看见人家'名草有主'了？"

"不可能，他的老婆只能是我。"瘦女孩说。

"刚刚进门时，我看见舞台边上站着一个女的，那好像是你偶像的女朋友。"

"我偶像说过，他是不婚主义者。"瘦女孩边说边把手放在心口上。

"我怎么听说这里之前死过人啊？好像是个工人。"胖女孩率先直起身，说，"算了，我走了。你是他老婆，我不是，我要吃饭。"说着她跨过了门槛，往于晓丹站着的这道门走来。

于晓丹还站在原地，她听到主持人正在邀请廖世奇上台。台上台下凝滞在同一种渐暗的光线里。看清这一切后，于晓丹做了个极其轻微的动作，她抬肘轻轻推了一下她的肚子，让那小家伙在她的体内安营扎寨。门被推开的瞬间，她肚子里的那块东西，像越过一个山丘那样，翻了过去。

三

116街，哥大地铁站，曼哈顿，纽约。

站台上的指示牌是用马赛克瓷砖拼成的，蓝黄绿相间。黄色马赛克拼成了词典的形状，代表智慧。深蓝色马赛克拼成了火炬，代表知识。Kira站在"智慧"与"知识"中间，看着列车驶入对面的站台。

车门打开，下车的人像是这城市的排泄物，一股脑倾泻而出。所有人都沉浸在自己的脚步当中，听凭自己被步履匆匆的城市视而不见。

年轻的白人男孩挥舞着双臂向她招手，她却一反常态，在认出对方是谁之前就落荒而逃。她被人群推着走，回不了头。她出站的时候，跟一个高高胖胖的黑人撞了个满怀。黑人手里牵着两条斗牛犬，向她大叫：

"喂，中央公园怎么走？"

她没有搭理，将一把钥匙拿了出来。她双手颤抖得厉害，没被撞，也没被狗吠，钥匙掉在了地上。

后来，这把钥匙打开了一扇门。她从建筑系慌张地跑下楼之后，回头望，还能看得见这扇门。

门里边，窗户是由廖世奇设计的。在他接下中央车站项目之前，他最大的成就是做了这些不起眼的窗户。他在课上教她如何处理玻璃，告诉她一扇窗其实就是一个人的轮廓。窗子反映的是人的存在，像人一样有高矮胖瘦，有横竖之分。横向的窗子像画卷一样，展开了，给人看自然光映照下田野的印记。竖向的窗子反映的是城市的印记，将带着透视感的街道一下子拉到人的眼前。

校园的大道上只剩下刚排练完的乐手，三五成行地走着。她背朝着他们慢慢转过身。她一直向前走，飞快地穿过了百老汇街，从一道厚重的铁门后钻出来，汇入了滚滚车流之中。

纽约的上西区，刚下班的工薪族正赶着去下城喝酒。Kira不知道看向哪里。她在街口看到了一家店铺，店前放着一台体重计。她鬼使神差地站了上去，然后这时候店里出来了一个大鼻子的褐发男人。他瞥了一眼磅秤上显示的数字，拿出一张纸条写下"重，八十九磅"，然后塞到她手里。她这才发现，自己手里紧握着一张纸。

"钱！"那个男人想要她手里的纸。

Kira看到一个犹太人，然后又看到一个，接着还有一个从店里走了出来。

"我刚刚迷路了。"

说完她疾走了几步，换了条街走。

她一直向前走。她注意到橱窗里琳琅满目的货品，珠宝、帽子、连衣裙、威士忌、波斯地毯、穿着貂皮大衣的假人模特。经过一个橱窗时，她的步子稍微放慢了一点。她感到有什么东西在动。接着，那件大衣掉到了地上。她看到橱窗里的女人正对着她身后的男人抛去飞吻。她这才意识到，那是一个真人。她身上除了一对乳贴，一丝不挂。

街上的男人越走越慢，不少人走过了这家又半途折了回来，好让自己再多瞧这女人几眼。男人们得意地吹着口哨，有的人开始往橱柜下面塞钱。他们排起了队。钱是一张一张地塞，橱窗里的女人只把乳贴掀起来给那些塞了十美元以上的男人看。前面的男人看完了舍不得走，被后面涌上来的男人赶走时不屑一顾地撇撇嘴。不过在女人重新套上大衣之前，没有男人敢走进店里。只有一个回头客不小心撞到Kira身上，低哼了一句骂人的话：

"看什么看，不就是个骚娘们吗？"

Kira推了门，走进女人所在的那家店。店里什么都没有，空空如也。她穿过这家店，推开后门。两个同样穿着貂皮大衣的女人叼着烟，一脸狐疑地看向她。她没有跟她们打招呼，带上门之后就沿着小街上了主路。

两条街以外的路口，她认出了熨斗大厦，它横在路中间，将街区一分为三——23街、第五大道和百老汇大道。她走过一个又一个街区，穿过无数的商店，还是没有走到路的尽头。

银白的日光从那儿泻下，向四方逃逸，和大大小小、红红绿绿的灯牌混在了一块。某个瞬间，一对夫妇捧着牛皮纸包好的灯牌，迎着她走来。老夫妇的目光是诚挚的。透过牛皮纸，灯牌闪出一个"爱"字。

走得更近些，才瞧清楚店门开着。

她终于下定了决心。

在午后越来越暗的光线里，她没有太多感觉，只是筋疲力尽，好像被人抽成了真空一样。她永远不会告诉廖世奇这件事。即便她在将来坦白了一切，也不会有人怀疑她的动机。

"于晓丹，呵。我是嫉妒你啊。"她攥着那张从廖世奇办公室偷出来的纸，低头看看上面的名字，"可是我不说，又有谁会知道？"

太阳在一排商店的背后落下。她回到街道上时，手中也捧着一块灯牌，同样用牛皮纸包着。熨斗大厦被夕阳切掉了一个角。这时,帝国大厦已经远到看不见了。

她不知不觉走进一片街心公园。这片不算大的草地,夹在大楼和小道之间。草坪上有跷跷板和供小孩嬉戏、洗澡的碗和盆。这里杳无人迹。她绕着护栏走了一圈,看着远处的摩天大楼化成高矮不一的银针,在她身后划开一条条细细的缝隙。

她选了一条长椅,坐了下来。她打开外包装的牛皮纸,"廖世奇"这三个字便漏了出来,闪着光。她按掉了灯牌背后的按钮,蓝色的光才停了下来。

一声响亮的狗吠让她回过神来,她抬头看见一个穿长风衣的秃头男人牵着狗向她靠近。她慢慢转过身的同时,听到男人向她发问:

"小姐,一个人吗?"

她本来可以说"我迷路了",但她没有这样做。她按下了灯牌背后的另一个按钮,紧接着,猩红色的标语变速频闪了起来。

狗瞪着灯牌,停住叫嚷。

第六章　廊桥

貘,似牛似虎似象。

貘,以吃人的梦为生。但也有人说,它什么都吃,连同造梦人的房子。

谁也说不清楚,貘是什么时候从中国传入日本的。人们只是听说,每当到了月色朦胧的夜晚,貘会离开幽深的山林,潜入村庄。貘生性胆怯,只会找上睡得最香的人。貘喜欢小孩,因为他们熟睡之后不容易被人吵醒。貘用它的象鼻推开门,顺着楼梯上了二层。孩子的梦散发着香甜的气息。貘不用打扰别人,很自然地就摸上了他们的床头。貘在孩子的枕边发出摇篮曲似的歌声。呼呼。孩子在这种回声下,睡得越来越沉。

孩子的梦,由无数的点组成,无数的点组成了面,无数的面又形成了体积,都被那貘一点点、一条条、一片片地吸了出来。呼呼。呼呼。

于晓丹住在这栋二层小楼里,她在那里出生。

小时候,她在床头,母亲在床尾。有个声音告诉她,如果她撒了谎,就会有怪物把母亲拖走。她忐忑地试了一下。一只呼呼喘着气的小怪物果然从床底翻了上来，咬着母亲的头把她拖了下去。过了一会儿，母亲再次出现在床尾，毫发无伤。什么都没有发生，貘吓不住她。可她知道了一个秘密——她能掌握母亲的生死，她能让母亲受苦，她也会感到内疚。

再见到母亲，依旧是在楼梯上。旋梯螺旋向上，连接一楼与二楼之间。母亲瘦高的个子，面目模糊不清。她系着一件碎花围裙，站在厨房里焖猪蹄。她本该有一对微微发肿的眼皮，一双乌黑透亮的秀目，整个人像是插在铜瓶里的一枝玉莲。她那张本该明朗的脸庞，却影影绰绰的，怎么也看不清楚。她们隔着楼梯交谈，谈话的时间不超过十分钟。

于晓丹没有走下楼。高压锅里的猪蹄她一个也没动。她记得她短暂地离开了一阵，上楼去接了一个电话，是廖世奇打来的。他也听说她有了自己的孩子。他问她怎么打算的。他怕她还没准备好。随着一阵呼呼声，再往后，记忆断了。于晓丹看见厨房的门刚打开，她的妈妈立即站起身走了出来。她还穿着刚刚那件围裙。

于晓丹听见了她们的对话：

"你才怀上，没坐稳，可别乱动。"

"我怀上什么了？"

"瞧瞧你这肚子，不是男孩还能是什么？"

"我怀孕了？"

"可不是吗，妈真替你高兴。"

"妈，你不骂我吗？"

"一个女人想要孩子，旁人怎么阻挠得了呢？再说了，男人哪能明白我们啊。"

关于她母亲，于晓丹知道得很少。她只记得儿时抱着母亲时，母亲身上的痱子粉香，新换上的白底小花连衣裙跟自己身上的一模一样。母亲从前是学跳舞的。她这一辈子，除了跳舞以外知之甚少。洗完澡，母亲盘起一只腿，脚搁在膝盖上，干净的衣褶，静静垂下的小白花，一副菩萨真人的模样。

天下太平，家家安分守己，女人出嫁，伺候丈夫，生儿育女，梳一样的头，煮一样的饭，说一样的客气话。很长一段时间，于晓丹总认为，是因为她，母亲才变老的。

于晓丹看见父亲在母亲死后给她洗脸，给她换上小白花裙子。父亲睡在死去的母亲身边，温柔地说着悄悄话。母亲过世后，父亲才说，岁月变了。他时常对着母亲的照片发呆。他说母亲一个人在照片里，太高了，像一座山。母亲低垂的脖子太细，更显得她高。照片里，母亲用一只手抓住她胸前的小花，生怕那些花朵滑下肩膀。母亲没有站稳，眼看着就要摔倒了。

厨房的门开着，锅里还煮着东西。

她想起母亲临终前的样子。母亲整个人都垮了下来，目光涣散无神，光秃秃的脑袋因为长期化疗而浮肿不堪。她会说一些语无伦次的话，有时像是在回答亡者的问话。母亲还偷偷把自己叫到床边，跟她分享了自己没有经历过的生活——她说她去了日本，站上了舞台，有人带她去看寺庙门外盛开的山茶。她在弥留之际做尽了一切可以让女儿幸福的事，可她的女儿并没有因此而过得幸福。

"你生了我，可我早晚会死。那你生我的目的是什么？难不成，是为了生出死亡来？"

于晓丹的哭声中，没有母亲的回答。

"妈，我昨晚梦到你了。"

这是一部螺旋形的楼梯，向上看，向下看，路都没有尽头。

于晓丹呆站在楼梯上，等着她的母亲从门后探出脑袋。

她没有等到。醒来后回想，梦中关于母亲的一切，没有一件是清楚的。做了第一个梦之后，于晓丹隐隐听到貘潜入房间的声音。那声音在廖世奇出现时变到最大，狂风骤雨一般，呼呼地敲打着门。连楼梯都要被震碎了。

母亲的话又响起："留下来过夜吧？房间都空着呢。"

第二次梦醒，于晓丹再也不能成眠。她盼着黎明，将手握成一个拳头。为了记住母亲，于晓丹用指甲狠狠抠住自己的手掌。鲜血从手心涌出，掌心火辣辣地疼。上午雨停了，下午反倒刮起了暴风雨。夜晚笼罩在雾色中。为了逮住随时可能逃走的貘，于晓丹早早地上了床。

然而这晚貘没有来，她也没再梦到母亲。

第七章　后台

　　随着时光流逝，我慢慢地明白了，只有真实存在的东西才会消失，不管是城市、爱情，还是父母。

——卡尔维诺

　　《纽约客》上说过，判断男人是否爱一个女人的标准有很多，但最管用的一招是，"看他愿不愿意带她走"。这句话被写在一篇情感专栏上，文末用脚注的形式添了一句话，"这种情况并不适用于女生主动"。Kira读过这篇文章，但读得不够细，漏掉了作者补写的那句话。

　　廖世奇获奖之后，Kira以为他们就此可以重返美国，安心地过一段小日子。她买好了机票，收拾好了行囊，走之前正好有一个晚上无所事事。她没有把见于晓丹的事告诉廖世奇。

　　Kira约于晓丹在三里屯的一家新派融合菜馆吃饭。她带了一个小男孩来，向于晓丹介绍说这是她的表弟。餐厅的花园里有三面墙，墙上挂着成串的空酒瓶，在风中颤动、碰撞。瓶子高高低低的，有的瓶口朝上，有的朝下。于晓丹和Kira在一排酒瓶前面坐下。

　　"你来了。"

　　"嗯，路上有点堵。"

　　服务员按照Kira的吩咐摆好了桌子。桌上还摆了一瓶新鲜的铃兰。Kira说，这家店是她爸爸帮着设计的。餐厅老板没给钱，给了他们股份。过去只有他们家在这里办派对的时候，餐厅才会把酒瓶一一挂起来。

　　"我不要跟你们吃饭！"一个长着猴脸的男孩，从她们桌上抢下了自己的盘子，蹦跳着往厨房跑去。

　　"喂，王艺飞，你怎么那么没礼貌啊？"Kira向他吼道。

　　"那是因为我讨厌你！"孩子隔着后厨的窗户向她们嚷道。

　　离近了一看，于晓丹发现那些空瓶子都密封着。瓶口之密，几乎到了不透风的地步。

　　"别管他了，这是个小疯子。"Kira说，"晓丹姐，你现在几个月了？"

　　"预产期在下个月十五号。"

"那不是很快啦。男孩，还是女孩？"

"我没做那个检查。"

于晓丹的肚子已经不只是"显怀"了。尖尖的肚子透过连衣裙向外别扭地鼓起，犹如一口颠倒过来的钟。

"晓丹姐的这条裙子蛮好看嘛，什么牌子的？"

"哦，这是防辐射服。"于晓丹低头看了一眼，"如果你想要，我多买一件送你。"

"我收了这条裙子，是不是会沾上你的喜气，也怀上个小宝贝？"Kira对着厨房斜望过去，逐渐收住了笑，"不过，我可真不想生出那样的怪物。"

"你表弟看上去挺聪明的。"于晓丹说。

"他其实不是我表弟，他是我爸跟他二奶生的。"

等菜的间隙，她们上了楼。餐厅二层是一个酒吧，刚改造好，还没开始对外营业。Kira没开灯。楼上有更多的瓶子。除了瓶口朝下的，其余大部分的瓶里或多或少都盛着水，是酒也说不定。

花园里，小男孩正躲在闪着银色微光的池塘背后。他的影子比他本人要瘦，像一只竹节虫。不远处，厨师长把帽子拿在手里，穿过一排灌木，看向四周的掩蔽处，东寻西找。结果男孩还是被厨师长逮着了。为了抵抗，他使劲咬了厨师长的胳膊一口。随着厨师长"啊"的一声惨叫，这孩子就一溜烟地往屋里跑了。他边跑边喊道："王艺潼，你这个臭婊子！"

"王艺飞，你妈的！"Kira笑着向奔跑中的孩子竖起了中指。

好一会儿，菜上齐了，一份载着满满贝类鱼类的海鲜拼盘，几片切好了的法棍面包，一碟加了黑醋汁的橄榄油。还有一盘配菜，几大块洋葱、黄豆和马铃薯。

她们坐在那里，接下来又聊了一些有关基因遗传的话题。那个小男孩也凑了过来，死死盯住他的姐姐，直到他姐姐的面孔在黑暗里模糊起来。

"虽然我没有你老，"他说，"但我比你聪明一百倍。"

"你给我下楼写作业去！"Kira说。

男孩一动不动。"前几天，"他朝着于晓丹嚷道，"我看见王艺潼和一个男的在床上生孩子。"

Kira笑了，她毫不害羞地扯过来男孩的耳朵，表情漠然地说："你倒是说说看，孩子是怎么生出来的？"

男孩被这么一问，浑身上下每一块肌肉都绷紧了。他憋了一会儿后，大声地叫嚷起来："反正我妈说过，你和你妈都是不要脸的臭婊子！"

"小混蛋，你给我听好了。"Kira一把扼住男孩的脖子，把他搂到自己的怀里，"万一你爸今天就噶儿屁了，殡仪馆会通知我和我妈，葬礼的丧主是我，然后是我妈。你妈那个小娼妇连给我爸守丧的资格都没有……要我说，你的命怎么这么不好，投胎生在这样一个娘胎里？"

孩子疯狂地蹬着腿，想要挣脱Kira的控制。

等到Kira松开手，他"哇"一声哭了，大声嚷着跌在地上，然后赶忙爬起来，头也不回地一溜烟绕过了屋角。

"晓丹姐，我们刚才说到哪儿了？"Kira拢拢头发问。

"你说跟年纪大的男人生孩子，孩子容易聪明，因为继承了男方的基因。"

"对，不过这是好的一方面。坏的那部分是，也容易遗传老男人的一些慢性病。"

"你想要孩子吗？"于晓丹若无其事地问。

"想啊，我当然想！像晓丹姐你这样多幸福啊，我看着都替你开心。而且我特想在毕业前就把孩子生出来。然后呢，拖家带口地上台领学位，左手牵着老公，右手抱着宝宝，多自豪啊。"

"那你得先有个男人。"

"嘿，这不说有就有了吗。最近，我们要一起回美国了。"Kira的语气也是若无其事的。

就在这时，那个男孩又杀回来了，手里握着一把绿色的塑料水枪。

"举起手来，王——艺——潼——！"

没等Kira来得及反应，小男孩一跃而起，举起水枪开始疯狂地向她们扫射。厨师长冲进来奔向小男孩。小男孩滋到一半就被厨师长拎了起来。

于晓丹抬起袖子去擦鼻子，但被Kira阻止了。"那样不干净，"她说，"用这个吧。"

于晓丹接过一张白色的手帕，弯下腰来擦衣服。

"还有那边。"Kira擤擤鼻子，指给她看。

等于晓丹把脸全擦干后,她在叠手帕的时候才发现这原来是一张纸。那种厚厚的棉质纸,哥大留学生圈子流行过一阵的玩意儿。在她把手帕放进口袋之前,她看到了上面用马克笔写了一行小字——"给晓丹。"

Kira猛地挺直了后背。"也不知道是谁写的,"她说,"在我回来之前,他留在纽约办公室的。"

"廖世奇的办公室。"Kira重复了一遍。

于晓丹坐在那里低头看她。后来,她忍不住用手摸了摸自己的脸,才发现自己的笑容早就干透了。她只能说:"这些事你不用跟我说。爱情和两个人有关,你用不着跟第三个人交代。"

"也不一定是爱情。有的时候就是忍不住,嫉妒呗,想赢呗。不过,话又说回来,做女人,谁不想赢呢?"

这时,小男孩也凑了过来。他上眼皮耷拉着,靠在Kira的肩上像是要睡着了。Kira喊了他几声,他没搭理,两只小手却伸过来,抓住他姐的胳膊不放。

"你不要回美国了,好不好?"孩子昏昏沉沉地问,"我不许你走……"

Kira就这么让他紧握着,问道:"怎么啦?你不是最讨厌我吗?"

那天晚上,她缓慢、吃力地回想着一天发生的事。

于晓丹一回家就看到张铎,脸色很难看地在家门口等她,问她这一整天到哪儿去了。

她的脚肿得厉害,疼到蹲不下来。

他侧过头,斜着眼,看到她回来还是没动,靠在玄关盯着她换鞋。

她最后只说了一句:"梦游。"

那天夜里下了大雨,于晓丹起来小便,推开洗手间的门,却看到张铎正坐在马桶上,兴奋地刷着手机。

看到晓丹,他眼睛一亮,嘴角飞快地闪过一丝笑意。

张铎解释说,这么大老晚还不睡,不能怪他,要怪就怪廖世奇的"瓜"太精彩了。

从他破碎的语句,她拼凑起了一个故事:不知道是谁寄了一个U盘给组委会,把廖世奇过去的丑闻给曝光了。这届的几个评委联名上书,要求廖世奇把刚刚获得的"亚洲建筑师奖"退还回来。这些人说，大奖不能颁给一个"杀人凶手"。

"凶手，他杀了谁呢？"

"你说呢？"

"他是有很多问题……但他不会杀人。"

"他手上过的人命不止一条吧？当年受伤的工人都站出来说话了，坐实了他偷换施工材料的丑事，谋财又害命，鬼知道他吞了多少钱。昨天有几个前同事打给我，我们现在都统一口径了——就是他丫的，害死豆田先生不说，还在人家自杀的现场偷走了'补偿款'。我看他是预谋已久……他调包了豆田的箱子，给警察留了一个空箱子！好家伙，偷走了有一百多万呢！"

张铎一连说了无数个"偷"。于晓丹看着他，却像是不认识他。

"奖杯，奖金，还有什么其他的，统统给丫没收了。"张铎连笑了三声，"豆田君，可算是给你报仇了！"

第八章　出口

一

三年多后，一天清早，于晓丹一家来到东方剧场门口，碰巧赶上一队少男少女走在剧院前的铺石路上。于晓丹正抱着琦琦，站在人墙的后面。琦琦把视线投向戴着能剧面具的少年身上。那些少年都戴着不同的能面，看上去是从很远的地方来的，穿着木屐迈出的步子显得有些疲倦。

听说豆田过世之后，阿照从他的镰仓老家接来了一些盆栽，其中就包括豆田一家非常珍惜的那盆枫树。令人纳闷的是，豆田作古了，盆中的红叶也跟着谢掉一大半。

于晓丹说她梦到豆田转世做了花草，就植在东方剧场的后院。

阿照要她别胡思乱想。没听说过秃子变成山茶花的，一开还一嘟噜。

这次是受豆田太太委托，不得已之下，阿照找来于晓丹的爸爸，请他在入秋之前帮忙搭一个盆栽架。于晓丹一家三口走到后院，果然看见阿照和于爸爸站在盆栽架下攀谈。

"你们聊什么呢？"于晓丹扬声说。

"阿照说山茶到了我手上，也开得很好呢。"于爸爸答道。

后院中央有一块约摸六七平方米的空地，盆栽架就搭在这里。那上面堆放着成排的盆栽。在豆田的红叶盆景旁边，放着几盆山茶花。盛开的花朵，大小不足一寸。

"老话说得好，树挪死，人挪活。"张铎问道，"爸，它都这样了，还能活吗？"

"咦，不懂了吧。你不要看它现在蔫头耷脑的，到了秋天它一准会活过来。"于爸爸谈了一些莳弄盆栽的经验，还谈到他上网搜到的一些日本人爱好盆栽的传闻。

"剧场门口的山茶花开了好几朵呢。"阿照说，"真是多亏了于老师。"

"嗐，我一个退休老头子。你不嫌弃我，我感谢你还来不及呢。"

"瞧您说的，我知道这些都是重瓣山茶花，可不好伺候哩。"

阿照说着，将一盆花摆正。

"让我看看。"

琦琦踮着脚，用鼻尖轻触山茶花的花瓣。白底红条的花朵像浪一样逐层绽开，几十乃至上百片花瓣微微摇动着，只有顶上六角形的花冠岿然不动。

"也不知道豆田的家人怎么样了。"

"你学昆曲也有三年了，不是下个月就要去镰仓演出吗？"张铎说，"到时候你和阿照可以顺便去拜访一下。"

"你不反对我去日本了？"

"咱爸都没说什么，我能说什么。"

"我走了，你可就得在家带孩子了。"

"别说得我好像不管琦琦似的。"张铎朝着于晓丹这边侧过身，苦笑道，"有些人每天在家吊嗓子，吱哇乱叫的。走了倒好，还我一个清净。"

这时，于爸爸插话道："我看你们也别吵了，琦琦交给我吧！反正我也跟晓丹的继母分开了，正愁家里太清静了，一个人待着闲得慌。"

"你们也知道，昆腔不好练的。"

这时候，琦琦已经跑到盆栽架后面去了。他爬上架子的第二层，用一根不知道从哪里找来的树枝拨弄着山茶的花蕊。

透过花，于晓丹看到戴面具的少男少女排着队入场。其中一半坐到了入口处的折叠椅上，其余的则向前拥挤，几乎是人叠人地往里进。

"面具，妈妈，我要面具。"琦琦望着少年说。

"今天到场的大朋友小朋友，不要急，每个人都有。"阿照安抚了一句。

于晓丹牵着琦琦的手。直到那些小演员登上舞台，琦琦依旧双眼灼灼望着他们。

"面具，妈妈！"琦琦在观众席上嚷个不停。

于晓丹赶紧搂住琦琦的肩膀，把她头上系着的面具解下来。琦琦用手抓住刚从她那里得来的新面具，一个劲地向前伸。

舞台的灯光暗了下来。幽幽发出松香的木板，一片叠着一片，从观众席一路铺到台上。剧场里满是新木头的香气，昏暗，有人拎着一盏灯为观众引路。从玄关一路走过来，脚步杂沓。明明是踏在黑色的木板上，却像是赤脚踩在渗出水的泥土上。

于晓丹看着看着琦琦，眼睛模糊不清了。琦琦戴着的是慈童的面具。那面具和孩子的脸朦朦胧胧的，仿佛黏在了一起。

"嗯？"

前排坐着的人，被琦琦用面具撞了后脑勺之后，没有丝毫不悦。他转过头来，把手搭在椅背上，说：

"你是不是想要叔叔的面具？"

"不用，谢谢。他就是想要妈妈。"于晓丹把手绕到琦琦的胸前，抓住腰带，把这个小家伙拽回座椅上。

"你是他的妈妈？"

台下的观众也戴着面具，轻而薄、似笑非笑的面具挂在人们脸上。于晓丹在这阵黑暗中一直注视着前排的男人。她有些怕，拿不准他戴着什么面具，拿不准他转过头来会说些什么。心想是不是要转身就走，不能留恋，不必纠缠？她至少该为了孩子打算。

世事的变化有时远远超过她的想象。

剧场上方打出横纵两道光，汇聚在舞台中央。是阿照出场了。她从胡同的边沿下走来，走过后台，进入廊桥，最后静静地走入由四个立柱支撑起来的舞台。光跟着她。她走的是能剧里的滑步，脚也当作手，用缓慢而连贯的动作，解说着空间，解说着故事——光源氏窥见阿照饰演的六条妃子，正准备弃她而逃。

光源氏一转身，被一只小手拽住了。他低头一看，是一个戴面具的小男孩。

"慈童面具，你是小菩萨？"

孩子面具上的笑颜，比小家伙的脑袋还大。

于晓丹从座位上站了起来。她仔细盯着台上的孩子看，她不知道琦琦是什么时候被人带走的。

观众席上一片骚动。有人指着于晓丹说，她的孩子不见了。

舞台中央挂着一个吊灯，它的光，反倒被调得最小最微暗。有一双手贴在那微光之后。于晓丹清楚地看到那人穿着白衣白裙，从侧面登台、靠近、拉扯，那女人拉住琦琦又抱又亲的，依依不舍。

那女人看上去悲伤极了，在楼梯口紧紧地抱住琦琦。

琦琦自始至终没吭一声。

女人抱起琦琦，轻轻地拍着背，像个母亲那样。后来，她抱着孩子走过来，走上舞台。她用自己的双脚度量了这座耗时三年建成的剧场。琦琦驯服地把脸贴在她肩膀上，一点也不畏生。

那个女人带着琦琦走到阿照身边，三个人并排站着。琦琦立在中间，近乎失神。聚光灯照在他们的面具上。陌生女人在灯下喃喃自语："孩子们长得真快……过了三岁，手掌的纹路都变了……"

于晓丹咬着唇，热泪滚滚而下。她使劲摇头。因为她看到一个灵魂踱出那女人的身体，朝着她身旁的孩子重重落掌。

灵魂扑向孩子的身体。

阿照挥开陌生女人的手。

于晓丹朝着舞台，奋力狂奔而去。

三年了，爱与死，美与梦，怨怼与痴恋，一切都在夜晚的空气中手拉着手。没有手的人，必须赶在天黑之前鼓完一天的掌。

"看，这手！"

听了阿照的话，戴面具的观众纷纷抬起自己的手来，仔细端详。

琦琦从台上跳了下来，摔在于晓丹的手上。

鼓掌。

保安们赶到，用手架着陌生女人离开舞台。

阿照的声音从台上落下，几乎干涩嘶哑：

"喂……我呀，要是你和一个比我年轻得多、漂亮得多的女人结婚的话，我就……"

舞台在旋转。像是为了救场，扮演光源氏的男人从背面出场，他说："你就……"

"我是不会去死的。"

"那就好。"光源氏的扮演者斜眼睨一睨她。

不知为何，舞台在向着上、下、左、右、前、后六个方向展开。玄关消失了，观众席消失了，随之消失的还有屋面的巨型天花板。须臾之间，东方剧场变成了一个盒子，盒子的每一面都连在了一起。

观众听到乐队伴奏的"と—ら—と—ら—"声。

台上的人握着手，他们也已经很久没有好好体会了。

"我不会去死，但我会去杀死那个女人。我的魂灵会从我的活生生的身体里离开，去让那个女人痛苦：去折磨她，去责打她，去祸害她。只要她不死，我的怨灵是不会收手的。而那个人会很可怜地，每晚每晚，一直被鬼怪纠缠，直到……"

"死，你是想说'死'？"还是刚刚闹事的女人。她的声音从玄关外面飘了过来，"你一定没丢过孩子吧？要是丢过，你就知道死才是最容易的！"

那晚，观众的反应很热烈。

疯了似的鼓掌，叫好，叫得很大声。

散场后，退席的观众不肯走，把剧场的出口堵死了。

琦琦握着面具蹲在隧道口，望着几个女孩子玩过家家。孩子们揪下山茶花的叶子，用面具的棱角把它们剁碎，分开倒在面具上。琦琦年纪太小，又是个男孩，那群女孩没让他入伙。

过了一会儿，拥堵的地方开始松动。于爸爸跟在鱼贯而出的人群后面，刚要迈出步子，琦琦追上来喊了声"姥爷"，缠住他不放。没办法，于爸爸弯下腰牵起外孙的手，一直走到胡同口。

在他们身后，于晓丹和张铎肩并肩走着。

张铎随便问了一句，说："你觉得刚刚那人是谁？"

于晓丹愣了一下，没接话。

再转入巷角，路灯就灭了。巷子里灰蒙蒙一片，四周沉静，只有风吹过远远近近那些矮屋的瓦檐，发出一阵沙沙的微响。

一个女人立在杨树下，撑着一把雨伞，伫立着。她的手上还拿着面具。

"晓丹姐？"

整条胡同只剩下这两个女人。

于晓丹背倚着墙，清清楚楚地听到Kira说，她生了一个孩子，也是廖世奇的。

"那孩子现在在哪儿？"

Kira压低了嗓门想说点什么，一副欲言又止的模样。

"晓丹姐，刚刚上台表演的是你的孩子吧？"

"你怎么会……哎，你为什么要领他上台？"

"因为我喜欢他啊，第一眼看见就喜欢。哦对了，他叫什么名字啊？"

Kira用力点点头。长期靠药物维持弹性的脸上有一种悲哀的塑料感，流泪时活像一个人偶。长期失眠多梦，她的脸垮掉一半，更似一个被人戳破的充气娃娃。Kira说她的孩子丢了，失踪了。

"你的孩子……是怎么丢的？"

于晓丹很觉心酸，孩子一个一个地生下，女人们反倒更孤单了。

"他两岁半的时候被他爸爸带走了，然后就再也没回来。"

孩子才学会说话。Kira的孩子还那么小，那么可爱，竟然会遭遇到那样的意外。

于晓丹也很歉疚。她没想到在自己身上发生过的，后来又在别人身上发生了。周而复始，所有的爱情最终都过了期，成为昨日，昨日的昨日，的昨日。

临到告别的时候，胡同里飘起了小雨。层层的雨声像层层的落叶，怎么也停不了。

二

寺门在漆黑中静谧依旧。侧门留了一条缝，从门里往外透出星星点点的微光。这是住持听说于晓丹会晚到，特意给她留的门。这光直到清晨敲钟时才熄灭。

于晓丹住在美术馆阁楼上的小屋，她直起腰伸手推开窗，伴随着门窗坠子相互碰撞发出的清脆声响，小小的白花带着浓郁的檀香飘落下来。许久，她才发现那霏霏而降的，是雪。

伽蓝寺是一座名刹。明朝以前，这里供奉的是四川本地的祖师名宿，规模仅比一般的家祠大一点。山门外的桢楠，大多是那个时候种下的，跟着也种下了一个传说："石牛对石鼓，银子万万五，有人识得破，买尽成都府。"在人迹罕至的楠林深处，传说也能平添几分神话的色彩。

入了伽蓝寺，参天的楠树将屋宇围住。迎面是大雄宝殿，两边跨院，东边种的是桧柏，西边院内是竹丛。山寺不大，一下雪反倒显得空。大殿四周的院墙紧挨着后院，坑坑洼洼的墙头上生满芒草。过了花季的山茶在正殿门外放着，新来的住持告诉于晓丹，这些花都是豆田生前送的。

要往后院去还要再爬几十级台阶。台阶由青石砌成，虽不比山下那一百零八级陡峭，却极易打滑。脚踩在台阶中段，苔藓最少的那一段。于晓丹随着住持默默前行。石阶上方是伽蓝寺的后院，院门口架起一座绛色的圆形孔门，上面有"缘生如幻"四个字。题字的人是上一任住持，他的名字在后院的佛塔底座也能找得见。

从寺庙的开山住持起，高僧们就在这里圆寂。绕着佛塔转了几圈，新住持讲起前人弥留之际时的逸闻。有些事他也是听老住持讲的。有一位念叨了一句"人生真无聊啊"就死了，还有一位在死前说"把窗打开，让光进来"。说到底，这些人当中没有一个是诵着佛经走的。

新住持剃了光头，头顶上还有毛茬冒出来，大多花白了。一笑起来，从眼角两撮最深的皱纹开始，他的整张脸都卷了起来。

他双手合十，如同对着观音那样同她说话。他说他自己也想不到，过去在蜀地出了名的贾大善人竟然会皈依佛门。雪地上，于晓丹似乎看见他在笑。她只跟贾总通过一次电话，很可惜，没能看见贾总下定决心要出家时的表情变化。她想他头上的皱纹肯定聚在一起，痛快地笑，笑这世上再无贾总。

接下来的几天，他们每日从山下挑水上来。住持一人攀登百十来级青石台阶，犹如一个狂人。他哼起老住持临终前唱过的歌，像是吹熄的蜡烛上腾起的青烟。狂人与歌，浸在这寒冬腊月的清洌山色中。跟在歌声后面的是于晓丹。她敛声屏气，顺着石阶一路向上，踏着雪。

豆田死了之后，没有人再提过南泉斩猫。于晓丹从镰仓回来，在家休息了几天后就直奔这里。她知道他来过这里，她知道他住在这里，她要来找一个答案。

山寺与昆腔，原本是没什么关系的。她在镰仓唱的是《游园》的《皂罗袍》，有日本观众在她谢幕后送上花，夹了一张纸条，上面用中文歪歪扭扭地写了一行字："您这段《皂罗袍》就是坂东玉三郎也比不过。"还有当地的记者夸她是无师自通的"小梅兰芳"。这些奉承话，她读了之后转给阿照看，阿照摸摸自己的喉咙，再摸摸她的，合着和磨调哼了一句："你——可——真——不——要——脸——啊——"

一上台，一亮相，还没开口就把台下压住了。于晓丹知道自己凭的不是本事，而是一种她说不清的东西。她跟着昆剧院的师傅学了三年昆曲。刚开始最难学的是放松。吸气之后要轻轻地把气向下压，让腹肌紧绷，忍住气一会儿，然后再尽量缓慢均匀地吐气，停顿一会儿，再快吸一口气——就这样不停地吸进呼出，自然形成一种韵律——上吸下叹。杜丽娘是喊不出一首《游园》的，要靠这吸和叹。

于晓丹也不否认，她之所以学习昆曲是受到能剧的影响。她知道，中国昆曲与日本能乐至今都有超过六百年的历史。两者皆来自东方古老的祭祀传统。能剧以"娱神"为目的，重视虚空的神祇多过现实世界里的观众；但昆剧是以"娱人"为己任的，哪怕是要唱给"神"听的，也要兼具人的精气和美感。

练对了，她觉得昆曲一天比一天容易。从这种呼吸中，一股古人的精神丰盛流畅地注入她的四肢，她觉得自己就是杜丽娘，她一开口反倒更轻松了。后来，她未开口就先听到笛与箫。笛声如同流水，把靡靡下沉的箫声托了起来。谁能想到，中国文化竟托着杜丽娘的怨情，绵绵地送到日本人的梦里去了。她吊着眉，包着头，上齐了眉穗，戴定了头套，杜丽娘又从《游园》里活了过来。笙箫管笛，金石丝竹，若不能丝丝缕缕地吐出来，就成不了遗世的公案。

三

廖世奇到达山寺时天刚蒙蒙亮。

他把头上的毛线帽摘了下来，用手搔了一下头上那几绺头发。

他们再度遇见时，于晓丹对他说："你又把头发蓄长了。"

做完早课，于晓丹和廖世奇在后院站了一会儿，四下逛逛。最后走上通向美术馆的台阶，于晓丹打开美术馆前门的锁，开开灯。他们在一层走了一圈。里面有两个大厅，一个洗手间，一个接待访客用的前台，还有一个通向二楼的楼梯。

"觉得怎么样？"于晓丹说。

"比我想象的还要好。"廖世奇杵在门口。他说，"说实话，一开始张铎带着这个项目走，我还蛮不高兴的。但是现在我看到它真的实现了，反而觉得释然了。"

"听说我们走了之后，所里发生了不少事，对你影响不小。"

"如果不是你举报的我，道歉的话就不该由你来说。"

"我也不希望是张铎干的。"

"嗐，别说了。打那件事之后，我就退圈了。反正我现在也不做建筑了。"他微皱双眉道，"按照佛家因果，豆田是因为我而死。"

于晓丹远远地看着他。

"他死了之后，我才明白……真是死了一个人。"

"你这次来也是为了佛家因果吗？"

"我不知道。"

"豆田生前最想把这个美术馆做好，现在终于实现了。"

廖世奇没接话。他来到前台，一根手指在台面上滑过，"够干净的。下个月就要开馆了，对吧？"

"下个月十号。过完春节。"

"那我估计待不到你们开馆。"

于晓丹离开前台，往楼梯那边去了。

"晓丹？"

"哦？"于晓丹回头应了一声。她正在上楼梯，手里拿着一张包裹着塑料薄膜的画。廖世奇看到画的一角差点剐到楼梯转角。他快走了几步，想要帮她接住画。

"要把它拿到你的房间吗？"廖世奇接过画，用手捏着包装纸上的塑料泡问道。

"不用，楼下仓库里还有很多。"

"那我去帮你把它们全搬上来吧。"

"还早呢，你今天歇着吧。"于晓丹把二楼所有的窗户都打开，很快冷空气就灌了进来。她故意用轻松一点的口吻问，"天这么冷，你为什么这么早起来？"

"老贾接我上山之后，我就睡不着了。我的房间在燃灯佛殿后头，推开门就能看到寺里的古钟。"

"那口钟可真够大的。"

"是啊，敲钟的和尚是个大个子呢。"

"哦，那是慧果师父。"

"你从这里也能看见他敲钟吗？"

于晓丹靠着墙，说："这栋建筑不够高，只有我住的牧溪小屋能看见钟。这样说好像也不对。应该说是能看到慧果师父的一只胳膊，听到钟声，却看不见钟。"

"沿着佛头往上走就是你住的地方了吧？"廖世奇指着楼梯拐角的一尊木像说。

"嗯，上边就是牧溪小屋。"于晓丹注视着廖世奇的动作。

那是一尊高约六十厘米的木像。佛像胸前结着袈裟，盘腿坐在坐垫上。左手安放于膝，右手结掌向前伸出。木像整体泛黑，只有头发和眉毛发白。廖世奇试着移动这个木像，但他的肘刚掠过佛头，佛头就从佛身上脱落下来。他们俩一起上前接住佛头，手握在了一起。

廖世奇迅速松开手，说："看起来损坏得很严重啊。"

"嗯，听住持说，这尊木像来的时候已经是这样了。"

"尤其是鼻子这块,你看,什么也没有了。"

于晓丹随着廖世奇的话走远了一些,两人之间拉开了距离。

这尊木像最引人注目的,是它惊人的平滑光亮。不只是鼻子,从颧骨到下巴只剩下一片泛着油光的光滑木。仔细看,才能勉强找出两道浅浅的线条。那是鼻梁的位置。

于晓丹刚入寺的时候,这尊木像还放在正殿后堂。她也就在像前静立了一小会儿。一群游客鱼贯而入,涌进后堂,争抢着要摸像。木像从佛台上掉下来的时候,还有人死拉着木像的手不放。每个人看上去都兴奋极了。摸着的舍不得离开,摸不着的趁着佛像落地刚好挤了进来。佛头断了,从佛像身上摔了出去。慌乱中,有人一把抱住佛头,用手使劲摩挲起木像头顶,嘴里还嚷嚷着,我摸着头了!你们说,我的头发会不会长出来啊?

说到这儿,于晓丹停下了。她和豆田去过居酒屋,聊起过豆田的爷爷,那个人最后因为头发而发了疯。这些事,她都没有同廖世奇讲过。

廖世奇稍稍远离,定睛瞧了瞧,说道:"能够站在尊者的面前,也需要勇气吧?"

"它会在这里待上一段时间。据说明天还有大雪,负责修复的师傅要等到下周天气好了再上山。"

"我看老贾应该告诫每一个香客,不要再摸像了。没用的。人终将一死,他们怎么就意识不到这一点呢?"

"这是你今天第二次说错。我们现在叫他住持,不是老贾。"

"对啊,世上再没有贾总了。"

于晓丹看着他,直到他把脸别了过去。

"我也不再是'廖工'和'廖师'了。"

"是人就会犯错。"

"如果是你来算,我错的岂止这一次?"

从山巅的牧溪小屋探出头往窗外看,这里没有缓缓流淌的西河风景,只有山。溪流漫过无人行走的石阶,向着混着石子的荒地流去。荒山的尽头,还是山。那一刻于晓丹内心闪过一个念头,可它刚一冒头,旋即没了踪迹。于晓丹把头别过去的时候,看见廖世奇的那张脸笑起来,眼角两撮深深的皱纹,他真是老了许多。廖世奇的前额抵在天窗下,拳头轻轻敲打着头顶上的冰凌。他最擅长数数了,一个,两个,三个。

路渐渐暗下来了。苔藓黄了一半,野草还绿着。

言语之间,于晓丹感觉到他很喜欢那个孩子。男孩,比琦琦晚两个月出生。从周岁算起,一年中有很长一段时间,他和琦琦同岁。这两个孩子要是放在一起,就会是窗台上的两块表——一只手表,一只怀表。两块表很少走得一样准确。

阁楼的正中央,天窗由内向外开着。廖世奇倚在门外,他有话要说。这间卧室只有四叠半大。于晓丹跪在榻榻米的被褥上,拉动从天花板上垂下来的开关线。一下子,被单上的印花就被照亮了。

许许多多个"卍"字浮现出来。

廖世奇说他应该把这两个男孩都带到香港去,让他们见见住在土瓜湾的爷爷嫲嫲。他要把孩子在劏房里培养成才,因为这样才能证明他是一个合格的父亲。如果不是在家门口走失了孩子,没办法跟Kira交代。

廖世奇无力地笑笑。他在土瓜湾的街上发了疯。"我嘅仔!"他沿着街一家一家铺头喊过去。上一次,他这样歇斯底里,还是细佬世伟噎死的那日。街角的花圈店,三个着短衫的工人盯着他看,眼神一晃,闪过一瞬狡黠。他冲上去揪住一个的头,猛力挥掌。

清醒好像只有一瞬。这种被动的丧子之痛像涨潮时的浪,不仅不会流逝,还会在记忆里一路回卷。他说他本可以自求一个口实,彻底放逐了自己。可孩子丢了之后,恍恍惚惚,他才发觉自己是一个父亲。

"下一步怎么打算?"

"来之前是想求你让我见见他。"

"他?"

"咱们的孩子。"

"不,是我的孩子。"

"蛮好的,我现在什么都不想。"廖世奇说,"孩子能跟着你,我就放心了。"

于晓丹听了这话,依旧伏在窗沿,枕在她自己的手臂上。

不知是山下的哪间房里有人在敲木鱼,声音短促空灵,不时还有念经的男声随之应和。忽然声音中断,一阵短暂的沉默后传出了男孩毫无征兆的大笑声。谁也不知道那个孩子是谁，这人为何而笑。

廖世奇费了一些劲才抬起头，他顺着于晓丹的目光向窗外看去。

从老虎窗透进来的光，不偏不倚地落在他们的身后，斜斜的，深深的。光在墙上，又多砌了一堵墙。搭在僧寮屋檐下的晾衣杆上挂满了僧侣们的冬衣。黄昏的光线照在冬衣上，看上去也像是个人影。

"……有人说孩子是我们的前生，可那前生也只不过是回忆。"

人生是一条大路，他们曾经避开一切。四季接着一个四季，残诗长过四季，推着他们，轻轻推。他用一只手紧紧搂住她的肩膀。她又在颤抖了。

因果不虚，佛法虽宽，不度无缘之人。雪还下着，宽宥世间一切不近人情的地方。他们不聊建筑史上任何了不起的人，不再提起他们共同的朋友路易斯·康。他们从此不再读诗，也把光的故事抛之脑后。

下一次见面，不知道是在何年何月。抽身离开前，他们给了彼此一个拥抱。"在香烟熏黄的衾枕上，恋人瘦削的肢体今夜分离……"那个拥抱很长，这句诗在二人的心里反复念了很多遍。

开始时，两个人的动作都有点笨拙。

四

到了二月中旬，于晓丹把Kira领回家吃饭。

于爸爸和张铎都在，琦琦也在，外加上阿照，全家六口齐聚一堂。

"金枪鱼腩寿司就买了三个，这个给小琦琦。"阿照一边说一边将一块寿司放在琦琦面前，一块放在于爸爸面前，然后再将一块放在于晓丹面前。

"小孩子吃什么鱼腩嘛！"张铎把手伸了过去，"给老爸吃。"

"不！"琦琦立刻护住了碟子。

"给Kira阿姨吃！别那么小气嘛，儿子。"

"我不。"琦琦摇着小脑袋，表情还是很坚持。

于晓丹见状，摸了一下琦琦的头，将自己面前那块鱼腩寿司递给了Kira。纸盘子侧边印着寿司店的名字。这是豆田生前常去的那家居酒屋。

琦琦绕着餐桌跑了一圈，最后把自己的寿司夹给了妈妈。

于爸爸无奈地摇摇头，用筷子掐了一小段的盐烤三文鱼，送到外孙琦琦嘴里。

"慢点吃,别噎着。"阿照笑着说。

"这孩子跟晓丹小的时候一个样,晓丹她妈活着的时候就说过,这哪里是孩子,干脆是饿死鬼托生!"于爸爸说到这里,突然望了望Kira的脸,接着又说道,"对了,我才想起来,艺潼,前些天你爸爸来找过我一趟。"

Kira不知道在想什么,她装作没有听见。

"上次去日本,阿照不是带着我去博物馆专门看了面具展吗,里面有一种鬼就是怎么吃也吃不饱的,越吃越饿。"于晓丹的眼光从Kira身上瞥过,转移了话题道,"我当时就想,这不就是咱家琦琦的写照吗。"

"这小子是我亲生的吗?"张铎说,"依我看,天天就知道吃,他将来当个厨子算了。"

不知怎的,于晓丹突然失语了,接不上话。好在琦琦这时候钻了过来,欢跳着在她怀里哼唧说:"爸爸是坏蛋。"

阿照也凑了过来,摸着琦琦的脑门说:"不过这孩子长得真快,蹿天猴似的。过了年后,大家都长胖了,气色也变好了。"

"我可不喜欢变胖。"

"还不是咱爸来了之后,咱家伙食明显改善了。"

"我也不会待太久。清华前阵子说要返聘我呢,这不,下学期很快就来了。"于爸爸的语气里夹带着兴奋。

"于老师,您说,我是不是真变胖了?"阿照还在问。

"Kira,我们楼下的咖啡厅招租,我看你闲着也是闲着,倒不如把它盘下来做做看?"

Kira抬了一下眼皮,没有回答。

"琦琦,就剩骨头了,别啃了!"于晓丹把琦琦搂了过来。

吃过晚饭,Kira站起来先走了。

五

于晓丹开了门。

漆黑的客厅里有一根立柱。她们从客厅走进厨房,于晓丹走在前面,帮Kira拿着行李。穿过厨房,她们见到一个关着门的洗手间。于晓丹问她是想住左边这个屋,还是右边这个屋。她顺手打开灯。右边的屋里堆着各种电子音箱。左边的屋里放了一个床垫,没有床。于晓丹跟Kira说,只能先凑合一下了。她随手推开两个屋中间的门,洗手间里一只飞蛾冲了出来,Kira吓了一跳。

那个能住人的房间里,一张没有床单的床垫靠墙摆放着,旁边是个床头柜和灯。距离床边半米以外的地方有个阳台,能看到对面邻居家阳台上在晾被单。于晓丹把Kira的行李,一个瘪瘪的网球挎包放到床上。Kira说,她想看月亮。于晓丹又转到右手边的那间房,她说这边能稍微看到一点。果然,一轮明月高挂在天上。然而Kira的眼睛始终没落在月亮上,她注视着对面海润公寓里亮灯的那些人家,像在寻找着什么。

于晓丹说:"我会帮你安顿好的。明早我给你送枕头和被子,今晚你先盖着我的衣服睡。"

Kira能做的就是点点头。然后她说:"你把大衣给了我,你怎么办?外面那么冷。"

"没事,我过了马路就到。"

"晓丹姐?"

"哦?"

"我很奇怪自己还活着,还能感到冷。"

"这是'下雪不冷化雪冷',你长时间不在北京,可能忘记了。要是明早能出太阳,估计会好一点。"

Kira走出房子,来到冰冷的阳台上。地板在她的脚底发出打枪一般的脆响。太久没人住的房子,哪怕是最接近阳光的地方,也还是抵不住的冷。

露台的门刚开始还打不开,讨了一阵才吱呀呀开了,闪闪的寒气扑面而来。门台阶上结了一层冰,上面撒了防滑的红砂。

"真冷啊。"

"不知道奇奇现在在干吗。"

于晓丹顿了一下说:"怎么,你的孩子也叫琦琦?"

"嗯,奇怪的奇。"Kira轻轻说道,仿佛说了好长一句话。

于晓丹蒙在原地。她身体晃了一下,就好像被谁拽了一把。

"我坚持不下去了……"

"你要好好的。只有你活着,他才会好。"

Kira噙着泪在笑,"从今天起,我不吃,不洗,倒头睡觉。"

"睡醒了,又是新的一天。"

"新的一天?"

"奇奇现在肯定在什么地方好好活着呢。"

"你怎么能确定?"

"因为我感受得到。别忘了,我也是个母亲。"

"奇奇和琦琦……我猜他俩准能玩到一起去。"

"睡前记得关窗户。"于晓丹的声音像缝隙里的低吟,她说,"我以前也住过这个房子……"

"晓丹姐,你快看!"

空荡荡的房子像个人,勉强撑持着自己。

在浓稠的暗夜里,对面的公寓楼里闪过一道刺目的光,凉凉的,慌慌的。Kira前伏着身子靠在栏杆上,她猛地一使劲,向对面楼上的人疯狂地挥手。

于晓丹本能地冲上前来,搂住半个身子悬在空中的Kira。地板抖动了一下,一股气流将Kira的裙摆压在于晓丹的身上,她看到防滑砂从她们身边轻轻地向下坠去。

时间嘀嘀嗒嗒在走。窗玻璃上结满了霜花。于晓丹还死死搂着她。恍惚之间,她抽出一只手来擦眼睛。这时候,她才发现自己哭了。

Kira的手挥得慢了些。她松开栏杆的刹那,问了于晓丹一个问题。

"琦琦用光打出的是什么话?"

"他在说,"于晓丹闭上双眼,"别哭,妈妈。"

(原载《山花》2023年第7期)

评鉴与感悟

《造房子的人》近七万字,大概是这部关于"沉默"的选集中最长的一篇作品。"沉默"在这里又该作何解?小说中的人物并不算沉默,但话往往说到关键处,有时是言语所不能及的。

我们有很多种现代病,而其中有相当一部分是关于交流的:我们不能好好说话，或者不知道该怎么说出正确的话。所以有时候说了很多，又像是没说，有时就只好沉默。"一句顶一万句"并不是一件容易的事情，它简直好像是一种与生俱来的天赋。我在读到这篇小说时，互联网上正流行所谓的"发疯文学"（也许这本书面世的时候，它已经销声匿迹了）。它当然不是文学，因为它的简单和粗暴是反文学的；它当然也不是真的疯，因为"疯人"很清楚自己想要的是什么，或者至少以为自己清楚。也不能说它全无用处，它就像是在一座由无数形形色色的规训搭建而成的学校里的校医办公室，一个行将崩溃的学生可以短暂地托病躲进去，以病人的名义休息一小会儿。

《造房子的人》中的角色们面对的也是交流的困难和言语的无效。这些角色都被困在某些东西里——比如困住廖世奇的是他的野心、他的执念和对情感的淡漠，困住于晓丹的则是虚妄的爱。但他们不能发疯，于是就只好从别处借来语言——这就是小说中建筑的功效。于晓丹和廖世奇初识时，就是在用建筑的话题来小心翼翼地在感情的背叛边缘试探的；而书中写到在建的能剧舞台项目时，几乎就是在明示读者，不要把它们当成书中可有可无的景观："它创造出来一个世界，只有台上的人能看得见，台下的观众却看不见。观众们也知道，他们跟角色离得再近，却始终隔着一层……对能剧舞台来说，他能让观众看到一些不该被看见的东西。"但"发疯文学"的问题是想得太少，而廖世奇们的问题则是想得太多。这种借来的语言并不能帮他们脱困：他们小心翼翼地借助建筑吐露自己的心声，但这种借用同样也是一种背叛——既背叛了建筑也背叛了他们自己，最后只是一层层地加固他们身上的枷锁。

另外，这的确不是一篇易读的小说，光是对这一题材的处理就足可见作者的野心勃勃。你完全可以在阅读的过程中享受到侦探解谜般的乐趣，真相藏匿在建筑沉默的光影后，也藏在南泉斩猫的禅宗公案中，藏在能剧表演形形色色的面具后。（钟宜峰）

动物标本

/褚婷

一

九点刚过，业已暴热。

还是角落里靠窗的位置。杜瑜面前放着一杯刚被端上来的冰咖啡，也不着急喝，她就用手捏着吸管，一下下地戳着白净的门牙。外头被照得像用曝了光的胶卷印出来的相片，从这个角度能看清楚的，就只有一楼檐头底下的那片阴凉地方，一只橘猫侧瘫在那里。刚才上楼的时候杜瑜就发现它了，她踩着高跟鞋，故意和木质楼梯配合出难以入耳的嘎吱声，那猫动也不动，像是快死了，或是已经死了。

屋里开了空调，杜瑜佝着身子闩紧了窗户。瞬间，橘猫就看不到了，还留有上周雨渍的、反着灯光的窗玻璃上，就只有杜瑜自己了。

这哪里是杜瑜呢？她贴近了瞧，窗玻璃上那个女的面颊凹陷，上下眼皮肿得睁不开，就连嘴皮子也被眼泪一遍一遍洗褪了颜色，怎么看也有四十岁上下了，可杜瑜才刚过二十八岁！她叹气，转过身来屁股一抬，把竹椅往后带了半寸。就是这磨人的手机，把她搞得人不似人。杜瑜把吸管抽了，猛地往喉咙里浇了一口，倒把她浇明白了，手机哪有磨人的，手机那头的人磨人罢了。

九点半钟。不用说，医院的检验科一定是开门了，报告单子也笃定被剑峰拿在了手上。杜瑜愣怔地盯着手机，剑峰依旧没来消息。心脏突然又漏了一拍，鼻子酸不溜秋的，好一阵委屈。她知道，难过归难过，眼泪是不能再淌了，叫老板娘看到了不好。这家咖啡简餐店就开在杜瑜美术工作室的对面，创意园区里，她是常客，最近更是每天都来报到，来了就赖在角落里，一杯咖啡坐一整天。光这礼拜下来，人就有了大变化，卵圆脸哭成了杏仁脸，单眼皮哭成了三眼皮。

哪有这样的人呢？杜瑜一个劲儿地把快要溜出来的眼泪珠子往肚子里吞。好了，就算你林剑峰去医院检查是老婆陪着查的，拿报告也是老婆陪着拿的，但结果出来有事没事、是死是活的，总该来个信息说一声吧？七天了，都七天了，一点动静没有，她杜瑜是棉花做的？不会担心吗？要她说，不回消息的男人就该死！

呸呸呸！杜瑜闭着眼睛摇头，使劲把这胡闹的想法摇出去，嘴里头还嘀嘀咕咕，算了，再等等吧。她自然也晓得他着急，那天的血跟开了水龙头似的从剑峰鼻子里涌出来杜瑜也看见了。要是今天他告诉她一句，检查结果没事，她就大大方方原谅他，要是他说有事，那她也认了。已经陪了他五年，这种情况多陪几年，也只会更用心，杜瑜就还是以前那个杜瑜。

手机屏亮了。就这么一下子，在这个不到四十平方米的阁楼咖啡馆里，达到刺眼的程度。杜瑜倏地挺直身背，怔忡着打开它。

是两张照片。第一张照片里一个六岁大的男孩子举着一幅画儿笑，上下牙都缺了一颗，衣领子上粘着两粒西瓜子。第二张是那幅画儿的特写，杜瑜看不出来画的是什么，她只知道男孩用的水彩笔一定是马克牌三十六色，因为他几乎把每个颜色都在这张画儿上用了一遍。杜瑜弓着腰倚回墙面，发这条信息的是秦丽虹——杜瑜的妈。关掉图画页之后杜瑜看到秦丽虹的语音，她说："你外甥画画呱呱叫得嘞，我们家的孩子都是有艺术天分的。哦对了，美国你到底去不去啦？"

手机被一下子甩到了圆桌边缘，老板娘在厨房后面掀了一下帘布，杜瑜假装瞥向窗外，却什么也看不到。

确实什么也看不到，里和外的景交融在小小一面窗上，太乱了，看得人发晕。这句"外甥"倒是叫得轻巧，其实就只是秦丽虹再嫁之后那人家的小孙子，没有一点血缘关系。杜瑜不喜欢那个男人，她觉得他太大了，比秦丽虹大了二十岁,这就不能说是杜瑜继父了,简直是"继爷"了。秦丽虹嫁过去照顾他们一家老小,明摆着是吃亏的,但秦丽虹说:"吃什么亏,女人生来就是伺候人的,伺候有钱的不比伺候穷的强?"杜瑜也不再说什么,自己开画室就是这个继父出的钱,道理揉碎了讲也不能对他有怨气,只能有感激。只不过感激什么的都只是在心里,杜瑜自己住,没事不跟他们一家子见面,不为别的,就是见到他们,杜瑜就会想到自己的爸爸,这点秦丽虹明白。

杜瑜的爸在杜瑜高考那年就走了,车祸,当时秦丽虹站在盖着白布的尸体旁边哭哭笑笑,杜瑜扯着她的袖子,一会儿喊爸,一会儿喊妈。秦丽虹擦了鼻涕,掀开白布使劲晃他,说:"你起来给我解释清楚,死?死能解决问题吗?你们男的都是货!"杜瑜也哭,说:"妈你什么意思?"秦丽虹干脆直接昏倒了,杜瑜出去喊医生,听见有个护士说,副驾那个姑娘才二十多岁啊,可惜了。杜瑜这才知道,原来车祸的时候车里不止她爸一个。那天的太阳特别毒,出了医院门,秦丽虹干瘪瘪的,像是被晒脱了水。女人是水做的,没了水哪还叫女人呢?杜瑜记得,阳光底下的秦丽虹眼睛雾蒙蒙的,瞳孔死黑,看不到任何东西在里头。她想,是不是最后那块白布重新盖上她爸的时候,也把她妈一起盖上了?

门被撞开了,一团热气趁机钻了进来,还有一个戴着头盔的外卖骑手。杜瑜提起凳子往角落里挪了挪,皱紧了眉。

屋里一下不一样了,气味、温度,包括颜色,都不一样了。小空间里杜瑜喜欢的那种相对静止被打破了,一破一立之间,又要花好一会儿工夫。

骑手越过一张桌子,贴着墙坐在两幅挂画底下。老板娘笑吟吟的,亲自给他端来一杯咖啡和一个热好的可颂面包。杜瑜没打算细看,但是骑手刀叉用得那样顺手,让杜瑜着实吃了一惊,手掌大的可颂被他利索地分成五块。再就着咖啡,慢慢送进嘴。他的头盔被搁在一边,蓝色的、印有广告语的、不透气的背心上,到处是新新旧旧的汗渍。骑手相貌生得好,眼睛鼻子嘴,哪儿哪儿都好,跟老板娘应是差不多年纪,那也就跟杜瑜差不多年纪。老板娘坐在他对面,眉眼盈盈,拳头轻轻顶着颧骨处,嘴角一抹笑自然就生出来了。

这样的笑仿佛比日头还烫,烘得人脸红。骑手不自在了,傻乐着拿餐巾纸抹嘴，头一甩一甩地到处看，一会儿问问这个，一会儿聊聊那个。许是头上的两幅画儿在视野盲区，骑手竟好久才发现它们，见着的时候一下子从座椅上弹起来，指着墙壁"哦哦"地鬼叫。

杜瑜轻轻咂嘴，又压低了眉。骑手太热烈了，年轻人都有的这种热烈，她不喜欢，闹腾。剑峰大她十五岁，这就刚刚好。想到这儿她看了一眼桌面，手机直挺挺地躺在那里，跟窗外的世界一样，枯燥，没有生机。

骑手"哦哦"指着的那两幅画儿，事实上就是杜瑜画的。美院毕业那年，杜瑜交上去的毕业作品是一个超写实主义油画组图，现在咖啡馆墙上的就是其中两幅。两幅画儿画的都是橘猫，一幅里的猫蜷着身子闭着眼，另一幅的直立着回头，仿佛是突然被谁喊停了步子。它的毛很短，花纹白棕相间，漂亮得很，就像楼下躺着的那只，只不过杜瑜知道不是那只，因为杜瑜画的是大学时自己养的猫，后来它生病死了。

"厉害吧？"老板娘也站过来，挨着骑手，听着像是在夸杜瑜，也像是在炫耀自己的眼光，"就是那个美女，杜老师的画儿。"

两个人齐刷刷看过来，杜瑜慌张地埋下头去，躲四只眼睛射过来的强光。

"画得真好！"声音已经到了跟前，杜瑜一抬头就迎上了骑手年轻、不知疲惫的脸，他把汗都藏在眼角的褶子里，看起来晶莹莹的，牙齿和杜瑜的一样白。

杜瑜衔着吸管，不好意思地摇头。

骑手拉过对面的凳子直接坐下，头抵靠在玻璃窗上，扬起下巴，虚眯起眼说："这两幅画儿画的是同　只，也不是同　只。"

骑手的脑袋很大，直接遮住了窗外那仅能被看到的一块地方。杜瑜的眼光没了落脚处，不得已又回到他身上，闲闲地接了他的话。

"你怎么知道？"

骑手"唉"了一声，沉重而短促，像是随随便便叹出来的。剑锋跟杜瑜讲过，养气不容易，那得放在丹田里慢慢熬。年轻人爱叹气，这里一声那里一声的，容易坏了脾性。

他接着说："我美院毕业的，苏城美院。"

杜瑜吐了吸管："看上去我比你长那么两岁，你该喊我声师姐也说不定。"

老板娘扭身往这边来。杜瑜睥睨,凳子之间太窄,老板娘却故意不挪,吸着肚子一个侧身挤过去,好让骑手瞧见那细如柳叶的腰,她又捏着喉咙说:"什么叫画的是同一只,也不是同一只?"

骑手站起来,手摸着自己的下巴,"躺着的那只,是它活着的时候画的,立着的那幅,是它被做成标本之后画的。"

老板娘双手捂上眼,夸张地把脖子缩进肩里去。骑手挑着眉,定定地看着杜瑜,寻求一种美术生之间才会有的心意相通。楼下那只橘猫还是那个姿势。杜瑜撇撇嘴,看了一眼手机,十一点,依旧没有消息。

二

"那幅,"骑手来了劲,向老板娘解释,"肢体僵硬,皮毛过于锃亮,尤其是那双眼睛,黑不见底,没有一点东西在里面,一看就是义眼。生命是有血有肉、柔软又有张力的,它没有,所以肯定是标本……"

两个人关于艺术的谈话把杜瑜隔绝在艺术外头,杜瑜心里倒是松快下来了。早上起来到现在没吃东西,胃里隐隐不适,生命的确柔软,一顿不吃就没了力气。杜瑜扫了桌上的二维码,下单一份牛排,一个微信提示突然蹿出来,她赶忙退出点菜页面,直接打开。

一个学生家长在群里发信息问:"杜老师,什么时候孩子能来上美术课?"杜瑜一股气从鼻子里喷出,回了一句"休假中,下周复课",便把手机翻过来盖在桌上。

一周前,和剑峰那次争吵之后,杜瑜的美术教室就停课了。那时,剑峰埋着头擦鼻孔里不停淌出来的血,杜瑜哪还管什么争吵,颤巍巍抽纸帮着他擦,说陪他去医院检查,剑峰不许,说会给杜瑜发消息。杜瑜知道,这次查体怕是大事,大事就该和家里人一起做,她是外头的,不是家里的。不去就不去吧,在这里等着也是一样的,空间上不在一起,时间上是要同一的,她也不知道这算哪门子矫情的理,总之从六年前博物馆的动物标本展上认识剑峰的那一天起,她就是这样听话,没有主意。

到了正午,外头一片白茫,没有一点风屑屑,地上深深浅浅的树荫就像是画上去的。这里的楼群普遍矮,最高也不过三层,稍不注意就会被建筑顶楼太阳能片的反光灼了眼。透过窗，杜瑜看见对面自己那间上着锁的美术教室，里头暗黑，外面再刺眼仿佛都跟它没关系。它后面也是一家咖啡厅，外头青瓦白墙，屋里四四方方的，杜瑜不爱去，也不是咖啡不好喝，喜欢一家店同喜欢一个人一样，没缘由的。再往后走，美术教室西南面，垂了整四面墙三角梅的一层建筑就是剑峰的标本工作室。

杜瑜的心又按捺不住了，死命地跳，她这才急忙收回了眼。园区就是这样，好像地方一大，做规划的人就没了主意，这里造一个，那里安一间，零零碎碎得到了浪费的地步。杜瑜在这座城市长大，每条街道每个巷弄都熟门熟路，但创意园到了城外，小时候的记忆里没有这块地方。它在一座仍然在建的高架桥旁边，每天进来出去看到的景，不是水泥就是钢筋，但园区里的人好像并不在意。老城里的人说，城外那个什么创意园里都是搞艺术的。在搞艺术的人眼里，什么都能是艺术。

秦丽虹自然也是老城区的，她说杜瑜你疯掉了，死拖着不去美国也就算了，好好的城里人，非要把工作室放到城外头去，你爸又不是出不起这个钱在城里安窝。她说"你爸"的时候，杜瑜哆嗦了一下。确实从车祸那天起，秦丽虹就变了，变得僵僵硬，没有血肉，好话坏话，酸话臭话，都是一张嘴就出来。有时候杜瑜真想看看，秦丽虹的身体里是不是也塞满了棉花。

杜瑜说，毕竟不是自己的钱，能少用点就少用点，还有，那人不是我爸。这话是真心话，只不过杜瑜知道自己最直接的打算，是想离剑峰近一些。

"我想起来了！"

骑手又突然冒出了声，杜瑜被吓得胆战，怎能这样一惊一乍，心里不禁骂了好几句。

"上学的时候就听说，有个师姐毕业设计做了一个组图，被系里拿去和教授的作品一起参展，不会就是你吧，杜老师？"

杜瑜点了点头，骑手满面惊喜，年轻人总是有那么多惊喜。

"他们都说你毕业去美国提斯克艺术学院进修了，几个教授推荐的，真羡慕你啊！"骑手把话又吞回喉咙里，说得含含糊糊，"我本来也是要出国的……"

杜瑜并不想跟一个陌生人解释自己没去美国的事，"那你怎么没去？"

"家里厂子关门了。"

杜瑜脑子里闪过骑手用刀叉的样子，然后点点头。这就是她不爱跟人聊天的原因，总有一句话能让你不经意掉进一口枯井里，然后着急忙慌找出口爬出去的姿势又很滑稽。

"那个组图叫什么来着……"骑手托着下巴，自己找了出口，"叫……"

"《自然与艺术》。"杜瑜赶紧答了他，倒不是生了兴致，恰相反，她过分祈求早点结束这场以怀念为主题的交流。

那年杜瑜大四，二月份的天，她穿着粗织米色毛衣，鼻子以下的部分藏在领子里，怀里抱着画板，在一群看标本展的孩子外头踮着脚往里伸脖子。馆里人太多了，刚好碰上放寒假，杜瑜个子小，根本什么也看不到，她站到一旁的黑暗里，拿一支笔一下下敲着牙齿，愣愣地等着关门前的十分钟，趁管理人员清场，她能抓紧工夫扫一圈。

"你喜欢标本？"这是剑峰跟她说的第一句话，他站在光亮里看着站在黑暗里的杜瑜，一手插进裤子口袋，一手往鼻梁上推眼镜。

杜瑜肿着眼睛摇头，说她只是喜欢画画儿，她是美院的学生，来看展是想给毕业设计找灵感，观察标本对了解生命的形态有帮助。剑峰抿着嘴，看了一圈场馆，皮鞋跟一抬一抬的，做了个"跟我来"的姿势。

这一"来"两个人就"来"近了，剑峰在闭馆之后给杜瑜开了个贵宾通道，做了她专门的讲解员。剑峰告诉杜瑜，他是一名动物标本制作师，今天的展览以剥制标本为主，是他负责修复的，他有一个私人的标本工作室，在城外的创意园区里。那天杜瑜有些呆木，从头到尾裹着画板，心里一直念着家里那只生了病的橘猫，最近连食都喂不进，怕是日子到头也就这两天了。

动物标本制作师，杜瑜没听过这种职业，但这个男人身上有一种特别好闻的气味，她的橘猫也有，那种原始的、纯粹的，和博物馆里陈年未腐的皮毛味一起，刺激着她的嗅觉。他说，其实我们也算是同行。杜瑜不明，努力睁大眼睛看他，剑峰身材颀长，杜瑜的头发刚好掠过他的下巴，那儿布满泛了白的胡楂，也跟她的猫一样。她痒痒的，想伸手去摸。

做标本、画画儿，都是通过一种艺术形式让生命定格，或者延续。关门前一刻，剑峰说。

后来杜瑜去了创意园，在剑峰的工作室里完成了她的毕业作品。作品立意很精妙，但都是剑锋的点子。她画了五组超写实动物油画，每组的种类不同，一组有两幅，一幅是它们生前的样子，另一幅是成为标本之后。骑手讲的没错，那两幅橘猫就是其中一组。它们被剑锋命名为《自然与艺术》。在美术馆做展出的时候，剑锋也去了，他看见了关于这个组图杜瑜给的注解：生命的定格或者延续。他背对着杜瑜，杜瑜站得远远的，知道他笑了。安静的展厅里，她听到自己心里的声音，那声音就像海水一浪接一浪打在礁石上，刺激、壮阔。

"画画儿挣不了钱，在国内搞艺术的都挣不了钱，还是得出国……"骑手还在同老板娘交谈，看样子他今天不打算做了，就这么会儿工夫脸上的惊喜又不见了，垂丧着头，拨弄头盔上的扣子。

杜瑜是有过去美国的机会，但机会放到了杜瑜手里，杜瑜没要。她多次娇嗔着问剑峰打算怎么报答她，她说："要不是你剑峰，我现在已经作为一名提斯克学院的学生在曼哈顿看展了。"她仰面躺在剑峰腿上，剑峰捏着她的鼻头笑："你先去，没准哪天我们能在美国的展馆重遇呢。"

唉，这时候根本想不得这些话，一想起来杜瑜这刚塑造好的看似坚硬的外壳就立马碎成了沙。杜瑜擤着鼻子，脑袋里突然灵光一闪，她遽然站起身，板凳脚发出"吱呀"一声抗议。怎么没想到呢，万一他就在工作室呢？天天在这里等，就不晓得去看一看！

一定是这蒸笼天把脑袋蒸坏了，连热了这么些日子，说好今天要下雨的，看看外头，哪有一丝要下雨的迹象？骗子，男人都是骗子，瞧这天公也是男人吧，那也是个骗子。

杜瑜往外走，经过老板娘的时候被她喊住："杜老师，你的牛排已经做好了呀，要到哪里去？"

三

杜瑜一抬腿便扎进了仿佛停滞的世界里，这个世界滚烫、空洞，微微一喘气都能在耳旁听见巨大的回响。那只橘猫闭着眼，像快要溶化在地面上。她紧着步子，三分钟的路程走得相当不容易。

剑峰工作室的密码她知道，乱糟糟几个数字，没什么特别意义，或者有意义，只是跟她没关系。剑锋说他做金融的老婆害怕这些动物，活的死的都怕，所以永远不会过来。杜瑜开了门，静止的空气突然开始流动了，先被唤醒的是操作室池子里氢氧化钠还有乙酸乙酯的残渣，杜瑜习惯了这个味道，近乎依赖。

她踢掉了高跟鞋，泄了气似的瘫在展示厅正中靠着墙的红绒布沙发上，仰面看着半空长在墙里的鹿头，姿势就像咖啡厅楼下那只不知道是不是死了的猫。她的前方置了个柚木玻璃面岛台，里面是各种蝴蝶还有小型的海洋甲壳类，四面是一些中小型哺乳或者卵生动物，猫、狗、鸽子是常见的，最令剑锋得意的是侧边柜里被特殊保护的一只半回头橘猫。

他不在，站在门口的时候杜瑜就知道了，但她还是进来了。她倚靠在沙发上，想到第一次到这儿来的时候，看到一屋子的动物，吓得丢了魂儿似的。那天她托着一个纸箱子哭哭啼啼，一只脚刚要踩进来，突然看到几十只黑洞洞的眼睛盯着她，她扔了箱子就要尖叫，剑锋及时拉着她进屋，关上了门。箱子里是她养了很多年的橘猫，前些日子病死后杜瑜一直舍不得埋，更舍不得火化，自从上次在博物馆认识了剑锋，倒有个想法一直在脑子里放着，琢磨了好些天终于打定了主意。剑锋打开箱子看了一眼，说："你放太久了，只有上半身能用。"杜瑜上下牙一咬，说："尽量做。"她咬牙的模样惹得他一阵笑，边笑又边说对不起。他笑起来的时候嘴巴弧度很大，两颗门牙中间稍有稀松，像《楚门的世界》里的金·凯瑞。杜瑜问他笑什么，他也不答，只是自说自话："一般人在宠物去世后不会选择做标本，他们说太残忍，其实这么好的皮毛被烧掉或者被啃食掉才叫残忍。"

剑锋对橘猫做完检查便摘了手套，打开手臂抱了一下杜瑜，拍拍她的背说了句什么，大概意思是药水味挺重，它生病的时候一定受苦了之类。杜瑜被这复杂又单纯的拥抱怔住了，面颊瞬间形成两道眼泪柱子，就像是给她糊上了一层膜，而且是恒温的，她说不清这是什么感觉，脑子里闪过高考那年医院外青浩浩的天。剑锋又问想要做什么形状，杜瑜没力气想，说："听你的吧。"剑锋思考了会儿说："我看它肌肉硬实，生前应该挺神气的，做个站着的吧，半回头。填充物就用棉花了，眼睛不能要，得换义眼，这你应该知道。还有，下半身可能要建模，价格不便宜。"杜瑜吸了一下鼻子，眼睛翻上天，停了一会儿又翻下来，说："好。"剑峰写了张单子，跟杜瑜说："好了通知你。"可杜瑜不走，一只手攥着拳头，另一只手不知道什么时候拿了支剑峰刚才写字的笔，狠狠地击着自己的门牙，嗫嚅着说："过程……我不能看吗？"剑锋摘下眼镜，双手撑在桌子上，眼睛里蹿过一道光，问："你不怕了？"杜瑜又一个咬牙："不怕了，我一个美术生，怕活的，不怕死的。"

剑峰凑近："没有彻底的死亡，生命总有延续。"杜瑜的侧脸被他的胡楂扫到，肌肉突然抽动，紧忙用手捂着，越捂越烫。他问主题想好了吗，毕业设计。杜瑜说还没，大方向定了，呈现自然和艺术之间的关系。剑峰舒开眉毛一笑说："标本也是艺术。"

大四的课不多，之后杜瑜没事就往剑峰工作室跑。完成毕业设计的那天，她扔掉画笔，四仰八叉躺在红绒布沙发上，哼着曲的时候，眼前的鹿头被剑峰突然出现的脸替代……

他说杜瑜是他发现的作品，跟所有的生物一样，是他的作品，就要听他的话。剑峰抚摸着杜瑜的身子，下巴在她的脖子里蹭。他还说他喜欢她的皮肤，第一眼就喜欢上了，白嫩的、年轻的、有弹性的，就像每次有年幼的动物遗体被送过来，他心里头自然会惋惜，但年幼的动物皮质好，却能让他兴奋。

杜瑜躺在她的爱情里，她的爱情是血红色的，柔软舒适又真实。她问剑峰："你为什么喜欢在这里做爱？"剑峰说："这是被整个自然界证明的，最伟大的爱。"杜瑜轻轻捶他，"我不要自然界证明，我要你证明。"她的指尖在他的锁骨下方来回扫，"剑峰，在你的皮囊上留下我的名字吧。"

剑峰摇摇头，"你知道我不可以。"他抱着杜瑜，看见柜子里杜瑜留在他这儿的那只半回头的橘猫，"把它留在我身上吧，一样。"

杜瑜又问："剑峰，为什么会做标本师？"剑峰点上一根烟说："小的时候目睹了我父亲因为鼻咽癌奔向死亡的全过程，可能是因为这个，不知道从什么时候起，我最想做的事就是让生命定格，我要在死亡和时间之间，建立某种关系。"杜瑜把眼泪憋了回去，悄悄说："我爸爸也没了。"她喜欢听剑峰讲这些她听不懂的话，这是剑峰大她十五岁的证据。

她爬起身子，双手攀着他的肩说："你太会了。"剑峰吐了口烟问："什么叫太会了？"杜瑜噘嘴："反正不是什么表扬你的话。"剑峰乐了："你们年轻人话都不会好好讲。"杜瑜反咬："你不就喜欢年轻的吗？"

她掰过他的脸，"剑峰，我要是死了，你就把我做成标本。"

四

可是现在要死的那个不是她。杜瑜的手在沙发布面上打着圈，两块有血渍的地方把绒布从鲜红映成酱红。

上周他们争吵了，五年以来唯一一次争吵，就在这个位置。那天是杜瑜农历二十八岁生日，秦丽虹张罗着在饭店聚一聚，一大桌子十口人围着一张电动转盘的高级饭桌，杜瑜就像个不懂事的外人。也不能这么讲，桌上除了杜瑜，还有那个不认字的小孙子。其余八口人倒是把她当了自己人的，个个摸着良心建议杜瑜从园区搬出去，说那个地方没有发展的，高架都还没通呢，哪有多少贪便宜的家长会把孩子放那里学画画儿。秦丽虹"嗯嗯"的，给小孙子剥虾。坐在正席的那个人也发了话："杜瑜，你其他不说，跑那么远没个社会交际，对象难找啊。要是真不想谈男朋友，你这个年纪，抓紧去美国继续念书也是不错的选择，要是有看上的学校就跟爸讲，这点小钱还是可以……"

"别美国了，我说了不喜欢折腾，你们要非愿看我在这个世界里头跌跌撞撞，我倒还不如做个标本。"

饭吃了一半，杜瑜就撇下那个电动餐桌赶去了剑峰那里，她身上攒了一路的雨和委屈，要好好抱着他哭。

到了工作室，看见剑峰在收拾工具箱，杜瑜想起来，过几天上海自然博物馆有个海洋生物的展览要请他过去做修复，他是讲好了这次带她一同去。杜瑜高兴了，哪还有什么委屈，方才的事都忘记了，毕竟和剑峰在一起五年，除了这间标本室，她没有和他去过第二个地方。

她屏气，双手剪在背后，想吓剑峰，不料却被他先发现了。

她伏在他的肩背上，盯着他锁骨下方文着的橘猫，感觉它这一阵变得皱巴巴的，是剑峰瘦了吗？她喃喃道："我要准备什么吗？"

剑峰突然停了手里的事，扶了一下镜腿说："这次不行了，她说她刚好想去上海逛逛商场，要和我一道去。"

杜瑜僵住，拨转过身体就要离开，又被剑峰用双臂钳住。

"大了一岁，怎么反而有了小姑娘的脾气！"

杜瑜斜睨着他，"哼"的一声冷笑，问："我怎就不能有脾气？我这人、这身子，都是血肉做的，又不是塞的棉花，怎就不能有脾气？当真以为是你屋子里的标本呢？"

剑峰猛地抽回他的手，背过去不晓得擦着什么，半晌不接下句。杜瑜也站不住了，走过去一看，浓稠的液体从剑峰的鼻子里淌出，整张脸被胡乱擦得到处是血。杜瑜双手遮住脸，又赶忙去抽纸，不知所措地帮他擦。

"我得去医院查一查，毕竟我爸就是……"

"我陪你去！"杜瑜受了惊，面色转白。

"不用了，等我消息。"

一周前剑峰给杜瑜留的最后一句话就是"等我消息"，等了一周，连个消息的影子也不曾有。她的橘猫依旧在柜子里站着，那个回头回得那样触目，仿佛不知道什么时候就会决绝地离开。杜瑜离了沙发，悻悻地锁上了工作室的门。

坐回咖啡厅角落那个位置，牛排已经凉到发硬，杜瑜放进嘴里嚼了好几口才咽得进嗓子。秦丽虹又发来了链接："以前你是不是就想念这个提斯克艺术学院来着？这上面说马上申请了。"

杜瑜又叉了一块肉放嘴里，回了句"在上课"。

骑手已经走了，厅里没有了蓝色，还是原先安静的黄，这让杜瑜好受很多。杜瑜不晓得自己对骑手的敌意是从哪里冒出来的，单凭他能自由地进出咖啡厅，和老板娘两个人能面对面地坐在一张桌子上吃饭，好像就能让杜瑜嫉妒半天，真是没道理。骑手不在，老板娘又进了厨房，刚才骑手坐的那张桌子现在换成两个年轻姑娘。

"我跟他就那么丁点来去，平淡得可怜。"一个姑娘压低声音，头靠在墙面上，手心里攥着一张皱巴巴的餐巾纸。

"你说男人不回信息的时候，也像我们女人这样思前想后吗？"她又立起身来，音量拔高了一些。

"不会，就是想不起来有你这么个人。"对面的姑娘塞了满嘴意大利面，说话干脆，吃面也干脆。

"我这么听他的话，他竟然还不晓得对我好……"姑娘变了腔调，仿佛那浮泛又浓郁的爱说出现就又出现了，使得她就要嘤嘤哭出来。

"你就是太听话了，就像……"吃面的姑娘放下餐叉，食指弓起来，顶着下巴，仰头看，看到了墙上的画儿。

"标本。"杜瑜说，"就像标本。"

姑娘们看过来，耸了耸肩，其中一个擦干眼泪，暂时不作声了。

五

下午一点四十五，理应是太阳最高的时候，这会儿天却好像暗了下去，窗外红橙黄绿的世界，反倒又看清楚了。

姑娘的眼泪到底是没兜住，稀里哗啦地淌了下来。她拿起手机，却又被对面的一把抢了过去，对面的冷脸，把手机藏在自己裤袋里喝道："不许发！"

窗外那只橘猫被两个小孩子围着，你一句他一句的不晓得在说些什么。杜瑜发了烦，也拿起手机刷屏，这里看看那里看看，翻到朋友圈的时候，一个在心里缠了她七天的名字出现了。这时老板娘穿着红格子围裙，在厨房的布帘后头尖起嗓子喊："关火！煳了煳了！"

剑峰发了张在车里的照片，坐在正副驾驶的两个人手牵手，风挡玻璃外绿莹莹的指示牌上标明着上海方向。他配了一条文案：感谢各位亲友的关心，查体一切都好，还有一条喜讯也分享给大家，我们二人的生命有了真正的延续。

创意园确实太远了，杜瑜定睛看了好半天窗外，这片天连一只鸟都不愿飞来。她突然很希望园区里不要这么静，如果能剧烈地摇晃，那该多好，坍塌之后大不了再重建呗，反正现在也是乱糟糟的。可是外头依旧动也不动，就像一个巨大的标本。

杜瑜嘴里发干，站起来抚平了裤子，跟跟跄跄到吧台，自己倒了杯水喝。她把老板娘喊出来，说："你给我个纸箱吧。"老板娘"啊"了一声。杜瑜往楼下努嘴，"有只猫，好像是死了。"

她款款下楼去，把箱子往旁边一放，两个小孩子抿着嘴互相看了一眼，拔起腿来就跑掉了。这只橘猫被喂养得很好，胖胖的，皮毛油光水滑，爪子也干干净净。她把手覆在猫身上，感觉不出里头的动静，一阵风过来，杜瑜忽然感到后颈有了几滴冰凉的触意。

下雨了，地面上开始有了黑色的斑点，太阳还没来得及躲开，雨点子就从天上汹汹地奔下来了。她拧过头看咖啡馆的窗面，老板娘正站在椅子上，想要把那张站立着的猫图摘下来。地面上啪嗒啪嗒地泛起一阵白雾，时不时有水珠子溅上她的脸，杜瑜龇牙笑，她的脸就跟着这世界一起流淌起来了。

杜瑜拭干了眼睛，转过来双手去拖那只猫，在碰到它的一刹那，它突然伸直了蜷曲的四肢，随即缓缓睁开眼。它的眼瞳黢黑，一个偏头，从里面冒出火焰般的光，闪闪跃动。

六

秦丽虹又在炫耀杜瑜"外甥"的画作，杜瑜瞥了一眼，咧着嘴点头。现在是美国东部时间上午九点，她边跟秦丽虹视频边准备早餐，牛奶杯底下压着一张入场券，"The Mystery of Life"，一个主题为生命奥秘的展览，地址是曼哈顿的现代艺术博物馆。今天是杜瑜农历三十岁生日，这个券是她现在所在的提斯克艺术学院的教授送给她的，作为生日礼物。

"你是不是要去看展了，那我就睡觉了。"

秦丽虹老了，从她一天比一天睡得早就能看出来。老了也好，老着老着就说不清谁伺候谁了。

来美国半年，杜瑜哪儿都没去过。交通、住宿、购物、旅游，连炒盘上海青都要三十美刀，出学校门是要大成本的。杜瑜还是那句话，用的不是自己的钱，能少花就少花。屋里的橘猫第九百九十九次跳上窗台，前脚不停地抓挠放在那儿的一幅油画，画儿上是只和它长相相似的物种，瞪着黑不见底的眼睛，撑直身体，回了半个头。租的地方还未安置沙发，杜瑜坐在桌边，怀里抱着这只两年前在园区咖啡厅楼下拾回来的小东西，打开手机计划着去博物馆最省钱的路线。

看展不让带宠物，杜瑜跟金发蓝眼的工作人员连说抱歉，摸摸它的脑袋，不情愿地去寄存。展厅很大，数千件标本交汇出一种奇怪的味道，一进去杜瑜就捂上了鼻子。

和多年前国内看的那次标本展相比,这次展出的内容更丰富,海洋的、陆地的,不乏一些珍稀物种。它们被支着身架,呈现着标本制作师想让它们呈现的任何一种姿态。场馆湿热,杜瑜心里也黏答答的。她手握一支铅笔,漫不经心地戳击着门牙,眼睛瞄了一圈,想找出口。不过是标本嘛,没什么意思。

找了一圈没见着出口,转身发现右前方拐角处倒是有光亮,红色的,还有些强弱相间的人声传出,估计是能出去的地方。杜瑜加快了步子,可走近了才知道不是,这只是另一个展馆,挂牌上用郑重的文体写着"inside the human body"。

杜瑜站在门口,不晓得该不该进去。最近处有个高两米左右的玻璃透明容器,里头立着的全身动脉血管触目惊心,它背后的大屏幕上滚动播放着一个美国癌末患者的死亡纪录片。

人体馆。其实杜瑜上大学的时候去医院的医学馆看过,谈不上怕不怕。这是学美术的必修课,特别是像杜瑜这样专攻超写实的画家。教授送她这张券,应该也是这个目的。

大厅里的复杂气味应该就是这个厅里流动出去的。参观的人零星几个,都是进来后走了几步就退出去,嘴里念着"上帝保佑"。暗红色的背景光很迷幻,把这个生命终点的展示厅弄得像母体一般安详,仿佛等待重生。周围这些骨骼、器官的纹理在灯光下愈显清晰。杜瑜放空脑袋,尽可能地不去想象它们之前的样子。走到底的展台里,是一些捐献者的部分皮肉经标本师的塑造形成的样态不一的皮质物,球体、立方体,它们里头被填充了棉花。杜瑜大概瞥了一眼,就准备掉头了。

两步之后,突然她站住了脚,背对着其中一个。心想,应该是看错了,不会的。

杜瑜用劲咬着指甲,扑哧一声笑出来,用笔敲了一下脑袋自语:"你想什么呢,杜瑜?"空调调得太低,她打起了寒战,径直朝厅外走,快到门口的时候又急转身,穿过其他展柜,回到了皮质物展台边,清清楚楚地看到了那只文上去的橘猫。一旁注释卡片上的字母忽大忽小,那些陌生的单词在杜瑜眼前叠合又分开。这么大一个博物馆搞展出一点也不严谨,Donor(捐赠者)那栏"Lin jianfeng.China"的标注搞笑又滑稽。还有死因,怎么可能是"鼻咽癌"?

场馆开始晃动,容器里的骨骼也移动起来,杜瑜喘不上气,昏沉地往外挪步。大屏幕忽然切了画面,画面里的她仰面躺在剑峰腿上,剑峰捏着她的鼻头笑。他说:"你先去,没准哪天我们能在美国的展馆重遇呢。"

杜瑜不知道自己是怎么出来的,就记得门口的金发蓝眼一把拉住了她,把橘猫放回了她怀里。她看着它火焰似的眼睛,恍惚着跃进了曼哈顿的日光里。

纽约地铁的站台和室外连接,没有冷气,因为不通风,站台上无比闷热。一滴滴水珠子从杜瑜脸上吹落下来,拍打着小东西的脑袋,它就伸出爪子去抓杜瑜的脸。列车过来了,扑面一阵热风,她把入场券扔进了铁轨,列车开走的时候就好心把它带走了。

一起带走的还有三十岁以前的杜瑜,和剑峰当初那个仅她可见的朋友圈。

街对过好像有一家二手家具店,橱窗里的红色绒布沙发鲜艳得夺目,像某种液体奔腾之后的凝固。杜瑜抱着橘猫往对面走,她想,是要给住的地方买个沙发了。

(原载《青年文学》2023年第12期)

评鉴与感悟

动物标本,一个充满矛盾的存在。一具动物遗体被标本制作师塞满棉花,凝固、定格了生命的形态。可是悖论出现了——即使它被摆弄成动物生前的姿态,可以抵抗时间对肉体的摧残,也无法展现出生命原有的活力,永远沉默不语。

"标本"构成小说的故事线索,也是笼罩全篇的隐喻。《动物标本》这个关于爱、生命与成长的故事,充斥着死与生的纠缠。杜瑜和剑峰都经历过丧父的伤痛,创伤记忆的深刻同频吸引两人冲破伦理,展开一段试图救赎自我的情感冒险。但是,他们之间拥有真正的爱情吗?

父亲的离世让剑峰直面死亡的内涵:永远消失,跌入虚无。此后他一直活在对父亲之死的巨大恐惧之中,这种从未被处理、化解过的创伤形成情结,成为支配剑峰行为的动力。他不断创造动物标本这种可以永存的艺术品,他无比贪恋杜瑜年轻的肉体,他对自己行将就木的真相保持沉默,他要在死后以人体标本的形式留存人间……一切本质上都源自剑峰内心深处的死亡焦虑。对剑峰来说,杜瑜不是她自己,而是他生本能的投射。他将她当作一件标本似的作品,进行带有父权意味的支配和控制。杜瑜恰好无法从父亲缺席的陌生新家庭中得到归属感,便以剑峰作为情感寄托。但爱情是两个独立灵魂之间的吸引,这样的关系何以抵达真爱?

正如荣格所言:"生命既想生又想死,想开始又想结束。"人的生本能和死本能总是紧密相依。荣格曾对尸体、石头等非生命物质有着异乎寻常的兴趣:"石头没有不确定性,沉默不语,千百年来永恒如此。"——这是他潜意识中死本能外化的方式。剑峰对于动物尸体的迷恋,便是他死亡本能的外化。当杜瑜作为一个独立的个体开始觉醒、反抗剑峰的时候,剑峰突然开始流鼻血——他重复了父亲的癌病,生命正式进入倒计时。这个情节突转意味着,作为生本能外化的杜瑜离他而去。于是毁灭性的病痛随之爆发,剑峰重新陷入死本能的漩涡。杜瑜的出现延长了他的生命,却终于无法让他逃脱死神魔掌的控制。他捐献自己的部分遗体做成人体标本,是对死亡做出的最后一次象征性对抗。

对杜瑜来说,剑峰在她生命中的出席意味着什么?当她在人体馆里得知真相后,她走出馆门,跃进日光。经历过一场漫长的成长仪式,她获得了新生。走出展馆的杜瑜,打算买下家具店里的红沙发,就像剑峰工作室的那张沙发一样。杜瑜曾以它的颜色比喻爱情:"她的爱情是血红色的,柔软舒适又真实。"这样鲜活的红色,彰显着生命的力量与渴望,是超越所有冰冷标本的生之印记——这张沙发属于杜瑜自己。(翟慕航)

拿什么拯救你，我的孩子

/王威廉

落芙一出生，就被诊断出患有某种遗传性的病症。刚刚出生的婴儿，连一天家都没回，就被系统送进了治疗机构。落芙刚被机构接走的时候，麦苗受到的打击远比他要大得多，毕竟落芙是在她身体里孕育的、生长的，她们曾是一体的。他对此深为理解。他在承受痛苦的同时，不得不花尽心思安慰麦苗，但麦苗似乎充耳不闻，天天以泪洗面，一周后便被诊断出了抑郁症。麦苗被迫接受精神治疗，从那以后，她虽然不再绝望，但她的情绪明显变得不稳定。系统认为这种不稳定是那种原始情感造成的，建议麦苗清除相关记忆。麦苗虽然拒绝了，但他们变得非常容易吵架，像是两头争斗领地的野兽。系统建议麦苗要减少去看望落芙的次数，尤其是要避免和他一起去，以免产生情绪上的较大波动。因此，他不得不一个人去看落芙。

他走在路上，行人稀少，事实上他只遇见过两个人，都是维修城市摄像头的。路边的花坛长满了旺盛的绿叶和点缀其间的小花。天空蔚蓝，没有风，这是很常见的天气，几乎一年有一大半是这样的天气。这种过度的平和，让他想起了一部古老的电影《楚门的世界》。他坐在黑暗的房间内，在二维平面上看到那个名叫楚门的小伙子生活在一个人造的世界，成为别人注视的玩物。他觉得眼下的世界，似乎每个人都成了楚门。而谁在看他们？天空空无一物，上帝早已死去。观看他们的，只有那些无处不在的摄像头吗？摄像头懂得观看的意味吗？为什么他总感到在这完美无缺的世界上，存在着一道说不清的目光，秘密地审视着他？这是他的幻觉吗？他是个病人吗？一个被原始感情裹挟又试图掌握一种原始艺术的病人？

系统一开始规定他可以一周去看落芙一次，三年后，成了一月一次。如今落芙已经十四岁了，规定还是一月一次，但操蛋（应该多找一些古老的脏话，它们也快失传了）的是系统总是以各种各样的原因取消探视。他认真算了算，他已经有三个半月没有见到落芙了。他担心她。尽管每天都能收到系统发来的相关信息，他知道落芙还算是健康的（除了不会说话），但他看不到她眼下的样子，系统拒绝发出病人的图像信息。任何信息都无法替代面对面交流，哪怕见面只是一起默默坐着。

落芙是这个时代为数不多通过有性繁殖出生的孩子，他在她身上寄寓着他对生命的爱和希望。

借助系统的DNA搭配技术生产下来的孩子，要么只知道自己的父亲，要么只知道自己的母亲，因为在系统的辅助下，繁殖后代成了一个人可以决定和完成的事情。如果你愿意要个孩子，你只需要让系统来提取你的DNA，然后系统会根据你的DNA信息去选择搭配另外一个人（甚至未必是异性）的遗传信息，从而达到最优效果。如果你想自己哺育孩子，没问题，但是没有几个人可以单凭自己照顾好婴儿的（那是已经解体的家庭的主要功能），于是，这些婴儿一诞生就被交给系统，由光影护士负责哺育。

在这种情况下，还能指望一个人对自己的孩子有多深的感情吗？当然，也别指望孩子对自己的父母有什么感情。

因此，系统基本不鼓励人们加强和孩子之间的感情。亲情比爱情有着更多的合理性，因为涉及的人数更多，但是，这不妨碍系统依然给出冷冰冰的定义：血亲认同同样是原始和野蛮的，是人身上动物性的遗留。人们对此竟然没有异议，因为人们和系统一样，也越来越懂得生命的生物学知识。从生物学出发，这是理所当然的。

但是他，一个保留了如此多原始情感的人，简直像怪兽一般，就是不愿意从知识和理性出发去看待事情。

他只要想起落芙，就宁愿变成一头野蛮的、被盲目的欲望所驱动的动物。他愿意为她去撕咬前来侵犯的猛兽。不过，在大多数时候，他没有更多的要求，他只是想看到落芙，看看她就好。

尤其是今天，他不想提前询问系统，免得又有什么推三阻四的信息。他决定步行去治疗中心。这段路并不短，正好调整下心情，他不想让落芙感受到他那种恍惚不定的心情。他希望自己传递给她的，是一种温暖，一种希望，但这，分明也是他匮乏而渴望的东西。对他来说，每次见过落芙之后，自己心里反而会多出一份温暖、一线希望。无疑，那是落芙给他的。她幼小的生命蕴含着巨大的能量。

他彻底厌倦了生物学的解释，他坚定地认为在他和她之间一定存在着某种神秘。这具由他而来的身体，这个独立的生命，和他之间究竟是一种什么样的神秘？正是这种神秘，他感到活着才有了依托。虽然，他说不清那种羽毛样的依托到底有什么重要，但那构成了他对于生命的一种信仰。

治疗中心形如巨大的金属蛋，隐蔽在一片树林中，这些叫不出名字的树，树干高大笔直，墨绿色的表皮上长着粗大尖锐的木刺，没法让人亲近。他顺着小径走了进去，锃亮的蛋面上映照出了他的脸孔：变形扭曲的嘴巴和鼻子。系统早已识别了他的面孔，顺着他的目光显示了一段蓝色的全息文字：

"突发原因，无法探视。"

他的心猛然一沉，走了那么久的路，结果看到的是这样一句话，他出离的愤怒，却又非常担心。他问：

"什么原因？"

金属蛋面出现了文字：

"基因治疗实验未完成，实验进行中，无法中断。"

他攥紧拳头，压低了声音说：

"今天我无论如何也要见到我的女儿，我会一直等下去。"

金属蛋面：

"实验结束时间尚不确定，结束后会尽快通知您。请您回家耐心等待，对此我们表示抱歉。"

他挺着脖子,像决斗的野兽低吼:

"不,我不会回去的!我就在这儿等,直到实验结束。"

金属蛋面闪烁了一下,什么也没有了。

"去你妈的!"

他骂出了声,自己都被吓了一跳。他以为自己早已忘记那些脏话了。骂完之后他觉得浑身有了勇气,束缚的袋子似乎有了裂口,他突然变得无所畏惧了,顺势朝金属蛋面吐了一口。

金属蛋面立刻回应:

"破坏公共卫生,按条例罚款200元。"

他的云端随即出现被扣费的信息。

愤怒,也属于原始情感。他转过身,背对金属蛋站着,心情糟透了。他想和人——有血有肉、敢爱敢恨的人——说说话,但他现在没有朋友,他只得和自己说话。

"我很生气。"

"没有必要,先冷静下来。"

"我该怎么办呢?"

"只能先耐心等待,虽然你很孤独。"

"不仅仅是孤独,有太多的事情和情绪……"

"写下来吧,让它们慢慢变得清晰。"

他惊讶地发现,写作让他体内有了一个新的声音,不同于日常的他。他和那个声音说话,有时得到赞同,有时得到反对,最奇妙的是那个声音可以跟他对话。对话意味着他者的存在。那个声音还属于他吗?如果不是,那个声音究竟是谁?属于一个更高于他的存在物?或是来自历史深处的幽灵,游荡在潜意识的疆域?

想到历史,他的思绪飘向了平时工作的博物馆。

那些经典的文学作品都保存在博物馆的地下仓库,纸张变黄发脆,像是飘到沙漠里干燥透顶的树叶。那些脆弱的纸书,作为珍贵的文物,由专人看管,如果打算阅读那些书籍,需要专门的保护设备。他也不得不感慨,这不再是一个文学的时代,就像这不再是一个用毛笔写字的时代,书法作为一门艺术成为历史,文学也是。所有的艺术,都需要进入社会的循环,而文学这扇门，已经由于大量淤塞而关闭了。

仅凭自己渺小的力气，他还能推开那扇门吗？

事实上，他连身边的障碍都推不开。

他回头看了一眼巨蛋，在金属的镜面上他看到了自己，那是一个模糊的、含混的、扭曲的人的身影。他动了动胳膊，那团影子也动了动，很快，金属镜面察觉到了他的动作，为了保证室内的光线不受干扰，自动调整了表面的反射系数，他的影子消失不见了。

一个没有影子的人呆立在原地，像是根本不存在的幻象。

树木的影子越拉越长，阳光开始变得稀薄和黯淡。他面对金属镜面盘腿坐着，假如他是一株植物，他一定要生出根来。他想起一个叫达摩的和尚，曾坐在石洞里边面壁九年，传说他的影子都印在了石壁上。可他现在连影子都没有。他只能渴望有达摩的定力，即便这种定力不是用于平和，而是用于愤怒。

阳光消失了，眼前变得昏黄模糊。不知道过去多久，金属镜面终于有了变化，伴随着声音通知：

"实验结束，可以会面，限时75分钟。"

陷入昏昏然中的他，陡然清醒了。

还没等他站起来，前面的金属面亮起了温和的光泽，并敞开了一道隐形的门。门后是一方雅致的空间，放置着一张棕色的沙发，还有透明的茶几，茶几上放着一瓶水。他跨进去，坐在沙发上，这才觉得干渴难耐，赶紧打开瓶盖，仰头喝水。那空间毫无察觉地开始移动，等他喝完水，他已经来到了治疗中心的内部。

门再次打开，他走出来，忽然觉得眼前所见有什么不一样了。他仔细打量着周围，也许是那空无一人的寂寥？他感到不适。曾经这里还有一群医护人员，后来医护人员越来越少，现在干脆一个人影也没有了。治疗方案都是在实验室完成，而不是在这里。系统认为，只有机器才能做到真正的清洁、精确与客观。

他想，让他不适的，就是这种生命变成了非生命的荒诞。

光影护士出现了，她除了摸上去是虚空的以外，要比人类更加漂亮动人，毫无瑕疵。她从一边款款走来，就像是从某个办公室刚刚走出，她的白色裙摆也随着步伐摆动着，严格遵从空气动力学的定律。

"我的落芙呢？"

他问道，嗓子沙哑得像是老化的电线。

"王先生，不好意思，让您久等了。请跟我来，您放心，她刚刚接受完实验治疗，回到了自己的房间。"

光影护士向他伸出了优美的手，他还下意识地去握，手指却触到了自己的掌心。光影护士笑了起来，这让他觉得自己是笨拙的。

他不记得落芙的房间在哪儿，似乎每次都不同，但看上去又是高度相似。最诡异的是，他从未见过落芙以外的病人。那些被关在这里进行基因治疗的病人，都被小心翼翼地隐蔽起来，来访的人像是走在整洁的浓雾之中，没法得到别人的信息。也许，这是出自保护病人隐私的目的，但他总觉得其中隐藏着别的什么原因。他说不清，但他隐隐感到了恐怖。

光影护士走到走廊的某个点，停下脚步，光滑的墙壁裂开了一道窄门。他赶紧望进去，看见落芙坐在里边，穿着一身洁白的连体无菌服，侧身对着他，一动不动，似乎对他的到来没有丝毫的察觉。

"落芙！"

他几乎大叫着冲了进去。

"王先生，如果您有需要，随时可以呼叫我。"光影护士站在门口鞠躬说道，然后门在她前方悄然关闭，全无痕迹。

落芙转过头来，她苍白的小脸上涌起很淡的喜悦，那喜悦像是被什么外力给压制着似的。她的嘴巴张了张，他知道她在叫"爸爸"。十来年了，她只有叫"爸爸""妈妈"的时候，他才能辨认。其余的时刻，她的嘴巴都是闭着的。她一动不动地看着他，没有什么特殊的表情。

"落芙，落芙，落芙……"他一直轻声呼唤她的名字。

她的头发是他视野中唯一的黑色，像是悬置在水中的海草。他伸手抚摸着她黑色的长发，发质和自己的一模一样，都是那么细软。这种触感令他感到踏实，能够确认落芙是真实的，而不是光影的合成。

他仔细打量着她的眉毛、眼睛、鼻子、嘴巴，每一处都是那么亲切。

他觉得自己是天底下最幸运的人。但是有件事一直困扰着他：他一闭上眼睛就会忘记她的长相。这是一件无法思议的事情，深深折磨着他。只要他见到她，他就会无比仔细地用目光抚摸她；平日里，他频繁地凝视着她的影像（每隔三个月系统会提供一份）；但是，无论他付出多大的努力，只要他闭上眼睛，她就只剩下一个模糊的剪影。这才是他最大的噩梦，醒着的噩梦。

这次，他努力记忆落芙长相的同时，发现她长高了两三厘米，他开心得合不拢嘴。他试着和落芙说话，他说他有了一个新工作，他写作，在写一个怪兽。

"落芙，你知道怪兽吗？"他给孩子做出一个鬼脸，并且模仿恐龙走路的样子，"啊呜啊呜"吼叫着。

他想逗笑她。可她的表情没有改变，还是那么怔怔看着他。他发现，她美丽的双眼没有了孩子的好奇和单纯，显得有些迟滞。上次来访，她的眼神一直回应着他的努力，只要他呼唤，她的眼神就会闪现出欣喜的光彩。

他忍不住叫喊道：

"护士！"

光影护士立刻出现。

他有些怒气冲冲，更多是绝望："为什么治疗了这么久，情况却越来越糟糕？"

光影护士笑吟吟说：

"先生，您的指责是没有道埋的，您没有看到落芙的情况在好转吗？她比原来长高了，体重也有所增长。她的各项发育指标都是合格的。"

"但是她好像不知道我在说什么。"他说完后，看了看落芙的脸，又深感羞惭，不应该当她的面说这些，也许她什么都懂呢？

"她听得懂你的话，只是因为有些累了，她刚刚才接受过治疗。"

"什么治疗，会让人这么累？"他的语气里有了质问。

"她虽然还不会说话，但她会画画了。"光影护士不接他的话，用俏皮的语调说，"你看呀，这就是她画的你们，像不像？"

墙壁上出现了投影：一幅彩色铅笔画的人像，他和麦苗咧着嘴在笑。色调并不复杂，却非常神似。

他的手哆嗦着摸到了冰冷的墙，画面浮现在了他的手背上。

"这是真的吗？"他有些哽咽，"原画在哪里？我要看。"

"原画在无菌箱里。"

"我等会儿能带走吗？"

"当然可以，"光影护士说，"其他的小朋友都直接用计算机画画，但落芙一直不会，直到我们尝试用笔和纸这种传统的方法。她对纸和笔特别感兴趣，她似乎天生就知道如何使用这些古老的道具。她画得很慢，这幅画她画了一个月，但是，评测分非常高，不完全是相似，更是富有创造力。"

"创造力……那意味着落芙是个……是个艺术家？"他提到了这个古老的词。

光影护士迟疑了会儿，也许是在搜索，然后说：

"是的，可以这么说，她是个艺术家。"

又说，"系统一直留意你目前的工作，你在扮演作家，你做得很好，你和你的女儿都是艺术家。"

这句话令他吃惊不小，他的写作居然也逃不过系统的管理。他是写在纸上的，字迹潦草，系统怎么能识别呢？有人向系统报告吗？他刚刚开始写作的时候，老太太就告诉他，他在纸上随便写，写下的东西是不用交给系统审查的。

"系统读过我写的东西吗？"他边问边挨着落芙坐下来，握住她的手。她回握了他，他的胸口感到温暖。

"系统没有专门去读你写的东西，"光影护士说，"但通过图像分析，系统大致知道你在写什么，是一篇和怪兽有关的幻想小说。但系统还没办法逐字逐句阅读你写下的东西。你可以抽时间将文字整理好，输入云端，系统会根据强大的文学史库存给你更好的修改意见。"

他总是猜不透系统本身是一种怎么样的存在（即便他还没受伤，天天为系统工作之时），它的终端似乎无处不在，比如光影护士就是它的无数终端之一。但这些终端一方面是它的一部分，就像是它的神经触突；可一方面是独立的，就像一个人在谈论他的上级。

他不敢直接拒绝系统的提议，只好说：

"谢谢，等我写完吧，到时我会请系统给我建议的。目前我自己都不知道要把这个故事写到哪里去。"

光影护士露出一个美丽的微笑：

"很有意思，请你写完一定输入云端，这也有助于对人类非理性思维的研究。"

他不想再聊这个了，那只会扰乱自己的心情。他开始专心致志地看落芙，落芙也看着他。他感到落芙的目光变得不那么空洞了，她的眼神里有种专注，他意识到，她这才缓过劲来，终于看见他了，认出他是谁了。现在她是在记忆他，然后他会出现在她的画里。他觉得有一股甘甜的泉水，连接了他和落芙的目光。

"护士，除了画画，你们没有教她语言吗？她可以用书写来表达。"

"教了，各国的语言全部试过，可都不会。"

"中文也尝试过了？"

"是的，中文这种复杂的象形文字难度更大。"

"我不相信，"他有些激动，"她会画画，证明她的图形思维能力很强。她学中文肯定可以的，我来教她吧，我是她的爸爸，我教她，一定会有所不同的。"

光影护士迟疑了会儿，应该是在等待系统的思考和结论，他暗暗祈祷系统能够同意。

很快，那个美丽无瑕的护士说：

"好的，你可以每次探访的时候教她。"

他终于对光影护士露出一个笑容：

"那我现在就开始了，我一秒钟都不想耽搁了，你去休息吧！"

光影护士轻轻低头鞠躬：

"时间到了我会来提醒你。"

说完，消失得无影无踪。

他从治疗中心出来，天已经彻底黑了。地面的光带向远处延伸而去，仿佛地球内部是亮堂堂的，这道路是它的窗户。他手里拿着落芙的那幅画，柔软的纸张像是某种脆弱生命的皮肤，他不敢太使劲，怕弄疼它，但又怕它丢了，只得把力道控制在指尖上，关节都有些僵硬了。他急着赶回家，便发出信号，一辆无人驾驶车很快到来，将他送到家。

"我去看落芙了。"他一见到麦苗，就抑制不住兴奋的心情。

"她看上去怎么样？"麦苗问，但她的语气在他听来有些平淡了。她应该又去治疗了，眼睛有些空洞，但整个人很平和。

"看上去还是老样子，"他故意卖了个关子，"不过……马上会有很大的好转！"

麦苗的眼神掠过一丝光亮，双手抓住了他的胳膊。

"真的吗？怎么回事，快告诉我！"

"你看看这个。"他把画递过去。

麦苗小心翼翼地打开，只看了一眼，眼眶就湿润了：

"是落芙画的？"

"是的。"

"画得太好了！"

"没错，很棒！"

麦苗笑了起来，他看着麦苗也笑了起来。他们看着彼此的笑脸，沉浸在欢喜中，这样的场景实在久违了。

麦苗的脸红扑扑的，像是回到了少女时代，她的脸如绽放的向日葵迎向他："落芙当着你的面画的？"

"那倒没有。"他舔舔嘴唇，"她是用了很长的时间才完成这幅画，差不多有一个月时间。我觉得她是个绘画的天才，你看，她把你画得多神似啊！"

"说来惭愧，但我在她心目中还是一个好妈妈。"麦苗叹口气说，"看来落芙的病有希望了。"

他说："先不管病能不能治好，至少她向我们敞开了一扇门。虽然现在还只是一丝缝隙，但我们要努力扩大这个缝隙，让她和我们之间开始有所交流，直到那扇门彻底打开。"

他在回来的路上都在琢磨这件事，在想这件事的意义，现在，他脱口说出，发现所谓的意义正是如此。

麦苗走上前，抱住了他，在他的耳朵上吻了吻，她的鼻息钻进了他的耳道，他几乎战栗了：他是如此爱这个女人。

他想肆意说出自己的爱，但他克制了自己，因为他要继续说出他的创举。

"还有一件重要的事。"他把嘴唇贴在她的耳垂上说。

"还有惊喜？"

"嗯，还是落芙，"他微微推开她，看着她的眼睛，"我教她认字了。"

"汉字？太难了吧！"

"她有那么好的图形思维，学汉字肯定很容易。事实上，我的猜测很快就得到了证实，她在很短的时间里就学会了四个字：爸，妈，落芙。不需要太久，我相信她就可以写信给我们了。"

麦苗的嘴巴张得大大的，那是一个很大很夸张的笑容。然后她捂住嘴巴迫不及待地问："你怎么教他的？她怎么那么快就学会了？真是不可思议！"

"我们的落芙其实是非常聪明的，只是很难表露而已。"他指着那幅画说，"我在你的画像下面写了'妈妈'，在我的头像下面写了'爸爸'，然后念给她，她虽然听不见，但她根据我的口型马上就明白了。然后我当场拍了她一张照片，在下面写了'落芙'，然后反复读给她。过了一会儿，我擦掉画下方的汉字，让她写。她用指尖在原来的地方正确地写下了'妈妈''爸爸''落芙'，我觉得她写的字比我都好。"

麦苗高兴地尖叫起来：

"她比我们都聪明！我好想看看落芙。"

"唉，系统暂时不能提供影像，"他叹息，"据说会影响治疗。"

"这和治疗有什么关系！"麦苗喊道，"莫名其妙！"

"是没什么关系，但系统有时就这么死板，到了可恶的地步！我发现自己总是记不清落芙的样子，就算一直看落芙之前的影像，但闭上眼睛就模糊了。这很困扰我，你呢？"他终于把这个憋在心里已久的秘密说了出来。

"我……我总是记不清落芙现在的样子，"她说，"假如今天是我去看的她，我要过好久才能想起她今天的样子，但今天回来却会想不起她今天的样子，就像记忆出现了奇怪的延迟。"

他觉得她说的话像绕口令，但他一下子就明白她在说什么了。她的情况和他惊人相似！只不过她说的更加准确。难道是因为落芙令他们痛苦，他们的记忆便有了保护机制，自动延迟乃至屏蔽关于落芙的信息？这该死的记忆，多么自私的记忆，他宁愿深陷于这痛苦。

这点麦苗肯定和他是一样的。

他和麦苗的关系开始回暖，自从上次他们大谈了一次写作后，麦苗对他的态度改观了许多。如今又有了落芙的好消息，他们更是变得温情脉脉。他们接吻了。然后他想和她做爱，上次做爱的记忆至今抚慰着他，没想到的是，她摇摇头，说自己太累了。

"你还在接受治疗吗？"他问。

"我现在自己能忍受的极限时间是三天，超过三天，焦虑就会像海啸一般在体内淹没一切，冲垮一切，我不得不继续治疗，再获得三天的平静。"

"这是成瘾的症状！"他难以置信，"精神治疗的首要原则就是避免上瘾！"

麦苗的脸色苍白，"不可能……他们说不会的……"恐惧凝聚成了寒冷，她瑟瑟发抖。

他说："你得马上向系统申诉这种情况。"

麦苗打开自己的电子云，进入自己的医疗中心，她的医生的全息影像立即出现。那个医生长得很像他，因为那是麦苗自己设置的。每个人都可以选择自己喜爱的形象。他看着变成医生的自己，有些想笑。

"这不是成瘾症状，是与情绪相关的神经元损害症状。"医生说，"现在的治疗只能控制而无法治愈，这涉及目前神经外科研究领域的最前沿技术，我们正好想咨询你：你是否愿意成为志愿者，参与实验？我们可以保证，绝对没有受伤和死亡的风险，只需要你在各方面配合我们。"

"容我想想，"她看了他一眼，"我们会商量一下。"

"好的，有什么需要随时联系我。"医生消失了。

就在他们陷入纠结的时候，治疗中心发来讯息，说落芙给他们写了一封信。

信很简单，上边写着：爸爸，妈妈，落芙。这三个词之间都用心形连接着。在字的上方，还有一个圆环，似乎要把他们穿在一起。

麦苗喜极而泣，向他伸出双手，他们的手指勾连在一起，像是生长在了一起。

"亲爱的,"他说,"下次我们一起去看落芙吧?"

"好,"麦苗擦着眼泪,泪眼中有了希望的光芒,"我们一起去。"

他小心翼翼地把手搭在麦苗的肩膀上,他能感到这一瞬间麦苗的肌肉突然绷紧。他尽力让自己的手掌松弛下来,亲密无间地贴着麦苗的皮肤,然后轻轻滑动着,他感觉到手下的肌肉逐渐消除了戒备,继而有了温热的体感。他的手滑到了她的腰际,然后将她揽进怀中。他发现,他们并没有欲望的冲动。但是,这样的拥抱让他感到平静,平静到了伤感的地步。他想起第一次拥抱麦苗的时候,被一种奇异的感受俘获,那种目眩神迷的感受让他们的路越走越窄,直到今天……曾经的激情就像雪原上的两头麋鹿回望时,那凌乱的足迹需要艰难的辨析。

这一切是否值得?他已经无法回答。

他扭头去吻麦苗的耳朵,麦苗颤抖了下。

"我爱你。"他说。

"我爱你。"她说。

他和麦苗一起去看落芙。

他们两人同时出现,很显然让落芙的情绪有些高涨。落芙向他们快速移动过来。她走路还是不大稳当,只能说是移动。她的头发在纯白的环境中犹如黑色的水母在漂游。她杏仁样的眼睛看着他们,没有血色的嘴巴张开,嗓子眼里努力发出着一些声音,虽然他听不懂,但他知道,那是落芙在和他们交谈,落芙需要迫切地和他们交谈。

他决心加快教落芙学习认字的速度,尤其是关于一个人的感受的词汇,他希望落芙能赶快学会,然后能表达出她的感受。只有当一个人能够表达自己的感受并被倾听之际,他/她才有可能被真正纳入人类的群体中来。他/她的生命才有可能继续生长。

麦苗画着一个个小人的脸部表情,他在下方写出汉字,反复读给落芙听。

这是爱,这是恨,这是高兴,这是悲伤,这是舒服,这是痛苦……

落芙非常聪明,很快就明白了他们的意思。她指着"高兴"两个字,眼睛直视着他们。他知道，那是落芙在对他们说："你们来看我，我很高兴！"他和麦苗对视了一眼，他们按捺着内心的激动，但是眼神的喜悦已经难以掩饰。

但几分钟后，落芙又用右手指着"痛苦"这俩字，左手指着自己的胸前。他感到心中被利器割开了，疼痛弥散开来。他最担心的事情发生了，落芙是感到痛苦的，而且应该很剧烈。虽然她此刻的表情倒是平静的（她的表情一向不够活跃，也许是长期封闭在这里的缘故），但是她的手不可置疑地停留在"痛苦"之上。他把手指伸过去，也反复指着"痛苦"，再指着落芙，希望她能再次确认。她很快就明白了他的意思，手指不断敲击着"痛苦"俩字，眼睛焦虑地盯着他。

探访的时间很快就到了，他和麦苗来到户外，心情沉重，他说，他们现在最重要的，就是要让落芙能够说清楚她的痛苦，那究竟是怎样的一种痛苦，是来自于她的病症，还是来自治疗的过程，还是来自什么不清楚的东西。他们必须要搞清楚。

但是，别指望找人从系统里边查到什么有用的信息。系统只提供标准答案，不存在别的答案。系统的诚实让你无懈可击，它如果对某样东西还不太清楚，它会直接说出来，并且会提供大量的参考数据，以及目前的研究状况。

那么只有一个渠道了：落芙用汉字把自己的经历写下来，告诉他们。

这需要时间和耐心。他想，如果能在他和落芙之间创造一种简单却有效的语言，那该多好。

他除了上班以外，便是琢磨如何更好地让落芙认字。落芙的状态并不好，有时他也觉得她还活着已经堪称奇迹，因此，他咬着牙，绷紧自己的身体，但同时用最大的耐心面对落芙，让她去认识这些奇怪的符号。每当落芙多认识一个字，他都觉得有扇门快要打开了。

这是一段平静的日子，变化是沉在看不见的深层，但他满怀信心，知道巨大的改变就会到来。只是麦苗的精神状况一直不佳。他强烈建议麦苗不要再去诊疗中心，也不要去参与那个医学实验。

"他们让你配合，只是为了提取你更多的私密记忆。"他预感到这会对麦苗造成可怕的损伤。

"其实我也不想去，我也怕……"她说，"尤其怕丢失了我和你的记忆，那我就和他们一样了。"

他终于知道她是不会变得和他们一样的了，"所以你不要再去接受治疗了，那只会让你变得更糟。坚持住，亲爱的，我会陪着你的，你的情况不会变得比我更糟，不是吗？我已经差不多算是残疾人了。"他苦笑着说。

"不去了。"她说完，嘴唇紧闭，像是遇见危险的海贝，即便被鲨鱼吞到肚子里，她也绝不张开自己的硬壳。

时间总比意识到的要过得快。就在麦苗还在与自己默默斗争的时候，他坚持不懈地努力正在取得成效。当落芙认识的汉字超过一百个以后，有些本质的改变发生了。落芙可以写出简单的句子了："我爱爸爸妈妈，我希望你们多来看我。""妈妈这次没来看来，我希望她多来看我。"这样简单的句子她已经完全掌握了。"为什么我是我，你是你？"这个简单的问题让他完全无法回答。"为什么我不会说话，你们都会说话？"这个问题让他趁机说："因为你病了，所以在医院里治病。"

"治病，痛。"落芙写道。

"你哪里痛？"他指着她的身体，依次指着头、肩膀、小手、肚子、腿。

"头。"落芙指着自己的小脑袋，手在头顶上绕了个圈，看来整个脑袋都是痛的。

落芙画了一个小人，头顶有一个椭圆形的东西，他想，应该是治疗的仪器。为什么会那么痛呢？现在基本上已经实现了无痛医疗，难道因为落芙的病情，必须要保持她的痛苦？那个仪器是在探测大脑中关于语言的区域吗？它在用电子激活那里？

他把问题输入系统，得到的标准解答是：仪器在探测语言与意识的关系，人类的复杂意识和语言是否同步生成，至今仍然是未解之谜。

难道落芙所得到的不是治疗，而是被研究？就像他们想要研究麦苗一样？他的疑虑像恐怖的硫酸，在心中开始腐蚀。他和麦苗期盼着的落芙的康复难道是一种神话？实际上落芙只是一只说不出话来的小白鼠？

他就这事委婉地询问光影护士，光影护士依然用最美的笑容对他说："请放心吧，这是在进行深度的基因治疗，疼痛是不可避免的。"

"你们在治疗的过程中,会顺便开展一些针对人体的研究吗?"他也露出一个笑容,"比如说,对人的意识。"

"每一项治疗,所积累的经验,自然会积累到系统的资料库中,这个你应该清楚的。"光影护士说,"所以,治疗和研究,怎么能分得清呢?"

"当然,不可能是泾渭分明的,但是总有种比例吧,比如,侧重于治疗还是侧重于研究……"

"我们对待落芙,肯定是全力以赴,以治疗为首要目的的,这个请百分百放心。"光影护士走过来,把手搭在他的肩上。尽管这是一只没有重量的手,但他的肩膀依然有自我想象的感觉,他喜欢这种亲昵的举动。

既然如此,那他还能问些什么呢?

好在落芙的认字速度,以及遣词造句的能力,都在与日俱增,他相信,真相很快就会水落石出。但是,他反而有了一种莫名的惧怕。如果某种他最担心的真相浮出水面,他该如何面对?他有没有处理的能力?他感到怯懦,他对自己感到怀疑。

转眼到了年末,公共假期是每年的最后一周。曾经有过的圣诞节、春节等等节日已经消失了,安静地陈列在非物质文化遗产名录上,现在的节日是为了纪念系统的诞生。经过他的反复申请,系统允许他和麦苗陪伴落芙整个假期都待在一起,但落芙还是不能离开治疗机构。系统认为她长期生活在与世隔绝的无菌环境中,已经很难抵御外界的细菌。他和麦苗便每天都来,他已经很知足了。

三个人在一起,落芙的状态越来越好,她掌握了更多的词语,开始记下自己做的梦。

第一天:
我梦见自己的胳膊和腿脚,丢了,我被放在地板上,我睁大眼睛,全是白色的光,我害怕。

第二天:
我梦见我的身子也丢了,有人摸我的脸,脸丢了,我只有眼睛,只能看,其他什么也做不了。

第三天:

我只有眼睛，但我什么也看不到，我什么也不是，但我还看见白光，只有白光，我很害怕。

第四天：

我感到有人要把我塞进一个盒子里，一个摸不到的盒子。

他看到落芙写下的梦，浑身战栗，一种说不清的惊恐让他紧紧抱住了落芙。他想用自己的体温去温暖她。落芙将头埋进他的颈窝，异常安静。几分钟后，他松开她，打量她，她的眼睛上面蒙着一层淡淡的水膜。他知道那代表她哭了。她的哭泣神经是被限制的，那已经是她极大的哭泣了。他的心脏抽得紧紧的，像是一个拳头，他甚至感到自己要被那痛苦折磨得猝死过去了。他抚摸着落芙的肩膀，咬着牙想，一定要为她做点什么。

麦苗的表现倒是很奇怪，她大多数时间都是沉默的，虽然面带微笑，像是在努力安慰他和她自己。她的目光从落芙的字句上总是匆匆掠过，像是不敢目睹什么血流成河的惨剧。她跟落芙说话也是，经常不敢看着她的眼睛说话，总是说几句便低下头。

"我们的孩子正在遭受很大的痛苦。"他试着跟她沟通。

"是的，她的梦太可怕了，比我现在遭受的痛苦还要可怕。"她哽咽了一下，看着他的眼睛说，"至少我享受了很多的欢乐，尤其是……有你陪伴的爱。"

他把麦苗和落芙拥抱在怀里，三个人的脑袋顶在一起，像是原始人围绕火的舞蹈。他希望自己是巫师，可以掌握一些魔法，至少，可以向万物祷告。

第五天中午，麦苗走出去方便，只剩下他和落芙两个人，落芙递给他一张纸条：

我听到有人跟我说，死是什么也没了，我告诉那个人，让我死。

"谁和你说的？"他问。

"我不告诉你。"她写道。

"为什么?"

"我不说。"她写完,用手指紧紧捏住上下嘴唇。

麦苗回来了,他把纸条攥成一团,塞进口袋里,装作什么都没发生。

"怎么了?"麦苗感到了异样。

"没怎么。"他轻轻拍拍她的肩膀。

大脑及其意识之谜还没破解,人类依然被阻挡在永生的门外。落芙的疾病,问题自然也出在大脑的某个地方,因而彻底治愈的希望应该是没有的。尽管系统保障了她的存活,但她也成了系统的试验品,经受着巨大的痛苦。他该怎样拯救落芙?强行把落芙从治疗中心带走?她来到外界,也许撑不了一天就会死掉,那样算是拯救吗?他无法回答。而现在,落芙想要通过死亡摆脱痛苦,可她真的知道什么是死吗?

一天晚上,麦苗看到他心事重重的样子问:

"是不是落芙有什么事情?你不要瞒着我,我需要知道。"

他扭过头,不敢看她的眼睛:"我不打算瞒你,但我怕你承受不了。"

"不会的,告诉我吧。"

他只好说出自己的想法,尤其是拿落芙想自杀的纸条给她看了。麦苗当场跌坐在椅子上,面色苍白,鬓角沁出了虚汗。

"我们该怎么办?"她几乎颤抖着。

"我……我还在想。"他扭头不敢看她。

她哭泣起来。她已经很久没有哭泣了,但此刻情绪彻底突破了控制的防线。她抹着眼泪说:

"我们一开始选择自然生育就是错的,我们害了落芙。"

"别,别这么说,"他结结巴巴说,"这,这只是个意外,很小很小概率的意外。"

"如果我们跟别人一样,用系统的基因结合技术,就肯定不会有问题。"

"一样会有意外,只是概率小一些。"他说。

"我没听说过一例意外事件。"她紧盯着他,仿佛都是他的错。

"因为系统不会公开那些意外事件的,亲爱的。"他叹口气,"落芙已经存在于世了,我们不能再去后悔以前的事。那并不是我们的错。我们现在应该想的是：如何减轻她的痛苦，如何拯救她。"

麦苗的哭泣暂停了一下，"直接求助于系统不行吗？"

"系统对落芙的情况一清二楚，怎么求助？"

"系统是机器，无法真正理解她的痛苦，更不知道她想要死，我们应该让系统知道这些。"

他摇摇头，"肯定不行，既然你说系统无法理解痛苦，又怎么指望它理解你所说的呢？在系统那里，人只是一堆分子结构，每一种情绪表达的背后都是一种复杂的生物反应；但你又不得不承认，很多时候的确如此，它在分子层面的研究治愈了许多疾病，包括精神疾病。正因为如此，它的方式变得越来越不可置疑。当然，这其中也许因果被倒置了……"

麦苗的眼睛失去了神采，像是遥远的街灯。他知道他的话击碎了她残存的幻想，他深感痛苦，但他知道，这何尝不是击碎了自己的幻想。

"为什么不能设置成无痛模式？！"麦苗站起来，"落芙用文字告诉我们她很痛，我的心也很痛！"

"实不相瞒，我咨询过系统了，而且找过相关领域的生物学专家，他们说，如果是无痛模式，就等于抑制了大脑的很多机能，是没有办法开展治疗和实验的。"

"这些畜生！那就杀了她！让她死吧！"麦苗突然歇斯底里地大声喊叫起来（"畜生"这个脏话让他觉得陌生），她抱着头，蹲在地面上，像是缩成一团的穿山甲。

"你……"他的嘴唇像是快死的蚯蚓一般颤抖着，说不出话来。他也蹲下来，伸开双手尽量多地抱住她，他能强烈感觉到她崩溃之际山呼海啸般的战栗。他用力抱紧她，似乎这样，就能把两个人的战栗给压制住。但实际上，他感到的反而是双重的战栗。他的膝盖一软，整个人跪了下去。

家庭自动医疗警报检测到了异常情况，发出电脑永远正确的声调：

"注意：血压过高，血压过高，请迅速前往医疗床，进行详细测量……如果三十秒后没检测到人类行为，我们将连接治疗中心，距离最近的自动救护车将赶来……"

"闭嘴！一切任务停止。"他用语音关闭了家庭连接系统，那声音戛然而止，他们仿佛瞬间掉进了某种密度很低的透明液体中。奇异的寂静压迫住了他们的耳膜，也压迫住了他们的呼吸，他们似乎无法再发出一丝声响。

那寂静要压碎他们，要压碎万物。

麦苗的身体还在战栗，但不再哭喊，犹如死前的绝望。在那样的寂静中，他们缓缓躺下来，彻底躺平，像是两具尸体。他们努力把手握在一起，而脸都直挺挺地望着天花板。他们就这样死去算了，他想，麦苗一定也是这样想的。

（原载《芒种》2023 年第 9 期）

评鉴与感悟

初读来，这篇小说的主人公"他"和妻子麦苗，似乎在文本内外都是有些悬空的人物。也许是因为在现实中，我们即将或已经站在类似问题的路口，但是还无法确定评价的标准；也许是受限于篇幅，一些世界观设定和人物经历的信息，交代得比较简短模糊，从而给读者理解人物的行为逻辑带来一些阻滞。比如作为选择自然生育的主人公夫妇的重要对照，"系统"是如何辅助孩子诞生的？尤其是当"系统的基因结合技术"为一个有生育意愿的人搭配上另一个人的 DNA，此后的胚胎是如何进一步培植的？同时，读者对一篇科幻小说逻辑性的判断，不可避免地要以现实为认知基础和想象来源。在此意义上，"他"偏于传统保守的生育观和对亲情伦理的想象，似乎已经与现实语境出现裂痕（比如精子库的建设或人造子宫的应用前景）。

当然，如果搁置人物的情感倾向与现实的关系，"他"在文本中也被设置了某种悬空的生活处境，他的亲子观念和怀疑态度都与身处的世界难以同步。这个世界是如何发展至此的？在科幻文学的经典主题——人类繁衍后代的新途径上，小说与《美丽新世界》的"中央伦敦孵化与控制中心"有相似性，可以推测这样的世界也有一套优生学系统，将"性"和"生殖"分离，以标准化和技术治理的思路建立了育婴流水线。主人公夫妇是这里唯一或者寥寥无几的例外吗？由于他们难以找到其他能交谈的有血有肉的人，这也使得"系统"是怎样的存在，对"他"、对读者而言都是未知的。即使"系统"给出的某些评价——比如女儿绘画的"评测分非常高,富有创造力"——"他"似乎也能有所理解,或者说并不强烈反对,但是人的判断与系统评测之间,并非相互佐证的关系,而是存在裂痕或悖论。这个新世界显然不止包括那些未来派建筑、明亮柔和的灯光、人造音乐、智能化设施和"系统"正常情况下的礼貌指导:"他"此前的遭遇和麦苗接受的可疑治疗,似乎暗示了人一旦被"系统"判为异常,可能受到的压力。因为科技不仅改变衣食住行和理化工领域,更将生命科学应用到人类身上,重塑生命的自然形式和情感认知,这是"在人类心智与身体上进行深层而个人性质的革命"(赫胥黎语)。而这篇小说正是从这一领域,切入了那个具有反乌托邦色彩的重要问题:当一个看似设计合理的宏伟计划、看似平滑稳定运转的社会系统里,出现了不适应者、有异议者,将会发生什么。(靳庭月)

跃入群星

/路魃

毫无防备,一只飞来的足球直接命中我的脑门。我倒在跑道上,无法动弹,脑袋嗡嗡作响。眼睛也合不上。我凝视天空,第一次在白昼看到月亮。一轮清澈透明的月亮,在云中隐约浮现,荡出一圈圈涟漪,宛如离岸的岛屿,与行星般的内陆遥遥相望。妈妈吓坏了,却不忘调侃一番:"痛不痛?你要变傻瓜啦!"她一边检查我脑袋,一边指责那个学生,说他球技拙劣,将一个孩子当成龙门来瞄准飞射,"你这只香港脚!"学生丝毫没有歉意,拿着足球回到绿草如茵的球场,继续一场身体对垒的竞技游戏。他们总说生命在于运动,但我看不到任何乐趣,要是能不动,我希望做一株植物。妈妈一遍又一遍地问我痛不痛,我始终没开口。或许她真的以为我被踢傻了,抱起我就冲出校门。

第一次带我来内陆城市,就让我遭此横祸,要是脑袋真的被足球踢傻了,她会为此内疚一辈子吧?但,痛是其次的,脸也很麻木,我只感到很害怕、恐慌,一个字都不想说,也说不出。她继续跑着,想找一家诊所给我检查脑袋。我的头晃来晃去,眼睛依然凝视天空。看着白昼的月亮,我短暂地镇静下来。只是短暂地……

我出生在泗月岛,在有能力决定自己的去向前,十岁时第一次跟妈妈来到内陆城市,来到她的故乡。在这里,我顿时不知所措,俨然成了一个不会移动的靶子，被枪口瞄准了。瞄准我的枪口无处不在：陌生的目光，疾驰的汽车，坠落的石料，脱离控制的足球，还有种种我没见过的事物。在过去，在岛上，我没有什么要闪躲的，不时有鸟落在我的肩膀，鸟不动，我不动。人来鸟不惊；鸟来，人也不惊。

足球飞来那瞬间，我以为我也可以不动。那时，我还没见过真实的足球，因为岛上没有这种体育活动。足球的形状被速度模糊了，扭曲了，像一颗巨大柔软的子弹，射不穿我的脑门，却撕裂了我的心灵。那种被当成靶子瞄准的不安感，我永远也忘不了。

太阳晒得马路升起一种难闻的酸味，大厦窗户炫目的反光令人作呕，人们吐痰像喷水鱼捕猎那样，射到墙上去……肯定还有更多这样的事物，更多这样无形的威胁，埋伏在城市里，随时从空旷处扑向我，袭击我。想到这儿，我大哭起来。妈妈一颤，停下脚步。

"啊，你还会哭，看来没事了。"

"我要回爸那儿去。"

"好不容易出来一次，就那么想回那个地方去？不和你外公你舅多聊几句吗？净给我失礼呢。我的面子都丢尽了。"她在街边把我放下来，失神地站着，任由我在人流里被推搡着，像一条浮在海面半死的鱼，被浪花一点点荡开。

"岛上才是我家！"

"可这里，是我家呀……"

那个时候，妈妈就已经后悔嫁给爸爸，后悔嫁到人烟稀少的泗月岛。海水上涨，岛屿首先会消失，跟高海拔、远离海岸的内陆相比，泗月岛永远成不了妈妈的第二故乡。但岛屿即使消失了，沉入深海了，它依然是我的故乡。考古的人还在追寻被洪水淹没的亚特兰蒂斯，苦苦追寻文明的先祖。

"那你自己留下吧！"我大喊。

那个时候，我就已经说得出这种残忍的话。但对妈妈说出带有恶意的话绝不是我的本能。你知道，我的本能是回岛上去，像一株植物那样活着而已。不要试图把我拔起来，你也知道，传说中曼德拉草被拔起来，会发出致命的尖叫。

人流熙攘，我夹在其中，寒毛直竖，浑身僵直，耳边却是静悄悄的。不，是被耳鸣声灌满了。嗡嗡嗡，我好像想起了什么——是熊蜂。我努力回忆熊蜂在屋檐的横梁上打洞的声音。熊蜂在木头里钻出一条曲折幽深的通道，把巢穴筑在最深处。用一只眼睛对准洞口看，怎么也看不到尽头。熊蜂浑身长满黑绒毛，却是一种温柔的昆虫。它趴在掌心，花粉从它的每一根绒毛上滑落。爸爸教会我关于岛屿动植物的知识。他书架上的科普书和专业书，早已被我翻遍。在我懂得知识前，那些动植物千万年前就出现在岛上，它们中的一部分，在我来得及见到它们之前又悄然灭绝。

那些于我而言绝对古老的事物，如消亡的河川，如哀伤的恐龙，在时间和宇宙群星看来，只是作了短暂停留的某种物质形式。我在岛上见过的动物比人还多，但人会比其他动物存在得更久吗？或许我不必花费时间喟叹他们的堕落与变迁。我只是喜欢待在安静的岛上，遥望内陆，宛如站在月球环形山上的宇航员，遥望那颗蓝色的母星，平静，没有怀念。

妈妈向她的父母以及哥哥姐姐道别。对于她执意远嫁泗月岛的决定，他们当初本不同意。这次回娘家，只短暂停留两三天，虽然她没说提前回去是因为我，但他们都知道是因为我。我的脸晒得黑黝黝，眼睛睁得圆鼓鼓，畏缩怯懦，跟生活在内陆城市的他们相比，这种不寻常的风貌仿佛只会来自热带异域，水土不服。他们打量我时的神情刺痛了我。人们若像我凝视白昼的月亮那样，用温柔的目光抚摸事物表面，事物轮廓会在他们的眼睛里浮现。他们要是也这样看我，我因城市持续而生的恐惧也会在他们眼里浮现，他们会因此理解我，而不是鄙弃我、审视我吗？

外祖父家的大饭厅，设在一面方正的巨幅天窗底下，抬头能望见天空和飘过的云朵。一张长长的餐桌，可以坐满这个家族所有人。天窗透下明媚的光线，餐桌上每个人的头顶都泛起了一圈如雾的光晕，脸陷在阴影里。每个人都是外祖父的门徒，围绕着他谈话。外祖父是个不苟言笑的人，总是点头，不爱说话。在这个家族里，他努力维持一种严肃清苦的气氛，希望儿女能延续他的志向，成为人民公仆。所以舅舅和几个阿姨大学毕业后，不是当教师，便是进了政府机关。外祖父是他们共同的心灵底片。只有妈妈落榜了。高中毕业后，她跑得远远的，跑到海边城市去，在旅游酒店做前台，最后和她接待过的一个住客结了婚。

等待上菜时，我和妈妈坐在中间，坐在光线最亮处，每个动作被展示得一清二楚，像在刑讯室等待审问的嫌疑人。我们拘谨又不安，挺直身板。妈妈是出卖和背叛这个家族的罪人。我是罪人的子嗣。

"阿娥，"舅舅说，"你那个地方叫什么来着？"

"泗——月——岛——"妈妈一板一眼地回答，像回答课堂提问。

舅舅是附近一所学校里的教师。

"泗月怎么写？"舅舅又问。

"这我知道。"大姨抢过话，"三点水，再加一二三四的四。"

这是道别前的最后一顿晚饭。他们明知故问，挑起事端。外祖父蓦地起身，走进书房，出来时拿着一本厚厚的《辞海》。他仔细地翻查，手指顺着发黄的纸页滑下来，定定一指："看——涕泗滂沱。泗，是鼻涕的意思。"

"鼻涕岛！"舅妈立马从中意会出一个玩笑来，尖酸刻薄地笑着。

大家先是一愣，接着哄堂大笑。我又被刺痛了。妈妈舔了一下干燥的嘴唇。泗月岛的诗意，在变成鼻涕岛后荡然无存。外祖父原本只是为了向众人解释生僻字，只是在忠实地呈现一种字义，绝非要取笑自己的小女儿，没料想制造了一个笑柄。他并非不知趣，但就算生活命运的意味映射其中，也不点破，不打算说些什么打圆场的话为妈妈挽回面子。二次释义得交由儿女们自己去进行。这种看似残酷的冷漠，构成外祖父作为家族知识分子的一道精神长城，既保卫我们，又将我们隔离。

他们继续在笑。我也有点想跟着一起笑，想跟他们混熟一点，这样他们就会放过我和妈妈。但我们还没发展出这种自嘲精神。妈妈瞥向一个空的座位。那是她母亲的座位。此刻，她想向母亲求助，尽管母亲才是她婚姻最大的反对者。但那个座位会一直空着。在她嫁去泗月岛三年后，母亲就病死了。路途遥远，她没来得及回家奔丧。我对外祖母仅有的印象，来自妈妈的一个回忆："她第一次到岛上就哭了，说那根本不是人住的地方。"

"自作孽。"我好像听到舅妈这么说。

"什么？"妈妈回过神来。

"哦，我是想问你，"舅妈说，"你那个男人是做什么的？"

"我老公？……他研究植物。"

"怎么不叫他一起来？"

"还不是因为忙育种工作！"

妈妈每次都拿这个理由搪塞他们。

"看样子……"舅妈故作迟疑道，"他的育种工作做得不是很好。"

"你知道？"妈妈一惊。泗月岛上的育种工作，实际上早已停滞不前。瘟病侵蚀所有作物，瘟病面积年年扩大，爸爸在岛上的科研站对此无能为力。

"不是有样板看吗？"舅妈竖起筷子，指着我，"来了几天，招呼都不会打一个，还以为是哑巴仔呢。"

我几乎把脸埋在饭碗里。如果爸爸在，他绝不会允许别人对我们做出这样的侮辱。然而，迄今为止，爸爸一次也没来过这里，妈妈的家族里同辈的人也没见过他。爸爸不顾礼节，哪怕在电话问候几句也不肯。外婆怨他没让我们母子过上好生活，在闭塞的岛上经受高温潮湿、蚊虫叮咬。他无从解释，生怕越描越黑，干脆沉默。他关心实验室里的植物多过维护额外的家庭关系，惹得所有人不愉快。每次回娘家，妈妈总是负荆请罪似的带着歉意。

其他人肯定听到了舅妈说的话，但她是大哥的妻子，这个家几乎是她在做主。他们在笑，也许只是跟着自己的嫂子在笑？就像我刚才想跟着他们一起笑那样。大家装作和和气气，扮演一群坐在同一条船上的人。

熊蜂的嗡嗡声，又在我耳边响起。天窗透下的光线，晒得餐桌散发出森林木头的气味。在另一个地方，哪怕是在想象和回忆里，我也会比在这里活得更好。人们的对话声令人作呕。我希望妈妈此刻也听到了熊蜂的嗡嗡声，闻到了森林木头的气味。我希望她有朝一日，能将泗月岛当成自己的第二故乡。当年她坦白承认未婚先孕，忤逆众人的意愿，坚持嫁到一个不受待见的海岛去时，便注定永远也翻不过那道长城，回不到这个家里来。

"妈，你快看。"我悄声说。

"看什么？"妈妈悄声问。

我指着天窗。妈妈抬起头。天窗的玻璃好似一块电子屏幕，白昼的月亮悬浮在明亮的电子云层里，月球表面群山闪烁。

离开前的晚上，妈妈在她青春少女时期住过的房间里垂泪。我伸手要替她擦掉，她倔强地甩开我的手，说只是肚子痛。我知道她为什么流泪。

妈妈在故乡受尽委屈，可是只要回到岛屿，呼吸绵密的热带空气，在层层交织的林间穿行，她就如同重获自由。尽管如此，她也不会承认泗月岛于她而言有何重大意义。

"当初要是没嫁来这地方，我会在哪里？"她老爱这么喃喃自语。

"这里不好吗？一块风水宝地。"爸爸总是用轻佻的话回避妈妈的问题中最关键的信息。她嫌这里闭塞，嫌这里贫穷，嫌丈夫无所作为，嫌生活好似死水一潭。

"除了花言巧语，你还会什么别的？"妈妈反问他。

如果不是花言巧语，妈妈也不会跟爸爸回来。爸爸年轻时，在对岸的酒店住了两天。那次妈妈负责接待他。第二天晚上，他给妈妈的夜班座机打电话，妈妈问他是谁，他毫无廉耻，大刺刺地回答：

"我是你的男朋友！"

她被吓坏了，又感到惊讶。她从未体验过爱情，这份莫名其妙的轻佻告白，却有着近似爱情的模样。高中时代，她连跟男生说话都不敢，以为与他人保持边界，克制情欲，是自证个体纯洁最好的方式。可是毕业才几年，她不仅自以为爱上了一个陌生的住客，还意外怀孕。心中的道德冲突，只能通过变本加厉的顺应来取得内心的和解。她选择私奔，独自远赴泗月岛成婚。

泗月岛由四块彼此分离、靠跨海公路连接的离岛构成，近似月形。命名者用"四月"为其命名，出于象形需要，后来增一个偏旁，才有了"泗月"。这里与内陆隔着一道海峡，闷热多雨，物种丰富，是研究植物的宝地。但出于某些尚未明确的原因，泗月岛似乎不适合人工种植农作物，一直以来的低产、减产、瘟病，像要把进入现代文明的人类从这儿赶出去。父亲是原住民，从农学院毕业后立志要改善岛屿的土壤结构，消除瘟病，提高作物产量。

"我保证，成功改良作物后，我们就有钱搬到外面去。"他在酒店房间里跟她这么说。

"是不是真的？"妈妈偎依在她的爱情之中。

"你相信我吗？"

"要是不信，我早就从这房门走出去了。"

妈妈跨进那道门后，至今没有走出去，因为没有出去的路。她以为植物学家是一份优渥的职业，以为能借此挽回她在故乡丢掉的面子，到头来发现，植物学家正做着最普通的育种工作。海峡是一道宽阔的大宅门，身后门高宅深。泗月岛是我的月之王国，却是妈妈的广寒宫。嫦娥应悔偷灵药，青灯古佛前，寂寞深闺。在婚后，爸爸研究手中植物的热情，胜过研究如何爱她。

最初她还保留着青春期的美丽幻想，视爱情如明灯，相信能在艰险中走出柳暗花明来。她的笔记本里，写满"踏破铁鞋无觅处，得来全不费功夫"和"山重水复疑无路，柳暗花明又一村"。这本满是怅惘愁绪的私人笔记本，后来被当作草稿纸随意处置，我拿来涂涂画画，在上面读到最早出现在人生中的诗句。

现在她想起下船抵达的那天，如果能重来一次，她会义无反顾地转身回到船上去。她不断地回忆岛屿生活为她带来的不适与绝望，告诫我长大后要带她离开泗月岛。她不希望我未来的妻子跟她一样，某日迷迷糊糊走入丛林，鬼打墙似的在原地转圈，午后又遭遇滂沱大雨，几经艰难寻得洞穴藏身，裸露的皮肤却爬满吸血的山蚂蟥，浑身发烫。她在洞外看见长着獠牙的黄麂，以为见到黑山老妖。丛林生存噩梦困扰着她。过去的二十年，她从不曾事农耕，缺乏经验见识，学习像个呆瓜；进了科研站帮忙，对丈夫提出的问题一问三不知，笨手笨脚。多年后，当岛民看见她在试验田里干起农活来驾轻就熟时，以为她原本就是农民出身。

支撑她在这里生活下去的是一个可笑的念头：哥哥姐姐的工作都在为人民服务，自己虽然办不到，但她和一个为人民服务的男人成家，她为这个家，为这个男人付出的努力，等于间接服务于人民。

春夏炎热，瘟病横行，带着霉菌的热风横扫农田，农田一片枯黄。热带岛屿即使到了冬季，气温也不会太低，瘟病不见得消减，却是作物难得能收获的时期。但改良作物仍是一项徒劳的工作。那些作物，土豆、水稻、山药、菠萝，本来不存在于岛上，是从内陆引进的物种；而霉菌和这里的原生植物一样古老，从地底深处长出来，四处为家。滋养森然雨林的土壤和雨水，滋养不了外来物种，它们在这里只会枯萎。妈妈嫁来这里，同样只会一年年地枯萎下去。爸爸始终成不了滋养她的那片沃土。

科研站效益越来越小，经费拨款大幅削减。爸爸拿着勉强维持生活的工资。妈妈希望他及早放弃研究植物。但爸爸还想坚持，认为目前处境还不算艰难。他像某些卑微的菌类，依附在树根，只需一点雨水和木头就能发芽。在人们一点点地放弃岛屿故乡的时候，他还妄想凭一己之力，恳求古老的大地接纳他们的作物，养活除了原生动植物以外的一种高级生命。

"种不活作物，我们的祖先以前吃什么果腹？"我问爸爸。

"野果，野菜，打猎。"他说，"那个时代没有瘟病一说。"

"我们也可以这样。"

"嗯，文明本不必要。"

爸爸怀念一种他未曾体验过的原始生活，并非像他当初向妈妈承诺的那般有那么想要搬到外面去住。但他绝不会打猎，用枪瞄准枝头上美丽的长羽鸟，埋伏在河岸边伺机捕捉喝水的红狐，追逐觅食哺乳的母野猪……这些事，他想都不敢想。打猎活动早已消失，他只是怀念一种远古的生活方式。他努力改良作物，希望恢复这里繁盛的农耕时代，而不是到超市货架去选购。他害怕看见其他生灵受伤，但对于同类的伤痛却习以为常，甚至本身就是个施害者——如果不是，他怎么舍得伤害妈妈，用一个无法兑现的承诺将她困在岛上永无天日，又任由她独自回去故乡，在全家人面前受辱？从故乡回来后，妈妈告诉他，我在球场被足球踢中了脑袋，吓得不能动弹，担心我的脑袋会不正常。

"在岛上生活太久，他以后会害怕进入城市。"妈妈说。

"瞎担心什么？"他不以为然，"他只是跟你一样缺乏见识，缺乏锻炼。"

爸爸擅长把问题归咎于客观条件和心灵问题的共同作用，并根据需要，在两者之间进行比例调整。这种调整通常用在他自己身上。一旦妈妈埋怨他裹足不前，不愿到岛外谋生，他便减弱心灵问题所占的比重，将这种困顿的生活看成是职业经济和气候环境带来的必然结果。

"我有时更喜欢灭绝的东西。"妈妈不在身边时，他便对我谈起化石，谈起消失的动植物。

"妈妈消失了，你才会更喜欢她？"我问。

"我们会永远在一起。"他大笑起来。

与我相熟的岛民差不多都搬走了。一起在岛上念小学的伙伴，每个离开前都来问我："你们什么时候走……你爸今年研究出来了吗……嗯，我们常联系……"但我想，我会被遗忘的。我怨恨父母彼此的过错。妈妈愚蠢鲁莽，爸爸花言巧语。一通深夜的电话，拉扯出一个永远也走不出热带雨林的家庭。

爸爸不会知道，内陆之行给我留下一道疤痕。有没有一个多疑的人会时常来检查它是否彻底愈合了？月球变成巨大的足球，坠下，一次次地击碎我的梦境之墙。我惊醒。月夜的窗户上，有独角仙、天牛和飞蛾，它们好像在发出嗡嗡声。我想，我的耳朵出了问题。鸟的啁啾，狐狸的叽叽，野犬的呜嚎……融合成一股嗡嗡声。熊蜂好像一下多得哪儿哪儿都是。在我脑袋里，有一个蜂巢。我的耳道是熊蜂打洞时挖出来的，曲折幽深，进入听觉系统的声音被过滤成一种持续的耳鸣。即使身处岛屿，隔着一道海峡，我照旧被在内陆城市见过的陌生事物一一瞄准。他们的讥笑，他们的玩笑，他们审视我的目光……

父母争吵时，我坐在客厅，望着外面枯黄的田野，热风吹过时，听到的也是熊蜂的嗡嗡声。在爸爸的朋友里，也许会有动物学家，要是请他来分析一下熊蜂振翅的声音，说不定会发现那种声音频率暗含了世间一切事物的代码？听见嗡嗡声，我好像缺氧，像在海里溺水，在高原上窒息，或在宇宙真空中亦是如此。它带来折磨，带来陌生的场景。内陆城市的街道完美地融合了所有场景。为什么有些人要生活在那种地方？我希望他们见识一下海洋。不过，要是生在内陆，我也一样会热爱内陆吧？

我经常走到岛外围活动，眺望雾中的城市轮廓，遥远得像是海市蜃楼。附近海域开通了游船服务。那些游客乘船一路深入，以为岛的远端荒无人烟，每次见到我从树林里冒出来，都不可思议地指着我，一脸惊讶，以为我是岛上的鲁滨孙或者星期五。我现在不再这么做，不再去海边捡贝壳，不想再看到城市轮廓。我开始漫步至岛屿的内部。

西北角有一座半环形的小山丘，像一弯月牙。它和月球的环形山一样美丽，背面倾斜的日光以及带状的丛林，构成它的辐射纹。或者，它是环形山在地球上的倒影？我以自己的名字为这座独属我一人的环形山命名。太阳从它背后落下，前方还是一片金光时，丘谷里就已全黑了。在月球的环形山之下看日落，是不是这般光景呢？丘谷早上的雾，白如烟，在林间弥漫流动。中午时，雾迅速换了一个颜色，微微黄，还带着粉状质感。但中午的雾不是雾,是太阳和高温把土壤里的霉菌唤醒了。它们在上升,在欢腾。我想,熊蜂绒毛上的粉末不一定是花粉,也许是霉菌。霉菌被带回巢穴后,入侵幼虫身体,生出一根死亡的尖芽。黄色的雾障会使人迷路。这也许是妈妈迷路的原因。

动物不会迷路,它们只会死亡,腐烂后露出的头骨形状各异,与活着时一样美丽异常。头骨是第二张脸。我见过最小的头骨,是斑鸠头,最大的是一颗野猪头,从口腔突出的一截獠牙,不再洁白,长满了绿苔。不再收集贝壳后,我沿路寻找动物的白色骸骨。哪次死亡会是它们的族群最终灭绝的那次?

在我捡起一颗早夭的狐狸幼崽的头骨那天,肯定还有别的幼崽在洞穴出生。爸爸期待的灭绝世界还远远没到来。若他明白这一点,会不会把更多的喜欢放在妈妈身上?

动物的头骨不能带回家,我可以将其掩埋,或者,带给替人占卜的老姑母。她需要这些物品,以前要我帮她收集,我不愿意。现在我主动带给她,她会很高兴。老姑母是我祖父的妹妹,至今未嫁,孑然一身。没有男人愿意娶一个与怪力乱神沾边的女人。

她的木房子在丘谷中央,太阳落山时,你就看不到那幢房子了,但一缕煮饭的青烟会在黑暗的上空飘浮。那道烟柱是一个坐标,指引我,也指引那些傍晚时分才迟迟抵达的客人。客人一般从岛外来,他们迷信热带岛屿蕴含的力量。爸爸身为植物学家,告诫我不要跟老姑母走得太近。要是他不主动提起,有时候我也会忘记在丘谷丛林之中,还有这么一个几乎闭门不出的亲人。爸爸不信她的法力,"既然她法力无边,为什么不求求岛神开恩,保佑我们丰收?"我也不信她的法力,可我喜欢和她待在一起。

火在烧。满屋植物的清香。我双手捧着狐狸的头骨,站在门里。四面墙挂着一些其他动物的头骨,第一次来的客人会以为这是一个猎人小屋。我坐在椅子上,听见老姑母在阁楼走动。她下来时拿着一只鸡,像是偷鸡的贼。她只是太老了,弓着背,眼睛无神,看起来有点鬼祟。她见了我,不觉得意外,说知道我来了,杀一只鸡给我吃。她怎么知道我来的呢?也许是透过阁楼的窗户,远远地看见了我。

太阳彻底落山了,环形山的夜晚那么岑寂,我好似在宇宙飞船里飘浮。

我拉开抽屉，拿出一根蜡烛点亮。老姑母不喜欢电灯。要说她和爸爸有什么共同之处，足以修补他们之间的不和，大概是——他们都是那种追求朴素自然的人。只是，老姑母不会同意我的看法。她不认可爸爸的工作，认为改良作物就是在忤逆自然的意志，这就是为什么岛神不会保佑他的丰收。

老姑母抓在手里的鸡，朝我瞪着两颗橘黄色的小眼珠。

"我不想吃鸡肉。"我说。

"随便你。"她把鸡放在地上，温柔地抚摸它的翅羽。

"看。"我把狐狸头骨递给她，"给你。"

"可怜的孩子。"

老姑母像是在哀怜早夭的狐狸，又像在哀怜我。她借助死去的动物，从另一个世界窥探天机。她从来不准我看她工作，如果恰好撞上，我要在阁楼里和那些鸡一起待着。仅凭客人离开后留下的现场痕迹，我便可以想象整个过程。

客人战战兢兢地坐在她对面。她把动物头骨摆在桌上，嘴里的声音先是含糊不清，好似收音机在调试，慢慢再变得清晰。不同质感的声音从她嘴里发出来：男女老少，喜怒哀乐皆有。我竭力消解她扶乩的神秘性，始终觉得那是一种表演，她拥有精妙的模仿表现能力，足以安慰悲伤的问卜者。

我们吃野菜汤做晚餐。

"你为什么一个人生活？"我问老姑母。

"男人是坏种。"

"我不是坏种。"

"你当然不是。"

"当年要是妈妈来请教你，就不会嫁给爸爸。"

"我只管天上的事。"老姑母说，"地上的事……说不准。你要跟我一起念经吗？"

"不。我头痛，痛得嗡嗡响。"

老姑母从瓦缸里拿出一本古旧的典籍。

"念了就不痛了。"她轻声说，"念了，人就能飞天。"

"能飞到月亮去吗？"

"嗯，嫦娥奔月那样。"

晚餐后，我躺在老姑母怀里，听她念诵典籍里的文字。她身上的气味令人沉静，混合檀香、纸屑和风油精。她念的是自然规律，是自我认识，而后又接入世界神通。她每念一句话，我的脑海就有一个原本含糊又恼人的"嗡"，随之化为一个可被理解的方正沉着的汉字，落到心灵谷底。我感到困倦又舒坦。

月落乌啼，夜虫戚戚。妈妈来老姑母的小屋找我。她知道我在这儿。我也知道她不会告诉爸爸。她是一个人来的，打着手电筒穿过夜晚的树林。她以前可不敢在这种时候出行，是她接受了树林，还是树林接受了她？总之，她不会再迷路了。妈妈进来时，身上有木头的气味，一只大蚕斯在她裤脚那儿叫个不停。她给老姑母带了一些农产品，说是新研发的品种，然后一手交货一手交人似的，把睡眼惺忪的我从老姑母的怀里拽起来。

老姑母说这些农产品是垃圾，但还是把东西收下，问妈妈最近怎么样。妈妈说日子照旧要过下去，但不久后会怎么样还说不准。她最后叮嘱老姑母，别给孩子念那书里的东西，说我的脑袋已经快傻了。临走时，老姑母吩咐我多给她带点头骨来，作为奖励，她会送我一样礼物。

妈妈带我走的是一条我从未走过的林间小道，空荡荡，没有藤蔓，没有荆棘。这是她自己走出来的道路。她忘了开电筒，却走得坚定踏实。黑暗中，我紧紧捏住她的手。环形山下，老姑母的木房子烛光黯淡，青烟不见了。既然老姑母可以终其一生孤独一人，我想妈妈也可以做到。

泗月岛只有一座小学。小学毕业后，我必须转移到内陆上初中。越临近那个时期，爸爸和妈妈就争吵得越厉害。妈妈希望和我一起离开泗月岛，在这儿除了当一个妻子，她没有出路。爱情和欲望这两种情感，在她的婚姻中已无处可寻。欲望最初用来繁育，爱情最终碎成家庭日常，除此外别无他用。除了离开，她也别无选择。爸爸要她留下，言辞严厉，似乎不容反驳，但他只是在害怕好不容易娶回来的女人有朝一日带孩子离开，留他一人在瘟病横行的热带岛屿收拾一败涂地的事业。他们一吵架，我就头痛，熊蜂就要在我的脑袋里打洞。没有人问过我想不想离开。踏上内陆，我可能会疯掉。

最后一个暑假，我还在帮老姑母收集动物头骨。那段日子，我怎么也找不到那天晚上和妈妈一起走过的林间小道。唯有去老姑母家的路，我一直记得很清楚。我期待得到老姑母口中承诺的礼物，但又觉得无所谓。那顶多是平安符之类没用的东西。

但收集头骨这件事，让我越来越难过了。树林里的死亡从未停止。假如我死在沼泽里，谁会在多年后打捞起我的头骨，并且说这东西可以探问天机？我怎么也不信。他们在我的头骨里，只会找到一只苍老干瘪的熊蜂尸身。

于是，我两手空空，到老姑母家，告诉她我不再收集头骨了，因为我要去内陆上学，妈妈也会一起离开。老姑母打开一个麻袋，里面竟是我这几年辛苦收集到的全部动物头骨，仿佛一个集体墓葬。我心里顿时惶然。她叫我到小屋后的松林去。

"把它们埋起来。"老姑母指着铲子说。

"你不要吗？"

"它们都是你的。你走后，它们没有主人。"

我在松林里挖了一个地洞，由于使不上力气，洞挖得很浅，但足够把那些头骨埋进去。老姑母在一旁收集红蕨勾食用。我没有叫她帮忙。这是我一个人的事，是我把它们收集起来的。松林里的声音渐渐密集，发出这些声音的动物正躲在松枝背后看着我干活儿。它们是麻袋里死去的动物的亲人。想到以后我可能会替死去的父母修坟，如今落下的每一铲都仿佛指向未来。

我出尽力气，把洞挖得更深，不希望这些头骨在我走后被挖出来。直到它们变为化石，再去决断历史吧。令人难过的东西埋起来就好了。爱、痛苦、错误，都可以埋进去。大地会让那一切变得遥远，深不可测。

我们做了简单的祭祀。老姑母说，大地只是暂时帮我保管那些头骨，因为是我亲手收集的，它们永远不会离开我。我从来没有觉得她是在吓唬我。她只是要让我对泗月岛有所牵挂，哪怕是一颗头骨，一个死去的灵魂。

回到小屋，老姑母遵守承诺送我一样礼物。每次客人临走时，都会收到她送赠的平安符，但她送给我的，是一个白色小号的摩托艇头盔。在她赠送给他人的东西里，那是唯一具有现实感的东西，仿佛一个玩笑。人生宛如激流中行船，这只是一次涂满祝福色彩的送别仪式吧？

老姑母要我戴上头盔。头盔尺寸太小，卡在额头处。她一个巴掌拍下来，头盔猛然套紧，一道向内挤压的力让我的头骨如深埋在窄洞里——大地在举头三尺之上——有几秒感到窒息，幽闭恐惧，四处摸索……我慢慢调整呼吸。恍然间，世界的声音全被过滤掉了，缠绕脑海的嗡嗡声如浪涛一样退至海之深处。我听到了什么？没有声音。熊蜂消失了。我在宇宙真空中。

我戴着头盔走出树林，在地球的环形山上，隔着玻璃罩仰望白昼的月亮。哪天，我将飞到宁静的月球去？

霉菌提前吐出黄雾，码头黄澄澄的，明明是清晨，却像在黄昏。船准备起航，妈妈还站在岸边，她在等通宵工作的爸爸出来给我们送行。对自己的男人，她或许并非表面看起来那么冷漠。

爸爸在起航最后一刻赶来。"要出发了？"他没对妈妈再说挽留的话。在第一次轻佻的告白后不久，他差不多用光了所有爱情伎俩，黔驴技穷。但他仍试图说些什么，于是不合时宜地谈起他和同事在忙一个全新的种植项目。为了隔绝泗月岛土壤里的霉菌瘟病，他们计划搭建温室大棚，从岛外运来干净的土壤进行种植，等技术成熟以后可能会进行无土栽培。他只是想告诉妈妈，他还没放弃，希望她留下来。

"把土运进来，还不如把自己运出去。"妈妈说。

爸爸耸耸肩，"我有错吗？这里始终是我们的家。"

"你没救了。"

妈妈拉着我，头也没回地上船去。隔着玻璃罩，我看着爸爸朝我们挥手。他像在告别一艘出发到外太空寻找新家园的飞船，船上的人在另一个星球也许再也不回来了，而他还苦苦守着破败的母星。

"你一定要戴这东西吗？"妈妈叩叩我头上的头盔。

"嗯。不能脱。"

"为什么？老姑母给你的吧？"

有一只落单的寄居蟹，不知怎么到甲板上来，四处爬行，寻找遮蔽。我将它抓了起来，把柔软苍白的蟹体从螺壳里拽出。

"它会死。"妈妈想要将蟹体塞回螺壳去，但失了手。蟹体滚落甲板。一道灰色影子迅速飞落，是一只黑尾鸥，叼走了它，很快消失在黄雾之中。

"你现在知道为什么了。"我叩叩头盔，咯咯咯——它比螺壳还硬。

我是寄居在头盔里的寄居蟹。内陆无疑是另一个星球，在适应全新重力和大气之前，我恪守自然的准则，穿戴好能保命的宇航服和头盔，才能探索那里陌生的一切。埋伏暗处的黑尾鸥无处不在。

得知妈妈带着我到内陆生活，外祖父一家大发慈悲似的，曾建议我们去他们家暂住，直到我高中毕业。妈妈拒绝了，既然当初出嫁没有一个人为她送行，今天的她已不需要故乡的怜悯，甚至怀疑接受那份怜悯需要更多屈辱作代价。

她安排我在学校寄宿。但她似乎忘记了，那所学校正是当年发生绿茵场悲剧的所在地。她以为多年过去，那一记飞射留下的疤痕早已如岛屿云烟消散。她希望我的脑子能正常一点，别整天戴着头盔，但在她眼里，我这么做不过是出于对老姑母的眷恋。只有戴着头盔，世界才是安静的，被伏击的恐惧才会减轻。也只有这样，我才能专心学习。我的成绩每年名列前茅。我决心考到首都去念航空航天大学，那是我飞向太空、飞向月球的唯一途径。我将有足够的底气告诉负责选拔的面试官，我是不二之选，因为我从初一开始就戴着头盔生活求学，为穿上那套厚重的宇航服，我已经提前了整整十年做准备。

在我安顿好后，据我所知，妈妈再也没有回过泗月岛。她回到了当年的旅游酒店做前台。离开爸爸后，妈妈从这段婚姻中学会了变通，发展了自己的悟性。几年后，她搭上了旅游团的负责人，开始学习做导游。她经常从我完全没有听过的遥远之地打电话来，滔滔不绝地描述那些风土人情。我为她目前的生活感到高兴。她已经找到了一条明朗的出路，建立全新的关系，与他人的，与世界的。我们极少谈起爸爸。她一年回来三两次看我，我们也只是简单吃顿饭。爸爸仿佛已不存在于我们的关系中。

她每个月准时给我寄生活费，但一半的生活费都被我拿去买头盔。我的头盔总是消失，或被砸烂。消失的，通通去向不明。被砸烂的，大多没法再佩戴。暗中下黑手的，是那些嫉妒我成绩的无耻混蛋，是那些搞恶作剧的不良少年。我想，我会原谅他们。当我从浩瀚无垠的宇宙俯瞰宁静的星球时，千百万年来的恐惧、嫉妒、痛苦、欺骗，跟一粒小小的星环碎片又有何差别？但在这之前，没有头盔，在空旷的操场和街道上，我只会感到窒息，寸步难行，也无法在人声鼎沸的课室里呼吸。在头盔里，熊蜂的嗡嗡声被过滤成流经岛屿中央的涓涓细流声，我将这种声音看作是人在宇宙中飘浮时大脑神经发出的纯净杂音。时间从我的大脑皮层穿流而过。

每年寒暑假回到泗月岛，是我唯一愿意脱掉头盔的时刻。爸爸若无其事地问起妈妈的近况。但我和妈妈有约在先，不能跟爸爸提起她的情况。爸爸的温室大棚种植计划，在一次海洋风暴来袭中宣告失败，但他现在又有了新计划。他看似热情地向我介绍他每一个时期的工作成果，其实是希望借我的口告诉妈妈，他至今仍在努力，哪怕这种努力大多数时候是无望的。他不知道我和妈妈还有另一重约定：她绝不听任何关于爸爸的消息。她似乎要把这段婚姻变成名存实亡的关系，以此来惩罚爸爸的过去和未来。

但我不能不听。我在爸爸沉重的字眼里，看到了痛苦。这种陌生的痛苦，在我们离开泗月岛之前从来没有真正在他身上降临过，如今却那么具体地变成他说的每一字，侵蚀他孤独的生活。

他的新计划跟他在岛上发现的一个新物种有关。我来到科研站，看到十个钟形玻璃罩在实验台上排开，里头培育着一种藤蔓植物，叶子过分碧绿，像仿真花。爸爸轻轻弹几下玻璃罩，植物叶子立刻蜷缩起来，像一个握紧的拳头。当他把玻璃罩敲得更响，植物叶子便蜷缩得更厉害。

"含羞草？"我不以为意。

"当然不是。"

接着，他搬来一个能发出不同频率声波的装置。大多声波只能使叶子蜷缩，但在试验了数千次后，他发现有几个特定频率的声波能使藤蔓呈现出特定的形状。他分别调出三种声波。在我听来，那些声波跟熊蜂的嗡嗡声一样令人作呕。我几乎在实验室里呕吐。几种声波分别发出后，藤蔓像自我编织似的，扭成几种特定形状：三角形，圆形，以及方形。

"看到了吧？它们会根据环境调整姿态。"爸爸甚为得意，"如果岛上的作物也能根据土壤的变化来调整自身生长，是否可能与霉菌共存呢？我正申请转基因研究项目。你理解我的意思吗？"

"爸，我理解。"我怎么不理解呢？就像嗡嗡声一响起，我就会立马戴上头盔一样，"可是，敌我双方真的能共存吗？"

"没有不结束的战争。"

炎热的盛夏，爸爸和我去沙滩游泳。沙滩寥寥无人，我们干脆脱光衣服冲进海里。游船经过时，我们像灵活的鸬鹚，一头扎进水里藏起来，又咸又冷的海水裹着身体，耳边全是浪的声音。

"你要念植物学专业吗？"爸爸问。

我们仰躺在海面上。我又看到了白昼云中的月亮。

"不，我要飞到月亮上去。"

"月亮有什么好的？"爸爸像喷水鱼那样，喷了一口海水。

"泗月岛又有什么好的？你让妈走，你不管她。"

"树枯萎了，来年春天还会发芽。"

他翻了个身，轻轻一蹬，游出很远很远，远到我无法企及。

每次回来，我都要去环形山下的木房子看老姑母。她越来越老，哪怕她真的有法力，法力也快消失了。但那时候，我相信她确实有某种奇妙的法力。她死的前一天，太阳高照，她却说那是月亮，通天石阶已垂下，她将登天而去。那天，我看见了海市蜃楼：一座座宫殿，一条条游廊，众星巡游。不知天上宫阙，今夕是何年。她死后，我亲自把她的骨灰埋在松林里，埋在那个藏满动物头骨的洞旁。它们就此成了我永生不忘的牵挂。

大学录取考试，是我唯一的通天石阶。根据考试规则，我必须脱掉头盔才能进入考场。作为头盔的替代，我只能在耳朵里塞满湿纸巾，但依然感觉身处巨大的噪音工厂。直到完成最后一门考试，一走出考场，我就戴上头盔，发誓永远也不会摘下来。拿通知书那天，我先给爸爸打了个电话。

"我考去首都了。"

"恭喜。"爸爸整理一下情绪后说。他有点闷闷不乐，但不是因为我。

"项目有进展吗？"

"没有。我调错频率，实验植株都枯死了。"

"你想重新来过？"

"其实，我想过了。"他顿了一下，"我要去找你妈。"

"好——"

我第一次违背约定，把妈妈所在城市告诉了爸爸。我们没有再聊太多，因为有一群从未跟我说过话的同学听说我被录取，主动提出为我庆祝。我挂上电话，走在傍晚的马路上，像行走在夏日树林中，步履轻松。既然是为自己庆祝，最后一次见面若不领情，似乎无情无义。虽然我跟他们从未有过情与义。

我来到约定地点。他们在学校后方的空地举办了一个露营活动。他们招手叫我过去。隔着玻璃罩，我看不清他们的面容。但那里没有火光，没有食物，也没有音乐。他们一个个拿着棍状物，身后还堆放着某些东西。我走得很近才看清，是我的那些消失了的头盔。我熟悉它们每一个的颜色和形状。他们带着某种原因不明的恨意，下马威似的，先是在我面前把那些头盔敲碎。不知什么时候，一根棍子像当年飞射而来的足球一样，击中我头上的头盔玻璃罩。玻璃扎进我的耳朵，划破脸颊，鲜血灌入脖子下。

挨打时，我想抬头凝视月亮。但今夜乌云密布。如果像植物一样躺着不动，我只能像老姑母那样，等到死的那天才能踏上通天的石阶。于是，我挣扎几下，用肿胀撕裂的关节撑起身体，跑了起来……

街道外面，车水马龙。有一场大堵车，车尾灯连成一片茫茫暗红，犹如布满红矮星的宇宙。血流进了我的眼睛。我不得不摘下头盔，清理掉脸上的碎片。摘掉头盔那刻，耳边没有一丝声音。没有声音，也便没有了恐惧。我想，我的耳朵被踢坏了。

我扔掉头盔。它像一个被砍掉的脑袋，骨碌碌地滚向暗处。我上了一辆堵在路上的公交车。见了我，乘客张大了嘴，他们的嘴犹如一个个黑洞。我听不见他们的尖叫。这时，妈妈来了电话。太好了，我要把喜讯告诉她，但我听不见她说什么，只能把电话紧贴耳边，说："妈，回来好吗？你想回来吗？我们三个一起活下去。"我缓缓闭上眼睛，静待这艘宇宙飞船启动引擎，点火加速，一举跃入那浩瀚如群星的人世。

（原载《钟山》2023年第2期）

评鉴与感悟

《跃入群星》似乎契合了近年来方兴未艾的"新南方文学"的多种表述，显现出自然、驳杂而又生机勃勃的文学质地。而在行文和语言风格层面，路魆显然承继了先锋文学的优秀遗产，干练且尖刻，看似简洁却意蕴饱满，深沉阴郁的个体情绪在冷酷隐忍中得以充分表达。

潮湿闷热的南方岛屿在作者笔下闪烁着点点星光，提示着莫须有的理想主义和有关生活的浪漫想象。父辈的岛屿故事以远去的记忆形式闪现，也始终承载着"我"心中未尽的关于家庭美满的期待。岛屿形塑了父亲，也禁锢了父亲，正如岛屿曾浪漫了母亲，也苍老了母亲。父母的爱情会消耗殆尽，让人迷路的黄色雾障却亘古不变地属于岛屿限定的热带雨林。作为父母生命的延续，"我"可以是爱的传递，也未尝不是这雾障的绵延。这早已不是传统与现代冲突的陈旧命题，而是在"当代性"的环境与话语漩涡中对人心善变与人性贪嗔痴的重新审视。在泗月岛做一株植物或者乘坐飞船驶向月球并非少年的两种极端幻想，而恰恰是伴随湿热气息扑面而来的理智与情感。父亲的执念与母亲的弃绝不由"我"决定，"我"却必须在某个时间节点做出抛弃一方的抉择。然而，去往城市的"我"可以真正走出父亲的岛屿吗？离开岛屿的"我"可以真正走进母亲的城市吗？而去往浩瀚的宇宙，我又要历经多少磨难？不管是岛屿、城市，还是宇宙，哪个又不是这沉重肉身与虚空精神的羁绊？茫茫人间，应该不只是"我"一人踽踽独行。

同样在岛屿生活的老姑母不食人间烟火，号称"只管天上的事"，但她却送我一顶人间的摩托车头盔。我曾帮她收集动物头骨，她帮我在个人与群体间建构一座可拆卸的屏障。我靠着头盔在这尘世中穿行，也靠着这头盔逐渐靠近我向往的宇宙。父亲幡然醒悟，要去寻找母亲，"我"突然有了一家三口一起活下去的希望，原来这团聚的本能如此强烈。"我"即便仍然是人群中的异类，即便仍然被暴力和不公裹挟，但"我"却有了足够的勇气扔掉头盔，有了足够的勇气跳上公交车，有了足够的勇气可以继续忍受这如群星般的人世。路魆由此再次回溯先锋时期的主题，回溯那些关于父辈、家庭与创伤疗愈的慌乱岁月。那些转折与过渡年代的爱与怕，在今天依然新鲜、深刻。

面对路魆的创作，或许我们无法再以早已自行解构自己的"先锋"名之,也不必强行将其收束于"新南方"的范畴,我们仅仅需要感受浸润于文字中的情绪与情感,感受又一代人的反抗和妥协,怨念与屈服,以及无尽的期待和失望。只有老姑母才代表某种永恒吧?她和泗月岛的土地一起,保存着我曾收集的那些头骨,保存着我儿时的记忆,保存着我所有伤痕与希望的起源。然而,连地壳都会运动啊,老姑母和这如群星般浩瀚的人世也不过是栖息于会移动的岛屿的脊背。或许,这也才是路魆笔下真实的世界,模模糊糊,摇摇晃晃,承载着绵绵的哀愁与漫长的孤寂。(樊迎春)

沉默

/包倬

一

阿尼卡山区的春末,布谷鸟站在树梢,张开嘴,吐出一粒粒金色的种子。它的叫声,是种子落地的声音。

每个周日的早晨,我和哥哥阿隆索躺在床上,对布谷鸟竭尽想象。

我的布谷鸟,浑身长满红色的羽毛,嘴和爪子也是红色。它下红色的蛋,喝草尖的露水。

我的布谷鸟,不是在催人们播种,而是在给丛林里的鸟兽放哨。你听,现在,它正在告诉鸟兽们,有人扛枪进山了,是一老一少两个猎人。

我的布谷鸟,它能在夜里看清东西,它只喝风,从来不吃人间的东西,它的家在天上。

我的布谷鸟,春天时从土里长出来,到了秋天,它像一片树叶落在地上,变成泥土,下一个春天,那泥土又变成鸟,飞上树梢。

由此不难看出,在我们兄弟俩的心里,都有属于自己的布谷鸟。我们刻意争执不下,又很快和解,我们的目的不是要统一认识,而是以此打发这难得的幸福时刻。因为除此之外的周一到周六,我们需要背着书包走七公里山路去上学。虽然在路上也能听到布谷鸟叫,可我们阿尼卡人都相信,清晨发生的事情,具有某种神性。

那时候，人们说起阿尼卡，就像说起天堂或地狱——听说过，未必去过。我的祖先们避难而来，是阿尼卡的初建者。他们恨不能生活在四面绝壁之上，连鸟兽也难以抵达。但是，这样的地方过于难寻，所以他们只能选择有一条小路通往山下的鸟兽横行的阿尼卡。对于外面的人来说，阿尼卡就是一个地名，但对我们来说，它是整个世界。

这里有很多稀奇古怪的说法。比如正月十二不下地，因为那日灯花落地（啥是灯花，没人深究）；立秋之日不下地，因为怕踩爆了秋的肚子；遇见别人家孩子出生，要撕开裤脚；天黑时要装满水桶，以备灵魂夜游回来喝；不能在夜里打伞，这样会长不高；夜里照镜子，母亲死时你注定在远方；穿一只鞋子走路，走一步，穷一年……而一年中最初听见的布谷鸟叫，同样带着某种启示：如果你在地里听见，预示辛劳；如果你在床上听见，预示着疾病缠身。

我父亲当然希望布谷鸟叫时，我和阿隆索正在学习。那时我九岁，阿隆索十二岁。十二是个特别的数字，不光是因为它比九大，还因为它意味着阿隆索在人间生活了一个周期以后，和像我这样大的孩子拉开了距离，正在走向成年人的队列。我父亲说，在古代，有人十二岁就已经当皇帝了，即便不当皇帝，也可以娶媳妇了。

所以，每到春天，我们都会被要求早起，赶在布谷鸟叫之前，在院子里的桃树下摇头晃脑地读古诗，等待山林里传来布谷鸟的叫声。布谷，布谷，白日依山尽，黄河入海流；布谷，布谷，北极朝廷终不改，西山寇盗莫相侵……布谷，布谷，我父亲满意地看着两个儿子读古诗，忘记了肩上的粪桶或锄头，忘记了他的魔帕身份。因为只上过二十一天学，他靠《新华字典》学会了几百个汉字。他不无炫耀地在我家房子的外墙上用石灰或木炭写满了《沁园春·雪》和《浪淘沙·北戴河》。家里仅有的几本书，摆在客厅最显眼的位置。每当有人来，他总要拿起那些书，给人读几段。有时候是《中医中草药大全》，有时候是《玉匣记》，甚至是《风水大全》或《三侠五义》。至于那些写在毡片上的经文，它们被裹成筒状，当了枕头。

我父亲是个少见的洋洋自得的人。他毫不怀疑自己是个成功者，至少在阿尼卡是。鹤立鸡群。羊圈里的毛驴。如果非得说他的遗憾，那就是他觉得自己没有在更广大的天地中受人尊重。这个任务，只能交给我和阿隆索了。更准确地说，是交给了阿隆索。至于我嘛，如同阿尼卡人所说，和阿隆索像是两个妈生的。我们如同一根树干上的两根枝丫，一根茁壮，一根纤细。

有很多事情是无法改变的。我不止一次想象某天外面会来一个男人，说我是他儿子，将我带到更好的生活中去。但是很遗憾，我就是眼前这个暴脾气魔帕的儿子，这无法改变。又比如说阿隆索，他完美得像个天使，完美得让人惋惜他出生在阿尼卡，成了我父亲的儿子。他还不会说话时，被人赞美长得好看；会说话了，大家夸他口齿伶俐；尚未入学，他已经展现出良好的天赋，过目不忘，过耳入心；在学校，他因为学习好而赢得了老师和同学的尊重；在家里，他力所能及地干活。

跟他相比，我真是无地自容。我和这个世界有一种无形的隔阂，总感觉自己被一个罩子罩住了，呼吸、走路、说话，都泛着愚蠢的回声。这种笼罩感越来越明显，触手可及。有时候，他们跟我说话，我半天才反应过来。我经常神游，注意力总是处于一种倾斜状态，一不留神就滑向了某些莫名的事物当中。父亲怒其不争地在某个时刻一声暴喝，我猛地惊醒，在恐惧和茫然之中应答一声，然后，父亲一声长叹，我无地自容。那时我觉得，总有一天，我脑袋里那根绷紧的弦会断掉。有客人来的时候，父亲让阿隆索背古诗、写字，而让我去外面割草或者拾粪。如果有人故意提起我，父亲就会用一种混合了无奈与戏谑的语气说，唉，那个神仙啊，在跟自己玩呢。

"小神仙"，他们都这么叫我。久而久之，我父亲真的做出了决定，让我做魔帕的继承人。他让我接触经书，试着做人鬼神之间的使者。他口传心授，教我念驱魔咒和招魂咒。一字一句，一段一篇，我们花掉若干时间，但当他让我背诵时，我大张着嘴，仿佛我的嘴是一个无底洞，那些咒语像石头一样全掉下去了。

我都会背几句了，有次我母亲说。

她真的背了招魂咒的前四句，我羞愧不已。而阿隆索，他张嘴就全背了出来，并且对这些咒语表示出不屑。果然，我父亲对他说，背课文去吧，只有阿隆嘎才需要背咒语。

夏天，阿隆索就要升学了。这事毫无悬念。我们都已做好了准备。春节的时候，阿隆索有了第一双黑皮鞋。我父亲说，城里人都穿成这样。我母亲为他准备了带拉链的被套，以及印着牡丹花的床单，还有柳絮枕头。圈里的母猪已经怀孕，它产下的猪仔，将作为阿隆索的学费和生活费。总之，万事俱备，只等春季学期结束，一场考试后，一张县城中学的红色录取通知书就会由绿色的邮递员送达。

当然，他们偶尔也会想起我，敦促我背经文、画符，甚至会讲起做一名魔帕的好处：受人尊重，不愁吃喝。至于学习，则变成了业余。

这是你唯一的出路了，所以你得认真学经文和咒语，我父亲说，至于你哥哥，他已经一只脚踏进了县城。

嗯。我的回答永远是带着鼻音，像是在用一块石头敲击水缸。

但是，别以为父母会因为阿隆索聪明听话就优待他。恰恰相反，他们对阿隆索更严厉。他们认为，这样有助于他成为更好的人。也别以为他们会因已为我规划好未来的路而对我变得宽松一点，他们认为对我严厉就是最大限度的挽救。

只有在休息日，我们才可以多睡一个小时。有一只上海牌手表放在床头柜上，那秒针像小皮鞭落在我们身上，但我经常把那声音想象成雨点。嚓嚓嚓，雨点落在瓦片上，落在植物的叶子上，落在炊烟上，落在井沿上。这个时候，别说是秒针，就是一门大炮，也轰不醒我们。唯一能让我们暴跳而起的，是我父亲的吼声。

事情发生的那个周日，毫无征兆。我父母既没有做噩梦，也没有在路上遇见蛇，屋里屋外更没有令人毛骨悚然的异响，但事情还是发生了，起初我们都不觉得这是个事儿。

布谷鸟在山林里叫成一片，我父亲在外面敲窗，阳光从窗外射进来，我应声而起，我的哥哥阿隆索，他却一动不动地躺在床上。其时，我们的父亲正在院子里为一匹白马剪鬃，他的声音炸雷般响起，透过窗户，令卧室里回声隆隆。

我穿好衣服，朝阿隆索走去。我们的床在同一间屋里，相距不过一米。他的鼻子里发出均匀的呼吸；温暖而瘦薄的胸膛里，他的心脏小兽般地跳动着。额头没有发烫。也就是说，他既没有死，也没有病，但就是一动不动地躺着，任凭布谷鸟和父亲叫喊。

我说，哥，起床了，今天不上学，但你还要背课文呢。

他背对着我，消瘦的肩膀随着呼吸起伏，脑袋深埋在被子里，像一只鸵鸟把头埋进沙子里。我扳过他的身子，让他面对我，我想看看他的表情。他眼睛睁开一条缝，像是藐视。我掰开他的眼睛，他转动了一圈眼球，又闭上了。

你聋了吗？我瓮声瓮气地说，你是不是想吃马鞭子了？

此时，院子里传来我父亲扔下大剪刀的声音，但他暂时还没有进来，而是牵着白马出去了。他是个爱马之人，他的白马简直就是阿尼卡的白马王子。等他回来，定会有阿隆索好受的。

你起来学习吧，我说，我要去拾粪了，中午帮妈割麦子。

阿隆索终于睁开了眼睛。他的脸和目光，没有任何神采。特别是他的目光，甚至比不上一对玻璃珠子闪亮，但我相信他明白我的话。我不想因他而受牵连。这样的事发生过很多次，父亲原本是揍阿隆索，但我在一旁观看，一不小心就引火烧身。似乎打一个孩子太浪费他的精力，两个一起揍才够本。孩子嘛，总是需要揍的。今天不需要，明天也需要，今天把明天的提前揍，明天再算昨天的账，都差不多。

我不管你了，我说，我不想看你被揍，免得火星飞到我身上。

休息日多睡一个小时是福利，但义务是要帮家里干活。我们有干不完的活。忙里忙外，每个人都忙得鸡毛飞，但到了年底，楼上的粮食还是只能勉强维持到来年的庄稼成熟，年底才能换一身新衣服。我母亲每天顶着星星上山，割草、砍柴、挖草药、采蕨苔、采蘑菇。我父亲则是照顾家里的牲畜和下地，偶尔帮阿尼卡人迎神送鬼，叫魂念经。布谷鸟叫，人们该播种了。但我干不了这活，我只能去路上拾粪或给圈里的黄牛割些青草。这个季节，需要家里有一头膘肥体壮的耕牛。

果然如我所料，我父亲折回院子时，迅速找到了马鞭。我干活去了，我说。他没有理我，大步朝屋里走去。我赶紧逃。但是，我走出十几步远便停下了，因为我没有听到阿隆索的惨叫声。

我听见的是父亲声嘶力竭的吼叫声和马鞭落在皮肉上的声音，但就是没听见阿隆索哭。任何声音都没有从他嘴里发出。他像个树桩一样沉默着。

他被父亲拎到了院子里。他很瘦弱，像只冬天的山羊。他站在院子里，穿着一条改小的红内裤，两只细腿呈三十度角支撑着他的身子。他的头发紧贴在头皮上，脏兮兮的，像一块被风雨侵蚀已久的瓦片。鞭子每抽一下，他的瘦身板就颤抖一下。

为啥子要睡懒觉？啊？你居然敢不说话？你哑巴啦？

鞭子抽上去，阿隆索身上的肌肉先是呈青色，继而变成红色，似乎能看见流动的血液了，但他始终不说一句话。我站在一旁瑟瑟发抖，早已忘记了拿在手上的镰刀。直到父亲朝我吼叫，我才如梦初醒。

他说，找绳子，把这个混账绑起来。

他见我未动，便亲自动手找来绳子，将阿隆索绑在了桃树上。这个情景，让我想起小画册上的死刑犯，只是，阿隆索的背后少了一块牌子。

布谷鸟又叫了起来——它们似乎一直在叫。此刻，被绑在桃树上的阿隆索闭上了眼睛，像个不屈的英雄。太阳明晃晃地照着院子，桃花已经开过，满树绿芽新蕊。我父亲坐在屋檐下，他卷了一支旱烟，点燃，吐出一团浓烟，像一台老旧的拖拉机。马鞭就在他的手边。这时，我母亲背着一背小山似的毛草，闯进院子来。她一眼就看见了阿隆索，显然是吓坏了，丢下草就朝他扑了过去。

站住！我父亲吼道，谁敢放他下来，我就把谁绑上去。

我母亲站住，哭了起来。除了哭，她还能怎样？她和阿尼卡的其他母亲一样，在家里没地位，一辈子活得像棵野草。

你想把他打死吗？她哭着问，我们就两个儿子，你还嫌多？我父亲继续抽烟，懒得搭理她。我母亲转头问我，咋回事？我说，我哥睡懒觉，不说话。

在早睡早起这件事上，我父母的意见一致。他们认为，小孩子是八九点钟的太阳，要迎着朝阳生长。所以，当我母亲知道阿隆索是因为睡懒觉挨揍时，松了口气，将她的毛草丢进了圈里，才找了一条长凳子，在阿隆索面前坐下。

阿隆索，你是不是哪里不舒服？如果是生病了，妈妈带你去打针。

阿隆索一言不发，甚至连眼皮都不睁开。他也不挣扎，像一只已经认命的大闸蟹。

有啥事，你跟妈讲，她抹着眼泪说，妈的狗儿呀，你不能这样自讨苦吃。

我母亲徒劳地抹着眼泪。我父亲抽完烟,将马鞭挂到墙上,双手抱在胸前,一脸嘲讽地看我母亲——此时的她,像是在对着一个石像说话。

阿隆索,你说话呀,不管你说啥,你只要说一句,妈就给你煮个鸡蛋。一个不够,那就两个。最近那只黄母鸡天天下蛋,妈已经攒下一篮子了。

有一阵子,阿隆索睁开眼睛,看了看天,也许还听了听布谷鸟叫,又闭上眼,将头靠在了桃树上。我的父母相互看看,终于换了一个角度想问题——难道阿隆索真的出事了?

家族里有没有哑的?我母亲低声问。

我父亲回答得斩钉截铁,没有。但是身为魔帕,他不得不认真考虑我母亲的话。他闭上眼睛,想了半天,然后再次确认,倒是有很多能说会道的人。

话虽如此,但我父亲的神色凝重起来。按阿尼卡人的习惯,超出他们认知范围的事物,就属于鬼神。这种不确定的担忧,让他暂时收起了怒火。

我父亲将阿隆索从树上放了下来,我母亲找来衣服给他穿上。他像一只受伤的野狗,一瘸一拐地走向牛圈,牵着耕牛出门了。

父母让我跟着他,我照做了。他将牛牵到了草地上,放开,对着旁边的一棵松树撒了一泡尿。撒完尿,他回过头,得意地朝我笑了笑。那是一种胜利者的笑。

我说,哥,你搞啥子鬼,白挨了一顿揍,舒服不?

他不说话。

我说,哥,你是不是被鬼缠身了?

他仍然不说话,目光投向了阿尼卡寨子。地里有人割麦,犁地,播种,将白色的地膜一条条铺开。炊烟从屋顶升起,又被风吹散。我相信他也看到了这些,但我不知道他心里在想什么。

这是一九九三年农历三月二十日。我们全家人都记得这一天。

二

我们将牛羊赶到狮子崖。阿隆索一路沉默着,将一块拳头大小的石头从家门口一直踢到了狮子崖。然后他退后两步,猛地一脚扫射,那石头飞下山崖。牛羊铺满了山岗，在枯草中挑拣着嫩芽。我和阿隆索坐在崖边的一块巨石上，相对无语。若是往常，我们的第一个游戏一定是朝狮子崖对面的豹子崖喊叫，让声音反弹回来，回声隆隆。想起这些，我的舌根发痒，坐不住了。

我朝豹子崖喊：喂——我是阿隆嘎，你听得见吗？

豹子崖回应：听得见吗？

我又喊：听不见！

豹子崖回应：不见！

……

阿隆索躺在石头上，用外衣蒙住脑袋。我不知道他是否在睡觉，也不敢去揭开他的衣服。我开始唱歌。像我这么愚笨的人，当然唱不好歌。我唱着唱着就忘了词，开始乱编。我以为阿索隆会笑，但是没有。没辙了，我只好发出一声惊叫，快看，三脚麂子。

阿索隆翻身坐起，掀开头上的衣服，意识到被骗后，又倒头睡下。

阿尼卡的人都说，狮子崖附近有只三脚麂子。它在一次围猎中被打断一条腿，从此隐匿于山林中。真正见过它的人，都已作古。一年之中，总会有几个夜晚，人们会听到它的叫声，然后，没过几天便会有人死去。人们毫不怀疑，那是一只成仙通灵的动物。但人们已经好几年没有听到它的叫声了。甚至有人怀疑，它是否还活着。

狮子崖的峭壁上，有洞名叫狮子洞。站在豹子崖上看狮子洞，它像一张巨大的嘴。每次放牧到狮子崖，我都会想起我爷爷阿拉洛。关于祖先们的一些故事，都出自我父亲之口。温暖的火塘边，烈酒灼心，舌头翻滚，我父亲一遍遍向我们提及祖先的故事。他在讲述时，时而充满自豪，时而满面忧伤。不光如此，大约在一个月前，我父亲决定将他脑袋里那些关于祖先的事迹以文字的形式保留下来。由他口述，阿隆索执笔。他早就想这么干了吧？连笔记本和钢笔都准备好了。他讲了一通水有源树有根之类的话，又夸阿隆索字写得好，这事只能由他来干。当然，他也没忘记顺便刺激一下我。

至于阿隆嘎，放他的牛去吧。

写啥？阿隆索面对空白纸张，似乎有点紧张。

家谱。我父亲说，写大点，正规点。

于是，阿隆索写了两个鸡蛋大的字。此后的一段时间，每当阿隆索做完了作业，我父亲都会让他记上一段家谱。通常是我父亲讲述，阿隆索记录，有不懂的地方，他随时可以提问。有时候他们在堂屋里写家谱，我则被赶到厨房里背诵经文和咒语。

你不说话，那家谱怎么办？

那真是超级无趣的一天。阿隆索一言不发。他紧闭着嘴，将所有话语关在肚子里。我找了好多话题，仍然连他的一个屁都引不出来。我过问家谱，纯属没话找话，换来的同样是他的沉默。

既然你要赌气，那我也不说话了。我说。

我们两个沉默的人，面对牛和羊，面对满山的草木，各行其是，像两个影子。我们在比赛谁最先开口说话，就像我们在河里游泳时，扎下猛子，看谁先浮出水面。那时我第一次发现，话语是活的，它们在我的肚子里像沸腾的水，冒着泡，发出咕噜声。我甚至听到了自己吞咽唾沫的声音，那不是因为我馋了，而是因为想说话。我脑袋里挤满了各种话语，它们你推我搡，挤挤挨挨，都想从我的嘴里蹦跶而出。

啊！我终于憋不住了，大叫一声，认输。一个人自言自语。尽管这样看起来像个神经病，但心里好受多了。

算你狠，我对阿隆索说，有本事你一辈子不说话。

那天晚上，我和父母达成了默契——不应该太在意阿隆索不说话这件事了。我们的方法是：相互之间找各种话题来讲，唯独不理阿隆索。我父亲为了表示对阿隆索的失望，假装重新燃起了对我的希望。他甚至找出了那个笔记本，让我看上面的内容。

家谱已经写完，他说，你也应该看看，毕竟你也是他们的后人。不认识的字，自己去查字典。

他们确实在笔记本里写下了密密麻麻的人和事。我的阅读，始于配合父亲对阿隆索的激将。那些未曾谋面却和我血脉相连的祖先，他们的一生化为文字，躺在笔记本的蓝色横格间，很亲切。如今，那本写下了祖先故事的笔记本早已不知去向，记忆也未必真的可靠，但我只能固执地认为，我所记住的，便是真实发生过，并被记录下来的。

没有人对那个叫虫圆的地方存有印象，它真正变成了文字，一个符号而已。我们的祖先从虫圆来。当然，他们不是虫圆冒出来的两朵蘑菇，一朵公，一朵母。他们从另一个地方来到虫圆。但那是更久远的故事，久远得即使被刻在石头上，也已经风化，甚至连石头都已消失了。

我们从虫圆来到阿尼卡。抹去时间的水汽，祖先的面目从家谱里清晰起来。现在，我终于明白了父亲经常挂在嘴上的一句话，我们这家人。他的言下之意，我们这家人和别人不一样。因为我们是最早来到阿尼卡的人。没有我的祖先阿德鲁，就没有阿尼卡。是他为这片土地命了名，意思是，"我要这片土地"。

他要这片土地，却没有那么简单。他首先要和野兽争夺地盘。他从虫圆来，一路披荆斩棘。他腰间的刀上污迹斑斑，那是野兽的血和树木荆棘的苦汁。除了刀，他还带着弩、火镰、盐、五谷杂粮的种子和女人。他的女人已有身孕，她此前属于另一个贵族少爷。这是一个爱情故事。

在树木密集的平地上，祖先阿德鲁安顿好妻子，动手砍下树木，花一个上午便搭建好了棚屋。飞禽走兽先是围观，然后四散开去，然后约来更多伙伴，瞪着愤怒的双眼，看他生火、张弓打猎、剥皮、烤肉、分食，它们一副隔岸观火的样子。夜里篝火不灭，狼的眼睛在四周闪着绿光，手电筒一般。

那样的情况，比《创世记》里的描述好不了多少。虽说有了男女，却没有神说要什么就有什么。他们是自己的上帝。拓荒、引水、播种，在庄稼收获之前，他们只能靠野菜和野兽为生。这一章节并不复杂，简单说就是，明洪武午间，一对青午男女私奔到深山密林，建立了一个村寨。但我可以想象祖先阿德鲁在茫茫群山密林中与鸟兽争夺地盘的艰辛。我父亲是对的，就凭这一点，他也值得我们去铭记。

冬天发生了两件事，一是祖先阿德鲁喜得一子，取名阿俄吉；二是有人来到了阿尼卡。那是一家三口，逃荒之人。他们吃了阿德鲁的兔子肉和野菜粥，千恩万谢地离去。十天后，阿德鲁听到丛林里响起树木倒下的声音。他持弩挎刀前往，惊呆了。

山林里有几十个人在砍树搭棚。

跟阿德鲁相比，他们明显是有备而来。除了砍树的成年人，还有老人统领着孩子，女人在采摘野菜。他们带来了锅碗瓢盆、农具、家畜。总之，他们举家而来。

谁让你们来的？阿德鲁急了。

我们自己来的。有个正在砍树的人回答。

这是……阿德鲁顿了顿说，这是阿尼卡，我取的名字。

阿德鲁想说这是他的地盘，但他很快意识到这话不对，这是无主之地。他一口气跑回家里，拿出草绳将家附近方圆两里地盘围了起来。

够了，他说，有这块地盘，够子孙后代耕种了。

这样的场景，让人想到一群蚂蚁在啃噬蛋糕。谁勤劳，谁强壮，就可以占据更多的地盘。还有人在陆陆续续赶来。作为最早来到阿尼卡的人，每一棵树的倒下、每一寸生地的开垦，都令阿德鲁心痛。别人不会有这样的感觉，唯独他，把树木和土地当成了自己的身体。

第一场械斗发生在一年以后，发生在普和赵二姓之间。一个普姓之人某天早晨发现家门前有只受伤的麂子，顺理成章抬回家去煮了。尚不待肉熟，赵姓族人中的年轻力壮者便循着血迹找上门来。这不是一只麂子的事，他们认为是事关两个家族的尊严。我的祖先阿德鲁目睹了整个事件，一个赵姓年轻人死于普家的刀下。

其时，阿尼卡已经迁来了八个姓氏的人。他们合伙将野兽驱赶到更远的地方，然后又为如何划分接下来的地盘而大打出手。不时有人死于械斗和阴谋。只有我的祖先阿德鲁，他没法召唤来更多的同族人，身边只有妻子和孩子。

我曾经在一张世界地图上寻找阿尼卡，它小得不值得绘制者标注。我只能从我们县的地图上大致指出它的位置。这是人和世界、自己和他者的关系。很多时候，我们觉得比天大的事，在别人眼里小如芝麻。比如说，你完全可以认为我是在讲述世界上任何一片原始丛林里的开垦故事，因为如今我们能看到的每一片有人居住的土地，都有一个这样的故事，大同小异。

当我的祖先阿德鲁在阿尼卡盖起第一间棚屋，这样的破坏和动静对这片原始丛林来说，是微不足道的。但是，当几十人、几百人闻风而动，迁徙而来，在这里繁衍生息，则完全不一样了。我从阿隆索记录的家谱里，看到了生命的力量。

那一年，阿尼卡诞生了二十个孩子。但凡有生育能力的人，都在拼命繁殖。这不是为了对抗死亡，让血脉永存，而是为了对抗人和野兽。

当积雪融化、春暖花开之时，阿德鲁开始动工盖房子。不是木棚，而是土坯房。开始是他一个人干，后来是有几个热心之人前来相帮，再后来，人们惊讶地发现，阿德鲁是个天生的匠人，木工、瓦工、石匠，他样样会。于是，前来帮忙盖房子的人更多了。毕竟大家想盖房子而苦于没有匠人。可以想象那时候的阿尼卡，丛林里一直响着大兴土木的声音。丛林退去，人们得寸进尺。那三年，阿尼卡人忙于盖房子，没有发生械斗和其他不愉快的事情。他们像一个抱成团的雪球，在这片土地上越滚越大。

所以，记载在家谱里的狮子崖之战，更像是积蓄已久的爆发。阿尼卡的七姓家族分成两派，为了一个女人大打出手。十八岁以上的男子，全部出动，其余的在家里等着，如果死了，就准备收尸。我的祖先阿德鲁，同样没有参与这次打斗。他为死去的五个青壮年男子念经超度，并焚烧了他们，然后，将所有人召集起来。

不能再这样下去了，阿德鲁说，我们这样相互残杀，连鸟兽都不如。

阿德鲁，你是最早来的人，你说咋办？

从我们中间，找一个人来做寨主。阿德鲁说。

阿德鲁的话音刚落，七姓家族里的人都站了起来。他们都想做寨主。然后，他们相互看看，又坐了下去。阿德鲁明白他们的意思，他已经不想看到阿尼卡人为争夺寨主之位再起杀戮。

那就只能去土司府了。阿德鲁说。

大家一致赞同，并推举阿德鲁带人前往土司府。阿德鲁带了七个人，每个家族一个。他们去到百里外的土司衙门，朝土司禄兴大人跪下，说明了来意。有百姓归顺于自己，禄兴大人自然是高兴，当即赏了酒肉，吃罢，又派武官一员带精兵三十六人前往阿尼卡查看。

武官进入阿尼卡时，完全被眼前的景象吓了一跳。他没有想到，这百里外的山林里，竟然生长着一个他们完全不知道的村庄。为了表示诚意，阿尼卡人杀了猪和羊，拿出自酿的苞谷酒款待武官一行。

关于这一天，我父亲让阿隆索在家谱里写的是："那天像过节一样高兴，酒从早喝到晚。"酒醉后，发生了一件大事。这件事，和我的祖先阿德鲁有关。

那天黄昏时分，大家仍在喝酒吃肉。武官手下的一个兵消失了一阵子。那是一个大个子兵，浓眉大眼，鼻尖长着一颗黑痣。大家都看见了，没觉得有丝毫奇怪。可当他进门没多久，外面响起了哭声。武官停止了咀嚼，一碗酒横在空中。众人听着哭声，眼见一个姑娘推开了院门，走到武官面前跪了下去。

大人，有人强暴了我。姑娘说，是个鼻尖上长痣的男人。

众人发出一声惊呼，所有的目光集中在武官脸上。只见他略作思考，放下酒碗，起身，从腰间抽刀时如一道闪电划过。

这里刚刚成为禄兴大人的地盘，谁敢如此大胆？那武官握刀在手，杀气腾腾。众人不敢作声。那姑娘跪地不起。

是你的兵。她说，我一路跟踪他，到了此地。

我没有一个鼻子上长黑痣的兵，武官说，你们都看见了，没有，对不对？

武官面对着阿尼卡的众人，反复问，你们看见我有她说的这样一个兵吗？你们看见了吗？没有人说话。他们都明白这话的背后藏着什么。姑娘的父亲和哥哥，掩面蹲下身去，不敢出声。

是的，大人，你确实有这样一个兵，阿德鲁说，而且，我亲眼看见他离开过这里。

是吗？武官朝阿德鲁走了过来。

是的，阿德鲁并未后退，我亲眼所见，而且他现在就在这里。

是吗？武官握紧了手中的刀，又问。

是的，阿德鲁又说，我可以帮你找出这个人。

武官大笑起来，他的笑声如惊雷，令人颤抖，只有阿德鲁毫不畏惧。

原本以为你们身上流着男人的血，英勇无畏，没想到你们胆小如鼠。武官的语气里充满了不屑，他大声吼着，恨不得立刻踹翻眼前这些战战兢兢的人。而此时，他手下的兵们，正幸灾乐祸地看着阿德鲁。

然后，武官朝阿德鲁竖起了大拇指。

勇士，请帮我指出这个人。

阿德鲁双目如炬，盯住了那个鼻尖上有痣的兵。此刻，他正在喝酒，还以为这事已经过去了。武官皱了皱眉头，那兵已经脸如土灰。

你确定是他？武官又问。阿德鲁和受害的姑娘一起点头。

一分钟以后，这场酒席以那个兵的人头落地收了场。黑暗正好抵达。火把照亮了院子，死亡的阴暗尚未消散。除了武官和阿德鲁，其他人说话都小心翼翼。

那个兵的尸体被放在了担架之上，脑袋由另外一个人抱着。武官一行要走了，阿尼卡人神情肃穆，木木地站着，像是送行，更像是送葬。

阿隆索在笔记本里如此记录武官临走时的话：

> 从今天开始，这里就是禄兴大人的管辖之地了。有禄兴大人在，阿尼卡的人将会平安无事，和和睦睦。谁敢违命，这个兵就是他的下场。今天这个勇士，令人敬佩，我决定为他的勇敢赏银十两。

阿德鲁当晚跟着武官去土司府领赏，再也没有回来。三天后，他的尸体在通往阿尼卡的路上被人发现。没人知道他的死因。十天后，武官再次来到阿尼卡，他对阿德鲁的死表示哀悼，并且宣布了一道任命：那个被强暴的姑娘的父亲做了阿尼卡的寨主，每家人每年需向土司禄兴大人交租，不得有误。

三

阿隆索一夜无话，连梦话都没有。醒来后，他带着我去上学，还是一路无话。那天我们迟到了。阿隆索站在教室门口，举起手，就是不喊"报告"。他的同学们正在教室里摇头晃脑地读书，他的语文老师手执竹棍，在教室里走来走去。有人看到阿隆索站在门口，向老师示意。老师转过头去，看了看一直举着手的阿隆索，视若无睹。阿隆索一直站到了下课。

有人来告诉我，阿隆索哑了。我说，他昨晚就哑啦，他不想说话，那就不说吧。

关于阿隆索不说话这事，我抱着几分好奇。他憋的时间越久，这事就越难以收场。我们都有赌气的时候，但是他这样实在是太过分啦。

放学时分的学校像个蜂巢，但很快就安静下来了。老师要求背一首古诗，阿隆索就是不张口。他的同学都走了，只剩下他一个人被留在教室里，他的老师坐在教室门口的凳子上。我要等他一起走。学校里只剩下我和阿隆索了。作为一个好学生，这是他第一次被留了下来，他的老师百思不解。

他哑了？他问我。

我摇了摇头。对啊，我想，阿隆索是不是真的哑了，而我们还在责怪他？于是我回答老师说，我不知道，他从昨天早上就不说话了。打也没用，骂也没用。

如果他不说话，那你们兄弟俩今天就留在教室里过夜吧。那老师说。

太阳每向西移一点，颜色就越发黄，温度就越弱，像一支手电筒照出来的光。我心急如焚，而阿隆索盯着书上的文字，面无表情。有一阵子，他甚至趴在桌上睡了几分钟。

哥，快点背吧，我站在窗外喊，不然，我可要走了。

阿隆索看了看我，最后将目光定格在了黑板上。

我真的要走了，我说，天快黑啦。

我的话里已带哭腔。那老师在百无聊赖中抽完了半包香烟，喝了一杯茶水，去了一趟厕所。这时，食堂响起一个人的声音，开饭喽！那老师看了看我们兄弟俩，终于松了口。

回去吧，明天来背。

天真的要黑了，有种在黄昏时才发声的鸟已经叫了起来。我和阿隆索奔跑在回家的路上，只有脚步声回荡在山间。我们从来没有这么晚回家。可以想象，我父亲的棍子早已等候多时了。途中，天完全黑了。路像条模糊的带子，已经不太看得清路中间的石头。我们各摔倒一次，但又很快爬起来。

哥，你已经两天一夜没说话了，你的舌根不痒吗？我问，你这样憋着，那些话会在你肚子里打架，你不觉得肚子疼吗？

他不理我，继续跑在我前面。

我晓得你心里有气，但是，你不说话，这气就不会消。我说，如果一个人长期生气，头上会鼓起两个包，时间久了，像牛一样长出角。

你真的哑了吗？我有点生气了，如果你继续装聋作哑，会被爸妈送去跟萧大脚住。

萧大脚一生赤脚、哑巴，和他美丽的哑女儿箫声声住在阿尼卡西边废弃的磨坊里。

突然，阿隆索停住了脚步。前方的路中间，立着一个黑影。那是我们的父亲。他的手上拿着一根足以让我们满身红肿的竹棍。

为啥现在才回？父亲一声怒吼，尚不待我们回答，他手上的竹棍已经抽到了阿隆索的身上。他边跑边问边打，竹棍在空中发出啸音，但阿隆索一声不吭。我跑着跟在父亲的身后，等着他的竹棍。

哥哥不背诵，被留下了，我等他。

他还是不说话？

这愤怒让我父亲像桶滚动中的燃烧的火药，他一直追着阿隆索打，走一步，打一棍。我们就这样回到了家里。走到院门外，他一把揪住阿隆索的后领，提他进院。父亲把阿隆索扔在了院子里，像是扔下一只刚猎获的野兽，但是，这家伙被扔在地上后居然毫发无伤，又站了起来。他紧闭着嘴唇，浑身发抖，直愣愣地看着父亲。这目光像导火索，瞬间将父亲点爆了。他飞起脚，将阿隆索踹翻在地。不出声是吧？那我打死你算了，我父亲的声音里带着愤怒、悲伤和绝望，他从墙上取下马鞭，握在手里，逼阿隆索开口。

你打死他，那你怎么办？我们的母亲在哀号。

我去抵命，他说，阿隆嘎会为你养老送终的。

我的眼前浮现出哥哥的死亡、父亲的远去、一个家庭的坍塌，双腿一软跪了下去。

别再打哥哥了，我用尽所有的勇气吼了出来，要打就连我一起打，打死我们，也好有个伴。

阿隆索的眼里流出泪水，他跟着跪下来，但仍然一言不发。我们的母亲趁机从父亲手上抢走了马鞭，又进屋给他端来了茶杯。我和阿隆索跪着，听父亲咕嘟咕嘟喝茶、叹息。我的母亲已经停止了哭泣，相比父亲的暴力，她多了一丝理智。

我在想，阿隆索会不会真的出事了？她又将这个问题提了出来。

是不是真的说不出话来了？我父亲问，如果说不出话来，那你就点头。

阿隆索既不点头，也不摇头，而是垂下了头。

我去找苏呷医生，我母亲说，你呢，去把魔帕请来。

我父亲就是魔帕，但魔帕只对外人行事，对自己人无效。

院子里恢复了宁静。昏暗的灯光下，几只蛾子萦绕着。他们走得急，没有叫我们起来。阿隆索开始打盹，他闭着眼睛，像是要屏蔽外部世界。他的上半身不断朝前扑去、惊醒，如此反复，像一只啄米的小公鸡。我在一旁仔细观察他，想笑却笑不出来。他真瘦啊，身子像一块大篾片，轻易就能穿过。由于卫生习惯不好，他的身上能够搓下半斤泥垢。军绿色的外衣，是我父亲早年穿的，他穿着，显得大而空。他的裤带是根藤条。那时我们都梦想有一条军用皮带。可是，就是这样的一个阿隆索，他有一天突然就不说话了。

那天晚上，魔帕和医生相继进门，阿隆索经历了好一番折腾。医生拿出了听诊器，将那个冰凉的圆铁饼贴在阿隆索的胸前，闭上眼睛，认真听着。然后，他又拿出一块竹片压住阿隆索的舌头，让他说"啊"，阿隆索不说。医生"啊"了三次，得到的都是阿隆索的白眼，于是，医生做出了结论：这孩子身体没毛病，但也许这里，有点问题。他指了指自己的脑袋。

魔帕进屋，少不了要杀鸡请神，煮肉和磨豆腐。我暗自高兴，肚子里早已馋虫翻滚。他拿出经书念，像是在唱一首难听的歌。他用鸡毛蘸了鸡血贴在阿隆索的脑门上，过一会儿就被风吹走了。他摇着法铃，圈子里的黄牛叫了起来，以为屋里有一只走丢的同伴。他围着阿隆索跳啊跳，宽阔的裤管像两把扫帚，扫得屋里灰尘四起。最后，他终于停下，大汗淋漓，像是刚刚翻山越岭而来。

他的心里有三个鬼，他说，一个鬼按住了舌头，一个鬼蒙住了眼睛，一个鬼塞他的耳朵。

魔帕的解决办法是：杀一只羊，割下舌头和双耳，剜出双目，煮给阿隆索吃。

这样他就能看见，听见，并且说出来了。

那晚折腾到下半夜，终于送走了医生和魔帕。我的父亲关上门，将我和阿隆索叫到面前。

你听着，如果你被恶鬼缠住，今晚过后就会好起来。如果你故意不说话，我们也不能撬开你的嘴，那我们就当生养了一个哑巴。我们尽力了，剩下的靠老天和你自己了。

阿隆索仍然沉默。但我父母面对这沉默已经没有了愤怒，只有叹息和寄望于奇迹的发生。同时，他们也寄望自己的小儿子能够更聪明一点。

你听着，如果阿隆索真的哑了，我们就只能靠你了。我父亲说，如果你有什么要求，你可以提出来。

我想了想，提出要再看看家谱。我对祖先的故事发生了兴趣。那个硬壳笔记本又回到了我手上，那是我在当时看过最多的课外文字。

那天晚上，我梦见阿隆索站在山顶放声高歌。他用的是另一种语言，我听不懂。他唱的时候，树木肃静，鸟兽噤声，花蕾绽放，阳光普照。

沉默的阿隆索像个影子，已被我们所忽略。现在，我父母的注意力集中到了我身上来。他们对我说话时轻言细语，少了野蛮的暴喝。但是，我现在的注意力却在家谱上。

阿德鲁死后，我们这个家族迎来了困难时期。他还来不及繁衍出更多的子孙，只得了儿子阿俄吉和女儿阿吉娜。阿德鲁的死，成了阿尼卡的一个谜。对于家庭来说，那是个永远的阴影；但对于村寨来说，别人先是热烈地长吁短叹地愤愤不平地谈起这事，然后渐渐转向了云淡风轻，甚至闭口不言。只有阿俄吉和阿吉娜，他们从小被教导，不能忘记父亲的死。

父亲为啥会死呢？少年阿俄吉问母亲。

因为他说出来了。母亲回答。

他为啥要说呢？阿俄吉问母亲。

因为他看见了。母亲回答。

阿俄吉的幼年和少年时期，一直纠缠于这两个问题。他不断地问，母亲不断地答，答案永远是这样。他永远也想不明白，想不明白就奔跑。阿俄吉奔跑在阿尼卡的山路上，飞禽走兽纷纷让路。他从十二岁跑到十八岁。到了十八岁，他再也不问父亲的死因了。

那时的阿尼卡，早已不是建寨当初的刀耕火种了。越来越多的人搬来此地居住，他们血脉相连，既相互搀扶也相互陷害；既向外战，也向内斗。他们在这片土地上大肆开垦，甩开膀子干活吃饭，竭尽全力地生育。在这里，生育不断，杀戮也从没停止过。若干年后，我在县志上读到几句关于阿尼卡的话："阿尼卡，险恶之地。明朝起有人居，属土司管辖之地。此地民风彪悍，好斗，嗜酒，民间多传说和奇人。"

我将在家谱上看到的一个故事讲给同学们听，没人相信。这个故事讲的是某个冬天的早晨，土司府衙外出现了一头坐在地上的狼，它大张着嘴，那嘴能够轻易塞进一个小孩的脑袋。土司手下兵丁骇然，围住狼，欲开枪打死，却听衙内传来禄兴大人的指示：别开枪，毕竟是条命。若手下兄弟有谁能将其捉住，赏银五两。兵丁皆惧，无人敢上前。此时有人说，也许可以叫阿俄吉来试试。于是又有人快马加鞭，去阿尼卡请来了阿俄吉。由此也可证明，阿俄吉早已声名在外。

阿俄吉来了。他赤着脚，走路时发出沉重的声音。幸亏他是在地上走，如果是上楼，所有人都担心会发生坍塌。他上前一步，向禄兴大人行了礼，然后看了看坐在地上的狼，问要活的还是死的。土司回答，要这畜牲死很容易，但它毕竟是条命。

阿俄吉朝狼扑了过去。那狼一惊，收起坐了一早上的姿势，来不及细想，只能逃命。它跑向土地。那是夏天，地里的罂粟纷纷为他们让路。那样子，像是两把锋利的剪刀扎向了一匹巨大的绿花布。包括十二岁就继承土司之位的禄兴大人在内，没人出声。他们看着阿俄吉追着那头狼穿过了土地，进入了密林。他们看见他数次伸手去捉狼的尾巴和后腿，就差那么一点点。

下午时分，阿俄吉扛着那头狼回到土司府衙外。那狼已经奄奄一息，被阿俄吉用藤条绑了腿和嘴，和一条将死之狗没啥两样。所有人都瞪大了眼睛，特别是禄兴大人，据说他那时眼睛大到令人不敢直视，但阿俄吉接住了那目光，也接了土司的赏银。

勇士，土司说，除了赏银，你还有什么要求？

阿俄吉说没有，他只想早点回去照顾母亲，她因为父亲的死而过度悲伤，身体一直没有恢复过来。

这时衙门外传来吵闹声，说是那畜生又恢复了些体力，已经挣脱了绑嘴的藤条，此刻正张着大嘴想要吃人。众兵丁骇然。

勇士，土司说，去把它给放了吧，毕竟是条命。

阿俄吉说，回大人，小的只负责捉狼，不负责放狼。

土司笑了起来，说，那就再给你五两银子，放了它。

阿俄吉答应了。他走到狼的身边，那狼见他就发抖。他一把抓起狼头皮，解下它四肢上的藤条，换一只手捉住狼尾，将那只狼倒提起来。他用力一甩，狼已经被扔出了数丈远。然后，人们看到那狼一瘸一拐地离开了。

阿俄吉接受了土司的放狼银，但拒绝留在土司府。他想到了父亲的死。

就在方圆百里都在流传阿俄吉捉放狼一事时，他将那十两银子留给母亲和妹妹，走了。

他去了哪里？这一直是个谜。有人说是顺江而下，有人说是逆流而上，有人说是去了山洞里，有人说是去了寺庙里。总之，待阿俄吉重新回到阿尼卡，已经是十年以后了。

阿俄吉从不对人说起这十年的经历。但人们还是渐渐发现了他身上的超常之处。我父亲让哥哥记下了阿俄吉的本领，包括以下几种：穿墙术、放阴火和阴箭、巨蟒腰带、幻影术、乾坤绳。我在课堂上看阿俄吉的故事，早已忘记了讲台上还站着一个老师。关于阿俄吉的事，可以讲三天三夜，所以我只能简单讲述，毕竟在我的家族史上，他只是其中一人。如果我厚此薄彼，恐惹他们不高兴。

阿俄吉腰间的布带，其实是一条巨蟒。据说这是他师父送给他的礼物，条件是永远不能说出师父的名字。阿俄吉一生只使用过那条布带一次，派它去一个富绅的酒席上吞咽下酒菜，然后再带回来分给阿尼卡的穷人。

至于乾坤绳，他未敢在人身上使用，而是用它捆住了一个作祟的土地菩萨。有人亲耳听见，那土地公公发出痛苦的呻吟。

阿俄吉一生只杀过一个人。那是在一个黄昏，一个匪徒从绿林中跃出，举刀向他劈来。阿俄吉避之不及，手指轻弹，匪徒瞬间毙命。阿俄吉扒开死尸查看，见其胸前有一如蚊虫叮咬过的伤口。这是被他的阴箭所伤。阿俄吉心生愧疚，将身上一两银子放进了死者的口袋。

那时阿隆索对这个世界充满了好奇。这也体现在他对家谱的记录中。他甚至在记录时偷偷写下了他和我父亲的一部分对话。比如：

阿俄吉是神吗？

不是，他只是人。

有他所不知道的事吗？

有，他只是个会巫术的凡人。

什么是他所不知道的呢？

人心。

    阿俄吉死于告密。那一年，他五十岁。那一年，禄兴大人死了，土司少爷继位。土司手下的师爷拉着一众兵丁造反，欲拉阿俄吉入伙。阿俄吉想到父亲的死，答应了。但是，在第二天一早，尚不待他们起兵，所有人便已经被捉了。

    知道是谁告的密吗？前来捉阿俄吉的人问他。

    阿俄吉摇头。

    是睡在你身边的人。

    阿俄吉看了一眼妻子，她已经低下了头。原本人们以为他会施展巫术逃跑，已经在屋外布置了重兵。但他知道是妻子告的密后，便伸出手，让来人把他绑了起来。

    好好把孩子养大吧。他说，我不怪你，只是可怜你，你以为你做了一件正确的事。

    阿俄吉被砍头示众时，也没有发生人们所想象的明明砍的是阿俄吉，结果落地的人头却是行刑人的奇异事件。于是，关于阿俄吉是不是真的会巫术一事，阿尼卡人争论了许久。

    那天我躲在被窝里读家谱，读到这里时，放声大哭。

四

    阿尼卡的人说阿隆索哑了。每当我听到这话，就义正词严地告诉他们，我的哥哥不是哑了，他只是不想跟你们说话。我这么说时，他们脸上的表情就由虚伪的同情变成了愤怒。

    他凭什么不跟我们说话？他们问。

    那你去问他啊。我说。

    没啥好问的。不说话，那就是哑了。

不说话，比说谎话、废话和害人的话要好。

于是，人们怀着某种复杂的感情把阿隆索当成了一个异类。他们对他抱以同情的目光，并且把他当成一团空气，从不对他隐瞒任何秘密的话题。

阿隆索以沉默对抗着他因沉默带给这个世界的不适。在课堂上，他默默拿出课本和纸笔，和大家一起认真听课，记笔记，写作业，但凡有需要发声的时候，他就紧闭着嘴。他再也没有完成过朗读和背诵。他的老师觉得自己的权威受到了挑战，但用尽了办法阿隆索都不吭一声，也不躲闪。老师败下阵来，他终于承认失败。阿隆索这样的学生，别说是人，就是雷公电母，估计也难以让他开口。

一个同学突然沉默了，但他并没有真哑。学生们并不相信一个原本如喜鹊般吵闹的同龄人能够把话语全部扼杀在肚子里。他们千方百计想让阿隆索开口。他们将一条死蛇装进阿隆索的书包；他们把图钉放在阿隆索的凳子上；他们将他的笔藏起来；还有人走路时故意踩他的鞋后跟，在他胸前打一拳，莫名其妙地骂他；玩老鹰捉小鸡时，他们把他当小鸡，其他人全是老鹰，捉住他的头发、双手和双脚，像是要给他大卸八块。

但是，阿隆索从未开口说过一句话。

那段时间我的主要任务，就是用木棒驱赶那些欺负阿隆索的人。除了上课的时候，我几乎形影不离地跟着他。令我担忧的倒不是自己每天要像小辣椒似的盯着那些欺负阿隆索的人，而是他的未来。自从沉默以后，他走路轻飘飘的，像个纸人。他已经不再奔跑，每一步都走得小心翼翼，仿佛在他的世界里，随时都是狂风肆虐。他像一只风筝，不时飘向某个世界，而我们是他的线。有时候，将他拉扯回来时，他的脸上明显不高兴，甚至是痛苦万分。

痛苦的还有我父母，就像是他们之前一直生活在一个彩色肥皂泡里，却突然就在阳光下破灭了。那种怅然，那种不甘，可以想象。他们甚至想到了一个主意，在阿隆索睡着后，突然叫醒他，跟他说话。他们以为，阿隆索从沉睡中醒来的第一瞬间，会忘记自己的沉默。结果当然是我的父母失败了。这失败让他们彻底接受了阿隆索不说话这一事实。

成绩揭晓的那日，我父母比我想象的要平静。为了这一天，他们等待已久。我父亲杀了一只鸡，买了一瓶酒。吃饭时他给我和阿隆索各倒了一杯酒。

喝了吧，他对阿隆索说，喝了这杯，你就是个农民了。

阿隆索喝了酒，面红耳赤，但他表情平静，丝毫不为自己落榜而悲伤。

你也喝一杯，阿隆嘎，我父亲朝我举起了杯，我们家的未来。

我母亲在一旁抹泪，被我父亲制止了。

好啦好啦，他说，哑了一个，还有一个。

至少他还活着，我父亲又说，没有像别人家孩子那样被水冲走，或者死于痢疾。

他说的是阿尼卡的另外两个小孩，他们均死于上学途中。他们的父母，要么疯癫了，要么离开了阿尼卡。如果这么对比，那阿隆索回家种地就真的不算什么了。

锄头、镰刀、斧头泛着锋利的光芒，早已在等待。他十二岁的身体，已经勉强可以应付轻一些的简单农活。他将在乡村变声，长出胡子，变成一个年轻的农民，娶一房媳妇，生几个孩子。这是绝大多数阿尼卡人的生活，我们没有理由强求命运更多的垂怜。

对于上学改变命运这种事，相当于是去天上摘云朵，因为太难而显示出了过于浓重的命运色彩。最适合我们的，无非就是继承父辈的衣钵，在土地上像棵草似的活一辈子。

临睡前，阿隆索从墙上取下书包，丢进火塘里烧了，没有一丝犹豫和惋惜。然后，他走出了家门。起初我们以为，他去外面撒尿，但大约半个小时后，我们觉得事情不妙了。我和父母点亮火把和手电筒，从不同的方向寻找。我们不敢在夜晚的乡村扯开喉咙叫，因为不想让人知道。我们走在玉米地边，空气里飘着玉米秆甜腻腻的气息。正是玉米灌浆的时候，玉米林里密不透风。

那时布谷鸟已经离开。这种鸟来去人间，据说不是靠自己的翅膀，而是由另一种鸟驮着飞。我们见过布谷鸟的坐骑，也是一种灰扑扑的鸟，飞起来时两个翅膀扇得像螺旋桨。

我们绕着屋子四周找了一圈，没有阿隆索的踪迹。于是我们回到家里，纷纷猜测他有可能去了哪里。我父亲认为他可能只是想去村里走走，因为他身上没钱，不可能离开阿尼卡。而我母亲则认为凭阿隆索这固执的性格，他完全有可能走路离开。我们就这样坐在火塘边，无奈、绝望、毫无底气地谈起阿隆索。我们试图猜测他的内心，但没有一个人有把握。一个沉默的人，我们确实不知道他在想什么。

要不要去告诉别人？我母亲问，请人一起找找，如果晚了，他就走远了。

明早再说吧，我父亲淡淡地说，如果他要走，我们也留不住。

阿隆索回来的时候，我们都已上床睡觉了。从另一间屋里传出父母大声的谈话声，我听不太清，想必是关于阿隆索的。我仍然沉迷在家谱中。阿隆索带着一身露水和清风的气息，推门进来，钻进了被窝。我没问他干什么去了，因为问了他也不会说。我和阿隆索躺在床上，夏天的村庄湿漉漉的，连想象力都变得沉重了。

接下来的日子三天两头下雨，墙根长出了绿苔藓。我梦见那些苔藓疯狂蔓延，伸进屋子，裹住了我和阿隆索。我在夜里拼命蹬腿，醒过来时，阿隆索的床上空无一人。我并没有立即叫出声来。我想他会回来的，像上次一样，在天亮之前。我拉灭了灯，躺在黑暗中，听风刮过夜晚，所有的叶子都是响动的翅膀。这些响动汇聚在一起，是一种无法分辨的惊悚。我甚至怀疑，某个早上醒来，村庄就被风吹得变了样。

阿隆索总在天亮之前回到床上。我已经习惯听他踮着脚尖进屋，像片轻薄的草纸落在床上。此后的每个夜晚，阿隆索都会出去。为了配合他外出，我甚至早早就钻进被窝，假装发出鼾声。待他出去后，我又一头扎进了家谱里。

家谱其实是种残酷的东西，看起来是纪念，其实是在告诉我们，人在时间面前的渺小。当然，这是我多年以后才悟出的道理。每个人都活了一生，但在家谱里的待遇却大不一样。有人只有短短几句话，无非是生卒年月、子孙姓名及去向；而有的人却在家谱里占据了大量的篇幅，被详细记录，甚至改编。所以，关于我爷爷阿拉洛的事，我是有几分不信的。

或许是因为疲于讲述和记录，阿隆索的记录自阿俄吉之后就变得简单、枯燥，像一条潺潺流淌的小溪，令人昏昏欲睡。直到阿拉洛这里，漫长的家族史里才又翻起了波浪。

那是一个兵荒马乱的年代。原本执掌着那片土地生杀大权的土司，势力已大不如前。居住在方圆百里之内的各地方势力跃跃欲试，都想找机会将土司赶出这片土地，做这里的王。我爷爷在他二十岁那年拉起了队伍，驻扎在狮子崖上的狮子洞里。据说他的手下个个都是攀岩高手，腰间插两把匕首，近能杀敌，远能飞掷，攀岩时插于岩缝间，如履平地。他们在狮子崖和豹子崖顶筑了碉堡，遥相呼应，黑洞洞的小窗里是黑洞洞的枪口。

我爷爷阿拉洛只活了三十六岁，他短暂的一生刚好处于风口浪尖。在阿尼卡方圆百里的深山里，杀戮和阴谋从未停止。罂粟带来了巨大的利润，银子水一般地流进人们的腰包里。当然，很大一部分银钱换成了枪支。奄奄一息的土司，已经连续三年未向上进贡马匹了，因为他们并不知道，到底应该将骏马献给谁。他们早已失去了来自官方的保护。最后一任土司被地方势力包围，激战了三天三夜后，一家老小二十六口人被活捉。在如何处理土司一家的问题上，阿拉洛和其他家支头领发生了分歧。阿拉洛的意思是放，别人的意思是杀。

虽然他不算是一代好土司，但他的家人是无辜的。阿拉洛说，杀人一时快，但沾在手上的血却一辈子洗不掉。

阿拉洛，你手上的血还少吗？

我杀的是该死之人。阿拉洛说，而不是被绑起来的老人、妇女和孩子。

别忘了我们联合之初的约定，有头领警告阿拉洛，现在刚打赢，我们就开始吵起来了。

我跟你们做个交易吧，阿拉洛说，我愿意拿我该分到的土地来换他们。

头领们做了短暂的思考后，同意了。他们打赢了仗，即将瓜分原本属于土司的土地。他们原本想的是斩草除根，以绝后患。但是，谁也要给阿拉洛几分面子。

我明白你的意思了，有头领哈哈大笑，阿拉洛的心比我们大，在这片土地上，没有什么比奴役旧土司更有面子了。

阿拉洛也哈哈大笑。他亲自给土司及其家眷松绑，护送他们离开。禄氏土司在这片土地上长达百年的统治宣告结束。

家谱里如此记录阿拉洛和土司的告别：

阿拉洛和他带的兵送土司一家到狮子崖，由此出石门关外。那一直沉默的土司终于开了口。他说，今天，你救了我们二十六条命，加上从前我家欠你家的两条命，一共是二十八条。这命债，我们是还不上了。所以，只能受我们二十八拜。那土司刚想下拜，便被阿拉洛架住了。

你是土司，我是土匪。阿拉洛说，我联合各家支打垮了你，如今又放了你们，我们两清了。

那土司羞愧难当，对家人做了一番交代后，趁人不备，纵身跳下了狮子崖。阿拉洛为失败的土司立的碑，如今还在阿尼卡的后山上，后人称那座碑为官坟。

没有了土司，那片土地比以往更乱。各家支之间的联合与分裂，朋友与冤家，瞬息万变。谁的势力大，谁就可以抢到更多的土地与家奴，种植更多的罂粟，换得更多的银两，装备更好的枪支，养更多的兄弟。

就在各家支间混战不已的时候，阿拉洛突然宣布解散了自己的队伍，并将土地均分给手下兄弟。

你们回家吧，他说，别再打杀了，回夫种地，但地里不能种罂粟。

手下兄弟不解，久久不愿离去。凭阿拉洛当时的实力，他很有可能成为这片土地的统治者。

这队伍早晚是要解散的。阿拉洛说，我不想像土司一样打到最后只剩家人。

阿拉洛回到了阿尼卡，那里还有祖辈开垦出来的土地。他带领家人在地里种上苦荞、玉米和洋芋。他每年秋天酿酒，够喝一整年即可。他不再过问这片土地上的打杀，饲养马匹和牛羊，把它们都当成了手下的兵。阿拉洛的牛马膘肥体壮，羊群满山，它们在领头牛羊的带领下和狼作战，牺牲了一头耕牛。阿拉洛埋了牛，追封它为牛王，那地方现在叫牛王坟。

阿尼卡的人说，阿拉洛的内心养着老虎，但是，他活活将自己变成了一只绵羊。绵羊阿拉洛早晨打开圈门，他的牛羊像训练有素的士兵，瞬间铺满绿色的山野。

所以，阿尼卡的人说，如果阿拉洛闯过了三十六岁，那他一定是个好石匠。但是他没有闯过，至少三十六岁以后再也没有人见过他。

现在，我终于明白了，我父母一直不让我们靠近阿尼卡磨坊的原因。我以为只是不准我们接触萧大脚和他的哑女萧声声。其实不是。那磨坊已经存在了几十年了，它最初的功能不是磨坊，而是牛圈。后来成为阿拉洛的牢房。

他们问他，当年你们做土匪，手下兄弟都有谁？

阿拉洛说，没有，就我一个。

他们笑了起来，皮鞭抽在他已经花朵般开放的肉上，烈酒浇在他身上。他只是抬眼看着行凶者，那眼神里却没恨意，只有同情和无奈。

当年除了你，还有谁是土匪？

只有我一个。

你不说，我们也能找到他们。

你们累了，喝口酒吧，阿拉洛说，土匪只有我一个，他们都是庄稼人。

那些行凶者，是阿尼卡人，他们是阿拉洛的邻居、亲戚、朋友、仇人，是曾经的土匪、土司的兵丁、行刑人、师爷、烟鬼、奴隶贩子，当然，也有地地道道的庄稼人。他们一夜之间变成了魔鬼。魔鬼们最后败下阵来，将阿拉洛关起来，除了水以外，不给他任何吃的。

正是水救了阿拉洛的命。

当人们发现送进磨坊的水三天后仍在时，他们以为阿拉洛死了。上午的阳光从那个刚好够一个人进出的洞里射进来，像张大笑着的嘴。阿拉洛跑了。人们猜测，他是用尿液浇湿墙壁，用十指一点点抠出一个洞。

跑了。人们长舒一口气。他们终于不再为这块硬骨头而烦心了。毕竟，在阿尼卡，还有更多的人等着他们去追根究底。只是可怜了阿拉洛那些训练有素的牛羊。

它们全都死了。一天天死去，一天天减少。它们起初不是死于疾病或人为的屠杀，而是死于相互残杀。阿拉洛的牛羊在某一天突然发疯，它们先是相互攻击，牛角羊角满天飞。倒下的弱小者，被吃掉。最后，剩下最壮的牛和羊，终于变得像正常的牛和羊，死在了屠刀下。

人们分食阿拉洛最强壮的牛羊时，拼命猜测他的去向。他们总有一种感觉，他没有走远，就在不远处的某个地方看着他们，像一个痛苦万分的旁观者。这种感觉越发强烈，至少在此后的二十年，不时会有人说在某个地方看见阿拉洛。当然，这是假象。因为他们看见他出现的地方非常荒唐可笑，树梢、云上、床下、刀尖上、水里、火里、牛背上……到后来，再也没有人提起阿拉洛，不是遗忘，而是不敢提起。

我的父亲经过了艰苦的成长，做了一名魔帕。这个本该世袭而来的古老职业，后来简化成了经书诵读者。他做魔帕的初衷，其实就是想借助某种神力寻找我爷爷的下落。

他在一个洞里。有次我父亲说，这是我梦见的，我不确定。

五

沉默的阿隆索告别了学校。没有人在上学路上跟我说话，没有人为我抵挡沿途的恶狗，没有人为我打退那些欺负我的人。如今的每天早晨，阿隆索看着我背上书包出门时，面无表情。我不知他内心的想法。他变成了一个年轻的农民，负责放牛和马。他赶着牛，牵着马，加入浩浩荡荡的牛群羊群里。他身披披毡，腰间挎一个军用水壶，里面装着清凉水。

那时的阿尼卡，牛羊是人们最重要的财富，几乎每家都有一个人负责放牧。这样的活，一般由老人、待嫁的女子或辍学的孩子来干。山间除了有树木，还能随时看见牛羊马骡的身影。放牧者聚在一起，老人们喜欢讲古，尽管他们的故事总是那么几个；姑娘们飞针走线，鞋垫上的花样百出，仿佛她们内心有座花园；而像阿隆索这般大的放牛娃，他们本身就是一匹匹未加驯化的野马，爬树、攀岩、掏蜂窝、捕蛇、网鱼子，一刻不停。只有阿隆索例外，他紧跟着牛马，寸步不离。他又成了别人的欺负对象。某天他回来哇哇吐，吐出了三只黑色小蝌蚪，但他死也不说是怎么回事；某天他的耳垂裂开，流着血，问是谁干的，他同样不说。后来，阿隆索彻底远离了那些放牧者。反正群山莽莽，他总能找到草场，喂饱牛马。

阿隆索每天夜里都会出去。他通常和衣而卧，听到我假装发出的鼾声，便提鞋在手，赤脚而出。我若干次想象过他的藏身地。想象他蹲在某个树杈上，像只黑熊；想象他藏在树洞里，一个人自言自语；想象他伏在冰凉的枯草丛中，像只母鸡在孵化，然后咯咯咯乱叫一气。我不止一次想过他在没人的地方说话，不然，一个人的心里怎么能憋住那么多话？比如说我，以前不爱说话，但当阿隆索沉默以后，似乎属于他的话语都在我心里生了根发了芽，我变成了一个滔滔不绝的人。我的父母将这看作是上天的另一种补偿，他们欣喜地看着我口若悬河，尽管很多时候我讲的都是废话。我不光话突然多了起来，而且心里的想法也多了起来。

我准备跟踪阿隆索，可他夜里外出时，后脑勺上像是长了眼睛。我第一次跟踪他，刚走到院子里，便被他发现了。他站在院门外，并不回头，我只能悄悄潜回床上。等他夜游回来，我拉亮了电灯。

哥，你去了哪里？我问完才想起，他沉默已久。他看了我一眼，脱衣上床，钻进被窝里。

你可以不说，但我想跟你出去看看。我又说。

他丢给我一个蜷曲的背影，再无声息。一个拒绝说话的人，他的内心就是深海。关了灯，黑夜如潮，仿佛有浪花拍岸，像是沉默的永不疲倦的钟摆。我之所以记得这个夜晚，是因为我和阿隆索之间捅破了那层守护秘密的窗户纸。

此后的夜里，当我父母睡下后，他当着我的面就出去了。但是，他并不允许我跟着他。我次次学着他的样子，提了鞋子，踮着脚尖跟着他往外走，但一次次被他甩在了茫茫黑夜中。这让我觉得，他已经练就了夜里行路的本领。无数个夜晚，我们俩像两只潜藏着的猫和老鼠，好奇地猜测着对方的举动。我们的父母似乎不知道这一切，他们已将无能为力的事交给了看不见的神明，并坦然接受了命运所赐予的一切。

"至少阿隆索还活着。"这话确实是效果良好的安慰剂。我们一遍遍这么说，也这么想。这是事实。他不光活着，还能吃能睡能干活，甚至还无师自通地当起了篾匠。起初是一只撮箕坏了，让他用篾片修补，然后他看了看旧撮箕的编织规律，干脆重新编了只新的。我父母看着还行，便心生欢喜，认为这不失为一项可以混饭吃的技能。那时在我们乡村，也确实有很多这样卑微的匠人，他们走村串户，技艺粗糙，但能勉强换得温饱。

家里的簸箕、筲箕、筛子很快换成了新的。我的父母将这个消息传播到了村里，并未收到很好的效果。毕竟在阿尼卡，会竹编的人至少有十个。但是，当阿隆索用篾片编出了马牛羊时，我的父母喜出望外了。我们砍下一棵棵竹子，剔开，取下长长的篾篁，交到阿隆索手里，看着他变幻出奔跑中的竹马、奋力向前的斗牛，以及低头吃草的羊。在事实面前，我们打消了所有的疑虑。我的哥哥阿隆索，用竹子构建着他的世界，在那个世界里，他就是神。某天，他也像神一样用竹子编了一个人。男人。

你看他编的像谁？我父亲问母亲。

像他自己。

闭着嘴的他，我父亲说，看来他真的不会再张嘴了。

阿隆索编出了振翅欲飞的雄鹰、骨瘦如柴的狼、满脸贪婪的狐狸，让阿尼卡人大吃一惊。更绝的是，他手执两条细如发丝的篾簧，将手藏在身后，过了一会儿，便可以扔下一对竹蟋蟀。

没过多久，阿隆索的兴趣转移到了木头上。从此，我家里响起了锯子、刨子和凿子的声音。他做出的凳子、桌子、箱子、柜子和床，让那些乡村木匠自愧弗如，他们本想来挑刺，结果却无不心悦诚服。

祖师爷赏饭了。木匠们说。

我的父亲嘿嘿笑着，倒酒，发烟，留木匠们吃饭，其实只是为了听别人说更多好听的话。他已经很久没有这么高兴了。阿隆索对眼前的热闹视若无睹，完全沉浸在木头之中。当他将家具全换了一遍后，在木板上刻下了自己，简直一模一样。为了向人展示他的天赋，我父亲让他在大门的左边刻下秦叔宝，右边刻下尉迟敬德。自此，木刻取代了年画。

我的哥哥阿隆索，变成了一个疯狂的魔术师。整个阿尼卡都在奔走相传着他的心灵手巧，有如神助。越来越多的人围聚在我家，看他如何赋予竹子和木头生命。他沉默着，仿佛在一个我们不知道的世界里，有人正在对他进行口传心授，只是我们不知道而已。

他玩腻了木头，又开始对石头下手。于是，我家院子里，终日锤子叮当响，碎石飞溅。石狼、石狐狸、石虎、石狮子，站在他身后，活灵活现。所以，当阿隆索用泥巴捏出十二个神态各异的紧闭着嘴的自己时，我们一点都不吃惊了。

冬天下了一场雪。人们足不出户，围着火塘喝酒聊天打发时间。阿隆索依旧每晚外出，我在他走后半个小时出门，沿着雪地上的足迹，一路跟到了狮子崖。这时，我听见不远处传来布谷鸟的叫声，但眼下是冬天，这种鸟早已销声匿迹。难道这种鸟其实从未离开，只是藏进了深山？我循着鸟声向前走去，看见了阿隆索。他坐在狮子崖最前方的那块巨石上，群鸟的鸣叫，正是发自他的嘴里。他显然已经发现了我，回头看了一眼，嘴里的声音已经变成了乌鸦叫，声音凄厉，撕心裂肺。

哥，你啥时候学会的鸟叫？

他的嘴里发出知了声。那声音像一道道箭镞，穿过我的耳膜。如果不是我亲眼所见、亲耳所闻，我一定会认为这声音来自一只肥硕的蝉。阿隆索将腿伸到巨石下，晃悠着，旁若无人地学着各种鸟叫。阿隆索嘴里的鸟声混淆了季节，他的身体里有一片欢腾的森林，仿佛这风雪已经不在，眼前只有明媚的春天。我听见山林里的野鸡叫了起来，接着是喜鹊和乌鸦，还有猫头鹰，它们叫着，在这个雪天的夜里，呼朋引伴。这时，阿隆索故意停了下来，我明白他的意思——这不关他的事，是它们自己在叫。当林中百鸟争鸣时，阿隆索站起身，拍拍被风卷到身上的雪，走了。

此后，他从未间断过夜里外出，但我知道他只是在山上像鸟一样鸣叫时，便没有了跟踪的兴趣。对我来说，温暖的被窝比鸟兽更有吸引力。倒是他在石头、木头、泥巴和竹子上的天赋，令我矛盾重重。我们的父亲甚至要求我去帮他打下手，学得一二，也好有个糊口的本领。

这相当于是拜阿隆索为师，我简直反感透顶。更让我恼火的是，面对那些木头和泥土，我比它们还笨。于是有一天，我扔下錾子和锤子，摊开满是血泡的手，朝我父亲吼了起来：我要好好上学，离开这个鬼地方！

要么跟你哥学，要么跟学校里的老师学，你自己选择。

我从三年级开始变成了一个喜欢读书的人。这不是突然开悟，而是不想变成阿隆索的徒弟。多年以后我知道，那是因为他的匠人天赋让我自卑了，我只能反其道而行之。他沉默，那我就拼命说话。我为什么要沉默呢？我想，沉默的是胆小鬼。我长着一张嘴，不说话，难道光用来吃饭吗？

于是，每天清晨，在我家的院子里，阿隆索沉默着敲响锤子、錾子和凿子，而我打开课本，打开嘴巴，得意扬扬地朗读课文。我并不喜欢那些课文，但是，我朗读时需要文字。我如饥似渴地发声，对着空气、树木、野草、小河、同学、家畜……我给他们背诵古诗，告诉他们做人的道理，给他们讲故事，甚至给他们唱歌。但我很快发现，我的课本已经不能满足表达欲。

我开始四处搜寻旧报纸和课外书籍。在那些泛黄的报纸上，我读到过很多有趣的事。我将这些有趣的新闻读给别人听，别人也跟着笑。他们说，那是过去的事情了。我问，你们相信吗？他们说，大家都相信嘛。时间久了，我已能丢开报纸向人背诵新闻和简讯了。在学校里，我站在台上，想象自己是广播里的播音员，向台下虚构的听众播诵新闻或旧闻。刚开始时，他们嘻嘻哈哈围着我，像看一只笼子里的猴。时间长了，他们已经将我当成了疯子，不再搭理。那也无所谓，我自己播诵给自己听。

那时候我家大门背后的墙上挂着一只喇叭。一年中的很多时候，它是沉默的，但它一旦响起来，就意味着要开大会了。某个黄昏，它突然唱了起来，不是之前那种乡村广播员喂喂噗噗的声音，而是另一个男子的声音。他在广播里讲到了一个名字：秦琼。这种叫评书的东西，完全将我们迷住了。他开讲的时候，就连阿隆索也侧耳倾听，那是在他沉默之后，我第一次发现他对某种声音信息表示出兴趣。

那个新来的广播员曾经有一个女朋友，但后来他们没有结婚。这是我听别人说的。当我凭着记忆，学着单田芳的声音在学校里开讲《瓦岗英雄》的时候，同学们又围了过来。他们笑着，甚至给我鼓掌。某天，那个广播员出现在了我们学校，他给了我一本《隋唐演义》。

而其实比评书更好玩的，是相声。但没有相关的书，我只能凭记忆说，效果比我听的时候要差得多。至于唱歌，则是最没有吸引力的。我唱得不好，而且我会唱的他们也会，所以，我只能唱给不会唱歌的花草虫鱼听。我固执地以为，它们听了我的歌声后会变得快乐。毕竟，在这个世界上，能够用歌声表达自己情感的，估计也只有人类了。部分人类，像阿隆索这样的人除外。

那时我执着于对这个世界发出声音，学习并没啥长进。但这毫不重要，因为我无论身处何方，都不会像阿隆索一样做一个沉默者。是的，我必须得承认，从内心里，我刻意和阿隆索拉开了距离，虽然他是我哥哥。导致这种局面的，其实是父母的态度：不公平。我深深感受到了那种倾斜。阿隆索还未沉默之前，他们对他寄予所有希望；阿隆索沉默了，他们曾对我有过短暂的改观。如今，他们似乎又对阿隆索燃起了希望，因为我们家突然热闹起来了。

人们从围观到信任大概经过了一年。那时阿隆索将时间分成四份，一、四、七月是篾匠，二、五、八月是木匠，三、六、九月是石匠，十冬腊月，他放下手里的活，把自己关在屋里，盘腿、闭目坐在床上，像一尊泥塑。那时我家的院子里，堆满了阿隆索的各种作品，简直成了一个手工制品展览馆。我们谁都相信，如果给他足够长的时间，他能够创造出整个世界。

忘记最先来请阿隆索制作家具和农具的人是谁了，那人拿来的酬劳是烟和酒，都不算是好东西，但也绝不差。我父母自然是高高兴兴地收下了东西。他们知道，终于有人请阿隆索了，这是个良好的开端。

有人请的匠人才是真正的匠人啊，我父亲说，没人请，自己闷着头在家里做，那是神经病。

很快，阿隆索就变成了一个大忙人，但是再忙，他每天都要赶回家里，每个夜晚，雷打不动地外出。如果雇主家住得远，估摸着赶不回来的话，他就拒绝。被拒绝的人只能退而求其次，买走他之前打造出来的那些东西。院子越来越空，但屋里越来越挤了。香烟、酒、鸡蛋、面条、粮食，甚至治疗跌打损伤的草药，堆满了屋子。我那精明的父亲，面对这些东西，流露出了一丝不满。他专门腾出一间屋子，让阿隆索做了木货架，摆上这些东西，开了阿尼卡的第一家商店。下次再有人拿东西来请阿隆索时，他干脆告诉别人，家里东西太多了，堆不下，还是给钱比较方便。

我父亲说得底气十足。阿尼卡的竹子和树木正在成片倒下，山林里响着砍伐声；石头从地里被刨出，突兀地立在地上，等着阿隆索去雕琢。大家都说，照这样下去，阿隆索的活十年都干不完。我们的父母整天乐呵呵的，一边抱怨家里东西太多太乱啦，一边催促阿隆索干活的动作应该再麻利一点。当然，阿隆索对他们的催促根本就当没听见。

六

我父母再次提起让我做阿隆索的学徒。那时我即将小学毕业，他们对我能够升学这事既不关心，也不抱希望。这三年，阿尼卡人已经习惯了阿隆索的沉默，也习惯了我这张闲不住的嘴。

闭嘴！我父母无数次朝我吼，不说话没人当你是哑巴。

可是，我的嘴一旦闭上，就感觉整个下巴泛酸，口水直流。有时候，我张大嘴，伸出舌头，像一只热透了的狗，但我那调皮的舌头很快就累了，打着滚，翻动起来，我又忍不住呱呱呱说开了。他们给我取了个名字：青蛙。我说话的时候，人们捂住耳朵，甚至，有人看到我就走开了。因为当有人朝我走过来时，我总有各种耸人听闻的话题。

——听说河里涨水啦，河面上铺满了蛤蟆，人们踩着它们的背就能过桥。

——三只脚的麂子又叫了，我亲耳听见的，估计谁又要死了。

——有个人下地干活，发现一窝老鼠，他堵住洞口打，打了整整一天。然后，他做了一个梦，老鼠说，我们从很远的地方来，我们的脚板都走破了。梦醒，他去查看老鼠，果然脚底全是破了皮的。

……

我想，我应该是从那时染上的胡说八道的毛病。人们都知道，只要我的嘴一张开，说出的绝对不是什么正常的事。即使这样，我也越来越难引起别人的注意了。这不是我的想象力不够，而是人们的注意力几乎都在阿隆索身上。

他们络绎不绝地从四面八方赶来，对阿隆索打造的那些东西赞不绝口。有人当场买下，请人搬走；有人坐在家里不走，只求阿隆索能够亲自登门，好量身定制一些东西。

有天我突然发现，整个阿尼卡都有阿隆索打造的东西，门窗上的雕花、门前的石狮子、墓碑前的雕像、女人背上的箩筐、姑娘们的嫁妆，无一不出自阿隆索之手。他已经不仅仅是一个匠人了，而是在造一个村庄。如果假以时日，他也许还能造一个乡镇，甚至一个县。

阿隆索一夜之间长高了。那时我们已经分房睡了，严格说，我被父母赶到了小楼上睡。那里有个小窗子，我正好可以对着窗外唱歌。某天早上起来，我看到阿隆索走路像踩了高跷一样。他像是突然长大了很多，如果他出声，此时他应该已经变声了。可惜，我们都没有机会听他变粗后的嗓音。

十五岁那年，他长得和父亲一样高了。他俩长得很像，一胖一瘦，像是被那种富有魔力的哈哈镜照过了一样。但别看阿隆索瘦，因为长期手握刨子锤子和錾子，他的手劲在阿尼卡无人能敌，而我父亲则刚好相反。自从阿隆索的工价越来越高，他和母亲已经将土地承包给了别人。他们还不算老，但是，已经提前进入了晚年。如今，他穿着干净的衣服，把自己养得白白胖胖，手里拎个茶杯，得空就去村里转悠一圈，接受别人的奉承。

太忙了啊，真的，他说，我家阿隆索比谁都忙，请他的人如果排起来，估计都能到镇上了。

他们用一个笔记本记着别人的姓名、地址、日期、需求以及订金数额。他们一天天翻开笔记本，一天天催促阿隆索，但这个家伙，仍然是干得不紧不慢，完全沉醉其间。我父母为此没少抱怨，但仅限于私下的嘀咕。

他们让我做阿隆索的学徒，说是肥水不流外人田，兄弟俩挣钱，比他一个人挣要强得多。说是即使我不能画龙点睛，但帮阿隆索干些粗活也能节省他的时间。这个提议被我拒绝了。

即使我考不上，我也不想做一个木匠石匠篾匠。我说。

那你想做什么？我父亲问。

我想离开这个鬼地方，去外面闯一闯。

但这随口之言，被我父亲当真了。他以一种蔑视的口吻说，就你这把小骨头，别人伸一根手指就能打倒你。而这话将我那不服气的天性激发出来，我变成了一个武术爱好者。

我去山上背回细沙，制成沙袋，吊着打，又盛在缸里，练铁砂掌。我将沙包绑在腿上，奔跑，希望有朝一日当我解下沙包时，能够飞起来。我请阿隆索给我做了一个跟成人一般大的会转动的木头人，在他的周身钉满了手脚，跟他对打，我经常鼻青脸肿。当然，制作一副双节棍这样的事情，我自己就能搞定，只是练的时候总会敲到自己的脑袋。

那时我奔跑在山路上，遇见的人纷纷退避。我知道，他们心里在骂：这个神经病。但我无所谓。我想，即使成不了一个武功高手，也能成为一个强壮的男人。我不想像阿隆索那样瘦。

我经常梦见自己离开了阿尼卡，有时候是骑马，有时候是搭拖拉机，有时候是走路。我梦见自己爬到山顶，眺望远方，看到火柴盒样的房子，却找不到脚下的路。某天清晨，我决定离开。去他妈的升学吧，一点希望也没有了。与其等待考试落榜，不如现在就走。我的书包里，除了课本，还有一本武侠小说《巫山剑》。然而，这是一次失败的出走，我走到半路就害怕了，将这次出走变成了逃学。但是，这次出走让我下定决心离开那该死的学校。

好吧，随便你，我父亲说，既然不想上学，那就算了，你也不是那块料。

我能理解。他似乎一点也不吃惊，似乎等待已久。现在，他们有阿隆索就足够了。至于我，无足轻重。我的心里只有练武这个念头。我甚至想攒钱去峨眉山、武当山或者终南山。但钱始终是个问题。就连阿隆索也没钱，他挣的工钱全被我父母管着。他沉浸在石头、木头和竹子里，从来不关心钱的事。

我的功夫没有长进，倒是翻跟斗的时候差点闪断了脖子，很长时间斜着脑袋看人，遭人笑话。另有一次，我乘着簸箕从屋顶飞下来，摔伤了腰椎。偏偏那时家里总是有人来，这些笑料被他们带向四面八方。于是所有人都知道了，阿尼卡那个不会说话的天才小木匠有个练轻功的弟弟。

在我养伤的那段时间，我父母做了两件事。一是托人给阿隆索说亲，二是张罗着为他收几个徒弟。说亲，阿隆索是乐意的，而至于收徒，却未必，但阿隆索永远是一副无所谓的样子。也许对他来说，不和人说话，只跟木头、石头、竹子打交道，就已经足够。我们都相信，他有一个我们无法理解的世界。他沉默，关上了嘴，这就隔开了自己和他人。

我们的生活一天天好了起来。所以，关于说亲的事，我父母有足够的信心。在阿尼卡人的意识里，婚姻仍然是一种现实需求。至于所谓的感情，如果它一直沉睡，未曾萌芽，似乎也就不需要了。我父母请了媒婆，许予厚礼，接受了一通天花乱坠的奉承后，媒婆高兴地离去。

但收徒的事，只能由他们亲自把关。他们开出的条件是：年龄十五到二十岁，心灵手巧，没有家庭负担，没有工资。他们的意思很明确，就是找几个能为阿隆索打下手的人，好提升他的速度，挣更多的钱。

他们已经规划好了未来，等阿隆索的媳妇一进门，就盖一栋两层楼的砖房，然后将旧房子给阿隆索使用。至于家里的电器，则早已引领了阿尼卡的潮流。他们现在遗憾的是，阿尼卡还没有一条像样的公路，这不利于砖和水泥钢筋的运输，也无法让我父亲拥有他梦寐以求的摩托车。

但是，不管怎样，我们的好日子触手可及。我们完全有理由相信，未来会像沙一样聚起来，成为塔；像水一样聚起来，成为江河。这不是任何人都可以做到的。很多人的日子，到最后就是水和沙，一阵太阳、一阵风就消失不见，但我们家可以聚沙聚水。我们可以张开想象的翅膀，将所有的美好愿望都塞给未来。

对了，我已经在叙述中忘记了时间。四年的时间已经过去了。

当我们习惯了某种日子，那么，我们就会忽略掉它们的长短。过一年，和过一天没啥区别。家里永远是锤子、錾子和凿子的声音，并且伴随着我神经兮兮的上蹿下跳。不时有人来家里，请阿隆索去做工，或者买走几件他打造的东西。我父亲尤其喜欢这样的热闹，他甚至花钱在房屋旁边弄了一个水泥的篮球场。于是，我们那欣欣向荣的家成了阿尼卡的公共场合。

这些年，阿隆索每晚都出去。即使我没有和他睡一间屋，我仍然关注着他的动向。他通常在夜里十二点后出门，五点前回家。他的脚步声从我窗下走过，有时候我会咳嗽，提醒他：我知道。

他的徒弟们和我一样，睡在另一边厢房的阁楼上。他们是六个十八九岁的年轻人，每天跟阿隆索学各种手艺。他们话很少，可能是因为师父总是沉默的原因。于是，阿隆索更忙了，相当于有六个人帮他完成那些粗笨的活，他只需要画龙点睛。

阿隆索仍是瘦高个。发育对他来说，是个拉长的过程，而不是长壮，连我都长得比他壮了。他的个子猛长，像个稻草人，但是，当他坐下，手里握着篾刀刻刀或錾子，立刻稳如磐石。

这四年，只有一件遗憾事发生。人们对阿隆索想找对象这事并无多大兴趣，真是奇了怪了。我父母表面上保持着一种优越的沉稳，但内心着急。这事暗中伤了他们的自尊。要知道此前，他们一直以为凭着上天赐予阿隆索的天赋，娶亲这事基本上是应者如云。那时，我不止一次听到他们点评阿尼卡的姑娘们。他们固执地认为，凭着阿隆索的技艺，谁嫁了他，不说相当于进了皇宫，至少也不输于那些有工作的人。

但事实告诉我们：谁也不愿意跟一个不会说话的人生活一辈子。

阿隆索会怎么看待这事呢？我不知道。但我们渐渐发现了他的一些变化：他任由头发和胡子疯长，这让他看起来更像是从远古走来的异类。

如此一来，在人们口口相传中，阿隆索早已不是一个早慧的匠人，而是受各种神灵庇护的神子，鲁班传给他木工，女娲传给他石艺。不时有人将小车停在山下，走路到阿尼卡来请他，但阿隆索从未答应过。只有我知道，因为太远了，他无法回家住，无法在夜里外出，去和他的百鸟争鸣。

阿隆索的徒弟已经增加到了十个，并且后面的四个人是交了学费的。阿隆索的成功，让他们身上的耐力被无限放大。阿隆索不再像以前一样，在院子里干活了。他有了自己的工作密室。那间屋里，终日燃着香和烛。我的父亲，成了阿隆索和客户之间的联络员和接待员。

——风岭的刘大叔家要嫁女，需要一套家具，要喜庆。

——红石岩的李老先生过世了，儿女们孝顺又有钱，要在碑前立狮子。这事急，其他的先放放。

阿隆索的工作密室里只有工具声。我父亲的这些话，像是扔进了旷野，连一丝回音都没有，但是，我们都知道，他听见了。他会去做。而他的徒弟，立刻就会出发，先去对付那些毛坯石和木头。

但是，跟阿隆索相比，我的失败是如此惨烈。我的绝世武功没有练成。某次去镇上闲逛，跟那里的小混混干了一架。我想空手夺白刃，却被人白刀子进红刀子出，在我的屁股上捅了两个窟窿。

这两个窟窿让我露出了屁股蛋子，遭众人嘲笑，也刺破了我心里的肥皂泡。我的练武生涯就这样耻辱地画上了句号。于是我在十八岁那年秋天离开了阿尼卡。我去了遥远的新疆，因为它远。

我去新疆还有一个重要原因：我的父母他们活得很好，根本不需要我来赡养。阿尼卡的人都知道，阿隆索是一只会下金蛋的母鸡。不管天阴下雨，只要锤子、錾子一响，那飞溅而起的不是石屑，而是银屑，那叮叮当当的声音，是铸造钱币的声音。大家都在猜，我们家到底有多少钱。

我获得了短暂的关注。在离开阿尼卡的前一天，父母为我举办了宴席。他们为此杀了一头牛，请阿尼卡的人大吃大喝了一顿。为了表示郑重，那一天阿隆索和他的徒弟们停了工，但是突然停了活儿的阿隆索显得无比烦躁，我这才想起，这些年，阿隆索除了睡觉时间外，他的手从没停歇。送走了客人，家里笼罩着离别的哀伤。特别是我的母亲，她甚至不再叫我的名字，而是叫"儿子"，仿佛只有我是她儿子，仿佛我一离开阿尼卡，就不再是她儿子了。

那个夜晚，我决定跟阿隆索外出。事实上，我自从第一次知道他在夜里和百鸟争鸣后，就没了跟他外出的兴致。我只是想陪他多待一会儿。这些年，我不确定我们的父母是否知道这个秘密，但很多我们曾经害怕的东西，现在都变得无所谓了，仿佛这些都是父母用来吓唬小孩子的把戏。

阿隆索依然沉默，但我知道他不会反对。在等待外出时机的时候，我们又说了一会儿话。当然，是我在说。

——你一直不说话，心里开心吗？

——这么多年了，你的舌头还听你使唤吗？

——哥，难道这个世界，真的不值得你开口？

——你希望有一个女人吗？

——我走以后，爸妈就交给你了，让爸少喝酒。我会给你写信的，虽然我已经忘记了很多字，但应该还能写出一封信。

我知道他不会回答我。这些年，我们都已经习惯只对他说话，而不求他给予任何回应，哪怕是点头或摇头，哪怕是一个眼神。

那天晚上有月亮，天气已经在转凉。我们在父母睡下后出门，阿尼卡静得只有三两声狗叫。院子里飘着牛肉和野薄荷的气味。阿隆索走在我前面，长发在风中飘扬。那种感觉，总让我想起远古时候的出猎。

狮子崖边的那块巨石，像只冰冷沉默的猛虎。那是我第一次在月光下打量一块石头。我突然觉得，白天我们看到的静默的石头，只是石头的肉身，而在夜晚，它们将全部复活，满山遍野奔跑。

阿隆索在石头上坐下，一脸肃穆地望向山岗。此时的山林里，花草树木飞禽走兽都已入睡。他突然发出了一声狼嗥——嗷呜，我的头发竖起来。他发出了第二声——嗷呜，没有狼回应他。这种令人厌恶的动物，曾经是阿尼卡人最痛恨的敌人，它们叼走猪仔和孩子，和人们对峙，耐心又狡诈。但是，后来它们消失了。阿尼卡的山林里，消失的不只是狼，还有豹子和猴子。所以我一直在想，最后一头狼或者豹子是怎么消失的呢？是猎杀、出走，还是自然死亡？如果是出走，它们最后又去了哪里？

过了一会儿，阿隆索的嘴里发出了麂子的叫声。这一次有了回应，不远处的山林里，响起了一声麂子的叫声。就这样，阿隆索和它相互召唤，树林摇曳，沙沙沙，那头三只脚的麂子出现在了我们面前。这么多年，我终于见到了它。原来别人说的是真的，这山林里真有一头三脚麂子，传言得到了印证。那麂子识破了眼前的骗局，一转身逃进了山林。

阿隆索笑了笑。我等着他让山间的鸟兽都叫起来，哪知他伸手从衣服下的腰间扯，扯下了一大圈打了结的绳子。然后，他走向巨石旁边的一棵大树，将绳子一头系在树上，一头系在自己腰上，双手握住绳子，像个攀岩运动员一样从狮子崖上滑了下去。当绳子不再晃动时，我明白，他已经放开了绳子。我也学着阿隆索的样子，将绳子系在腰上，滑了下去。我双脚落地，人已到了狮子洞口。

洞里灯火通明。红灯笼挂在壁上，蝙蝠倒挂在壁顶上，像是已经睡着。阿隆索手执灯笼，给我带路，曲径通幽处，别有洞天。我听到了流水声，但看不见河流。泥塑的门神站立两边，怒目圆睁，满脸杀气。这洞足有一个足球场那么大，但是现在，它已经不再是个洞，而是阿隆索的宫殿。我看到很多个泥塑的阿隆索：端坐堂前的阿隆索，骑在马上的阿隆索，坐轿子的阿隆索，躺在床上的阿隆索。两个泥塑的孩子站在床上，而和他并排而卧的女人是萧声声。在狮子洞里，我们那泥塑的父母安详地坐着，皱纹深陷，我们的一些邻居在播种。我看到了自己，正在比画着一招大鹏展翅。

而洞的另一边，则是我爷爷阿拉洛的墓地。我不清楚阿隆索第一次进洞时发现了什么，但是现在，我只能看到令人生畏的墓碑，还有仰天长啸的狮子。碑上的文字，写得很清楚——"阿拉洛之墓"，那是阿隆索的字，写得歪歪扭扭。

自从进了洞里，阿隆索的脸上一直挂着笑。我从来没有见他如此开心过。我们每参观完一处，他便吹灭照亮那里的灯笼。他一盏盏吹灭灯笼，让黑暗一点点放大。最后，黑暗将我们赶至洞口，月光洒满山崖。

原路返回时，我和他一起陷入了沉默。严格说，是震撼后的沉默。我似乎明白了他沉默的原因，但又无法从他嘴里得到答案。也许他是幸福的，我想，活在自己的世界里，不再过问我们这个世界的事。但是，我又想，如果一个人永远沉默，那他和泥胎塑像又有什么区别？正如阿隆索打造的那些人和动物，虽然他们神采各异，但始终紧闭着嘴。

那时我当然还不知道，那是我和阿隆索最后一次见面。

在新疆，我见到了真正的狼，它的声音和阿隆索发出的一模一样。我跟朋友们讲起阿隆索，没人相信。即使我写信给阿隆索，让他用木头雕了我，他们仍然不信。他们不信，一个人不是哑巴，但他却永远丢弃了语言。他们认为这是我杜撰的奇闻，因为我那语不惊人死不休的毛病至今未改。

时间久了，我便不再跟人谈起阿隆索，仿佛我没有这个哥哥一样。

更何况，我来这里可不是为了怀念过去。我浑身上下透着使不完的劲儿，我需要在新的生活和环境中锤炼一个全新的我。至于阿尼卡的消息，我大概每三四个月能够收到一封家信。信是我父亲写的，内容主要是关于家里的变化。公路终于修通了，他们如愿盖起了砖房。阿尼卡唯一的砖房，我父亲在信里写，别人季度（嫉妒）得眼睛都红了。又一封信里，父亲说他和阿隆索一人买了一辆摩托车，但阿隆索拒绝骑车。再后来的信里，父亲不咸不淡，说起阿尼卡的人和事，谁过世了，谁结婚了，谁在外面发财了。而我也潦草地回信，身体很好，领导对我很好，上次比赛又拿了奖……其实，我们都不太习惯书信里那种现实中并不存在的客气。我们在信的开头写上"亲爱的"或"敬爱的"，但在现实生活中，我们一辈子也不会使用这样的词。有时候，我们会在信里交换照片。在寄来的那些照片上，我的父母笑盈盈的，而阿隆索沉默忧郁。再后来，我的家信越来越少。这没什么，这正好说明，我的家人生活得风平浪静。

那时，我已到新疆两年。凭我那些来自天南海北的朋友，今后我去到很多地方都会得到关照。我再也不会回阿尼卡去做个农民。一天我收到了家里的电报，内容是：家有事，速回。

当我赶回阿尼卡，那里已经乱成了一锅粥。匆匆行走在路上的人告诉我，阿隆索失踪了，我父母花钱请了全村人正在四面八方寻找。有人负责搜山，有人负责在河里打捞，有人坐车去了县城寻找。人们在巫师的木卦、草卦、骨卦和鸡头卦的指引下，从东南西北各方向像水一样泼了出去。然而，阿隆索像一滴水、一片雪花，从人间蒸发了。

我父母躺在阿尼卡那幢惹人羡慕的砖房里。摩托车已经取代了马，拖拉机代替了耕牛，院里的桃树已经被连根拔起，那里现在是个小亭子。他们的小楼有两层，楼顶种满了花草，一头狼狗拖着铁链，站在屋顶对我狂吠。

我母亲见我便号啕大哭，我父亲则一言不发。也许是离开久了，这个家令我陌生，并且无端紧张起来。而在我们的老宅里，似一阵风吹过，竹子、木头、石材的毛料以及刚动工的粗坯杂乱地放着，空隙间只能容一人走过。学徒们已经离开，不知是去寻找阿隆索，还是已经回家。我进到他的工作间，那里已经空了，连他平时使用的工具都已不知去向。

多年以前，我已经从家庭舞台上退到了角落里。如今，我被叫回家来，面对这样的局面，像是一幕剧正演着，主角突然撂挑子了，只好寻找一个无足轻重的小角色来担纲。我别无他法，只能一遍遍安慰父母。

也许他只是累了，出去玩几天就回来。

他不会回来了。我母亲说，我们都清楚，这次他是真的抛下我们了。

我的父亲一支接一支抽烟，我的母亲哭得几近昏厥。他们这样子，不像是阿隆索消失了，而是像他已经死去。我只能从母亲的哭诉中，去拼凑阿隆索消失的前因后果。

事情的起因是萧大脚的死。那是半年前的事。哑巴萧大脚死了，哑女萧声声哭天无路。阿隆索从我父亲的箱子里拿了钱出来，为萧大脚办了阿尼卡有史以来最风光的葬礼。

这个混账，他简直是疯了。提及这事，我父亲仍然愤愤不平，萧大脚是他爹吗？红彤彤的钞票啊，就这样一沓一沓给花了出去。

据说那场葬礼办了九天，杀了三头牛、三头猪、三只羊。阿尼卡人说，萧大脚哑了一生，有这场葬礼，值了。人们从四面八方赶来，围着萧大脚那废弃的磨坊大吃大喝。吃饱喝足，他们就唱歌跳舞，唱得声音沙哑，跳得灰尘遮天蔽日。啃光了肉的骨头丢在一旁，阿尼卡的狗和猫成群结队地到来，为了骨头争得你死我活。喝光的啤酒瓶堆成山，在太阳下闪着绿光。魔帕的羊皮鼓响了七天七夜，直到将亡灵引回祖先的身边。萧大脚的墓碑出自阿隆索之手，墓门上的萧大脚在引吭高歌。纸房子、纸轿子、纸仆人、纸扎的马牛羊同样出自阿隆索之手。

"一个假哑巴为一个真哑巴送葬。"所有人都表示不可思议。

那场热闹的葬礼，整个阿尼卡只有我父母没有参加。当别人大吃大喝的时候，他们正在家里咒骂阿隆索。除了咒骂，他们还能怎样？这个家，所有的东西都来自阿隆索之手。但，别人大吃大喝的哪是酒肉啊，分明是他们的肉和血。

萧大脚死了，萧声声哭着跑去村长家，比画半天也无法表达清楚，只好拽了村长往家跑。很快整个阿尼卡都知道了萧大脚的死。按惯例，应该由每家凑钱安葬他。但是，阿隆索却突然向我父亲伸手要箱子的钥匙。我父亲问，你要钥匙做啥？阿隆索沉默，依然伸着手。箱子里啥也没有，我父亲又说。阿隆索突然拿起身边的锤子，三下就砸开了锁。那箱子里，是一沓沓钞票。他们就这样眼睁睁看着阿隆索将钱装进兜里，走出了家门。

我父亲追了出来，拦腰将他抱住。他第一次发觉，儿子是一头沉默的豹子，他根本拦不住他。我母亲哭了起来，她既劝不了丈夫，也劝不了儿子。她哭着说，让他去吧，这些钱，原本就是他挣的啊。我父亲说，是他的也不能乱花，老子有权帮他保管。但是，阿隆索已经拿着钱走远了。

更多的细节，我父母没有说。他们的意思是，他们对阿隆索已经足够宽容的了。当萧大脚被送上山后，他们抹去脸上的愁云，笑着面对熬红了眼睛的阿隆索。阿隆索睡了三天，第三天晚上，他出去了。那几天连续下雨，我父亲循着泥地上的足迹跟踪到了磨坊里。然后，他一转身跑回了家里，像着了鬼一样。

他只是装哑，但她却是个哑巴。父亲说。

雨下了一夜，他们醒了一夜，直到阿隆索像只猫似的潜回家里。之后的每晚，他们都能听到他外出的声音。我的父母陷入了前所未有的焦虑中。他们突然意识到，这个和他们一起生活了二十几年的儿子，总有一天会被某种力量吸引着离开他们。似乎他从来和他们都不是一路人，他只是在尽某个角色的义务。

我父亲滋生了新的想法。他带着我母亲去了县城，在大街小巷里转了三天，买下一个商铺。他们的计划还不止于此，更长远的规划是在县城开一个家具厂和一个石厂。

阿尼卡毕竟太偏僻了，我父亲说，要想赚更多的钱，还是得去县城。

就在我父亲沉浸在对家具厂和石厂的憧憬中时，阿隆索突然不干活了。他躺在床上，先是呼呼大睡，睡醒后就睁着眼睛，面无表情地发呆。跟我们上学时相比，我的父亲已经没有了雷霆般的吼声。他负责接待上门的客人，让我母亲去跟阿隆索沟通。

阿隆索，起床了。我母亲像当年对我一样，伸手去摸阿隆索的额头，但未发现感冒症状。

有客上门啦，她又说，眼下还有好几套嫁妆没有动工，这可是不能拖的。

阿隆索翻过身，面对着墙，拉过被子蒙住了头。他们交换一下眼神，若无其事地和客人聊天，了解对方的需求，收下订金。

他有点感冒了，不碍事，我父亲说，我先安排他的徒弟们把材料准备好。

他们用同样的方法应付了三天。阿隆索将自己关了三天，不吃不喝。当他打开门时，所有人都以为这事就这么过去了。哪知他当着客人的面，将自己的篾刀、刻刀、锤子、錾子等工具全部埋在了屋后面的土里，又回去关上门继续睡觉。人们将这个消息带到了四面八方，如同他们当初传播阿隆索神乎其神的本领一样，听者无不吃惊。

我父亲焦头烂额。因为客人已挤满家里，要求加快进度或退款。看在钱的份上，我那不可一世的父亲赔着笑脸做保证，拍紫了胸脯，总算安抚好了客人的情绪。

但客人一走，我父亲彻底爆发了。

他一脚踹开阿隆索的卧室门，想一把将他抓起来。但是，阿隆索已不是沉默之初的那个他。阿隆索一手抓住床沿，沉默地瞪着我父亲。是的，瞪。这个眼神令我父亲不寒而栗，他的语气软了下来。

起来干活了，儿子。他说，像是什么事都没有发生过一样，有了钱，才有女人看得上你。

阿隆索又倒头睡了下去。我父亲沉默地坐在床边。我想，那时的沉默像一团巨大的墨，在水里洇开，直到天暗下来。他们就这样对峙了一天。我母亲无数次走到房门外，举手，却不敢敲门。天黑的时候，我父亲败下阵来。

他扑通一声，跌坐在地，嘤嘤嗡嗡哭了起来。

这是我母亲告诉我的。我无法想象我那一生只让别人哭的父亲自己哭起来是什么样。他边哭边痛诉，叹自己前半生身体辛苦，后半生心里苦，但是，躺在床上的阿隆索无动于衷。我母亲对我说这些的时候，我父亲耷拉着脑袋，一支接一支地抽烟。他泪渍未干，言语哽咽，整个人瘦了一圈儿。

他们一定想起了多年前的情景，因为他们同样将最后的希望寄托到了魔帕身上——还是当年说阿隆索的身体里住着三个鬼的魔帕，只是他也老了许多。他摇响法鼓，跳起来时的步伐已经踉跄。当他大汗淋漓地停下来时，说出了一个令人绝望的结果。

他的心里有个黑洞，我看不清。魔帕颤声说，但我听见那洞里也有一个魔帕在念咒。

随他的吧。

我父母遵照魔帕的意思，不再打扰阿隆索。他仍然在夜晚外出。关于他不再干活的事，已被人们的传言演变成他一夜之间丢失了所有技艺。我能够想象，对我父母来说，那是一段多么灰暗的日子。像一场梦醒来，像一阵风吹过，像一场雪融化，重要的不是失去了什么，而是留下了什么。比如阿隆索，他留下了一栋砖房、一个商铺和一个众说纷纭的谜团。

噩运并未结束。大约半个月前的一天夜里，阿隆索外出后就再也没有回来。我父母不敢声张，只能静坐家里等待。但他们等来的却是另一个消息：萧声声不见了。然后，两个消息很快就合并成了一个：阿隆索和萧声声都不见了。

半个月来，阿尼卡的人奔向四面八方，他们的目光像网，像篦子，像放大镜，但始终没有发现阿隆索和萧声声的身影。现在，他们带着相同的消息，重新回到了我家里。他们向我父母汇报寻找的过程，并拨动算盘，在纸上写下歪歪扭扭的数字，报销了寻找过程中的吃住行开销后，每人每天领到了五十元酬劳。

他们像是统一了口径，给我父母同样的安慰：

别担心，阿隆索会回来的。

当屋里终于清静下来，我和父母再一次谈起阿隆索。

他不会回来了，我父亲说，这个混账，就当他死了吧。

你别骂他了，我母亲说，作为一个儿子，他已经完成了他的任务。他走了，我们还有阿隆嘎。

我沉默。我只能沉默。

（原载《山花》2023年第7期）

评鉴与感悟

生命的本质是恒久的孤独与沉默，包倬洞悉了现代文明和生存处境的本质，借助《沉默》这一带有神秘色彩的部族故事传达了这一深刻的命题。

充满自然灵性的独特地域，古老悠远而又神秘的部族，世代繁衍生息的族民，是包倬笔下阿尼卡山区最为动人的所在。小说在两个少年对布谷鸟充满诗意而又神性的理解中缓缓道来。小说的主人公哥哥阿隆索和弟弟阿隆嘎自由自在地成长在阿尼卡部族的大山之中，聪颖好学、过目不忘的哥哥阿隆索成为父母和家庭最大的希望，但是突然有一天，这个口齿伶俐的十二岁少年从此拒绝沟通，保持沉默，而弟弟阿隆嘎带着好奇逐渐开始走进哥哥的内心，洞悉"沉默"背后的历史风声。

家族的残酷历史，是小说通过阿隆索的"沉默"打开的更加纵深的历史时空。弟弟阿隆嘎因为哥哥的沉默获得了记录家谱的权力，由此走进了阿尼卡家族的历史。最先抵达的祖先阿德鲁看到了文明开始的时刻，每一棵树的倒下、无休止的械斗、人性的贪婪和自私，仗义执言的阿德鲁被土司所杀；身怀异术的阿俄吉死于亲人的告密；而笑泯恩仇、宽恕土司的阿拉洛也英年早逝……阿尼卡家族祖先的悲剧传达出的是沉重的历史背后的血腥残酷、人性深处的罪恶与卑劣、家族难以逃脱的宿命，也是文明背后的"不满"。阿隆索从家谱中洞悉这一历史和文明本质，选择烧掉书包，抵抗文明，与自然为伴。

阿隆索为何突然"沉默"，"沉默"的背后究竟意味着什么？这是这篇小说最具吸引力的所在。十二岁，是阿隆索在人间生活了一个周期以后走向成年的人生节点，却从此选择了永久的沉默。小说并未告诉我们阿隆索沉默的原因，因为沉默的阿隆索永远不再开口。而在弟弟阿隆嘎的追寻与视野中，阿隆索的沉默或许也不再难以理解。沉默的选择，是阿隆索见证家族历史黑暗往事的无奈和辛酸，是阿隆索洞悉现代文明背后残酷本质的无言抵抗，也是阿隆索对人的生存处境最深刻体察之后的选择。保持沉默，遁入自然之境，是阿隆索建构自我世界的方式。他在深夜外出，学习百鸟鸣叫，与森林和明媚的春天共舞，在狮子洞刻下各种形态的自我和家人生活的温馨场景，在厌烦喧嚣功利之后和哑女萧声声遁逃。他以无言的沉默建构起属于自己的世界，每当夜晚来临，狮子洞中的一切仿佛都活了过来。在这个"沉默"的世界中，万物不再依靠伪饰的语言，而是用心灵对话、共鸣，以"无言"抵抗"世俗""功利"和"喧嚣"。

生命是一场恒久的孤独与沉默，"当我沉默着的时候，我觉得充实；我将开口，同时感到空虚。"（武婧）

沉默

/陈年

1

　　羊倌白天把羊群带到草地，晚上再把它们带回来。一天又一天，日子过得很沉闷。有一天，他想唱首歌玩玩，他便对着大山唱，狼来了，狼来了。狼村中有一只美丽任性的狼姑娘，她偷吃了情人草，暗暗地喜欢上羊倌。当她听到羊倌的歌声，立刻红着脸向羊群跑去。那是最甜蜜的一段日子，羊儿在远处吃草，一个人和一只狼在树荫下谈恋爱。有一天美丽的狼姑娘对羊倌说，这样的日子太无聊了，我们到山那边看看吧，听说那边的草更嫩，花更香。羊倌受不了狼小姐的诱惑，便把羊群带到了狼村。让人惊奇的是，那里的草是红色的，因为从来没有动物啃食，长得极其旺盛。羊儿啃一口果然是鲜美无比，红色的汁水顺着嘴角流。羊儿个个吃得肚子滚圆，它们咩咩叫着，齐声唱着欢乐的羊歌⋯⋯

　　我在写故事，一天一个的那种，像《一千零一夜》那样每天写一个故事给母亲。山鲁佐德的故事一直讲了一千零一夜，最后国王终于被感动了。

　　张姐打来电话说，母亲今天的情绪很不好，冤枉张姐偷走了她的红内衣，还故意尿了裤子，为她换衣服时一定要穿那条红裙子，不是红裙子就不穿。推推搡搡打了人家一巴掌。张姐哭得稀里哗啦，说是什么委屈都能受，就是不能冤枉她是贼。这口气她咽不下，张姐让我马上过来结了工钱。

我安抚她，我妈那是老糊涂了，她的话怎么能信？我相信姐清清白白，连雇主家的一根线都不会拿。她是天下的大好人。张姐并没有被我的糖衣炮弹击中，她威胁我，半个小时后，如果我不出现，她就让我妈光着身子，爱去哪儿去哪儿。

我穿上大衣赶紧打车过去，夜色凄迷，悲伤化成一尾红色的鱼，游动在黑暗里。司机是个饶舌的人，他一路都在讲防疫的事，讲他们司机如何在夹缝中生活。每个人都活得不容易。

我绞尽脑汁地在想用什么办法把张姐留住，我不能丢了手里工作。到了我母亲家，开门进去，屋里好像刚刚遭了抢劫的现场。母亲光着下身站在沙发上，我一眼看到她丑陋的三角带。那里的毛发和头发一样是花白色的。母亲浑然不觉羞耻，她上面穿了一件红衣服，灵活地从这头跳到那头，再从那头跳回来。像一只调皮的红兔子。

我求张姐帮帮我，我一个人太难了，离异，独自生活，上高中的儿子，贪上一个得病的娘，我必须努力工作才能养活这一家老小。我哭得很真诚，张姐被我感动了，她说她也有七十多岁的老妈，总是站在村口等着她回家。为了"妈"这个共同的称呼，我们两个人抱在一起哭了。我给她放了一天假，我还答应再加一些工钱给她。我低三下四地央求她容我几天时间，只要找到了新人，就放她走。我知道我在说谎，我找不到人，没有人愿意照顾一个喜欢动手打人还脑子不太清醒的老太太。

母亲看到我时问，这是谁家小闺女呀？怎么跑我家来了？我家里有大灰狼。

我说，妈，我是女女。

母亲再看看我，我儿子特别有出息，身边追他的女孩子很多很多。

妈，你好好看看我是谁？

我不认识你，小妖精你快走吧。我儿子回来会吃了你。

那你儿子上哪儿去了？我想逗一逗她。

母亲笑着说，我儿子上学去了，他学习好，班里回回考第一……这是我最熟悉的笑容，它像护法光环一样罩在哥哥的身上。

母亲身上散发出的味儿很重，我带她洗澡。自从生病后，她特别害怕水，当我给她洗头时又吵又闹还咬了我一口。小指上有一个洞，洞里淌着血水。红色的雾团迷了我的眼，也不知母亲什么时候又添了这么个爱好。

为了让她安静下来，我只好给她讲故事。

狼王看到这么多的羊来到他的领地，高兴坏了，等那些羊吃饱喝足，一声令下把肥羊们关了起来。小狼厨师已经安排好一年的食谱，烤全羊，炖羊肉，红烧羊肉，葱爆羊肉。可是狼王的小女儿夜里偷偷地把所有的羊都放走了⋯⋯

母亲大喊大叫，表示她不喜欢这个故事。

很早以前村里有一个爱说谎话的孩子，有一天他在山里放羊，羊儿静静地吃草，花儿悄悄地开放，可没有人和他玩。他觉得很无聊，于是，他大声地冲着山下喊起来，狼来了！狼来了！山下种地的农人扛着锄头急忙跑来，孩子看到这么多人被他骗来，开心地笑起来，哈哈！我骗你们的，没有狼。农人很生气，下山干活去了。又一天，放羊的孩子又在山里喊起来，狼来了，狼来了，狼来了。农人又跑来了，看到说谎的孩子，农人大骂了他。

有一天狼真的来了，孩子声嘶力竭地大喊，狼来了，狼来了，可是没有一个人来救他。最后孩子被狼吃掉了。

我模仿当年母亲的口吻说，所以小孩子不能说谎话，说谎会被大灰狼吃掉。母亲看着我的眼睛，机械地重复着，小孩子不能说谎话，说谎会被大灰狼吃掉。

2

大哥说他要在五台山过中秋节。

带着嫂子、孩子去祈福还愿？我问。

过了好一会儿，大哥才回复说，没有和他们在一起，他一个人。不是还愿。他本人是学医的，死人几乎天天见，不太相信那些神啊鬼啊的。就是想去庙上住一段时间，静一静。最近太累了。

我回了一个字，哦。

现在有钱人习惯在年节时去庙里吃斋饭住庙堂。民间一直有种说法，说是农历初一、十五这两天吃素敬佛代表一年吃斋，能功德倍增。人类在佛祖面前也要撒谎。

把手里的手术刀变成美容刀后，大哥的钱包也越来越鼓。

大哥是从最底层奋斗出来的，现在天天飞来飞去。给他打电话不是刚下飞机就是在去机场的路上，所以我平时也懒得联系他。我不羡慕他有多少钱，有多少套房子，富贵险中求，有钱人有有钱人的烦恼。

我记得他第一次去女朋友家，回来时一脸惊恐地对我们说，你们知道不？刘梅家的桌子上摆着苹果，又红又大的苹果。他们家里人随便吃苹果。刘梅是我未来的嫂子。

苹果对于生活在临时户区的我们来说，不是食物，而是一种富贵。我那时写作文时最喜欢用的比喻句是，小红的脸蛋像苹果一样红彤彤的。一个小孩子的脸和一个苹果的关系就这样被荒诞地建立起来。

在我们的成长经历中，苹果这种昂贵的水果只出现在图画书里。我们家从来不买苹果，中秋节时母亲买一种叫宾果的小红果子供月亮。宾果有小孩子拳头大小，暗紫红色，外面挂着一层果霜。果子闻起来果香味很浓，用母亲的话说，是味灵得很。果子按个分，一个孩子两个或是三个。怕小孩子嘴馋忍不住吃了，母亲用线绳挽一个网兜形的果络子，把果子关进栅栏里，然后挂在孩子脖子下。但它的香味儿关不住，跑动时，果子的香气随着风一阵阵地飘到鼻子边。这味道对孩子的毅力绝对是一种挑战。母亲说，红果子供过月亮爷才可以吃。我在果子的下面掏一个小洞，用指甲一点点地扣着偷吃果肉。

哥哥野心勃勃，他一心要成为天天吃苹果的人。嫂子是矿长的女儿，大哥是矿工的儿子，他们的婚姻属于门不当户不对。嫂子和大哥的恋爱故事可以写一部爱情小说。他们当年是医大的同学，在学校谈了四年的恋爱，工作以后又是四年，前后八年，所以戏称八年抗战。八年的时间日本人都打跑了。不知大哥最后用什么手段把嫂子追到手，会不会是把自己身上的骨头取了一根出来？亚当和夏娃就是用骨头做信物的。红色的信物。

嫂子在我们家就是公主的身份，她第一次来家里吃饭，母亲把炕烧得太热了，父亲急忙从被垛上取下自己的枕头，让嫂子坐在上面。我们全家人毕恭毕敬地看着她的一举一动，她喜欢吃哪个菜，便把菜盘移到她的面前。嫂子要求买城里的楼房，我们便把矿上准备给哥结婚的新房子卖掉，房子不值钱，又借了很多。三十多年前的十几万，对普通的工人家庭来说可是一笔巨款，我们家为他们的婚事负债累累。

在嫂子家中，四个女婿里只有大哥出身低微，逢年过节家庭聚餐时，他永远是那个在厨房忙碌的人。为了证明自己的能力，他辞掉工作，开始创业。

前段时间听说了他闹离婚的事，嫂子把状告到母亲那里，可是对五十多岁的儿子，当妈的又怎么管教？你以为五岁的小孩子呢，可以打可以骂。再不行饿上两顿饭，他就老实听话了？再说母亲有时清醒，有时糊涂。嫂子告状时我母亲倒是清醒的，她说咱们娘俩一样的命，都没遇上好男人。

我问大哥，怎么了？发生了什么？生意不好吗？我知道这两年各行各业的生意都不好做。同城这边，多一半的铺子都贴着出租或是转让。

他说，哥现在的生活稀碎，妈以后的生活就交给你了。你辛苦一下。

这算什么，托孤吗？不过他一贯的性格就是遇到棘手的问题丢给我。当年给母亲买房子时也是这样，他和嫂子躲在南戴河旅游，等我和母亲东拼西凑把房款交齐了，他们两口子才露脸。

本想问他一句离婚的事是不是真的，想一想又删掉了。我才华卓越的大哥也不能免俗，估计也不过是一个男人有钱就变心的故事。男人身上的肋骨多着呢，可以一取再取。

有一段时间我们兄妹的关系降到了冰点。我们分成两个派系，我和父亲一党，他和母亲一党。父亲贪恋美色，抛妻弃子，犯下了不可饶恕的错误。作为惩罚，我们所有人要和他断绝关系。在大哥和母亲眼里我便是一个可耻的叛徒。开始我还会在节日生日时问候他一声，后来也就算了。

母亲生病后，我和他联系多起来，毕竟他曾是一位优秀的内科医生。不过对于母亲的病，他也是束手无策。我们只能等，等她忘记一切，慢慢地老去。母亲的智力蜕化成三岁的儿童，她有时喊我妈妈，有时喊我姐姐，有时骂我贱货。我给她讲故事逗她开心。

我难过的是她忘了我是她的女儿。

可视电话的音乐响了，我站起来去开门，电话屏幕上面除了一扇楼宇门，什么也没有。这时音乐又响了，再看还是没有人。

小时候母亲讲过一个风婆婆敲门的故事，风婆婆老了以后，她只要听到谁家小孩子发出哭声，就去敲他家的门，并送上一件小礼物。

七十七岁的老母亲把自己打包成一件礼物送给了我。

3

父亲放在楼下的摩托车被偷了，他花高价买了报警装置，只要有人靠近车子，就会发出"嘀嘀"的报警声。尽管这样，还是防不胜防。小偷有一种电动大剪，拇指粗的钢筋咔嚓一声就断了。偷车人还配备了汽车，把车锁子剪断后，把摩托拉到外地销赃。

父亲第一时间打电话告诉我这个不幸的消息。我不是警察，当然不能帮他破案，我只能拿出钱帮他再买一辆。同时还要慢言细语地安慰他，车丢了不是问题，身体最重要，血压高，心脏也不好，千万不要着急上火。这是父亲被偷走的第三辆车子。我七十九岁的老父亲喜欢摩托车这种大家伙，须发皆白的他，骑着红色的摩托车奔驰在同城的大街小巷，简直就是一道风景线。

父亲曾是修理摩托车的高手，无论什么毛病的车子，在他手里都被治得服服帖帖的。

那一年哥哥得了肝炎，没有钱治病，父亲从矿上偷了一些废铁去卖。身边的工友们平时也这样做，拿一点边角料换酒喝。只是他的运气很不好，被公安科巡逻的人抓住了。警察押着父亲来家里搜查赃物时，我惊恐地看着他们把家里的每个角落都翻了一遍。父亲怎么会是小偷呢？他平时对我们管教很严，有一回我因为偷家里的钱买糖块吃，被父亲发现后，用尺子打手心，手肿得一个星期不能抓筷子。

班里的同学丢了东西，老师第一个怀疑搜查的对象就是我。我把书包里的东西倒在桌子上，再把身上所有的口袋朝外翻出来。我不愿意和任何人说话,我是一个沉默的人。

母亲每个月都会到一百多里外的劳改农场看望父亲,给他带去桃酥还有珍贵的红苹果。母亲没有工作,家里没有生活来源,她偷着做一点小生意,没有办理营业执照的那种。母亲买了海棠果、竹签子、冰糖,她把红彤彤的果子一个个穿在竹签子上,外面沾上亮晶晶的糖衣。她用自行车推着加工好的冰糖葫芦悄悄拿到学校门口卖,红红的糖葫芦扎在草把子上,远看像一个巨大的皇冠。

一串冰糖葫芦卖五毛钱,十串就是五块钱,母亲的脸上有了笑模样。那天放学,我看到一群半大学生围在母亲身边抢她的糖葫芦。母亲把自行车靠着墙,张开两手用身子挡在草把子的前面,这样还能剩下一点点。我跑过去帮母亲,那些孩子抢得更厉害了,他们跳起来抢,红色果子掉在地上,被踩得稀烂,像一摊血。母亲一点办法也没有,她可怜巴巴地护着剩下的几串。那些孩子还不肯散去,狼一样围在我们身边,我紧张地把嘴唇都咬破了。我不知道下一次哄抢的时候,我还有没有力气保护母亲。

母亲还要机灵地躲避城管,如果运气不好被抓住,就要把东西全部没收。有一回为了要回自行车,母亲在街上给那些人跪下了。不过母亲从来没有告诉父亲这些,她去看他时笑着说,小本买卖做得很好,孩子们上学的钱有了,还给我们买了过年的新衣服。哥哥的羽绒服是蓝色的,我的是红色的。

父亲从劳改所放出来,被发配到太平间看守尸体。这也是为了防止他犯法的手段之一,太平间里除了死人是没什么东西可偷的。不过父亲有时会拿馒头和蛋糕回来,大家都清楚那是死人享用过的供品。不过谁也不会说出来。

看守太平间的工资低,为了补贴家用,他利用以前修理机器的技术在街边给人家修自行车,后来修摩托车。一根打气筒,几串猪大肠一样的内胎,几把扳子、钳子,就是他全部的修车家当。父亲的指甲缝常年淤积着黑油污,他的脸像非洲人一样黑。父亲从劳改所回来后,最不喜欢做的事就是洗脸。

父亲开修理铺时做得最厉害的一件事是,用回收的旧摩托车架和店里的零件,组装起一辆红色的新摩托车。那车子比汽车都跑得快,穿着红衣的母亲搂着父亲的腰坐在车后面，笑得像一个女王。

4

母亲告诉我，父亲失踪了。骑着他的嘉陵125失踪了。

爸爸失踪了？我惊讶地张了张嘴，重复了一次。一对鸽子在楼前的空地上一边散步，一边说着悄悄话。春天是个萌生爱情的季节。

对，你爸爸他失踪了。我已经两个多月没有看见他了。

母亲的口气冷冷的，仿佛她说的这个人和她没有任何的关系。有个在她手下工作多年的员工消失了，她例行公事来通知他的子女做善后工作。

我站在玻璃窗前看着鸽子，它雪白的羽毛在风中轻柔地抖动着，红色的纤细的小脚轻盈地踱着，尖尖的小嘴咕噜咕噜吐着绵绵不断的情话。

你们，吵架了？我小心翼翼地问。

也没吵什么，只是因为腊八粥。

腊八粥？

是腊八粥，腊八那天他一早起来说要吃腊八粥，我不想做，然后他就走了。

母亲说话的内容让我怀疑她的精神是否正常。因为吃不到腊八粥，我的爸爸竟然会离家出走，他不是小孩子，是有着丰富生活经历的成年人。

对，腊八粥。红色的腊八粥。我慌忙起来翻日历，腊月初八，离今天已经是两个月零十天，我真是佩服母亲的冷静。丈夫不见了七十多天之后，才想起要找他。我也明白了她刚才的那番视察了，她以为父亲躲藏在我这里，我是父亲的同谋，我藏匿了失踪的爸爸。她来我这里，除了下通知书外，还带有侦查的任务：寻找丈夫的蛛丝马迹。这真是让人哭笑不得。

腊八粥？我又想了一下那碗粥和父亲出走的关系，没有找出任何的线索。可我想起父亲曾经夸一个女人的腊八粥做得好吃。

夜里，母亲突然跑到我们夫妻的卧室，惊得渔夫套不上裤子。母亲怎么连最根本的人之常情都不懂了，她是不是让父亲的出走逼疯了？母亲枯瘦的影子很霸道无理地横在我们的床上，她不和我说话，脸冲着渔夫，也顾不上脸面了。

有些家里的丑事，不得不说。这事瞒也瞒不住的。她的开场白说得很顺,像一篇准备充分的演讲稿。这一切也证明她是清醒的。我想她一定准备了好久,她的心机是深沉的,当从我这里得不到什么有用消息时,及时地转换对象。她短暂地伤感过后,开始出击了。我看见了她嘴里的白牙,闪着光。

母亲说,父亲已经失踪两个多月了,她必须找到父亲,讨回生活费。她只要一点生活费,别的事她不管。母亲说得可怜而又合理,没有一丝无理取闹的意思。

她要渔夫帮着想一想办法。她夸渔夫是拿大主意的爷们儿。生平第一次被丈母娘夸赞,渔夫马上就晕了。他出主意,这个事很简单,到原单位找劳保科,扣发当月工资。我虽然悄悄踢了他一脚,可动作还是慢了。话已经说出来,收也收不回。母亲的精神一下兴奋起来,说话的声音在四壁间回荡。我母亲亲热地叫着渔夫的小名,很好地修复了过去和渔夫种种的不和。听到丈母娘这么直接地夸自己,渔夫有点受宠若惊。母亲和渔夫讨论到凌晨三点,他们精心研究出好几个方案,最终的目的就是用一定的方法和手段逼迫父亲自己从失踪的角落露出头来,然后痛打落水狗。

离开我们的卧房时,母亲像个将要出征的战士,没有一丝颓丧,她和父亲的斗争由于渔夫这个局外人的参与而出现了分水岭的变化。她是主攻手,而我们是帮手。

我对母亲撒了谎,我见过父亲。他曾来找过我。不过我不知道他是离家出走。他说,他被大哥打了。

断了父亲的经济来源后,他果然出现了。父亲把法院的传票寄给了母亲。他们离婚的过程艰难而痛苦,案子拖了近一年。一边是母亲坚决不同意,一边是父亲决绝地要离。我们两个孩子夹在中间,一次次出庭,帮他们调解。父亲恳求他的儿女,放过他,放他一条生路。强扭的瓜不甜,我转过头开始劝母亲放手。两败俱伤是最后的结局。最后我们在法庭上拧成一股绳,统一口径,共同对付父亲这个敌人。

5

长大的我们谎话连篇。

大哥是当年的告密者,是他跟母亲告发了父亲和那个女人的事。告发的后果就是父亲和母亲激烈地争吵后离家出走。这些年我一直不明白他为什么要这么做。我们不是说过要一直守着那个秘密吗？

很早以前我就知道父亲还有另外一个女人，大哥也知道，他还吃过那个女人炖的排骨。我和大哥把秘密藏在肚子里，我们希望母亲永远不知，我们不想母亲受到伤害。但是母亲的性格越来越怪癖，她和父亲冷战时，家里所有的物品结着厚重的霜花。母亲困在日常的生活中，无数的绳索束着她的手脚，她找不到解脱的出口。母亲幽暗的生活现状也会伤及我们，那是一种内伤，就像一个功夫高手，不留痕迹，却给对手留下致命伤。

大哥一直不肯原谅父亲，这些年他们父子形同陌路。我一次次试着化解他们之间的矛盾，一次次失败。有一回，我给大哥打电话，想约他出来和父亲见个面吃个饭。没想到嫂子接过电话来，一顿数落，大概的意思是，像父亲这样的人不该打扰他们的夫妻正常生活。我说，无论当爹的做错了什么事，就是杀人犯，也断不了父子关系。然后我挂断了电话。我知道，嫂子从骨子里瞧不上我们这种家庭出身的人。

大哥从云南回来，破天荒地约我和渔夫一起吃饭，并发了位置图过来，地点在花溪。饭店的位置有点偏，不好找。出租车司机是位上了年纪的男人，不认识路，也不会用百度地图。我打开手机导航指路给他。最近在写《薄如蝉翼》，一个关于婚姻的小说，又写废了，我总是写不好这类小说，我知道我有太多的情绪。这种情绪破坏了小说的气场。

渔夫没有和我一起来。我说，他工作忙。

大哥离了，净身出户，所有的房产财物都留给嫂子，他从头开始。大哥爱上了一个云南的姑娘，为了她甘愿放弃一切。当年他是那么憎恨父亲对家庭的背叛，现在他们父子俩走了同一条路。

席间大哥点了一道拔丝苹果，他对苹果还是耿耿于怀。我现在很少吃苹果，我有胃病，吃了以后几天都不舒服。大哥需要一笔钱东山再起，而我没有办法满足他的要求。其实做个没钱的普通人也好，柴米油盐，一日三餐，日落而息。可大哥不满意这样的生活。他喝得酩酊大醉，他跟跟跄跄走路的样子，证明他已经是一位五十多岁的老人。我不知他还有多少东山再起的机会。

哥叫我"老妹"。开始我有点不习惯，我觉得我一直是姐姐的身份，母亲多病，从小都是我在照顾他的生活。那时，每天早上，我都早早起来为他准备早饭。他已经补习了五年，他要考大学，需要营养。我生着火煮一杯牛奶，再煮一颗鸡蛋。我很自觉，从来没有给自己煮过一个鸡蛋。

6

春节，我给张姐放假，带着红烧肉和苹果陪母亲过节，可母亲不知道哪一天是春节。这一回她喊我"东孩"。东孩是大哥的小名。我们家孩子的小名都很土。我叫"女女"。母亲从被子下面窸窸窣窣拿出一个鸡腿，悄悄地看看四周，做贼一样飞快地递到我手里。被子褥子上面都是斑斑的油迹，没办法，我又得给她换洗床单了。

我把风干的鸡腿拍下来发给大哥。他没有回话。

母亲走的那天，清醒了很多，她认出了我，女女，也去看看你爸爸吧。我说，哦！知道了。

第四辆摩托车丢失后，老父亲终于不再张罗着买摩托。他不得不承认自己老了。

我继续写我的童话。

> 逃出来的羊倌带着狼小姐，领着羊群走啊走啊，终于回到以前的羊村。羊倌娶了聪明漂亮的狼小姐，生了十八个儿子。很多年后，羊倌的后代异化为另一物种，他们变得凶猛异常，以吃人为游戏。

（原载《都市》2023年第7期）

评鉴与感悟

"我是一个沉默的人。"小说中"我"这么描述自己。不同的是，我所在的家庭是喧嚣的，甚至这种喧嚣还在代际传递，先是父亲出轨，母亲患病失忆，再是哥哥高攀上嫂子后出轨。从"我"对自己现状的描述可知，"我"的婚姻也已悄然破裂。两代人家庭关系的走向惊人相似。除了叙述这个捉襟见肘、鸡飞狗跳的家庭之外，小说还穿插着

"我"书写的童话。这是个有关羊和狼的故事,羊倌撒谎"狼来了",招来了狼。故事的走向由此分岔,一个版本是羊倌被狼所食;另一版本是羊倌和狼相爱,繁衍出了凶猛食人的后代。虚构与现实,无疑有着某种映射:童话由谎言而起,而"长大后的我们谎话连篇";谎言会惹来狼,而母亲说"我家里有大灰狼"——剧情似乎已走到分岔口,我们到底是会被狼吞食,还是与狼相好,生出恶狼呢?

不如先回到"我"的沉默。叙述人对自我保持沉默。一方面,小说通篇都是对家庭的叙述,对"我"的自白只有零星几处,生活加于"我"的责任和琐事几乎挤占了全部空间。另一方面,"我"在家庭中是被沉默的。"我"因父亲偷盗受到孤立怀疑,因哥哥结婚买房而家境愈加清寒,因母亲老年痴呆而疲于照料,又因父母重男轻女偏心哥哥,"我"作为妹妹的身份也被吞没了,反像长姐一样照料哥哥的生活。"我"为他准备牛奶和鸡蛋,可没人在意过"我"爱不爱喝牛奶、吃鸡蛋,甚至母亲失忆后只记住了哥哥,忘记了"我"是她的女儿,"我"从母亲的记忆中消失了。没人在意"我"的处境、"我"的诉求,"我"也没有为自己发出声音的余地。

那么,"我"的沉默背后,是否有不可言说之物?

或许有。"我"所沉默的对象,隐匿在了童话中。羊和狼的故事只是谜面,"吃人"才是谜底。童话有两种结局,"我"处于被狼吞食的版本,而"我"的亲人则一边被吃,一边吃人,对"我"施加着无声无形的暴力,蚕食着"我"。小说频繁出现红色,血染红的草,"悲伤化成一尾红色的鱼",母亲的红裙子、红内衣,我被母亲咬出的血,红色的苹果、糖葫芦,亚当送给夏娃红色的信物,我的红色的羽绒服,鸽子红色的小脚,红色的腊八粥……红色既是丰饶果实的颜色,也是血液的颜色,它一面点出"我"的家人作为底层人物对物欲、情欲的向往,一面也隐藏着暴力、掠夺与死亡。"我"以沉默书写了"我"的被吃、"我"的流血。

又或许没有。我的"沉默"没有指向,空无一物。在"我"问出"谁在夜里悄悄流泪"时,没有爆发,没有呐喊,没有出走,没有反抗,如同走入无物之阵,只有流泪,并缓缓地灭亡。(应悦)

朋友圈

/张戈

一

这天清晨，一觉醒来的艾跃看到了同事石孔方打女儿的事。石孔方在微信朋友圈里沉重地讲述，女儿起床后拖拖拉拉，自己一忍再忍、三忍四忍，最终忍无可忍抽了孩子两巴掌。天！一个读小学二年级的孩子，不过是拖拖拉拉而已——试问哪个二年级的孩子不拖拉，这点事就把当爹的逼得打女儿了？接着往下看，艾跃被正面一拳。原来在石孔方的表述中，打女儿的最核心的原因是，女儿的拖拉导致自己在市局工作八年来第一次迟到。

"我的心和手一起在颤抖，"石孔方写道，"从没想过我会有迟到的一天。"

如果说这条朋友圈使艾跃对石孔方的认知产生了一个质的变化，也不能不说此人此前发布的数条朋友圈已经积累了量变的基础。这哥们儿凡加班，必深夜发一张办公桌的照片，配四个字：关机，收工！后来自己都觉得厌了吧，就改发市局大院的夜景，附个"春风拂人"，后面带个头扎红绳、高举左拳的小人表情，亢奋且坚决。如果是夏天就是夏风拂人，秋天就是秋风拂人。冬天就不拂人了，发"寒风刺骨"，配龇牙咧嘴的表情。这哪是风拂人，纯粹是人撩人。果不其然，一群被撩中痒处的人争相点赞、留言。辛苦啦,石科长是我们学习的榜样。此时石孔方就择其善者而回复、致谢,解释正在攻坚哪等大事,何种要案。除了夜景,他还会发吃外卖的照片。在这批照片中,无不洋溢着一种影视科同事团坐、灯火可亲的和谐氛围。诸人左手轻持盒饭,右手高举双箸,眼神有虎狼色,只是个别配角偷瞄的眼神和紧闭的双唇出卖了为拍而吃的居心。其实整这么多花活所为何事,不就是发给领导看吗?"小石很辛苦"据说已成局党委成员的共识,连他俩的顶头上司,公共关系处蒋处长有几回面对小石弄下的烂摊子时,也是眼含怜悯地说:"他辛苦得我都没法批了。"可见,工作成效是水平问题——水平有高下,如五个手指各有短长。但工作作风是态度问题,态度论有无,有态度谁都了不起。可是你吹风也好,吃盒饭也罢,至于为了人设打女儿吗?

艾跃和石孔方是有些芥蒂的。这芥谈不上粗,蒂也论不上长,其实就是在政治处蓝主任面前吵了回嘴。上回为答谢市电视台对"最美公安人"系列报道的支持,由艾跃所在的新闻科做东,邀请了电视台的编导和主持人吃饭。明面是请电视台,但在座的局里的人,眼睛更多瞅着的是关乎提拔晋升第一坎的蓝主任。也因此,平日插科打诨地相互调笑都收敛了许多,更不敢胡说八道,个个正襟端坐,好像连呼吸都经过了斟酌才允许自己喘出来。

蓝主任普通话是比较普通的,因此平时沉默如金,加上管人事,更加守口如瓶。这张不动声色的扑克脸别样突兀,好似老虎端坐在羊圈里,可这是餐馆又不是审讯室啊。于是艾跃清清嗓子,声音由低渐中,由轻至朗道:

"尊敬的蓝主任,媒体的专家老师们,今晚大家在此小聚,凸显了咱们警媒一贯心连心的传统、从来肩并肩的情谊,特别是蓝主任百忙中抽空莅临,彰显了局党委对新闻媒体诚挚的敬意和由衷的感谢。掌声有请蓝主任讲话!"

话听着堂皇,但艾跃的话里却带着联欢晚会的喜庆劲儿,众人也都乐呵着鼓掌。蓝主任眼神逸出三分笑意,伸出右掌轻轻下压,像是有几分腼腆地造了个包含三个感谢的排比句,于是众人齐齐举杯了一回。佳肴满桌,又共同举了两杯,而后论序各自找对。艾跃本身就是个容易尴他人之尬的人，但见氛围稍暖，加温更不能停。话题从品评当日菜品开启。他重点分析了其中一道啫啫生菜。一方面因为这道菜确实美味，更重要的是，这家菜馆是电视台老师订的，夸菜就是认可厨师，认可厨师就是褒奖餐馆，褒奖餐馆就是表扬订房人嘛。艾跃道：

"这青菜的做法，不是清汤就是蒜炒，也有用鲮鱼来炒的，没想到啫啫了这么好吃！既有热油煸炒的那种香润感，又保留了生菜的清甜、脆爽。尤其是加了南乳酱和虾米，又鲜又香，还有点海味，真是妙。"

众人皆说艾跃点评到位，孰料石孔方此时哈哈一笑，翘着兰花指推了推眼镜，叫声主任，说道：

"艾科长真是懂美食，不仅会吃、会讲，而且拍的美食也特别生动漂亮。我们每回加班的时候看他的朋友圈，哎哟喂，都馋得流口水。"

艾跃如同被当头棒击，吃惊地望着石孔方。

这便是二人产生芥蒂的肇始。

二

其实这点茶杯里的风波过了就过了，但艾跃就是打心底搞不懂石孔方作为一个来凑热闹的陪吃嘉宾，有什么必要说这些明褒暗贬的话。当年石孔方还在分局的时候，每回见面都握手不放，长谈对自己文章的读后感。那谦逊、那恳切，哪是现在这副阴损样。不过艾跃也没惯着他，当时就还以哈哈大笑，问：

"石科长为什么不发？"

"我拍得不好。"

"开玩笑吧！影视科科长会拍不好？"

"工作的事能凑合拍，美食不会拍。"

"你想学不？我教你。"

"算了算了。"

"我觉着你拍了也不会发。因为不符合劳模的人设嘛！"

石孔方当时就语塞了，"呃啊"了半晌，眼镜不住往下滑，使得他不住地往上推眼镜。

艾跃乘胜追击：

"而且石科长吃了啥，跟谁吃，在哪儿吃，恐怕也要保密哩。"

当晚艾跃就暗暗下定决心，以后朋友圈发美食照片，一律在"不让他看"里点中石孔方。好巧不巧，自此，自己也再没看到过石孔方的"风拂人"和"盒饭香"。只是旁人说石科长涛声依旧，只是每回玩《王者荣耀》能看着他在线奋战，以王者的等级焜耀屏幕。

晚上艾跃忍不住给妻子倩茹讲了石孔方打女儿发朋友圈的事。倩茹躺在床上正入神地刷着手机，半晌才如梦初醒般眨着眼睛让艾跃再说一遍。艾跃心中不快。两人虽然不算冲破重重阻隔，也各自拒绝追求者二三，如今持证上岗、同床而卧，最亲的却是捧在掌中的手机。耐着性子又讲了一遍，倩茹双目仍不离屏幕，缓缓抛出一句："这都正常的啦。"

艾跃瞬间激动了："这正常吗！"

"他表现得视工作如生命，"倩茹扭头瞅瞅，刷着手机道，"不就是为了给领导同事留个好印象，早点补那个副处长的缺呗。"

"那也不能叫正常啊，"艾跃不满地瞪大了眼睛，"为了升官打孩子？"

"那你一个公务人员成天发美食照片正常吗？"倩茹莞尔一笑，"你真把自己当美食博主啦？"

艾跃盘腿坐在床上，扯着老婆手腕，逼得她放下手机，解释道："其实哪有成天发，真正多的是转发几个舆情应对和新闻写作方面的公众号文章，一方面相当于存着，自己翻出来看时方便，也希望各部门和区县局的兄弟们共同学习。只是对这类文章感兴趣的人少，对美食感兴趣的多，排着队留言问店址。"

倩茹平时很少看艾跃朋友圈，而艾跃看老婆的朋友圈更难。倩茹自美容医学专业博士毕业后毅然投身整容事业，挣得盆满钵满。她供职的医院对员工转发医美广告有着明确的数量要求，因此常要发一些挑战常人承受力和认知的海报、视频。广告本意是忽悠潜在客户的，但现实是，朋友、同学和家里的七大姑八大姨夫也在微信上。因此倩茹使了个掩耳盗铃、一叶障目之策，每次转发，只是选择了公司里的同事可见。只有老板不知，不辞辛劳地挨个给转发公司广告的医护、营销点赞。

"那你不能啥也不发吗？"她问。

艾跃道："有学者曾把人的快乐分成十四类，其中之一就是基于联系之乐。你看谁家生了小宝宝，肯定会发条朋友圈是吧。有的家里老人家离世会发朋友圈，就想着自己的爹娘年老了，要倍加珍惜在世时的缘分。那些半夜发些不指名道姓的咒骂的，一般是白天受了欺负；那些发老婆单人照片的，多半是被老婆胁迫着发的——宣示主权。至于那些提车的、买新宅的、官宣恋情的、获奖的，那看到了不是沾点喜气和福气吗？再有些养花种草的、练字画画的，咱佩服人家的意趣和毅力，看着也是种滋养。再有像术业有专攻的，比如贵公司出品的系列短视频，就很能提升辨别人整形与否的能力。"

"你能看我朋友圈吗，不应该啊！"倩茹纳闷。

"傻老婆啊，你忘了我有你几个同事的微信吗？"

三

近年来，艾跃越来越觉得，发朋友圈不仅是一种个人生活的告白，也成了干工作的方法论。他所在的地市宣传经费十分有限，别说签什么合作协议，就是每年买块发软文的专版也难比登天。穷虽然穷，多走动点也行啊，可离省城远，因此工作要争先创优缺点底气。经过几年的摸爬滚打，艾跃找到了条和媒体打交道的窍道。媒体的记者，比谁都更有自尊心、正义感和人情味。尤其跑政法线的，成天不是在暴雨里抱着电线杆子直播，就是怀里偷揣着摄像机去地下屠宰场暗访，更不要说采访受骗的大姐、挨打的大爷——三教九流、社会各个阶层和职业，哪样没见过。于是，艾跃和记者打交道既不像有的部门卑躬着，也不会高高在上为难人。按角色办事，按本色做人，艾跃的朋友圈也奉行这个原则，敞敞亮亮地分享一些生活趣闻、美景美食，有时候写篇短文，或者给时事配几句辛辣的评语，便常有记者朋友留言点赞、积极互动。虽然相会时少，但朋友圈里能经常看见，使记者们觉得艾跃如在面前。人被认可了，关系就好处了；关系处好了，工作开展起来就多了些从容。艾跃没有为土法子洋洋得意，认真研读专业书，将工作实践与公安、媒体和公众三者共同构造的"警媒生态论"相结合，得到了公安大学武娟教授的高度认可，夸他有理论功底，有实践经验，脑子活又勤奋，是目前全国警察公共关系圈里首屈一指的新秀，斗争中摔打出的专家。有大咖抬举，艾跃愈加奋发起来，论文发了一摞，专著出了两本,还和武教授合写了本警察公共关系学的教材。由此,艾跃常常被省公安厅抽调去帮助工作,亦有不少市局来函邀请他去讲课。

作为一个科级干部,他的声望是高得有点闪了。

这天下午,艾跃被分管副局长一通电话摇到了指挥中心,但见主屏幕直播本地一家国际知名的通信企业厂房发生火灾的实景。

艾跃给副局长打过招呼后,快步来到舆情监控系统的显示屏前仔细查看,一条斜向上的曲线意味着舆情的升温,其背后是话题带来的无数次搜索和点击。这年头,"人人皆记者",图片、视频分秒公开,一个不小心就可能引发一场轰轰烈烈的网络狂欢,更别说这黑烟滚滚的火灾了。好在火已经灭了,厂房上飘的只是余烟而已。报过来的消息说并未造成人员死伤。但艾跃清楚,自媒体的热度起来就摁不住了,要是传统媒体的官方号再跟上转发,势必百传千千万。这时分管副局长让各业务口汇报情况,艾跃简要分析了舆情走向。副局长问:"有什么办法打断这条由小到大、由大到炸的传播链条吗?"艾跃摁掉某通讯社驻站记者的来电,略一思忖说:

"这起火灾事发突然,起火的企业又特别敏感,不如像救火一样'打早灭小',通过非官方渠道知会媒体:消防队已扑灭火灾,无人员死伤。这正是官方信息发布讲究的'快说事实、慎讲原因'。其实媒体最关注的也是有无人员死伤,一旦知道这么个情况,报道的热情就没那么高了。"

"具体说说,怎么个非官方渠道?"从神态看,副局长相当认可艾跃的点子。

艾跃颇受鼓舞,说:"以往可以通过媒体的通联微信群来发,但现在人人几十个微信群,短时间不一定看到,挨个发也来不及,干脆我在朋友圈发一条吧,配个火灭了的图,把核心信息用自己的话说说,表达个大家不必担心的意思。"

赶紧发。副局长挥手如斩钉。

艾跃争分夺秒编好了信息,请分管副局长过目后点击了"发表"。全文如下:

> 东山松水湖耀华园区建筑的火灾16时45分已扑灭,无人员伤亡。只是看着烟大,大家不必担心。

请朋友们周知，转扩。

图为火灾地点的航拍实景，红色为消防车。

很快，艾跃的微信朋友圈下面，像是掉落了半块摔裂的蜂巢那样显示出密密麻麻的图景：点赞的朋友排排队队，留言的话语队队排排。特别是有些交好的媒体的哥们儿，直接留言"明白"或者"收到"，辅以眨眼睛的表情或者一个调皮的狗头。武教授也留言了，竖了大拇指，夸他巧妙发布，第一时间释疑解惑，给舆论喂了定心丸。石孔方的反应比较蹊跷，他起先留了言，等艾跃仔细看的时候，才发现"这条评论已删除"。

等层层审批后发布正式通报时，业已趋稳的传播热度如愿渐冷。

晚上快11点的时候，艾跃接到了在省警校培训的蒋处长的电话，要他写一份关于今天擅自在朋友圈发布警务信息的情况说明。

艾跃一听"擅自"二字，心里就起了毛。明明是经过分管局长同意而且审核过的，怎么还擅自了呢？于是赶紧解释了一番。

"你不要同我扯这些，又不是我让你写的，是吴常务下的令。抓紧写好，明天上午10点，到他办公室当面说明情况。"

艾跃还没叫出半个"屈"字，彼端的手机就已经挂断了。

四

第二天一早，艾跃约请了指挥中心马主任一起去给吴常务报告情况。门口报告，进门敬礼，才看见石孔方在。石孔方看到艾跃二人进来，就猫一样收敛了身子，鹌鹑一样缩起了腿，两手扇膝。吴常务刚刚挂在脸上的似乎还有些快意的表情忽然一扫而光，而且出乎意料的，他并没有让石孔方先回避，倒是对一起来的马主任有点意外。

"说说吧，昨天是怎么回事？"吴常务的右手像弹钢琴那样立在沙发靠手上，小指到拇指灵巧地空弹着。

艾跃眼看吴常务没有让坐，心下慌张，强作镇定从头讲了经过，尤其强调当时情况紧急，结尾时说了分管副局长审看了文稿并同意发布的情况。

吴常务眉头渐锁，终于怒目而视，呵斥艾跃："我是让你来介绍先进经验了吗？这件事存在最大的问题是什么，还要装糊涂？"

艾跃也有点恼，道："2016年全国网络安全和信息化工作座谈会上要求：对不了解情况的要及时宣介，对怨气怨言要及时化解，对错误看法要及时引导和纠正。如果我执行不到位，就请常务赐教。"

吴常务气得几乎要发抖，一根食指恨不得隔空戳进艾跃脑门。

马主任此时开了口。毕竟是市局的老人家了，说话和身材一样圆润，开腔就说要检讨。检讨什么呢？只看着嘴巴一张一合，像是等待大脑递来接力棒而原地踏步着。终于出声了，如获至宝地说："首先是请示不及时。但不是不想请示，是当时常务去政法委开会，手机关机没法请示。后头事情处理完了，就觉得口头报告不庄重，于是想写一份详细的书面材料向您深入报告。二是后来考虑了一下，觉得这起舆情的处理有越俎代庖之嫌。火灾嘛，就应该让消防支队去讲。但当时市委宣传部领导批示说要咱们加强舆情引导。下一步还是要给领导解释一下这个归口问题。第三呢，还是要加强经验总结，确保以后能更快更有效地处置好这类事件。"

说是检讨，却又无甚检讨之处，说到第三点要总结经验，更像是请功。艾跃心下又是佩服不已，又是感激不已。

吴常务半晌不语，像是暗自组织着反驳的语言，但屡试屡败仍不甘放弃。转头对着石孔方说："你讲。实事求是地讲。"

石孔方瞬间挺直腰板，双肩微动，显示出一次扩胸的努力。只见他食指推推眼镜，语气分外坚决道：

"这个也不怕得罪人，反正我从来是对事不对人。这起舆情处理最突出的错误，就是使用自己个人的账号来发布官方的消息，严重违背信息发布和保密方面的要求，是一种非常严重的违纪行为。"

艾跃吃惊得哑口无言。与此同时，环绕在心头一整晚谜题的答案刹那间浮出水面：吴常务何以对这件事如此挂怀，又先入为主产生了自己"擅自"发布的看法？常务副局长对一般舆情不会事事过问，看来一定是有人打小报告。在此之前，艾跃也怀疑过石孔方，即便是石孔方在座，也认为自己可能多疑了。眼看他巧舌如簧，马主任侧翼掩护，显得这次召见有几分无事生非时，吴常务才祭出石孔方这个撒手锏。石孔方就是再蠢，也绝不会蠢到当面搞艾跃，但这次显然是情非得已、无可奈何了——用屁股都能想明白，他怂恿吴常务收拾艾跃，等吴常务让他"实事求是地讲"时再和稀泥，事后恐怕会被剁成块放进冰柜冻起来。因此，石孔方眼看无法收场，只有图穷匕见、亲自上阵了。

马主任说："我认为石科长说得有道理，不过从处置的结果上来说，效果是积极、明显的。"

艾跃道："当时火灾视频已经引爆网络了，各个角度拍厂房冒烟起火的，拍工人疏散逃生的，还有在那儿带节奏的，说估计会烧死几百上千人的，还有什么保密可言？朋友圈主要是发给媒体的记者看，也说了目前了解无死伤，随后就发了正式的火情通报，违反了哪门子发布纪律？"

一时僵在那里。吴常务不说话，艾跃不说话，石孔方也不说话了。马主任忽然像想起了什么似的，从兜里掏出手机，径直拿到吴常务眼前，指指点点一番，轻声耳语一番。吴常务脸上阴转多云，多云转晴，也就是三五秒的事。一扭脸，他摆手让三人走了。

出得门来，艾跃一把攥住马主任的小臂问因由。马主任哈哈大笑，用手揉着艾跃，显现出一种半是欢欣半是得意的神色。等石孔方匆匆走远，才扯艾跃到自己办公室。

"你到底是给吴局灌了啥迷魂汤？"艾跃道，"我的天啊，活活救我一命。"

"你赶紧说怎么感谢我吧。"马主任笑吟吟地卖着关子，却又不迭地透了谜底。原来他当时调出艾跃的朋友圈，指着下面留言中省厅政治部潘主任和新闻宣传处刘处长的名字，向局长说厅领导十分认可艾跃的处置手法。如若一意批评处理，传出去有碍我局声名。

真是祸起朋友圈，祸灭朋友圈，想起著名的"危机公关策略5S原则"中有一条就是"权威认证"。说的是在危机发生后，不要自己拿着高音喇叭叫冤，而要曲线救国，请第三者在前台说话。艾跃不禁拊膺长叹：自己在舆情风云中张弓搭箭，身处危机时却不懂活用公关策略，实是不该。

气不过，在相册里找到一张微博上下载的书法作品。上联：敢做赔本生意；下联：能容无耻小人。右落：丙申隆冬；左落：莫言。

是否真迹无从考证，但一经发出，反响热烈。有人留言说：打倒迫害艾科长的无耻小人。还有人分享了一段与小人相处之道的文字，曰：不要得罪小人，敬而远之，和他们保持距离，说话谨慎、客套寒暄即可，不要有利益瓜葛。

不知石孔方看到了做何感想。毕竟，这条朋友圈艾跃没有设置阅读权限。

五

艾跃要请吃饭报恩，马主任再三推辞，直到发现艾跃态度诚恳，最终勉强答应，下了很大决心似的说："那就周六，找个安静的地方聊聊天吧。"

涉险过关，乐观些可称刺激，但论心情却谈不上愉悦。或者照实说，艾跃心里很不痛快。明明是一心为公，差点闹了个战捷身死，有点卸磨杀驴、兔死狗烹的冤屈。难道自己真的是画蛇添足，多此一举吗？舆情应对这个事，小事化大容易，大事化小难，可吊诡的是，小事如果没有化大，又很难显出大事化小的本领。据说神医华佗自认兄弟三人中医术最次，不过是两个哥哥善于在病情发作前和发作初期时治病，一般人哪里知道哥哥们会铲除病因？倒是华佗治病是在病情最严重的时候，不是刮骨就是开颅，因此医史留名。还有一方面使艾跃心里不痛快的，在于领导偏听偏信的同时，暗暗称出了自己在其心目中的斤两。

两人五菜一汤。菜是卤狮头鹅、酸梅蒸马友鱼、芝士焗小青龙、苦瓜煲和普宁豆酱炒麻叶，汤是红烧鲨鱼皮。每上一菜，艾跃一边念叨着"消消毒"，一边用手机对着盘子快速拍照。

马主任露出窘相，摸着光明顶戏谑道："喂肚子之前还要先喂手机？"艾跃说："王家卫的《东邪西毒》里有句台词：当你不能够再拥有，唯一能做的事，就是让自己不要忘记。"马主任道："再发个圈，让朋友们不要忘记你曾经拥有是吧？"艾跃听闻此言，笑得手里的茶杯打颤。马主任接着讲段子："有个人，平时特别喜欢在朋友圈发美食。有一天，他派了外卖小哥去敲同事家的门。同事一开门，外卖小哥说，是某某让自己来的，请看这道菜，红烧这个；请看第二道菜，清炖那个。同事特别激动，说那就赶紧端进来吧。你猜外卖小哥说啥？小哥说，别误会，某某今天小区信号不好，朋友圈一时半会儿发不出来，就派我送来给您瞧瞧。瞧完了呢，还得送回去——是怕您不知道。"艾跃没听过这么好笑的段子，杵下茶杯，拍掌大笑了好一会儿。

酒是马主任带来的习酒君品。斟上,满饮。自然从当天雪中送炭、拔刀相助说起。马主任这回摇头又摆手,一点也不肯居功,二人的对话一攻一守,艾跃反复铩羽,屡败屡战,只有将进酒,杯莫停。

不知酒过了几巡,马主任头皮上渗出细细的水珠,在他头顶泛出一圈水光。防线也终于松懈了一些,他轻轻放下拇指和食指捏着的酒杯,道:"小艾,其实咱只是看不惯你这种有才的人被整。"自问,"这能行吗?"自答,"可不行。"感叹,"小艾你是真的有才。别摇头,你的文章我读过。我水平有限,读不太懂。但是我觉得写得好。"

艾跃被夸得羞赧起来,两只手夹在大腿缝里搓来搓去,肩膀也不由得左右摆动着。

"我去到厅里,去公安大学培训,别人一问我是哪儿的,就有人问我认不认识你。你这样的人才,我讲句真心话,我在局里三十多年了,没见过。"马主任仰头自饮了一杯,"就你一个。"又指着天花板道,"小艾你应该去省厅。小艾你应该……"情绪激动至极,猛然咳嗽了两声,抚着前胸顿顿说,"在咱们这个小地方,可惜了你。"

艾跃把头摇得发梢甩起,直呼没有的事。

马主任抬起左手,虚空地挥了一下,好像活劈了一只半空的苍蝇,断喝:"什么没有的事?!咱们前省委书记,前年又升了上去的王书记,来市里慰问调研,在市局本来计划闪个身,结果听你小子汇报警务新媒体,走什么网络群众路线,足足待了一小时。你侃侃而谈,对答如流。书记走前问:小伙子是什么级别啊?你答:副主任科员。书记丢下俩字走了:小了。局领导就琢磨啊,书记说这话是怎么个意思呢?"

此时马主任的手机突然响了铃。马主任开始浑不在意,做着要摁掉的架势,看了一眼屏幕,快速拿了起来,起身迈步向外走,一边补充,"最后一致认为是说你的职位小了,不就立马给你提了职?!"

酒精周身游走,吊灯和氛围灯共生了一屋浮光。艾跃回想多年前那次人生的际遇,清晰得如同刚刚发生,如同那一幕在自己的人生中一遍遍发生着。正是因为省委书记说的两个字,他从老科员嗖地提了正科长,引发了许许多多的传说。其实哪有什么突然爆发、超常发挥,他成天可不就琢磨着这点工作上的事。马克思说语言是思想的直接的现实。说不清楚,怎么敢称想明白了？他给书记讲的中心要义是通过警务新媒体升级来解决老百姓办事难、办事慢、办事繁的痼疾。举的都是工作中实实在在的案例，比如在后台建立警务问政口径库；提的口号都是实践中总结出来的，比如警务新媒体灵魂是互动、实质是服务、生命力是公信力等。别说聊一个小时，要是书记时间充足，还能接着聊。

"你是网络专家、舆情专家，我请教个问题。你说说，怎么有人那么喜欢发朋友圈？"马主任回座后显得平和冷静了许多。

"我胡说八道啊主任，随便说说我的看法。搞网络的有个比方，说微博是广场，谁声音大，听他说话的人就多；微信公众号相当于酒吧，喜欢这家的就坐一块，听他们歌手给你唱；朋友圈有点像家里的客厅，你愿意请谁来就请谁，你不愿意了呢，就把他赶出去。倒着说，现在是微时代，微这微那。但往前是博客和QQ空间的年代，再往前有论坛、贴吧。对了，老早那会儿好像还有人登报寻笔友是不是？我就觉得人有分享和共情的愿望吧。再拿我来说吧，我不是本地人，读书也不在这里，没有半个亲戚同学在身边。和大学、中小学同学那种慢慢疏离的感觉挺明显的，经常发朋友圈，大家互动、热闹下，有种'天涯共此圈'的感觉。刘震云有本书叫《一句顶一万句》，主要讲了个人害怕孤独，找寻共鸣的这么个事。我胡说的哈，咱们接着喝。"

好菜吃着，好酒喝着，好话说着。

起先聚得就这么好。

六

和马主任吃的那餐饭，汤是喝完了，菜吃光了几盘呢？卤鹅头，吃了五分之三；马友，只剩鱼头和两片鱼鳍；苦瓜煲吃完了苦瓜片，垫在下面的肥猪肉没人动弹；麻叶用来下粥最好，可惜最后没有点粥，只夹了几丝丝而已。最硬的菜是小青龙，一只双开，一人一半。一半小青龙上面的芝士只是被筷子戳出点印记而已。马主任让艾跃打包回去，不要浪费。若在平时，艾跃八成会，但当晚断然拒绝了。

倩茹正躺在客厅的按摩椅上刷手机，听见艾跃进门换了鞋后半天没吱声，才觉得不正常。倩茹见他手扶着鞋柜发愣，调了一杯蜂蜜水递给艾跃。

艾跃只用杯底摩挲手掌，迟迟不喝。聊了几句吃饭的事，艾跃忽道："老婆，你说朋友圈什么宜发，什么不宜发？"

倩茹以为艾跃是因为自己公司的稀奇广告发问，还没回答时，艾跃望着客厅的吊灯自顾自道："这是马主任问我的。我当时说了三宜三不宜：美的宜发，好的宜发，正能量的宜发；幽怨悲观的不发，见解极端的不发，咒天怨地的不发。"

倩茹道："你说得挺好的啊。朋友圈本身又不是垃圾桶，别人凭什么看你的情绪垃圾。有好事，能给别人带来好心情的就可以发一发啊。"

"所以这就叫作'不是一家人，不进一家门'！我也是这么说的。但你知道马主任说啥吗？他说，工作的发，单位的发，国家大事发；生活的不发，幸福的不发，敏感的不发。啥意思，听不懂？算了，不说了。"艾跃仰躺在沙发上，捶着脑门，嘴里念咒般嘟囔着。

倩茹第一次听说艾跃的名字是大一的时候。室友说今天在教学楼碰见了艾跃，被另一个室友薅住双臂，一起尖叫蹦跳起来。倩茹有点蒙，连问是怎么个人，怎么回事。两个室友一起转头用同情的眼神看她，好像不知道艾跃是件挺露怯的事。从此留了意，关于艾跃的信息和事迹就慢慢丰富起来。倩茹看着当年大学校际辩论赛决赛的最佳辩手，一个曾把对方队的师姐辩哭的校园传奇在沙发上哀怨自艾，一时不知如何是好。

"有人在造我的谣。"艾跃突然坐直身子，"毁我的名声。"

次日醒来，已近中午。但昨晚睡得并不好，几乎是天快要亮的时候才迷糊起来。艾跃愣怔地靠在床头，心里还荡着余波。饭局的后半段，马主任说了几个事，桩桩令他难堪和难过。第一个，他说艾跃曾经发过一个领八百万拆迁款合同的朋友圈。艾跃解释，那是自己从朋友圈看到媒体朋友发的，先是羡慕，后来发现合同右下角有个二维码，扫描就能生成可设置姓名和金额的。但马主任说，局领导可不知道。第二个，艾跃在市局启动一级勤务期间，发了一条手拿白酒的朋友圈。艾跃解释，那也是别处转来的，因为酒的名字稀罕——"娃哈哈"。AD 钙奶喝过娃哈哈的，白酒倒是第一次见，觉得好玩因此转，自己绝没有喝。但马主任说，局领导可不知道这些原委。第三个，艾跃转发了一条公安厅原常务副厅长黄楚生被抓的新闻。不仅转发，而且留言痛骂。艾跃承认转发了，但只是加了个"害群之马抓得好"和一个伸大拇指的表情。但马主任问，你不知道吴常务从前是黄楚生的驾驶员吗？

马主任像对着一个不求上进的懵懂少年那样的口吻说："兄弟，别玩了。"

像一盆冰水顺着脖颈浇了下来，艾跃僵在了当场。

马主任说："恨人有，笑人无，嫌人穷，怕人富，是人性的真相。你觉得自己坦坦荡荡，在别人眼里就是个千疮百孔的靶子。你知道开始讲的那个外卖员敲门的段子编排的是谁吗？"

艾跃的脑袋当时就炸了："难道编排的是我？！"

马主任说："兄弟啊，你别整你那个朋友圈了。个人想进步，你得往局领导的圈里融啊。"

艾跃胸腔沸腾。他从没料到自己一个成天处理舆情的人，早就深陷负面舆论的旋涡而不自知。

他心里羞恼，后脖颈却发痒、泛红起来。倩茹说是神经性皮炎，精神刺激、情绪不稳作用下的病症，切忌搔抓。道理都懂，但剧烈瘙痒实在是折磨人。越痒越抓、越抓越痒，等倩茹带回药膏帮他涂抹时，痒处已挠出了血丝。

真是岂有此理。那些天天打《王者荣耀》，吃拿卡要的，围着领导喝酒打牌的，倒鸟事没有，自己写论文，搞研究，从未耽搁工作，年年在省里考评都是第一，发个朋友圈还被当作尾巴揪着不放，有这样的道理吗？不就朋友圈吗，王佐断臂，除恶务尽，尾巴夹起来还有什么话说？

行动起来，艾跃主要做了三件事：一是把微信的"允许朋友查看朋友圈的范围"设为"最近一个月"；二是把微信通讯录清理了一遍，一些印象不深、来源不明的一律删掉；三是把一个月内微信朋友圈的美食、玩笑类内容一律设为"仅自己可见"。

在做这一切的时候，艾跃是有些恶狠狠的。

七

艾跃发朋友圈是兴之所至，并不在乎有谁看，但从最近开始计较起来，而且越计较，越品咂出几分咸淡冷暖来。比方说，有的人从不给自己点赞。

这里面分两种情况，一种是给谁都不点赞的；另一种是给别人点，但就不给你点赞的。想想就明白了：一个不喜欢你的人可能会给你点赞，但是从来不点赞的人绝难称得上喜欢你。这种不点赞透着高傲，一股子居高临下的优越感。其中，可能是早对你心生妒忌或者心怀不满的人，唉，但他就是不当面说，只躲在丛林，躲在黑暗处，猎手似的冷冷盯着你，一旦发现把柄，就存下图片，截下文字，然后在背后扭曲、放大，广而告之。上回马主任讲的编排自己的，不就这帮人吗？另外一类人，只点赞，但从没留言互动过。最绝的，就是在某个时间段，不问青红皂白、是非曲直，点名一样齐刷刷赞过去。这种敷衍搪塞，又意义何在呢？最值得玩味的是第三种，他从来不给你点赞，也不公开留言，只是看到了你发的朋友圈后，私信和你互动。艾跃后来结合马主任所讲的自己在市局同事眼里那岌岌可危的职业形象，才恍然大悟：说白了，人家就是既想要你的情意，又不想曝光你俩的关系——假的也不行。点赞虽然是两个人之间的事，但一旦给别人点了赞，你俩共同的微信好友将尽收眼底，活生生把一对一的交流，变成了一张画、一段剧、一出戏。可哪有比点个赞、留个言、互个动更低廉的成本来赢得一份联系的巩固呢？就这，人家也不愿意。爱惜自己羽毛似的人隐其后，令自己有了一种会污染、传染对方的卑微，使他觉得屈辱。

艾跃十几年如一日奉行着"你敬我一尺，我敬你一丈"的原则。这回，他难以接受这种貌似被环伺，实则被群殴的人际交往。往者不可谏，来者犹可追——既然自己被区别对待，从此也区别待人。那些不发朋友圈的，自己也对其设为"仅聊天"；对于那些从不点赞的，就是他发了张上月球的照片，自己也绝不手贱。所谓：你一言我就一语，你一赞来我一赞。公平合理，童叟无欺。

内容上，艾跃也进行了调整。他艾某人不加班吗？他加的不比谁少，只是从前他不发，但如今他也要发了。他不仅发，还要灵活地发，机智地发，不仅发如何加班，还要发加出了什么实实在在的成果——这些年赢取的先进、荣誉，那些红本本、金坨坨还少吗？过去养在深闺人未识，如今要直挂云帆济沧海！点赞的朋友几乎换了一拨人，留言的更是寥寥，但艾跃不在乎。多年费尽心思、绞尽脑汁营造的"警媒生态系统"，除了自己又有谁在乎，在别人眼里就是个翻不过来的龟壳子罢了。

这晚临近睡时，倩茹撕下面膜，用手指腹轻弹着脸颊，问躺在床头看《西游记》的艾跃："最近心情好点没？"

艾跃把书置在胸口道："没什么不好。"

倩茹龇牙发出嘘声，显然早已勘破了老公强装的云淡风轻。却说："青山依旧在，几度夕阳红啊，艾同志。读书人，有些事该看得更开些。"

艾跃一笑，道："《西游记》里有一段，说樵夫和渔夫卖了柴和鱼，下了顿馆子，回家路上酒性发作，总结说：争名的，因名丧体；夺利的，为利亡身；受爵的，抱虎而眠；承恩的，袖蛇而走。还是打柴打鱼的享受水秀山清，逍遥自在。你看这觉悟挺可以吧。结果往下聊就聊崩了。他俩都认为自己从事的才是最美职业，结果花了整整四页半吵嘴。渔夫一个不小心爆出了打鱼的诀窍，被泾河龙王给听着了，后来龙王被玉帝斩首，要找李世民的麻烦，才引出唐三藏去西天取经。"

倩茹不解，艾跃解释道："这充分说明，佛争一炷香，人活一口气啊。我不是官瘾大，但毕竟已经正科五年了。没上这个坎不想这个事，现在上了这个坎，总还是想往前再迈一步。之前有人不断搞小动作，编排我，打小报告，拿我微信朋友圈说事。你是了解我的，我还真就是那种越是艰难越向前的人。论能力素质，论业务业绩，我差吗？我不觉得。我也相信这是有目共睹的。"

倩茹说："话是这么说，可有时候真的不一定是真的，只要人家愿意，假的就是真的。我们的客户，做完手术消了肿，第一件事就是换微信头像，把从前的照片统统锁了，干啥？新面孔示人呗。关键看怎么操作。"

艾跃道："没错，我也给朋友圈整了整容。必须支棱起来！"

八

次年的一个清晨，一觉醒来的艾跃看到了市局公共关系处副处长石孔方自我引爆的事。这条显示5点30分发出的朋友圈配了足足九张图：一张是手写的保证书，三张是成摞的现金和贵重烟酒堆满柜子的照片，五张是和别人微信聊天的截图。配了一大段第一人称叙述的文字，讲述自己近年来如何收受装修公司和影视数码器材销售商贿赂160余万元，向常务副局长、政治处主任及蒋处长分别行贿数十万，以及和社会女性多次发生不正当关系，准备骗离原配、迎娶新欢的诡计。

艾跃一轱辘弹起身来，一张张图片点开仔细看。越看越觉得荒唐，内心又隐隐有一种痛快。不必问，朋友圈肯定不是石孔方自己发的。那作者能是谁呢？必然是这里面最知情，也最利益攸关的一方——石孔方的老婆。这条微信发布的时间也堪称精准，5点半，再熬夜的也睡了，再早起的也不至于此时起床，最关键的是，石孔方此时一定还在睡梦中。

无疑，这条朋友圈引发的灾难将是空前的。石孔方提了副处长后不仅将新闻科所有跑线的各平台记者加了个遍，又对接了各媒体政务条线分管领导的微信。可以说，他的朋友圈，不啻一家中型新闻通讯社的传播规模。今天的文字和图片挂在圈里，相当于开了个内容炸裂的发布会，且是有图有真相，比之前几年网络爆出的前妻反腐、情妇反腐有过之而无不及，恐怕石孔方的老婆也是深受案例的启发，经过耐心的筹划，最终发出这雷霆一圈。此时，不少醒来后刷手机的早鸟已和自己一样饮罢了这道头啖汤，有好几个人转发了石孔方朋友圈的截图。

公共关系处无人不知无人不晓，石孔方是从和自己的竞争中胜出提拔，上来后又各种为难整蛊，当面夹枪带棒，背后冷嘲热讽，特别是对新闻科工作横挑鼻子竖挑眼，揪着机会就对着新闻科的小年轻们一顿发飙。"完全搞不懂你们这些年都是怎么糊弄过来的"是石孔方组织开会时挂在嘴边的口头禅。对新闻科的文件，一律能打回打回，能改尽改，能缓则缓。前不久，石孔方给自己冠了个市局政务新媒体工作办公室总编的名头，所有公众号推文一律署着名，又借着修订市局舆情应对工作办法，把艾跃从舆情应对工作小组中拿了下来，自己慨然上岗，兼任领导小组办公室副主任。艾跃没法子，只能耐着性子给脖子上抹糠酸莫米松药膏。如今很多人转发这些信息，实际上就是有些给艾跃鸣不平的意思。

一年多前，在艾跃给老婆讲过《西游记》不久，局里就启动了副处级干部的选拔任用程序。政治处给满足选拔条件的对象发了一张申请表，不日便举行了民主测评。测评表上，艾是排在石前面的。收完表格没多久，就开始发考察对象反向摸底调查表。台下就发出一阵呜呜的声音，显然感觉到考察对象的确定快得像是早已就位，似乎与民意测验的结果没有任何关联。

艾跃打开调查表，只见石孔方的名字赫然在列，而自己的名字已不知去何处躲猫猫。他翻来覆去看了几遍，胸腔充满了喑哑的愤怒。能容纳一百多人的会议室里突然渺无声息，只听见签字笔在纸面划过的声音，时而沉闷，时而尖锐。艾跃的眼前仿佛有气雾那样的东西聚拢着消散着，消散又聚拢着，却又看不清是什么，只觉得表格上的字时大时小，时小时大。他用手指在额头的川字纹上来回轻轻抚弄，用力地闭紧嘴唇，努力遏制着自己。

忘了是怎么深一脚、浅一脚走回的办公室，艾跃只记得人们仿佛看着一只落汤鸡似的，那同情眼神灼烧着自己。

怎么回复这些信息呢？突然想起公布考察对象那天在走廊里看到石孔方当了新娘一般的脸，艾跃的心头忍不住激荡。窗前骤亮起来。今天的阳光有些过于热闹和放肆了，惹得鸟儿唧啾唧啾着。倩茹已怀胎六月，睡得轻，睁开眼看老公神色异样，伸出手将他一只胳膊抱在了怀里，将头拱着，茂密的长发就拱成了一个疙瘩。艾跃忽然决定什么也不回，干脆从对话页面里退了出来。

刚到单位，马主任就来了电话，喊他去指挥中心坐坐。确定关好了门，马主任才压低嗓子和艾跃聊起，原来局里的信息监测系统大约6点就在微博、抖音、快手上监测到了这起舆情。早有不知名的账号以各种标题和形式，刊播转发了石孔方朋友圈的猛料。指挥中心第一时间打电话给石孔方，发现手机早已无法接通，眼看距离上班还有一个半小时，吴常务火速调派蒋处长立即前往石孔方家。蒋处长哪里去过副手的家，一番打听，才让影视科的一个小伙子带路追到了石孔方小区楼下。结果摁铃摁不开，连门栋都进不去。最后趁着有人出来蹿了进去，可电梯又进不去……实在没法子，喊来辖区派出所民警，协调物业派人引路，才来到石孔方家门口。又是敲门都不应，就差喊消防队来拆门了。就这会儿，还在门口僵着。

艾跃听得刺激，却作淡然状。两人讨论起朋友圈里发的细节，都有些咋舌，感叹这帮人不知今夕何夕，仍然顶风作案的大胆。

"你以前就没一点察觉吗？"马主任问。

"上回他牵头招标了一批装备。一个耳机京东价490元，你猜固定资产录了多少？"艾跃道，"3400元。同款，一模一样。"

马主任眼里就流露出一种耐人寻味的神色，仿佛艾跃的身上有许多细节可供一遍遍检视。

"兄弟！"他重重拍了拍艾跃肩膀，久久没有放下。

艾跃像是知道马主任表达的意思，苦笑着道："马哥，我已经想通了，真的，之前我还挺纳闷。现在想通了，看了石孔方的朋友圈我还有啥想不通？我现在觉得挺好。人间正道是沧桑嘛，我宁肯一辈子就这么慢慢上坡，虽然有时候会觉得自己有那么点窝囊，但没有这么哧溜一下滑下悬崖的危险。"

九

下午2点45分，市局舆情应对工作小组前成员艾跃前往三楼会议室参加石孔方朋友圈引发舆情事件处理协调会。

"梆"的一声，石孔方从会议室推门而出。一副挑着担的姿势，几天几夜没睡觉的疲态，眼镜滑到了鼻头，翻起眼皮环视周遭，看着有些怪诞。乍见艾跃，像是惊异地看到了尽头。分明擦肩而过走了几步，却又回来，旋即五官一齐努力拼出个善意的表情。右手和艾跃握着，左手托着他的胳膊肘，把一些希冀和交代通过郑重其事的几下晃荡传递了。

"老兄，以前做得不到位的，您要包涵。"石孔方轻轻软软地说。

艾跃心头漾起一种新异的感觉，毕竟石孔方心里清醒着，也当面把这层意思说了出来。艾跃相信石孔方是真心的，他愿意这样想别人。这短促的善意和含混的致歉，突然勾起他心头浓浓的愧惜。又跃望着石孔方的背影，朦胧觉得，他写了新闻报道就骑摩托车送来向自己求教，似乎是前不久发生的事。

南方的4月，新树叶把常青的旧叶顶掉在了地上。风一吹，簌簌作响。

这是和自己故乡不同的景致，北方的叶子可是前一年秋天就掉落得干干净净。离开会还有六七分钟。艾跃掏出手机，居高临下地拍摄市局大院满地仍带着青色的树叶。很想发一条朋友圈，打开微信的时候，看到微信官方公众号"微信派"不久前推送的一篇文章：《微信朋友圈，10岁啦》。

> 4.19，微信朋友圈迎来了十岁生日。不知不觉，朋友圈已经和我

们一起走过十年。

　　十年来，我们在这里记录自己的成长和变化，每一个字、每一个画面都是人生不同阶段的拼图，组成了我们生活的样子……

　　僵站了一会儿，艾跃突然幻想面前的门后坐着一屋子北方的亲友、同学。他们之间有的相识，有的略知其中一些人的存在，有的则只认识艾跃。但这都不重要。他将郑重其事地大声说：
　　"诸位请看！这是我特意从南方带来这么一大捧，春天才落的叶子。"
　　他要把双手举过胸口：
　　"你们看着了，我就不发朋友圈啦。"
　　胡乱想着想着，艾跃不禁长长地吸了一口气，哑然失笑。

（原载《花城》2023年第5期）

评鉴与感悟

这篇小说当然归属于近年来火爆的职场/官场小说的脉络，不过落笔相对轻巧，没有某些主旋律大部头的"重大事件"和"大虫"，但有"苍蝇"一二，且目光紧盯不那么要紧的"部位"：一条条抒发个人"私情"的朋友圈。当然作者很擅长小题大做，在当代的职业环境里，这小小的"自己的园地"，不单单是给自己看的，更是供别人认识、评判，进而界定自我的精致面具。套用耳熟能详的"景观社会"提法，就是要把一举一动、一言一行好好塑造，然后完成人设构建。"加班狂人""工作模范"石孔方如此，而清新脱俗的"美食生活达人"艾跃就完全跳脱三界以外了吗？答案显然是否定的。当然，小说最终必有反转：那就是平步青云的石孔方迎来了塌房的命运，而随遇而安、不求大富大贵的艾跃获得了小市民的"胜利"。（完全可以参照西方文艺复兴时代的那些市井文学。）

朋友圈就是我们所有打工人每天新鲜开演的"新闻发布会"，绝对必须高度重视。艾跃的最大教训，就是作为舆论管理的老行家，居然没有好好"给自己公关"，没有看到自己经营的这一亩三分田带来的

"不良影响",结果落下把柄。不过也难说。苦苦经营的石孔方,却逃不过自家人一把火,多年心血从此付之东流,多少也是种无奈:在公域和私域难以区分的当代社会,不管怎么算计,该来的还是躲不得。好在艾跃经过他人点拨后,渐渐窥见朋友圈门道,开始"痛改前非",重新修剪"自己的园地",努力完成"自我规训"。那么,他会成为下一个石孔方吗?暂且不得而知。只知道小说还是留下了一点缝隙:我们的主人公,在会议间隙,瞥见了窗外飘飞的落叶,他没有发朋友圈,却通过"沉默"的方式,在心底完成了一次人与人之间的沟通交流。闲看庭前叶落。那个带着点小从容和小情趣的熟悉的自我暂时回来了。通过这一次短暂的出神,主人公完成了一次小小的逃离,获得了属于他,也是我们芸芸众生的卑微的胜利。(卢燚)

保持沉默

/姚鄂梅

春天的一个周五,我送豆豆上学,路上人车稀少,空气清新,我却因为早起而头脑昏沉,谁能想到春游日反而要比平时早到半个小时。豆豆在后座上扭来扭去,不时弄一下他的双肩包,那里面装满了薯片和可乐,脚下还有一只玩沙套桶,铲子不时在桶里撞出空咚空咚的声音。

将近中午,班主任老师打来电话,豆豆受伤了,从沙滩游乐场的滑梯上摔了下来。我说没事,沙滩是软的,摔一下没关系。老师有点激动:豆豆爸爸,他昏过去了,我们第一时间打了120……

五十多分钟后,我来到位于城郊的一所小医院。老师迎上来,带着哭腔说她当时不在他们身边,一个男生过来告诉她,有人晕倒了,她跑去一看,豆豆躺在地上,脸色煞白,怎么叫都不醒,又问那些同学,他们说人很多,很嘈杂,谁也没看清他是怎么从上面掉下来的。

你确定是滑梯?不是那种……直梯?

我仔细看了,它是一个A字结构,孩子们要走直梯上去,到了顶端再坐滑梯下来,现在还不能确定豆豆当时到底是在直梯上还是在滑梯上,待会儿问了他就知道了。

我两腿像上了发条一样,在急诊室门口走过来走过去。

门突然开了,医生脸上挂着一丝捉摸不定的笑意。

小朋友的爸爸对吧？讲实话，我也觉得很奇怪，正要给他做检查，他突然睁开眼睛坐起来了。尽管如此，我还是里里外外仔仔细细给他检查了一遍，毫发无伤。他马上就出来了。

豆豆出来的时候，脸色跟早上出门时没什么两样，只是精神稍稍差了点。我抱住他又摸又捏，没一处喊疼，头也不晕。医生让我们注意观察，稍有不对劲，立刻送医院。

可不敢在这个小医院观察，火速赶往市区。等红灯的时候，我瞥了一眼豆豆：你不可能是自己摔下来的吧，是谁推了你吗？

豆豆直视前方，不说话，我喊他：我在问你话呢。

他张了张嘴，又停住，过了一会儿才说：我刚才在想，该怎么跟你描述。是这样的，一个男生突然迎面朝我走过来，然后我就从直梯上掉下来了。真的，我感觉他并没有撞上我，但我不知道怎么回事就掉下来了。

我想回头去看豆豆的脸，但绿灯亮了。

这就说明是高年级的男生，因为你说你在梯子上，低年级的不会有那么高。

不是我们学校的，因为他没穿校服，他穿一件深蓝色上衣，裤子我没看清。

整个沙滩今天都被你们学校包了，不可能有外人，也许他只是把外面的校服脱了。

他肯定不是我们学校的人，他的衣服很奇怪，我从没见过有人穿那种衣服。怎么说呢，我们的衣服都是拉链，它没有拉链，是扣子，前面一排扣子，也不是往下摁的那种扣子，是……嗯，是要用手指穿过去的那种。

深蓝色、有扣子的上衣？直梯？我突然头顶一凉：

长相呢，他长什么样子？

没太看清，好像是个方脸，也不一定，反正不是尖脸。总之，我可以确定，他不是我们学校的人。

快到医院门口了，他看上去还算正常，但我觉得还是应该再观察一下，就找了个停车的地方，让他下车跑几步，跳一跳。他都照做了，还是说没什么不舒服。

回到家，我凭印象画出那个人的头像，拿去给豆豆看。

你说的那个人，像不像这个样子？

还真有点像。他就是这种发型，傻傻的，脏脏的。

我再画上他所说的扣扣子的上衣，涂上我认为的那种深蓝色。

对了对了，就是这样的蓝色，他整个人看上去也是这样，旧旧的，不太干净。爸爸你真厉害，我看你可以去公安局给犯人画像了。

我画画一般，但把他画出来，不是什么难事。我太熟悉那张脸。这么多年，无数次辗转反侧，无数次午夜梦醒，眼前总会出现他的样子，狗啃短发，深蓝色学生装。其实那只是毛湖镇人的叫法，它真正的模版来自军绿色的战士服，但民间弄不来军绿色哔叽面料，更不敢冠以"军装"两个字，只好用蓝色来抄袭同款，并冠以另一个名字：学生装。那时候的小孩，几乎人手一件蓝色学生装。

十岁那年，父亲出任毛湖苗圃负责人，我们一家随之迁往毛湖镇，母亲在毛湖邮政所上班，我在毛湖小学上学。苗圃在山脚下，离毛湖镇大约两里多路。虽然路程不远，但两边都是山，很少看到行人，尤其是早上上学，前面冷不丁嗖的一声，一个东西一闪而过，虽然知道可能是山上的某种野生小动物，但万籁俱寂中突然来那么一下，还是让人头皮发麻。如果这嗖的一声来自后面就更可怕了。幸亏有陈翔宇，他们家离苗圃很近，我们算是真正的邻居。他跟我一样，也在毛湖小学上学，但不在一个班级。

起初我只知道有个人似乎跟我同路，但我们一前一后从不说话，直到有一天，苗圃的高小慧突然拉着他，对我说：你们是同学呢，以后你们俩可以搭个伴，一起走。我才知道他是高小慧的儿子。

苗圃除了山下的花园和温室大棚，山上还有很大的苗木基地，这就需要在当地雇用一些季节性短工，从事栽培、扦插、施肥之类的工作，有人来购买苗木花卉，也需要有人包装、搬运。高小慧算是苗圃相对固定的资深临时工之一，我印象最深的是，尽管高小慧每天往苗圃跑，有时甚至一天几趟，但她每次进门，阿黄都要冲她不依不饶地狂吠，弄得她很没面子。

我们刚到苗圃的时候，阿黄就已经在这里了。每个人都喜欢阿黄，烧饭的冯师傅总是按八个人头烧饭，其中一份就是阿黄的。在冯师傅的定量之外，爸爸通常还要再给阿黄加一根骨头，阿黄对爸爸的感情与日俱增。爸爸有一辆摩托车，隔两三天就骑着它进一次城，向上级汇报工作、开会之类，每次回家，隔着老远阿黄就箭一般冲出去迎接他。其实当地还有好多跟爸爸那辆一模一样的摩托车，苗圃的职工，包括我，都常常听错，阿黄却一次也没有错过。自得之余，爸爸开始嘲笑被阿黄追着咬的高小慧。

高小慧，连狗都讨厌你，你还不好好反省？

高小慧也不客气：张经理，你就是个四不像。说你是国家干部吧，你又不坐办公室，有时还要去地里扛锄头。说你是领导吧，你手下才八个人，里面还包括一个烧饭师傅和一条狗。说你是城里人吧，你裤腿上沾满泥巴，也吃不上自来水。说你级别高吧，你连一辆小汽车都没有，一年四季夹个破摩托。

爸爸假装生气，小眼睛斜看着她：这个时候你嘴巴特别利索，该你发言的时候屁都放不出一个。

你看，我没说错吧，哪个领导会像你这么说话？

他们斗嘴的时候，旁边的人会火上浇油。

张经理，别被一个女人瞧不起，你就去买辆小汽车，我们苗圃又不是买不起。

懒得跟你们这帮家伙计较，老子以前在部队，什么车没开过？什么人没见过？

高小慧很聪明，斗嘴斗到这里，就找借口走开了。她走路有点奇怪，不管多着急，两条腿也快不起来，一副漫不经心的样子。她有一条烟灰色裤子，裤管很细，却又不显得紧绷，严丝合缝地裹住她的屁股和长腿。我常常会望着那两瓣屁股发痴，我也不知道我想到了什么，反正我从没见到过那样的屁股，妈妈、老师、同学、同学的妈妈，我见到过的所有女人，她们都没有那样的屁股，她们的屁股丝毫不能牵住我的眼睛。

高小慧跟我妈妈关系也不错。好几次，我看到高小慧跟妈妈一起从镇上回来，她们挨得很近，走得很慢。我妈比高小慧矮，当然也比她略粗一些。高小慧爱穿红色衣服，我妈常年邮政绿。一高一矮，一红一绿，从远处走来，红点绿点一点点放大，也是容易让人发呆的风景。

高小慧叫我妈兰姐。她们在一起的话题总是那些，不管从哪里开头，最后总要落到我们头上。昨天我家陈翔宇说，老师又表扬张驰了，说他连后面的加试题都做对了，很多人根本连前面的题都做不完。兰姐，别看我们的孩子现在都在毛湖镇，都吃一样的饭菜，上一样的学校，他们终究是不一样的人，差距很快就会出来。过不了几年，张驰就会离开这里，从此以后，他就装上翅膀了，越飞越远了。我们陈翔宇就没人给他装翅膀呢，就飞不动呢，一辈子都出不了毛湖镇。

我妈再谦虚，也架不住她有理有据地抬高他人贬低自己，只好转移话题，说起她在溪边种的几窝南瓜，不知为什么，一点都不面，也不甜。成功地把话题引开了。

她们在苗圃门口话别，刚一转身，妈妈脸上的笑就消失了。她在外面与在家里，根本就是两个人，就像现在，她脸上明白无误地写着一句话：又要面对这个烂摊子了。但这不妨碍她爱我们这个家，一进家门就抛开一切，用心伺候它。她拿着抹布，弯下腰，甚至趴到地上，仔细擦拭每一个角落。她洗过的衣服，不用熨斗，也能叠得平平整整；她织的毛衣，跟商场里买的毛衣一模一样；就连我作业本上的签名，也能得到老师的表扬，老师当着全班同学的面问我：张驰，你妈妈是不是练过书法？

有时我觉得，她太爱我们的家，爱到忘情、忘我的程度，以至于忽略了这个家里的人。比如爸爸进门的时候，她不是忙得没工夫看他一眼，就是根本没听见他进门的脚步声。

其实爸爸脚步很重，手脚也很重，门窗和抽屉在他手里注定短命，隔段时间就会有人上门来修拉手和链条。他找一样东西，超过两分钟还找不到，必定会发脾气，会骂人：真他妈蠢猪，一点都不懂得管理。他骂人从不点名道姓，但谁都知道他在骂谁。令人震惊的是，即使妈妈就在家里，就在他旁边，她也不吱声，我猜她大概是这么想的：没点我名，就跟我无关。

苗圃总共就一栋楼，走廊在中间的那种，办公、住宿兼用。作为苗圃经理，我们家比一般职工多一间房。我们家有四间。一间厨房，虽然有食堂，妈妈还是喜欢偶尔在家烧一两道菜，为食堂的饭菜锦上添花。两间卧室，我一间，爸妈一间。一间客厅，基本被爸爸占领，他喜欢看电视，看着看着就在沙发上睡着了，睡着了当然不会把自己搬到卧室，所以客厅渐渐也成了他的卧室。妈妈喜欢在半夜醒来，趿着拖鞋去厨房喝水，喝完水，杯子重重地蹾在饭桌上，再啪嗒啪嗒回房，把自己扔回床上。

许多个早晨，我被尿憋醒，出去找厕所，看见爸爸在沙发上把自己裹成圆筒状，看上去很可怜，但他打着香甜的呼噜。

妈妈经常跟我讲以前。那时我还没有出生，那时爸爸还是个军人。是有勤务兵的那种军人哦！这是妈妈反复强调过多次的。妈妈去探亲（那时候她还是个农村姑娘），勤务兵服侍得相当周到，连牙膏都给挤好，搁在杯口。她之前没见过这阵势，害羞得不得了，直到第三次探亲时，她才没在勤务兵面前脸红。爸爸刚转业那会儿，很不适应，过了很久，才被安置在林业局，到了林业局，又立马被下派到苗圃。妈妈的邮局工作也是爸爸转业时安置的，所以常听爸爸说，你没资格挑精选肥，你的一切都是我给你的，好与不好都是你的命。

爸爸初到苗圃，也不适应。他似乎是个适应能力不太强的人。他过分强调苗圃是林业局二级单位，是有科研任务的。他也不喜欢自己动手搞培育。他招了几个相对固定的临时工，对他们实施军事化管理，早上把他们叫到面前，大声下达任务；晚上敲铃收工，一一验收进度和质量；中间他挎上猎枪上山搞视察，搞规划，顺便打几只野鸡和兔子交给呙师傅。

临时工中，与高小慧齐名的还有一位，叫吴明玉，这人跟高小慧是完全不同的风格。因为家离苗圃比较远，吴明玉中午通常不回家，在食堂吃过饭，稍事休息，又开始工作，有时也坐在食堂里翻看苗圃的那本《园林》杂志。据说每次开会，爸爸都要提这事，提倡大家都向吴明玉学习。光有实践是不行的，光有实践，你只会一次又一次重复以前的错误，没有新知识补充进来，你会错误一辈子，而不看书不学习，那些新知识不会自己跑到你脑子里去。他特意把书报夹从办公室搬到食堂，把正式工才能享有的特权拿出来跟苗圃所有人分享，为的就是方便大家有空坐下来时随时翻看几页。结果真正听他话的人，只有吴明玉一个。

我总觉得妈妈与高小慧关系更好一些，跟爸爸对吴明玉的欣赏有关。我曾经无意间听到妈妈对高小慧说：一有空就织毛衣，你也跟别人一样看几页书嘛。高小慧说：你以为她真的在看书？你以为她能看得懂？当然，里面有些插图还是挺好看的！妈妈冲她嘘了一声：人家在钻研业务，你不向人家学习，还说风凉话。

我跟你说，她真的是天下第一会装的人。你老公在食堂吃饭，她就看杂志；你老公不在，她肯定不看。不信你以后观察，看我有没有说假话。

不会吧？至于吗？他又不是什么大权在握的人，讨好他有什么用？

也许她想表现好一点，有朝一日能转成正式工？

老张不一定有这个权力。她家里什么情况？

还不是跟大家一样，老公，孩子，好像还有个老公爹。

谁介绍她来苗圃的？

她来得可早呢，你们家的还没来，她就已经在这里做了。听说前一任苗圃经理跟她关系也挺好的，人家特别擅长处理这种关系知道吗？人家在苗圃的工资也是临时工当中最高的。

也许她只是非常需要这份工资，所以才会用心对待工作。

是啊，是很用心，就怕接受这份用心的人会产生误会。

什么意思？

没什么意思，总之，咬人的狗不叫，像你们苗圃的阿黄，叫得比谁都凶，但从来没见它咬过一个人。

冬天的晚上，高小慧喜欢来我们家蹭炉子。我们有一个烧煤的炉子，长长的烟道穿过墙壁伸到外面，屋里没有一点呛人的煤烟味。我们在上面烧水，炖火锅，烤红薯，当然，最主要的功能还是取暖。我记得高小慧来我们家炉子边哭过一次。我妈绞了一个毛巾，让她擦脸，热毛巾下，她的眼泪并没有止住，反而像被融化了一样，淌得更多。我要跟他离婚！高小慧喊：我一天都不要跟他过了。妈妈一脸愁容，似乎比她更伤心：孩子还小呢，你一个人怎么办？再找任何人，对孩子来说都不如他。妈妈找来碘酒，为她治伤，脸上，胳膊上，腿上，再一翻身，后背又青又红像块花布，有些地方还破了，我妈忍不住喊了起来：老陈个狗东西！真的下了狠手呀！

他把老子按在河滩上打，河滩上全是石头，他成心要打死我。高小慧哭得更厉害了。

妈妈安慰她：打是亲骂是爱，有些不打不骂的夫妻，说不定还羡慕你们这种吵吵打打的呢。

到了冬天，食堂的饭菜一端上来就凉了，妈妈喜欢把饭菜从食堂打回家，放到炉子上加热一下，热热乎乎地吃。有天晚上，我和妈妈正围炉吃饭，爸爸从外面回来，他手上端着一只饭盒，是煮好切好的腊肉和香肠。来，今天我们添个菜。他高兴地喊道。

哪里弄来的？

吴明玉给我的。

既然是给你的，我们能吃吗？

阴阳怪气的，什么意思？

我看了一下，刀功相当漂亮，每一片香肠都是完整的椭圆形，腊肉呈好看的紫红色，边缘微焦，看上去很有食欲。我夹起一块，咸香可口，也不油腻，马上来了第二块。真好吃！比我们家的好吃。

我也觉得。爸爸说，我拿到手就尝了两块，真的很好吃。她说她在肉里面放了橘子皮，聪明人做事就是不一样，谁家没有橘子？就她想到了。

我们都注意到妈妈没有吃。

你不尝尝？爸爸问她。

我讨厌里面有橘子皮。

那行，张驰，我们俩吃。爸爸把饭盒拖到我和他面前。

你觉得吴明玉和高小慧谁更聪明？

当然是吴明玉咯，高小慧那个脑子，一般般。

我们老师说了，没有所谓的聪明脑子，每个人的脑子都差不多。我说。

那是你们老师用来鼓励那些笨蛋学生的，脑子还是有差别的。同样是剪枝，吴明玉知道斜角四十五度剪，高小慧就只会闭着眼睛瞎剪。

你会把吴明玉转成正式职工吗？既然你这么欣赏她。

我倒是有心呢，可惜上面不给名额。

有人欣赏，也是一种荣誉，这种荣誉抵得上一个正式工资格。

我说了我欣赏她吗？世界上没几个人够资格让我说这两个字。

吃过饭，妈妈去洗碗。我有点意犹未尽，还想去偷吃一点没吃完的香肠和腊肉，打开橱柜一看，剩饭和另一盘剩菜还在，香肠和腊肉已经不在了。奇怪，我记得明明还剩一点没有吃完。后来，当我写完作业，想要把铅笔屑倒掉的时候，发现我没找到的香肠正躺在垃圾桶里。

冬天到了，苗圃里的工作明显减少，人都去了山上的苗木基地。那里有几十亩地，整整齐齐地种着各种小树苗，雪松、桧柏、罗汉松、香樟、广玉兰、楠木、海桐、黄杨、银杏、水杉、白蜡。我喜欢那些小树苗，它们不像山上的野生树木，它们无一畸形，每一棵都很美，难分伯仲。我尤其喜欢它们整整齐齐生机勃勃排列在一起的样子，像在搞一场选美大赛。

山上有一栋平房，算是苗圃的第二办公地点，用来休息、开会。也有厨房，但吕师傅一般不去那里做饭，他宁肯做好饭请个人挑上去。他说他最讨厌爬山了。

那是个星期天的下午，我和妈妈在家，苗圃的人全都在山上加班。高小慧突然来了，她站在门外冲妈妈招手。妈妈出去后，她们站在外面说了几句话，妈妈就进来换了双鞋，对我说她要出去一下，让我到时候自己去厨房吃饭。

妈妈一走，我就开始看电视。这是难得的自由时刻，平时只要看电视超过二十分钟，她就会过来干涉。

也不知看了多久，有人敲门。我以为是妈妈，拉开一看，却是吕师傅。我打铃你没听到吗？

我没想到已经这么晚了，连吃饭时间都错过了，食堂里只有一个阿姨，然后就是我和吕师傅。我问：人呢？我爸爸妈妈呢？他们怎么都不来吃饭？吕师傅说：他们都在山上有事情，忙完了就会下来的，你吃你的。

我妈妈应该不会在山上吧，她又不用去苗木基地。

今天你妈妈也去了，她……

阿姨咳了一声，吕师傅就不往下说了。

正吃着，外面一阵响声，抬头一看，一个人背着爸爸，另一个人边跑边说：等一下，我马上就来。等我们放下碗筷跑出去的时候，那个人骑着摩托车飞快地开了过来，这时后面又有一个人跑了过来，两人一起将爸爸扶上摩托车后座。爸爸耷拉着脑袋，趴在车手背上。再一看，他右边的衣袖是湿的。一个人脱下自己的上衣，将爸爸绑在车手身上，衣袖在一旁打了个结。

你抱紧我哦，不要动，一动就会摔下来，那就麻烦了。车手侧过脸来叮嘱爸爸。

呙师傅大喊一声，拿着一根粗绳子跑过去，麻利地把爸爸绑在那个人的后背上。

一件衣服哪绑得住！呙师傅功臣一般往回走，他手上有血。我脑子里嗡的一声，原来爸爸的衣袖不是被水打湿的，而是血。我想跑过去，双脚却像被钉子钉在了地上。

摩托车开走了，呙师傅看了我一眼，问我：你吃好了没有？吃好了就回家写作业去。

爸爸怎么啦？我妈妈呢？我听到我的声音在发抖。

又是一阵吵嚷声，高小慧和另一个阿姨架着我妈妈出现了。她披头散发，全身都是湿的，嘴里不住地说：我不活了，都不活了。高小慧安慰她：想想你的儿子，这么聪明这么会读书，我要是你，我睡觉都要笑醒，才不会自寻烦恼。

我上去摸了一把妈妈的衣服，还好，没有血。妈妈趁机抱住我，号啕大哭。

我问高小慧，为什么妈妈全身都是湿的，高小慧说：她不小心掉水沟里了。阿姨打来一桶热水，逼着我妈回屋去洗澡、换衣服，又逼着她吃饭。她不洗，也不吃，高小慧生气了：你非要当着儿子的面犟到底吗？妈妈一听这话，似乎改变了主意，开始脱衣服。我离开了。

妈妈洗好澡，换好衣服，情绪镇定了些。但她还是不肯吃饭，说实在吃不下。阿姨陪她坐了一会就走了。妈妈对高小慧说：你也回去吧，你家里还有孩子呢。

我不走，我陪你到底。

我不要你陪，你让我好好想想，接下来该怎么做。

你什么都不要做了，该做的都已经做完了。从现在起，你的心情要慢慢复原，你的家也要慢慢复原。

我知道，你让我一个人慢慢复原。你回去吧。

高小慧叮嘱着走了。

她一走，妈妈就找出我们家的军用行李背包，那是爸爸从部队带回来的，她打开衣柜，往里面放自己的衣服。我说你要去看爸爸吗？他们把爸爸送到医院去了。他会没事的。她拉好背包拉链，对我说：你就在家里，哪里都不要去，呙师傅会做饭给你吃。你自己去厨房打热水洗澡，上学放学不要迟到，放学路上不要玩水，端端直直回家。先把作业写完才能玩，知道吗？我先出去几天，否则我性命难保。走到这一步，妈妈也是迫不得已，你将来会理解我的。

你要去哪里？你能不能不要走啊？

以后我会把一切都告诉你的。

不管我怎么哭喊，怎么拉扯，她都毫不心软，她的手像钳子，一根一根扳开了我的手指，把我从她身上剥下来，背着大包一头冲进黑漆漆的夜里。

我开始大哭，哭了一会，我开始呕吐。呙师傅找来拖把，帮我处理秽物，然后就坐在一旁望着我。

他们到底怎么啦？为什么都不告诉我？

你不用管，你只是个孩子，大人的事，你想管也管不了，你管好自己的作业就行了。

我也是这个家里的人，我有权知道，为什么就没人告诉我呢？

因为今天的事暂时还没人说得完整，过几天你就会慢慢明白的。

那你告诉我好吗？你知道多少就告诉我多少好吗？

唉！我也不是很清楚，你就安安心心写你的作业看你的电视，无论他们怎么闹，都跟你没关系，你的一日三餐，上学放学，丝毫不受影响。我向你保证，不出三天，一切恢复正常。

第二天早上，楼上的阿姨过来敲门，叫我起床，说呙师傅已经把我的早餐准备好了，刚刚吃完，一个叔叔发动他的摩托车，要送我上学。到了放学时间，还没出校门，就看到早上送我的叔叔已经在门口等着了。

接下来的两天都是这样，我成了一棵树、一盆花，被苗圃的叔叔阿姨和呙师傅轮流照顾着。第三天晚上，正要睡觉，爸爸回来了，他整个胳膊缠满了绷带，样子比那天晚上还要虚弱，像个从战场上下来的伤病员，走路说话都轻轻的，一点都不像以前的他。我告诉他，妈妈拎着一个大包走了，她说她不走的话会有生命危险。

我才有生命危险，你看看！我的胳膊差点废了。

是妈妈打的吗？她力气那么小怎么会把你打成这样？

你别问了，总之你妈妈就是个疯子、泼妇，她走让她走，我们两个人也能过得很好。

我表示怀疑，如果她是疯子，她不可能在邮局工作，如果她是泼妇，她会跟周围的人吵架，但我印象中，她从来没跟人吵过架。

爸爸吩咐我拿上锅子，去食堂把饭打回家来吃。吃完又吩咐我去打回热水洗澡，教我洗衣服、扫地。从现在开始，你得锻炼起来，尽快学会独立生活。我像你这么大的时候，能为一家人烧饭，外带喂饱一头牛。

爸爸一回家，苗圃的叔叔阿姨组成的护卫队就自动解散了，早上也可以让我一个人上学了。刚一出苗圃大门，就见陈翔宇站在外面，他几乎跳了起来：终于又看到你了，这几天你就像个大人物，被几个保镖保护得严严实实。

陈翔宇接着说：我知道你爸爸被人打了。他跟别的女的好了，你妈叫来那个人的丈夫打了他，那个人拿砍柴的砍刀，差点把你爸爸砍死了。

瞎说！我气得立在原地。我一直以为是我妈打了我爸，我还知道爸爸一定是在退让过程中受了伤，因为他不至于连妈妈都打不过，他肯定是不忍心跟妈妈对打。

见我生气，陈翔宇声音小了下去：反正我妈是这么告诉我的。

不是这样的。我气呼呼地走到陈翔宇前面去，我想你不该这样看待我们家的事情，把我妈说得跟坏人似的，把我爸爸也说得跟坏人似的，你这样还算我的好朋友吗？快到校门口了，我突然意识到，我不能就此跟陈翔宇闹翻，否则他会把他刚才说的传播到学校，弄得全校都知道我们家的事。

我转过身来，对陈翔宇说：这事，你不要对任何人说，就我们俩知道，好吗？

陈翔宇犹豫了一下：好的。走了几步又说，那些已经知道的人，不是我对他们说的。

我一急，哭了起来。

不管怎样，我们还是好朋友，以后要是有人说起这事，我一定帮你骂回去，我要跟他们说：根本不是这样的，你们又不了解人家。

我去了几趟妈妈上班的邮政所，她不在里面。有个阿姨认识我，她站起来，透过柜台上的栅栏告诉我，妈妈请假了。

陈翔宇在外面等我，见我垂头丧气地走出来，很神秘地说：你妈妈肯定找救兵去了。

谁是她的救兵呢？我第一时间想到外婆那边，他们会怎么帮她呢？把爸爸再打一顿？不管怎样，我不会允许这样的事情发生，我不想看到任何人打我爸爸。

有一天，苗圃里出现了两辆黑亮的小汽车。整个苗圃气氛凝重，呙师傅很正式地穿上了他的白大褂，做了很多好吃的菜，但谁也没在食堂里吃饭，大家都把饭打回家里去了。

后来，那些人从会议室出来，爸爸晃着缠满绷带的胳膊，恭恭敬敬地跟那些人道再见，他们只背朝着爸爸挥了挥手，就上车走了。

爸爸冲围观的人摊了摊手：好啦，马上就要跟你们沙油啦啦了。

一个叔叔小声说：代价有点大哦。

有什么办法呢？遇到这种疑心病疯婆娘，有一千张嘴也说不清，只能做好被她害死的准备。真他娘的蠢到家了，老子倒霉，对她能有什么好处？

爸爸被林业局召回，安排到木材公司去了，他没有了身份和级别，成了一名最最普通的职工。他走的时候跟我说过，他不会再回到这个鬼地方来，不会跟害他的人同住在一个屋檐下，一分钟都不行。你要快点长大，早点离开这个疯婆娘，她不正常，她把我的工作、我的事业，全都毁了。不管我做过什么，都不值得用这么狠的手段报复我。她就有这么狠，她毁起人来眼睛都不眨一下。如此狠毒的人，对她的孩子也不会有多温柔。真的，你要尽早离开她，早走早好，否则，我担心你跟我一样，也要被她毁了。

他的背影看上去有点凄惨。他像在部队里那样，把被子折成一个方方正正的小块，背在背上，手上拎着一只人造革大包，最后唤了一声阿黄：阿黄，要听呙师傅的话！

爸爸走了之后，妈妈就回来了，她被允许继续在我们原来的房子里住着，直到找到新的住所。

我很想问她，爸爸说的是不是真的，陈翔宇说的是不是真的，但我不敢。她看起来就像什么都没发生一样，有说有笑，情绪稳定。她收拾衣柜的时候，甚至跟我说，这是你爸爸在部队穿过的绒衣，明年你可以穿，可暖和了。她的样子让我怀疑自己的耳朵，难道爸爸和陈翔宇都在撒谎？

我们像以前一样，吃呙师傅做的饭，偶尔自己加两个菜。去食堂打热水回来洗澡。然后她看电视织毛衣，我在自己房间里写作业。再然后各自上床睡觉。

只有一次，在饭桌上，妈妈突然跟我说：如果你有问题想跟你爸爸讨论，你可以给他写信，我待会儿把他地址给你。如果你想见他，我随时送你进城。你不要觉得有什么不对劲，一切都跟以前一样，只不过爸爸因为工作的原因，不能每天在家了。

我保存了妈妈给我的地址，也答应进城去看他。

你爸爸人其实不错，就是有时候有点糊涂。

怎么个糊涂法？

有些事情明知不该做，就是管不住自己。

比如？我紧张地望着妈妈，指望从她这里得到正确答案。

她扒着碗里的饭，扒了好一会儿，突然抬头对我说：有件事情，我一直没对你说过。你爸爸本来可以不转业的，他在部队干得很好，有文化，有能力，提拔得很快。但他有段时间跟一个军人家属走得太近，被人举报，然后很突然地就让他转业了。而且安置得不好。按他的级别，他本来可以安置得更好的。我现在跟你说这些你可能不太懂，我就是想告诉你，一个人做事要规规矩矩，不能做的事情，千万不要碰，一旦你碰了第一次，必然会有下一次。你现在还小，正好养成守规矩的习惯。比如按时完成作业，今天的作业绝对不要拖到明天；比如回到家，一定先完成作业然后才能去玩，不能把顺序搞倒了。

我们真的在一个周末进城去看爸爸了。下了车，妈妈带着我往前走，一直走到木材公司门口，她让我一个人去问门房，说门房会给我指路。我们约好，我见完爸爸，就去新华书店找她，再一起回毛湖镇的家。新华书店是我们进城必去的地方，办完事，如果不想马上乘车回家，或是班车时间还未到，我们就去新华书店。书店门口有摆书摊的人，如果在书店待的时间太长，遭到服务员驱赶，我们就跑到书摊上借本书，再买一杯茶水，坐在台阶上可以看很久。

从爸爸那里出来，一起坐上回毛湖镇的班车时，妈妈显得比以往沉默，上车就睡，一直睡到下车。在爸爸调回城里之前，她不是这样的。她是个晚霞爱好者，通往毛湖镇的末班车通常都在四点四十五准时发出，她会在车上目不转睛地盯着天边。她说晚霞是世界上最浓艳最温暖的景色，她说她看到晚霞就感到活在这世上是一件幸福的事。难道现在她的感觉变了？但她下车的时候却会伸一个长长的懒腰，大声说：还是回到毛湖镇舒服啊！晚上，我在灯下写作业的时候，她就在一旁织毛衣，偶尔给我倒杯水。织毛衣的针是金属的，时不时就能听见它们碰撞出好听的叮铃声。

　　好安静啊！仿佛已经没了人烟。我有时会站起来对妈妈感叹一起。

　　妈妈放下织衣针，问我最好的朋友是谁。我说我没有最好的朋友，只有最常在一起玩的朋友，那就是陈翔宇。

　　这样吧，我们做个调整，以后你跟陈翔宇放学后可以玩到吃晚饭，晚饭以后就一心一意写作业，好吗？

　　就在这段时间，我和陈翔宇有了个计划，我们打算给自己做一副高跷架，等做成了，我们要踩着高跷去上学。一想到我们俩背着书包，踩着两米多高的高跷，走上近五里路，像巨人一样出现在学校门口，我们就激动不已。

　　刚刚砍出点毛坯，就开始下雨，我们的高跷只能暂停。这让我心痒难熬，我一次次走到窗前，撩开窗帘朝陈翔宇家张望。他应该也很煎熬吧，他对高跷的兴趣比我更大，老实说，这个主意就是他出的。

　　忍无可忍的时候，我对妈妈说：我有个请求，不知你会不会允许？我想把陈翔宇叫过来玩，我想和他一起去食堂的空地上做高跷。

　　妈妈愣愣地看着我，看了一会儿才说：为什么你要问我这样的事？你跟你朋友的事完全由你自己决定，你想跟谁玩就跟谁玩，想什么时候玩就什么时候玩，当然，前提是晚饭以后只能是作业时间。

　　我一听，伞都没拿就跑了出去。很快，陈翔宇就跑出来了，他也没打伞。我们俩在细雨中笑呵呵地跑进了食堂，开始了我们的高跷制作。

　　怎么样，跟妈妈一起是不是很自由，很高效，又很开心？当我结束当天的高跷制作时，妈妈突然问了这么一句很奇怪的话。

　　这天我们决定就在食堂里吃。我们去呙师傅那里打好饭，妈妈让我去那张表上签字，到了月底，呙师傅就凭我们的签字结账。当我写下我的名字时，我突然觉得手感有点变了，我们家的位置似乎不在以前的位置。原来换了张新表，名单顺序有了点变化，仔细一看，少了一个人，是谁呢？我在脑子重放了一遍以前的表格，很快我就发现，吴明玉这个名字从表格上消失了。

我对妈妈说出了我的发现，她并不惊讶，只是说了句：你观察得挺细。

后来去看爸爸的时候，我已无须门房指引，可以熟门熟路去敲他房门了。但有一次，我去找爸爸的时候，敲门敲了好久都没人应，旁边出来一个叔叔，告诉我他应该在江边锯木头。

我见过锯木头，从很远的地方河运来的合抱粗的木头，摆在电锯台上，按下开关，锋利的锯片直直地插入木头内芯，木头像萝卜一样整整齐齐分成两半。与此同时，电锯声响彻云霄，木屑像面粉一样纷纷落下。我兴奋地跑过去，心想我也要试着锯一把木头，但很奇怪，并没有听见电锯声，倒看见爸爸和一个女人坐在一起吃饭。女人从自己碗里夹起什么，直直地喂进爸爸嘴里。我屏住呼吸，蹑手蹑脚退了回去。

我在书店找到妈妈，她问我怎么这么快，我说了江边锯木厂的事。妈妈一听，拔腿就走。我从没见她走得那么快。很快就来到江边。

他们俩已经吃完了，爸爸起身往江边走去，中途停下来，脱去外套，应该是喊了一声，我们听不见。只见正在收拾餐具的女人直起身来，爸爸一扬手，外套飞起，女人稳稳地接在手里。爸爸继续往江边走。

爸爸在江边洗手洗脸，奋力往江里吐痰，又捡起石子往江里扔，一次又一次，仿佛铁了心要试练出自己最好的成绩。女人收拾好餐具，抱着爸爸的外套也到江边去了。爸爸停止了扔石子。他们并排站着，应该是在说着什么，因为女人不住地侧过脸来看他。她肯定在笑。她有两次慢慢弯下腰去，再直起来，又弯下去。爸爸一定说了什么特别好笑的话，她忍不住笑成那样。女人举起衣服，扑向爸爸，把衣服披在爸爸肩上，然后就朝吃饭的地方走过去了。

妈妈痴痴地站在藏身的地方，微风撩起她耳边的短发，她嘴唇微张，眼睛眯成一条缝，我说：我们回去吧。她没反应。过了一会儿，我又说：我们到底要在这里站多久啊？她才猛地回过头来，问我刚才在说什么。

回去的路上，妈妈一直看着窗外，但我觉得她不是在看风景。她目光发直，面无表情。下了车，妈妈走在我后面，隔着一两步的距离，我却感到背后冷飕飕的，就像妈妈不是从城里回来，而是从冰天雪地里跋涉过来一样。

距离苗圃大门三百米远的地方，有一块三角形空地，那里是苗圃职工们用来打发时间的蔬菜基地，我们家在那里也有一块竹席大的地方。高小慧正在那里，一定是被某个苗圃职工请来指导种植的。看到她，妈妈的脚步慢了下来，她对我说：你先回去，我去看看我的菜。

我知道她其实只是想跟高小慧说说话。大人终究是看不起孩子的，他们心里有话，不会轻易对孩子说。

高小慧又来我们家蹭炉子了。她抱着一件正在织的毛衣，一屁股坐到炉边。妈妈起身找来她那本厚厚的织毛衣教科书，摆在旁边的小几上。那本书里有很多毛衣款式，还有详细的针法。看样子，高小慧是来讨教织毛衣大法的。

高小慧看看书，看看手中的毛衣，又看看书，突然烦躁地蹭了蹭脚，一把抽掉织针：全搞错了，得重来。

妈妈哼了一声。她正在给我织一件蓝色的毛背心，去年它还是一件完整的毛衣。

哎呀你帮我一下呀！高小慧的脚又蹭了两下，像耍脾气的小孩子一样。妈妈放下我的背心，接过她的，对照着书本，她开始数毛衣上的针脚，还扳起了手指。高小慧手上无活，就开始四下里打量。她第一眼打量的是我和我的小书桌，因为要共用一只炉子，妈妈把我的小书桌搬到了这间屋子。

我们聊天影响你写作业吗？

我说我对大人的聊天一点兴趣都没有，同时我也告诉她，我坐在马路边都能背书。

事实并非如此，我很快就被她们的对话迷住了。

高小慧说：你把家里收拾得太整洁了。我听说，把家弄成这个样子，留不住人哦。

就算把家里弄成垃圾坑，该走的还是要走。

原谅人家算了，人无完人。

没准人家并不稀罕我的原谅，外面世界大得很。

你这种搞法，就算人家是块牛皮糖，想粘你也粘不住。我告诉你，不能就这样让他跑了。

那还能咋办？又不是我的错。顺其自然。

是谁的错，真的扯得清吗？睁只眼闭只眼算了，教训也给过他了，代价也够大了，可以了。

就这样蛮好，眼不见心不烦。你没事多过来几趟就更好。

正要跟你说呢，我以后没多少机会来了。城里的建陶厂在招工，我找了个人，这回应该有希望。我不能总在苗圃干吧，除非我已经五六十岁了，随便找点事混一混。

真的？我听到妈妈的织衣针当的一声掉到了地上。

有件事不知能不能拜托你。一旦我去了建陶厂，就要早出晚归，晚饭都来不及给陈翔宇做。我在想，在我回家之前，能不能让陈翔宇跟张驰一起吃食堂、写作业，我会向呙师傅交饭钱的。

可能还是要跟苗圃的人商量一下，要是以前肯定没问题。就不知你退出苗圃之后，他们还愿不愿意。

我知道，所以才要请你去帮我说一说嘛。

我又不是苗圃的人。

那还是不一样的，他们多少还是会看一点张经理的面子的。

人走茶凉哎。好吧，我去试试。

说不定我也可以帮你一个忙。我去了城里，有机会的话就去找找你家那位。我要狠狠地批评他，男子汉大丈夫，干吗气量那么小，赶紧跨上你的大摩托，下了班就乖乖地滚回家，顺便让我搭个顺风车。

你就直接说你想找个车夫好了，说什么给我帮忙，我才不要你帮这个忙。

一个多月后，高小慧真的去建陶厂上班了，陈翔宇也正式开始了跟我一起写作业和吃晚饭的生涯。妈妈去跟呙师傅谈的时候，呙师傅有一个附加条件：晚饭后，陈翔宇得帮他打扫食堂。事实上，最后是我和陈翔宇两个人帮呙师傅打扫食堂的。

关于搭顺风车的事情，高小慧最终并没有达成愿望，晚上七点多用摩托车送她回家的,并不是爸爸,而是她的一个同乡。那人跟她一样也在城里工作,正好跟她一起早出晚归。

但她偶尔会带来关于爸爸的消息。

有天晚上,她来我们家接陈翔宇的时候,手上拎着一只大袋子。她先是拿出一大袋混合糖果交给我,说是爸爸给我买的。又拿出一件毛衣交给妈妈。他说他长胖了,穿不下这件毛衣了,让你留着给张驰穿。

你去他家里了?

咦?不是你让我去的吗?高小慧做了个无奈的表情:忘了跟你汇报我们见面的细节。他的单位把他保护得很好,外人一般进不去。我们是在他单位门外见面的,前后左右都是人,总共也就聊了不到三分钟。第二次也是在门口见的,他把这些东西从屋里带出来,交给我。

还见了两次?

你要是觉得见多了,我下次就不去见他呗。

妈妈一把扯过毛衣,随手丢在桌上。你目测他比以前肥了多少?以前就是个大肥猪。

是有一点,但还不到大肥猪的地步。

太享福了,饭都有人喂,怎能不长肥?我建议你去把饭勺接过来,你来给他喂,顿顿都给他加点芭斗,保证能瘦下来。

我要是给他喂饭,恐怕脑袋要被你打开花。

你就是喂了,我也不知道,对不对?

好,那我就去喂了,谅你也没有千里眼。

学校快放寒假了,妈妈和我又来到城里,她仍然像以前一样,径直去了新华书店,走前交给我一个塑料袋子,里面装着高小慧带回来的那件毛衣。

顺着门卫的指引,我来到爸爸的家。他换房子了,以前是一个单间,除了一张床什么都没有,这回多了一间厨房兼饭厅,灶台上摆着好几瓶调料,小橱柜装得满满当当,床上只有一只枕头,衣柜里也没有女式衣服。再看看卫生间的毛巾,倒是有三条,但我觉得有一条似乎是抹布。这些都是妈妈交代我一定要看清楚的。

爸爸看了一眼毛衣。不是叫高小慧带回去了吗?怎么又拿来了?跟她说，我不要了，你穿吧，教室里冷，正好穿件厚的。

妈妈说她加过针了，说你应该能穿了。快要过年了，你回苗圃吗？

爸爸看都没看，直接把毛衣丢在一个搁杂物的架子上，那个动作让我相信他是真的不会再穿它了。

我不回去了，我跟战友约好去深圳那边看看，考察考察。我好几个战友都去了那边。

我把爸爸的话，还有我所有的观察都告诉了妈妈。妈妈听了，眯着眼睛站了一会儿，我们就回家了。

这次从城里回来后，妈妈一直有点气鼓鼓的，也不大管阿黄了，饥一顿饱一顿。冉师傅说：狗瘦了！以前张经理在这里的时候，浑身的毛油光水亮，跟人一样啊。不得宠，就过得差。听了这话，我突然决定，以后我要好好地喂养阿黄。

天气越来越冷，高小慧不大过来烤火了，因为人在深夜不容易离开火炉，但他们母子又不可能在我们家过夜。妈妈一天比一天烦躁，一会儿说我们应该回外婆家过春节，一会儿又说应该回爷爷奶奶家。

大年初二拜丈母，这是老规矩，所以我们不能在初二以前去外婆家。但是，唉张驰，你能不能一个人回爷爷奶奶家呢？我实在不想回去，我可以过几天再来接你。

好啊。我说，我知道她这个念头注定会一闪而逝。

果然，过了一会儿她又说：要不我们就在苗圃过年吧。毛湖镇上春节有电影，还有民俗表演，我们还可以进城去玩。春节就那么两三天，一晃就过了。

好啊。我又说。

要不，你跟你爸爸去深圳吧，我一个人待在苗圃，好好睡几个懒觉也不错。

好啊。我还是说。

春节前一个星期，我们又来到城里，妈妈仍然躲在老地方，我去找爸爸。爸爸家里多了一只黑色的公文包，一双新皮鞋，看样子真的在为去深圳做准备。我说了妈妈的意思，爸爸一口回绝了我：不行，我不是去旅游的，我是去工作的，一个大男人怎么能在工作时带孩子呢？

你没问他跟谁一起去的？

应该是战友吧，他说他好几个战友都在那边，他去看看情况，说不定以后也会去那边。

那你将来愿意跟他去深圳吗？

我不知道。

犹豫来犹豫去，我们最终哪里都没去。过年前一天，妈妈突然生病了，发烧，咳嗽。她拜托呙师傅帮我们买了些肉类，做了几道硬菜。直到最后一刻，她还在问我：你真的不想去爷爷奶奶家吗？他们很想你回去的。很快又说：算了，我们俩不应该分开，不管去哪里，我们俩都应该在一起。

最终，春节期间留在苗圃的就只有我和妈妈两个人，外加阿黄，其他人都回到大家庭去过年了。我满以为陈翔宇会过来跟我们一起度过这几天的，没想到整个春节期间我一次也没有见到他。从窗子里看出去，陈翔宇家门口一直有人进进出出，屋顶上不住地飘着炊烟。妈妈说：他们是大家庭，几家人今天在你家吃饭，明天在我家吃饭，吃来吃去就那几道菜，换个桌子板凳而已，没什么意思。妈妈也在努力烧菜，但她的厨艺还没有呙师傅好，不过我不会说出来，大过年的我不想惹她不开心。

我们的团年饭没有酒，只有两瓶橙汁。我突然想讨好妈妈，想说点她喜欢听的，我说：要是爸爸在，肯定又是满屋子酒臭，我很讨厌酒臭。

儿子啊，等你长大了就知道，家里过年过节没有酒臭，那是非常可怜的，过年过节就是要酒臭肉臭人喊马叫。妈妈对不起你，妈妈把这个家弄得冷冷清清的，不过，妈妈也是没有办法……你总有一天会知道，一个人突然面对一些情况，会完全失去控制，更不可能去考虑后果，我相信换作任何人都会像我那么做的。要怪就怪他，是他做错在先。一个人做了错事，就该低下头来乞求原谅不是吗？他倒好，不但不求原谅，反过来还愤怒得不得了的样子，好像做错的是我。我本来不想跟你说这些事的，实在是太愤怒了，我们过成这个样子，全都怪他。何况我都说可以原谅他了，他反倒不肯原谅我，一点皮肉伤算什么？缝一缝，几天就长好了。我的伤可是在心里，一直都还在滴血。

到底是什么情况嘛？他做了什么错事？我小心翼翼地问。

小孩子不要问那些，等你长大了，我会告诉你的。其实他也有值得学习的地方,那就是无论做过什么事,不放在心里,过去了就过去了,继续往前走。你看他现在过得多快活,等他去了深圳,只会更快活。我也想像他一样,但我做不到,我天生没出息。行了,不说这些晦气的事了,来,我们以橙汁当酒,妈妈祝你新年进步。

爸爸不是去深圳快活去了,他是去考察,那是工作。

是啊,希望他顺利,如果将来他能带你去深圳,总比待在毛湖镇好。

我们聊了一会儿深圳,又互相说了几句祝福语,当当地碰了几次杯,慢慢找回了一点点过年的感觉。妈妈擦了擦眼睛,笑着说:光阴快得很,过不了几年,你就该带女朋友回家了。我得好好练练厨艺,别到时候让你在女朋友面前没面子。

我们计划大年初二就去外婆家,然后就开始串亲戚,一直串到初六初七再回来。所以这两天里,妈妈允许我随意看电视,不管什么节目,她都不会干涉。但不知为什么,我反而不太想看了。春节联欢晚会我已经看了两遍,文化部、铁道部的晚会也看了。也不想写作业,也不想出去玩。一个人都没有的苗圃,巨大的空旷和寂静把我逼回家里。连阿黄都不想出大门了,整天不是趴在家里,就是躺在宿舍与食堂之间的空地上。

我格外想念跟陈翔宇在一起的时光。很多事情必须两个人一起做才有意思,包括看电视这种。妈妈除外,妈妈是最不适合一起娱乐的人。

这天下午三四点钟的时候,我突然看见陈翔宇站在他家院子里。我打开窗户大声喊他的名字,他也张开两臂朝我们这边乱蹦乱跳,正要叫他过来玩,从屋里跑出两三个跟他差不多大的孩子,一起学着他的样子朝我这边乱蹦乱跳。我就像被兜头浇了一瓢凉水,他们一定在嘲笑我的孤单。在毛湖镇,孤单是会被人瞧不起的。我退后一步,呼地拉上窗帘。但我做不到不看那边,我站在离窗户一步远的地方,继续从窗帘缝里往那边看。几个大人也从屋里出来了,他们渐渐汇成一支长队,一起往另一个方向去了。再一看,他家屋顶上的炊烟也消失了。

那些消失的炊烟再一次打击了我,我开始为我们孤单的春节感到自卑。人人都在享受家庭团聚,只有我和妈妈藏在这大山脚下,没有家人,没有朋友,也没有炊烟。为什么明明跟妈妈在一起,我仍然感到孤独呢?为什么明明我有家,有父有母,仍然感到被抛弃的屈辱和沮丧呢?我被自己抛出来的问题压得喘不过气来，无处排遣，只有跑进卧室，和衣钻进被窝里。

那时我还不知道，以后每年我都要在类似的情绪中过年。我成了一个害怕过年的人，因为这天，每个人都待在热热闹闹、布满美食的家里，而我们家永远也热闹不起来。再加一条狗也不行，狗更加显得我们没有亲情，只能向狗乞求。

正月初六，我们从外婆家回到了苗圃。苗圃里仍然一个人都没有，栅子门差点打不开，我们出去这几天，门锁似乎生锈了。

第二天是结束春节假正式上班的日子。鉴于苗圃的性质，初七这天只有一两个人过来报到，报到了也不想干活，都懒洋洋地闲晃着。吃过午饭后，陈翔宇突然过来了，他头发蓬乱，是睡多了觉又没有洗头的结果，蓝色学生装上撒了好多油点子，一望而知过年期间吃得不错。这种结实耐磨的衣服我也有一件，是上学期开学的时候妈妈给我定做的。陈翔宇说，过年光是走亲戚，一家接一家，好没意思。我心想，你不就是炫耀吗？受这种心情的影响，我没打算让他进我们家，我们直接去了温室，因为陈翔宇说温室里暖和。

我不喜欢温室，我觉得那里味道难闻，我们在里面稍稍待了一会儿，就一起出来。陈翔宇意犹未尽，提议把靠在温室边的梯子带出来玩。

我们去看看树上的鸟窝里有没有鸟蛋。

那个鸟窝在苗圃宿舍楼后边的树上，现在树叶都掉光了，只剩一个巨大的鸟窝搁在树枝间，站在地上看，跟吕师傅经常用的竹提篮差不多大。我觉得里面至少有四只鸟，我见过它们在暮色中往窝里飞。

我们俩一起扛着梯子，陈翔宇说：我快要转学了，转到城里去上学，这样我妈就不用每天晚上往家里赶了。

那种不好的感觉又来了，那种孤单、被抛弃的感觉，它变成了现实。连陈翔宇都要抛弃我了，从此以后我身边真的一个人都没有了，以后从学校到苗圃的细长的小路，将只有我一个人踽踽独行了。

你也快要转学了，你知道吗？

什么？我彻底蒙了，从来没人对我说过这个。

在我的再三追问下，陈翔宇说：下学期我先转过去，再下一个学期就轮到你转。我们可能会成为兄弟，我们可能会成为一家人。

我的脑子突然转不动了,如果我和他是兄弟,那么我们的爸爸妈妈是……难道是……别开这种玩笑!我警告他。

是真的,你爸和我妈刚刚决定的。

骗人之前也不做个调查,我爸明明在深圳。

那么,前两天跟我们一起在城里吃饭的人是谁?他们还说,过了年一上班就开始办这事。

这么说,我爸从深圳回来了?那好,我现在就去找他。

你爸没去深圳,他还特意跟我叮嘱过,让我不要告诉你他没去深圳,也不要告诉你我们春节见过面。但我觉得好朋友之间是没有秘密的。

但他明明亲口跟我说过,他有战友在深圳,他要去深圳考察,他将来可能带我去深圳。

陈翔宇顺着梯子往上爬,中间,他停了下来。我跟你说,大人的话,不可全信。

什么意思?

我也不是很清楚,反正你爸说,不能继续这样下去了。我妈也说,想要改变就趁早。

那我妈呢?

不知道,你爸爸没提到她。

他一只脚离开了梯子,开始攀向高处的树枝。他高估了自己的臂力,够了几次,都没有捞到斜上方那根树枝。他停下来,双脚离开梯子,对我说:把梯子给我竖陡一点。我说没办法再陡了,已经是最陡了。

陈翔宇利索地下来了。我知道有个开关,它现在是双层的状态,打开开关后,它可能延长一倍。

这一回,终于可以抵达鸟窝了,只不过梯子单薄了许多,陈翔宇往上爬的时候,每踩一步,梯子都要颤抖几下,吓得他大叫:你扶好哦,不要松手哦。他妈的,这梯子该不会断吧?我怎么感觉像踩在绳子上一样。这要是摔下去,估计不死也是半残。

一定是这话诱惑了我,我扶着梯子,眯着眼睛往上看他的腿脚和屁股,这会是我兄弟的腿脚和屁股吗?高小慧会成为我的妈妈?如果是真的,我的妈妈该怎么办?她会继续一个人住在苗圃,一个人在苗圃过年吗?肯定不行，不可以这样，一定要阻止他们，一定要想个办法。

陈翔宇抓住树枝了，但他还没调整好身体的角度，他需要退回一步，换一个方向，再向上攀缘。就在他退回的一刹那，我把梯子往旁边稍稍推了一下，只听见上方咔嚓一声脆响，梯子像一只断了线的风筝，摇晃着倒下，与此同时，地上一声重重的钝响，像米袋子摔落在地。

陈翔宇的身体竟先于梯子落地。

他的鼻子在流血。他挣扎着想要爬起来。我去拉他，碰到他的手才感觉到他不是在求救，而是痉挛，他的手只是胡乱颤动而已。又过了一会儿，我看到他的耳朵里面也有血流出来。

我喊了两声陈翔宇，他没有回答，睁着的两眼空洞地望着天空。

很快我就知道，死不是最可怕的，想要弄清死因的执着才是最可怕的。

妈妈是最先审问我的人，前前后后问了我不下二十遍，每一次我的回答都跟前一次略有不同，她每发现一次就用笔记录一次，记了十多次以后，她说：不行，你这颠三倒四的，一定会让别人误会，一旦被人误会就完了，人命关天，不能有半点差错。妈妈帮你整理了一个有条有理有逻辑的回答，你给我记好了，无论谁来问你，你都这样回答，千万不能一会儿这样说一会儿那样说，听到没有？

至于爸爸没有去深圳，陈翔宇和我都要转学，还要做兄弟的事，妈妈还没听完就打断了我。她两眼圆睁，满脸通红。都是屁话！屁话！他根本就是在胡说八道。我问过你爸爸的战友，你爸爸的确在深圳！在深圳！记住没有？

那，陈翔宇为什么要对我那样说呢？

妈妈使劲拍了一下桌子，杯子都震得跳了起来。这就是小孩子偷听大人讲话的后果！听不懂就算了，还没听全，结果就错了十万八千里。大人本来的意思是，你们俩都转学，转到城里去，陈翔宇家在城里没有房子，只能暂时先和你一起住在爸爸那里。现在听懂了吗？妈妈看上去满腔怒火，幸亏她没有站在炉火边，否则我真担心她会燃起来。

我如释重负，紧接着，胸口处传来一阵疼痛，一切，一切的一切，全都完了，都被我搞砸了。我哭得快要闭过气去。妈妈过来安慰我，一遍又一遍对我说：你肯定是受了太大刺激，脑子里突然错乱了。其实你什么都没听到，陈翔宇什么都没对你说。任何人问你，只说梯子的事，别的事一个字都不要说。天老爷啊，保佑我儿平稳度过这一劫吧！

我妈到底不放心，又要求我按标准答案演绎当时的动作，一遍又一遍，她说这样才能记得牢。最后一次，妈妈坐在桌前，模仿法官的样子问我：

陈翔宇是怎么掉下来的？

他说他先上去，让我帮他扶梯子。他踩在最上面一道横梁上，右手去够树枝，就差一点点了，他想把左脚换到梯子上，把右脚腾出来往树上爬，刚一动，梯子就倒了，他抱着一根树枝掉了下来。

这是妈妈根据我杂乱无章的表述，帮我汇总整合而成的答案。

不管谁问你，包括我和爸爸，尤其是你爸爸，你都得是这个答案，知道吗？但凡你说错一点点，人家就会说你自相矛盾，肯定在撒谎，就会抓你去坐牢，我也会跟着你坐牢。你坐男牢，我坐女牢。听懂了吗？从现在开始，你的舌头掌管着你和我的命运，掌管着我们生命的长短。

我狠狠地点头。

高小慧的审问内容更多一些。

谁提议搭梯子上树的？

陈翔宇。

为什么不是你先上，为什么要他先上？

因为是陈翔宇说"我们去看看树上的鸟窝里有没有鸟蛋"。

上树之前陈翔宇跟你说过什么？

没说什么。我们先去温室里玩，他说那里面暖和，我说很臭，不久我们就出来了。然后他看到了温室墙边的梯子，就说把梯子搬出来玩。

你说的这些都不是真的，因为你没有证人。

我低着头，我的确没有证人。

没有证人你就是在瞎说。

我没有瞎说。

她一直在哭，嗓子已变得又细又哑。不管怎样，她没有我想象的那么可怕。

爸爸也从城里赶回来，他把我拎到墙角，一脸严肃地看着我：跟我说实话，到底是怎么回事？我说了一遍已经记熟的标准答案，爸爸望着我，好像忘了接下来该说什么了。

真的就是这样？你们没说到别的？

就是这样，没说别的。

我的意思是，如果你有错，无意中的错，不要隐瞒，要说实话。你是未成年人，未成年人不承担法律责任。

就是我说的那样。我不知不觉捏紧了拳头，它能帮我坚定信心。

妈妈果然什么都预料到了，她说有些人会用未成年人不必承担法律责任这种说法诱惑我说出更多。她说那些人都是不怀好意的人。我没想到爸爸也属于这种人，想到这里，我的眼泪淌了下来。过了一会儿，爸爸又问：

陈翔宇有没有跟你说过他过年期间去过哪里？

还没来得及吧。我们一见面就去了温室，一去温室他就看见了梯子，就提出要爬那棵树去看鸟窝。

爸爸问完以后，我也问了他一句：爸爸，深圳好玩吗？

这是你现在该关心的问题吗？再说，我又不是去玩的，我有工作在身。

爸爸的眼睛有点躲闪，最后，他狠狠地带上门，丢下我出去了。

两个派出所的叔叔也来了，他们问话的时候，爸爸妈妈，还有陈翔宇的爸爸妈妈都站在门外。当然，门是关着的。

首先问我学校里的部分，我和陈翔宇关系怎样的部分，再问关于爬树和梯子倒下的部分，我都有条不紊地回答了。然后他们突然问道：你的妈妈跟陈翔宇的妈妈关系怎样？

这是个新问题，我老老实实说：陈翔宇的妈妈经常来我们家，坐在火炉边和我妈妈一起织毛衣，因为我妈妈有织毛衣的书，她没有。

那你觉得你爸爸跟陈翔宇妈妈之间关系怎样？

应该可以吧，爸爸调到城里后，高阿姨经常帮爸妈传递东西，前不久还给爸爸带了一件毛衣过去。

你今年在哪里过年？

我和妈妈在苗圃过年，因为爸爸去了深圳。

所有的问话都结束了，苗圃和陈翔宇的家之间渐渐没了窥视的行人，也没了敲门声和脚步声。高小慧嘶哑的声音从家中昼夜不息地传出，她在呼号，在诅咒。妈妈关上所有的窗户，每块窗帘都拉得严丝合缝。她收起正在织的毛衣，走来走去料理家务，脚步比以前更加坚定。她为我的早餐加了一个煎荷包蛋，柔声叮嘱我：吃得有营养才能长力气，有了力气，脑子才清醒。

爸爸后来回来过一次，他几乎没有落座，一直在家里走来走去，哗哗地拉开窗帘，砰砰地打开窗户。

你们这是干什么？有什么见不得人的？把家里关得像个鸡笼！张驰你在干吗？我回来这么久还没听到你的声音。男子汉，做人做事要光明正大，不要躲躲藏藏。

也许高小慧听到爸爸的声音了，不然无法解释她为什么突然提高了声音。陈翔宇啊，你死得好冤啊！

妈妈过来说：你也听到了，这种气氛之下，你还好意思责怪孩子？

也怪你！你是大人，你怎么看孩子的？

两人吵了几句，爸爸一摔门走了。我都不知道他回来的目的到底是什么，难道就是为了跟妈妈吵几句？

正月十七，学校开学，我和妈妈一起走出苗圃大门，顺着小溪往镇上走。中间，我忍不住回头看了一眼，陈翔宇的新坟就在山坡上，圆锥形的黄色土堆上盖着两只花圈，其中一只是妈妈送的。

妈妈把手搭到我的肩上。

我们搬家吧，我们离开这里。

搬到哪儿？

到城里去，城里的学校更好。如果你是女孩，我肯定会把你留在身边，但你是男孩，男孩跟着爸爸好。

你不跟我一起去吗？

我的工作在这里，没办法调到城里去。还好不太远，我随时可以去看你。

进城的第一天就不顺，我是中途转校的，当我走进新学校大门的时候，五年级上学期的课已经开始了一个多月。

我脸红心跳，像个罪犯一样被老师领到了教室，每个人都理直气壮、居高临下地望着我，我连课桌都不敢看，只敢盯着自己的脚尖。

整整三天，没人跟我说过一句话，除了老师点我名的时候，我回答过两声"到"。

爸爸不像妈妈，每天晚上都待在家里，他晚上很少在家，大部分时间是我一个人入睡。第二天早上醒来，我发现他嚣张地躺在床上鼾声大作。刷牙洗脸过后，我就上学去了。每天早上五毛钱，是他给我的早点钱。我可以拿它随便买什么东西吃。这是一天中我最兴奋的时候，这里可吃的东西比毛湖镇多多了，我恨不得每天都换一家早点铺。

这样过了两个星期，有天晚上，我正在写作业，突然传来开门的声音，心想，爸爸今天倒回来得挺早。门开了，没有像平时那样传来钥匙重重地砸向桌面的声音，脚步声也不像爸爸。一股不祥的气流向我袭来，我缓缓转过头，像被人拉了一把似的，哗地站起来，带翻了椅子。

是高小慧。她变了，脸颊凹陷，脸色苍白，眉眼之间有一股凶相。

阿姨！我扶着桌子叫她。

咦！你真的转学啦？你看你多好啊，一会儿在妈妈身边，一会儿在爸爸身边。哎，我问你，你梦到过陈翔宇吗？

我摇头。

我梦到他好多次，你猜他在梦里跟我说什么？他说是你在下面掀了梯子。

我没有！我下意识地把笔抓在手里。

我也觉得奇怪，你们俩这么好的朋友，应该不至于。不过，万一他要是说了什么让你不开心的话，一时气糊涂了也是有可能的，你说呢？

她的眼睛像一对烧红的钩子，试图从我嘴里掏出她想要的东西。我望着她，心跳得快要从喉咙口飞出来了。

他有没有跟你说过年的事？高小慧突然一把拽住我的手腕。我挣了两下，根本挣不脱。他有没有告诉过你过年期间他去了哪里？

没有。我知道你们在哪过年的，我每天都能看到你们。我还看到你们很多人从家里一起出发。我妈说，你们肯定是去陈翔宇外婆家了。

她的手稍稍松了松，但很快又拽紧了。

他有没有告诉你他见到过谁？

他没讲,见到谁了?我慢慢冷静下来,渐渐有了点自信。

如果你撒了谎,你妈会在一年之内不得好死,你敢发这个誓吗?

我内心是不敢的,但我不得不说:我发誓我没有撒谎!

那你把誓言念一遍。

我不能念,我不能对我妈妈不敬。

她转身去倒水喝,就像这里是她的家一样。她仰着脖子咕嘟咕嘟喝完,杯子重重砸回杯盘里。你爸爸又去哪儿了?

不等我回答,她就带上门出去了。

她居然有这里的钥匙。那时我还意识不到这件事意味着什么,我只是觉得,她的态度让我感到不舒服。

过了一天,她又来了,正好爸爸这天在家,下了班就在厨房里准备做吃的。她没理我,径直去了厨房,不一会儿,爸爸就解开围裙出来,打开了电视。

晚饭上桌的时候,我罢吃了。我说我胃里不舒服,待会儿再吃。如果我乖乖地吃她做的饭,甚至还要被迫赞美她几句,那我就是个叛徒,天生的叛徒。但我也不敢公然冒犯她,我也不知道是为什么。

他们吃完了,厨房也收拾过了,高小蕙来到我面前。

你不吃饭,不饿吗?

我一边做题一边摇了摇头。她没走,也没说话,不用回头,我也能感觉到她正在盯着我看。这种感觉让我非常不自在。

我有了个证人,你想知道是什么证人吗?

我抬头看了她一眼。

有人看到你掀翻了陈翔宇脚下的梯子。

不可能。我突然不能动了,脑袋嗡的一声变得特别大,嗓子发干。我尽力回忆那天的情景,苗圃和陈翔宇的家之间有田,有一道两人高的院墙,陈翔宇家的人绝对看不到。因为是开工第一天,苗圃那天总共才到了两个人,他们坐在前面院子里聊天、喝茶,交流过年期间的见闻,而那棵树的位置比较靠后,应该不会有人看见我们。她一定是诈我的,她想听我亲口说出来。

总有一天,你会露出马脚来的。

她这话一说，我稍稍松了口气，果然是诈我的。

爸爸过来了，他在我肩上重重拍了一下，今天见到你们同学的爸爸了，把你夸上了天，说你是个数学天才啊。又对高小慧说：数学稳拿第一，每次他的分数都把第二名甩下十几分。

这是遗传了你们谁呢？

应该是他妈，我数学一般般。

我早就觉得他的脑子随他妈妈，跟他妈妈一样精明。不过，张驰啊，要把精明用对地方，要是用错了地方，天才就成了魔鬼。

你用词不准，是聪明，不是精明！走，我送你回去。

他们一走，我就冲进厨房，大口大口吃起来，管她谁做的，我饿了，我一定要吃饭。与此同时，我有种强烈的预感，高小慧不会就此罢休的。她一有机会就会审问我，对我搞突然袭击，总有一天，她会通过某种手段把我逼疯，直到说出她想要的实情。

周末，我回到毛湖镇，妈妈老早就在汽车站等着，见我下车，冲到车门边像接包裹一样接住了我。接二连三问了很多问题，全都是我的衣食住行，还有学校里的情况，得知一切正常，而且数学很快冒出头来之后，她高兴地笑了。

张驰，我觉得你的好日子要到了。

我一点也高兴不起来。我把最近高小慧的言行详详细细说了一遍。妈妈并不显得意外，甚至也不生气，只是面色格外沉重起来。

我能理解她，陈翔宇走了之后，她越来越不正常了。

才不是，她说话很有逻辑，头脑很敏捷，很犀利，我觉得她完全正常。

不正常并不是说她疯了、傻了，而是……她变得特别执拗，只讲自己的道理，别人的道理完全听不进。不过我们也要站在她的角度想一想，她是妈妈，她不可能放下这件事情，她会追究一辈子。但我也是妈妈，妈妈的职责就是保护自己的孩子，所以我要再三交代你，不管谁来问你，你的答案只有那一个，懂吗？始终坚持自己的说法，以不变应万变，就算天王老子来问你，它也是唯一的答案。

只有妈妈才能让我稍感安慰。

周五下午我们比平时少两节课，我可以提前回家，不是回爸爸家，而是回毛湖镇我和妈妈的家，所以一大早我就兴奋起来。

上午，第四节课刚完，爸爸就让门房把我叫了出来，让我下午请假，他要带我去个地方。

他带我拐进一条狭窄潮湿的弄堂，在锅灶、水槽和湿衣服之间穿行了一阵，来到一扇门前。推开门，里面是个小院儿，院子里有一棵弯弯曲曲的无皮树。我从没见过这种树，感觉怪怪的。爸爸小声说：高小慧想让你配合她做一件事。她请了个神婆，想把陈翔宇叫回来问几句话。我一听，转身就想往外跑。高小慧就像从地底下冒出来似的，望着我，轻轻地、面带嘲讽地关上了院门。

我扑过去，想要开门，高小慧一把推开我。你们不是好朋友吗，这点小忙也不肯帮？

爸爸也过来了，他拉住我，小声说：没事的，就一小会儿，我在外面等你。不用怕，你是学生，是个唯物主义者，就凭你这浑身上下扑面而来的阳刚之气，该是那些东西怕你才对！真的，你是真正的童男子，童男子就是鬼见愁，童男子的一泡尿，都能把妖魔鬼怪吓个半死。

我最终被两个大人架进了只有一张床那么大的小房间。三根香正在燃烧，烟雾缭绕，香灰无声地往下掉。一个穿着紫红色带金线衣服的老奶奶闭着眼睛坐在那里，皱着眉头，嘴巴不住地嚅动。高小慧直直地跪在老奶奶面前的蒲团上，见我站着，她拉了我一把，示意我也跪下来。我面前没有蒲团，只能跪在地砖上。

老奶奶突然睁开眼睛对我说，待会儿听到我说话，你千万不要应，晓得吧？

我点头。

老奶奶闭上眼睛，手里转着一串珠子，转了一会儿，重重地叹了一口气，身体慢慢晃动起来。晃了好久，又叹出一口气，鼻子里嗯嗯了几声，有点像哭声。因为屋子太小，又很安静，她的声音让我头皮发麻，身上一阵阵紧缩。然后，她开始用另一种声音说话，像是个男人的声音，年轻男人的声音。好疼啊！我身上好疼啊！

高小慧抽泣起来：陈翔宇，你是陈翔宇吗？我是妈妈。你告诉我，那个梯子是怎么倒下去的？

但在我听来，那个声音并不完全像陈翔宇。陈翔宇的声音没那么粗，陈翔宇是又亮又尖的声音。太不可思议了，高小慧竟然认定那是陈翔宇的声音。

梯子倒了，梯子害死人哪！

梯子不是自己倒的，对吗？高小慧用膝盖往前走了一步，热切地望着闭着眼睛、脸色苍白的老奶奶。

梯子有问题，梯子有问题啊。

你告诉妈妈，梯子到底是怎么倒下去的？是有人推的吗？你告诉妈妈，是不是张驰把你推下来的？

我脑子里一麻，房子在我眼里摇晃起来。老奶奶闭眼眼睛，发出含混难懂的声音，像忍着剧痛在给自己找药包，又像在念着一个马上就要兑现的咒语。

陈翔宇，快点告诉妈妈，一字一句告诉妈妈。

与此同时，我感到小腹一阵剧痛，我再也忍不住了，崩塌似的热浪弥漫了我的整个下体。我的天啊！我居然尿裤子了。

高小慧发现了我的异样，猛地提高声音：陈翔宇，你快说话，张驰现在就在我身边，推倒梯子的人是不是他？是不是他？她的脸几乎要碰上老奶奶的脸了。

又臭又热的尿气在房间里弥散开来，尿液在往老奶奶那边蔓延。我注意到，她不动声色地移动了一下左脚尖，避开尿液的前进方向。与此同时，类似陈翔宇的声音弱了下去：我不知道，我没注意，我只知道我一脚踩空。

高小慧哭了起来：陈翔宇，你好好想想，梯子是在你踩下去之前倒的，还是当你踩上它的时候才倒的？你一定要好好回忆一下。

老奶奶打了个长长的哈欠，慢慢睁开眼睛。高小慧还在哭号：陈翔宇，你这个糊涂虫，你死得不明不白啊。

陈翔宇的声音消失了，老奶奶用自己的声音对高小慧说：他跟你讲清楚没有？你们对上话没有？他讲了什么我是不大记得的，我只负责帮你把他请出来。

高小慧抽泣着说：他好像还是很疼，问他话都回答得不是很清楚。

当然疼呢，那么高掉下来，回答得不清楚是因为离得远。你打个长途电话有时还听不清呢，他现在的位置可比长途电话远多了。老奶奶转向我，你快出去吧，还跪在这里干吗？

　　爸爸坐在摩托车上看报纸，我直接跨上后座，催他：快点回去。他居然没发现我的裤子是湿的。当我们驶上马路时，风把我的眼泪吹得满脸都是。如果那个类似陈翔宇的声音在歇斯底里的高小慧面前大喊：是他！就是他！不难想象此刻的我会是什么样子。我又一次挺过来了，我感到筋疲力尽，仿佛已经死过一次。

　　爸爸终于在我下车的时候发现了我的可耻的秘密，但他没有大惊小怪。这是我唯一感激爸爸的地方。他什么都没问，进门第一件事就是给我找条干净的裤子。有了这件事，不管他此前做过什么不好的事，我都一笔勾销了。

　　我按原计划回到了毛湖镇，走下公共汽车的时候，不知怎么回事，我居然摔倒了。我越过一步台阶，直接摔到了地上，摔破了鼻子，摔破了面颊。毛湖镇很小，大家都认识，很快有人叫来了妈妈，她把我带到卫生院上了点药，我们就回家了。

　　我说了回来之前发生的事，在高小慧找来的神婆面前发生的事。妈妈勃然大怒：她怎么敢做这种事情？你爸爸居然也同意？走！你先回去，我要去找她，太不要脸了，居然欺负一个孩子。

　　我使劲拉住了她。

　　妈妈，这是我该得的，难道你真的忘了吗？我可没忘，我一天都没忘。

　　妈妈猛地抽了我一个耳光，见我不解，又追加了一个更响亮的。她看了看周围，压低声音说：你这个傻瓜、蠢货，被人愚弄了还在这里哭哭啼啼。你已经说出了所有的真相，公安部门也都确认了，任何装神弄鬼都是邪门歪道，她做那种荒唐的事情只是为了减轻她自己的痛苦，神婆也只是为了赚钱糊口。亏你还是个优等生，你的书都读到哪里去了？世界上根本就没有鬼魂这种东西，你真是让我失望透顶。一个农民，一个不识字的老太婆，在你面前表演了一段双簧，就把你吓得尿裤子，你就这点本事？既然你这么没用，这书还不如不要读了。

　　被妈妈一吼，我突然想起一件事来，既然那个老奶奶强调她已经去了

"那边"，为什么她眼角的余光仍然能看到我的尿液，而且不动声色地移动了一下脚尖呢？

妈妈就有这种本事，几句话就让眼前的一切突然清晰起来。原本正在陷入黄昏的山间小镇，突然亮如早晨，纠缠于心的那些烦乱也跟着烟消云散。

你记住我今天跟你说的，张驰是个清清白白的人，干干净净的人，张驰没有做过任何错事。以前没做过，现在没做过，将来更不会做。

我点头。还是跟妈妈在一起更好，有她，我就有安全感；有她，我内心就温暖而坚定。

但是，到了星期日下午，快要返校的时候，我又愁闷起来，望着收拾好的行李，想走又不敢走的样子。说实话，我不知道高小慧还有没有其他手段。

见我这样，妈妈对我说：如果你实在不喜欢城里，我们继续想办法转学，我们离开那个讨厌的地方。

真的吗？你真的有这本事？

我试试看。世界这么大，找个自己待得舒服的地方应该不难，我们又不是不好相处的人。

这年九月，我如愿进入市里的一所新型民办中学，校址在郊外一个风景区里。很多人不敢上这个学校，因为它太新，没有历史成绩可以参考。但在市里，它是我唯一可以选择的学校，因为它不要户口。还有一个最最重要的原因，高小慧不知道这里，她也许知道我进了市里的学校，但她万万想不到，我会在这个山沟沟里。妈妈说：我不会让她知道你的下落的，她疼她的孩子，我也要疼我的孩子。

为了不让高小慧知道，必须不让爸爸知道，这事有点残酷。也就是说，我不能见爸爸，我必须活得像没有爸爸一样。至于妈妈，正如她自己所说，她已习惯了没有爸爸的生活。

不见就不见，他是能帮你料理生活，还是能帮你解答难题？他对你来说，一点用处都没有了。如果你实在觉得不舍，就想一想高小慧，两害相权取其轻。

寄宿生活很丰富，学校为我们这些寄宿生的周末安排了好多活动，包括各种参观、看电影、体育活动、种植活动等等。很快我就发现我夸大了对爸爸的依赖，我完全没有想象中的那么思念他，我甚至都不太思念妈妈了。这个学校还有一个好处，它可以预约回家的校车，从学校到家里，全程严密接送。这么一来，我就相当于凭空从毛湖镇，从城里消失了，而且整个过程没有任何不适。

直到高中毕业那年，我拿到了大学录取通知书，才坦然回到故里。这时妈妈还在毛湖镇，她自己动手刷了墙，添了几件家具，小屋子住起来比以前舒服了很多。

我问她：你真的不打算跟爸爸和好了？

无所谓和好不和好。我的工作在毛湖镇，我也喜欢毛湖镇；他的工作在城里，他也喜欢他的城里。既然这样，那就各得其所，也让我省了好多家务，我一个人几乎没什么家务。

长期分居也不是个办法吧，他的生活能力不如你强，他肯定没你过得舒服。

妈妈隔了一会儿才说：有人照顾他。他帮了高小慧一个大忙，把她转成了建陶厂合同工，高小慧能照顾他生活。

嗯？这是什么意思？高小慧照顾他？当他保姆？

高小慧怎么可能给人做保姆？那么心高气傲的人，何况她现在是单身了，陈翔宇死后她离了婚。

所以你是默许他们在一起了？

我内心是同情高小慧的。

如果你对爸爸已彻底死心，不如离婚，去追求自己的幸福。

才不要。我一个人过得蛮好，平平静静，衣食无忧。加上你这么争气，我很满足。

我去找爸爸谈谈吧，我去跟他来一次男人的对话。

千万别去。高小慧看到你考上了大学，心里肯定不舒服，不知道又会搞什么鬼花样。

她是不是搞过什么鬼花样了？

当然，她跑去教委查档案，想知道你转到哪个学校去了，还去找你的同学打听。人家都告诉我了。她还去过市里，到底找过哪些学校我就不知道了。幸亏我又聪明了一回，我没把你的学校告诉你爸爸，你爸爸知道了，她不也就知道了吗？

你不会是因为这个原因，才故意选择跟爸爸分居的吧？

我已经忘记这些前因后果了，我只知道，独自活着，守口如瓶，才是最安全的生活。如今我们总算成功了，现在就算让他们知道我也不怕了。

知道什么？我心里不由得一紧。

知道你这些年到底在哪里读书。

啊，我还以为⋯⋯

走走走，我带你去吃点好吃的，你肯定会喜欢。不知是有意还是无意，妈妈打断了我的话。

我没在毛湖镇待太久。学校老师提示过我，可以在暑假找个地方实习，同时准备一下大学课程，比如英语四六级考试之类的。就这样，在妈妈身边待了近十天，我就回到了市里，再没回去过。一股莫名的力量驱使着我，尽量远离毛湖镇，尽量不要在那一带徘徊。

开学前一天，妈妈专门请了一趟假，赶来市里为我送行。我们一起吃了顿饭，就前往火车站。

在月台上，妈妈对我说：你是男子汉，心要大一点，眼界要开阔一点，多想想自己的未来，少想些家长里短。你放心，等你爸爸老了，我自然会把他收回来，他年轻时怎么伤我的，我要一点一点给他还回去，我才没那么大度。

大二的时候，有个秋天的周末，我正在给几个中学生做课后补习，突然有学校勤工俭学组的人找到我，说是我妈妈来学校找我了。

我请了假，匆匆赶回学校，老远就看见妈妈站在学校大门口，她穿着邮电制服，像个还没下班的工作人员。

这辈子难得来省里开个会，怎么着也要见你一面才能回去。

我带她到学校食堂就餐，她感叹不已，说大学就是好，伙食好得像在下馆子。这一次，她带来一个消息，高小慧要结婚了，男方是她同事，都是建陶厂的工人。

接着说到爸爸。他也在琢磨赚钱的事，他准备跟人合伙做草皮生意。

你知道他在苗圃的时候接触过草皮种植，现在大上基建，很多地方都需要草皮。我跟他说，工作不能丢，丢了划不来，所以他就让他弟弟出面搞，他做幕后。还是蛮操心的，头发都白了。

你跟他说……你们和好了？

你说的和好是什么意思呢？住到一起？没必要，我已经习惯毛湖镇了。每次外出，不是头疼就是嗓子不舒服，只要一回到毛湖镇，就神清气爽，百病全消，我这辈子是离不开毛湖镇了。

让爸爸退休以后也回毛湖镇好了。

我说我喜欢毛湖镇，是指我一个人住的毛湖镇。对了，我还要跟你说件事，我开始画画了。有一天我在书店里看了好一会儿美术教材，我心想，我也能画呀，就去买了点纸笔，开始画起来了。后来我发现画画比织毛衣好，织毛衣容易得颈椎病，画画就不会。我们邮政系统有个人的邻居是个美术老师，他把我的画拿去给那个老师看了，老师说一个从没画过画的人，第一次能画成这个样子，算是有点天赋的。我一听，画得更带劲了。

她说着，从帆布包里掏出一只活页夹，里面全都是她画的水粉画。画了半年素描，我就开始画水粉了，我更喜欢水粉。

天哪！真没想到我妈妈原来是个画家。

我现在的状态特别适合画画。家务不多，也没旁人打扰，也不用做饭，饿了就蒸个馒头。一边吃一边画，画水果，画静物。心情好就出去画天色，画山水。特别是苗圃那边，任何一个角落都可以入画。

她的确画了很多苗圃，那栋灰扑扑的三层小楼，楼前的庭院式绿植，花房，以及花房深外的温室。再一看，她甚至画了那把触目惊心的梯子。

很少有人在风景画中画温室的。我委婉地说：你不用太写实。

我开始也想忽略这里，但我后来想，如果我不画温室，那么我的花园就跟任何人画的花园没两样，所以我决定不回避它，是什么样就是什么样。这幅画很多人都看过，谁也没觉得温室在那里不好。

我把它举起来，放远一点打量，原本灰扑扑的小楼似乎变成了棕黄色，绿植更加厚重，沿着细细的石子路进去，是姹紫嫣红的花园。因为透视的关系，银白色的温室屋顶在花园一角轻盈浮起，一架梯子斜靠在温室外。奇怪，这并不美丽的东西竟然跟身边的花园非常协调。看了一会儿，我明白了，这两样性质迥异的东西放在一起之所以协调，是因为它们有着共同的属性，它们都很脆弱。

我久久地打量这幅画，耳边仿佛又响起了那两个少年的对话：

你在哪儿过年的？
我们进城了，跟你爸爸吃了饭。

如果是现在，我有一百种办法来应对突然得知真相后的震惊，可惜那时，我像崭新的白纸一样无知、刺目。

之后我大学毕业，自己找工作，离家越来越远。从地图上看，我现在的地方，离毛湖镇有一千多公里。

我经历了每个人都经历过的一切，成家、买房、买车、养孩子。爸爸的草皮生意还不错，为我的房子赞助了一笔钱。妈妈仍然在画画，城里有本杂志，有一天竟然录用了她的一幅画，她高兴坏了，在电话里跟我嚷嚷了好久。

你知道我真正想说的是什么吗？我想说，感谢生活！感谢生活把我变得孤独，感谢生活让我闭紧嘴巴，感谢生活帮我剔除毫无意义的家务，赐我大把大把的时间。

一通感叹之后，我突然压低声音，一字一句地说：你真正想说的是感谢我，对吗？因为我，你必须守口如瓶；为了守口如瓶，你必须独自一人；因为独自一人，你把自己修炼成了画家。

这也没什么不好，至少我圆满完成了一件事。

我当然知道她指的是什么，索性坦然地问她：高小慧现在怎么样？

唉！她的消息让人有点难过。她后来嫁的那个人，是有个儿子的。一开始她这个继母当得不错，后来就不耐烦了，说她对自己的孩子都没这么好过，说她对他越好，就越对不起自己的儿子。天天念叨这些，人家自然不爱听，家庭气氛就不是太好，结婚不到两年就离了。你知道吗？后来我甚至有了个新想法，我去跟你爸爸说，干脆我们俩也离婚吧，然后你跟高小慧结婚，结果他骂我是神经病。

我苦笑一下：的确……不是个好主意。

这通电话已是三年前。这之后我有点疲于奔命，工作压力大，妻子抱怨多，孩子不是惹事就是生病。每当我想回老家的时候，总有各种各样的理由跳出来阻拦我，任何一个理由都比回家去看两个并不老的老人更加值得。幸好我们很早就已习惯了天各一方，某种程度上讲，我们更像是法律意义上的一家人。

但这一次，因为儿子的事，我觉得我无论如何都应该回去一次。

我没有直接去毛湖镇。妈妈说，你这么远回来，不应该再往毛湖镇跑。所以我们决定在爸爸家见面。

感觉他们两个人都小了一个型号，妈妈缩得更厉害一些，连脑袋都跟着变小了，脖子也细了好多，布满可怕的颈纹。爸爸头发全白，明显消瘦，看上去令人担忧。

居然是爸爸做的饭，满满一桌，热气腾腾。他频频斟酒，要跟我好好喝个够。

这些年，我对不起你，越想越觉得对不起你。尤其是看到现在的人对孩子的那个宠爱劲儿，那个用心的程度，越发觉得自己当年真是差劲。

我哎哎两声，糊弄过去。

他又对妈妈说：我也对不起你，但我不求你原谅我，只求你能多活几年，不要死在我前面。我死了，我的房子、我的钱都是你的，我这几年还是攒了一点钱的。

妈妈微微一笑，不要你的，我自己又不是没有。

你有什么？毛湖镇的房子，还没一头猪值钱。

妈妈突然想起来什么，说：别以为你在给我什么好处。你死了，你的房子和钱本来就归我，不然归谁呢？高小慧？死开！高大慧都不行。

这是唯一的一次，高小慧这个名字坦坦荡荡地出现在我们家，没有一个人觉得有什么不好。

想了又想，我没有在久违的饭桌上说出我的打算。一直忍到饭毕，妈妈开始洗碗的时候，我才站在她后面说：我想去趟毛湖镇，我想去看看陈翔宇的坟。我还记得他的坟在小溪左边的山坡上。

妈妈拎着一双湿手，正面对着我。不是说，忘了那些事吗？

还是去一下吧，反正都回来了。

妈妈也不洗碗了，擦干手，要跟我一起去。我拦住了她，我想一个人快去快回。

什么话？正好我也要回我自己的家。

我真想狠狠给自己一拳。如果我悄悄去，妈妈说不定就不会想要这么快回毛湖镇。

在路上，妈妈告诉我，她去看过很多次陈翔宇的坟，不知道是土质问题，还是其他别的原因，陈翔宇的坟上一直没有长草，光秃秃的，像刚埋下时那样。

出租车停在镇上，妈妈想跟我一起去，我拦住了她，我想一个人去看看。妈妈望着我，像小时候那样理了理我的衣服领子，说：那就快去快回吧，我在家里等你。

这是我第一次走近他的坟。我不知道我以前在怕什么，我甚至刻意不往这边看。

坟上果然光秃秃的，细一看，其实是长过草的，被人拔掉了。坟虽然不大，但跟所有的成人坟一样，底部砌着一圈防水的石头墙，面向山外的那一面做出一个精巧结实的烧香烛纸钱的门洞。

我在门洞前坐下来，拿出在家画给儿子看的那张小画，望着土堆说：是你吗？前几天你去海边了？到我儿子春游的地方去了？与此同时，一阵风吹来，带来飕飕凉意，我莫名地有点激动：我一直都没有对你说过，我一直都想说，但又不敢说，对不起，真的对不起，如果有来世，如果来世我们还能相遇，我愿意跟你换，我愿意是我从梯子上摔下来。

我把纸揉成一个小团，扔进门洞。门洞里积满了香灰纸屑，小纸团滚落出来。我找来一根小树枝，将纸团往里推去，直到推不动为止。

不过，我觉得你未必愿意跟我换，因为活着的代价，往往比死亡还要大。

我站起来，准备离开。别了，小溪；别了，苗圃；别了，我的童年。这地方，我应该不会再来了。

洞里传来轻微的响声，我转过头紧盯着洞口，不一会儿，一条褐灰色的蛇爬了出来，我吓得捂住嘴巴，生怕它听见我脑袋里嗡嗡的响声。它爬得并不顺滑，似乎心有不甘。它离我最近的时候，大约十厘米都不到。我的手深深地塞进了嘴巴。我以为它要爬上我的脚背、我的腿，再缠住我的身体、我的脖颈，但它没有，它悄悄转了向，朝左边蜿蜒而去。

等我终于能够自如呼吸时，我发现后背上的衬衣已经汗湿，凉凉的像泼了一瓢冰水。

从这里到妈妈的家，不过一千多米，我却走得格外艰难。我双腿打颤，头昏眼花，阳光瞬间变得格外强烈，晃得我睁不开眼睛。终于推开大门时，竟两腿发软，差点站立不住。我强撑着走进卧室，鞋都来不及脱，一头栽倒在床上。

我又看到那条蛇了，它在泥地上急速爬行，发出沙沙的声音。跟在山上不一样，这一次，它发现我了，它朝我追来。我跑得越快，它就爬得越快。我想，无论如何，我不能再逃了，要么我把它打死，要么它把我咬死。我想找块石头，或是一根棍子，但不是搬不动石头，就是折不断棍子，急得我眼冒金星。最后一刻，它追上我了，但它并没有攻击我，而是凌空飞起来，跃过我的头顶，向远处飞去。

我醒了，没有蛇，什么都没有，只有带着妈妈味道的被子，以及厨房里飘过来的煲汤的香味。再一看，妈妈坐在墙边画画，排刷刷在画纸上，发出沙沙的声音。我笑了，这大概就是梦里那条蛇发出来的声音吧。

你醒了？这一觉睡得真长，从下午三点半到凌晨两点半，你是有多缺觉啊。

我伸了个长长的懒腰。

妈妈的床好舒服啊。

妈妈闪身让开，让我看她的新画。这一次，她画了我走过千百次的那条路，以及路边蒿草掩映下时隐时现的小溪。她把小溪画得很漂亮，她似乎轻而易举就画出了那种清清亮亮的透明感。

很明亮，很可爱，很清新。我说。

我要把毛湖镇的每个角落都这样画一遍。我要让人看到，哦她心目中的毛湖镇是这样的，哦她在毛湖镇的日子是这样的，哦她是一个幸福的毛湖镇女人。

我们开始喝汤。牛大骨、洋葱，还有粉丝和香菜。

你媳妇厨艺怎么样？

我们很少做饭，公司有午餐，晚上我们都不吃正餐。

那孩子怎么办？

找了个托管家庭，负责接孩子，吃晚餐，监督写作业。

那……你这个家，没什么向心力呀。

至少我们晚上都会回到一个地方。

那就好。妈妈低头喝汤，不再说话了。

知道吗？我很感激你。为了把我托举到干燥结实的地方，你一直在沼泽里苦苦支撑。

妈妈一笑：什么呀！至少我学会了画画。

她真的画了很多，家里每面墙上都挂着她的画，还有很多根本没有装进画框，一一卷成筒状，立在墙角，甚至茶几玻璃下面都压着一张。我提醒她这种办法不利于保管。她一笑：又不是什么值钱的东西。

回程路上，我路过小城，却没有再去爸爸家。我觉得没必要了，我已经跟他见过面了。

（原载《中国作家》2023年第1期）

评鉴与感悟

《保持沉默》似乎讲述了一个青春残酷故事：在父亲偷情被母亲撞破，两人分居之后，"我"与母亲度过了一个非常孤独的春节。春节假期结束，好友陈翔宇找"我"一起掏鸟窝，在对话中"我"得知父亲欲带走自己，跟好友的母亲重组家庭，于是"我"推倒了爬树的梯子，使好友坠亡。在漫长的追问和审讯中，"我"谨遵母亲的嘱托，通过"保持沉默"逃过一劫。然而"独自活着，守口如瓶"，对于"我"而言既是一个护身符，也是一种诅咒：生活的真相在"我"的口中呼之欲出，然而唯有"保持沉默"才能维持生活的常态，因此救赎之道无法言说，并且"我"的儿子成了下一个掉下梯子的受害者。

然而，姚鄂梅在叙事中有意识地通过成年人的视角揭开故事的表层。

虽然小说的主要内容是叙述"我"在十岁那年的遭遇，开头却由多年后"我"儿子出事来触发回忆，并在结尾处依旧以成年后的"我"回故乡祭奠陈翔宇来收束全篇。由此，一段晦暗、冲动、幼稚的残酷物语在一个成人的视角下变得冷静而克制，"沉默"也成了一种自杀性的修辞，再次抹除了血淋淋的生活真相。《成年人的谎言生活》一书说道："谎言，全是谎言，成年人不准我们说谎，可他们却满嘴谎言。"面对"沉默"留下的巨大真空，成年人不得不用谎言来填补和粉饰，维持着他们生活的最后尊严。因此大人们面对"我"的问询，一再地说"以后我会把一切都告诉你的"（沉默）；事发后母亲总告诫"我"陈翔宇所言皆虚，"我"其实"什么都没听到"（谎言）。"沉默"也成为"我"与童真割席的刀，在丧失话语自主权的同时，"我"的语言也被无数谎言入侵。

不过，小说最终没有落脚在成年人的"谎言生活"，而是启示性地强调"保持沉默"。乔治·斯坦纳在《语言与沉默：论语言、文学与非人道》中说："似乎与其说沉默是一堵墙，不如说它是一扇窗。"从这扇窗中，我们窥见的不仅是"日常生活的挤压"，还有人们在其中"无伤大雅的反抗"（《出走的女人》总序）。作为"保持沉默"最坚定的执行者，母亲正是姚鄂梅所不断书写的"无论生活还是情感""都不是很会经营"但"不甘妥协"的那种女性，然而她选择以"沉默"而非"出走"来"提醒和警告那些施予她们压力的人"。小说中别有深意地提到"咬人的狗不叫"。作为一个不断被丈夫鄙夷、背叛、无视，被儿子认为是"最不适合一起娱乐"的女性，母亲在家中始终是一个"沉默"的存在，但这种"沉默"让母亲维持了自己的尊严，并在生活的沼泽之中以"沉默"的力量"把我托举到干燥结实的地方"，同时创造出了自己的语言——绘画——来反击现实。

然而，孤独的自语和抽离出真相的生活，能否让固守在小镇的母亲重新掌握话语的自主权，获得精神维度的"出走"？父亲和"我"通过一声声的"对不起"，能否获得救赎之道？恐怕无人能给出答案。正如维特根斯坦所言："凡是可以说的东西都可以说得清楚；对于不能谈论的东西必须保持沉默。"（邓可）

记忆的持久性

/白琳

1

四月,我把画架在窗前支好,打算画一画肖像,等调整好一切才发现都是徒劳。去年在都灵,我一直用一块油画板当背板,全然忘记离开时一块钱还是两块钱把它卖掉了。

于是我的画家梦很快破灭。但无论如何它都会破灭——我想要画一些人物,把他们的声音和面容都贪婪地吞噬进去,变成静物的动态,或者动态的静物,无生命的物体。通常是乐器、瓶子或死动物之类的。但我觉得人也可以被画成静物。不是还活着(still life),而是已经死了(natura morta)。不管活着还是死了,这一切都不再与我相关。后来罗马开始连日阴雨,我得到了解脱,因为我没有心情继续站在窗前,虽然那里的暖气仍然发烫。

整个三月我都在和达贝尔教授联系。我写三封邮件,他回我一封。他的句子是声带结节,或是没有清理干净就用画笔涂抹在画板上的颜料。他的段落像是雕塑,古典而崇高地立在威尼斯宫旁边的一栋公寓。他的问候似乎是冬天堆积在一起用来生火取暖的家具,吸收了透过窗户折射进来的光热,但是不小心被雨水淋湿而无法点燃。他间歇性的乐观反而是强行点燃这些湿掉的柴火而冒出的一股呛人的黑烟,企图把我的画布熏烤腌制起来。

要坚强地面对现在的状况。他老是这么说。可我发现他已经陷入了生活的更低潮。

复活节又一次大封锁期间，我每天都在仔细想我还需要在罗马完成什么画作，对着雨幕，或者忽然就射入屋子的透亮阳光。四月的罗马从未如此寒冷过，我指的一定不是心理层面。是吗？应该不是。我是在说天气。往年的四月，我已经开始准备过夏天了。这有很多的证据。因为我每一个复活节都要跑出去玩，在那些照片里我都迫不及待地穿上了裙子。可现在我还裹着毛衣缩在房间的软椅上，一整个冬天我都在穿短袖，可是现在反而要套上那件白色的、连扣子都是白色的毛线开衫。它还是新的，但是我最近不想穿了，因为它是 H&M 公司的商品。

断断续续封锁解禁，折腾了一年多，大家的耐心都像是衰老的皮肤，从生活上耷拉下来，显现了极深的纹路，在脸上沟壑纵横。达贝尔教授经不住我一次次的骚扰，终于有一天决定和我见面。大雨天，滂沱大雨，狂风暴雨，疾风骤雨。我歪歪扭扭从圣乔万尼走到了威尼斯宫的 Tiger 商店旁边，那里还有一家就要打烊的小酒馆。整个罗马是灰色的，湿蒙蒙的灰。我从圣母明圣堂后面走下来时还差点滑倒。这个教堂的名字还真难记。Chiesa del Santissimo nome di Maria Foro Traiano，但我还是很快记住了。我来罗马的第十三天，把它写在随身携带的线圈记事本上。那天我在这里遇到过一个骗子，他说他来自埃及，住在附近的酒店，晚上要和教宗共进晚餐。他展示了一张邀请函，上面有教宗的"签名"。我问他我们背后的这个建筑叫什么名字，就是图拉真柱后面的这个，他很快地答出来。我说抱歉我听不懂意大利语，也听不大懂英语。我真的很忙，没时间站在这里闲聊。而且我的背包里真的什么都没有装——这在我转身的瞬间就被你发现了不是吗？你看，现在它开着口，里面什么都没有。

现在这里一整天都不会碰到十个人。也许整个罗马都是。至少一路上我只看到了五六个行人。如果愿意，在晴天我完全可以走到红色的砖石旁边，坐在骗子还是小偷时常行骗行窃的图拉真广场前的椅子那儿，翻翻书什么的，会有海鸥陪伴我——尽管它们更喜欢在古罗马遗址中漫步。但是我会很高兴看到一些蚂蚁，沿着我不太明白的曲线爬着。

其实我这样做过几次。去年罗马几乎是一座空城，我从都灵回来，搬家到了拉特朗圣若望大殿旁边的一个住宅区。即便是几年前，这里的游客也不是特别多，人们来到罗马，首先去梵蒂冈的圣彼得大教堂。可是拉特朗圣若望才是天主教罗马教区的主教堂，也是罗马的四座特级宗座圣殿中最古老、排名第一的一座，应该有一些朝圣地图的起点是从这里开始的。从拉特朗圣若望走十分钟就到圣母大教堂——四座主教堂的另一座，然后再走十分钟，就可以到斗兽场。当然时间是不固定的。罗马城的路径弯弯绕绕，选择走哪一条是随心所欲的。

有一天我原本是要去圣彼得大教堂，但是路上下起了小雨，我只好走进斗兽场躲雨。意大利所有的考古遗迹的博物馆对艺术与考古系的学生全部免费开放，所以我们总可以随随便便就走进这样的地方。我在一道拱券下的石阶上坐好，打开了一本《生物进化史》电子书，这是我喜欢了许多年的书，反复翻阅过很多次，但我总会忘掉一些细节，也会记起一些。譬如一种捻翅目昆虫（strepsiptera），这是一种寄生在其他昆虫身体的小生物，雄虫有点儿像苍蝇，长有翅膀和腿脚什么的，而雌虫就只是一个装卵的袋子，没有眼睛，没有肢体，没有翅膀，甚至没有口器，它们都寄宿在宿主的身体里——那个可怜的不知道叫什么的虫子，等雌虫安居，就会戳破宿主的腹部，将自己的生殖器暴露在外。然后就有雄虫过来交配——一只还是多只我并不清楚，但是我知道会有数以百万计的后代在这个卵一样的母体里孕育，这个数字曾经使我震惊，接着就是常发生的事儿，这些小东西慢慢长大，然后从母亲的体内把母亲吃光。再然后离开宿主的身体。也不知道它们吃不吃它，反正最后的最后，它们走向了——世界。

走向了世界。

不能说是完全的不幸，比如说，有几个人会有机会走进空荡荡的圣彼得大教堂。或者那里，你走过来的地方。达贝尔教授站在雨帘下，声音嗡嗡地指着前面斗兽场的方向，对我说。

是的，我回答。脑子里还在想着那个下午，等我在斗兽场二层的台阶上坐好，天忽然就晴了。阳光铺天盖地罩在建筑的上方，我在那里坐到天黑，望着圆形剧场上的洞石、凝灰岩以及混凝土，在云层里变幻着明暗色泽。明黄，金黄，灰褐，黄褐，红褐。陪伴我的只有一只黄嘴巴的海鸥。

万籁俱寂，我简直觉得自己的程序出现了错误，一切都不真实，世界上原本应该有千千万万的人和我一起从囊袋中落地，可是那个下午只剩下一个我。这不真实。

这一刻也许也是虚构的。我和达贝尔教授站在酒馆外的凉棚下喝咖啡，服务员过来摘掉了挂在我们眼球下的所有灯管。原本还有一种朦朦胧胧的昏黄的可以给人带来一点暖意的橙色调，忽然就被青灰色的雨幕吞噬。罗马灰败而可怜，天空发出赭石的色泽，我瑟瑟发抖，拿到了需要签字的文件。

哦，真难想象，这样的罗马，什么时候在这个点有人来摘下灯管。以前这里想要打烊都难。

节约能源。我牛头不对马嘴地说，想要扭转他阴郁的情绪，但显然并不高明。也许他觉得我不能理解他的烦恼，想要进一步阐释：这是罗马，也不是罗马。和所有的艺术作品一样，是又不是。

他放下手中的咖啡纸杯，轻拍指尖，陷入思考。我发现他的节奏被凉棚上方的雨带偏了，嗒，嗒嗒，嗒嗒嗒嗒嗒嗒，嗒嗒嗒——乱序无章的节奏。但很快我们都整理好曲折的思绪，就好像合上一个文件夹，紧接着打开了另一个，从各种疫苗谈到博物馆标签，从女性主义谈到人权，然后他又开始重申他的态度：我父亲是英国人，母亲是法国人，我生长在意大利，受教育在牛津，我教世界各地来的学生。我没有偏见。我是一个没有"颜色"的人，但这个世界应该是一个有各种颜色的世界，正如你写的……这之后我们讨论了我的论文，我耐心听着，也尽力插嘴。因为也许这是我们最后一次见面。在此之后，记忆会随着时间慢慢软化，经历僵死之前最后的柔软。

他跟我道歉。说他应该更早一点把文件签给我的。但是因为注射疫苗，他在家躺了两天，还因为一些别的什么事，总之有很多借口。是的，他应该更早就给我这个文件，因为从三月开始，我写信或是发短信问他要了不下十遍。谢天谢地，他终于在递交文件终止日期的前一天把东西交给了我。这一整个月他都在说找一天我们一定见面，但他肯定没想到这个拖延使我们在一个月之内最坏的一天会面。

这不是您的错。我说。我撒了一半谎。这一个月内我至少打电话给三个人讲过达贝尔教授的坏话，其中一个回复我说：哦，我的天，从现在开始我对他所有的尊敬都会消失，没有一个教授会像他这样不能完成自己的工作。

也许只是因为他很忙，我假装大度地帮他辩解，而且这半年来情绪也一直不好。他说他每周都要做快速检测，从鼻腔戳进去那种。每周来一次，他快要崩溃了。

所有的教授都很忙。所有和学生接触的教授也都得测试，这是为了他们的安全着想。他应该克服他的心理问题，不能总这么陷入自己的情绪。

另外一个说：你知道的，在你选择他时我就告诉过你他个性忧郁，阴晴不定，可是你看上了他牛津大学博士的头衔不是吗？这是你自己的苦果。

我只是想要让他帮我好好改这篇论文，至少他的语言更加准确。这次我真的在辩解。

还有一个说：他身上简直兼具了英国人、法国人和意大利人的所有恶习。

怎么说？

阴郁，粗鲁，懒散。

好像有些道理。我点头表示赞同。

……

我获得了安慰，在这些批评与指责达贝尔的对谈中，紧绷的神经被揉松了一些。但实际上我不怨他，或者说不能完全怨他。罗马从三月中旬进入红区开始封锁，直到四月七号才解除禁行。但他完全可以发电子版。他也许太古板了。英国人的原因吗？我不想这么认为，这也是一种刻板印象和偏见。我宁可相信他正在遭遇精神创伤。

毕竟这样的人不在少数。这一年的节奏太奇怪了。

回到家拧干头发，我一边喝牛奶一边在速写本上画了他：模糊的眼睛，拉到眼睛下的白色口罩，黑色风衣黑色伞，牛仔裤，一双棕黄的鞋。如此简单。不能比一只玻璃瓶更复杂了。我画完之后头发都没有干，当然不可能干。我只画了五分钟就画完了他，其中四分钟都是用最粗的黑色针管笔往衣服和雨伞上填色。但是画完之后我就后悔了，因为我发现不小心把他画在了另外一张画的背面。那张画我画了两个小时，是一对BL剧中的男主角。都是男主角的男主角们。好几年了我一直迷这种剧集,看了上百部。

有这么多电视剧吗?贝卡问。她觉得这个类别比较小众。

当然有。下个月还要出十一部新的。三部日本的,四部泰国的,两部越南的,两部菲律宾的。

你都在哪里找到这种片子?

各种渠道。你只要想找,就一定能够找到。

你是为什么要看这个?性?还是隐秘的刺激感?

我承认有一部分禁忌的刺激——不断的受挫会导致升华。但是我不喜欢看性,我觉得任何尚未产生性爱的东西都会更值得审阅,而一旦主角们上了床,我的兴趣就薄弱下来。

是的,我的兴趣薄弱了下来。我想起达贝尔教授喝咖啡时那一抹忧伤的底色。他说:所有博物馆里画作的标签都不应该冗长。浪费人们花时间去读。生平,风格。人们花五分钟去读那些文字,然后花两秒钟去看画。接着离开博物馆,什么都忘记了。你相信他们能够记得?

不相信。至少我自己记不住。我说。

这次我没有撒谎。因为当我合上给达贝尔画的肖像,关掉墨蓝色的宜家台灯,把书桌上散落的笔收进一只金粉色镂空笔袋,将椅子推进桌底,喝下一杯牛奶躺进被窝,记忆便从身体上滑落。我闭上眼睛,想着放在桌下紧贴椅凳的一只纸箱。那是还没来得及拆封的一箱 Cult Beauty 的美妆品。里面有一支 It Cosmetic 的 cc 霜,一支化妆刷,两瓶 The Ordinary 的烟酰胺原液,一小盒 Hourglass 的高光,一块 Nars 新出的腮红——我在官网上没有看到折扣,而这家英国电商打了八五折。还有……应该还有两三个小样,不是香水就是面霜。这盒子从英国到丹麦到荷兰到意大利,因为复活节假期以及病毒检测整整走了二十天。和达贝尔的迟滞会面并无差别。

我很想打开盒子看一看,但是太晚了,我想把这份不是惊喜的惊喜留在明天。也许只是打开折叠的另一面。

2

二〇二〇年年初,大封锁之前我去了一趟威尼斯。原本我在二〇一九年的十二月就想要去的,因为那时候古根汉姆博物馆有一个里奇尼的特展。

里奇尼的画非常古怪，一开始我觉得自己读不懂，在罗马现当代美术馆揪住一个来看画的行人问：请问你觉得他想要表达什么？

哦，我不知道。他被陌生人叫住问了这么一句，感到有些莫名其妙，但还是大大方方地说：我不知道他究竟想要表达什么，不过他的画……令人感到恶心。

在蔚蓝或柠檬黄色背景上飞行的人，莫名其妙的大胡子，在红色、灰色或蓝色的背景下被裁剪的人脸轮廓，起伏不定的一线山丘，白皙的月亮，模糊的星星，奇形怪状的恒星穿过胸前领口轮廓上方的荒谬天空，被箭镞刺伤的丑陋的心。羽毛美丽的鸟并没有鸟的任何象征，画面里就只出现了两个眼睛似的圆点，还有一张更像一片叶子的嘴。

奇形怪状的一切，令人感到……恶心。

我也搞不懂他想要表达什么，所以看了大量的人物传记。后来我一直想要明白为什么会被这样的作品吸引，直到有一天发现里奇尼崇拜莫迪里阿尼。

原来如此。

我也喜欢莫迪里阿尼。我这么想，觉得终于找到了原因之一。塑造我们共同的审美的其实并不只是如此，更远的还有一票在那个时代活跃的艺术家们，一九一七年秋天他在巴黎圆亭咖啡馆遇到了那些诗人、艺术家、流氓，带来了一种叫作互相理解的友谊。尽管有宵禁，但他整夜都住在小酒馆里，与那些人混合着建立这一种深厚的关系。

请问现在没有里奇尼的展览吗？二〇二〇年二月，转完整间古根汉姆美术馆都没有找到一张里奇尼的作品之后，我问馆员。

哦，她仔细想了想，我们去年还有一个专展，但是很早之前就结束了。

我以为是一个长期展。

不是，是一个特展，但是好像展出了好几个月。

展出的作品都是哪里来的？

大部分都是私人收藏。

也就是说很难在别的美术馆看到大量里奇尼的作品？

是的。很抱歉，这个展已经结束很久了。

展览已经结束很久了。确实如此。我有多长时间没能好好再去美术馆看看了。疫情开始之后,这些公共场所关了开,开了关,每一次的开关都比一阵风还缥缈。

现在那些博物馆还是不开门?我问。

我想是的。也许得等到六月?上周我才好容易完成了在巴贝里尼宫的实习。贝卡说,你都不知道这个博物馆完完全全就是为了实习生才短暂地开了几天。

你们都干了些什么?

写记录以及安排标签。

哦,标签?昨天达贝尔还说过……我把和达贝尔教授的对谈简单告诉了她,顺带又讲了一遍达贝尔的坏话。

他真的要好好审视一下自己的状态。但我觉得他们现在都有点混日子的感觉。比如说索伦提诺教授,也是上周五才给我签了博物馆实习的文件……

她把已经告诉过我五遍的事又讲了一遍。我认真听着,就像她认真听我吐槽达贝尔一样。讲别人的坏话使我们感到放松。这是大家共同的解脱方式。

我们坐在哲学院外的草地上,享受递交完所有材料之后的松弛。真难想象,昨天还是一副阴郁的色泽,今天就晴空万里。意大利的大太阳把草地烘得干爽,贝卡喝了半个小时终于喝完了一罐七百五十毫升的咖啡,但是很快她又从背包里翻出来一只同样容量的随身杯:这是我的早餐,黑莓、樱桃、香蕉、坚果,还有牛奶打成的奶昔。你要来点儿吗?

你觉得这个时期问我这个问题合适吗?我指了指蒙在脸上的口罩。

哦不合适,当然。

那你还问。不过,也许哪天我去你家可以尝尝你现榨的。但是你的室友应该还是不会同意这样的串门的,对吧?

嗯。他还是不允许有访客来。因为他的身体不好,他做过心脏手术,免疫力比较低。

非常理解。有人来我公寓的话我也会很为难。比如说娜塔莉,她每周三都要在剧组工作,有时候收工早就约我出去走走,甚至有两次留宿,这些都让我感到紧张,但是我没能拒绝。

我明白。她点点头。现在任何的亲密关系都让人警惕。比如说你，到现在，哪怕这里只剩下我们两个，你也不肯摘下口罩。

也许这是我们最后一次来这里。我有些不好意思，试图扭转话题，指着前面的一棵树问：我们在这棵树前面至少坐过十次以上，但是你知不知道它是什么树？

不知道。是什么？

稍等，我用识图软件查一查……他们说，这叫Elaeagnus。

是拉丁文？

好像是的。我可以翻译成英文给你看。嗯……还是Elaeagnus。你知不知道这是什么？

让我看看维基百科……这是在意大利威尼托和瓦莱达奥斯塔的某些地区自发地通过农作物的自然生长而生长的一种物种（E.angustifolia），俗名eleagno或olivagno……我还是不知道这是什么植物。我似乎没见过。

中国有很多。翻译成中文是沙枣。

是什么？

就是一棵树。讲真的我也不太认识。

话说你真的认为这是我们最后一次来吗？

我想是的。我们还有什么必要来这里呢？

也许你说得对。这里现在空荡荡的，像是荒地。她回头看了看四周，语气里带着一点严肃。

我也回头望了一眼身后的草坪，空无一人。这是罗马的郊区，再往南不到两公里，有一片种着许多伞松的古遗址，三年前我常去那里坐坐，一边喝咖啡一边等待开课。考古学和古代史的课，听得人头晕脑涨。

这片土地在城市之外，除了植被和蓝天，似乎什么都没有。阴天的时候，整个景象都让人抑郁。以前我坐在巴士上经过这片荒原时，还曾生出过极度的空虚感。有一天傍晚我独自坐车来上语言课，外面下着小小的冰雹，下车之后冰雹变成细雨，我在校园前面的门房换了通行卡，进入雨中漫步。洁净的清新的感觉并不能洗脱阴郁的心情，我只是发愁一会儿的语言课。

通常罗马除了冬季之外，并没有特别多的雨水，即便下雨，也痛快下一场,很快就会放晴。但是二〇二一年显得尤其特别。几天前还下了一场大大的冰雹,从窗台往下看,街道、花园、车顶、阳台,全部都铺上了一层白白的冰碴。这场冰雹并没有简单下一下,而是在下午转为电闪雷鸣、风雨交加。有人在社交软件上写:这鬼天气,莫非总理答应二十六号重新开放,结果老天爷却不乐意了?

大区间的封锁已经快要半年,要不要解禁这种话题,每隔一段时间就会被拿出来讨论一次。

你觉得我们这个月底是不是可以解禁?贝卡问。

也许会。你很盼望解禁?

是的,这样我才能够去米兰。

哦,对了,你说过你正在和一个住在米兰的德国人暧昧。结果呢?

首先,他不仅仅是一个德国人,而是德国和意大利人。

好吧。

其次,这是很让我沮丧的地方。我告诉过你有一度我们几乎每天都要讲两小时电话?

是的,我记得。

但是现在频率越来越低了,有时候我们一周也只通话两三次。而且他开始不回我消息。

你认为他对你的热情消失了?

我不这么认为,我只是觉得因为我们不能够见面,这影响了我们之间的进度。我告诉过你,去年十月,我离开米兰时,他吻了我。

是的,那时候你还说你想要和他结婚。

现在也不是那么想了。

那么你对他失去了兴趣?

不,我觉得全然是封锁惹来的麻烦,它让一切交流都变得不通畅。而且连那个吻也模模糊糊的,我都觉得似乎是一场梦境。

你觉得我们现在像在梦境中吗?

超级。你看,这个公交站台前只有我们两个人。整条笔直的马路两端都看不到一辆车的踪迹。太阳那么烈,我们没有一点点影子,而且我跟你说话的时候觉得声音嗡嗡的,我耳鸣。我能在这么寂静的地方耳鸣,这真实吗?

我们要不要拍个照片?

好的。贝卡走到马路的中央。确实如她所说,这片荒原中只有我们两个,十二点钟,连风都是静止的。

一二三。好了。

你再拍一个空镜头。

我拍了。近景是八条粗犷的白线,中间一条细长的直通天边。大片的白云向地面压来,水泥公路的两侧是望不到头的黄绿色田野。还有一些刚刚了解到的沙枣树松散站立,草已经往高处长起来,一行白字在草丛中浮现:

Facolta di Lettere e Filosofia(文学与哲学院)

这世界上好像只有我们两个。

是的。

你会不会觉得那一行字就像是什么装置艺术?

如果它们软化一下,或者变形,就会让我想起达利。

那些软掉的钟表吗?

也不完全是。

或者说,软掉的时空?

嗯……不尽然。你知道我论文里提到了静物画?

是的,听你说过。

我认真研究过西方的静物画,包括每一个物件的象征意义。

然后呢?

我感到了无聊。

比如说?

比如说十七世纪在荷兰盛行Vanitas绘画,水果和鲜花,书籍,小雕像,花瓶,硬币,珠宝,绘画,乐器和科学仪器,军事徽章,精美的银色和水晶,都是生命的象征性提醒,表示一种……无常,或者说关于感官愉悦的短暂性。此外,头骨,沙漏或怀表,燃烧的蜡烛和翻页的书,也象征着死亡,或者时间的消灭。

你觉得后来达利的钟表也是在说这个吗?

我认为是。因为并没脱离时间的相关性。

不过他的想法肯定比十七世纪那些人更复杂。他不是简单地解答时间的流逝。你记不记得Dawn Adès说过，达利的那种软钟表是时空相对性的无意识象征，是对我们固定的宇宙秩序概念崩溃的超现实主义沉思。这是达利对于爱因斯坦的狭义相对论所介绍的世界的理解。

他确实很喜欢研究这类物理学知识——我也喜欢。但是这个言论早已经被达利否定了，Ilya Prigogine问过他，他说这些软表的灵感并不是来自相对论，而是来自卡门培尔在阳光下融化的超现实主义感知。你知道那个吗，卡门培尔乳酪（Camembert），为了研究究竟这是一种什么样的奶酪，我还专门找了好几家罗马的超市。

结果你找到了？

并没有。说实话我那阵子吃了大概有二十几种奶酪，可是我现在一种都记不住。后来我想看看意大利到底有多少种奶酪，你猜多少？

多少？是一个令人震惊的数字吗？

有点。据说是四百多种。

哦，确实比想象中多。但我想也许大部分差别不大。

我觉得还是有一定区别的，至少我吃的那二十几种都不太一样——从风味到外貌。不过唯一确定的是，我没有在罗马买到Camembert，而且我尝过那么多奶酪之后，仍然觉得马苏里拉奶酪最好吃，这是我在中国就常吃的。我丝毫没有接受新鲜的奶酪。后来我去法国又找了找Camembert，还是没找到。难道现在就没人吃这种奶酪？

应该只是你没有找到而已。不过你找它做什么，就是为了看看它化了的样子是不是达利描摹的那样？

大概是。但我有了别的新奇的发现。

什么？

我实际上乳糖不耐受。

我听说很多亚洲人都如此。

但问题是我以前吃乳制品从来没有这种反应。

那可能只是含量不够。如果你不耐受乳糖，最好在奶酪包装的成分表上确认一下含量：乳糖含量低的芝士每一百克一般含有五克或更少的乳糖，少于一克的则会被认为有痕量级。一般，发酵时间越长，乳糖的含量就越少。

你很清楚这点。

因为我也不耐受，所以总是很小心地食用，不然会胃胀气很久。

我也是。

说完这一句，我们不约而同陷入了长久的沉默。时间呼呼从肩头滑过。贝卡开始刷手机，而我低头看着脚下的蚂蚁。它们此刻在草丛中钻来钻去。达利经常在他的画作中使用蚂蚁作为腐烂的象征。绘画中出现的另一种昆虫是苍蝇，它们经常坐在手表旁或者手表上。当太阳照到它时，苍蝇似乎正在投下人的影子。坚硬的物体在这种荒凉而无限的梦境中莫名其妙地变得柔软，而金属则像腐烂的肉一样吸引蚂蚁。一切都是超现实的野心。

我从背包里抽出一支笔，在刚刚拿到的答辩通知单的背后开始画大量的蚂蚁。它们从一个九十度的直角开始爬行，我希望它们能够大大小小、密密麻麻地爬满整张纸的背面，但是我只短暂地画了一会儿，大约有三十只的样子，它们才刚从A4纸的一端冒出头，就停止了运动。公交车来了，贝卡拍了拍我的手，指着前方：真不敢相信，上面挤满了人。怎么会这么多人，这里不是只有我们两个吗？

这不意外。他们都是从前面一个个空空荡荡的地方汇集来的。他们从过去走向未来，而我们就是未来。现在我们是现在，然后一会儿就会变成过去。我说。

我下次会帮你找找那种奶酪。我刚才在网上查了查，它是那种柔软的白纹奶酪，食用时只需用刀切下三角形块，直接配单宁含量较少的红酒、淡红酒或白酒，或涂抹在面包上都行。我想也许值得试试。她一边说一边拿出酒精，为即将握住的把手消毒。

3

紫荆花一簇一簇开着，一种新鲜的黄绿色布满了罗马街头。虽然下了暴雨冰雹，春天还是不可遏制地到来了。贾尼科洛山附近的樱花也开了，我打算避开周末的人群再去看看。

下午穿过橘红和褐黄色的建筑物回到家，希望能够继续待在阳光下。

这一个早晨我做了很多事，从罗马的眼睛跑到下颌，还不到一点钟，就像是度过了长长的一天。把钥匙放在置物架上，走到浴室，很快冲了一个澡，里里外外都焕然一新。然后把早晨的衣物放进洗衣机，在厨房做了三明治。这一切都成了固定模式。每一次从外面回到家中，就像是从病毒培养皿中归来，要做的消毒程序不止这些，比如说用消毒湿巾擦拭一切带出去的物件等等。

就着一些新闻把食物塞进喉管。整个公寓空空荡荡的只有我一个人。我从一个房间走到另一个，测试哪一个光线更加充足。后来我终于决定坐在一张软椅上，盖着蓝色的薄毯刷手机，整个人快要被日光晒化，像熟透的奶酪一样柔软。我闭上了眼睛，时间在这里失去了所有意义。

一觉睡到四点一刻。冬天的时候，四五点钟天色就逐渐暗淡；但是春分之后，每天的光线都在增长。我喝完冷掉的半杯咖啡，把衣服从洗衣机里拖出来，已经是黄昏了，我放弃把它们晾上天台。

泽内普打电话来问我有没有在最后的期限交完材料。我说一切都弄好了，我还和贝卡在学院里走了走。也许是最后一次这么走一走。

这让我想起了我常想起的那个晚上。她听完之后说。

哪个？

我和你一起在荒郊野外走到巴士站的那晚。

我记得那晚好像很黑，我们没有想到考完试之后天已经那么黑了。我说。记忆如松动的石块从层叠的山丘上滚落了下来。

是的，从教学楼台阶上下来，我差点滑了一跤。

嗯。那时候你的手上还举着那个有二十多斤重的湿壁画。

我当时真怕把它摔坏了。

那么它现在还好吗？

很好。我已经把它安全带回了土耳其。现在放在我的客厅。你要不要看一下？

好的。

泽内普很快发来了一张照片，是临摹米开朗琪罗西斯廷教堂天顶画中的一角的湿壁画。这么重的东西，她托运回了伊斯坦布尔。

这种壁画我们每人都有一个，是上了一年文物修复课之后的工作坊产物。教授卫欧里尼是梵蒂冈文物修复专家，也是拉斐尔画室以及西斯廷教堂的天顶画修复负责人。除了在梵蒂冈工作，他也在大学任教，整个一年的课程都相当枯燥乏味，所学都是大量的化学式，以及各种鉴定分析成分表。讲真的，除了死记硬背没有别的更好的办法。通常里面都是又长又难记的意大利单词。课结束之前，我们要做两个月的手工实践，也就是运用课程上所学的知识，自己制作湿壁画。

制作过程足够烦琐，甚至需要我们自己做一块墙体出来。比例成分都是提前学过的，所以在工作室我们的第一件事就是调制混凝土。每个人举着一把铲子和一只桶，排着队从原料前走过，然后坐在工作室外的草地上和泥。如果调配失误，就得重新来过。水泥做完之后需要放置几天等着干。这是墙面，接着就正式进入湿壁画的程序。通常是先在墙壁上抹上几层灰泥，有时多达四层。在倒数第二层（arricciato）上勾出要画的图形（sinopia）。然后刷最后一层石灰浆（intonaco）。刷完两层之后我们通常会把这个墙体拿出去晒，然后回到工作室制作底稿（Cartoon），把预计要画的壁画在硫酸纸上勾勒出来，戳好窟窿。有时候太阳好，做完这个灰泥层就干得七七八八——必须在这种状态而不能全干，但有时还需要等待。有一次我们真的就等了六个小时，那天是阴天。再往后就要将研磨好的干粉颜料掺入清水，制成水性颜料，趁石灰浆未干前，进入绘画程序。动作必须要快，也不容许犯错，没得改。这之后等一切干透，就大功告成。

于是我们每个人都有这么一个湿壁画，是考试的一部分。这些湿壁画保管在教授的工作室，只有笔试与口试统统合格之后才能够拿到。我因为拖了许久没去考试，所以那壁画就一直摆到了二〇二〇年。

和我一样没去考试的是泽内普，理由当然也是一样的：我们记不住分子式以及一大堆意大利语。那天考试从下午五点考到晚上八点，考完之后，教授像是授奖牌一般把两块墙体颁给我们。

好了，你们现在都是米开朗基罗。他开玩笑说。

如果下个学期您的工作室还开放给学生，我还想要再去试一试。我说。

当然欢迎。卫欧里尼说。

我也要去。泽内普说。

当然欢迎。

这一切当然没有成真。工作室关了一整年了，我的壁画也早已崩坏。搬家的时候，朋友不小心把它摔在了大理石地面上，所以龙和天使的身体发生了断裂。他感到惶恐，一直跟我道歉，说真抱歉摔碎了这么珍贵的东西。而我安慰他说本来就很发愁怎么把这么重的一块墙体带回国，现在好了，我再不用为此苦恼。我把经过简单向泽内普陈述了一下，告诉她关于那晚记忆的证明，我现在只能任它在我的基底神经节缓慢消失。

你的那个真的就丢掉了吗？泽内普惋惜地问。

是的。扔到了帕米洛托娅提大街某处的垃圾箱里。它的归宿虽然令我惋惜，但记忆永在我心。我半开玩笑地说。

我感到可惜。一切都这么过去了，我真不敢相信，那竟然是我们最后一晚见面。

是的，我也不敢相信。我记得我们俩抱着这些壁画坐公交地铁都有人看上两眼。你说你要把它放在你的书架上，我说这样会把你的书架压弯。

我记得。我还记得你跟我说等你从都灵回来我们要见一面，像圣诞节前的那次聚会一样，大家可以痛快喝一杯。

我们谁也不会想到那晚竟然就是告别。

是的。我不会想到我会被困在都灵大半年，等我回到罗马，而你却回了伊斯坦布尔。

是的，封锁时我还告诉你至少我们可以九月见。

你觉得我们这辈子还有机会再见吗？

当然可以。我去中国，或者你来土耳其，或者哪一天，我们在罗马。

我喜欢最后这个提议。

我也喜欢。

晚上在新闻里又看到了一个啼笑皆非的消息。在封锁期间，意大利的新闻里总是沉重夹杂着好笑。北部的几个陆军和骑兵团在Celline河滩地区武装部队训练场共同参加一场夜间军事演习。过程中一辆陆军坦克向一个完全错误的方向发射炮弹，误击中了维瓦罗市（北部维琴查省管辖的地区）的一家养鸡场。炮弹直接射穿养殖场外墙，继续砸向另一边建筑体，并导致鸡舍墙壁倒塌，大量动物在炮弹的冲击和轰塌的瓦砾掩埋中死去。本该立即发现炮弹没有准确发射的陆军中，却没有任何一人发现他们竟然轰错了目标。当天演习结束后,军人们纷纷返回基地,好像什么都没发生一样。直到次日早晨,农场主来到自己的养鸡场,发现棚屋倒塌,建筑物上有被炮弹射穿后留下的奇怪痕迹,自己的鸡竟还死了一地。一开始时,农场主还百思不得其解,不明白自己是得罪了什么人,还是前一晚发生了什么可怕的意外,才导致自己的农场和无辜的动物们竟遭此袭击。最后,担忧不已的农场主决定向斯皮林贝尔戈市宪兵求助。而直到受害者找上了门,军方和战士们才意识到:原来前一晚的炮弹居然打歪了!

下一则是说有位八十五岁的老人在一个半小时内因嫖妓两次被警方制裁。他将房车停在埃博利市一处海岸线旁,该路段常有站街妓女揽客。警方在看到老人的房车后决定前往查看,发现他正在和两名妓女交易,所以开出一张五百欧罚单。万万没想到,这位先生并没就此停手。过了一会儿,大约正午时分,这警察在 Ponte del Sele 桥附近巡逻时再次看见这辆房车。走近一看,发现他这次竟又和一名妓女滚在一块儿。而老人也认出了那两名警员,并且这次他还给自己找好了借口,向警员表示自己是因为刚刚接种了新冠疫苗,在疫苗的副作用下,性欲不受控制地被唤起,这才会一大早开了十几公里的车来这里嫖妓。再次被罚五百欧之后他还沾沾自喜地表示"这钱花得值啊"!这则新闻底下,意大利网友们也是极尽调侃之能,纷纷表示对老先生身体的关切:"这肯定要形成血栓的呀!"

另外一则新闻更加诡异。几天之前西班牙警察追捕了一辆逆行四十公里的汽车后,在副驾上发现了一具被包裹在毯子之中,并仔细系好安全带的尸体。驾车者是一个拥有西班牙和瑞士双重国籍的六十六岁男子,而死者是一名八十八岁的男子。尸体的四肢已经出现木乃伊化,警察说死亡时间已有三周之久,没有发现暴力痕迹。即便是疫情让出行变得极端困难,这个人还是带着他的男朋友出国周游了一圈,甚至来过意大利。他说他想要带着男朋友旅行而已,而警方推测该男子是想要驾车将已经死亡的男友带回他的原籍瑞士。

我更相信六十六岁男的说法。他也许真的只是想要和爱人一起旅行而已,不然也不会开车好几周在欧洲兜转一圈。疫情和封锁让所有的旅行都变成不可能,我实在好奇他如何躲过检测,穿越国境。

魔幻与超现实存在于每一天的日常中,和这漫长的无休止的疫情一样,连带了多种多样的梦境。晚间时分，窗外竟然又一次淅淅沥沥下起了雨，我在床上辗转反侧，企图将上睫毛粘住下睫毛，努力了一个多小时之后，我放弃了，走到窗前去看了一小会儿夜幕。木质百叶窗没有关起来，被雨水打得噼啪作响。后来我用电水壶烧了热水，咕嘟嘟的沸水混着噼噼啪啪的寒气，让空气湿蒙蒙的。我的身上还穿着那件白色毛衣开衫，它成了一件簇新的家居服。下身是一条蓝色灯芯绒裤子，带来罗马之后就从未穿过，迄今已经三年。脖颈里隐隐透露着蕾莉欧大丽花沐浴液的香味，走到了后调，和发梢涂抹的护发油的香气融合得很好。这让我有了些许安慰，喝着水，坐在扶手椅中，以寂静填补寂静。

我想起了一张画作，一只眼睛闭上了几根睫毛，表明生物也处于梦境状态。我有两只眼睛，好几百根睫毛——我并不确定，因为它们看上去如此稀疏，然而这些东西中间像有什么支柱，撑着它们不肯闭合。也许是时间。人们在睡眠中经历的时间，或者在梦者的眼中停留的时间。

我从背包里翻出那张没有画完的关于蚂蚁的画作，就着对面墙体上支出来的铁艺路灯微弱的光晕继续画了两只，然而已经失去了正午时分的兴趣。贝卡的面容浮现在记忆中，还有一块奶酪，一杯七百五十毫升的灰褐色奶昔。我需要选择，于是打亮了台灯，翻出那本被我画得乱七八糟的写生簿。我试着以神来之笔描摹超现实的一切，和很多一百年前的画家一样，假装自己很特别，很有想象力。但人的想象总是匮乏的，我最后不可避免地成了模仿者。时间在软化，人的脸也是，上面爬满了蚂蚁。

上面爬满了蚂蚁。

早晨去厨房煮咖啡时才发现自己犯了一个严重的错误，前一天的晚餐煮了玉米浓汤，有一块剩下的马苏里拉奶酪被我留在了水槽边的案板上，现在那里爬满了蚂蚁。我想它们来自最令人恶心的下水管道。除了那里，公寓里的每一个地脚线上都有驱蚁虫的药物，效果极佳，在罗马这个蚂蚁遍布的地方，我很少在家中发现它们的踪迹。现在在这个早晨，罗马天光明媚，它们大片大片地聚集在奶酪和水池上，享受着一场盛宴。我将奶酪与它们整个儿丢进垃圾袋，在水池和垃圾桶里喷射了大量的药剂，不一会儿，这些鲜活的生命开始迟钝、翻滚，表演无声无息的痛感与消灭。永久性随之而来：蚂蚁是很多超现实作品中的一个常见主题，代表着衰败，尤其是当它们攻击柔软的时间——或是奶酪，它们看起来像是奇特的有机物，充满战斗力，又如此脆弱。现在我终于有了绘画的素材——一只塞满半死不活的蚂蚁的垃圾袋。画中央怪异的肉体陌生而熟悉：抖动的触角像极了不肯闭合的睫毛，缓慢的蠕动像是每一个人在大封锁时期的行动，肥蜗牛或者鲸头鹳一样的缓慢。

这一切松软的、快要化掉的事物，都慢慢走向空白的页面。我把塞进角落的画架再次在窗前支好，一幅又一幅，着力表现，兴致盎然。它们通通叫作记忆的持久性，全是一次又一次超现实的抄袭。

（原载《上海文学》2023年第7期）

评鉴与感悟

意大利历史学家金兹伯格在《奶酪与蛆虫：一个16世纪磨坊主的精神世界》里写道，磨坊主麦诺齐奥认为混沌是世界的本源，就像奶酪；奶酪腐烂变质，蛆虫在奶酪中出现，这些蛆虫则是天使。他的话遭到了集体经验的猛烈攻击。白琳小说《记忆的持久性》里也多处出现了奶酪与虫的意象，奶酪指向了充满流动性、带有轻微腐烂状态的时空，庞大、绵软、溃败不堪；以蚂蚁为代表的昆虫脆弱、幽微、成千上万，且在故事的结尾遭遇了集体的死亡危机，这或是个人生命意志与集体命运的象征。在这个故事中，时间变得流动，变得没有日常，只有永恒与一瞬；空间变得空旷，变得犹如荒原，荒原上布满爬虫。《记忆的持久性》与萨尔瓦多·达利的超现实主义画作同名，"记忆"一次本身也意在探讨时间。达利的同名画作中最显眼的元素就是时间——软化的钟表、枯死的树、倒塌的似马怪物——钟表指针不再坚定地行进，树木不再以荣枯的面貌展示天时四季，瘫倒的马状怪物不再齐喑飒沓。而在这一切之外，画作背景是天涯海角的荒原。画面细节处，时间倒塌的鲜活见证者居然是蚂蚁与苍蝇。在白琳的小说中，坏掉的奶酪与达利画作中软化的钟表或承担了某种共通的作用。奶酪之所以能够成为时间或历史的一个绝佳喻体，或许是因为它的流动性——它由液体牛奶发酵而成，在短暂的坚固形态后，又很容易走向融化和腐败。

而"封锁"经验在白琳的笔下并非是狭小空间内一时一刻的有限挪动，恰恰相反，小说中的"封锁"使人更像是在无人的荒原上四处游荡。全球性公共事件下无形的历史暴力与艾略特现代性的诗性体验叠加，在故事中悉数涌流。空旷的圣彼得大教堂、罗马郊外无人的草坪、闭门不开的博物馆——封锁带来了如沉默的巨兽般的寂寥。"我"和贝卡坐在"荒原"之上，有如梦似幻之感，学业和爱情瞬间都被压缩成单薄而无必要的体验，情人的见面在交通不便的前提下变得不再有吸引力，个人的鲜活情感如同被公共事件抽干。

然而在接近瘫痪的时空秩序之外，还有一种超越性的体验如同御风而行，贯穿文本的始终，即是美术及其他形式的艺术。在叙述的开头，"我"谈起将人绘成静物的构想："人也可以被画成静物。不是还活着（still life），而是已经死了（natura morta）。"紧接着，她又表示这一切与自己无关——因为画家梦已经破灭。但事实上，整个文本呈现出的质感就如同一幅无生命的肃穆静物画，活着的人物如同"已经死了"。文中多次出现"最后一次"，最后一次到某处，最后一次与谁见面，这种叙述并非基于客观，而是一种悲观。"我"悲观地迎接风暴，放弃了画家梦，然而在这一切之外，艺术仍能给人一点慰藉。千年前的古罗马斗兽场在五光十色的云层下熠熠生辉，达利、里奇尼、莫迪里阿尼等人的绘画成为偶尔神思幻想和理解当下经验的通路。艺术或许是作者在这一切悲观经验外的一点超越体验，但同时在亘古的建筑与跨越时空的画作衬托下，凝滞的时间和封锁的空间看起来更加可怜。

小说中的许多部分也充溢着物品名称与细节的书写。事实上这个故事以"静物"开头，同时也在文中提到十七世纪荷兰盛行的 Vanitas 绘画，就是以"水果和鲜花，书籍，小雕像，花瓶，硬币，珠宝，绘画，乐器和科学仪器，军事徽章，精美的银色和水晶"等物象征感官的愉悦与时间的稍纵即逝。而白琳在故事中不厌其烦地书写一些琐碎质实的细节，如行程中的地名、一连串的美妆用品、绘画的细节、服装品牌等，是否也是与这种绘画形式的互文？即便是历史与时间，也被浓缩在厨房里瘫软的一小块奶酪上——书写这些记忆如同绘画，如同蚂蚁啃食。

我与贝卡在"荒原"上谈起达利,谈起与小说同名的画作《记忆的持久性》,"我"说:"一切都是超现实的野心。"而在小说里,超现实进入现实,现代性耸动着当下,将停滞的时间缓慢拨动,让溃散的空间加速崩解。绵软流动的历史时间与荒原般的公共空间一起,构成了小说的时空横纵坐标点。而唯有艺术使记录或逸出现实经验成为可能,白琳的这幅"静物画"正是在某种意义上做到了这一点。(成雨桐)

声 明

本套"2023·北岳·中国文学主题年选"收录了本年度众多优秀文学作品。在编选过程中,我们及各选本主编已尽力与大多数作者取得了联系,但仍有个别作者因故未能取得联系。见此声明,烦请来电,以便奉送样书。

联系人:高海霞

电 话:0351—5628691